Berthold Auerbach

Berthold Auerbachs Schriften

Neunter Band. Erster Teil

Berthold Auerbach

Berthold Auerbachs Schriften
Neunter Band. Erster Teil

ISBN/EAN: 9783741130526

Hergestellt in Europa, USA, Kanada, Australien, Japan

Cover: Foto ©Andreas Hilbeck / pixelio.de

Manufactured and distributed by brebook publishing software
(www.brebook.com)

Berthold Auerbach

Berthold Auerbachs Schriften

Berthold Auerbachs

Romane.

Neunter Band.

Das Landhaus am Rhein.

Erster Theil.

Stuttgart.

Verlag der J. G. Cotta'schen Buchhandlung.

1871.

Das Landhaus am Rhein.

Erster Theil.

Erstes Buch.

Erstes Kapitel.

„Nur noch Augenblicke Geduld! dort winkt ein Mann, der mitfahren will," sagte der Ferge. Im Kahne saß ein Mann mit Frau und Tochter.

Der Mann war von kleiner Gestalt, mit grauen Haaren und röthlich funkelnder Gesichtsfarbe, blaue Augen schauten gutmüthig aber träumerisch müde drein; ein die Oberlippe ganz bedeckender struppiger Schnurrbart schien sich in dies harmlose Gesicht verirrt zu haben; er trug ein graues Sommergewand von jenem neu-modischen Stoff, der überall derart weiß besprenkelt ist, als hätte sich der Träger in einem Federbett gewälzt; eine zierliche, mit blauen und rothen Perlen gestickte Bügeltasche hing an einem Riemen über der rechten Schulter.

Die Frau, groß und stattlich, mit unruhigen Augen und scharfen Zügen, die einstmals wol einnehmend gewesen waren, trug ein Kleid von mattgelber Seide; der weiße Schleier am grauen Hut war wie eine Binde am Turban um die Rundung gewunden. Sie warf den Kopf rasch zurück, sah dann vor sich nieder, als wollte sie sich nicht um den Fremden kümmern, und bohrte die Zwinge ihres großen Sonnenschirms in das Bord des Kahns.

Neben dem Manne saß eine schlanke blonde Mädchengestalt in blauem Sommergewand; den kleinen, mit einem Vogelflügel verzierten braunen Hut hielt sie am Gummiband in der Hand. Der Kopf war groß und schwer, die mächtige Stirn durch reich-überquellendes, in Flechten gelegtes Haar noch gewaltiger, und zwei dicke Locken legten sich rechts und links auf Schulter und

Brust. Das Antlitz des Mädchens war heiter und unbefangen, klar wie der helle Tag, der über der Landschaft leuchtete.

Jetzt setzte sie den Hut auf, und die Mutter rückte ihr denselben noch etwas zurecht. Dann wechselte sie schnell die rauhledernen Stulpenhandschuhe mit glanzigen, die sie aus der Tasche nahm, und während sie mit Behendigkeit das Leder über die Hand zog, schaute sie nach dem Ankömmling.

Ein großer und schöner junger Mann von markigem Körperbau, mit vollem, braunem Bart, einen Plaid über der Schulter und einen breitkrämpigen grauen Hut mit schwarzem Flor auf dem Haupte, kam rüstigen Schrittes den Zickzackweg am steilen Ufer herab. Er stieg in den Kahn, grüßte stumm, indem er den Hut abzog; eine edle weiße Stirn, von tief braunem Haar beschattet, zeigte sich; Kühnheit und Entschlossenheit sprach aus seinem Gesicht, das zugleich einen Vertrauen erweckenden Ausdruck hatte.

Das Mädchen schaute vor sich nieder; die Mutter knöpfte ihr das Hutband nochmals auf und zu und wußte dabei, scheinbar unabsichtlich eine lange Locke auf die Brust, die andere auf die Schulter rückwärts zu legen.

Der Fremde setzte sich fern von den Anderen nieder und schaute in den Strom, während der Kahn rasch dahin fuhr.

Der Kahn landete an der Insel, auf welcher das weitläufige Kloster, das nunmehr eine von Nonnen geleitete Erziehungsanstalt für Mädchen ist.

Man stieg aus.

„O wie schön!" rief das Mädchen und deutete auf eine am Ufer stehende hochstämmige Gruppe von Bäumen, die in der Runde und so nahe an einander standen, als ob die Stämme aus Einer Wurzel erwachsen wären; ringsum innerhalb der Baumgruppe waren niedrige Bänke angebracht.

„Geh voran!" sagte die Frau mit einem verweisenden Blicke und gab schnell ihrem Manne den Arm. Das Mädchen ging voran, der Fremde hinterdrein.

In den Büschen sangen die Nachtigallen, die Amseln, Finken, Plattmönche, als wollten sie laut verkünden: Hier ist Paradiesesruhe und Niemand stört uns. Die dunklen Kiefern am Ufer mit ihrem breiten Schirmdach und die lange Reihe hellfarbiger Lärchenbäume landeinwärts waren von keinem Lüftchen bewegt, und in den blühenden Kastanienbäumen summten die Bienen.

Man kam an das Kloster.

Das Gebäude war verschlossen, nirgends ein menschliches Wesen zu sehen.

Der alte Herr zog die Klingel, die Pförtnerin öffnete ein kleines Fenster und fragte nach dem Begehr. Es wurde um Einlaß gebeten, aber die Pförtnerin erwiderte, das sei heute nicht mehr möglich.

„Geben Sie meine Karte ab," sagte der ältere Herr, und sagen Sie der würdigen Mutter, daß ich mit Frau und Tochter da sei."

„Erlauben Sie, daß auch ich meine Karte hinzufüge," sagte der Fremde; die Drei schauten um beim Wohlklang dieser Stimme. Der Fremde gab der Pförtnerin seine Karte, indem er hinzufügte: „Wollen Sie der würdigen Frau Oberin sagen, daß ich Grüße von meiner Mutter bringe."

Auf der Karte stand: Erich Dournay.

Die Pförtnerin schloß das Schiebfenster schnell.

„Ich hatte Sie für einen Franzosen gehalten," sagte der alte Herr in freundlichem Ton zu dem jungen Manne.

„Ich bin ein Deutscher," erwiderte dieser.

„Sie haben wol eine Verwandte im Kloster und kennen die würdige Mutter auch?"

„Ich kenne hier Niemand."

Die Antworten Erichs waren rund und knapp, es gab keinerlei Anhalt zu Fortsetzung des Gesprächs. Der alte Herr ging mit den Frauen nach einem schönen Blumenbeet und setzte sich mit ihnen auf die dort angebrachte Bank. Das Mädchen mochte aber keine Ruhe haben, es ging am Rande der Wiese auf und ab und pflückte Veilchen.

Der junge Mann war wie eingewurzelt stehen geblieben und betrachtete die steinernen Stufen, die zur Klosterthüre führten, als müßte er erkunden, welcherlei Schicksale bereits über diese Stufen aus- und eingegangen waren.

Nach einer Weile winkte die Pförtnerin; die Klosterthüre wurde geöffnet, die Fremden traten ein. Hinter der zweiten Gitterthüre standen zwei Nonnen in langen schwarzen Kleidern, mit dem hänfenen Knotenstrick um die Hüfte. Die Größere, eine ältere Dame mit auffallend großer Nase, sagte: Die Frau Oberin bedaure, heute Niemand empfangen zu können; es sei der Vorabend ihrer Namensheiligen und da bleibe sie bis zu Sonnenuntergang immer allein. Ueberhaupt sei heute kaum thunlich, Fremde zu= zulassen, denn die Kinder — so wurden die Zöglinge genannt — hätten ein Festspiel angeordnet, mit welchem die Oberin nach Sonnenuntergang begrüßt werden solle. Darum sei heute Alles in Unordnung; im großen Speisesaal sei ein Theater aufgeschlagen; indeß habe die Oberin befohlen, daß man den Fremden die Ein= richtung des Klosters zeige.

Man ging nun im Geleite der beiden Nonnen durch den großen Kreuzgang. Der Schritt der Nonnen war laut und hart, denn sie trugen dicke hölzerne Sohlen, sogenannte Trippen, die mit zwei über die Strümpfe gezogenen Riemen am Fuße befestigt waren. Die kleinere, zierliche Nonne, deren feines Antlitz wie gepreßt und gefangen in der enganliegenden Capuze war, hielt sich scheu zurück und ließ der Andern das Wort. Jetzt sprach sie indeß mit dem Mädchen in französischer Sprache. Die Mutter nickte dem Vater zu mit dem vergnügten Ausdrucke: Da siehst du nun, wie gut es war, das Kind etwas Rechtes lernen zu lassen.

Der Vater sagte der deutschen Nonne, daß seine Tochter Lina erst vor einem halben Jahre aus dem Kloster zu Aachen zurück= gekehrt sei.

Auch der junge Mann sagte einige Worte in französischer Sprache zu der zierlichen Nonne. Aber jetzt, und so oft er sie noch ansprach, zog sie sich immer wie verscheucht zurück, auffällig lächelnd und in sich zusammenkauernd, als ob sie fürchte, berührt zu werden.

Der Frühstücksaal, Lehrzimmer, Musikzimmer, die großen Schlafsäle wurden den Fremden gezeigt und überall mußte man Sauberkeit und Ordnung bewundern. In den Schlafgemächern der Kinder war es, als ob nicht wirkliche Menschen und nun gar unruhige Kinder hier wohnten, sondern als wäre Alles nur bereit, um Märchengestalten zu erwarten. Nur in einem Bettchen war es unruhig. Lina zog den Vorhang zurück und ein Kind mit großen braunen Augen schaute um. Auch der junge Mann war hinzugetreten.

„Was fehlt dem Kinde?" fragte Lina.

„Weiter nichts, es hat nur Heimweh."

„Wie heilen Sie das Heimweh?" fragte die Frau.

„Ein Kind, das über Heimweh klagt, wird krank erklärt und
muß zu Bette bleiben; wenn es dann aufstehen darf, fühlt es
sich befreit und zu Hause."

„Geht Alle fort! Alle fort! Manna soll kommen! Manna soll
kommen!" rief das Kind.

„Sie kommt noch zu dir," beschwichtigte die Nonne und er=
klärte, daß das Kind eine Amerikanerin meine, von der allein
es sich beruhigen lasse.

„Das ist unsere Manna," sagte Lina zu ihrer Mutter.

Die Dämmerung war eingebrochen, und über die Corridore,
durch den goldenen Duft der Abendsonne huschten in langen grünen,
blauen und rothen Gewändern seltsame Gestalten, die in den
Zellen verschwanden.

Man kam in den Speisesaal, wo im Hintergrund eine Wald=
landschaft mit Einsiedlerhütte aufgestellt war, und da lag mit
rothem Bande angebunden ein junges Reh, das die Fremden
mit seinen glänzenden Augen wundersam anblickte, jetzt sich auf=
raffte, am Bande zerrte und davonrennen wollte.

Die Französin erklärte, daß die Kinder in Gemeinschaft mit
einer Schwester, die sehr viel Geschick dazu habe, die Decorationen
selbst gemacht und große Chöre eingeübt hätten; eine Schülerin,
ein vorzügliches Kind, habe das Stück verfaßt, das eine Scene
aus dem Leben der Tagesheiligen behandelt.

Die deutsche Nonne mit der großen Nase bedauerte, daß Nie=
mand Fremdes zusehen dürfe.

Als man den Speisesaal verließ, sagte Lina zu der zierlichen
Französin, wie leid es ihr thue, ihre Jugendfreundin Hermanna
Sonnenkamp nicht sehen zu können, denn sie müßte mit ihren
Eltern schon heute Abend wieder zurückreisen.

Man ging wieder durch lange Corridore, und als man die Treppe
hinabstieg, kam dieselbe herauf eine schneeweiße Gestalt mit Flügeln
an den Schultern und einem schimmernden Diadem auf dem
Haupte, von dem lange schwarze Locken auf Brust und Nacken
herniederflossen. Ein dunkles, schwarzes Auge mit langen Wim=
pern und dichten Brauen glänzte aus dem blassen Antlitze heraus.

„Manna!" rief Lina laut, und „Manna!" tönte der Wider=
hall von der Wölbung.

Die Angeredete faßte ihre Hand, führte sie die Treppe hinauf,
von den Anderen weg und sagte:

„Du, Lina? Ach, ich war nur bei dem armen Kinde, das
sich in Heimweh verzehrt. Ich dürfte sonst heut mit keiner Menschen=
seele sprechen."

„O, wie wunderbar siehst du aus, wie herrlich! Du mußt
dem Kinde ja wie ein lebendiger Engel erschienen sein! O und
wie werden sich daheim Alle freuen, wenn ich ihnen erzähle..."

„Sprich nicht davon. Entschuldige mich bei deinen Eltern,
daß ich so an ihnen vorbeiflog, und wer ... wer ist der junge
Mann da bei Euch?"

Erich schien zu fühlen, daß von ihm die Rede sei; er schaute
auf nach der wundersamen Erscheinung, konnte aber nichts von
den Formen des Antlißes erkennen; er sah nur die märchenhafte
Gestalt und zwei hellleuchtende Augen.

„Wir kennen ihn auch nicht," erwiderte Lina, „wir haben
ihn erst im Kahn gesehen. Aber ja," setzte sie lachend hinzu,
„du kannst erfahren, wer er ist, er hat einen Gruß von seiner
Mutter an die Oberin; da frag' einmal. Nicht wahr, er ist schön?"

„O Lina, wie sprichst du! Möge die heilige Genovefa beim
lieben Gott dir Verzeihung erbitten, daß du das gesagt, und
mir ..." sie bedeckte das Gesicht mit der Hand ... „daß ich es
gehört. Leb' wohl, Lina, grüße Alle draußen."

Wie schwebend huschte die geflügelte Erscheinung den langen
Corridor dahin, sie verschwand und hörte nicht mehr, daß Lina
ihr nachrief, sie werde morgen bei der Gräfin Wolfsgarten er=
zählen, wie sie sie gesehen.

Man verließ das Kloster. Vor dem Thore sagte der ältere
Herr zu dem jungen Manne:

„Es ist ein Glück für die Mädchen, von aller Welt entfernt
auf einer Insel im Kloster erzogen zu werden."

„Die Mädchen im Kloster und die Jünglinge in der Kaserne!
Schöne Welt das!" entgegnete Erich in scharfem Ton.

Ohne ein Wort der Erwiderung wandte sich der ältere Herr
ab und ging mit den Frauen einige Schritte davon; er schien
keine fernere Gemeinschaft mit einem Fremden von solcher revo=
lutionären Gesinnung haben zu wollen.

Erich eilte zu dem Kahne und ließ sich rasch übersetzen. Der
Strom war wie lauter glühendes Gold; Erich tauchte die Hand
in den Strom und wusch sich Stirn und Auge.

Er sprang behend ans Land und schaute hinüber nach dem

Inselkloster; da sah er den Mann mit Frau und Tochter ebenfalls zum Kahn herabsteigen: er grüßte von ferne mit dem Hute und ging den jenseitigen Berg hinan nach der Burgruine, von wo man das Kloster überschauen konnte. Lange saß er hier oben und starrte hinüber nach dem Kloster auf der Insel. Er hörte Gesänge von Mädchenstimmen, er sah die lange Fensterreihe hell erleuchtet.

Die Nachtigall in den Büschen sang unablässig und Erich horchte hin nach dem Gesange des Vogels und dem Gesang der Kinder im Kloster, die sich ein Stück vom Ewigkeitstraume in die Wirklichkeit zauberten und eine Stunde zu singenden Engel= chören wurden.

Er stieg den Berg hinab, und als er eben an den Gasthof kam, traf er den Mann mit den beiden Frauen, die sich zur Ab= reise auf den Bahnhof begaben.

Die Gaststube war leer. Während er aß, nahm er unwill= kürlich ein Zeitungsblatt, das auf dem Tische lag. Was sind Klöster? Was sind Burgruinen? Da ist die Welt, die bewegte, die heutige, die wirkliche.

Du kommst von einer Ausschau auf der Bergeshöhe ermüdet in der Gaststube an, unwillkürlich greifst du nach der Zeitung — warum das? Vielleicht weil das ermüdete Schauen und Denken, das auf die unbewegte Erscheinung der Natur gerichtet war, nun sich erfrischt, indem es sich auf die bewegte Erscheinung der Zeit= geschichte wendet; und du bist allein, du bedarfst eines anrufen= den Wortes — da ist ein solches, das Jemand an Alle gerichtet hat; es erzählt dir von der Welt, die ihren Gang fortsetzt, der= weil du träumtest und in weiter Ausschau dich verloren und dich gefunden hast.

Wir können uns kaum mehr denken, wie es zu anderen Zeiten war, da man ein Begegniß still austräumen konnte. Zu allen Stunden, sei es in schwerer Bedrängniß, wo uns das eigene Leben zur Last und die Welt gleichgiltig geworden, sei es in ge= hobener Empfindung, wo wir uns wie hinausversetzt aus aller Wirklichkeit fühlen — da kommt die Zeitung und fordert unsere Aufmerksamkeit und ruft uns an, als sollten wir in Gestaltung der Weltverhältnisse überall mitwirken.

Was ist dem jungen Manne jetzt Amerika? Und doch las er aufmerksam einen Bericht über die dortigen Zustände, worin der unausbleibliche, in Frieden vielleicht nicht zu schlichtende Kampf zwischen den südstaatlichen Sklavenhaltern, den sogenannten Fexer=freſſern und den nordstaatlichen Abolitioniſten dargeſtellt war. Die Franzöſin hatte geſagt, daß eine Amerikanerin das an Heim=weh leidende Kind tröſte und ſie agirt nun auch in dem heiligen Feſtſtück. Da ſpielt ein Kind mit der frommen Mythe, während es in ſeinem Heimatlande gährt!

Wieder waren die Gedanken Erichs im Kloſter und bei der wunderſamen Erſcheinung.

Als er eben das Blatt weglegen wollte, fiel ſein Auge auf eine Anzeige. Er las ſie wiederholt, dann bat er den Kellner, daß er das Blatt behalten dürfe, und begab ſich mit demſelben auf ſein Zimmer.

Zweites Kapitel.

Name: Erich Dournay. Charakter: Doctor der Philoſophie, Hauptmann a. D. . . . Ort woher: Name einer kleinen Univer=ſitätsſtadt . . . Reiſe wohin: 0 . . . Zweck der Reiſe: 0 . . .

So ſchrieb Erich früh am Morgen in das ordnungsmäßige Fremdenbuch des Gaſthofs und jetzt bemerkte er, daß vor ſeinem Namen eingeſchrieben ſtand: Landrichter Vogt mit Frau, geb. Landen, und Tochter aus . . . ., ein kleines Städtchen ſingenden Namens vom Oberrhein war genannt.

Das war alſo der Geſprenkelte von geſtern mit den beiden Damen.

Erich machte ſich mit ſeinem Reiſegepäck auf den Weg nach der Landungsbrücke, wo das Dampfſchiff anlegte. Der Morgen war friſch und klar, ringsum jauchzendes, ſingendes Leben, nur ein ſchmaler Wolkenſtreif hing noch wie ein Nebel in der halben Höhe der Gebirgskette. Mit feſtem Schritt, hoch aufgerichtet, frei aufathmend in der friſchen Morgenfrühe ging Erich dahin. Er ſtand am Geländer der Landungsbrücke und ſchaute hinein in die Wellen, wo jetzt ein Nebelſtreif ſich hob und in der Luft zerfloß. Dann ſtarrte er lange nach der Inſel hin, wo nun die Frühglocke läutete und die Kinder aus dem Schlafe rief, die geſtern Abend vor ſich ſelber zum Märchen geworden waren.

Er zog das Blatt aus der Taſche und las noch einmal die

Anzeige, in der die Bewerbung um eine einträgliche Hofmeister=
stelle ausgeschrieben war.

Das Dampfschiff brauste heran, die Brust den Wellen ent=
gegendrängend.

Erst auf dem Schiffe bemerkte Erich, daß auch zwei Nonnen
aus dem Kloster — die Eine war die zierliche, scheue Französin
— mit eingestiegen waren. Er grüßte; er wurde ohne Erwiderung
verwundert angesehen. Die Nonnen nahmen ihr Brevier, setzten
sich auf dem Verdecke nieder und beteten.

Auf dem zu Berg gehenden Schiffe waren noch wenig Reise=
gefährten, und die Morgenfrühe läßt ungesellig.

Erich setzte sich nicht weit von dem Steuermann, der fort und
fort leise vor sich hinpfiff. Nachdenklich schaute er in den aufge=
wühlten Strom und in die Landschaft. Er preßte die feingeschnit=
tenen Lippen fest zusammen, es schien, als ob er mit stummer
Lippe den noch nie gehobenen Nibelungenschatz der Schönheit dieses
Stromes und dieser Landschaft erkennen wolle. Er schüttelte oft=
mals den Kopf, wenn er hörte, wie da und dort zwei Menschen
durch sogenannte Unterhaltung sich die Frische des Morgens und
die stille Erquickung des landschaftlichen Anblicks verplauderten.

Erich hatte das Glück des schönen wohlumhegten Familien=
lebens und der höchsten Bildung genossen. Von den Eltern sorg=
fältig erzogen, war er in den Militärdienst eingetreten, gab den=
selben freiwillig auf und widmete sich den Studien. Es sind heute
erst wenige Tage, seitdem er den Doctorgrad erworben. Er hatte
mit großer Anstrengung diesen Abschluß beschleunigt, denn erst
zwei Monate sind es her, seitdem sein Vater gestorben war.

Es war am Abend, als Erich zum Doctor ernannt war, da
die Mutter mit ihm ging und ihn ermahnte, sich nun einige Tage
freien Athemschöpfens zu gönnen.

Erst wenn Erich von der Reise zurückgekehrt war, wollten sie
bestimmen, was nun aus ihnen werden solle. Die Mutter empfand
es dabei schmerzlich und konnte den Gedanken nicht unterbrücken,
daß man aus dem stetigen, ordnungsmäßig sich fortsetzenden Lebens=
gange heraustreten und stündlich einem fraglichen, erst selbst zu
schaffenden Dasein gegenüberstehe; sie hatte das nie gekannt und
nie geahnt. Und mit einem Kummer, den sie zu unterbrücken
suchte, aber nicht ganz verbergen konnte, sah sie, sich eines Wortes
von Lessing erinnernd, ihren Sohn am Markte stehen und nach

Arbeit ausschauen. Sie hoffte indeß, daß sich das Widerstreben des Sohnes, sich durch eine Gunst eine Lebensstellung geben zu lassen, legen würde; vor Allem aber sollte er wieder seine Jugend= frische erhalten. Hätte die Mutter ihn jetzt gesehen, sie hätte ge= staunt, wie schnell sich das bewerkstelligte; es war ein Glanz in seinen Augen und eine Farbe in seinem Antlitz, die in den besten und ruhigsten Tagen nicht leuchtender und blühender gewesen.

Nur um ihm ein Ziel zu geben, hatte sie ihm einen Gruß an die Oberin des Klosters aufgetragen. Jetzt war Erich bereits auf dem Rückwege. Eine einfache Anzeige in der Zeitung hatte seiner Reise eine ungeahnte Richtung gegeben.

Er hatte indeß jugendliche Spannkraft genug, um wegen des Zieles die Freuden des Weges nicht zu vergessen. Mit hellem Blick betrachtete er das Getriebe auf dem Schiffe, das Leben auf dem Strom und an den Ufern.

Schon an der zweiten Station stiegen die beiden Nonnen aus und die zierliche Französin nickte ihm rückwärts zu, als sie die kleine Flügeltreppe hinabstieg. Im Kahn faltete sie die Hände und schaute vor sich nieder; auch als sie ans Ufer stieg, schaute sie nicht mehr rückwärts.

Von Ort zu Ort wechselten die Reisegefährten; an einem Dorfe kam eine Schaar Wallfahrer, meist Frauen mit weißen Tüchern auf dem Haupte. An dem Halteplatz, wo sie ausstiegen, kam ein Trupp Turner in hellgrauen Gewändern auf das Schiff und stimmte auf dem Verdeck ein Lied an, während die Wallfahrer am Ufer sangen. In allen Städten und Dörfern, an denen man vorüberfuhr, tönten die Glocken, es war ein heller, klingender, blühender Frühlingstag und Erich fühlte jene Berauschung, die das rheinländische Leben über das Gemüth bringt, eine Spannung und Erhöhung aller Lebensgeister, von der sich nicht sagen läßt, von wannen sie kommt, wie sich nicht scheiden läßt, was dem Weine an den Bergen hier seine Würze, sein Feuer gibt. Es ist der Hauch des Stromes, der Duft der Berge, die Kraft des Bodens, es ist das Sonnenlicht, das wie im Weine, auch im Menschen glüht, einen beflügelten Frohmuth erzeugt, den Niemand abwehren und Niemand erklären kann.

Oftmals wurde auch Erich angesprochen, er hielt aber jede Genossenschaft ab; er wollte in sich allein sein inmitten der Menschen= bewegung, inmitten der wonnigen Landschaft.

Es war hoher Mittag, als er bei dem Städtchen mit alters=
grauem Thurme, das einen fröhlichen Namen in der ganzen Welt
hat, ans Land stieg. Ein schlanker, blonder junger Mann stand
hier am Ufer und sah ihn scharf an, endlich rief er:

„Dournay!"

„Herr von Pranken!" erwiderte Erich.

Die beiden reichten sich die Hände.

Drittes Kapitel.

„Das ist der Rhein! Kaum hat man sich die Willkommhand
gereicht, so heißt es: Laß uns trinken! Es muß der Strom vor
Euren Augen sein, der Euch beständig die Lust nach Flüssigem
erregt."

So sagte Erich zu dem jungen Mann gleichen Alters, der
ihm gegenüber saß und seine Hand mit dem stramm zugeknöpften
Handschuh auf den Kopf eines braunen Hühnerhundes gelegt hatte.

„Nun bitte; hier ist die Weinkarte. Welchen Jahrgang und
welches Gewächs? Trinken wir neuen, der noch lustig ist und sich
nicht zur Ruhe gesetzt hat?"

„Ja, jungen Wein, und von dem Berge hier, drauf der
Sonnenschein so wohlig ruht."

Pranken befahl in knapper, militärischer Betonung dem war=
tenden Kellner:

„Eine Flasche Auslese!"

Der Wein kam, er floß golden in die blinkenden Gläser; die
beiden Männer stießen an und tranken. Sie saßen in der Reben=
laube am Ufer, dort wo die Landschaft sich weit ausdehnt und
der Blick sich erlabend dahinstreift über grünende Inseln im Strom,
über hellblinkende Wohnorte, über Wald, Berge und Rebengelände
und prächtige Landhäuser.

Die Triebwellen des Dampfschiffes hatten sich geglättet; die
Kähne am Ufer waren wieder ruhig, hüben und drüben dröhnten
die Bahnzüge nur von ferne; auf dem glatten Strom, in dem
sich da und dort weiße Wolken vom Himmel abspiegelten, blinkten
die Strahlen der Mittagssonne, und im blühenden Fliederbusch
bei der Laube schlug die Nachtigall.

Otto von Prancken hatte in der Ueberraschung sich vielleicht zutraulicher gegen Erich benommen als erforderlich war; nun, da Erich ihn mit Sie ansprach, während sie sich früher Du genannt hatten, nickte er zufrieden. Prancken zog den Handschuh rasch aus, reichte Erich nochmals die Hand und sagte:

„Sie sind wol auf einer Vergnügungsreise?"

„Sie wissen vielleicht noch nicht, daß vor zwei Monaten mein Vater gestorben?"

„Doch, doch . . . und ich bleibe unserm guten Professor ewig dankbar; das Bischen, was ich in der Cabettenschule gelernt habe — es ist freilich wenig genug — verdanke ich ihm ausschließlich. Ach, welche Geduld und welchen unablässigen Eifer hatte Ihr guter Vater! Stoßen Sie mit an auf sein Andenken!"

Die Gläser klangen.

„Wenn ich einmal gestorben bin," sagte Erich bewegten Tones, „so wünsche ich, daß auch mein Sohn so mit einem Genossen beim Wein am hellen Mittag mein gedächte."

„Ach, sterben!" entgegnete Prancken. „Sehen Sie, dort hat man gerade mitten in die Weinberge hinein den Friedhof verlegt. Man sollte gar nicht ans Sterben denken und nun wird man immer daran erinnert."

Erich erwiderte nichts, er starrte nur hinüber und hörte, wie jetzt eben der Kukuk vom Kirchhof aus rief.

„Sind Sie Landwirth?" fragte er, wie sich aufraffend.

„Provisorisch. Ich habe auf unbestimmte Zeit den Lieutenants-rock ausgezogen und mir das Piedestal hoher Wasserstiefel erkoren."

Während Prancken dies sprach, nahm er eine Taschenbürste heraus und glättete sein untadelhaft gescheiteltes, etwas dünnes Haar.

Eine kurze Weile saßen die Beiden lautlos da und sahen einander scharf musternd an. Zwei linkische Menschen, die sich unbehilflich gegenüber stehen, bringen sich gegenseitig in Verlegenheit; zwei Gewandte, die ihre Gewandtheit kennen, sind wie zwei Fechter, von denen Jeder zuerst Haltung und Waffenführung des Andern kennen und deßhalb keinen Ausfall und keinen Hieb machen will.

Prancken beugte sich über sein Glas, roch die Blume des Weins und sagte endlich halb lächelnd:

„Sie werden nun auch von Ihren weiland communistischen Ansichten bekehrt sein."

„Communistisch? Das ist eine bequeme Bannformel. Ich wünschte, ich könnte Communist sein; ich wünschte, daß ich den Communismus für eine gestaltungsfähige Form der Gesellschaft halten könnte, was er doch nie und nimmer werden kann. Wir müssen auf anderem Wege daran arbeiten, unser Dasein von der Barbarei zu befreien, daß unsere Mitmenschen, gleichberechtigt wie wir, an den gemeinsten Bedürfnissen Noth leiden. Wir trinken hier in Ruhe den Wein des Berges, darauf jetzt dort arme gedrückte Menschen sich abmühen, die kaum je einen Tropfen dieses Weines kosten."

„Wir haben heute Feiertag und da arbeitet Niemand," erwiderte Pranken und lachte laut auf.

Erich ging gerne auf die scherzhafte Wendung ein, er war reif genug, um nicht einen Widerspruch der Principien persönlich besiegen zu wollen. Das Gespräch kam in freundliche Gebiete und floß ruhig hin in Erinnerung an die Knabenzeit und an das Garnisonsleben. Erich hatte mit den Gardeofficieren in kameradschaftlicher Weise verkehrt; er stand in einer besondern Ehrenhaltung, durch sein zurückgezogenes, den Studien gewidmetes Leben; aber bei aller Charakterstrenge war er harmlos im Verkehr und seine Freudigkeit am Leben schien, oberflächlich betrachtet, sich nicht in Widerspruch zu setzen mit dem wilden Treiben um ihn her.

Die beiden Männer gingen in leichter Wechselrede im Garten auf und ab.

In der steifen Haltung des Halses, in der Art, wie sie beim Gehen die Arme bewegten, erkannte man die beiden jungen Männer als Soldaten; aber das Stramme war bei Erich durch eine gewisse Geschmeidigkeit gemildert. Pranken war elegant, Erich edel und zart; Pranken hatte in jedem Ton und jeder Bewegung etwas verbindlich Einnehmendes, Erziehung und Natur hatten ihm eine Weltgefälligkeit verliehen, sein Benehmen hatte etwas Läßliches und dabei doch Gemessenes; Erich hatte nicht minder sichere Formen, aber dabei Ungezwungenheit und Würde. Seine Stimme war ein schöner, kräftiger Bariton, während die Prankens tenorartig war. Auch in der Art des Sprechens ließ sich die Verschiedenheit der beiden jungen Männer erkennen. Erich sprach jedes Wort ganz voll, er gab jedem Buchstaben sein Tonrecht; Pranken dagegen sprach als wären ihm Vocale und Consonanten

zu viel, als müßte er jede Anstrengung der Sprachorgane ver=
meiden; die Worte fielen ihm sozusagen von den Lippen und doch
sprach er gern und mit sehr gewählten Spitzen. Prancken hatte
jene gewaltsame Tonart des kurzen Galopps, der der fürstlichen
Leibgarde eigen war; in jeder gewöhnlichen Aeußerung war etwas
Raffelndes, Lärmendes, als ob man mit dem Wehrgehänge hantire
und beständig aus einer Gesellschaft zur Vertilgung verschiedener
Flaschen Sect käme oder sich dorthin begebe.

Erich hatte nun geraume Zeit in ernstem Studium in einer
geschlossenen, fast klösterlich stillen Häuslichkeit gelebt, so daß ihm
dieses ganze Behaben wieder neu und auffällig war.

„Herr Baron," unterbrach der hinzutretende Kellner, der eine
Flasche hieländischen moussirenden Weines brachte, „Ihr Kutscher
läßt fragen, ob er ausspannen soll?"

„Nein!" lautete die Antwort, und während er die Flasche
im Eiskübel umhertrieb, fuhr er zu Erich fort:

„Ich will mir die kurze Freude dieser Begegnung mit Ihnen
nicht stören lassen. Ach, Sie glauben nicht, wie entsetzlich lang=
weilig die hochgepriesene Poesie der Landwirthschaft ist!"

Aus der entkorkten Flasche einschenkend, rief er lachend:

„Compost, und noch einmal Compost ist die Parole! Der
Olymp ist ein Composthaufen und der darüber thronende Gott
heißt Jupiter Ammoniak!"

Prancken sagte dies leichthin scherzend, dann trank er und
drehte sich vergnüglich mit beiden Händen die Spitzen seines
Schnurrbartes.

Erich lenkte zurück auf die Schönheit des rheinischen Lebens,
aber auch hier fiel Prancken ein:

„Wenn nur einmal Jemand käme und dem lügnerischen Lore=
leiern von der Schönheit des rheinischen Lebens die Schminke
wegätzte! Da sprechen die Poeten allzeit vom thauduftigen Morgen,
und wir hatten heute einen Höhenrauch, als ob den Engeln im
Himmel die Milch von ihrem Kaffee ins Feuer gelaufen wäre."

Erich lachte über den Einfall und am Glase nippend, sagte er:

„Aber die Lust des Weines!"

„Jawol," fiel Prancken ein, „das Trinken üben die hieländi=
schen Schoppenstecher, aber ohne alle Poesie, wie ein Geschäft.
Da sitzen sie stundenlang beisammen, es ist immer dieselbe Gesell=
schaft; sie haben dasselbe halb Dutzend Anekdoten in Garnison

und tauschen ein verjährtes Witzwort aus. Dann gehen sie heim mit rothem Kopf und mit Taumel in den Füßen und brüllen ein Lied, und das nennt man rheinische Fröhlichkeit. Das einzige Luftige dieser gemachten Rheinlüge ist noch die Straußwirthschaft."

„Was ist denn das?"

„Da hat der ehrsame Pfahlbürger ein Fäßchen eigen Gewächs einliegen, das er nicht allein austrinken kann und mag. Nun steckt er einen grünen Strauß an seinem Hause aus, und die urdeutsche Familienstube mit gemüthlich grünem Kachelofen und grauer Katze unter der Bank wird zur Wirthsstube. Ist man in der Schmiedgasse fertig, geht's in die Hasengasse, in die Kirch= gasse, die Salzgasse und in die Capuzinergasse. Die Bürger trinken einander hilfreich ihren Wein ab; das ist noch das einzig Schöne."

„So wollen wir uns des Weines freuen," entgegnete Erich. „Sehen Sie, wie die Sonne das edle Getränk, dem sie so hold zugelächelt und das sie so mühsam gezeitigt, noch einmal verklärt."

Mit einer Hast, die seinem sonst so ruhigen Wesen fremd schien, leerte er das Glas.

„Ich habe es immer gedacht," entgegnete Pranden, „in Ihnen steckt ein Dichter. Ach, ich beneide Sie; ich möchte die Kraft haben, ein satyrisches Gedicht zu schreiben, so gepfeffert, daß sich die ganze Welt die Zunge dran verbrennte."

Erich lächelte und erwiderte, daß er auch einmal geglaubt habe, er sei zum Dichter berufen; er habe indeß erkannt, daß es ein Irrthum war, und sei nun entschlossen, sich in einem thätigen Lebensberufe zu versuchen.

„Ja," sagte er und zog das Zeitungsblatt aus der Tasche, „Sie können mir vielleicht einen lebenentscheidenden Dienst leisten."

„Mit Freuden, wenn es nicht gegen . . ."

„Beruhigen Sie sich, es hat nichts mit principiellen oder gar politischen Dingen zu thun. Sie könnten vielleicht als Freiwerber für mich auftreten."

„Also verliebt? Der schöne Erich Dournay, der Adonis der Garnison, bedarf eines Freiwerbers?"

„Nichts von dem. Es handelt sich nur um eine Hauslehrer= stelle. Sehen Sie die Zeitung, hier steht's: Ich suche für meinen fünfzehnjährigen Sohn einen Mann von wissenschaftlicher Bildung und weltmännischen Formen, der Unterricht und Leitung für eine

höhere Stellung zu übernehmen geneigt ist. Honorar nach Ver=
einbarung. Bei Abschluß der Erziehung lebenslängliche Jahres=
rente. Adresse und Zeugnisse abzugeben Bahnstation *** am Rhein."

„Ich kenne diese Anzeige, habe ja selber daran mitgearbeitet.
Ich gestehe indeß, daß wir bei der Wahl des Ausdrucks „welt=
männische Formen" an etwas Besonderes dachten."

„War damit vielleicht ein Adeliger gemeint?"

„Allerdings. Es handelt sich darum, daß ein Erzieher in
einem bürgerlichen Hause und besonders einem eigenwilligen Zögling
gegenüber eine unantastbare Ehrenstellung bewahrt."

„Gewiß, das ist durchaus angemessen und vortheilhaft. Vielleicht
habe ich indessen statt des Barons einen Titel einzusetzen, der
ein Rechtstitel für den Erzieher ist; seit wenigen Tagen heiße ich
Doctor!"

Pranden nickte glückwünschend, aber schnell setzte er hinzu:

„Und daß Sie mit Hauptmannsrang den Dienst quittirten,
vergessen Sie ganz? Ich gestehe, daß ich gerade die militärische
Befähigung in dem Aufrufe ausdrücklich betonen wollte. Aber
nein, Sie taugen nicht zum Bärenführer. Der Junge ist un=
bändig und tückisch wie eine amerikanische Rothhaut und weiß
für jeden Charakter die Skalp=Locke zu finden, an der er ihn
faßt und skalpirt; er hat das schon bei einem Halbdutzend Päda=
gogen erprobt."

„Vielleicht wäre dann der Versuch um so anreizender; vielleicht
ist der Knabe nur, was man verzogen nennt, und solche Kinder
sind nicht so schwer zurecht zu führen."

„Und wissen Sie, daß Massa Sonnenkamp Besitzer von vielen
Millionen ist, und der Golderbe das weiß?"

„Das hindert nicht, reizt vielleicht nur noch mehr zum Versuch."

„Gut. Ich bringe Sie selbst zu dem mysteriösen Mann; ich
habe das Glück, mich seiner besonderen Gunst zu erfreuen. Doch
nein ... besser, Sie fahren mit mir auf das Gut meines Schwa=
gers; Sie müssen sich ja noch meiner Schwester Bella erinnern?"

„Wol, und ich nehme Ihre Gastfreundschaft an. Nur bitte
ich, Herrn Sonnenkamp — mir ist, als hätte ich den Namen
schon einmal gehört ... doch immerhin — von meiner Ankunft
zu benachrichtigen und mich dann allein bei ihm eintreten zu lassen."

Pranden warf einen fragenden Blick auf Erich, und dieser
fuhr fort:

„Ich weiß Ihre freundliche Bereitwilligkeit wol zu schätzen, aber Sie wissen, daß ein Fremder, der als Dritter eingeführt ist, sich nicht so leicht und frei geben kann, wie sich das in einem Zwiegespräche findet."

Pranken zog ein Taschenbuch heraus, und hielt den Silber= stift eine kurze Weile an die Lippen gedrückt. Er erwog, ob er recht thue, Erich zu empfehlen, ob es nicht besser wäre, ihn sofort zu beseitigen und einen Mann, der sich ganz als seine Creatur erkannte, dafür zu setzen. Aber Erich wird dann selbst einen Versuch machen und vielleicht, ja höchst wahrscheinlich die Stelle gewinnen; da wäre es doch besser, ihn durch Dank gebunden zu haben. Und mitten in diese Erwägungen mischte sich auch eine Regung von Gutmüthigkeit.

Er schrieb sofort auf eine Karte an Herrn Sonnenkamp, dieser möge kein Engagement eingehen, da ein gelehrter vormaliger Artillerie=Officier zur Erlangung der Stelle bei ihm erscheinen würde. Behutsam vermied er einstweilen jede nähere freundschaft= liche Beziehung.

Die Karte wurde sofort abgeschickt. Als Pranken das Gummi= band an seinem Taschenbuche wieder zuschnellte, ließ er es noch mehrmals auf= und niederspielen, bis er das Taschenbuch wieder einsteckte.

Er war nachdenklich geworden.

Viertes Kapitel.

Im offenen Wagen fuhren die beiden jungen Mäuner die Straße dahin, die bald bergan lenkte. Die Luft war voll thauiger Frische und hoch über den Rebengeländen im Laubwalde sangen die Nachtigallen, es war wie eine endlose Kette von Gesang.

Die beiden Männer saßen schweigend. Jeder wußte, daß der Andere in seinen Lebenskreis eingetreten, und man konnte nicht ahnen, was daraus erfolgen würde.

Als Erich jetzt den Hut abthat, und Pranken das jugend= frische Antlitz und den Ausdruck ruhiger Sicherheit in demselben betrachtete, war es ihm, als hätte er ihn noch gar nicht gesehen. Er erwog, in welches Verhältniß von unberechenbaren Folgen er

sich gebracht. Spott und gütiges Lächeln wechselten in seinen
Mienen, er murmelte sogar unverständliche Worte vor sich hin
und stieß ein kurzes unerklärbares Lachen aus.

Er legte den Kopf zurück in die Wagenkissen und schaute in
den Himmel hinein. Er wird schon dafür sorgen, daß der Mann
ihm nicht in die Quere kommt, und was er selber nicht vermag,
wird Schwester Bella fertig bringen.

Pranken hatte, seitdem er Civilkleider trug, etwas Gewalt=
sames in seiner Haltung. Von Kindheit an in die Uniform ge=
steckt, hatte ihm diese nicht nur ein Gefühl der Geschlossenheit,
sondern auch einen bestimmten, jederzeit kenntlichen Charakter ge=
geben, der ihn von dem gewöhnlichen Troß ausschied. In der
Gemeinschaft der Genossen, in Reih und Glied, war er stramm
und frischauf; er zeichnete sich durch nichts Besonderes aus, aber
er war ein guter Officier, der seine Pferde und seine Leute gut
zu regieren und einzuüben wußte. Nun, da er die Uniform aus=
gezogen, war es ihm, als müsse er in dem bürgerlichen Gewande
auseinanderfallen; er hielt sich daher gewaltsam stolz aufrecht und
suchte in jeder Bewegung kundzugeben, daß er nicht zu den ge=
wöhnlichen Menschenkindern gehöre. Im Regimente hatte es stets
feste Ordre gegeben, jetzt war er in das Commando der Pflicht
und der lästigen Selbstbestimmung eingetreten; auf sich allein ge=
stellt, ward er schmerzlich inne, daß er ohne Kameradschaft Nichts
war. Das Leben erschien ihm öde und schal, er hatte sich daher
in eine ironisch bittere Stimmung hineingearbeitet; das gab ihm
vor sich selber eine gewisse Erhabenheit über dieses trockene Ge=
triebe ohne Parade, ohne Spiel, ohne Ballet.

Mit einer Art Verwunderung sah er auf Erich, der, von
aller äußeren Stellung entblößt, ja in Armuth versetzt, so ruhig
und zuversichtlich dreinschaute und sich am Ausblick in die Land=
schaft ergötzte, als wäre das ein Fest.

Erich war in der That besser gestellt. Er war auch in Reih
und Glied ein Mensch für sich geblieben, nie ganz in das kamerad=
schaftliche Leben aufgegangen, und nun, da er das Bürgerkleid
trug, hatte sich seine Erscheinung neu und frei entfaltet.

„Es ist vielleicht ein Glück, wenn man sich um des Erwerbes
willen zu Etwas zu bestimmen hat," sagte Pranken, nachdem
man lange lautlos dahingefahren.

„Das eben," erwiderte Erich, „wird die schwere Aufgabe bei

dem jungen Millionär sein. Die Idee und das materielle Erträgniß bewegen die Menschenkraft. Die steile Bergwand würde
nicht mit Wein bepflanzt, der Wald nicht gerodet, das Schiff
nicht gelenkt, der Pflug nicht geführt, wenn nicht die Noth riefe.
Wo ein höherer Antrieb sich damit vereinigt — und mir scheint
das möglich in jeder Sphäre — da ist das schön Menschliche."

Wieder waren die Beiden still.

Im Thale lagen bereits die Schatten, während oben auf den
Bergen die Sonne noch hell glänzte. Man fuhr durch das Städt-
chen; aus den offenen Fenstern klang Musik, es war fröhliches
Tummeln in den Straßen, die Mädchen wandelten Arm in Arm
dahin, die jungen Männer vereinzelt oder in Gruppen, es gab
heiteres Grüßen, Necken und Scherzen; die Alten saßen vor den
Häusern, der Marktbrunnen rauschte, und weiter hinauf, die
Landstraße am Ufer entlang, war lustiges Singen.

„O, wie erquicklich ist unser deutsches Leben!" rief Erich unwillkürlich. „Die gewerblich thätigen Menschen vergnügen sich
am Abend, der Kühlung und Schatten giebt in dem baumlosen
Weinlande."

Prancken schwieg und plötzlich zuckte er zurück, da ihm — er
wußte nicht woher — wie ein Traum, wie ein Gesicht in der
Ferne, die Vorstellung kam, daß er dem Manne, der neben ihm
saß, mit der Pistole in der Hand im Duell gegenüberstehe.

Gewaltsam zwang er sich zum Sprechen und erzählte, wie er
auf Anrathen seines Schwagers, des Grafen Clodwig von Wolfsgarten, einen Besuch bei einem hochangesehenen Landwirth in der
Umgegend gemacht, um, falls man sich gegenseitig gefiele, dort
sich zum Landwirth auszubilden.

Der Gutsbesitzer Weidmann galt in der ganzen Umgegend
als Autorität in landwirthschaftlichen wie in politischen Dingen.

„Ich möchte wissen," sagte Prancken, „wie Ihnen dieser Mann
erscheinen würde. Er hat auch" — bei diesem Worte stockte er
und setzte schnell hinzu — „auch wie die großen Weltverbesserer
beständig einen Train von guten Lehren, daß man ein ganzes
Capuziner-Kloster damit verproviantiren könnte."

Erich entgegnete scherzend, daß es vielleicht auch eine Gastfreundschaft durch Lehren gäbe, und Prancken fuhr fort:

„Ach, die Welt besteht aus lauter Aberglauben! Die gepriesene
Poesie der Landwirthschaft ist nichts als Erwerbssucht, die die

Schminke des Abendroths und Morgenroths auflegt. Dieser Herr
Weidmann mit seinen Söhnen denkt an nichts als an Gelderwerb.
Er hat sechs Söhne, fünf davon kenne ich, sie sehen alle impertinent gesund aus, mit prätentiös weißen, fehlerlosen Zähnen und
sind alle ungeschornen Bartes. Die Berge, die von Reisenden
mit Entzücken bewundert werden, müssen der Weidmannischen Sippe
auf der Oberfläche Wein geben und aus ihrem Innern Schiefer
und Braunstein, Erz und Chemikalien. Sie haben fünf verschiedene Fabriken, der Eine ist Bergmann, der Andere Maschinen-
bauer, der Dritte Chemiker, und so arbeiten sie für einander und
mit einander. Ich habe mir sagen lassen, daß sie vierzig verschiedene Stoffe aus dem Buchenholz ziehen, und dann senden
sie die ausgemergelte Kohle noch nach Paris in die Restaurants.
Ist das nicht eine schöne Naturschwärmerei? Und nun gar Vater
Weidmann. Nicht wahr, Sie freut der Gesang der Nachtigall?
Vater Weidmann hat bei der Regierung ein Toleranzedict erwirkt,
weil die Nachtigallen Ungeziefer fressen und für Land- und Forst-
cultur überaus nützlich sind. Wenn heute ein Sänger nach Burg
Mattenheim käme, er fände kein Gehör, wenn er nicht ein Lied
sänge von der edlen Minne, durch die sich Stickstoff und Wasser-
stoff zu Ammoniak verbindet. Mir ist ganz wirbelig von lauter
Superphosphat und Kali. Glauben Sie," fragte Pranken jetzt
geradezu, "glauben Sie, daß das ein Loos ist, des Strebens
werth, den Nahrungsstoff der Menschheit um einige Säcke Kartoffeln zu vermehren?"

Ehe Erich antworten konnte, sezte aber Pranken hinzu:

„Ach! Es giebt eigentlich gar nichts, was man sein möchte.
Soldat ist doch das Einzige."

Als man jetzt einen steilen Berg hinanfuhr und den weiten
Strom mit den Inseln übersah, deutete Pranken stromaufwärts
auf ein hellweißes Gebäude am Ufer und sagte:

„Sehen Sie, dort ist Villa Sonnenkamp, auch Villa Eden
genannt. Die große Glaskuppel, auf der die Abendsonne glänzt, ist
das Palmenhaus. Herr Sonnenkamp ist passionirter Gärtner, seine
Gewächshäuser und Obstpflanzungen übertreffen die des Fürsten."

Erich stand im Wagen aufrecht und schaute rückwärts auf die
Landschaft und auf das Haus, in welchem er vielleicht eine neue
Lebenswendung zu erwarten hatte.

Fünftes Kapitel.

„Nach Wolfsgarten," stand auf dem Wegweiser am Rande des gutbestandenen Hochwaldes, in den man jetzt einfuhr.

Wir sind hier auf Grund und Boden des Edelmanns.

Jeder Fremde, der des Weges kam und sich nach dem weithin blickenden einfachen Herrenhause mit dem gestaffelten Giebel dort oben näher erkundigte, erhielt die Antwort, daß dort zwei glückliche Menschen wohnten, denen nichts fehlte als der Kindersegen.

Graf Clodwig von Wolfsgarten war ein Edelmann in der besten Bedeutung des Wortes. Er gehörte zwar nicht zu den zuvorkommenden Menschen, die Jeden mit freundlicher Ansprache gewinnen, er hatte eine vornehme Zurückhaltung und Stille; aber der unabhängige Gutsbesitzer, der Fabrikant wie der Taglöhner, der Pfarrer wie der Handwerker, der Beamte und der Kaufmann in den Städten — Jeglicher glaubte, daß er ihn ganz besonders zu ehren und zu lieben verstehe. Man betrachtete ihn wie eine Zierde der Umgegend, wie einen mächtigen Baum auf der Bergeshöhe, unter dem man sich des Schattens und des freien Ausblicks erfreut und dem man Sicherheit vor allem Unwetter wünscht.

Clodwig war lange im Auslande gewesen und erst seit fünf Jahren, seitdem er sich zum zweitenmal verheirathet hatte, wohnte er auf dem Schlosse. Seine Gemahlin Bella war schön, Manche sagten, fast zu schön für den alten Herrn. Sie war gesprächsamer als ihr Gatte, und wenn sie in dem niederen kleinen Wagen, der mit zwei gescheckten Ponies bespannt war, über Land und durch die Dörfer fuhr, grüßte Alles staunend, denn Bella führte die Zügel, während ihr Gatte neben ihr und der Bediente auf dem Rücksitz saß. Man hätte glauben mögen, daß sie auch im Hause die Zügel führe; das war aber keineswegs der Fall. Sie war gegen ihren Gatten voll Demuth und Hingebung, ja es war diesem oft mißfällig, daß sie ihn, und sogar manchmal in seinem Beisein, übermäßig lobte, seine Güte, seine gleichmäßige Ruhe und seinen großen Blick in alle Weltverhältnisse mit beredter Zunge rühmte.

Erich erinnerte sich nur dunkel des Aufsehens, das in der Residenz die Verheirathung Clodwigs mit Bella erregt hatte, denn

das Ereigniß fiel gerade in die Zeit, als er aus dem Militär=
dienste trat. Er hatte Bella oft gesehen, aber den Grafen Wolfs=
garten nie. Der Graf hatte viele Jahre den Gesandtschaftsposten
des Fürstenthums bei dem päpstlichen Hofe in Rom bekleidet, wo
auch der Vater Erichs ihn kennen lernte.

Clodwig war in der wissenschaftlichen Welt durch eine kleine
archäologische Schrift mit sehr kostspieligen Zeichnungen bekannt,
denn neben Musik, die er leidenschaftlich liebte, betrieb er mit
jener Sauberkeit und jenem Ernste, die sein ganzes Wesen be=
zeichneten, die Alterthumswissenschaft. Man rühmte ihm über=
haupt nach, daß es kaum eine Wissenschaft und eine Kunst gäbe,
der er nicht eifrige Pflege angedeihen ließ.

Kinderlos, in Rom verwittwet, kehrte er ins Vaterland zurück,
war ein angesehenes, dem sogenannten gemäßigten Fortschritte
huldigendes Mitglied des Hauses der Standesherren, und ver=
kehrte während der Session viel mit dem alten Herrn von Pranden,
der ebenfalls Mitglied dieses Hauses war. Bald bildete sich eine
anmuthende Beziehung zu Bella von Pranden, die eine impo=
nirende Erscheinung war und namentlich durch ihr wunderbares
Clavierspiel glänzte. Bella war, wenn man es unhöflich aus=
drücken wollte, überständig geworden; sie war in ihrer Blüthe=
zeit die schöne Dame des Hofes gewesen, jetzt sah sie bereits
einen Nachwuchs in der Gesellschaft glänzen, zu dem sie keine
Beziehung hatte.

Bella hatte ein schönes Stück Welt gesehen. In Gemeinschaft
mit zwei Engländerinnen bereiste sie Italien, Griechenland und
Egypten; sie hatte einen gewandten Courier gemiethet, der Alles
für sie besorgte. Nun wieder an den Hof zurückgekehrt, wo der
Vater Oberstallmeister war, betheiligte sie sich an den Gesell=
schaften mit jener Resignation, die einer höheren Natur solchen
Alltäglichkeiten gegenüber zusteht. Mit Clodwig von Wolfsgarten
unterhielt sie sich sehr viel, und er ging von der Voraussetzung
aus, daß die Nichtigkeiten der Gesellschaft kaum ihre Beachtung
fanden; sie erklärte sich geradezu als eine reifere Natur, die nur
noch in höheren Interessen lebte. Mit großer Aufmerksamkeit
und lebhafter Theilnahme ging sie selbst auf die archäologischen
Liebhabereien Clodwigs ein.

Sie hatte auf ihrem Nipptisch keine Porcellanfiguren und der=
gleichen Schnörkeleien, sondern nur ausgewählte Nachbildungen

von Antiken, und sie trug eine große Bernsteinkette, die man in
dem Grabe einer vornehmen Römerin gefunden. Sie hatte ein
großes photographisches Album, Ansichten von ihrer Reise, mit=
gebracht, und war glücklich, mit Clodwig Alles noch einmal zu
betrachten und sich von ihm belehren zu lassen. Dafür spielte
sie ihm auch manchmal vor, während sie sich in Gesellschaften
nicht mehr zum Musiciren bewegen ließ.

Die ganze Hofgesellschaft that einmal etwas Neues; sie trug
zwischen Clodwig und Bella hin und her, was das Eine vom
Andern Begeistertes gesprochen hatte, und selbst die höchsten Herr=
schaften betheiligten sich an der Ermuthigung Bellas und Clod=
wigs; denn die Beiden waren zaghaft, als sie inne wurden, daß
ihr Verhältniß ein anderes werden sollte. Sie entschlossen sich
indeß, und die Verlobung wurde im engsten Kreise der Hofgesell=
schaft gefeiert.

Clodwig hatte einmal kurz vor der Hochzeit einen Schwindel=
anfall gehabt, und von jenem Tage an hatte es Bella eingerichtet,
daß Clodwig, wohin er ging, und meist ohne daß er es wußte,
von einem Diener begleitet war. Mit der größten Sorgfalt
pflegte sie den alten Herrn, und als sie sich nun auf das Erb=
gut zurückgezogen, gewann Clodwig neue Rüstigkeit.

In den Bädern, wohin sie allsommerlich gingen, waren Clod=
wig und Bella hoch angesehene Erscheinungen. Bella wurde nicht
nur ihrer Schönheit wegen verehrt, sondern auch wegen ihrer
treuen Hingebung und bis zur Aengstlichkeit gesteigerten Sorgfalt
für ihren alten Gatten.

Erich erinnerte sich vieler dieser Thatsachen, während er mit
Pranden den Berg hinanfuhr.

Sechstes Kapitel.

Hier auf der Bergeshöhe war noch heller Tag. Als man
durch den Park die letzte Höhe hinanfuhr, stand Lina in blau=
geblümtem Sommergewande am Weg zwischen den grünen Bäu=
men. Als sie des Wagens ansichtig wurde, kehrte sie schnell um.
Zwei hellblaue Bänder, nach der Mode rückwärts geknüpft, spielten
im Abendwinde.

„Ah," rief Pranden, „wir treffen heute die Gesellschaft zur kalten Küche bei meiner Schwester. Das holde Kind, das dort geht, ist die Tochter des Landrichters, frisch gebacken aus der Pfanne des Klosters Sacré Coeur zu Aachen. Da werden Sie ein echtes rheinisches Kind kennen lernen. Das freundliche Kind meldet uns der Gesellschaft an. Die Familie ist sehr ehrenwerth, sehr achtbar, die Kleine zu einem Interims=Verhältniß eigentlich zu gut."

Frohgemuth sprang er aus dem Wagen, reichte Erich die Hand und sagte:

„Willkommen auf Wolfsgarten!"

Im Hofe standen mehrere Wagen und im Garten traf man die Gesellschaft der Frauen; sie saßen mit Fächern und Sonnen= schirmen in der Hand auf zierlichen Stühlen um ein großes rundes Beet üppig wuchernden Vergißmeinnichts, in dessen Mitte sich blühende rothe Rhododendren erhoben.

„Wir sind keine Ruhestörer, lassen Sie sich nicht stören, meine gnädigen Damen," rief Pranden schon aus der Ferne in muth= willigem Ton.

Bella grüßte ihren Bruder und sodann Erich, den sie sofort wieder erkannte. Er wurde vorgestellt. Frau Landrichter, Fräu= lein Lina — diese Beiden waren so glücklich, eine Begegnung von gestern erneuern zu können — dann wurde Frau Kreis= physicus und Schwester, Frau Oberförsterin und Schwester, Frau Apothekerin, Frau Bürgermeisterin, Frau Schuldirector, zwei Kaufmannsfrauen und zwei Fabrikantinnen vorgestellt. Die ganze Honoratiorenschaft des Städtchens schien vollzählig.

Die Herren, hieß es, seien nach einem nahen Aussichtspunkte gegangen und würden bald zurückkehren.

Die Unterhaltung mochte nicht sehr lebhaft gewesen sein; die Erscheinung Erichs erregte Interesse. Die Frau Directorin, eine große üppige Gestalt — Frau Bella nannte sie Frau Kleiberleib, denn sie wußte sich vortrefflich zu kleiden und Alles stand ihr gut — nahm ihre Lorgnette auf und schaute in die Landschaft, benutzte aber diesen Ueberblick, um Erich näher in Augenschein zu nehmen. Die Art, wie sie dann die Lorgnette in der Hand wiegte, schien zu sagen, daß sie einen nicht unangenehmen An= blick gehabt habe.

Nach den ersten Fragen, wie lange Erich den Rhein nicht

gesehen, und nachdem er mitgetheilt, wie ihm Alles wieder ganz neu erschien und fast berauschend auf ihn gewirkt habe, erinnerte Bella, daß sie ihn zum Letztenmal gesehen, als er ein Solo in einem Wohlthätigkeits=Concerte sang. Sie fragte dann nach seiner Mutter und scheinbar beiläufig, aber nicht ohne Betonung er= wähnte sie, daß deren einziger Bruder, der Baron von Burgholz, so plötzlich auf Madeira gestorben sei.

Bella sprach so leicht, das Sprechen schien ihr durchaus Neben= sache, sie veränderte beim Sprechen kaum einen Gesichtszug, ja sie bewegte kaum die Lippen; nur beim Lächeln zeigte sie die volle Reihe kleiner weißer Zähne.

Bella wußte, daß Erich sie genau betrachtete, während er sprach, und mit einer Ruhe, als stünde sie nur einem Spiegel gegenüber, schaute sie drein.

Mit großer Freundlichkeit stellte sie dann Erich der anmuthigen Oberförsterin, die eine vortreffliche Liedersängerin sei, noch be= sonders vor und fragte dabei, ob er auch noch fleißig singe; er erwiderte, daß er jede Möglichkeit benutzt, um in der Uebung zu bleiben.

Der Abend war ungewöhnlich schwül, eine beklemmende Span= nung lag auf dem Berge und über dem Thal. In der Ferne zog ein Gewitter herauf. Man überlegte, ob man das Gewitter auf Wolfsgarten abwarten oder sofort zurückkehren solle.

Die anmuthige Oberförsterin sagte, sie gestehe offen, daß sie sich vor einem Gewitter fürchte.

„Ah, da kommen die Herren!" hieß es plötzlich. Zwei schöne Hühnerhunde sprangen voraus in den Garten, sie umkreisten den Hund Prandens, der in der Fremde gewesen war, und be= schnüffelten ihn, als wollten sie auswittern, was er draußen er= lebt habe. Hinter den Hunden drein folgten die Männer.

Erich erkannte sofort den Grafen Clodwig. Es war eine saubere, wohlgepflegte Erscheinung; das glattrasirte, ältliche Ge= sicht, das aber keinerlei Abspannung und Schlaffheit bemerken ließ, zeigte ständige Freundlichkeit. Clodwig hatte zwei Eigen= schaften, die sich selten vereinen: er war liebenswürdig und im= ponirend; obgleich er nie etwas von aristokratischer Ueberhebung zeigte und Jeden gleich freundlich und gütig behandelte, verstand es sich von selbst, daß sich ihm Alle unterordneten.

Als ihm Erich vorgestellt wurde, sagte er:

„Seien Sie mir willkommen als Sohn meines römischen Freundes." Er drückte dann die feine goldene Brille mit dem kleinen Finger der linken Hand etwas schärfer ans Auge.

Als nun Erich erwiderte, sagte er in bewegtem Tone:

„Sie haben ganz die Stimme Ihres Vaters."

Nur einen Augenblick schaute er vor sich nieder und preßte die feinen Lippen zusammen.

Die Art, wie Clodwig sprach, war maßvoll und anmuthend.

„Hier stelle ich Sie einem guten Kameraden vor," sagte er aufschauend und lächelte auffällig, indem er auf einen alten Herrn mit dickem, rothem Kopfe und schneeweißen, kurzgehaltenen Haaren wies. „Das ist unser Major, Herr Major Graßler."

Der Major nickte wohlwollend und reichte Erich eine Hand mit vier Fingern, der Zeigefinger fehlte; aber der Alte wußte doch die Hand des Fremden kräftig zu drücken. Er nickte noch- mals, sagte aber kein Wort.

Die anderen Herren wurden ebenfalls genannt. Ein schöner junger Mann mit gebräuntem Gesicht und schönem Kinn- und Schnurrbart wurde als Architekt Erhardt vorgestellt. Er verab- schiedete sich aber sofort bei dem Grafen, da er noch in dem Kalksteinbruche eine Bestellung zu machen habe.

Der Schuldirector sagte Erich, daß auch er ein Schüler des Professor Einsiedel sei.

Der Major wurde von den Frauen aus dem Männerkreise abgerufen. Man schalt, daß er, der sonst immer aufmerksam gegen die Frauen und ihr treuer Beschützer, sie heute auch ver- lassen hatte und mit den Männern gegangen war. Jetzt sollte er Alle entschädigen.

Die Mädchen hatten spielend einen Kranz gewunden.

Kaum hatte der Major sich gesetzt, als die Mädchen ihm den Kranz auf sein weißes Haupt legten. Er nickte fröhlich und wünschte, daß man einen Spiegel hole, damit er sich auch sehen könne. Gegen Lina hob er den Zeigefinger der linken Hand auf und fragte, ob sie das im Kloster gelernt habe.

Es zeigte sich bald, daß der Major die Zielscheibe für die Witzbolzen war, denn es giebt nicht leicht eine Gesellschaft, wo nicht Einer sich dazu hergeben muß oder sich freiwillig zu Gebote stellt. Der Major machte jedem Menschen, der ihn kannte, mehr

Freude, als er selber wußte, denn Jeder lächelte freundlich, wenn er an ihn dachte oder wenn von ihm gesprochen wurde.

Ein Windstoß flog über die Hochebene dahin, die Flagge auf dem Herrenhause wurde eingezogen, man trug die gepolsterten Stühle schnell unter den bedeckten Vorbau. Mit behaglichem Gefühl saß dann die Gesellschaft im erleuchteten Saale beisammen, während es draußen stürmte.

Eine Weile konnte noch kein anderes Gespräch aufkommen, als vom Gewitter. Der Major erzählte von einem kleinen Scharmützel, das sie einmal ausgeführt hätten, während es entsetzlich donnerte und blitzte; er brachte es sehr ungeschickt vor, aber man verstand doch, daß er sagen wollte: wie gräulich es war, daß man einander mordete, während der Himmel drein sprach.

Der Landrichter erzählte, daß ein Bursche, der einen falschen Eid schwören wollte, plötzlich, als er eben die Hand aufhob und ein Donnerschlag dreinschallte, die Hand sinken ließ und rief: „Ich hab's gethan." Der Oberförster berichtete vergnüglich, daß das Gewitter dem Jäger besonders willkommen sei, denn nach demselben komme gewiß das Wild schußgerecht heraus. Der Schuldirector gab eine Schilderung, wie die Kinder während eines Gewitters so schwer in der Schulstube zu beschäftigen seien; man könne im Unterricht nicht fortfahren, und wisse doch nicht, was man mit ihnen anfangen solle.

Erich bemerkte in leichtem Ton:

„Was uns hier als tobendes Gewitter die Seele einnimmt, ist drunten am Niederrhein, droben im Elsaß ein fernes Wetterleuchten, das die bedrückende Hitze des Tages kühlt. Mit Behagen sitzen die Menschen dort in Gärten und auf Balconen und athmen die reine Luft ein."

Er führte das in heiterer Weise aus und wußte das Gegenwärtige ganz vergessen zu machen. Die Oberförsterin, die in einer Nebenstube im Dunkeln gesessen und sich die Augen zugehalten hatte, kam bei den Worten Erichs, die sie vernommen haben mußte, in den Saal und war ganz unbefangen. Erich fuhr fort zu berichten, wie ihn am vergangenen Abend die Zeitungsnachrichten aus Amerika berührt haben; jetzt erscheine ihm die Luftspannung überm Ocean auch als ein Gewitter, das vielleicht die beklemmende Atmosphäre der alten Welt reinige.

Der Landrichter und der Schuldirector zuckten die Achseln.

Die Energie, mit welcher Erich aus geschlossener Sammlung sein Gedankenleben kundgab, hatte etwas Befremdendes, ja für einen Theil der Männer etwas Verletzendes. Sie fühlten, daß diese fremde Tonart und dieses Herausheben des Besten, das man in sich wußte, die Frauen anzog und diejenigen in Schatten stellte, die nur gelegentlich und da noch ohne Sammlung und Abrundung etwas mittheilten. Der Landrichter sah in das strahlende Auge seiner Tochter und der Oberförsterin und sagte leise zum Schuldirector:

„Das ist ein gefährlicher Mensch."

Das Gespräch zertheilte sich in Gruppen. Erich stand mit Clodwig im Erkerfenster; sie schauten in die Nacht hinaus. Ueber den jenseitigen Bergen zuckten die Blitze auf, bald eine glühende Höhe am Horizont zeigend, bald nur den Himmel zerreißend, wie wenn hinter ihm noch ein zweiter Himmel wäre, und der Donner rollte drein, daß die Decke zitterte und die herabhängenden Prismen an den Kronleuchtern klirrten.

„Wie jetzt hier mit Ihnen, stand ich einst mit Ihrem Vater in der Campagna bei Rom," begann Clodwig: „Ich bin nie dazu gekommen, ihm ganz zu sagen, was ich ihm von damals an verdanke. Wir lebten damals in einer künstlichen Welt, Ausbildung unserer Individualität erschien uns als einziges Ziel; jedes Einwirken auf das Leben Anderer erschien uns störend. Ich weiß nicht, wie es kam, wir sprachen über jene Anschauung, die die Dinge der Welt unter dem Gesichtspunkt der Unendlichkeit betrachtet. Da sagte Ihr Vater ... ich meine, ich höre seine Stimme noch: Indem wir das Leben der Menschheit als Ganzes fassen, finden wir jene Ruhe, die die Gläubigen haben, da wir mit ihnen dann die Welt in der Einheit des Gottesgedankens halten. Wer den Gang der einzelnen Ameise verfolgt, begreift ihre Zickzackwege nicht und das Schicksal, wie sie plötzlich in die Grube des Ameisenlöwen fällt, der doch auch leben muß. Wer aber den Ameisenhaufen als Einheit sieht ..."

Clodwig hielt in seiner Rede inne. Aus dem Thal herauf hörte man den schrillen Pfiff der Locomotive und das dumpfe Rollen des Bahnzuges.

„Damals freilich," setzte er nach einer Pause hinzu, und sein Antlitz wurde von einem raschen Blitz erleuchtet, „damals störte die stille Betrachtung noch kein Pfiff der Locomotive."

„Und doch," entgegnete Erich, „ist dieser schrille Ton eigent=
lich keine Dissonanz. Die Menschen führen ihr gesetztes Leben
fort mitten im Aufruhr der Natur. In unserer Zeit zieht sich
ein unabänderliches System von Bewegungen unaufhaltsam über
unsere Erde. Man könnte sagen, all unser Schaffen und Wirken
ist ein Bereiten von Wegen, ein Offenhalten der Bahn, daß sich
die ewigen Naturkräfte frei bewegen. Bahndienst hat der neue
Mensch auf Erden."

Clodwig faßte die Hand Erichs. Ein lang anhaltender, sich
mehrfach fortsetzender Blitz zuckte über der Landschaft und be=
leuchtete das strahlende Antlitz des jungen Mannes und das klare
des alten Herrn. Fest drückte Clodwig die Hand Erichs.

Mit bewegter Stimme, als offenbare er ein Geheimniß, das
sich ihm schwer von der Lippe ringe, das er aber doch kundgeben
müsse, sagte Clodwig:

„In solchen Gewittern dachte ich mich schon oft in jene Zeit
zurück, da alles Land hier bis zum Odenwald hin ein großer
Landsee war, woraus einzelne Berge wie Inseln hervorragten,
bis der Strom sich sein Bett durch die Felswand riß. Und haben
Sie, junger Freund, sich schon einmal dem Gedanken hingegeben,
daß das Chaos wieder hereinbricht?"

„Ich habe es versucht, aber wir können uns weder in die
vormenschliche, noch in die nachmenschliche Zeit denken. Wir
können nur die Arbeitsstunde, die man siebzig Jahr nennt, nach
bester Kraft ausfüllen."

Der Major kam und bat die beiden Herren, in den inneren
Saal einzutreten, wo sich die Gesellschaft versammelt habe.

Ein heller Glanz lag auf dem Antlitz der Beiden, die in die
Gesellschaft zurückkehrten.

Siebentes Kapitel.

Man hatte sich in den inneren Musiksaal zurückgezogen, dessen
Kuppelbau jetzt, da Alles beleuchtet war, sich fast feierlich aus=
nahm. Vier Balcone waren in der halben Höhe des Saales an=
gebracht, in der Mitte stand der große Flügel, ein Rundsitz war
auf einer Erhöhung. Dort thronte jetzt Bella mit der Land=
richterin zur Rechten und der Oberförsterin zur Linken.

Die jungen Mädchen gingen Arm in Arm durch den Saal und Pranden geleitete sie scherzend; er trug eine Rose aus dem Kranz Lina's in der Hand.

Als jetzt Clodwig und Erich sich mit dem Major in den Kreis setzten, kamen auch die jungen Leute hinzu.

Bella fragte den Major, ob der Bau der Burg, die Herr Sonnenkamp neu herrichten lasse, fortschreite. Der Major nickte; er nickte stets mehrmals, ehe er sprach, als bestätigte er im Voraus, was er sagen wollte. Mit großer Zuversicht erklärte er, daß man einen Brunnen im Burghof finden müsse. Clodwig ersuchte ihn, ja recht behutsam jeden Fund aus dem Mittelalter oder aus der Römerzeit zu bewahren; er versprach, bald selbst einmal zu kommen und Nachgrabungen anzuordnen. Der Ober= förster sagte scherzhaft: ·

„Herr Sonnenkamp" — Jedes nannte ihn Herr, aber in anfremdender Betonung, als ob man ihm fern sein wollte — „Herr Sonnenkamp wird sich nun wol zu seinem Namen den der restaurirten Burg beilegen."

Bei der Erwähnung des Herrn Sonnenkamp war es, als ob ein Damm durchgebrochen wäre; von allen Seiten strömte die Unterhaltung wild einher.

„Herr Sonnenkamp hat viel Verstand," sagte der Schul= director, „aber Molière behauptet boshaft, der Verstand der Reichen steckt in ihrer Börse."

Der Apotheker fügte hinzu:

„Herr Sonnenkamp liebt es, sich als hartgesottener Sünder zu zeigen, in der Hoffnung, daß man ihm das nicht glaube; aber man glaubt es ihm."

Erich hörte die Namen Herr Sonnenkamp, Frau Ceres, Manna, Roland, Fräulein Perini, es war wie ein Zwitschern im Walde, wo die Vögel durcheinander singen und sich keine Melodie fassen läßt. Nicht ohne boshaften Blick auf Pranden sagte die Frau Landrichterin: Männer könnten eher mit solchen räthselhaften, aus der Fremde angesiedelten Menschen Umgang pflegen, Frauen müßten da zurückhaltender sein. Sie gab dann noch zu verstehen, daß alteingesessene Familien streng zuwarten, bevor sie fremde Eindringlinge aufnehmen.

Mit etwas gewaltsamem Scherz spöttelte Bella über die langen

Nägel der Frau Ceres; ihre Lippen verzogen sich, als Clodwig in ruhigem Tone, aber doch mit Schärfe sagte:

„Bei den Indiern vertreten lange Nägel die Stelle des Stammbaums, und sind vielleicht ebenso gut."

Die Gäste staunten, da Clodwig so wegwerfend vom Adel sprach. Er schien durch das Loszieben über das Haus Sonnenkamp gereizt. In ihm war nichts Unsauberes, alles Kleinliche und Gehässige war ihm zuwider, wie ein unangenehmer Geruch, wie ein greller Ton. Zu Erich gewendet sagte er:

„Der Herr Sonnenkamp, von dem die Rede, ist Besitzer von vielen Millionen. Einen solchen Reichthum zu erwerben ist immerhin eine Kraft. Ich möchte sagen: viel Geld erwerben ist eine Art Tapferkeit, Geld bewahren erfordert eine gewisse Weisheit, und Geld schön ausgeben ist eine Kunst."

Er machte eine Pause, und da Niemand das Wort nahm, fuhr er fort:

„Ich finde, daß Reichthum ein gewisses Recht auf Ehre hat. Selbsterworbener Reichthum ist Zeugniß von Thatkraft, Umsicht. Eben so schwer, vielleicht noch schwerer als die Aufgabe, ein Fürst zu sein, erscheint mir die, ein Mann von so übermäßigem Reichthum zu sein. Da häuft sich eine Macht in dem Menschen an, die dem Charakter leicht etwas Gewaltthätiges gibt; solch ein Mann lebt in einem Dunstkreis des Allmacht-Bewußtseins und hört fast auf, eine einzelne Persönlichkeit zu sein; die ganze Welt erscheint ihm unter dem Gesichtspunkte des Kaufpreises. Haben Sie schon je einen solchen Mann kennen gelernt?"

Bevor Erich antworten konnte, fiel Pranken ein:

„Der Herr Hauptmann Dournay will Erzieher des jungen Sonnenkamp werden."

Alle Augen richteten sich auf Erich; die Gesellschaft betrachtete ihn, als wäre er plötzlich verwandelt und in ein Bettlergewand gehüllt. Ein Mann, der in Privatdienst tritt und in einen solchen, verliert alle Würde. Die Männer schauten einander an und zuckten die Achseln, die Frauen betrachteten Erich mitleidig.

Erich blickte zur Erde. Er wußte nicht, was Pranken mit dieser überraschenden Kundgebung beabsichtigte; er glaubte etwas erwidern zu müssen, aber er konnte das rechte Wort nicht finden und schwieg.

Eine peinliche Pause war eingetreten. Clodwig hatte die Hand an die Lippen gelegt, die erblaßt waren.

„Eine solche Stellung," sagte er endlich, „würde Ihnen zur Ehre und Herrn Sonnenkamp zu Ehre und Glück gereichen."

Erich fühlte, wie eine breite Hand sich auf seine Schulter legte, und als er umblickte, sah er in das lächelnde Gesicht des Majors, der, mehrmals mit der linken Hand auf sein Herz deutend, endlich die Worte hervorstieß:

„Der Herr Graf hat gesagt, was ich sagen wollte; aber es ist mir lieb, daß Er es gesagt hat, und er hat's auch besser und schöner gesagt, als ich. Führen Sie Ihren Vorsatz aus, Kamerad."

Pranken bemerkte in sehr leutseligem Ton, daß er es ge= wesen, der Erich veranlaßt und empfohlen habe.

Lina hatte ein Fenster geöffnet und rief jetzt mit heller Stimme:
„Das Gewitter ist vorüber!"

Ein frischer, würziger Luftstrom drang in den Saal und löste die Spannung der Gemüther; Alles athmete frei auf. Noch rieselte ein leiser Regen nieder, aber schon sangen wieder die Nachtigallen im Busch. Jetzt wurde auch in die Oberförsterin gedrungen, daß sie singe. Sie sträubte sich, aber sie konnte nicht widerstehen, da Bella, die man noch fast nie hatte spielen hören, sich erbot, sie zu begleiten.

Die Oberförsterin sang einige Lieder mit frischer und jugend= licher Stimme, so klar und einfach, daß es allen Hörern das Herz erfreute. Auch Lina sollte singen; sie betheuerte, daß sie heute nicht singen könne, aber die Mutter sah sie mit strafendem Blick an. Lina trat an das Clavier, sang einige Töne, konnte aber nicht weiter. Ganz unbefangen, als ob gar nichts geschehen wäre, rief sie:

„Nun hab' ich's gezeigt, daß ich heute nicht singen kann."

Die Landrichterin biß die Lippe und schnaubte vor innerem Aerger, daß ihre Nasenflügel zitterten, über das alberne Mäd= chen, das dabei noch so that, als ob es sich passend benommen.

Die Oberförsterin sang noch ein Lied und jetzt gesellte sich Lina zu ihr und sagte, daß sie nur nicht allein, aber ein zwei= stimmiges Lied wol singen könne. Und in der That sang sie einen frischen Sopran, zwar noch etwas ängstlich, aber gediegen.

Mit einer Harmlosigkeit, als ob er ein alter Kamerad von ihr wäre, forderte sie nun auch Erich auf, daß er singe. Die ganze Gesellschaft vereinigte sich mit ihren Bitten, aber Erich lehnte es entschieden ab, und er schaute wieder betroffen auf, als Pranken ihm beistimmte, mit dem Zusatze:

„Der Herr Hauptmann hat Recht, daß er nicht auf Einmal seine Talente kundgeben will."

Es war im verbindlichsten Tone gesagt, aber die boshafte Spitze war doch unverkennbar.

„Ich danke Ihnen für Ihren kameradschaftlichen Beistand," erwiderte Erich.

Der Himmel hatte sich aufgeklärt, nur über dem Taunus= gebirge wetterleuchtete es noch. Die Gesellschaft verabschiedete sich; man dankte sehr redselig für den herrlichen Tag und den genuß= vollen Abend. Selbst Frau Kleiderleib sprach jetzt und zeigte sich in ihrer neumodischen Capuze, dem sogenannten Baschlik, die sie sehr geschickt gelegt hatte. Als man sich eben zum Aufbruch an= schickte, kam der Kreisphysicus. Er hatte im Nachbardorfe einen Krankenbesuch gemacht und war durch das Gewitter aufgehalten worden; er hatte kaum noch Zeit, den Grafen Clodwig und Bella zu begrüßen.

Bella athmete tief auf, als die Gesellschaft zur kalten Küche endlich davonfuhr.

In den verschiedenen Wagen wurde viel gesprochen, in einem aber wurde geweint, denn Lina mußte eine scharfe Strafpredigt hören, wie sie so gar kein Benehmen habe, sie sei doch nichts als die dumme Einfalt vom Lande; statt neckisch zu sein und sich geltend zu machen, benehme sie sich immer, als ob sie vor einer Stunde die Gänse gehütet hätte. Lina war an diese gewaltsamen Zurechtweisungen gewöhnt, aber heute schienen sie ihr besonders zu Herzen zu gehen. Sie war so heiterer Seele gewesen, und jetzt ward ihr die Strafrede doppelt empfindlich. Sie weinte still vor sich hin.

Der Landrichter mischte sich nicht in das Weibergezänk. Erst als er an der ausgerauchten Cigarre eine neue ansteckte, sagte er:

„Dieser redefertige Herr Dournay scheint mir ein gefährlicher Mensch."

„Ich finde ihn sehr liebenswürdig."

„Frauenlogik! Als ob Liebenswürdigkeit die Gefährlichkeit aus= schließe und nicht vielmehr einschließe. Merkst du denn nicht die leicht zu durchschauende Intrigue?"

„Nein!"

„So reime Folgendes zusammen: Wir treffen ihn im Kloster, wo die Tochter des unermeßlich reichen Herrn Sonnenkamp sich aufhält; er thut, als ob er Niemand kenne und von nichts wisse. Jetzt will er Erzieher des jungen Sonnenkamp werden. Ei, wie das blitzt!"

Ein langer Blitz leuchtete auf, so daß die Landschaft plötzlich aus dem Dunkel hervortrat. Vor allem leuchtete Villa Eden auf, so kenntlich in allen Formen des Gebäudes, als ob man nur wenige Schritte davon entfernt wäre.

„Sieh nur," fuhr der Landrichter fort, „wie dieser große Bau und der Park beleuchtet ist, und Niemand weiß, was hier oben gebraut wird. Wunderliche Welt! Der Baron Pranken führt Herrn Dournay bei seinem Schwager und Schwiegervater ein wie einen Freund, und doch sind die beiden Männer, wie mir scheint, Feinde."

Die Frau Landrichter war ärgerlich über ihren Mann. Mit ihr allein und im Hause war er so belebt und fein beobachtend, in Gesellschaft aber benahm er sich immer so einsilbig und trocken und ließ Andere glänzen.

„Wer ist der Schwiegervater?" fragte sie.

„Natürlich Herr Sonnenkamp; er soll es wenigstens sein. Das unermeßliche Geld des Herrn Sonnenkamp ist Guano für den Baron Pranken; er hat ihn nöthig; was hat er viel danach zu fragen, woher dieser Guano kommt?"

Lina warf den Schleier über ihr Angesicht und schloß die Augen. Der Landrichter setzte nun noch ausführlich auseinander, daß weder er noch seine Frau sich in diese Sachen mengen dürften.

„Dieser Hauptmann=Doctor ist ein gefährlicher Mensch, ge= fährlich nach vielen Seiten hin."

So schloß er und war nun wieder still, bis man zu Hause ankam.

Achtes Kapitel.

Otto von Pranken ging mit seiner Schwester Bella im Garten auf und ab und erklärte, daß er Erich an Herrn Sonnenkamp empfohlen habe, bies aber bereits entschieden bereue.

Bella, die immer gereizt war, wenn sie sich für die bürger=
liche Gesellschaft geopfert hatte, wendete nun ihren Aerger gegen
den Bruder, der ihr einen Mann als ebenbürtigen Gast zuge=
führt habe, der doch eigentlich ein Diener war oder werden wollte
und nun gar bei Herrn Sonnenkamp. Mit schadenfroher Lust
setzte sie dann hinzu, daß Otto sich wol am kühnen Ueberspringen
der Hindernisse freuen müsse, da er einen Mann von so bezau=
bernder Persönlichkeit, wie dieser Doctor — sie sagte das Wort
wie eine Degradation gegen Hauptmann — in das Haus empfehle.
Es sei einfache Methode, daß sich die Tochter des Hauses in den
Hofmeister des Bruders verliebe.

„Herr Dournay," schloß sie, „ist eine sehr gewinnende Er=
scheinung, nicht blos, weil er ein ungewöhnlich schöner Mann
ist, noch mehr zieht eine gewisse träumerische Offenherzigkeit und
Biederkeit an. Mag das nun wahr oder gemacht sein, wirksam
ist es jedenfalls, und nun gar einem siebzehnjährigen Klosterkind
gegenüber."

Mit gutem Humor erwiderte Otto, daß er seiner Schwester
eine minder alltägliche Phantasie zugetraut habe; überdieß sei
Erich ein anerkannter Weiberfeind, der von Allem, was weiblich
genannt wird, nichts liebe als die Idee. Dennoch sprach Pranken
seinen Vorsatz aus, am anderen Morgen, bevor Erich nach der
Villa gehe, Herrn Sonnenkamp zu besuchen und ihm vertraulich
mitzutheilen, daß er widerwillig habe eine Empfehlung geben
müssen. Er wolle Herrn Sonnenkamp rathen, den Bewerber in
guter Manier abzuweisen, denn man könne ja mit Fug und Recht
sagen, daß Erich den Knaben mit Freiheits=Ideen anstecken würde;
ja man könnte noch weiter gehen und Herrn Sonnenkamp mit=
theilen, daß die Aufnahme Erichs mißfällig bei Hofe angesehen
würde. Dieser letzte Grund mußte Alles schlagen. Pranken hatte
ja selbst mit daran gearbeitet, daß eine Geltung in den Hof=
kreisen für Herrn Sonnenkamp das Höchste war, was er zu er=
streben hatte.

Bella verwarf diesen Plan; sie fand eine Lust darin, den
Bruder zu stacheln; gerade einem solchen Mitbewerber gegenüber
Sieger zu sein, werde ihn neu beleben. Ueberdies wäre es viel=
leicht gut, der Dame Perini gegenüber, deren clericales Ziel doch
Niemand vollständig erforsche, einen Mann zu haben, der die
Weltlichkeit vertritt und den man sich durch Dank verpflichtet hat.

Ja noch mehr: würde sich, wie unzweifelhaft, ein ständiger, ge=
heimer Krieg zwischen Signora Perini und diesem höchst zuver=
sichtlichen Dournay etabliren, so habe man in allen Fällen das
Schiedsrichteramt und die Entscheidung.

Bella vergaß den Aerger über die kalte Küche, da sich ihr
ein durchsichtiges Gewebe von Intriguen aufthat, die angenehm
unterhielten und zum Ziele führten. Sie war die Vertraute des
Fräulein Perini, Otto sollte der Vertraute Erichs bleiben, und
so hatte man das Haus Sonnenkamp in der Hand; denn es sei
kein Zweifel, daß Erich großen Einfluß gewinnen könne.

Otto sträubte sich gegen die ihm zuertheilte Rolle, aber sie
wurde ihm nicht abgenommen.

Eine Katze, die, still und beharrlich den Athem anhaltend,
vor einem Mauseloch sitzt, läßt sich nicht wegbringen; sie weiß,
die Maus kommt heraus, sie knappert schon und dann giebt's
einen guten Fang. Bella hatte ein Mittel, ihren Bruder zu dem
zu bestimmen, was sie wollte; sie durfte ihm nur vorhalten, wie
unwiderstehlich er sei und daß er das Selbstvertrauen, das ihm
ehedem so schön stand, wieder gewinnen müsse. Otto schien be=
ruhigt; er war es noch nicht ganz, er redete sich aber ein, daß
er es noch werde. Ueberdies war dieser Dournay doch ein armer
Mann, dem man helfen mußte, und er hatte heute die plötzliche
Kundgebung seiner Lebensstellung mit vielem Anstand hinge=
nommen und gutes Benehmen bewahrt.

Nach geraumer Weile sagte Bella:

„Wenn du mit deiner Mittheilung über die Stellung des
Doctor Dournay eine Absicht hattest, und du hattest sie . . .“

„Allerdings.“

„Dann hättest du nicht so brüsk dreinfahren dürfen. Du
konntest vertraulich Diesem und Jenem die Sache mittheilen, das
wirkte sicherer und stellte dich nicht bloß.“

Pranden mußte bekennen, daß seine Schwester Recht habe,
und jetzt, da Bella Recht hatte, verfolgte sie ihren Sieg über die
Grenze des Berechtigten. Sie wollte nun sofort in Allem Recht
haben und fügte hinzu, daß Clodwig durch die zufahrende Weise
Ottos eine Gelegenheit gegeben worden, seine Bissigkeiten gegen
den Adel vorzubringen, und Herr Dournay als ein Verfolgter
werde nun sein besondrer Günstling; denn Clodwig liebe die
Menschen, denen Unrecht geschehen. An Allem dem sei nun Otto

schuld. Eine Weile herrschte stumme Verdrossenheit und Miß=
stimmung zwischen den Beiden . . .

Während Bruder und Schwester draußen im Garten umher=
gingen, saß Erich beim Grafen Clodwig in dessen Arbeitszimmer,
das von einer zweiarmigen Lampe beleuchtet war. Sie saßen
einander gegenüber in Lehnsesseln an der Langseite des Schreib=
tisches.

„Ich bedaure," begann Clodwig, „daß der Arzt so spät ge=
kommen; er ist herb, aber eine Kernnatur. Ich glaube, Sie
werden sich mit ihm befreunden."

Erich schwieg und Clodwig fuhr fort:

„Ich weiß nicht, warum mein Schwager in seiner Weise Ihr
Vorhaben so plötzlich der Gesellschaft kundgegeben hat. Es wird
nun viel besprochen und ein gewisser naiver Duft Ihres schönen
Vorhabens ist damit weggewischt."

Erich entgegnete, daß wir darauf gefaßt sein müssen, ein
stilles Vorhaben vorzeitig in die scharfe Luft der Außenwelt ver=
setzt zu sehen.

Clodwig betrachtete ihn mit wohlgefälligem Blick und nahm
wieder auf:

„Ich habe heute an Ihnen oder vielmehr durch Sie eine Er=
fahrung erneuert. Die Menschen halten den Privatdienst für eine
Degradirung, ohne zu bedenken, daß es nicht darauf ankommt,
wem man dient, sondern nur in welchem Geist man dient. Ich
dien', ist der Wappenspruch meiner Ahnen."

Der alte Herr hielt inne; Erich wußte nicht, ob er eine Pause
mache oder eine Erwiderung erwarte; Clodwig fuhr aber bald fort:

„Man findet es höchst ehrenvoll, wenn ein höherer Officier
oder Staatsbeamter die Erziehung eines Prinzen übernimmt; ist
es aber minder ehrenvoll, die Erziehung von dreißig Bauern=
knaben zu übernehmen oder auch, wie Sie, sich der Leitung dieses
reichen Jünglings zu widmen?"

„Ich habe Dienen nie und nirgends für entwürdigend gehalten.
Ich war freiwillig in Dienst getreten bei der Direction des Zucht=
hauses."

Clodwig sah den Sprechenden mit großen Augen an, dann
sagte er: „Wollen Sie mir möglichst genau erzählen, wie Sie zu
dem geworden, was Sie sind?"

„Von ganzer Seele; und ich will mir die Ehre, daß ich so

zu Ihnen sprechen darf, damit verdienen, daß ich nicht bescheiden bin. Ich will zu Ihnen sprechen wie zu mir selbst."

Clodwig drückte auf eine Klingel, die auf dem Tische stand; ein Diener trat ein.

„Robert, welche Zimmer hat der Herr Hauptmann?"

„Das braune, grad über dem Schlafzimmer des Herrn Grafen."

„Geben Sie dem Herrn Hauptmann die Erkerzimmer oben."

„Verzeihen, Herr Graf, es stehen noch Sachen vom Prinzen Leonhard drin."

„Thut nichts. Und noch Eins; ich will nicht gestört sein, bis ich wieder klingle."

Der Diener entfernte sich. Clodwig setzte sich etwas tiefer in den Stuhl und legte sich eine rothe Plüschdecke über die Knie; dann sagte er:

„Wenn ich die Augen schließe, glauben Sie ja nicht, daß ich schlafe."

Es war etwas zutraulich Herablassendes, aber fern von aller gönnerhaften Vornehmigkeit, vielmehr sprach sich eine herzliche Innigkeit darin aus, wie Clodwig nun Erich bat, unumwunden zu berichten.

Neuntes Kapitel.

Erich begann: „Ich bin 28 Jahre alt und wenn ich mein Leben überschaue, so ist es bisher nur ein Suchen gewesen. Ein einzelner Beruf läßt so viele Kräfte in uns unthätig, und doch muß eine Wahl getroffen werden, da schließlich in jeder Berufs=art der ganze Mensch bestehen und wirken kann.

Ich bin der Sohn einer glücklichen Ehe, in einträchtigem Familienleben herangewachsen. Von meinem dritten Jahre an wurde ich in Gemeinschaft mit Prinz Leonhard erzogen. Es war ständig eine Widersacherei zwischen uns; die Ursache wurde mir erst später klar, als ein offener Bruch stattfand. Eine gewisse Heuchelei, die gar nicht in den Charakter der Kameradschaft taugte, hatte mich nach Außen gefügig und nach Innen unruhig und empfindlich gemacht. Gewiß widerspricht es auch dem Wesen der Kindheit sich ununterbrochen ehrerbietig, gefällig und fügsam zeigen zu müssen.

Ich kam in das Cadetten-Institut und genoß dort eine besondere Ehre, weil ich der Kamerad des Prinzen gewesen. Mein Vater war hier zugleich mein Lehrer, und da lebte ich auch zwei Jahre mit Ihrem Herrn Schwager. Ich war kein besonders guter Schüler.

Einer der glücklichsten Tage meines Lebens war der, als ich zum erstenmal die Epauletten trug; wie sehr der Beruf mich enttäuscht, sah ich daran, daß vielleicht der Tag, an welchem ich die Uniform ablegte, nicht minder glücklich war. Trotzdem empfinde ich noch einen Einfluß jener Zeit. Ich kann noch heut keine Batterie vorbeimarschiren sehen, ohne daß mir das Herz bebt.

Bald nachdem ich Lieutenant geworden, siedelten meine Eltern nach der Universitätsstadt über; ich war nun allein. Ein ganzes Jahr war ich in mir begnügt und heiter, wie Alles um mich her. Ich weiß noch heute die Stunde an einem schönen hellen Herbstmittag, ich sehe noch den Baum, ich höre noch die Elster drauf, wo ich plötzlich mein Pferd anhielt und in mir fragte: Was thust du denn auf der Welt? .. Dich und die Rekruten abrichten zur geschicktesten Tödtung deiner Mitmenschen . . ."

„Ist Ihnen die Soldatenschule nie als Männerschule und Wirkungskreis Ihres Lehrberufs erschienen?" fiel Clodwig bescheiden ein.

Erich war betroffen und verneinte; dann sich neu sammelnd nahm er wieder auf:

„Ich verscheuchte die schweren Gedanken, aber sie verließen mich nicht mehr. Ich war in mir und mit meinem Beruf zerfallen. Ich kann nicht sagen, wie unnütz ich mir in der Welt erschien; Alles welk, öde, leer. Es gab Tage, wo ich mich meines Kleides schämte, daß ich als gesunder, starker Mann müßig ging, wohlgekleidet war, und daß mein Pferd vielleicht den Hafer des armen Mannes frißt."

„Das ist übertrieben," schaltete Clodwig ein.

„Gewiß, ich erkenne es jetzt auch, aber damals im ersten Ansturm des Empfindens war es anders. Ich bat um Urlaub, um den wirklichen Krieg kennen zu lernen. Mein Commandeur, Prinz Leonhard, fragte mich bei den Schießübungen unversehens, in welchem Heere ich den Krieg mitmachen wolle, und noch ehe ich antworten konnte, setzte er scharf hinzu: „Sie würden wol lieber bei den Tscherkessen als bei den Russen stehen?" Mir war die Zunge gelähmt. Von da ab war mein Verhältniß nach Außen

ebenso zerfallen, wie ich in mir war. Soll ich Ihnen die kleinen
Plackereien aufzählen? Ich verdiente sie, denn in mir war nichts
als Widerspruch, mein Thun erschien mir als eine einzige große
Lüge. Ich war ein schlechter Soldat. Ich wollte das Räthsel des
Daseins lösen und versenkte mich in das Studium der Philosophie.
Eigentlich bin ich eine gesellige, mittheilsame Natur, und doch war
mir das beständige Leben in der Kameradschaft unerträglich.

Zwei Jahre hielt ich es noch aus, dann forderte ich meinen
Abschied. Ich wurde aus besonderer Rücksicht für meine Eltern mit
Hauptmannsrang entlassen. Jetzt war ich frei! Ich war dennoch
erschreckt, daß ich dies Leben zu verlassen hatte. Ich war weichlich
geworden in der Absonderung. Das sollte sich nun ändern.

Ich war frei. Wunderlich, so in die weite Welt hinein zu
zu fragen: Welt, was willst du von mir? Welt, was soll ich
dir? Da liegen die tausend Thätigkeiten ... welche soll ich er-
fassen? Ich war zu Allem bereit. Ich hatte eine schöne Sing-
stimme und Viele glaubten, ich würde ausübender Künstler werden;
ich erhielt sogar Anerbietungen. Wie ganz anders aber war
meine Gemüthsverfassung! In mir brannte eine tiefe Sehnsucht,
etwas Opfervolles für meine Mitmenschen zu leisten ... Wäre
ich ein Kirchengläubiger gewesen, ich glaube, ich wäre Missionär
geworden."

Clodwig öffnete das Auge und sah in das strahlende Auge
Erichs. Eine kurze Pause entstand. Clodwig legte die Arme
wieder auf der Brust übereinander, lehnte den Kopf zurück und
schloß die Augen. Erich fuhr fort:

„Als ich zum Erstenmal in Bürgerkleidung über die Straße
ging, war mir's, als ginge ich entblößt vor den Augen der
Menschen, wie man das oft so ängstlich träumt. Der Erste, der
mir begegnete und mich starr ansah mit dem Ausdruck der Un-
gewißheit, ob er mich erkenne, war mein alter Hauptmann, der,
in Civildienst übergetreten, Vorsteher des Männer-Zuchthauses
war. Er erzählte mir, daß er hier sei, um einen Gehülfen zu
suchen. Mein Entschluß war bald gefaßt. Ich wollte mich der
Leitung und Hebung der gefallenen Mitmenschen widmen. Erst
aus meinem neuen Beruf schrieb ich meinen Eltern. Mein Vater
antwortete, daß er mein Streben wol anerkenne, aber mit Bestimmtheit voraussehe, daß ein gewisser Schönheitstrieb mir das
Leben unter Verbrechern unmöglich machen würde. Er hatte Recht.

Ich suchte die Neigung nach dem höheren Luxus des Daseins mit aller Macht zu unterdrücken, es gelang mir nicht; mir fehlt die Dosis Humor oder auch jener freie Standpunkt, der die Lebenserscheinungen wie naturwissenschaftliche Phänomene ansieht und behandelt ... In meiner Hauptmanns=Uniform erlangte ich bei den Züchtlingen mehr Respect als in meiner Bürgerkleidung. Das Leben unter den Züchtlingen, die meist verhärtete, gedankenstumpfe Menschen oder abgefeimte Heuchler waren, wurde mir zur Hölle, und diese Hölle hatte noch eine Pein besonderer Art.

Ich hatte damals den schwergemuthen Grübelsinn, ich war in mich gekehrt und konnte doch die Welt nicht vergessen. Ja, es verfolgte mich immer, daß ich mir vorstellen mußte, was wol die Menschen über mein Thun und Lassen denken und sagen. Aus ihren Augen gesehen, erschien ich mir nun so zu sagen als idealistischer Vagabund. Das wollte ich nicht sein, und vor Allem sollten meine Feinde und Spötter den Triumph nicht haben, daß ich in Verwahrlosung und Unstetigkeit verkomme.

Ach, ich quälte mich unnöthig; denn wer hat Zeit, Lust und Trieb, dem Dasein eines Entschwundenen nachzugehen? Die Menschen bestatten Todte und gehen dann wieder ihrem Alltagsleben nach, und so auch bestatten sie Lebendige. Ich mache ihnen heute keinen Vorwurf mehr darüber; es muß so sein.

Mir ward klar, daß ich zu dem jetzt gewählten Berufe nicht geeignet war. Ich lebte noch zu sehr in mir, ich setzte mir alles Gewordene noch beständig um und suchte Gründe und Entstehung der Charaktere zu erforschen. Ich wollte mich damals noch nicht drein finden, daß Wesen und Handlungen der Menschen nicht so folgerecht sich entwickeln, als ich mir dachte. Dabei war ich noch zu leidenschaftlich und vor Allem von einer beständigen Sehnsucht nach dem Schönen beherrscht.

Ich dachte an Auswanderung in die neue Welt. Aber was war ich dort? Sollte ich mir so Mancherlei angeeignet haben, um ein Stück Urwald in ein Fruchtfeld zu verwandeln? Ich hatte allerdings noch einen besonderen Grund, der mich nach Amerika zog. Dorthin war der einzige Bruder meines Vaters gegangen und ganz verschollen. Früher hatte er eine Bijouteriefabrik gehabt. Er liebte die Schwester meiner Mutter, und als er mit einem Heirathsantrage etwas schroff abgewiesen wurde, verließ er Europa und ging in die neue Welt. Er lehnte jede Beziehung zu Heimat und Familie ab. Als ein Freund meines Vaters sich in Newyork bei ihm einführte und zuletzt behutsam von uns erzählte, wies ihn der Oheim mit den heftigsten Ausdrücken aus dem Hause. Er wollte nichts mehr von uns und von Europa überhaupt wissen.

Ich bildete mir ein, daß ich den Oheim bekehren könnte, und Sie wissen ja, daß man in verzweifelter Lage gern vom Abenteuerlichsten eine Rettung erwartet.

Mein guter Vater half mir. Was er immer als meinen Beruf erkannt und wogegen ich nur, vom blendenden Soldaten= stande angezogen, widerstrebt hatte, das war mir nun deutlich. Der Durst nach Einsamkeit erwachte in mir; mir war, als müßte ich einen Fleck Erde suchen, wo kein Ton in das Innenleben störend einzudringen vermag. Diese Einsamkeit, die doch alles Leben in sich schließt, brachte mir nun die Wissenschaft. Mein Vater half mir, indem er mir deutlich machte, daß meine Ver= gangenheit nicht verloren sei, sondern mir eine Besonderheit und neue Aufnahme gebe. Er kam und brachte mir ein Angebinde, das mir in die Wiege gelegt war; denn der Senat der Univer= sität, an welcher mein Vater vor seiner Berufung als Erzieher des Prinzen docirt hatte, hatte mich bald nach meiner Geburt mit der Universitäts=Matrikel beschenkt, wie man einem neuge= bornen Prinzen eine Militär=Charge verleiht."

Clodwig sah Erich lächelnd an und bat, daß er fortfahre.

"Ich habe nur noch wenig zu erzählen. Ich widmete mich dem Studium der Alterthums=Wissenschaft, und jener Trieb nach dem Schönen fand nun Befriedigung in der Aufnahme der classi= schen Welt. Seines Fleißes darf sich Jeder rühmen, sagt der Dichter. Ich habe redlich gearbeitet und hatte nun im Eltern= hause das Glück eines Kindes und als Mann die Freude des geistigen Wachsthums. Mein Vater hatte die Hoffnung, daß ein erfolgreiches Gelingen dessen, was er verfehlt hatte, mir beschie= den sei; er gab mir das Erbe jener Ideen, die er weder in der Wissenschaft niederlegen, noch auf dem Lehrstuhl kundgeben konnte. Wenn es je ein glückliches, von ständiger Tempelweihe erfülltes Haus gab, so war es das meiner Eltern.

Da starb mein jüngerer Bruder. In wenigen Wochen wird es ein Jahr, seitdem wir ihn begraben; mein Vater, der über= dies eine Kränkung in der Seele trug, konnte bei aller stoischen Kraft diesen Schlag nicht überwinden. Zwei Monate sind es her,

daß auch er starb. Ich habe den Schmerz des Verwaisten nieder=
gekämpft und meine Studien absolvirt. Vor einigen Tagen er=
hielt ich die Doctorwürde. Meine Mutter und ich, wir haben
allerlei Pläne, noch ist nichts bestimmt. Ich habe nach meiner
Mutter Rath diesen Ausflug nach dem Rhein gemacht, denn ich
hatte übermäßig gearbeitet, und wir wollten uns nach meiner
Rückkehr fest entschließen. Da traf ich Ihren Herrn Schwager
und ich halte es für meine Pflicht, die dargebotene Gelegenheit
nicht von mir zu weisen. Ich bin bereit, in den Privatdienst
zu treten. Ich weiß, was ich unternehme, und meine, dafür
ausgerüstet zu sein. Es gab eine Zeit, wo ich glaubte, nur in
der Wirkung auf eine große Gemeinsamkeit Befriedigung finden
zu können; jetzt würde ich mich begnügen, ein einziges Menschen=
kind zu erziehen, und noch dazu ein solches mit bereinstiger Herr=
schaft über großes Besitzthum zum edelwirkenden, für seine große
Aufgabe entsprechend vorbereiteten Menschen bilden zu helfen.

Ich bin zu Ende. Ich wünsche nicht, daß Jemand von mir
besser denke, als ich verdiene, aber ich wünsche auch als das zu
gelten, was ich zu sein glaube. Ich kann in einer gefährlichen
Unwissenheit stehen, da ich ja nicht weiß, wie mich Andere an=
sehen; ich habe mich auch nur gegeben, wie ich mich im ehr=
lichen Bekenntniß vor mir selbst ansehe. Ich glaube, ein Lehrer
zu sein. Was von künstlerischer Neigung und Befähigung in mir
sein mag, will ich auf die Bildung eines Menschen anwenden.
Ich habe Ihnen nach bestem Wissen mein ganzes Sein darge=
legt; wo noch Lücken sein sollten, bitte ich mich zu fragen."

Clodwig stand auf, trat rasch auf Erich zu und sagte:
„Ich reiche Ihnen nochmals die Hand. So lange diese Hand
vom Leben bewegt ist, wird sie sich Ihnen nicht entziehen. Ich
hatte Anderes mit Ihnen vor, ich kann es Ihnen jetzt nicht mehr
sagen, ist auch nicht mehr nöthig. Doch genug. Gehen Sie
ruhig und fest Ihrem Ziele entgegen; was ich zur Erreichung
thun kann, haben Sie ein Recht zu beanspruchen. Hören Sie?
Sie haben ein Recht auf mich in jeder Lebenslage, in jeder
Weise. Gute Nacht, lieber junger Freund."

Der Graf zog sich rasch wie einer Rührung entfliehend, zurück.
Der Diener kam und geleitete Erich mit großer Ehrerbietung
auf sein Zimmer.

Zehntes Kapitel.

Drunten im Städtchen tönte hell eine mitternächtliche silberne Glocke vom Thurm, sie war in alten Zeiten von einer edlen Frau gestiftet und sollte den Verirrten im Walde Kunde von der Menschenheimat geben. Erich hörte das Läuten, und im Gedanken sah er jetzt den Beichtstuhl in der Kirche; dort beichten Gläubige und schreiten, mit dem Segensspruch gestärkt, wieder in das Leben hinaus. Er hatte einem Mann gebeichtet, in dem die Weihe des reinen Geistes lebte; erhoben und gekräftigt fühlte er sich, im Selbstbewußtsein gerüstet zu jedem schönen Menschenbunde.

Er öffnete das Fenster und sog den Athem der kühlen, würzigen Nachtluft ein. Im Thal wogten feine Nebel, die Glocken in den Dörfern schlugen Mitternacht, zart und bescheiden schlug auch die Glocke zu Wolfsgarten. Erich versenkte sich in das Wallen und Wogen der Natur, wo es auf- und niederrieselt in den Baumstämmen, in den Zweigen sich regt und jede Knospe getränkt ist. Von fern dröhnte noch ein nächtlicher Bahnzug, die Nachtigall im Walde sang laut, und plötzlich, wie vom Schlaf überwältigt, brach sie ab.

Wie wolkige Schaaren drängte sich alles Leben, eigenes und fremdes, zu Erich heran.

O, wie groß und reich ist die Welt, und Genossen bester Art leben in ihr und harren nur des Anrufs und des grüßenden Augenstrahls!

Jetzt kam der Mond herauf über den jenseitigen Bergen, ein flüsternder Schauer rieselte durch den Wald, die Nachtigall sang wieder laut, die Nebel im Thal hoben sich und verschwammen und ein breiter Strahl glitzerte auf einer Glaskugel in der Ferne. Dort ist Villa Eden!

Nur gewaltsam widerstrebend gab Erich endlich der Müdigkeit nach und schloß das Fenster. Er betrachtete lange eine Büste der Medusa: fesselnd war das große, gewaltige und schöne Antlitz; auf dem wildlockigen Kopf liegen zwei aufstrebende Vogelflügel, unter schwellend zusammengezogenen Brauen starrt das große Auge, als wollte es niederschmettern; der Mund ist trotzig verzogen und auf den Lippen liegen höhnende schadenfrohe Worte; unter dem

Kinn sind wie ein Kopftuch zwei Schlangen zu einer Schlinge
gebunden. Der Anblick dieses Hauptes war abstoßend und an=
ziehend zugleich.

Der Medusa gegenüber stand eine Büste der Victoria von
Rauch, jenes wundersame Frauenbild, an das Antlitz der Kö=
nigin Louise erinnernd, das edle Haupt mit dem schweren Eichen=
kranz, nicht erhoben, sondern in sich gebeugt, wie sinnend und
anhaltend . . . Wunderliche Gegenüberstellung solcher zwei Büsten!

Der Schlaf übermannte Erich, aber schon nach wenigen
Stunden, da kaum der Tag zu dämmern begann, erwachte er
wieder.

Es giebt Stunden und Tage, wo im Gemüthe eine froh=
muthige Zuversicht ist, als hätte man den Schlüssel gefunden,
der alle Herzen öffnet, als hielte man die Zauberruthe in der
Hand, die alle Thüren erschließt und uns jedem Mitathmenden
nahebringt, als . . . em Genossen und Bruder. Die Welt ist
durchklärt, und die Seele tief erlabt vom Gefühle reinen Glückes,
das nichts ist als Dasein, Leben, Athmen, Lieben.

Von solchem Gefühl umfangen stand Erich am Fenster und
schaute hinaus über den Strom nach den jenseitigen Bergen, den
Burgen, den Städten, den Dörfern am Ufer und auf der Höhe.
Da überall bist du wenn auch nur flüchtig daheim, du lebst auf
der schönen Welt!

Schnell war Erich im Freien; er ging durch den Park und
den Wald; er ging dahin als schritte er nicht selbst, als trüge
ihn eine unnennbare Macht. An den frischen Frühlingsblättern
der Waldbäume, auf Gras und Blume hingen noch die Tropfen
des nächtlichen Gewitterregens, kein Lüftchen regte sich, und doch
schüttelten die Bäume oft plötzlich die auf ihnen ruhenden Tropfen
prasselnd ab. Das ist der Sonnenstrahl, der jetzt Zweig und
Blatt trifft und eine dem Auge unerkennbare Bewegung hervor=
bringt. Im Busche sang die Schwarzamsel laut und hell und
übertönte all das durcheinander wirrende Gejauchze der Wald=
genossen.

Bei einer offenen Halle auf dem Bergeskamme stand Erich
still und sah lange nach einer Gabelweihe, die frei sich schwin=
gend über dem Berge schwebte, dann über den Strom hinweg
im jenseitigen Walde sich niederließ.

Was war's, daß ihm jetzt Herr Sonnenkamp einfiel?

War's Neid und Furcht der kleinen Vögel, die einem Gewal=
tigen böse Nachrede halten, und hat dieser nicht das Recht zu
leben nach seiner Kraft.

Zu dem Knaben hin dachte sich Erich, als müßte er sich in
seine Träume senken und ihm sagen: ich komme zu dir.

Erich forschte lange umher, ob er die Glaskuppel sehe, er
fand sie nicht. Er schritt auf der Hochebene landeinwärts dahin,
wo sich bald wieder Thalgründe, Höhen und Berge darstellten.

An einem großen Felde hielt er an und sah zum erstenmal
in seinem Leben einen neuen Weinberg anlegen. Die Männer
hielten Werkzeuge wie große Bohrer in der Hand; sie senkten sie
in die lockere Erde und fügten dann in geordneten Reihen die
Setzlinge ein. Erich grüßte die Arbeitenden, und sie dankten ihm
wohlgemuth; sie mochten am Ton seiner Stimme hören, daß er
jeden Fremden grüßte, als wäre er sein Bruder. Er ließ sich
berichten, wie lange es dauere, bis man zum erstenmale keltern
könne, und als ein Alter ihm ausführlich Alles erklärt hatte, ging
er dankend davon.

Er begegnete Arbeitern, die zu einem Kalksteinbruche gingen.
Er gesellte sich zu ihnen und vernahm, daß dieses Vorwerk dem
Grafen gehöre, daß er aber Alles verpachtet habe und auch sein
Gut nicht selbst bewirthschafte.

Der Aufseher zeigte ihm die in der Nähe befindliche Cement=
fabrik; Erich sah hier Ziegelsteine zu Fliesen von gutem Muster
aus der Zeit der Renaissance; Clodwig hatte die Fabrikation nach
diesem Muster empfohlen und sie fand guten Absatz.

Als Erich in das Schloß zurückkehrte, meldete ihm ein Diener,
daß der Graf ihn erwarte. Dieser war bereits vollkommen ge=
sellschaftsmäßig angekleidet und reichte seinem Gast die Hand,
indem er sagte, daß er heute schon viel an dessen Vater gedacht.
Er fragte, wie er gestorben sei.

Erich schilderte, wie sein Vater noch in der letzten Nacht vor
seinem Tode den Sohn glücklich gepriesen habe, der in die neue
Zeit eintrete, die sich nicht mehr blos darin verbrauche, um das
Widrige und die Gewaltsamkeiten abzuthun. „Mein Sohn,“ sagte
er, „mir zittert das Herz vor Freude, wenn ich in die Jahr=
hunderte hineinsehe, wie da Schönheit, Freiheit, Fürsorge für die
Mitlebenden sich aufthut, die wir erst im Keime sehen. Sieh nur
das Eine, mein Sohn. Die Alten wollten, daß der Staat die

Kinder erziehe, und jetzt thut er's und in einer Weise, die kein Solon, kein Sokrates ahnen konnte. Du wirst die Zeit erleben, wo man kaum mehr ahnt, daß es Sklaven, Leibeigene, Hörige gab und das ganze Gerümpel einer sich selbst belügenden Welt."

Clodwig drückte halb murmelnd seine Freude aus, welch ein schönes Erbe es sei, wenn der Sohn die Ideen des Vaters erbend, dieselben fortwirkend bethätige. Und in die Landschaft hinaus=schauend setzte er hinzu:

„Da drunten sind Manche, die nicht wollen können, daß die Kinder ihre Gedanken und Thaten fortsetzen. Doch bitte," wen=dete er sich laut an Erich: nur noch eine Frage. Hat Ihr Vater Ihnen nie erklärt, was dem plötzlichen Zerfall mit dem Hofe vor=anging?"

„Gewiß."

„Und dürfen Sie es einem Andern mittheilen?"

„Ihnen allerdings; er gestattete mir ausdrücklich, es Den=jenigen mitzutheilen, die ich aus voller Seele hochhalte."

„Sprechen Sie etwas leise," bat Clodwig, und Erich fuhr fort:

Mein Vater sollte in jener letzten Audienz, von der Niemand etwas erfuhr, aus der Hand des Fürsten das Adelsdiplom em=pfangen, um nunmehr zu einer Hofstellung würdig zu sein. Er sagte zum Fürsten: „Hoheit, Sie vernichten den Segen meiner jahrelangen Lebensarbeit, in der ich meine beste Kraft der Bil=dung meines jungen Fürsten widmete, wenn Sie glauben, daß ich das annehme, oder daß ich es überhaupt noch für Etwas halte, was unserer Zeit zusteht." — „Ich scherze mit solchen Dingen nicht," erwiderte der Fürst. — „Und ich auch nicht," entgegnete mein Vater. — Es waren Jahre verflossen, als der Vater mir dies erzählte, und doch zitterten seine Lippen und er sagte, daß er in jenem Augenblicke, da er und sein Zögling lautlos einander gegenüber standen, das Herbste seines Lebens erfahren habe."

„Wunderbar! Wunderlich! Und Sie reisen heute zu dem Manne... Doch kommen Sie, es ist Zeit zum Frühstück."

Man ging in den Saal des Erdgeschosses, dessen Thüren weit geöffnet waren. Bald erschien auch Bella; sie ahnte, daß Erich sie scharf betrachtete, sie wendete sich rasch, um an einem Seiten=tisch den Kaffee zu bereiten.

„Meine Frau," sagte Clodwig, „hat heute bereits einen Boten

an Fräulein Perini geschickt, und ich habe dabei Herrn Sonnen=
kamp sagen lassen, daß Sie erst heute Abend oder noch besser
morgen in der Frühe bei ihm vorsprechen werden."

„Und ich soll meinen Bruder bei Ihnen entschuldigen, er ist
heute in aller Frühe mit einem jungen Manne, sie nennen ihn
hier den Weincavalier, zum Pferdemarkt nach Mannheim gereist.
Belieben Sie Kaffee oder Thee?"

„Wenn ich bitten darf, Kaffee."

„Das ist recht, daß Sie ohne Umstände sagen, was Sie wollen,"
sagte Bella hell. „Es ist eine abscheuliche Höflichkeit, wenn die
Menschen auf solch eine Frage antworten: Es ist mir gleich!
Wenn es dir gleich ist, liebe höfliche Seele, sag Eins oder das
Andere und wälze nicht mir die Entscheidung zu."

Ein heiterer Ton war damit angeschlagen und man setzte sich
zu Tische.

Bella wußte, daß sie im Morgenanzuge noch wohlgefälliger
erschien, als im Gesellschaftskleide. Sie war ein stolze, wohlge=
baute Erscheinung; ihr reiches, dunkelblondes Haar, jetzt halb
aufgelöst, war von einem feinen Spitzentuche gehalten, das im=
provisirt und nachlässig übergeworfen schien und unter dem Kinn
geknüpft war. Ihre Gesichtsfarbe war frisch, als hätte sie sich
eben erst in Milch gebadet, und in der That wusch sie sich täglich
beim Schlafengehen und nach dem Erwachen in Milch. Ihr
Gesichtsausdruck war scharf und fein, Alles war edel geformt,
nur hatte sie eine gekniffene Oberlippe, die ein boshafter Cavalier
am Hofe einmal die Giftmischerlippe genannt hatte. Ihre Be=
wegungen waren voll Elasticität und Grazie und das einzig Un=
harmonische schien ihre tiefe Sprechstimme zu sein; sie hatte fast
eine Männerstimme.

Im leichten Gespräche beim Frühstück machte sie ihren ganzen
Liebreiz, verständnißvolles Eingehen und neckische Schelmerei zu=
gleich geltend. Dazwischen betrachtete sie Erich scharf, sie war
überrascht von seiner Erscheinung; gestern hatte sie ihn nur in
der Abenddämmerung und dann bei Licht gesehen. Er war offen=
bar auch eine Tageserscheinung und in der That lag jetzt ein
frischer Glanz auf seinem Antlitz, denn die Erregung seines In=
nern zeigte sich in seinen Mienen. Er schaute Bella an, als
wollte er sagen: Ich bin fast der Sohn deines Gatten geworden,
laß auch zwischen uns den reinen Gleichklang sich bilden!

Bella war ausnehmend freundlich, vielleicht im Gefühle, daß sie heute bereits eine Hinterlist bereitet hatte. Ein italienisch geschriebenes Briefchen an Fräulein Perini enthielt die ebenso behutsam im Ausdruck als entschieden in der Sache gegebene Anweisung, daß der neue Ankömmling scharf zu prüfen sei.

Als Clodwig dem Boten sagte, daß Erich erst Abends oder am andern Tage kommen werde, fühlte sie sich indeß in ihrer vorausgegangenen Hinterlist berechtigt und beruhigt, denn noch nie hatte Clodwig mit solcher Eigenwilligkeit einen Gast zurückbehalten.

Clodwig und Bella hatten einander versprochen, nur sich allein zu leben, und sie hatten es bisher treulich gehalten. „Ich bin eine müde Seele," hatte Clodwig damals zu Bella gesagt, da er ihr seine Hand angeboten, und sie hatte erwidert, daß sie den Müden erfrischen wolle. Bella hatte seitdem jede Beziehung mit der Außenwelt abgeschnitten, denn sie wußte, solche Freundschaftsbesuche kommen nur auf Stunden und Tage und machen dann die Einsamkeit nur um so bemerklicher.

Bella war sehr liebenswürdig gegen Jedermann und jederzeit, wenn Jedermann zu jeder Zeit ihr den Willen that und zu Gefallen lebte. Im Grunde aber liebte sie die Menschen nicht, sie hatte kein Verlangen nach ihnen; sie wollte nichts von Anderen, und man sollte auch sie in Ruhe lassen. Die hundertfältigen Beziehungen, die Clodwig ehedem mit Männern und Frauen gehabt, waren ihr zuwider, und Clodwig fügte sich in ihren Wunsch, seine ausgebreitete Correspondenz und seinen persönlichen Verkehr auf das geringste Maß zu beschränken. Nur mit zwei Gesellschaftskreisen der nächsten Umgebung hielt man noch zeitweise Verbindung. Die Einen, die sogenannte bürgerliche Gesellschaft oder die Gesellschaft zur kalten Küche, wie man sie hier oben nannte, haben wir gestern kennen gelernt; dagegen wurden die zerstreut wohnenden Adeligen jährlich zweimal zu einem Kreise geladen.

Sollte nun dieser desertirte Hauptmann das Alles stören?

Im Triumphe, daß sie ihn auswies, wurde Bella immer beredter.

Erich konnte nicht umhin, jene Weinlaune, jene angeheiterte Stimmung zu preisen, die die Rheinlande durchzieht und Jeden ergreift, der in den Kreis der Bewohner eintritt. Endlich lenkte er das Gespräch wieder auf Sonnenkamp, da ihm die Art, wie des Mannes gestern erwähnt wurde, räthselhaft war.

Mit lebhafter Zuvorkommenheit erklärte nun Bella, daß sie, im Widerspruch mit der festgesessenen Philisterei, den Mann sehr anziehend finde; er habe nichts Triviales und sei ein Eroberer, ein kühner Recke; in dieser auf Aktien gestellten Welt gebe es ja nichts weiter zu erobern als Geld.

Das Abenteuerliche in Sonnenkamp schien eine Anziehung auf Bella zu üben.

Bedachtsam fügte Clodwig hinzu:

„Ich habe oft gesehen, so lange ein Mann im Wachsthum des Reichthums ist, erscheint den Menschen sein Glück wie eine Befriedigung des Weltverstandes; es thut ihnen wohl, als wüchsen sie mit ihm. Hat er aber sein Ziel erreicht, werden ihm die Menschen abtrünnig und der Weltverstand, der sich vorher so befriedigt zeigte, mäkelt nun an ihm. Verstehen Sie etwas von Gartencultur?"

„Nein."

„Herr Sonnenkamp ist ein sehr bedeutender Gartenkünstler. Ist es nicht seltsam! In Parkanlagen haben wir die französische Gartenkunst, die den Naturwuchs stylisirt, überwunden; nun hat sie sich in die Obstcultur geflüchtet und findet da einen hohen Schutz in dem Alles beherrschenden Nutzen und erzielt fast märchenhafte Erzeugnisse. Das werden Sie bei Herrn Sonnenkamp sehen, der diese französische Obstcultur betreibt. Ja," fügte er lächelnd hinzu, „Herr Sonnenkamp ist ein Baum-Erzieher, man könnte sagen, ein tyrannischer Baum-Zerreißer. Ich kann mich heute Ihnen gegenüber näher aussprechen. Mir war Herr Sonnenkamp immer fremd und wird es wol bleiben. Bei aller guten Manier, ja bei einer wachsamen Beflissenheit für gute Manier, sieht aus seinem Wesen eine Brutalität heraus; ich meine Brutalität im ursprünglichen Sinne des wilden Naturmenschen."

„Sie würden da einen schweren Stand haben, und bei Roland besonders," wendete Bella ein.

„Heißt der Knabe Roland?" fragte Erich.

„Ja, dies ist sein Name. Der Knabe möchte gern viel wissen und nichts lernen."

Bella schaute vergnüglich um, da sie diese Worte gesagt hatte. Der Papagei, der im großen Käfig auf der Veranda stand, schrie laut, wie zankend.

„Sehen Sie," rief Bella, indem sie aufstand, „das ist mein Schüler, der seine Lehrerin tyrannisirt."

Sie nahm den Papagei heraus, setzte ihn auf ihre Schulter, hätschelte und liebkoste ihn, daß man fast neidisch werden konnte auf diese Verschwendung; die Biegung des Halses und Nackens, und alle ihre Bewegungen waren schön.

Elftes Kapitel.

Bella ging und Clodwig sah auf Erich, als begrüßte er ihn aufs Neue.

Nur einem arglosen Blicke konnte die Veränderung entgehen, die im Benehmen Clodwigs lag; er hatte in Anwesenheit Bellas eine Befangenheit und Aengstlichkeit, als hätte er etwas zu hüten, das nicht verletzt werden dürfe.

Bella kam indeß bald wieder, den Papagei auf der Hand tragend und ihn streichelnd. Sie ging im Zimmer auf und ab und wendete sich oft zurück, da Erich erzählte, daß er heute landeinwärts gegangen sei und schon viele Menschen gesprochen habe.

Clodwig verbreitete sich über seine Lieblingsansicht, daß sich in Physiognomie und Charakter der Einwohner noch Spuren der römischen Ansiedler zeigen. Bella schien unwillig, dies wiederum hören zu müssen; sie warf mit übermüthiger Laune dazwischen:

„Wenn man sich vom Rhein abwendet, so hat man — wenigstens habe ich das Gefühl, daß Jemand, wahrscheinlich Vater Rhein, mir nachsieht, ja, als riefe er: sieh dich doch um!"

„Wir Männer haben nicht immer das Gefühl, gesehen zu werden," entgegnete Clodwig in einem Tone, der scherzhaft klang, aber doch an den Ernst streifte. Er bat Erich, die Thonvase, ein Geschenk, das der Landrichter gestern überbracht hatte, nach ihrer Zeit zu bestimmen. Erich, der frisch aus der Wissenschaft kam, konnte das mit Leichtigkeit, und als man in das anstoßende Gemach ging, das mit bunten, verschiedenartigen Ausgrabungen angefüllt war, zeigte er sich bewandert in allen einschlagenden Verhältnissen.

„Sie sind ein guter Lehrer," sagte Bella, „und es muß eine Lust sein, sich von Ihnen unterrichten zu lassen. Ja, viele

Menschen geben nur widerwillig Belehrungen, Andere, um dabei
glänzend zu erscheinen; Sie aber belehren wie ein freundlicher
Wohlthäter, der sich freut, eine Gabe reichen zu können, noch
mehr aber, daß sie dem Empfänger wohlthut, und Sie geben
Alles so, daß man nicht nur überzeugt ist, Sie verstehen die
Sache, man glaubt auch, man verstehe selbst etwas davon."

Clodwig sah staunend auf; ganz dasselbe Wort hatte er noch
gestern Abend vom Vater Erichs gebraucht, indem er dessen gedachte, daß seine einzige kleine Schrift unter der uneigennützigsten
Beihilfe des Professor Dournay zu Stande gekommen war.

Die beiden Männer gingen mit einander auf die Zimmer
Erichs. Hier übergab Erich dem Grafen ein Exemplar seiner
Doctorabhandlung und jetzt erst fiel ihm auf, wie seltsam sich
das fügte. Er hatte Untersuchungen angestellt über die apo-
kryphe Schrift Plato's: „Ueber den Reichthum," und nun sollte
er gerade berufen sein, die Erziehung im Reichthum zu leiten.

Auf den Wunsch Clodwigs las Erich die lateinisch geschriebene
Abhandlung deutsch vor.

Clodwig knüpfte die Betrachtung daran, daß es wohlgethan
wäre, geschichtlich und psychologisch darzuthun, wie der Reichthum
auf die Frauen wirke; das ließe sich freilich nur abstract, aber nicht
bildlich darstellen wie Zartsinn und Kraft. Er wies auf die Medusa und Victoria hin, die er hier einander gegenüber gestellt.
Die Wissenschaft werde allerdings seine Betrachtung nicht gelten
lassen. Die Medusa sei ihm die Erscheinung der Alles verzeh-
renden Leidenschaftlichkeit, die, wenn sie der irrende Mensch sehe,
ihn vor seinem eigenen Selbst erstarren mache. Es sei sehr be-
deutungsvoll, daß die Alten das äußerste seelische Chaos im Weibe
dargestellt hätten, denn die zur Liebe geschaffene schöne Erscheinung,
die zu Bosheit und Zerstörungslust geworden, sei gerade in der
Gestalt des Weibes um so krasser. Die Rauch'sche Victoria dagegen erscheine ihm als Verkörperung eines hochsittlichen modernen
Seelenzustandes.

Auf die Victoria deutend rief er:

„Dieses Antlitz gleicht wunderbar —" er vollendete den Satz
nicht, sondern ging stotternd in einen anderen über und fuhr
fort: „Das ist nicht jene Siegesgöttin, die stolz und erhaben den
Kranz auf der schimmernden Stirn trägt; das ist die Darstellung
des Sieges, der innerlich darum trauert, daß er über einen

Gegner siegen mußte. Ja, noch mehr, diese Victoria ist mir die Göttin des Sieges über sich selbst, der immerdar der höchste Sieg ist."

Als ob er fürchte, noch mehr zu sagen und vielleicht an Jenes zu rühren, das nicht verletzt werden sollte, entfernte sich Clodwig fast unvermittelt mit einer kurzen Entschuldigung. Er ging zu Bella und sagte ihr, wie er sich freue, noch mit dem nachfolgenden Geschlecht in verständnißvollen Zusammenhang treten zu können.

„Diese neue Jugend," sagte er, „ist anders als wir waren, sie schwankt nicht mehr zwischen den beiden Polen Begeisterung und Verzweiflung; es ist vielmehr eine intellectuelle Begeisterung in ihr, und ich glaube, sie wird mehr durchführen als wir. Ich bin glücklich, daß ich nicht schon zu alt bin, um noch diese, ich möchte sagen zur Eisenbahn geborene Jugend verstehen zu können. Ich bewundere und liebe unsere Gegenwart. Noch zu keiner Zeit wußte Jeder in seinem Berufe so bestimmt, was er will und soll, als die heutige Welt; so in aller Wissenschaft und in allem Leben."

Bella hörte ihren Gatten geduldig an. Als er jetzt inne hielt, fragte sie:

„Und was willst du nun damit?"

Sich sammelnd erwiderte Clodwig, wie er wünschen möchte, einen Mann so reiner Sinnesart wie Erich bei sich zu behalten.

„Ich bin in der Lage," sagte er, „diesem jungen Manne für Jahre ein freies Asyl bei mir zu geben. Und warum soll ich es nicht?"

Bella antwortete nicht gerades Weges, sie entgegnete nur:

„Auch ich finde, er hat etwas Gehobenes in seinem Wesen, er giebt viel und gern und hat etwas geistig Förderndes."

„Und warum soll er nun nicht für Jahre bei uns bleiben?"

„Weil wir allein bleiben wollen. Clodwig, laß uns allein bleiben. Es ist mein Wunsch, daß auch mein Bruder uns bald wieder verlasse."

Sie hatte, während sie sprach, ihre Hand auf Clodwigs Arm gelegt; jetzt faßte sie seine Hand und streichelte sie.

Clodwig ging gebückten Hauptes davon.

Zum Mittag erschien Bella schön geschmückt, mit einer einzigen Rose im Haar. Sie wußte Erich in seinen heiligsten Gefühlen wohlthuend zu berühren, denn sie erzählte, wie glücklich sie sich stets im Elternhause Erichs gefühlt habe. Das war ein Haus, in dem nie ein unedles Wort laut wurde; die Mutter sei wie eine Priesterin, die immer ein ideales Flämmchen auf dem Hausaltar pflegte.

Am Nachmittag fuhr man in die Landschaft hinaus; Bella war schweigsam auf der Ausfahrt. Man besuchte ein ehemaliges römisches Lager. Bella saß auf einer untergebreiteten Decke unter einem Baum allein, während die Männer umherstreiften.

Als man am Abend bei der Lampe versammelt war, erschien Bella wiederum als eine Andere; sie hatte sich heute zum drittenmal anders gekleidet und war von überraschender Belebtheit. Sie wollte dem neuen Günstling ihres Mannes nicht in falschem Licht oder gar als das nichtssagende Anhängsel erscheinen; Erich sollte erkennen, wer sie ist. Sie ist nicht nur die Gattin Clodwigs, sondern auch und vor Allem Bella von Pranken.

Kaum hatte Clodwig den Wunsch ausgesprochen, daß sie spielen möge, so war sie sofort bereit. Die hastige Art, wie sie die klimpernden und raschelnden Armspangen abstreifte, die Erich sofort ihr aus der Hand nahm und auf den Marmortisch unter dem Spiegel legte; die Weise, wie sie die beiden, gleich flatternden Schwingen erhobenen Hände in der Luft bewegte und dann in die Tasten des Claviers fuhr, wie ein Schwimmer, der in seinem Element ist . . . Alles das zeigte, daß sie entschlossen war, nicht in zweiter Linie zu stehen. Noch nie, seit sie die Frau Clodwigs war, hatte Bella im Beisein eines Dritten so gespielt; sie hatte stets nur Clodwig allein ihr meisterhaftes Clavierspiel hören lassen. Heute vollführte sie das mit einer Lust und Meisterschaft, daß selbst Clodwig, der jede Einzelheit ihrer Spielweise kannte, neu erstaunt und entzückt war.

Nach hoher Beglückung im Umgange mit edlen Menschen und weitem Ausblick in die freie Natur ist der Seele nichts gegeben, als ein Ausklingen und Vertönen der Empfindung im unbegrenzten, uferlosen Aether der Musik. Da baut sich ein Reich wachen Träumens, unendlichen Empfindens auf, das über das Wort des Mundes und den Blick des Auges hinaus, aus einem räthselhaft tiefen Urgrunde des Menschengeistes sich aufthut; das ist die reine Phantasie ohne bestimmte Empfindung und ohne begrenzten Gedanken, nichts als rhythmisches Wellenwogen der Töne.

Zur Ueberraschung der beiden Männer erhob sich Bella plötz-

lich und sagte gute Nacht. Sie gab zuerst Clodwig, dann auch
Erich die Hand, dann gab sie nochmals Clodwig die Hand und
verschwand schnell.

Nur noch kurze Zeit blieb Clodwig bei seinem Gastfreunde,
dann verabschiedete auch er sich.

Wie taumelnd ging Erich auf sein Zimmer. Wie reich ist
die Welt, welch ein Tag war dies, von der Morgenstunde im
thauigen Walde an bis jetzt. Und Menschenglück ist eine Wahrheit!
Hier sind zwei Menschen zu Ruhe und Glückseligkeit gekommen,
wie man solche in der wirklichen Welt kaum denkbar erachtet.

Aus dem unbewußten Denken an das reiche Haus, in das
er eintreten wollte, und aus dem bewußten Denken an das voll=
erfüllte Dasein der Menschen hier, stellte sich ihm die Frage:
Ist das schöne Leben, die Erfüllung der Seele im freien Aus=
blick in die Natur und dann wiederum die freie Sättigung an
allem Schönen in Wissenschaft und Kunst nicht dem Reichthum
allein möglich, der Befreiung von aller Sorge und Noth, der
Erlösung von aller Arbeit um das gemeine Bedürfniß?

Als er mit dem Licht in der Hand in den Erkersaal eintrat,
stand er erschreckt vor dem Bilde der Medusa, das ihn mit offenem
Munde starren Blickes so gewaltig und zermalmend anschaute.

Was ist das? Woher hat dies Bild plötzlich diese Aehnlichkeit?
Hat Clodwig eine Ahnung davon? Und es ist doch so schreckend.

Und jetzt, es ist wie das Spiel eines Dämons ... auch der
gerade Gegensatz, auch die Victoria hat Aehnlichkeit mit Bella,
wenn sie still und ruhig, sanft und bescheiden den Kopf neigt.

Hat Clodwig eine Ahnung von diesem wunderbaren Spiel
des Gegensatzes, und hat er doch nicht Alles gesagt, da er heute
am Morgen seine Ketzerei bekannte?

Die Pulsadern in den Schläfen Erichs schlugen heftig.

Er löschte das Licht und sah noch lange hinaus in die dunkle
Nacht.

Zwölftes Kapitel.

Erich zog am Morgen seine Hauptmanns=Uniform an, denn
Clodwig hatte ihm dies angerathen; auch ein Pferd hatte er ihm
zu Gebote gestellt.

Das Antlitz Clodwigs glättete sich, als er den schönen stattlichen Mann, den die Uniform gut kleidete, in den Gartensaal
eintreten sah.

Bella hatte sich entschuldigen lassen, daß sie nicht zum Frühstück komme; sie sage Erich Lebewohl bis auf Wiedersehen.

Clodwig überreichte Erich einen Brief, den er Herrn Sonnenkamp übergeben solle; er setzte aber dringend hinzu, daß er nicht
abschließen möge, bevor sie sich wiedergesehen.

Wie eine Mutter ihrem in die Fremde ziehenden Sohne, so
suchte Clodwig seinem jungen Freunde noch allerlei Anweisungen
zu geben. Erich sagte, wie es ihm so eigen zu Muthe; ohne zu
wissen, ob er bei Herrn Sonnenkamp eintreten könne und dieser
ihn wünsche, denke er an den Knaben, als wäre er bereits sein
Zögling.

„Ich kenne den Knaben wenig," sagte Clodwig, „ich weiß
nur, daß er sehr schön ist. Und Sie sind gewiß auch der Ansicht, daß es durchaus verkehrt ist, einer jungen Seele große
Grundsätze zu geben, die die Lebensrichtung bestimmen sollen,
bevor diese junge Seele das Material des Lebens hat und seine
Strömungen kennt."

„Gewiß," entgegnete Erich. „Das ist gerade so, wie wenn
man in uncultivirten oder halb civilisirten Ländern Eisenbahnen
baute, bevor Straßen gebaut sind, die die Zufuhr der landwirthschaftlichen und industriellen Producte vermitteln. Der Krank-
heitsgrund der modernen Menschheit liegt, wie mein Vater oft
gesagt hat, darin, daß man dem Kinde dogmatisch die Gesetze
der Weltregierung einflößt; das ist ein auf den Schein gestellter
Luxus, der unfruchtbar ist, weil er eine Vorstufe überspringt."

Endlich war es Zeit zum Aufbruch.

Clodwig sagte, daß er Erich noch ein Stück Weges begleite.
Erich nahm das Pferd am Zügel. Und wie sie nun neben einander herschritten, betrachtete der alte Herr seinen jungen Freund
oft mit liebevoll sorgendem Blicke. Er empfahl ihm nochmals,
jede Zuträgerei über Herrn Sonnenkamp entschieden abzulehnen;
Herr Sonnenkamp lasse vielleicht manches Gerede bestehen, weil
er entweder zu tugendhaft sei, um sich darum zu kümmern, oder
weil vielleicht Thatsachen sein Leben bezeichnen, die er gern durch
falsche Gerüchte verdeckt wisse. Auffällig sei allerdings, daß Herr
Sonnenkamp, obwohl ein geborner Deutscher, noch nie einen

Verwandten bei ſich geſehen habe. Es ſei indeß wahrſcheinlich, daß er, von geringer Herkunft, ſeinen Verwandten unter der Bedingung Gutes thue, daß ſie jeden Verkehr mit ihm vermeiden. Der Major Graßler habe einmal Aehnliches mitgetheilt.

„Noch Eins,“ ſagte Clodwig und hielt ſtill. „Sagen Sie Herrn Sonnenkamp nichts davon, daß Sie eine kurze Zeit ſich der Leitung der Sträflinge gewidmet haben. Ich will damit keinerlei Makel auf Herrn Sonnenkamp werfen; aber viele Men= ſchen haben eine Scheu vor Männern ſolchen Berufs.“

Erich dankte; er ſah das innerſte Beſtreben dieſes Mannes, ihm ſeinen Lebensweg zu ebnen. Man ging ſtill weiter.

„Hier will ich umkehren,“ ſagte endlich Clodwig; „erlauben Sie mir nur noch eine Warnung.“

„Eine Warnung?“

„Iſt vielleicht nicht das rechte Wort ... Wer im Leben etwas Anderes ſucht als Nutzen, Vergnügen und Ehre, der wird Vielen, die von ſolcher Bevorzugtheit keine Ahnung haben, exaltirt er= ſcheinen; die Welt kann nicht gerecht ſein gegen ſolche Menſchen, ſie muß ſie verdammen, weil ſie ihr eigenes Beſtreben von ihnen verdammt ſieht. Sie werden Ihr Lebenlang, wenn Sie ſich treu bleiben, ein Martyrium zu tragen haben; tragen Sie es im Stolz Ihres Bewußtſeins und wiſſen Sie, daß ein neuer alter Freund Sie erkennt und mit Ihnen fortlebt.“

Raſch legte der alte Herr ſeine Hände auf beide Schultern Erichs, küßte ihn, und mit großer Haſt wendete er ſich und ging davon. Er ſchaute nicht mehr zurück.

Erich ſtieg auf und ritt davon. Als er um die Waldecke bog, wendete er ſich noch einmal. Er ſah Clodwig ſtille ſtehen ...

Bella hatte vom Balcon aus, wo man den ganzen Weg über= ſchauen konnte, den Beiden nachgeſehen; jetzt ging ſie ihrem Gatten entgegen, und ſie war nicht wenig betroffen, als ſie in deſſen Antlitz ſah. Es war eine Bewegung darin, die ſie noch nicht geſehen hatte.

Bella glaubte etwas ſagen zu müſſen und ſie pries das Glück des jungen Sonnenkamp, ſolch einen Führer zu bekommen.

„Mich ſchmerzt es, daß er in dieſes Haus ſoll.“

„Und doch haſt du ihn ebenfalls empfohlen?“

„Ja, das iſt's eben. Es rächt ſich früher oder ſpäter, was man mit halber Wahrheit oder mit Widerſpruch in der Seele unternimmt. Ich habe mich nun doch Herrn Sonnenkamp näher gestellt und will es eigentlich nicht."

Clodwig schien nicht aufhören zu können, von Erich zu sprechen, und indem er jetzt Alles zurückrief, staunte er, was er in so kurzer Zeit von ihm vernommen.

Bella that, als ob sie ihn hörte, sie hörte ihn aber kaum; sie lächelte in sich hinein über den alten Diplomaten, der noch immer etwas unbegreiflich Kindliches, ja fast Kindisches hatte. Sie warf einmal den Kopf stolz zurück, da sie ihrer standhaften Tugend inne wurde, die sich mit Kraft selbst gegen ihren Gatten wehrte, der ihr einen so reich ausgestatteten jungen Mann so nahe bringen wollte.

Unterdeß war Erich im Walde dahingeritten voll frischer Belebung.

Bei einer Waldbiegung hielt er an und nahm den offenen Brief Clodwigs aus der Tasche. Er las:

Ein Nachbargruß nach Villa Eden zu Herrn Sonnenkamp.

Hätte mir das Glück einen Sohn beschieden, ich würde ihm mit ruhiger Zuversicht diesen Mann als Erzieher geben.

Schloß Wolfsgarten, den 4. Mai 186*.

Clodwig Graf von Wolfsgarten.

Erich gab seinem Pferde die Sporen und ritt lustig durch den grünenden, singenden Wald.

Als er durch das Städtchen kam, sah er am Fenster des Gerichtsgebäudes hinter blühendem Goldlack einen rosigen blondhaarigen Mädchenkopf; das Mädchen zog sich zurück, als Erich von ferne grüßte.

Weiter ritt Erich nun im Thale den Strom entlang. Er war so voll heitern Muthes, daß ihm seit langer Zeit zum erstenmal wiederum Lieder auf die Lippen kamen; er ließ sie nicht laut werden, aber er sang sie sich in der Seele.

Plötzlich hielt er an.

Wie wär's, wenn der ungezählte Millionär, zu dem ich reite, der Onkel Alphons wäre?

Muthig griff das Pferd aus, seine dunkle Mähne flatterte; der Reiter nahm die Mütze ab und ließ den frischen Luftstrom seine heiße Stirne kühlen.

Zweites Buch.

Erstes Kapitel.

Auf dem Strome schwimmen Schiffe auf und nieder, Bahnzüge rollen hüben und drüben und Menschen aller Lande und Lebensverhältnisse erquicken sich des Ausblickes.

Da, dort möchtest du wohnen, denkt wol Mancher, deine Tage verleben im gleichmäßigen Genusse der Natur und in freigesetzter Arbeit.

Die Ufer des Rheins erscheinen als wonnige Ruhstatt, und bieten doch Bewegtheit genug. Vor der Schwelle des Hauses liegt die große Straße des Weltverkehrs; aus der Einsamkeit läßt sich jede Stunde die Verbindung mit dem weltweiten Treiben gewinnen.

Da sind die hellen Städte und Dörfer am Ufer mit ihren Burgen und Weingeländen, und schön umhegte, wohlgepflegte Landsitze zeigen sich aller Orten und bilden eine fast ununterbrochene Kette.

Von Stadt zu Stadt, von Haus zu Haus ließe sich von Schicksalswendung mancher Bewohner erzählen, die mit frei entschlossener Kraft aus dem Strudel sich gerettet oder mit letzter Anstrengung noch das Ufer erreicht; nicht Wenige aber auch, die gewaltsam ans Ufer geworfen wurden.

Wer aus der Fremde unbekannt und beziehungslos sich hier ansiedelt, kann sicher sein, daß es ihm freisteht, entweder Nachbarlichkeit mit den Angesessenen zu pflegen, oder für sich zu bleiben; die Strömung des Fremdenverkehrs auf und nieder läßt dem Verbleibenden die Möglichkeit des Alleinseins.

Wessen ist das schöne Landhaus mit dem Thurme dort, das

aus der Ferne sich anschaut wie ein weißer Schwan, der sich am Ufer im Grünen niederlegte?

Diese Frage wird auf den zu Berg und zu Thal fahrenden Schiffen oft ausgesprochen, und man hört bisweilen die Erwiderung:

Die Villa heißt Eden und ist auch ein wahres Eden, in das man freilich nur von Außen hineinsehen kann, denn Alles ist verschlossen und bewacht und längs der Gartenmauer sind Selbstschüsse und Fußangeln. Nur wenn der Besitzer verreist ist, haben die Diener die Erlaubniß, Haus und Park zu zeigen, und nehmen dann viel Geld ein. Man rühmt die Ställe mit den marmornen Krippen, die blüthenvollen Treibhäuser, die fein ausgedachte Schönheit der Hauseinrichtung, die Obstgärten und den Park. Der Besitzer ist ein reicher Amerikaner, er hat dieses Haus gebaut, den schattigen Park angelegt und die Wiese, die halb versumpft, zerrissen und ungeebnet sich bis an den Strom dehnte, in einen Obstgarten verwandelt, der die edelsten Früchte trägt, von einer Größe und Schönheit, wie man sie hierzulande noch nicht gekannt. Dort oben die Burgruine baut er wieder neu auf.

Und der Name des Mannes?

Sonnenkamp. Er hat fast nur fremde Diener, besucht wenig Menschen in der Umgegend und sieht selten Jemand als Gast. Er hat die schönsten Pferde, aber er, seine Frau und ihre Gesellschafterin fahren und reiten nur aus, um an einer beliebigen Stelle auf offener Straße wieder umzukehren . . . .

An diesem Morgen, als Erich nach der Villa ritt, wurde dort auf der Westseite von mehreren Dienern in Morgenlivree ein großer dicker Teppich auf den breiten Kiesplatz gelegt. In die Nähe einer vielfarbig schimmernden und stark duftenden Blumenpyramide wurde ein runder Tisch gestellt, eine grün-damastene Decke darüber gebreitet, dann eine große geschliffene Krystallvase mit künstlerisch geordneten Gräsern und Blumen darauf gesetzt und vier Gedecke aufgelegt.

Abseits neben einem Gebüsch blühenden Goldregens und verschiedenfarbigen Flieders wurde ein Tisch angebracht mit einer großen silbernen Theemaschine, die angezündet wurde. Zwei große Wiegenstühle wurden an schickliche Plätze gestellt.

Ein junger Mann, der nicht selbst Hand anlegte, stand dabei und schaute in die Landschaft hinaus, wo man über den Obstgarten und den Springbrunnen mit dem Teich, drin zwei Paar

Schwäne schwammen, über Wiesen und gestutzte Kopfweiden den
freien Ausblick stromabwärts genoß. Jetzt zog er den Blick aus
der Ferne zurück, betrachtete die Anordnung, sagte: „Ist gut!"
und entfernte sich mit den Dienern.

Die Theemaschine brodelte, die Stühle und Tische schienen
auf die Gesellschaft zu warten.

Ein lecker Fink setzte sich auf die Lehne des einen Wiegen-
stuhles und pfiff dem Weibchen auf dem Baume zu: das sei eine
prächtige Herrichtung, er wünsche nur, er könne das seinen Kindern auch einmal so bieten.

Der übermüthig vorwitzige junge Vater wurde indeß bald
verscheucht; es nahten sich Schritte, der Fink flog auf, er wollte
unvorsichtigerweise gerade über die Maschine wegfliegen, aber der
Dampf schien ihn zu verbrühen, er machte eine Schnellwendung
und flog ganz nahe, fast den Hut streifend, über den Kopf des
Mannes hin, der jetzt daherkam.

Der Mann hinkte ein wenig auf dem rechten Bein, er wußte
dies aber in Haltung zu verwandeln, und dieses Hinken gab
seiner mächtig athletischen Gestalt eine Sänftigung, die den Eindruck der Ueberkraft abmilderte.

Er war ein großer, breitschultriger Mann im wohlgeordneten
sommerlichen Anzuge, weißer Halsbinde, und einem nach englischer Weise aufrecht stehenden Hemdkragen. Der Mann schien
Alles zu thun, um seine herkulische Gestalt zu mildern, zu ver-
kleinern und zu sänftigen; die feinste Kleidung konnte zwar wenig,
aber doch etwas helfen. Er trug einen rabähnlichen breitkrämpigen Strohhut auf dem Kopfe, so daß aus einiger Entfernung
von seinem beschatteten Antlitze nur wenig zu sehen war; ihm
folgte der Kammerdiener, der vor einer Weile die Anordnung
gutgeheißen hatte, mit einer großen Mappe. Der Mann im Strohhut setzte sich in einen der Wiegenstühle, der Diener stand mit
der Mappe wartend vor ihm.

Der Sitzende that nun seinen Hut ab, den der Kammerdiener
schnell empfing. Der Herr im Wiegenstuhl streichelte sich das
glatt rasirte, stark ausgearbeitete Kinn mit einer breiten fleischi-
gen Hand, an deren Daumen seltsamerweise ein Ring war, wie
ein einfaches Kettenglied, ein goldener Reif, dessen Mitte von
Eisen war.

Der Mann ist Herr Sonnenkamp. Er hatte ein röthlich durch-

schossenes Antlitz, eine breite Stirn, auf der eine Schicht er-
grauter Haare wohlgeordnet war. Bräunliche Augenbrauen standen
borstig auf, zwischen denen eine ungewöhnlich breite Fläche war,
die den Brauen etwas gewaltsam Auseinandergerissenes gab. Wer
dies sah, konnte das Antlitz nie mehr vergessen.

Die tiefliegenden wasserblauen Augen mochten auf Entschlossenheit und Verschlagenheit deuten; die breiten Backenknochen standen
etwas hervor. Die Nase war groß, aber nicht ohne edle Form;
der Mund aber war herrisch, trotzig aufgeworfen. Das ganze Gesicht hatte etwas Welkes, dem indeß der Charakter gebieterischer
Energie nicht verloren gegangen war.

Der erste Eindruck war wol, daß man sich diesen Mann nicht
gerade zum Feinde wünschte.

„Gieb her,“ sagte er jetzt, und holte einen Ring mit überaus
kleinen Schlüsseln aus der Westentasche.

Der Kammerdiener hielt die Mappe sehr geschickt hin. Herr
Sonnenkamp öffnete das Schloß, und Joseph reichte die darin
befindlichen Briefe. Sonnenkamp ordnete sie schnell; die mit ausländischen Stempeln wurden besonders gelegt, ein großer Haufe
inländischer Briefe daneben. Joseph legte nun Hut und Mappe
auf den zweiten Wiegenstuhl und machte mit einer bereitgehal-
tenen Scheere zwei Winkelschnitte in jeden Brief.

Herr Sonnenkamp überflog die geöffneten schnell; von den
inländischen betrachtete er nur einige nach Siegel und Adresse,
dann that er allesammt in die Mappe und verschloß sie wieder.

Die beiden Flügelthüren zur Terrasse wurden geöffnet; Herr
Sonnenkamp stand auf und nahm seinen breiten Strohhut vom
Stuhl. Auf der Terrasse zeigten sich zwei Frauengestalten. Die
eine, schlank, mit blassem, länglichem und leidensvollem Gesicht,
trug eine Morgenhaube mit hochrothen Bändern und dazu einen
brandrothen Shawl; die andere, eine zierlich kleine Gestalt mit
eckigem, blutlosem Gesichte, braunen, durchbringenden Augen und
kohlschwarzem, hart anliegendem Haupthaar — eines jener Gesichter, das offenbar nie jung gewesen, dem aber auch das vor-
schreitende Alter wenig anhaben konnte — war in schwarze Seide
gekleidet, und trug ein großes perlmutternes Kreuz, das ganz
eng um den Hals gebunden schien und auf der Brust flimmerte
und glitzte.

Herr Sonnenkamp hatte die löbliche amerikanische Sitte, im

eigenen Hause und gegen die Angehörigen voll sorgfältiger Höflichkeit und Ehrerbietung zu sein; er ging den beiden Damen
bis an die Treppe entgegen, nickte der in Schwarz wohlwollend
zu, reichte der Dame im rothen Shawl die Hand und fragte in
englischer Sprache nach ihrem Befinden.

Die Dame — es ist Frau Ceres — schien nicht für nöthig
zu halten, etwas zu erwidern. Sie ging nach ihrem Platze am
Frühstückstisch; eine Kammerfrau legte ihr schnell eine Decke über
die Knie und ein Diener schob ihr einen gepolsterten Schemel
unter die Füße.

Die Dame in Schwarz — es ist Signora Borromäa Perini
— ging zum Theetisch, ein Diener hielt die Theebüchse in der
Hand; sie nahm das Nöthige heraus.

„Wo ist Roland?" fragte Frau Ceres mit müder Stimme.

„Er wird sogleich kommen," erwiderte Sonnenkamp und winkte
einem Diener, ihn zu holen.

Fräulein Perini reichte die erste Tasse der Frau Sonnenkamp, und dieser schien es zu viel, nur die Paar Tropfen Milch
dazu zu gießen.

Herr Sonnenkamp bat:

„Genieße doch etwas, liebes Kind!"

Frau Ceres schlürfte einen Löffel voll, dann noch einen halben
und sah sich gelangweilt um. Es schien ihr lästig, daß sie selbst
schlucken mußte.

„Wo ist Roland?" fragte sie wieder. „Es ist unverzeihlich,
daß er nicht Ordnung hält. Wie, Madame Perini; haben Sie
nicht etwas gesagt?"

„Nein, gnädige Frau."

In mildem, beschwichtigendem Tone sagte Herr Sonnenkamp,
sie möge nur noch Geduld haben, für Roland sei nun endlich
ein Hofmeister gefunden, der ihn an Ordnung gewöhnen werde.
Er erzählte von der Karte, die ihm Otto von Pranden geschickt.
Fräulein Perini ließ bei Nennung dieses Namens den Zwieback
in den Thee fallen und fischte ihn nun wieder heraus, während
Herr Sonnenkamp fortfuhr, daß er keinen Brief eines Bewerbers
mehr lese, bis er den Empfohlenen des Herrn von Pranden
kennen gelernt.

„Ist der Mann von Adel?" fragte Frau Ceres.

„Ich weiß nicht," erwiderte Sonnenkamp, er wußte es aber
recht wohl, „er ist Hauptmann."

Frau Ceres sah nichtssagend drein; sie wollte abwarten, ob
der Bewerber adelig sei.

Fräulein Perini mußte wissen, was Frau Ceres sagen wollte,
sie sah sie lächelnd an, und gleichsam ihr den Mund leihend, be=
merkte sie:

„Einen so vollendeten Cavalier wie den Baron von Prancken
findet man selten, wenigstens in Deutschland; er hat fast noch
mehr als Gräfin Bella . . ."

„Ich bitte," unterbrach Herr Sonnenkamp, und sein Gesicht
nahm einen Ausdruck an, wie wenn eine Bulldogge zärtlich sein
will, „ich bitte, Niemand anders auf Kosten der Gräfin zu loben;
die Damen finden Herrn von Prancken bezaubernd, ich meinerseits
Gräfin Bella."

Frau Ceres zuckte kaum merklich mit den Schultern und hielt
den goldenen Löffel an die Lippen gepreßt.

„Wo aber nur Roland bleibt?" fuhr sie plötzlich auf und stieß
auf den Schemel, daß der Tisch wankte und die Tassen auf dem=
selben klirrten.

Der Diener kam und sagte, Roland wolle nichts genießen,
sondern bei der Mara bleiben, die fünf Junge geworfen habe.

„So sag' ihm," entgegnete Sonnenkamp, und sein Gesicht
wurde dunkelroth bis hinauf zu der dünnen Haarschicht, „so sag'
ihm, wenn er nicht sofort kommt, lasse ich in dieser Minute
alle fünf Junge im Rhein ertränken!"

Der Diener eilte davon. Bald darauf erschien ein Knabe
in blauen Sammt gekleidet; er war schlank gewachsen und die
Formen seines Gesichts waren so auffallend schön und rein, als
seien sie gemeißelt. Er nahm die Jockeymütze ab, und ein wohl=
geordnetes, rings um die Stirn in dichte Locken gelegtes dunkel=
braunes Haar zeigte sich. Sein Antlitz war blaß und die fein
geschnittenen Lippen zitterten. Er hatte offenbar einen schweren
Kampf gekämpft.

„Komm zu mir," rief ihm die Mutter zu, „küsse mich, Roland.
Du siehst so blaß aus, fehlt dir etwas?"

Der Knabe küßte die Mutter, schüttelte den Kopf verneinend
und sagte mit einer zwischen Fistel und Männerton schwebenden
Stimme:

„Ich bin so gesund wie meine jungen Hunde."

Eine frische Röthe trat ihm in die Wangen und seine Lippen wurden purpurroth.

„Ich will dich an dem Tage, an dem du einen Hofmeister bekommen wirst, nicht strafen," sagte Sonnenkamp, einem Blicke seiner Frau folgend.

„Ich? Wieder einen Hofmeister? Ich nehme keinen," erwiderte der Knabe, „und wenn du mir einen giebst, werde ich es ihm so machen, daß er bald wieder davongeht!"

Sonnenkamp lächelte. Dieser kühne Trotz des Knaben schien ihn eigentlich zu freuen.

Als jetzt Roland, der aller Speise hatte entsagen wollen, tüchtig aß, folgte die Mutter seinem Beispiele; in der Freude, daß es ihrem Sohne so wohl schmeckte, regte sich auch in ihr die Essenslust und Fräulein Perini konnte sich nicht enthalten, Roland zu bemerken:

„Sehen Sie, Herr Roland, schon um Ihrer lieben Mutter willen sollten Sie recht ordentlich zu den Mahlzeiten kommen; sie kann nur etwas genießen, wenn auch Sie genießen."

Der Knabe sah Fräulein Perini seltsam an, er antwortete ihr nicht: es schien kein gutes Verhältniß zwischen dem Knaben und der Gesellschafterin der Mutter obzuwalten.

Fräulein Perini setzte indeß ihre Freundlichkeit gegen Roland fort und versprach, nach dem Frühstück mit ihm die jungen Hunde zu besuchen.

„Wissen Sie, warum die Hunde blind geboren werden?" fragte Roland.

„Weil das Gott so angeordnet hat."

„Warum aber hat Gott das so angeordnet?"

Fräulein Perini sah verlegen drein, Herr Sonnenkamp half ihr, indem er sagte, wer immer Warum frage, werde nie fertig; Roland habe sich das Fragen angewöhnt, weil er nichts Rechtes lernen wolle.

Der Knabe sah zu Boden; eine Herbheit oder Stumpfheit, vielleicht auch beides zugleich, lag im Ausdrucke seines Gesichtes.

Frau Ceres verließ den Frühstückstisch, setzte sich in einen Wiegenstuhl und betrachtete ihre haselnußförmig gebildeten, mit durchsichtigen langen Spitzen versehenen Nägel.

Herr Sonnenkamp berichtete ihr, welch eine Anzahl von Briefen

in deutscher, französischer und englischer Sprache er auf die öffent=
liche Aufforderung erhalten habe; die meisten Bewerber hätten
auch ihre Photographien beigelegt und mit Recht, denn die per=
sönliche Erscheinung sei von Bedeutung.

Frau Ceres hörte ihm zu wie Jemand, der schlafen will; sie
schloß auch mehrmals die Augen. Als Sonnenkamp nun hinzu=
fügte, wie in der Welt beständig ein Warten auf Erfüllung eines
Schicksals sei, wobei Jeder glaube, daß ihm mit Geld geholfen
würde, sah ihn Frau Ceres verwundert an; sie schien nicht zu be=
greifen, wie man leben und dabei nicht reich sein könne.

Fräulein Perini, die Gesellschafterin, war eine gute Vermitt=
lung. Da Frau Ceres scheinbar oder in der That theilnahmlos
beim Gespräche blieb, wußte sie dasselbe durch kurze Antworten
und Aufmerksamkeiten in Gang zu halten. Sie sah dabei von
der Stickerei, die sie vorgenommen, nur manchmal auf und warf
einen Blick . . . sie hatte den Klosterblick, von unten auf, scheu,
aber gütig . . . auf Herrn Sonnenkamp. So konnte Frau Ceres
hören, ohne sich eigentlich zu bethätigen.

Herr Sonnenkamp und Fräulein Perini standen in einem äußerst
höflichen Verhältniß und sie schien Herrn Sonnenkamp zur Uebung
in der Höflichkeit zu dienen. Eigentlich hätte er sie schon lange
gern weggeschickt, aber sie war ihm angeschmiedet wie der Rheu=
matismusring, den er am linken Daumen trug.

Durch Fräulein Perini war Frau Ceres immer versorgt. Sie
war nie allein, hatte beständig eine Gesellschafterin und Begleiterin.
Wenn man ausfuhr, ließ Herr Sonnenkamp Fräulein Perini
immer neben seiner Frau sitzen und setzte sich rückwärts; er konnte
sich ihrer nicht entledigen und es war daher am besten, wenn
man höflich und scheinbar achtungsvoll gegen sie war. Ueberdieß
hatte sie mehrere treffliche Eigenschaften und ihre beste war: sie
hatte gar keine Launen; sie war stets gleichmäßig, drängte sich
nie vor, wurde sie aber aufgefordert, so hatte sie immer eine An=
sicht, und in der Regel eine solche, die nicht störte. Noch nie
war sie verletzt erschienen; berücksichtigte man sie nicht, so wußte
sie sich so zu halten, als ob sie es gar nicht bemerkte; zog man
sie ins Gespräch, war sie einnehmend, sogar witzig; sie war be=
ständig für Andere bereit und sprach nie von sich selbst.

Jeden Morgen Sommers und Winters ging Fräulein Perini
zur Kirche. Sie war allezeit aufgeräumt, wie jede Stunde zur

Abreise bereit und wußte, wo Alles im Hause war und lag. Sie
stickte viel und es gab bald stundenweit im Umkreise keine Kirche
mehr, wo sich nicht eine von ihr gestickte Altardecke oder auch
ein Theil des Paraments befand.

Auf Reisen war sie ohne Belästigung. Mit großer Leichtigkeit
sprach sie die Sprachen des Continents, nur das Deutsche, behauptete sie, nie lernen zu können; Sonnenkamp war indeß überzeugt, daß sie es vollkommen verstand.

Gegen Roland hatte Fräulein Perini ein eigenthümlich kaltes
Verhältniß; sie behandelte ihn als den jungen Herrn, nahm sich
aber seiner weiter nicht an, ja sie hatte den Wunsch des Herrn
Sonnenkamp, Roland Sprachunterricht zu geben, abgelehnt. Sie
trat nie aus dem Kreise heraus, der ihr angewiesen schien; sie
war Erzieherin Manna's gewesen, sie wurde Gesellschafterin der
Frau Ceres, das war sie nun ganz und ausschließlich und das
gab ihr eine sichere Ehrenstellung.

Je mehr Herr Sonnenkamp von dem Empfohlenen des Herrn
von Pranken sprach, um so aufmerksamer schien Fräulein Perini
zu werden, aber sie sprach kein bestimmtes Wort. Als Herr
Sonnenkamp sie fragte, wie es ihr denn zu Muthe gewesen,
als sie sich in Nizza zum erstenmal der Familie vorstellen ließ,
sagte sie:

„Ich hatte ja das Glück, von meinem edlen Vormund, dem
Domprobst, Ihnen vorgestellt zu werden.“

Roland war ungeduldig, er winkte Fräulein Perini, sie solle
nun mit ihm gehen, aber Herr Sonnenkamp ersuchte sie, bei der
Mutter zu bleiben; er glaubte seinem Sohne eine gewisse Theilnahme an seiner Freude bezeugen zu müssen und begleitete ihn.

Nur Roland allein durfte sich der Hündin nähern. Als Herr
Sonnenkamp es wagte, knurrte sie und fletschte die Zähne; er
ging davon.

Roland holte seine Armbrust und schoß mit Pfeilen nach den
Tauben 'und Sperlingen.

Plötzlich hielt der Knabe an. Ein Reiter sprengte vor das
Thor, den Pfeil in der linken Hand emporhaltend.

Zweites Kapitel.

Der Knabe stand regungslos, die Armbrust noch erhoben, und schaute staunend auf den Reiter, der kunstgerecht sein Pferd parirte.

„Warst du es, der den Pfeil abgeschossen?" rief Erich dem Knaben zu.

„Ja, ich."

„Sehr unvorsichtig, so über die Straße wegzuschießen! Ich habe den Pfeil glücklich aufgefangen, du hättest damit einen Menschen treffen können."

Erich stieg ab. Der Knabe ließ die Armbrust sinken und ging, beide Hände ausstreckend, auf Erich zu; vor ihm stehend hielt er an, sein Angesicht glühte.

„Es soll nie wieder geschehen," sagte er.

„Ich glaube dir." Weiter setzte Erich kein Wort hinzu.

Der Knabe athmete auf.

Erich hatte viel von der Schönheit Rolands gehört und doch war er jetzt überrascht von diesem Bilde anziehenden Reizes.

„Es ist mir lieb, daß ich dir zuerst begegne. Du bist doch der Sohn des Hauses, du heißest Roland?"

„Roland Franklin Sonnenkamp. Und du?"

„Erich Dournay."

Der Knabe stutzte, er glaubte den Namen jüngst gehört zu haben, aber er wußte es nicht genau.

„Sie sind Artilleriehauptmann," sagte er auf die Uniform deutend.

„Ich war's. Du kennst also die Uniformen?"

„Ja, und Herr von Pranken nennt mich Sie."

„Ich denke, wir bleiben beim Du, wie wir begonnen, und zwar gegenseitig," erwiderte Erich und reichte dem Knaben die Hand. Die Hand des Knaben war kalt, alles Blut schien sich ihm zum Herzen gepreßt zu haben.

Jetzt fragte der Knabe:

„Das ist wie ein Reitpferd des Grafen Wolfsgarten?"

„Es ist das seine."

„Iwan!" rief der Knabe.

Ein Stallknecht kam herbei und führte das Pferd in den Stall. Erich und Roland gingen nach. Aus einem Verschlage in der Nähe hörte man winseln.

„Du haft junge Bernhardinerhunde hier in der Nähe,“ sagte Erich.

„Ja; kennst du sie am Winseln?“

„Die Rasse erkenne ich nicht, ich sah solche Hunde vorn im Hofe; aber den Tönen nach sind diese Hunde noch blind und noch nicht acht Tage alt.“

Der Knabe sah Erich betroffen an, er öffnete den Verschlag und bat, nicht näher zu treten, da die Hündin sehr bissig sei, und jetzt eben saugten alle fünf Junge an ihr.

Erich trat doch näher; die Hündin sah ihn an und knurrte nicht.

Und wieder betrachtete Roland den Fremden.

„Du kannst mir gewiß auch sagen,“ begann er, „warum die Hunde blind geboren werden.“

Erich antwortete, daß man sich allerlei Gründe denken könne, da auch andere Thiere mit schärfstem Sehorgan, wie Adler, Katzen, Geier blind geboren werden; wir müßten uns aber bescheiden und bekennen: das wissen wir nicht.

Ein Schauer ging durch die Gestalt des Knaben; Wesen und Ton Erichs schien eine unmittelbar ergreifende Wirkung zu üben.

„Wenn du willst,“ begann der Knabe wieder, „kannst du auch einen meiner jungen Hunde haben. Zwei behalte ich, einen ziehe ich für meine Schwester Manna auf, den vierten bekommt Baron von Pranden und der fünfte ist für dich.“

Freudestrahlenden Antlitzes betrachtete Erich den Knaben und sagte:

„Du kennst wol die Sitte der homerischen Zeit, daß man dem Gaste ein Ehrengeschenk zu bleibendem Gedenken giebt?“

„Ich weiß nichts von Homer.“

„Hat dir keiner deiner Lehrer davon gesagt?“

„Alle. Sie haben viel Rühmens davon gemacht, aber es ist langweilig.“

Erich lenkte zurück und fragte:

„Wer hilft dir die Hunde aufziehen?“

„Ein Meister, der Jäger Klaus, man heißt ihn auch den Krischer, der wird sich freuen, wenn ich ihm sage, daß du am Winseln erkannt hast, wie alt die Hunde sind.“

Erich ersuchte den Knaben, ihn zu seinem Vater zu führen.

Als sie den Stall verlassen wollten, bog sich ein Pony mit langer Mähne ganz herum und wieherte.

„Das ist mein Puck," sagte der Knabe.

Er war offenbar froh, dem Fremden seine Herrlichkeiten zu zeigen, fast wie ein kleines Kind, das einem Vertrauten sein Spielzeug zur Bewunderung aufweist. Erich konnte nicht anders als das schöne Thier loben, das ihn mit großen, gutmüthig blöden Augen anschaute.

Er führte den Knaben an der Hand und sie gingen mit einander durch den großen Pflanzengarten.

„Kennst du auch die Pflanzen?" fragte er.

„Nein, darin bin ich ganz unwissend."

„Ich auch," sagte der Knabe erfreut, daß Erich eine Unwissenheit eingestand, und daß diese gerade mit der seinen zusammentraf, schien die Beiden noch näher zu verbinden.

Sie kamen über einen Platz, wo Gartenerde gesäubert und hergerichtet wurde. Ein altes Männchen mit blöden und zugleich verschmitzten Augen arbeitete hier; es zog die Mütze ab und grüßte.

„Hast du meinen Vater gesehen?" fragte Roland.

„Er ist dort!" erwiderte das Männchen und wies nach den Treibhäusern.

Die langen, aus mattblauem Glase bestehenden Treibhäuser zeigten sich. Eine Thür stand offen, man sah einen Springbrunnen in einem Bassin von grauem Marmor, darin Felsblöcke lagen, in allen Fugen von Wasserpflanzen besetzt. Die überwinternden Bäume standen theilweise noch hier, im Vordergrunde einige kranke, vielfach umwunden an Stamm und Aesten.

Man hörte eine Stimme.

„Dort im Kalthause ist er," sagte Roland.

Erich bat den Knaben, nun zurückzukehren, da er mit dem Vater allein zu sprechen habe.

In der Art, wie Erich ihn gehen hieß, lag solch eine widerspruchlose Bestimmung, daß der Knabe nicht wußte, wie ihm geschah. Als Erich weiter ging, stand der Knabe unbeweglich, dann aber wendete er sich, schnalzte mit den Fingern und pfiff vor sich hin.

Erich hielt einen Augenblick inne, sich sammelnd. Wenn dieser Knabe sein Blutsverwandter war? Wenn er hier dem verschollenen Oheim Alphons begegnete? Leisen bedächtigen Schrittes ging er weiter und trat in die Thüre des Kalt-Hauses.

———

Drittes Kapitel.

„Wer ist da? Was wollen Sie?" fragte Sonnenkamp, der
sich von einer Schicht schwarzer Erde erhob. Ein graues grob=
leinenes, sackartiges Gewand hüllte ihn vom Halse bis zu den
Füßen ein; es war wie ein Züchtlingsgewand.

„Was wollen Sie? Wer sind Sie? Zu wem wollen Sie?"
wiederholte er.

„Ich wollte zu Herrn Sonnenkamp."

„Was wünschen Sie von ihm?"

„Ich möchte mich ihm empfehlen."

„Ich bin's. — Wer sind Sie?"

„Herr von Pranken hatte die Güte mich vorgestern bei
Ihnen . . . ."

„Ah! Sie sind's?" rief Sonnenkamp tief aufathmend. Er
nestelte das Sackgewand ab und sagte gezwungen lächelnd:

„Sie überraschten mich in meinem Arbeitsgewand."

Er wickelte den Sack in eine Rolle zusammen und warf ihn
weit weg, dann fragte er:

„War denn kein Diener in der Nähe? Tragen Sie beständig
Uniform?"

Also die Uniform war's, die ihn erschreckte? flog Erich durch
den Sinn und wie er den Mann betrachtete, war er sicher, daß
dies nicht sein Oheim sein konnte. Das Bild des verschollenen
Oheims, das noch in der Studirstube seines Vaters hing, stand
deutlich vor ihm; der Oheim war eine schlanke, zierliche Gestalt
mit einer besonders auffälligen Adlernase; es war keine Spur von
Aehnlichkeit mit der athletischen Erscheinung vor seinen Augen.

„Ich bedaure, Sie gestört zu haben," nahm Erich das Wort,
„und muß um Entschuldigung bitten. Herr Graf von Wolfsgarten,
dessen Gastfreund ich war und von dem ich hier einen Brief über=
bringe, hat mir . . . ."

„Ein Brief vom Grafen Wolfsgarten? Sehr angenehm!" unter=
brach Sonnenkamp, den Brief in Empfang nehmend.

Er überflog rasch die Zeilen Clodwigs und murmelte dabei:

„Freue mich sehr — sehr angenehm."

Vom Blatte aufblickend machte er eine Art Verbeugung gegen
Erich, indem er sagte:

„Ein Edelmann — der Edelmann wie er sein soll, der Herr Graf Wolfsgarten. Stehen Sie ebenso in der Gunst der Gräfin Bella?"

Es war ein spöttischer Anflug im Ton dieser Schlußwendung. Gemessen in Blick und Ton erwiderte Erich:

„Ich erfreue mich der Güte beider Ehegatten in gleicher Weise."

„Schön — sehr schön," nahm Sonnenkamp auf. „Doch lassen Sie uns ins Freie gehen. Sind Sie ein Pflanzenkundiger?"

Erich bedauerte, daß er jedes nähere Eingehen auf dieses Gebiet versäumt habe.

Im Freien maß Herr Sonnenkamp nochmals den Ankömmling von Kopf bis Fuß. Erich merkte erst jetzt, daß er, seines militärischen Anzuges ganz vergessend, die Mütze abgezogen hatte. Und wie er nun den musternden Blick wahrnahm, fühlte er doch, was es heißt, in Privatdienst, mit der ganzen Persönlichkeit sich in Botmäßigkeit eines Einzelnen zu geben. Er erkannte, daß er diesem Manne gegenüber gemessene Haltung bewahren müsse.

Sonnenkamp rief sofort einen Diener und befahl, daß man beim Springbrunnen ein Frühstück bereiten solle.

„Sie sind zu Pferde angekommen?"

„Herr Graf Wolfsgarten war so freundlich, mir ein Pferd anzubieten."

„Sie haben meinen Sohn bereits gesprochen?"

„Ja."

„Es ist mir lieb, daß Sie in Uniform gekommen," entgegnete Sonnenkamp.

Als wäre Erich nur ein vornehmer, wohl empfohlener Besuch, zeigte ihm nun Sonnenkamp seine vollständige Sammlung von Eriken, wie sie selten in der Welt angetroffen wird. Er erklärte die feinen Verschiedenheiten und setzte hinzu:

„Ich war da, wo die meisten dieser Eriken herstammen, ich war auf dem Tafelberge am Cap der guten Hoffnung." Erich bemerkte:

„Es muß schwer sein, die Produkte verschiedener Klimas so zusammenzuhalten."

„Allerdings. Zumal diese Eriken bedürfen einer mäßigen Temperatur und einer gleichbleibenden Feuchtigkeit. Sie werden schon oft gesehen haben, daß ein Erikenstock mit seinen zarten Blüthen, den man einer Dame für ihren Blumentisch schenkt, nach wenigen Tagen verdorrt ist; diese Pflänzchen vertragen keine trockene Zimmerluft."

Plötzlich hielt Sonnenkamp inne und lächelte vor sich hin. Der Fremde schien einen alltäglichen Kunstgriff anzuwenden, um angenehm zu erscheinen, indem er den reichen Besitzer in seiner Liebhaberei redselig machte. Mit solch grobem Köder fängt man mich nicht, dachte Sonnenkamp vor sich hin.

Einem so Wohlempfohlenen wollte er jede Ehre des Hauses erweisen. Er freute sich schon im Voraus, den Mann nach allen Seiten hin zu prüfen, ihn im Bewußtsein sicheren Erfolges sich recht ausbreiten zu lassen und dann ohne Angabe eines Grundes abzulehnen.

Alles dies ging Sonnenkamp durch den Sinn, während er die Klinke an der Thüre des Gewächshauses ins Schloß drückte. Die Sache war so fest und abgeschlossen bei ihm, wie diese Thür.

„Sie sprechen doch Englisch?" fragte er, da er seine Frau noch im Wiegenstuhle sah; sie hatte den rothen Shawl abgelegt und saß in goldglänzendem Atlasgewande da.

„Herr Hauptmann, Doctor . . . . . bitte, wie ist doch Ihr Name?" fragte Sonnenkamp bei der Vorstellung.

„Dournay."

Frau Ceres nickte kaum merklich. Als wäre Erich gar nicht da, sagte sie in ärgerlichem Ton zu ihrem Gatten, er habe kein Auge für sie, denn er habe noch kein Wort über ihr neues Kleid gesagt. Sie hielt es vielleicht für vornehm, dem Fremden so ihre Gleichgültigkeit zu beweisen.

In der Ferne zeigte sich Roland, die Mutter winkte ihn heran. Er deutete nach der Thurmspitze. Die Mutter sah hinauf und lächelte; auch der Vater schaute hin und sah das blauweißrothe Sternenbanner der amerikanischen Union auf dem Thurme flattern.

„Wer hat das gethan?" fragte Sonnenkamp.

„Ich," erwiderte Roland, glückselig lächelnd.

„Und warum?"

Der Knabe wies augenzwinkernd auf Erich. Sonnenkamp nahm die Unterlippe zwischen Daumen und Zeigefinger, machte ein Halbmond daraus und nickte vor sich hin.

Erich fragte den Knaben:

„Du bist wohl stolz darauf ein Amerikaner zu sein?"

„Ja."

Fräulein Perini kam, Erich wurde ihr vorgestellt. Sie nahm das Perlmutterkreuz in die linke Hand und hielt es fest, während sie sich sehr ceremoniell verbeugte. Frau Ceres bat sie, mit ihr ins Haus zurückzugehen. Die Damen entfernten sich.

Viertes Kapitel.

„Gieb mir die Hand, Roland," sagte Erich.

Der Knabe bot sie ihm und sah ihn treuherzig und fröhlich an.

„Mein junger Freund," fuhr Erich fort, „ich bin dir dankbar für deine Ehrenbezeugung, nun aber laß uns allein, dein Vater hat mit mir zu sprechen."

Vater und Sohn sahen staunend auf den Mann, der so ungezwungen und frei schaltete. Der Knabe nickte Erich zu und ging davon.

Herr Sonnenkamp bot Erich eine große, krumme und dunkle Cigarre, er trug die Cigarren immer offen in der Tasche. Erich empfing das Angebotene, und als ihm Herr Sonnenkamp Feuer darreichte, nahm er ihm das angebrannte Hölzchen nicht aus der Hand, sondern brachte rasch seine Cigarre in Brand und mit den ersten Zügen sagte er:

„Sie werden gewiß mit mir übereinstimmen, daß es eine ungeschickte Höflichkeit ist, wenn Manche bitten, man möge ein brennendes Hölzchen ihnen in die Hand geben; mit solchem Hin und Her verbrennen sich Beide in der Regel die Finger."

So unbedeutend diese Bemerkung war, schien sie doch zu weiterer Einleitung zu dienen; Herr Sonnenkamp legte sich im Stuhle zurück, hielt den Rauch von der Cigarre lang im Munde, rundete die Lippen und stieß nach einander wohlgeordnete Rauchringe, sogenannte Nullen, in die Luft, die immer größer wurden, bis sie ganz zerflossen.

„Sie haben schon viel Gewalt über den Knaben," sagte er endlich.

„Ich glaube, daß beiderseits ein Zuneigen nicht fehlt, und dies giebt mir die Hoffnung, daß ich hier Erzieher sein könnte."

„Gut. Aber Roland bedarf der Strenge."

„Die Liebe schließt die Strenge nicht aus, sie stellt die höchsten Forderungen."

Sonnenkamp lächelte sehr freundlich, aber es war etwas Grin-
sendes in seinen Mienen, und indem er sich vorbeugend die beiden
Arme auf die Kniee legte und zu Boden schaute, sagte er:

„Sprechen wir persönlicher, für Derartiges kann sich ja später
Zeit finden. Sie sind also . . . . ?"

„Ich bin von Fach Philologe."

„Das weiß ich — das weiß ich," sagte Sonnenkamp immer
noch in den Boden hineinsprechend; „ich möchte um Persönlicheres
bitten."

Erich war es peinlich, daß er als Arbeitsuchender noch einmal
sich selber schildern sollte.

Er schaute auf das breite Hinterhaupt und den Nacken des
Mannes, der ihm nicht einmal den Blick gönnte; aber schnell
verflog die Empfindlichkeit, indem er sagte:

„Ich hatte gehofft, daß die Einführung des Herrn Grafen
von Wolfsgarten —"

„Ich schätze Herrn Grafen von Wolfsgarten sehr hoch, höher
als irgend Jemand," versetzte Sonnenkamp, „aber —"

„Sie haben Recht, ich werde Ihnen erzählen."

„Gut," sagte Sonnenkamp, indem er die rechte Hand mit
gekrümmten Fingern auf den Tisch legte und wieder zurückzog,
als ob er einen Einsatz beim Spiele aufgelegt hätte.

Kurz und bündig gab Erich nochmals einen Abriß seines Lebens
und schloß:

„Ich bitte, mich nicht für einen schwankenden, nirgends
Ruhe findenden Menschen zu halten, weil ich meinen Beruf geändert."

„Im Gegentheil," fiel Sonnenkamp ein, „ich habe genug in
der alten und neuen Welt gelebt, um zu wissen, daß gerade das
die Tüchtigsten sind, die nicht da verharren, wohin der Zufall
sie gestellt, sondern sich selbst ihre Bestimmung geben. Wer seinen
Beruf ändert, muß eine wirkliche andere Berufung oder eine
äußere Nöthigung dazu haben. — Gestatten Sie mir eine Frage:
Halten Sie es für möglich, daß ein Mann, der wesentlich aus . . .
sagen wir aus Resignation, eine solche nicht eigentlich dienende
aber doch abhängige Stelle übernimmt, zu derselben geeignet
ist? Wird er sich nicht gebunden, dienstbar und oft unglücklich
fühlen?"

„Ihr offener Einwurf ehrt mich," erwiderte Erich; „ich weiß

wohl, der Erzieherberuf erheischt eine Botmäßigkeit vom Erwachen bis zum Niederlegen. Nichts kann mir erwünschter sein, als die Wahrnehmung, daß Sie die Sache so ernst nehmen."

Wieder zuckte etwas durch das Antlitz Sonnenkamps. Erich schien es nicht zu bemerken, denn er fuhr mit bewegter Stimme fort:

„Es ist nicht Resignation, die mich zur Bewerbung um die Erzieherstelle in Ihrem Hause bewegt. Ich stimme Ihnen bei, daß wer bloß aus Noth in eine solche Stellung träte, diese nur schwer erfüllen könnte, obgleich auch aus Noth Neigung, oder wie man sagt, aus der Noth eine Tugend werden kann. So weit ich mich beurtheilen kann, darf ich sagen, ich würde, auch in die besten Verhältnisse gestellt, den Erzieherberuf übernommen haben."

„Sehr ehrenwerth . . . sehr ehrenwerth!" rief Sonnenkamp. In einer triumphirenden Art fügte er hinzu:

„Die Liebhaberei ist gut, aber ich ziehe den Mann von Profession vor."

„Ich erkenne das vollkommen," erwiderte Erich. „Ich biete Ihnen meine freie Arbeit."

Bei diesen Worten hob Sonnenkamp rasch den Kopf ohne seine Lage zu ändern, stierte den Sprechenden an und senkte schnell wieder den Blick.

„Ich biete Ihnen und Ihrem Sohne," fuhr Erich fort, „die Kraft alles Dessen, was ich bin und bisher an Wissen und Erkennen mir anzueignen strebte. Ich fühle mich dabei frei, denn was ich zu leisten vermag, leistete ich zugleich mir selbst, da ich bewähren möchte, was ich mir zumuthete."

„Ich weiß, was freie Arbeit ist," sagte Sonnenkamp in den Boden hinein, dann richtete er sich auf und lächelte so verbindlich, als hätte ihm Erich einen großen Gefallen erwiesen.

„Im Interesse der Sache möchte ich einen Wunsch aussprechen," fügte Erich hinzu.

„Und der ist?"

Sonnenkamp setzte wieder die Hand auf den Tisch als ob ein Einsatz zu machen wäre.

„Ich wünsche, daß Sie es nicht umgenehm fänden, mich vorerst einige Tage als Gast Ihres Hauses zu betrachten."

Erich hatte gehofft, daß Sonnenkamp sofort bejahe, aber dieser knackte eine Cigarre, die er eben angezündet und die nicht

gut im Zuge schien, gewaltsam mitten durch und warf sie ins
Gebüsch. Wiederum röthete sich sein Antlitz und ein Grinsen
spielte um seine Lippen, denn er dachte: sehr zuversichtlich! Der
junge Mann glaubt, wenn er nur erst einige Tage sich einge-
nistet, dann hat er Alles so bezaubert, daß er nicht mehr zu entlassen ist. Wollen sehen.

Da er beharrlich schwieg, sagte Erich:

„Es dürfte sowohl für Sie als auch für mich erwünscht sein,
daß wir vor einer festen Vereinbarung uns näher kennen lernen,
besonders aber wünsche ich das um Rolands willen.“

„Welche Summe würden Sie fordern?“ fragte Sonnenkamp,
ohne auf die Darlegung Erichs einzugehen.

Erich erwiderte, daß nicht er, sondern der Vater dies zu be-
messen habe.

Sonnenkamp brachte eine frische Cigarre durch rasche Züge
ins lebendige Feuer und erklärte dabei mit großer Salbung,
wie er wohl wisse, daß eigentlich keine Summe groß genug sei,
um als Lohn für das mühselige Amt der Erziehung und des
Unterrichts zu gelten.

Dann fragte er, sich zurücklehnend und die Beine über einander schlagend, indem er das linke Bein mit der rechten Hand
heraufzog und festhielt.

„Wollen Sie mir nicht in kurzen Worten angeben, wie Sie
bei Erziehung meines Sohnes verfahren möchten?“

„Die Methode im Unterrichte zeichnet der Lehrgegenstand bestimmt vor, das Verfahren bei meiner erzieherischen Thätigkeit
weiß ich selbst noch nicht.“

„Wie? Sie wissen das selbst noch nicht?“

„Ich werde mir von Roland hierin meine Methode geben
lassen, denn diese kann nur nach der Natur des Zöglings eingerichtet werden. Gestatten Sie mir ein Bild aus Ihrer Umgebung. Wenn Sie bemerken, daß Ihre Dienerschaft zwischen dem
Hause und der Dienerschaftswohnung gern den Weg über ein
wohl abgezirkeltes Rasenbeet nimmt, so werden Sie, wenn nur
irgend thunlich, diesem Naturweg nachgeben und nicht eigensinnig
die Form des Beetes erhalten, so angemessen sie auch nach den
Gesetzen der Gartenkunst sein möge. Sie werden den Naturweg
in einen freiwillig angelegten verwandeln. Dies ist die Methode,

die durch die Verhältnisse gegeben ist. Solche Wege sind auch in einem Menschen."

Sonnenkamp lächelte; er hatte in der That nur mit schwerer Mühe und strengem Verbot ein in der Mitte des ersten Hofes mit Gesträuchen bepflanztes Beet vor dem Betreten zu wahren gesucht und endlich doch einen Weg dort angelegt.

„Einverstanden," erwiderte Sonnenkamp. „Aber nach welchen Grundsätzen würden Sie Roland erziehen?"

„Da muß ich etwas weiter ausholen," nahm Erich auf. „Denn wenn auch die Methode der Erziehung sich nach den Umständen richtet, so muß doch das Princip derselben klar erkannt und fest verfolgt werden. Der große Kampf, der die Geschichte der Menschheit und das ganze menschliche Leben durchzieht, zeigt sich in der Erziehung des einen Menschen durch einen Anderen am schärfsten; die beiden Mächte treten da als lebendige Personen einander gegenüber. Ich möchte sie kurzweg Individualität und Autorität, oder Geschichte und Natur nennen."

„Ich verstehe . . . ich verstehe, fahren Sie fort," entgegnete Sonnenkamp, als Erich ein wenig anhielt in der Besorgniß, daß er sich zu sehr ins Allgemeine verliere.

„Der Erzieher muß die Autorität darstellen, der Zögling ist eine werdende Individualität, fuhr Erich fort. „Es ist also fortwährend ein Ausgleich, ein Friedensschluß zwischen beiden kämpfenden Mächten herzustellen, der zur Harmonie werden soll. Blos individuell erziehen, hieße ein Menschenkind außerhalb des Lebens stellen und um der Freiheit willen ihm die Gemeinschaft des Daseins versagen und erschweren; ihn blos gegebenen Gesetzen unterthan machen, hieße ihm seine angebornen Rechte rauben. Der Mensch bringt sein Gesetz mit, aber er tritt auch in ein Gesetz ein."

Sich ganz aufrichtend fiel hier Sonnenkamp ein: „So ist's! So ist's! Jeder Mensch hat Ahnen, auch der als gemeiner Bürgerlicher Geborene."

Erich fuhr fort:

„Das war der große Irrthum Jean Jacques Rousseaus und der französischen Revolution, daß man aus Verdruß über die vernunftwidrigen Traditionen glaubte, ein Mensch und ein Zeitalter könne Alles aus sich allein haben. Der Mensch ist aber ein Naturprodukt und ein Geschichtsprodukt, ist Erbe der ihm

vorgearbeiteten, angesammelten Kraft; Aufgabe der Erziehung ist
es nun, die eingeborene und die ererbte Kraft gehörig verwenden
zu lehren."

„Wie bringen Sie," fragte Sonnenkamp, „die Erziehung
eines Amerikaners in Ihrem System unter?"

„Soll Ihr Sohn Amerikaner bleiben?"

„Warum fragen Sie das?"

„Weil ein großes Erziehungsmittel fehlt, wenn ihm das Be-
wußtsein der Staatspflicht entzogen bleibt in einem fremden
Lande. Soll also Roland sich als Amerikaner fühlen oder als
Deutscher?"

„Nehmen Sie an, als Deutscher."

Sonnenkamp war ermüdet von dieser Erörterung, die er
eigentlich zu seiner Unterhaltung veranlaßte; dabei hatte er das
Mißgefühl, daß, während er dem Fremden zu imponiren gesucht,
dieser ihn zu Darlegungen verleitet hatte, die er nur widerwillig gab.

„Verzeihung, gnädiger Herr," unterbrach ein Reitknecht, als
eben Erich von Neuem weit ausholen wollte. Sonnenkamp stand
rasch auf, sagte, es sei die Stunde seines Ausritts und nickte
Erich vornehm herablassend zu, das Weitere auf später vorbe-
haltend.

Roland kam des Weges und rief:

„Nicht wahr, Vater, ich darf mit Herrn Dournay ausreiten?"

Sonnenkamp willigte ein und ging eiligen Schrittes davon.
Er stieg zu Pferde und bald sah man ihn auf einem muthigen
Rappen am Ufer entlang die weiße Straße dahinreiten. Er sah
gewaltig aus, wie er zu Pferde saß; hinter ihm drein folgte der
Reitknecht.

Fünftes Kapitel.

Roland hatte bereits sein Pony und das Pferd für Erich
satteln lassen. Die Beiden stiegen auf und ritten zuerst im Schritt
durch einen Theil des Dorfes; am Wege stand ein kleines Haus,
es war rebenumrankt und die Fensterladen waren geschlossen.
Erich fragte, wem das Haus gehöre und warum es verschlossen
sei. Roland berichtete, daß es seinem Vater gehöre; hier habe

der französische Baumeister gewohnt, der die Villa baute, und auch manchmal der Vater, wenn er während des Baues und der Herrichtung von Park und Garten aus der Schweiz und Italien hieherkam.

„Nun scharfen Trab," sagte Erich. „Nimm die Zügel besser in die Linke."

Lustig sprengten die Beiden Flanke an Flanke dahin. Plötzlich aber scheute das Pferd Erichs und bäumte sich. Roland schrie auf, doch Erich beruhigte ihn, rief nur noch: „Ich zwinge ihn!" und tummelte das Pferd mit solcher Macht, daß es dampfte und ihm nun willig gehorchte. Er ritt wieder zu Roland zurück und ruhig ritten nun die Beiden neben einander dahin.

„Denke dir," sagte Roland, „ich soll wieder einen Hofmeister bekommen."

„Nun? Und du freust dich darauf?"

„Ich will keinen."

„Was willst du denn?"

„Fort will ich, aus dem Hause fort — in ein Cabettenhaus! Warum durfte Manna ins Kloster? Sie sagen immer, meine Mutter kann nicht essen, wenn ich nicht mehr da bin; sie muß doch auch essen, wenn ich Officier bin."

„Du willst also Officier werden?"

„Ja, was denn sonst?"

Erich schwieg.

„Bist du auch von Adel?" fragte der Knabe nach einer Weile wieder.

„Nein."

„Möchtest du es nicht auch werden."

„Das kann man nicht werden."

Der Knabe spielte mit der langen Mähne seines Pferdes; jetzt schaute er zurück und sah, wie die Fahne vom Thurm herabgelassen wurde. Er zeigte das Erich und setzte stolz hinzu, er werde sie doch wieder aufhissen. Die feinen, plastisch schönen und farblosen, oftmals auch wie übermüdeten Züge des Knaben gewannen Spannung und Farbe; es lag ein lecker Ausdruck auf seinem Gesichte.

„Es ist gut, daß du stolz darauf bist, ein geborner Amerikaner zu sein," sagte Erich.

„Du bist der Erste in Deutschland, der mir darin Recht giebt," rief der Knabe: „Herr von Pranden und Fräulein Perini spötteln immer über Amerika, du allein — aber verzeih', es ist doch nicht recht, daß ich Sie Du nenne."

„Laß es immerhin dabei, wir wollen gute Freunde sein."

Der Knabe streckte ihm die Hand entgegen und Erich drückte sie mit Wärme.

„Sieh, auch unsere Pferde sind gute Freunde," fuhr der Knabe fort. „Hast du zu Hause auch viele Pferde?"

„Ich habe gar keines, ich bin arm."

„Möchtest du nicht auch reich sein."

„Reichthum ist eine große Kraft!"

Roland sah ihn staunend an. Das hatte mit denselben Worten auch Kandidat Knopf immer gesagt.

Nach geraumer Weile fragte er:

„Dem Namen nach bist du ein Franzose?"

„Nein, ich bin ein Deutscher, meine Voreltern sind nur aus Frankreich eingewandert. — Wie alt warst du, als du nach Europa kamst?"

„Vier Jahre."

„Hast du Erinnerungen an Amerika?"

„Nein, aber Manna hat viele. Ich erinnere mich nur eines summenden Liedes von einem Neger, ich kann's aber nicht mehr zusammenfinden, und Niemand kann mir's vorsingen."

Die Beiden ritten die Bergstraße hinan; das kleine Männchen, das Erich bei der Gartenerde hatte arbeiten sehen, ging am Wege und grüßte ehrerbietig. Sie hielten an und Roland fragte den Nicolas, so hieß das Erdmännchen, warum er jetzt schon nach Hause gehe.

Nicolas erwiderte, er gehe nur über Mittag nach Hause und dann in den Wald, um die neue Erde zu holen, die der Herr Sonnenkamp entdeckt habe; droben im Walde sei eine Quelle, die Eisen enthalte, und da habe Herr Sonnenkamp nachgraben lassen und Eisenerde gefunden; in diese Eisenerde pflanze er nun Hortensien, die fleischfarbenen Pflanzen färben sich dadurch himmelblau. Nicolas konnte nicht genug rühmen, was für ein Mann Herr Sonnenkamp sei, der Alles kenne und Alles verwende, da sei es natürlich, daß man so reich werde, denn die anderen dummen Menschen gehen auf der Welt umher, wo überall Millionen liegen, und kennen sie nicht.

Besonders rühmte Nicolas eine einfache Methode des Herrn Sonnenkamp, wenn er Obstkörner säete. Er ließ nämlich in die Erde hinein Nadeln vom Wachholderbaum mischen, dadurch kamen keine Würmer und keine Mäuse an den Samen.

Im Weiterreiten sprach Erich davon, wie einsichtige Männer in unserer scheinbar schon durchforschten und ausgebeuteten Welt Neues zu entdecken wissen, und er schätze es hoch, daß Sonnenkamp die Gartenkunst mit solcher Einsicht zu betreiben wisse. Roland richtete sich in den Bügeln auf; noch nie hatte er seinen Vater so rühmen hören.

„Hast du Niemand in der Gegend, den du besuchen möchtest?" fragte Erich.

„Nein — oder doch — den Major, aber der ist jetzt auf der Burg. Schau, dort oben im Dorfe wohnt der Flurschütz Klaus, sie heißen ihn auch den Krischer, der hat unsere Hunde — willst du mit zu ihm? Ich muß ihm doch sagen, wie sich die Jungen der Mara befinden; eine Stunde, ehe du kamst, war er bei mir."

Erich war gern bereit und in kurzem Trab ritten sie die mäßige Steigung hinan, dann lenkten sie abseits, hielten bei einem kleinen Häuschen an und stiegen ab.

Hunde verschiedener Rasse kamen heran und sprangen an Roland empor. Auch Puck schien hier Freunde zu haben, er spielte mit einem braunen Dachshunde. Aus dem Hause kam ein Mann mittleren Alters, er legte die Hand militärisch grüßend an die Mütze. Er trug die kurze hellgraue baumwollene Jacke, die dem ländlichen Rheinbewohner etwas Freies und Bequemliches zugleich giebt; er rauchte aus einer Porcellanpfeife, auf der eine Himmelfahrt Napoleons in grellen Farben abgebildet war.

Die Art und Weise, wie Roland seinen neuen Freund dem Krischer vorstellte, zeigte, daß er mit untergeordneten Menschen in gebieterischer Weise zu verkehren verstand.

„Denke dir nur," sagte er zu dem Flurschützen, „der Herr Hauptmann hat, ohne sie gesehen zu haben, am Winseln gleich gewußt, wie alt die Jungen der Mara sind."

„Das kann man, und auch von welcher Rasse sie sind," erwiderte der Krischer; er hatte eine sehr laute Stimme. „Je nachdem ein Hund von einem gescheidten oder dummen Geschlecht ist,

hat er ein besonderes Winseln und Bellen; dumme Menschen
schreien und weinen auch ganz anders als gescheidte."

Er blickte schelmisch auf Erich und hielt die Pfeife eine Weile
in der Hand.

Er führte nun die Beiden in die Stube, hier waren viele
Vogelbauer und darin Gezwitscher und Durcheinandersingen, daß
man kaum sein eigen Wort hörte. Der Krischer war stolz darauf,
Erich erklären zu können, wie er es verstehe, Käfer und Larven
fressende Vögel an Körnerfutter zu gewöhnen, wie er auch Maden
und Mehlwürmer bereite; dann schalt er über Roland, der gar
keine Freude an der Vogelwelt habe.

„Nein, ich mag keine Vögel," bestätigte der Knabe.

„Und ich weiß warum," sagte Erich.

„Das weißt du?"

Du hast wahrscheinlich keine Freude an Thieren, die du nicht
besitzen kannst, wenn sie in der Freiheit sind, und gefangen magst
du sie auch nicht. Die Hunde sind dir lieber, sie sind in der
Freiheit und halten doch zu uns."

Der Krischer nickte Erich zu, wie wenn er sagen wollte: Du
bist nicht auf den Kopf gefallen.

„Ja, ich habe euch lieber!" rief Roland, der zwei junge
Hühnerhunde auf dem Schooße hatte, während ihre Mutter daneben
stand, den Kopf an seine Seite drückte und alle Hunde sich an
ihn herandrängten.

„Neid und Eifersucht," sagte Erich, „ist doch die erste Eigen=
schaft der Hunde. Sobald man den einen streichelt, wollen die
anderen auch etwas davon haben."

„Dort ist einer, der kümmert sich nichts drum," lachte der
Krischer.

In der Ecke lag ein kleiner brauner Hund, der nur manchmal
aufblinzelte. Erich sagte, daß das dem Aussehen nach ein Fuchs=
hund sein müsse.

„Hat Recht, er versteht die Hunde!" rief der Krischer zu
Roland gewendet. „Hat Recht! Den Waldmann hab' ich aus
einer Fuchshöhle, und er ist und bleibt ein ungutmüthiges Thier,
dem nicht zu trauen ist; man mag ihm geben, was man will,
er wird nie dankbar und anhänglich."

Der in der Ecke liegende Hund blinzelte nur einmal auf und

schloß die Augen wieder, wie wenn er sich um das Gerede der
Menschen gar nicht kümmere.

Roland zeigte nun Erich seine Frettchen, er that sie aus dem
Käfig, und sie schienen ihn zu kennen. Das eine goldgelbe bezeich=
nete er als einen durchtriebenen zähen Racker; er hatte ihm den
Namen Buchanan gegeben. Den Namen des andern wollte er
nicht nennen; es hieß eigentlich Knopf. Jetzt aber sagte er nur,
daß er es Magister nenne, denn es besinne sich immer lange,
bis es in die Höhle gehe, und ziehe die Lefzen, als ob es eine
lange Predigt halten wolle.

Man ging in den Garten und der Krischer zeigte Erich seinen
Bienenstand.

Zu Roland gewendet, sagte er:

„Ja, Roland, Ihres Vaters Blumen thun meinen Bienen
wohl; wenn die guten Thierchen nur nicht so weit fliegen müßten
bis in euren Garten hinunter. Was thut's? Ich lasse mein Vieh
sich auf fremder Weide nähren, und so weit ist es doch noch
nicht in der Welt, daß die Reichen den Bienen des armen Mannes
verbieten können, Honig aus den Blumen zu saugen."

Es war ein scharfer Blick, der aus seinen Augen schoß, als
er dies sagte; der ganze Ingrimm des Armen gegen den Reichen
zuckte darin auf.

Der Krischer klagte, daß Sonnenkamp so viele Nachtigallen
hege. Sie singen freilich schön, aber sie fressen den Bienen den
Honig, das heißt die Bienen selbst, sammt dem Honig. Die
Nachtigall, die alle Menschen so gern haben, ist ein grausamer
Bienenmörder.

„Ja," entgegnete Erich, „die Nachtigall weiß nicht, daß die
Bienen Honig geben, und sie frißt die Thiere überhaupt nicht
uns zuliebe, sondern sich zuliebe."

Der Krischer sah bald Erich, bald Roland an.

Roland fragte, wie weit der Greif dressirt sei. Er erhielt
die Antwort, er werde gut auf den Mann gehen, sei aber noch
zu wild, sein Sprung noch nicht regelrecht, doch packe er schon
an. Roland wünschte das zu sehen; der Taglöhner jedoch, der
die Probe an sich machen ließ, war nicht zu Hause. Roland er=
zählte, daß Nicolas heimgegangen sei, der würde sich auch dazu
bereit finden lassen. Er ging selbst und holte den Nicolas.

Als Roland weggegangen war, faßte der Krischer schnell die Hand Erichs und sagte:

„Ich helfe Ihnen, Sie sollen ihn kriegen; ich kann Ihnen den Burschen geschickt in die Hand geben."

Erich sah staunend drein, und der Krischer fuhr fort, ihm zu erklären, daß er wohl wisse, warum Erich gekommen sei, und wer es verstünde, könne aus Roland einen tüchtigen Mann machen. Er deutete mit verschmitztem Blicke an, daß Erich ihm wohl auch einmal dankbar sein würde, wenn er ihm zu der Stelle verhelfe.

Noch ehe Erich etwas erwidern konnte, kam Roland mit Nicolas zurück, der sich nun ein Polster über den Nacken binden ließ und sich am Gartenzaun aufstellte, mit beiden Händen die Latten festhaltend. Ein großer Neufundländer Hund wurde aus einer Hütte herausgeholt, er sprang ungeschickt hin und her, aber auf einen Pfiff des Krischers stellte er sich hinter ihn.

Nun rief der Krischer:

„Greif . . . faß! . . . Auf den Mann!"

Im Sprunge jagte der Hund durch den Garten nach dem Männchen, das am Zaune stand, sprang an ihm empor, biß in das Polster am Nacken und zerrte das Männchen bis es niederfiel, dann stellte er ihm die rechte Vorderpfote auf die Brust und schaute zum Krischer zurück.

„Bravo! Bravo! Sehen Sie, das ist ein wahrer Satan!"

„Hast Recht!" rief Roland. „Satan! das ist der rechte Name. So soll er heißen! Satan! Nun sollen sie in der ganzen Gegend mich fürchten."

Erich stimmte dem Krischer bei, daß man einem Hunde, der schon alle Zähne habe, nicht den Namen ändern dürfe.

„Gewiß," wiederholte der Krischer, „ein Hund, dem man den Namen ändert, verliert seinen Appell."

„Uebrigens," fügte Erich noch hinzu, „ist es ganz falsch, einen Hund so zu nennen. Ein Rufname für einen Hund sollte wo möglich einsilbig sein und ein E enthalten; ein E ruft sich leicht laut."

„Sie sind ein großer Gelehrter; so einer ist mir noch gar nicht vorgekommen, Sie wissen ja Alles," erging sich der Krischer in Lobpreis und zwinkerte dabei halb verstohlen.

Satan — denn Roland beharrte dabei, daß der Hund nun so heiße — ließ sich von dem am Boden liegenden Männchen

nicht wegbringen, obgleich Roland und der Krischer wiederholt
riefen. Das war nicht in der Ordnung. Erst als ihm der Krischer
die Peitsche zeigte, ließ er ab.

Roland schenkte dem Nicolas ein Stück Geld, er bedankte sich
sehr unterwürfig und wünschte nur, daß er täglich dreimal sich
so vom Hunde niederwerfen lassen könnte. Erich schaute nach=
denklich zu. Die Welt, die sich einem reichen Knaben so zur
Verfügung stellt, wie soll er sie lieben, für sie arbeiten und
wirken lernen?

Als die Beiden die Hütte verließen, gab ihnen der Krischer
mit einem ganzen Rudel Hunde ein Stück Weges das Geleit.
Sie führten die Pferde am Zügel, und der Krischer hielt sich aus=
schließlich zu Erich; er kramte seine ganze Weisheit aus, wie er
die Hunde zu erziehen verstehe.

Er schien in schelmischer Weise auch Erich unterrichten zu
wollen, indem er sagte: erst, wenn ein Hund sich richtig tragen
kann und nicht mehr über seine eigenen Glieder stolpert, könne
man etwas mit ihm anfangen. Eine Hauptsache sei aber, man
dürfe mit einem Hunde nicht viel sprechen, lauter kurze Worte
müsse man haben, geh! komm! hier! — nur keine langen Reden.
Man dürfe ihn nicht gewöhnen, daß er meine, er sei was, ganze
Tage müsse man ihn gehen lassen; wenn er freundlich sein wolle,
es nicht annehmen; denn sowie man sich zu viel mit dem Hunde
abgebe, werde er beschwerlich. Wenn ein Hund vor Einem Respect
haben solle, dürfe man auf der Jagd nicht fehlen, besonders
wenn man ihn zum erstenmale mitnimmt; hat man was ge=
schossen, das der Hund holen kann, so wird er anhänglich und
treu; schießt man vorbei, so hat er keinen Respect und kriegt
ihn nie.

„Kennen Sie den Herrn Knopf?" fragte der Krischer. Erich
verneinte.

„Ja, der Herr Knopf," rief der Krischer, „er hat mir hun=
dertmal gesagt, die Schulmeister sollten alle bei mir in die Lehre
gehen. Die Hunde und die Menschen sind ganz gleich. Die
Hunde sind nur ehrlichere Hunde und lassen sich dressiren und
beißen nur da, wo der Herr es ihnen befiehlt."

Erich sah den Mann staunend an, in welchem eine räthsel=
hafte Bitterniß war. Und gerade dieser Mann war der Freund
des Knaben!

Der Krischer schmunzelte, da Erich sagte, daß die Thiere etwas vom Verstande der Menschen annehmen, mit denen sie umgehen.

Als man, auf der Ebene angelangt, Abschied nahm, führte der Krischer Roland beiseite und sagte:

„Sie Sausewind, alle Ihre bocksteifen Pfarrer und Schul= meister sind nichts gewesen. Das wäre ein Mann! Solch einen Mann sollte Ihr Vater kaufen, dann könnte etwas aus Ihnen werden. Aber freilich, der ist für all euer Geld nicht zu haben!"

Der Krischer sagte dies scheinbar nur zu Roland, aber Erich mußte es auch hören, denn er sollte ja wissen, daß er dem Krischer dankbar zu sein habe.

Als man eben aufstieg, sagte der Krischer noch:

„Wissen Sie denn auch, daß Ihr Vater jetzt den ganzen Berg da kauft? Arrondiren heißen sie das! Verfluchtes Arrondiren! Ihr Vater fragt noch: was kostet der Rheingau? Und kauft ihn." Knirschend fügte er hinzu:

„In hundert Jahren gehört von all den Weinbergen keine Handbreit mehr Denen, die da harken und graben. Muß das sein? Darf das sein?"

Erich antwortete nicht und ließ auch Roland zu keiner Antwort kommen.

Im frischen Trabe ging es nun nach der Villa zurück. Erich war entschieden.

———————————

Sechstes Kapitel.

Als Erich und Roland von ihrem Ritt zurückkehrten, hörten sie, daß Herr von Pranken angekommen sei. Auch der Koffer Erichs war bereits auf dessen Zimmer gebracht. Der Kammer= diener Joseph stellte sich Erich als Sohn des Anatomie=Dieners auf der Universität vor; er erzählte, daß der Vater Erichs ihm eine französische Grammatik geschenkt habe, aus welcher er in den Pausen als Billardjunge des akademischen Casino auswendig lernte.

Joseph half Erich bei seiner Einrichtung und gab ihm dabei Nachricht von der Ordnung des Hauses, wozu nun zunächst ge= hörte, daß man sich vor der Mittagstafel, die als ein Höhepunkt des Tages angesehen wurde, festlich gekleidet im Sommer im Pleasurground und im Frühling in Nizza einfand. So wurde

nämlich ein gewölbter an der Terrasse gelegener Gang genannt,
wo die Sonne am kräftigsten wirkte.

Erich legte die Uniform ab, und als er in den gewölbten
Gang kam, traf er Pranken im Auf= und Niedergehen mit Fräulein
Perini. Pranken näherte sich ihm mit einem verbindlichen Lächeln,
das ebenso schnell in seinem Gesichte erschien, als es schnell ver=
schwand. Im Bewußtsein seines Ranges und seiner gesellschaft=
lichen Stellung konnte er eine Höflichkeit an den Tag legen, in
der man sogar einen gewissen Gemüthston wahrnehmen mochte.
Bei einer Biegung gesellte er sich wieder zu Fräulein Perini und
setzte Spaziergang und Gespräch mit ihr fort.

Jetzt kam Roland daher, der sich ebenfalls umgekleidet hatte;
es war dem Knaben auffallend, nun Erich in bürgerlicher Klei=
dung zu sehen.

„Heißt deine Schwester Manna?" fragte Erich.

„Ja, eigentlich Hermanna, aber sie wird immer Manna ge=
nannt. Hast du etwas von ihr gehört?"

Erich konnte nicht erwidern, daß von Pranken und Fräulein
Perini der Name oft genannt war, denn eben kam Herr Sonnen=
kamp in schwarzem Gesellschaftsanzuge, weißer Halsbinde und
tabellosen gelben Handschuhen. Er grüßte ermunternd nach allen
Seiten. Nie war Herr Sonnenkamp heiterer, nie elastischer als
in der Viertelstunde vor der Mittagstafel.

Man ging nach dem Speisesaale, einem kühlen, viereckigen,
gewölbten Gemache, das von Oberlicht beleuchtet war. Die ge=
schnitzten eichenen Möbel waren hier äußerst kräftig. Ein großes,
mit schönen alten Becken und venetianischen Gläsern geziertes
Büffet zeigte reichen Silbervorrath. In der ganzen Gegend war
aber die Fabel verbreitet, daß Herr Sonnenkamp nur von gol=
denen Tellern speise.

Nach einer Weile wurden die Flügelthüren geöffnet, zwei Diener
in der kaffeebraunen Livree des Hauses standen wie Wachen hüben
und drüben an den Pfosten und Frau Ceres schritt herein wie
eine Fürstin. Auf der Schwelle verbeugte sie sich, allerdings
etwas steif. Pranken ging ihr entgegen und führte sie zu Tische.

Für jeden Gast stand ein Diener bereit, der den Stuhl hin=
rückte, während man sich zum Setzen niederließ. Fräulein Perini
stand hinter ihrem Stuhl, stemmte die Arme auf die Lehne, hielt
das Perlmutterkreuz mit gefalteten Händen, betete, machte das

Zeichen des Kreuzes und setzte sich. Der Kammerdiener Joseph, der abseits bei dem mit Flaschen besetzten Tische stand, hatte nur das Amt eines Mundschenks und er hatte ein scharfes Auge für leere Gläser, die er alsbald füllte.

Frau Ceres behielt während des Essens ihre buttergelben Hand= schuhe an. Sie wartete bei jedem Gericht, bis Herr Sonnen= kamp sagte:

„So genieße doch etwas, liebes Kind — ich bitte."

In der Art, wie er sie aufforderte, war ein doppelter, schwer zu bestimmender Ton; es klang manchmal wie Zuruf und Augen= wink eines Thierbändigers, der einem gezähmten Wild gestattet, die vor ihm liegende Speise zu verzehren; es klang aber auch, wie wenn man ein trotziges Kind bittet. Frau Ceres aß nur etwas Geflügel und Süßigkeiten.

Prancken benahm sich bei Tische als der anerkannte Ehrengast, der die Verpflichtung hat, sich dem Wirthe gefällig und mittheilsam zu erweisen. Er erzählte vom Mannheimer Pferdemarkte, von welchem er heute früh mit dem Genossen zurückgekehrt war; er hatte zum herbstlichen Wettrennen eine Schimmelstute gekauft, die er mit freundlichem Erbieten Herrn Sonnenkamp überlassen wollte. Er wußte aber auch Frau Ceres zu unterhalten. Sie hatte eine besondere Abneigung gegen die Familie des Weincavaliers, die sich sehr zurückhaltend gegen das Haus Sonnenkamp benahm. Nun erzählte er einige lächerliche Großthuereien des Weincavaliers, dem er sich doch angeschlossen hatte. Daneben verstand er auch die Redeweise verschiedener Menschen nachzuahmen und Zierlich= keiten vorzubringen, die in das müde Antlitz der Frau Ceres eine Spannung, ja oft ein Lächeln brachten.

Die Unterhaltung wurde in italienischer Sprache geführt, die Prancken ziemlich gut zu sprechen verstand, die aber Erich nicht geläufig war.

Frau Ceres mochte es für ihre Pflicht halten, den Fremden nicht ganz unbeachtet zu lassen; sie fragte ihn in englischer Sprache, ob er noch Eltern habe.

Mit ersichtlicher Gönnerschaft übernahm es Prancken, den Vater Erichs und die Mutter zu schildern; er that dies mit besonderer Freundlichkeit und verweilte mit Nachdruck dabei, daß Erichs Mutter eine Dame von altem Adel sei.

„Dem Namen nach sind Sie eigentlich ein Franzose?" fragte Fräulein Perini.

Erich wiederholte, daß seine Vorfahren vor zwei Jahrhunderten in Deutschland eingewandert seien; er fühle sich vollkommen als Deutscher und freue sich, von den Hugenotten abzustammen.

„Was ist denn Hugenotten? — Ach ja, das wird ja gesungen!" rief Frau Ceres, sich kindisch freuend, daß sie das wußte.

Die Tischgenossen mußten an sich halten, um nicht laut zu lachen.

„Warum heißt man sie eigentlich Hugenotten?" fragte Roland, und Erich erwiderte:

„Einige meinen, die Bezeichnung stamme daher, weil sie im Geheimbunde ihre religiösen Zusammenkünfte bei Tours nur um Mitternacht halten durften, wo der Geist König Hugos umgehen sollte; Andere sind der Ansicht, daß es ein deutsches Wort ist, Eidgenosse heißt, und nur von den Franzosen in Hugenotte verwandelt wurde."

„Sie scheinen stolz darauf zu sein, von den Hugenotten abzustammen?" fragte Sonnenkamp.

„Ich möchte stolz nicht als das eigentliche Wort wählen," entgegnete Erich. „Ein tyrannischer König vertrieb die Hugenotten aus Frankreich und sie wurden wie die Juden zu lebendigen Bestandtheilen verschiedener Völkerschaften . . ."

„Es ist sehr bescheiden von Ihnen," unterbrach Pranken, „daß Sie die Hugenotten, die meist vornehme Geschlechter waren, mit den Juden in Parallele setzen."

„Ob meine Vorfahren vornehm waren, betrachte ich als gleichgültig," entgegnete Erich, „sie widmeten sich bürgerlichen Gewerben, und meine Ahnen zunächst sind Goldschmiede gewesen. Die Vergleichung mit den Juden aber muß ich doch aufrecht halten. Jede um ihres Glaubens willen in die Fremde vertriebene und zerstreute Genossenschaft ist darauf hingewiesen, über aller Nationalität immer die Einheit der Menschheit im Auge zu halten und mit aller Kraft gegen jeden Fanatismus und jede Ausschließlichkeit zu wirken. Es giebt keine allein selig machende Religion und keine allein menschlich schön machende Nationalität."

Pranken und Fräulein Perini sahen einander verwundert an, Frau Ceres wußte nicht, was das Alles zu bedeuten habe, und Sonnenkamp schüttelte den Kopf über den Gast, der mit Gewalt-

samkeit in das leichte Tischgespräch hinein seine weltgeschichtlichen
Ideen mengte.

„Sie müssen mir das einmal näher auseinandersetzen," suchte
er abzulenken.

Roland fragte:

„Ludwig der Vierzehnte, der deine Ahnen vertrieben hat, ist
das derselbe, der auch die Burgen hier am Rhein zerstörte?"

„Allerdings."

Das Tischgespräch schien von einem Punkte, der es schwerfällig machte, nicht wegzukommen, aber es wurde plötzlich ab-
gelenkt, denn eine scharfgewürzte Speise wurde aufgetragen. Roland
wollte davon essen, der Vater wehrte es ihm. Die Mutter dagegen
rief plötzlich mit heftigem Tone:

„So laß ihn doch genießen, was er mag!"

Ein Blick aus Erichs Augen traf Roland, und der Knabe
legte den Bissen, den er eben zum Munde führen wollte, nieder
und sagte:

„Ich will es doch lieber lassen."

Die Tafel wurde aufgehoben. Fräulein Perini betete wieder
leise. Alles stand still, die Diener rückten schnell die Stühle hinter
den Aufgestandenen weg und man ging nach der Veranda, um
den Kaffee einzunehmen.

Frau Ceres gab einem schneeweißen Papagei ein Biscuit und
der Papagei rief: „God bless you, massa!" Dann ließ sie
sich in einen Lehnsessel nieder, Pranken setzte sich auf ein niederes
Tabouret, er saß ihr fast zu Füßen.

Fräulein Perini wählte einen Platz, der nahe genug war,
um, wenn es gewünscht wurde, an dem Gespräche theilzunehmen,
und doch wieder entfernt genug, um Frau Ceres mit Pranken
allein reden zu lassen.

Sonnenkamp winkte Erich, mit in den Garten zu gehen. Roland
schloß sich ungeheißen an.

Ein Diener kam und meldete, daß der Feldhüter Klaus bei
den neugebornen Hunden sei, der junge Herr werde gebeten,
auch dahin zu kommen.

„Ich erlaube dir, daß du hingehst," sagte der Vater.

„Ich möchte aber lieber bei euch bleiben," erwiderte Roland.

Es lag etwas kindlich Anschmiegendes in Ton und Geberde
und er faßte dabei die Hand Erichs.

„Wenn dein Vater sagt, du darfst gehen, so sollst du gehen," sagte Erich.

Roland ging mit zögernden Schritten.

Siebentes Kapitel.

Sonnenkamp und Erich gingen nach dem Park.

Zwei Menschen wandelten hier im Gleichschritt beim Landhaus am Rhein und sie waren doch so getrennt und verschieden. Sonnen= kamp hatte sich mit kühnem Muthe und rücksichtsloser Willens= kraft vom Weltbesitze angeeignet, was er habhaft werden konnte; er wollte nun in Ruhe genießen und Alles seinem Egoismus unterthan halten. Erich dagegen hatte nur gestrebt und gearbeitet, die Welt in der Erkenntniß zu durchdringen und für die Mit= lebenden zu wirken. Auf jeden Anruf gab er sein volles Denken preis. Er glaubte noch, die Menschen wollten im Gespräche etwas gewinnen, wollten klarer werden und nicht blos die Zeit ver= treiben, und so gab er in der Erregung des Augenblicks sich stets ganz und frei in der vollen Naivetät der Hingebung, Verkennung und Vorwurf der Eitelkeit nicht achtend.

So erging er sich nun auch in der Ausführung, welch ein Glück es sein müsse, hier im ruhigen Hause am bewegten Strome, in sich gehalten in die weite Welt zu wirken.

Sonnenkamp hörte geduldig zu, aber innerlich triumphirte er über den Schwärmer. Da sitzen die Gelehrten im kleinen Univer= sitätsstädtchen, und weil sie keine Welt vor sich sehen, leben sie im Phantasiegebilde der Menschheit und erscheinen sich selber als höchst wichtige Weltregierer.

Leise pfiff Sonnenkamp vor sich hin, so leise, daß Niemand außer ihm dies Pfeifen hörte; ja, er mußte seine Lippen so zu stellen, daß man ihm nicht ansah, daß er pfeife.

An einer Erhöhung setzte er sich und wies auch Erich einen Stuhl an.

„Sie müssen bemerkt haben," sagte er, „daß Fräulein Perini streng katholisch ist, und unser ganzes Haus gehört zur Kirche. Ihre Confession ist für mich indeß kein Hinderniß. Nun aber" — er beugte sich vor, legte beide Hände auf die Kniee und sah

Erich scharf an — „nun aber — kurz die Hauptfrage: wie
glauben Sie, daß ein Knabe, der bereits weiß, daß er sich für
keinerlei Erwerb zu bethätigen hat, ja, daß er einstmals eine
— oder sagen wir, mehrere Millionen besitzen wird — wie glauben
Sie, daß solch ein Knabe erzogen werden kann?"

„Darauf könnte es nur Eine bestimmte Antwort geben."

„So?"

„Die Antwort wäre einfach: er kann gar nicht erzogen werden."

„Wie? Gar nicht?"

„Ja. Das große Unbekannte, das Schicksal allein kann ihn
erziehen. Was wir thun können, ist weiter nichts, als ihn ge=
wöhnen, die ihm gewordene Kraft gehörig zu regieren und zu
verwenden."

„Regieren und verwenden," murmelte Sonnenkamp vor sich
hin; „das hört sich gut. Sie bestätigen mir eine Wahrnehmung.
Nur ein Soldat, nur ein Mann, der natürlichen Muth sich er=
zogen und gebildet hat, kann in unserer Zeit noch Bedeutsames
leisten; mit Predigten und Büchern bewirkt man nichts, bezwingt
man nicht die alte und schafft nicht eine neue Welt."

Mit einem veränderten, fast unterwürfigen Tone fuhr Sonnen=
kamp fort:

„Ich sehe schon, ich selbst werde vielleicht noch mehr bei Ihnen
lernen, als Roland. Also bitte, wie würden Sie — denken Sie
sich als Vater in mein Verhältniß — wie würden Sie Ihren
Sohn erziehen?"

„Ich glaube," erwiderte Erich, „daß die Phantasie sich Vieles
ausdenken kann, aber eine geheime Naturbeziehung kann nur er=
fahren, nicht ausphantasirt werden. Lassen Sie mich also von
meinem Standpunkte als Fremder antworten."

„Gut."

„Mein Vater war Prinzenerzieher und ich glaube, seine Auf=
gabe war leichter."

„Leichter? Und warum?"

„In einem Prinzen wird schon früh das Bewußtsein der
Pflicht erweckt; jede Minute wird ihm der Stolz, aber auch die
Verpflichtung gegeben, daß er sich als Prinz zu benehmen habe.
Die Repräsentation, in der die Fürstlichkeiten so Erstaunliches
leisten, erscheint von früh an als Pflicht und wird zur Lebens=
gewohnheit."

Sonnenkamp lehnte sich wieder zurück und ließ sich die Dar=
legungen Erichs munden wie einen seltenen Leckerbissen. Der
Mann soll nur sich in Phantasien ergeben, derweil er nicht den
Stuhl, auf dem er sitzt, nicht den Fußbreit Erde, auf dem er
steht, sein eigen nennt.

„Fahren Sie fort," sagte er.

„Es mag lächerlich erscheinen," nahm Erich wieder auf, „es
ist aber von Bedeutung, daß ein Prinz schon in der Wiege einen
militärischen Rang erhält. Zur Vernunft erwacht, sieht er dann
den Vater immer unter dem Gebote der Pflicht. Ich will damit
keineswegs bestreiten, daß diese Pflicht oft sehr leicht genommen,
ja ganz vernachlässigt wird; aber ein gewisser Schein der Pflicht
muß immer gewahrt werden. Bei einem reichen Manne hingegen
sieht das Kind die Pflicht, die der Reichthum auferlegt, nicht so
gebietend vor Augen; es sieht Wohlthätigkeit, Gemeinnützigkeit,
Kunstpflege, Gastlichkeit, das Alles erscheint aber als freies persön=
liches Belieben."

„Sie kommen also auch auf die historische Verpflichtung?"
versetzte Sonnenkamp, ohne weiter zu erklären, was er damit
meinte, vielmehr wußte er Erich zu immer weiteren Darlegungen
zu ermuntern.

Er hatte sich vorgesetzt, Erich nur auszuforschen, nur eine
neue Art des Genusses zu haben, einen gelehrten Idealisten sich
ausreden zu lassen; er hatte seine besondere Lust daran, daß
Erich dies Alles nur zu seinem Vergnügen thun sollte; er empfand
eine gewisse Freude, sich auch einmal im Land der Ideale umzu=
schauen — es sah recht sauber darin aus, aber nur für eine
Stunde, für einen halben Tag. Unversehens jedoch sah er sich
in lebhaftes Interesse versetzt; er fühlte, daß mit Erich ein gegen=
sätzliches, ja ein feindliches Element in sein Haus eintreten würde.
Aber war es nicht vielleicht angemessen, den Sohn diese gelehrte
Idealwelt kennen und überwinden zu lassen?

„Wissen Sie," fragte Sonnenkamp nachdenklich, „was man
am meisten wünscht und was man nicht kaufen kann?"

Erich schüttelte den Kopf und Sonnenkamp fuhr fort:

„Gottvertrauen! Da hat man vorgestern einen armen Winzer
begraben; mein halbes Vermögen gäbe ich darum, wenn ich ihm
sein Gottvertrauen für meine letzten Lebensjahre hätte ablaufen
können. Ich wollte es dem Doctor nicht glauben, aber es ist

wahr, der Winzer war ein Lazareth von Krankheiten und bei
allen Schmerzen sagte er beständig: mein Heiland hat noch schwerer
leiden müssen und Gott wird schon wissen, warum er mir das
anthut. — Ich wünschte, daß Sie im Stande wären, meinem
Sohne ein Aehnliches zu geben, ohne ihn zum Frömmler oder
Pfaffenknecht zu machen."

„Ich glaube, wir können das Gleiche gewinnen in dem Bewußtsein, uns nach Maßgabe unserer Kraft und in Uebereinstimmung mit dem Wohle unserer Mitmenschen zu bethätigen."

Man sah in einem Seitengange Pranken und Fräulein Perini
auf- und abwandern und Sonnenkamp sagte, auf dieselben deutend:

„Ihr Freund Pranken versteht es sehr gut, mit Fräulein
Perini zu verkehren."

Erich erklärte, daß er nicht das Recht habe, sich einen Freund
Prankens zu nennen; sie seien in der Cadettenschule und in der
Garnison mit einander bekannt geworden, hätten aber nie in
ihren Gesinnungen übereingestimmt und sein Streben sei ein ganz
anderes, als das eines Majoratsherrn; er erkenne die Güte, mit
der Pranken ihm den Eintritt in das Haus Sonnenkamp erleichtert, aber die Wahrhaftigkeit gehe über Alles.

Sonnenkamp pfiff wiederum unhörbar; er war offenbar erstaunt
über diese Freimüthigkeit; es kam ihm der Gedanke, daß Erich
ein verschlagener Diplomat sei, denn er betrachtete es als eine
Haupteigenschaft der Diplomatie, keinerlei Gebundenheit durch
Dankverpflichtung zu erkennen. Dieser Mann ist entweder der
edelste Schwärmer oder der abgefeimteste Weltling, dachte er.

Als man jetzt Pranken und Fräulein Perini begegnete, begrüßte Sonnenkamp den Baron mit großer Herzlichkeit und faßte
ihn unter den Arm.

Erich ging mit Fräulein Perini. Diese hatte stets eine kleine
feine Handarbeit. Mit kaum sichtbaren Instrumenten und feinem
Zwirn brachte sie mit überraschender Schnelligkeit eine Spitzen-
guirlande zuwege. Erich gab seine besondere Freude an der zierlichen Arbeit kund, die sie Occhi nannte. Uebrigens stand sofort,
als wär's ein geschriebener Vertrag, zwischen den Beiden fest:
wir werden uns möglichst vermeiden, und wenn wir doch in denselben Kreis gestellt sind, uns verhalten, als ob wir nicht mit
einander auf der Welt wären.

———————

Achtes Kapitel.

Während Erich mit dem Vater im Garten war, saß Roland mit dem Krischer bei den jungen Hunden. Der Krischer fragte, ob es bereits fest sei mit dem Hauptmann. Roland verstand nicht, was er wollte; der Krischer lachte in sich hinein, er kann sich noch einen doppelten Vortheil verschaffen.

„Was krieg' ich von Ihnen," fragte er mit verschmitzt lauerndem Blick, „wenn ich mache, daß der Hauptmann bei Ihnen bleibt als Kamerad und Lehrer? — Hu!" unterbrach er sich, „Sie machen ja ein Gesicht wie die Hunde, wenn ihnen zum Erstenmal die Augen aufgehen. — Nun reden Sie — was krieg' ich?"

Roland antwortete nicht.

Jetzt kam auch Joseph in den Stall. Er schilderte die Eltern Erichs als wahre Heilige und zuletzt schloß er:

„Sie können stolz sein, Herr Roland, der Vater Erichs hat den Prinzen erzogen und der Sohn erzieht nun Sie."

Noch immer konnte Roland nicht antworten. Er ging davon und sah den Vater und Erich beisammen sitzen, er zürnte auf Erich. Warum hat er denn nicht gleich gesagt, wer er ist? Aber schnell überwand er das wieder. Zutraulich schmiegte er sich an Erich und sein Blick sagte: ich weiß, wer du bist.

Erich verstand diesen Blick nicht.

„Jetzt haben dich die Andern genug gehabt, jetzt geh' mit mir," bat Roland.

Er geleitete Erich auf sein Zimmer, er schien nur zu warten, daß Erich sprechen würde, dieser aber hätte den Knaben gern gebeten, ihn allein zu lassen. Wie eine schwere Last legte es sich ihm auf die Seele, daß, wer sich in Dienstbarkeit begiebt, vor Allem aber, wer den Anschluß einer jungen Seele aufgenommen, die er bilden, halten und führen soll, kein Leben für sich hat, nicht müde sein, nicht sagen darf: jetzt laß mich mir. Er muß immer bereit, immer gewärtig, immer für einen Andern da sein.

Roland war traurig, da er das müde Antlitz Erichs sah.

Ein Diener kam und meldete, daß die Wagen zur Ausfahrt angespannt wären.

Erich erschrak. Was ist denn das für ein Leben? Im Garten lustwandeln, ausreiten, ausfahren, essen, dann wieder ausfahren, sich vergnügen — wie soll man da ein inneres Leben wahren und zusammenhalten? Wie soll es da möglich sein, eine junge Seele in einer bestimmten Richtung, einer stetig sich fortentwickeln= den Stimmung zu erhalten?

Er ging mit Roland in den Hof und bat, ihn von der Ausfahrt zu befreien, er habe das Verlangen, einige Stunden allein zu sein.

Herr Sonnenkamp sagte, daß er seinen Gästen keinerlei Zwang auferlege; Pranken und Fräulein Perini wechselten schnelle Blicke, in denen eine Schadenfreude zu liegen schien, daß Erich durch Eigenwilligkeit sich eine Blöße gab.

Roland sagte, er wolle zu Hause bei Erich bleiben, aber Pranken entgegnete mit triumphirendem Ton:

„Herr Dournay will allein sein, und wenn Sie bei ihm bleiben, lieber Roland, ist der Herr ja nicht allein.“

Er sagte das Wort „der Herr“ mit einem eigenthümlich schnarrenden Tone.

Man ließ nun den zweiten Wagen zurück. Fräulein Perini, Pranken und Roland stiegen ein. Sonnenkamp setzte sich auf den Bock; er lenkte gern selbst vier Pferde vom Bock.

Frau Ceres war ebenfalls zurückgeblieben. Erich sah die Ge= sellschaft davonfahren, dann kehrte er in sein Zimmer zurück.

Ein Gefühl vor Allem kräftigte ihm die Seele und machte ihm das Herz frei: er war der Wahrhaftigkeit treu geblieben — und so soll es immerdar sein. Die Wahrhaftigkeit ist jene Mutter Erde, auf der feststehend der ringende Geist nicht zu besiegen und niederzuwerfen ist.

Ein Diener trat ein und meldete: Frau Ceres wünsche ihn zu sprechen.

Die Sonne war untergegangen, ein glühender Duft lag weit hinaus auf Thal und Strom und über den Bergen, als Erich mit dem Diener ging und vom Hausflur hinausschaute ins Weite.

Er wurde durch mehrere Gemächer geführt. Im letzten, in dem eine brennende Ampel von mattem Glase hing, hörte er eine Stimme, die rief:

„Ich danke Ihnen. — Setzen Sie sich.“

Er sah Frau Ceres auf einem Divan liegen, vor ihr stand ein großer Lehnstuhl.

„Ich bin Ihnen zulieb zu Hause geblieben,“ begann Frau Ceres; sie hatte eine zarte ängstliche Stimme.

Erich wußte nicht, was er antworten sollte. Plötzlich richtete sie sich auf und fragte:

„Sie kennen meine Tochter?"

„Nein."

„Nicht ich bin die Veranlassung, daß sie Nonne wird — nein, nicht ich — glauben Sie das ja nicht!" Und sich wieder in die Kissen zurücklegend, fuhr Frau Ceres fort:

„Bleiben Sie nicht bei uns, Herr Hauptmann — ich warne Sie. Ich habe gar nichts gelernt — er hat mich nichts lernen lassen — aber bleiben Sie nicht bei uns, wenn Sie sonst in der Welt unterzukommen wissen. Warum wollen Sie denn in dies Haus eintreten?"

„Weil ich glaubte, Ihrem Sohne ein guter Führer werden zu können."

„Ich bin nicht gelehrt — ich verstehe Sie nicht," erwiderte Frau Ceres. „Aber Sie haben eine Stimme und Worte — ich möchte Sie immer hören, wenn ich auch nicht verstehe, was Sie sagen. Sie lassen ihn doch nichts wissen, daß ich Sie habe rufen lassen?"

„Ihn? Wen?" wollte Erich fragen, Frau Ceres aber richtete sich wieder hastig auf und sagte:

„Bleiben Sie nicht. Er kann entsetzlich sein. Niemand weiß es, Niemand kann es denken. Er ist ein gefährlicher Mann! Haben Sie mich auch lieb?"

Erich zitterte. Was soll das sein?

„Ach, ich weiß nicht, was ich sage," fuhr Frau Ceres wieder fort. „Er hat Recht — ich habe nur halben Verstand. Warum habe ich Sie doch rufen lassen? Ja, jetzt weiß ich's. Erzählen Sie mir von Ihrer Mutter. Ist sie in der That eine so gelehrte und vornehme Dame? Sie sind gewiß ein guter Sohn... Roland ist unordentlich im Essen, die Amme hat ihn verdorben. Aber er ist gut... Alle sind gut."

Frau Ceres sagte die Worte bald hastig, bald schläfrig. Erich kam nicht dazu, sie über das Widersprechende und Räthselhafte zu fragen. Er sagte nur, wie er alle Zuversicht habe, daß Roland ein tüchtiger Mann werde, an dem die Mutter Freude erlebe, und er schilderte ihr eine Zukunft in warmen Worten.

Frau Ceres schluchzte, dann sagte sie:

„Ich danke Ihnen — ich danke Ihnen!"

Sie streckte Erich die feine weiße Hand entgegen und rief dabei:
„Ich danke Ihnen! Das hat er mit all seinem Geld nicht
machen können, daß ich wieder weinen kann. O, wie wohl das
thut! Bleiben Sie bei uns. Er kann nicht weinen — Sie sagen
ihm nichts. Ich möchte auch eine Mutter haben. Bleiben Sie
bei uns. Ich danke Ihnen — Jetzt gehen Sie — gehen Sie —
ehe er zurückkommt. Gehen Sie. Gute Nacht!"

Erich war auf sein Zimmer zurückgekehrt. Was er erlebt
hatte, erschien ihm wie ein Traum; das geheimnißvolle Wesen,
mit dem auf Wolfsgarten vom Hause Sonnenkamp gesprochen
worden, bestätigte sich immer mehr. Hier waren Räthsel der
seltsamsten Art.

Zu der Liebe Erichs für Roland kam nun noch Mitleid. Hier
waltete ein schweres häusliches Verhältniß, unter dem der Knabe
viel gelitten haben mußte. Erich wollte der jungen Seele nach
Kräften beistehen.

Er sollte indeß nicht lange allein sein, denn der Kammerdiener Joseph kam zu ihm und erzählte über Alles im Hause,
während Erich einzig an Roland denkend ihm kaum zuhörte.

Joseph war auf der Universität als Heinrich XXXII. Billardjunge gewesen, denn alle Billardjungen mußten Heinrich heißen.
Er war dann Kellner im Bernerhofe zu Bern, wo Sonnenkamp,
der fast zwei Sommer lang dort gewohnt und den ganzen ersten
Stock — die besten Zimmer der Welt, wie sie Joseph nannte —
innehatte, ihn kennen lernte und in Dienst nahm. Die Dienerschaft im Hause war eine Menagerie aus aller Herren Ländern.
Der Ober-Kutscher war ein Deutscher, der erste Reitknecht ein
Engländer, der Koch ein Franzose, das erste Kammermädchen
eine durchtriebene Böhmin, Fräulein Perini eine italienische Französin aus Nizza. Herr Sonnenkamp war sehr streng, die Gärtner
durften im Parke nicht rauchen und kein Reitknecht durfte im
Stalle pfeifen, denn alle Pferde waren an den Pfiff des Herrn
gewöhnt und durften nicht gestört werden. Uebrigens hatte Herr
Sonnenkamp es besonders gern, wenn seine Diener nicht wie
Diener aussahen; erst seit Kurzem hatte er der Frau nachgegeben,
daß man für Einige Livree anschaffte. Die Diener durften nur
wenig sprechen, es sind ganz bestimmte Worte, die Herr Sonnenkamp Jedem sagt, und Jeder zu erwidern hat, dabei aber sind
Alle gut gehalten. Bis vor Kurzem habe Herr Sonnenkamp auch

einen Verwalter gehabt, der die Bücher und Correspondenzen führte. Gegen Frau Ceres sei Herr Sonnenkamp besonders nachgiebig und geduldig und Niemand wisse eigentlich recht, sei die Frau bei Verstand oder nicht.

Zum Schluß erzählte Joseph nicht ohne Selbstbefriedigung, daß er den Ruhm von Erichs Eltern bereits in der Gesindestube verbreitet habe, denn es sei gut, wenn die Leute wüßten, woher man sei, da hätten sie weit mehr Respect. Die eigentliche Herrschaft im Hause sei und bleibe indeß Madame Perini; sie sei zwar ein Fräulein, die gnädige Frau nenne sie aber stets Madame.

„Der Krischer hat Recht," setzte Joseph hinzu, „Fräulein Perini ist eine Frau von sieben Katzenkraft und da kann man noch einen Marder dreingeben. Ach unser Fräulein! wenn die nur wieder da wäre. Und sie wird Frau von Pranden! Ach, die ist schön! — Eigentlich nicht schön, aber gar lieb und anmuthig; früher war sie so lustig, kein Pferd ihr zu wild, kein Sturm auf dem Rhein zu heftig, und gejagt hat sie wie ein Wilddieb. Aber jetzt ist sie nur traurig . . . immer traurig . . . arg traurig."

Wie zerrissene Klänge, die sich allmälig zu einer Weise zusammenfügen, dachte Erich an Alles, was er nun von der Tochter des Hauses gehört. Und war das nicht das Mädchen, das ihm vorgestern im Kloster begegnete? Unwillkürlich setzte sich ihm ein ganzes Lebensbild zusammen. Da ist ein Kind ins Kloster geschickt, fern von aller Welt, von allem Menschenverkehr. Es wird aus dem Kloster geholt und man sagt ihm: du bist die Baronin Pranden! und sie ist glücklich mit dem schönen und heitern Mann und alle Herrlichkeiten der Welt sind ihr durch ihn geschenkt, als wenn er das Alles gemacht hätte, und es kann wol sein, daß sie nicht weiß, was sie an ihrem Manne hat, ja — es wird ein Glück sein, wenn sie es nicht weiß.

Joseph ging.

Erich saß allein in seiner Stube; kein Laut regte sich; er war so müde, denn das war ein Tag von einer Anspannung und einem Kraftaufwande zur Bewältigung ganz neuer Verhältnisse, daß man meinen mußte, es ließe sich nicht in die kurze Spanne Zeit drängen.

Was hatte er nicht heute Alles erlebt! Daß er droben bei Clodwig gewesen und Römerfunde betrachtet, schien wie ein Ereigniß, das Jahre zurückliegt; er hatte heute alle Gründe des

Denkens aufgewühlt, er hatte heute zum Erstenmal das Brod der Dienstbarkeit genossen und das Gefühl der halben Freund= schaft, des halben Undanks, das Räthselhafte in Sonnenkamp, in Roland, in Fräulein Perini und Frau Ceres, daß Frau Ceres ihn hatte rufen lassen und er nun das wirre Geheimniß bewahren sollte . . . das Bild der Tochter des Hauses — Erich warf alle Nebengedanken von sich und dachte an Roland allein.

Er richtete sich gewaltsam auf. Die soldatische Uebung half ihm. Da heißt es: auf dem Posten stehen, umsichtig Alles ins Auge fassen und nicht müde werden!

In der Ferne auf dem Bahnhofe hörte er jetzt eine zur Ruhe gestellte Locomotive zischen. Das kollerte und polterte und schnaubte wie ein Ungeheuer der Fabelwelt. Diese Maschine hat heut auf und ab Wagenreihen gezogen, drinnen hundertfältiges Menschen= leben sich auf eine Weile niedergelassen, und jetzt wird sie zur Ruhe gestellt, darf vom Dampf sich auskühlen. Erich lächelte vor sich hin, da er dachte, daß er selber fast eine solche Loco= motive sei, die jetzt zum Erkalten gebracht würde, um am andern Morgen wieder frisch geheizt zu werden.

Noch als Erich sich zur Ruhe begeben wollte, kam Roland und erzählte, daß Pranken zu Manna ins Kloster reise; dann fragte er Erich, ob er ihm nichts mitzutheilen habe.

Erich verneinte und der Knabe sah traurig aus, als er gute Nacht sagte.

Neuntes Kapitel.

Auf Gras und Blumen schimmerte der Morgenthau; die Vögel sangen lustig, als Erich durch den Park wanderte. Ueberall zeigte sich ein wohlordnender und sorgfältiger Geist.

Zwei Frauen trugen Gartenerde aus einem im Rhein liegen= den Kahn ans Land; Erich hörte, wie sie mit einander plauderten.

„Gott sei Dank, der uns den Mann geschickt;" sagte die Eine, „da braucht Niemand in der Gegend mehr Noth zu leiden, wer arbeiten mag."

„Ja," rief die Andere, „und da sind die Menschen noch so schlecht und sagen dem Manne nach, ich weiß nicht was."

„Was denn?"

„Er sei ein Schneider gewesen."

Erich mußte an sich halten, um nicht laut aufzulachen. Eine dritte Frau mit etwas kropfiger Stimme sagte:

„Ei was, Schneider — ein Seeräuber ist er gewesen und hat dem Sultan in Afrika ein goldenes Schiff gestohlen."

„Und wenn's auch wäre," sagte die Andere, „die Menschenfresser haben Gold genug und sind noch Heiden dazu, und der Herr Sonnenkamp thut Gutes mit dem Golde."

Erich ging weiter. Von einer Anhöhe sah er, wie das Haus und die Nebengebäude mit Park und Garten schön in Einklang gesetzt waren; in der Nähe des Hauptgebäudes waren nur Bäume von dunklem Laub, Linden, Ulmen und Rüstern, welche die helle Architektur des in gutem Renaissance=Styl gebauten Hauses um so glänzender hervortreten ließen. Die Laubengänge führten allmälig wie überleitend zum festgefügten Wohnhause, und dieses selbst schien nicht in die Naturumgebung hineingebaut, sondern aus ihr herausgebildet; die steinernen Säulengänge, die Rasen, die Bäume, die Erhöhungen leiteten auf das Haus hin; Alles stimmte zusammen. Das Ganze war ein Meisterwerk der ländlichen Baukunst, ein Stück Naturpoesie nach dem reinen Gesetze der Kunst; alles Menschenwerk sah so frisch aus, als ob es eben erst aus der Hand des Arbeiters hervorgegangen, und man sah jedem Gitterstabe an, welche Sorgfalt auf Jegliches verwendet wurde.

Als Erich aus dem Dickicht der Bäume an den Teich kam, trat ihm Herr Sonnenkamp entgegen. Er sah fremd aus in der grauen, mit Schnüren besetzten kurzen Plüschjacke; er freute sich, Erich schon wach zu finden, und erbot sich, ihm die ganze Anlage zu zeigen.

Zunächst machte er auf einen großen Busch Pampasgrases aus den Prairien aufmerksam, und indem er eine eigene Wurfbewegung machte, erzählte er, wie er manchen Büffel mit dem Lasso eingefangen.

Dann führte er Erich auf eine mit schönen Platanen besetzte Anhöhe, die er als die Achse des Ganzen bezeichnete. Er rühmte sich dieser schönen, wohlgedeihenden Bäume, indem er hinzufügte, daß man im schattenlosen Weinlande besonders auf tiefschattige Plätze für heiße Sommertage bedacht sein müsse.

„Sehen Sie," erklärte er, ich habe die Schönheit meiner Anlagen auf fremden Boden gerückt; dort drüben auf der Höhe ist eine Baumgruppe, die habe ich erhalten und geordnet, Wege hergerichtet, neue Anpflanzungen gemacht, um ruhige Aussicht zu gewinnen. Ich habe mein Haus nicht zur Ansicht für Andere, ich habe es zur Aussicht für mich gebaut. Das Bauernhaus da drüben ist nach meinem Plan gemacht, ich habe natürlich dazu beisteuern müssen. Die Deckpflanzung dort ist zur Maskirung des grellen Steinbruchs; den zierlichen Kirchthurm oben im Berg= dorfe, den habe ich gebaut. Man hat mir dafür sehr viel Rühm= liches nachgesagt, ja sogar mir frommen Weihrauchduft gemacht — Ihnen kann ich's gestehen, es war mir nur darum zu thun, einen schönen Ausblick zu gewinnen. Ich muß die ganze Gegend in neue Stimmung bringen; das ist mühsam. Sehen Sie, jetzt baut mir ein Korbmacher drüben ein Haus mit dem entsetzlichen rothen Ziegeldach, das verletzt mir das Auge. Ich konnte dem Burschen nicht beikommen. Er will mir das Haus zu hohem Preise verkaufen... aber was soll ich damit? er mag es ja nur behalten und sich meinen Anordnungen fügen."

Es lag eine Siegeslust in der Art, wie Sonnenkamp sprach, und Erich mußte an ein Wort von Bella denken, daß der Mann ein Eroberer sei; ein solcher will unterwerfen, die Welt nach seinem persönlichen Geschmack und nach seiner persönlichen Lust ordnen und zurechtrücken. Die Dörfer, die Kirchen, die Berge, die Wälder sind ihm nur Aussichtspunkte, zu denen er sich in einen beliebten Gesichtswinkel stellt.

Nun führte Herr Sonnenkamp seinen Gast durch den Park und erklärte ihm, wie er durch Anlegung von Höhen und Tiefen das Terrain in Bewegung gesetzt, wie er aber auch manches Gegebene nur hervorzuheben und in rechte Wirkung zu bringen hatte; er zeigte die sorgfältige Vertheilung von Licht und Schatten; hier und dort hatte er eine Gruppe, ein kleines Wäldchen von der gleichen Baumart gepflanzt, die er dann nicht jäh und in scharfem Contraste, sondern allmälig, wie es die Natur von selbst thut, in gemischte Zusammenstellung übergehen ließ.

Erich hatte das richtige Verständniß. Ein Park müsse als gebildete Natur erscheinen, und je mehr man es verstehe, die bildende Menschenhand und den ordnenden Menschengeist zu ver= bergen und alles wie eine Naivetät erscheinen zu lassen, um so reiner erscheine dann auch hier die Kunst.

Sonnenkamp zeigte sich auch in der Geschichte der Garten=

kunst wohl bewandert, er besprach mit Erich, wie sich im Laufe der Zeiten das Gartenideal vielfach verändert habe und daß Lucullus der erste römische Gartenkünstler gewesen, denn nur der Reichthum kann eine große Bodenfläche zu einem sogenannten unproduktiven Park machen.

Ein kleiner Bach, der vom Berge herabkam und in den Strom mündete, war mit großer Geschicklichkeit so verwendet, daß er manchmal verschwand, manchmal wie überraschend wieder erschien.

In der Anordnung der Ruheplätze zeigte sich eine besondere Sinnigkeit. Da war unter einer einzeln stehenden Hänge-Esche, die ein ganz rundes Schattendach bildete, ein zierlicher Sitz für einen einzelnen Menschen angebracht. Der Stuhl aber war umgestürzt und an den Baum gelehnt.

„Dies ist der Lieblingsplatz meiner Tochter," sagte Sonnenkamp.

„Und Sie haben den Stuhl wol umgelehnt, damit Niemand sich hier niederlasse, bis Ihr Kind wiederkommt?"

„Nein," erwiderte Sonnenkamp, „das ist zufällig."

Die Beiden gingen weiter; Erich sah kaum die vielen, schönen, bequemen Bänke und hörte kaum, wie Sonnenkamp ihm erklärte, daß er solche nicht immer an den nackten Weg, sondern hinter Strauchwerk stelle, so daß hier wohlbereitete Waldeinsamkeit geboten werde.

Unter einer schönen Rüster war ein Tisch mit zwei einander gegenüberstehenden Sitzen. Sonnenkamp erklärte, daß dieser Platz „die Schule" genannt wird, denn hier erhielt Roland bisweilen Unterricht. Erich bemerkte, daß er es kaum für angemessen halte, im Freien sitzend zu unterrichten; was man im Gehen lehre, sei natürlich, aber der eigentliche feste Unterricht, der die geschlossene Sammlung des Geistes verlange, fordere auch einen geschlossenen Raum, in dem sich die Stimme nicht verflüchtige.

Sonnenkamp schwieg. Er gab noch keine Entscheidung, ob er Erich die Stelle übertrage.

Lange standen sie vor einer Gruppe von Laub- und Nadelbäumen. Der Morgenwind spielte im Laubwerk der Balsampappel und die weißen Blätter erschienen wie ein in freier Luft schwebender klarer See mit leisen Kräuselwellen.

Sonnenkamp erzählte, daß der Teich mit Springbrunnen und daneben auf einer kleinen Anhöhe die Rosenlaube nach einem Traum der Frau Ceres geordnet sei, und er fügte hinzu:

„Das war noch zur Zeit, als ich in unsrer Ansiedlung hier sehr glücklich war und Alles eine gleichmäßige, gesunde Stimmung hatte.

Erich hielt an. Sollte er Herrn Sonnenkamp von der gestrigen Unterredung mit Frau Ceres erzählen? Auch Sonnenkamp stand still und sagte mit einem eigenthümlichen Blasen, wie wenn er leise und behutsam in ein Feuer bliese:

„Meine Frau hat oft wunderliche Launen; wenn man ihr nicht widerspricht, vergißt sie wieder, was sie gewollt hat."

Mit einer ungewöhnlichen Hast fuhr er fort:

„Jetzt kommen Sie, nun will ich Ihnen meine ganze Eitelkeit zeigen. Aber noch eine Frage. Sie sind Philosoph . . . ist es nicht grausam, daß wir Alles dies verlassen müssen, daß wir wissen, wir müssen sterben, und dies Alles grünt und blüht weiter, und der es gepflanzt und der die Mittel dazu erobert, ist nicht mehr da und verwest?"

„Wozu solchen Gedanken nachhängen?"

„Sie haben Recht, daß Sie mir diese Antwort geben. Man muß das nicht fragen, denn Niemand weiß eine Antwort. Aber das Andere. Ich wünsche, daß Roland das rechte Verständniß für diese Schöpfung habe und sie weiter bilde, denn ein solcher Garten ist nicht wie eine Skulptur und überhaupt wie das Gebilde eines Künstlers; jene stehen fest und fertig, dieses aber wächst und muß immer neu gebildet werden. Und warum soll uns nicht gegeben sein, das, was wir errungen, geschaffen und gebildet, mit Sicherheit auf unsere Nachkommen zu vererben, ohne Furcht, daß fremde Menschen einmal Alles ihr Eigen nennen und verwüsten?"

„Wenn Sie glauben," erwiderte Erich, „daß ich auf Ihre erste Frage keine Antwort weiß, so muß ich sagen, daß ich die zweite Frage nicht verstehe."

„Gut, gut, wir sprechen noch darüber oder sprechen auch gar nicht mehr," brach Sonnenkamp ab.

Zehntes Kapitel.

Aus dem schattigen, dicht bestandenen Park, dessen Rand noch mit schönen stämmigen Weißtannen bepflanzt war, trat man in ein Gewirre von Obstpflanzungen, die auf einer Fläche von mehreren Morgen Feldes sich wahrhaft zauberisch darstellten. Die Beete waren mit kleinen, fast wie Taxusgebüsche zwerghaft gehaltenen Birnen= und Apfelbäumen eingefaßt. Der Stamm war kaum zwei Schuh hoch gehalten, während die Auszweigungen an Drähten so ausgelegt waren, daß hüben und drüben oft dreißig Schuh lange Aeste festgebunden waren. Das blühte jetzt an allen Enden und stand dabei so geregelt, daß der gewaltig bindende und bildende Menschenwille sich zeigte, der die Natur zum freien Kunstwerk oder auch zu einer zwerghaften Verkünstelung gebracht hatte.

Wohl geordnet standen dann Bäume von mannichfaltigsten geometrischen Formen. Da waren Bäume in Kreisformen und Vierecken, andere, die von unten bis zur Spitze nur vier Zweige hatten, die in gemessenen Zwischenräumen nach den vier Himmelsgegenden gerichtet waren. An die Mauer angelehnt waren Bäume, die Stamm und Zweige in Sternform oder schief legen mußten, wie ein Basaltlager. Alles war im besten Gedeihen.

Sonnenkamp berichtete, daß man die Zweige knicke, um den Saft nicht zu Holzbildung in Stamm und Ast sich verbreiten zu lassen; Alles müsse der Frucht dienen.

„Sie haben wol auch Mitleid mit diesen geknickten Zweigen?" fragte er ironisch lächelnd.

„Die natürliche Form der uns bekannten Obstbäume —"

„Ja wol," fiel Sonnenkamp ein, „die Menschen sind Gefangene des Vorurtheils! Findet Jemand Unschönes, Gewaltsames darin, daß man den Weinstock allsommerlich dreimal kappt? — Niemand will schöne Form vom Weinstock, sondern nur reiche Frucht; so soll es auch beim Obstbaum sein. Sobald man zu oculiren begonnen, war der Weg vorgezeichnet; wir sind nur consequent. Der Zierbaum soll Zierbaum, der Fruchtbaum Fruchtbaum sein, Alles gradaus. Dieser Apfelbaum soll solche Aeste und nur so viel Aeste haben, daß er Früchte tragen kann und zwar so große als möglich; vom Obstbaum will ich kein Holz, sondern Frucht."

„Aber die Natur —"

„Natur! ... Natur!" spottete Sonnenkamp. „Neun Zehntel dessen, was man Natur nennt, ist nichts als Dressur und selbstgemachte Phantasterei. Naturgeist und Volksgeist sind die beiden Götzen, die ihr Philosophen euch gemacht. Es giebt keine Natur,

es giebt kein Volk, und wenn es beide giebt, so haben beide ge=
wiß keinen Geist."

Erich war betroffen von dieser herausfordernden Sprachweise;
Sonnenkamp lenkte jetzt über und sagte:

„Der rechte Mann der Erziehung wäre der, der auch die
Menschen so erziehen könnte, wie ich diese Bäume: zum nächsten
Zweck, nichts Ueberflüssiges, keine Umwege. Das, was man
Natur nennt, ist eine Fabel; es giebt keine Natur, wenigstens
unkenntlich wenig. Bei uns Menschen aber ist Alles Gewohnheit,
Erziehung, Ueberlieferung."

„Die Herren von der Tradition," konnte Erich endlich zu
Worte kommen, „nennen uns Männer der Wissenschaft Gottes=
leugner: einen Naturleugner habe ich bis jetzt weder gekannt,
noch je nennen hören. Vielleicht könnte man sagen: daß Die=
jenigen, welche die Gesetze unseres Lebens aus der Offenbarung
herleiten, die Natur leugnen, oder vielmehr verwerfen."

„Ich bin kein Gelehrter und vor Allem kein Theologe," brach
Sonnenkamp rasch ab. „Alles ist Schicksal. Wir haben Raupen=
fraß im Walde; da steht neben einem kahl benagten Eichbaum
ein anderer ganz frisch — warum? Das wissen wir nicht. Und
sehen Sie hier diese Bäume. Ich habe einen Einblick in die
Oekonomie dessen gethan, was man Natur nennt; da müssen
tausend Lebenskeime verkommen, damit Einer sich entfalte, und
das ist im Menschenleben nicht anders."

„Ich verstehe," sagte Erich. „Alles Lebende hat etwas Ari=
stokratisches im Gegensatz zum Verkommenden; die zur vollen
Frucht sich entwickelnde Blüthe ist reich, die kümmerliche arm.
Meinen Sie es so?"

„Zum Theil," erwiderte Sonnenkamp etwas müde. „Ich
wollte nur sagen, daß ich den Mann nicht mehr suche, weil ich
nicht glaube, ihn zu finden, den Mann, der meinen Sohn so
erziehen könnte, daß er gradaus zu dem käme, was ihm be=
schieden ist."

Still wandelten die Beiden geraume Zeit wieder durch den
blühenden Garten.

Auf einer Tafel, die über der Mauer des Obstgartens hervor=
ragte, stand geschrieben:

„Warnung. In diesem Garten ist Selbstschuß und Fußangel."

Erich schaute nach Sonnenkamp um und dieser sagte lächelnd:

„Ihr Blick fragt mich, ob die Tafel dort Wahrheit verkündet? So ist's. Die Menschen glauben nicht mehr, daß man den Muth hat, das zu thun. Halten Sie sich stets auf dem Wege neben mir."

Sonnenkamp vergnügte sich an der Betroffenheit Erichs. Und doch war es Lüge, es lag weder Fußangel noch Selbstschuß im Garten.

Man war im sogenannten Nizza angekommen, bei dem im pompejanischen Stile angelegten Säulengange, der sich tief in die zweite Terrasse des Nutzgartens einlegte.

„Nun will ich Ihnen mein Haus zeigen," sagte Sonnenkamp, drückte an eine kleine Thür, die durch einen unterirdischen Gang führte, und geleitete seinen Gast nach dem Wohnhause.

Elftes Kapitel.

Diener und Mägde in den unterirdischen Räumen erschraken, als Sonnenkamp und Erich eintraten. Sonnenkamp sah nicht nach ihnen um, in englischer Sprache sagte er zu Erich:

„Die beiden Hauptdinge, auf die ein Mann wie ich, der sich zur Ruhe gesetzt, Sorgfalt verwendet, sind Küche und Pferdestall."

Er zeigte ihm die Küche. Da waren Dutzende von Feuer= stellen zu verschiedenen Gerichten, und jede Speise hatte besondere Kännchen und Pfännchen, Feuer von der Seite und offenes Feuer. Die ganze Physiologie der Säftebereitung war hier in die Koch= kunst übersetzt.

Sie gingen weiter. Jede Feuerstelle im Hause hatte ihr be= sonderes Kamin; Sonnenkamp hob das als wichtig hervor, denn er habe sich dadurch von den verschiedenen Windrichtungen unab= hängig gemacht. Der Baumeister habe sich dagegen gestemmt und es habe auch viele Mühe und Kunst gekostet, die Durchzüge ge= schickt anzulegen.

Durch das Haus gingen überall elektrische Klingelzüge.

Auf den Treppen waren kostbare Decken, reiche Candelaber überall.

Alles war mit Pracht und Geschmack hergerichtet und zwar in einer gediegenen Pracht und mit durchdachtem Geschmacke; Gold, Marmor und Seide wirkten, ohne zu prunken, künstlerisch schön, nichts war überladen. Die Möbel standen nicht herum wie Dinge, die ihren Platz suchen, sie waren dem Bau angepaßt

und schienen fest und heimisch; dennoch hatte die Einrichtung noch
etwas Unbewohntes. Es sah aus, als ob die Einrichtung erst
auf Menschen wartete, die da wirklich wohnen, nicht blos auf-
und abgehen und sich umsehen sollten.

Schwere, große, seidene Vorhänge waren je mit den Tapeten
übereingestimmt; die Standuhren in allen Sälen waren aufge-
zogen, kleine Kunstwerke auf Kaminen und Gestellen wohl geordnet. Dennoch zeigte die Einrichtung keine besondere Physiognomie des Besitzers; es war nur jener Geschmack, der beim
Tapezier bestellt werden kann, und nirgends ein Erbstück, ein
Gegenstand, der Erinnerungen erwecken konnte. Und wie mochte
das Alles auf die Seele Rolands wirken?

Erich wurde den Eindruck nicht los, daß man hier im eigenen
Hause wie zur Miethe wohnt.

An der Nordseite des Hauses bei dem großen, mit rothen
damastenen Tapeten bekleideten Saale war ein Erker, in dessen
Mitte ein schöner Malachittisch stand, ringsum waren feste Sitze
angebracht. Vier große Fenster oder eigentlich vier mannshohe
Scheiben boten freie Ausblicke. In die zwischen den Fenstern
befindlichen Wände waren in halber Höhe derselben die in Marmor
gearbeiteten vier Tageszeiten von Rietschel eingelassen. Die Decke
war mit feiner Stuckarbeit bekleidet, aus der ein schwebender
Amor nicht herabzuhängen, sondern zu fliegen schien; die fein
gearbeitete bronzene Figur hielt eine Fackel in der Hand, die als
Gasflamme anzuzünden war.

„Hier allein," sagte Sonnenkamp, „habe ich Kunstwerke. Ich
lüge mir und Andern nichts vor — ich habe eigentlich keinen
Sinn für die bildende Kunst."

„Auch das Künstlerthum ist eifersüchtig," entgegnete Erich;
„die ausgesprochene Begabung für landschaftliche Gartenkunst mag
den Ausdruck des Geistes in anderen Künsten verdrängen."

Sonnenkamp lächelte.

Er führte seinen Gast in den Musiksaal. Dieser war ganz
ohne Gold und Sammt, einfach mit Stuck an der Decke und
einer meergrünen Tapete an den Wänden; seine Helligkeit hatte
etwas Leuchtendes, als hänge Sonne an den Wänden; das Auge
wurde nicht zum Schauen eines Bestimmten herausgefordert, so
daß man um so aufmerksamer hören konnte, es trat keine Concurrenz der Sinne ein.

Erich fragte: „Wer ist in Ihrem Hause musikalisch?"

„Dieser Saal ist für meine Tochter eingerichtet," entgegnete Sonnenkamp, „von hier geht's in ihre Wohnung; ich sehe eben, sie steht offen."

Er ging in das Zimmer, Erich blieb scheu an der Thüre stehen.

Die Jalousien waren herabgelassen. Sonnenkamp zog sie schnell in die Höhe. Der Ausblick ging über den großen Laubgang von Reben nach dem Oberrhein. Das Zimmer hatte eine weiße Tapete mit kleinen goldenen Sternen. Eine Anzahl von Photographien, durch ein blaues Band zu einem Kranze verbunden, in dessen Mitte ein großes Bild des Papstes, zierte die Langseite. Ueber dem weißen Bett mit weißen Vorhängen, die jetzt zurückgeschlagen waren, hing ein fein geschnitztes elfenbeinernes Crucifix, darunter ein wohleingerahmtes Farbendruckbild, ein Diplom für Hermanna, genannt Manna Sonnenkamp, die in den Bund der reinen Kindheit aufgenommen war.

Ein Schreibtisch, ein kleines Büchergestell, zierliche Stühle, Alles ließ erkennen, daß hier die Wohnung eines Mädchens war, das still in sich lebt, wol zunächst von religiösen Gedanken bewegt. In diesem Raume war's, als schwebte darin ein die Seele ergreifender Gebethauch.

Der Blick Erichs haftete auf einem schönen Kamin von grünem Marmor, dessen Halbkreis mit lebendigem Epheu umzogen war und in dessen Vertiefung Blumen und Blattpflanzen standen.

„Meine Tochter hat in ihrem Zimmer während des Sommers den Kamin immer mit Blumen ausgefüllt," sagte Sonnenkamp heraustretend. „Nun kommen Sie in mein Arbeitszimmer."

Sie traten in dasselbe. Es war mit ausnehmender Bequemlichkeit eingerichtet. Für jede Stimmung und jede Jahreszeit, für Einsamkeit und Gemeinsamkeit waren hier bequem gestellte Stühle und Sopha's und Tische, so daß das eine Zimmer deren mehrere in sich zu schließen schien; man war in einem großen Raum und doch dabei in anheimelnder Abgeschlossenheit. Diese Seite des Gebäudes war mit besonderm Geschick in die Landschaft eingefügt. Draußen sah man gleichstämmige Buchen und Platanen, die den Ausblick auf die oft kahl erscheinenden Rebenberge verdeckten, so daß der Blick auf den obern Theil der bewaldeten Höhe sich aufsetzte. In der Mitte, gerade vor dem Balconfenster, war die

Burgruine zu schauen, die, wie Erich bereits gehört hatte, im Auftrage des Herrn Sonnenkamp ausgebaut wurde.

Nur ein einziges Bild hing hier: ein lebensgroßes Porträt Rolands aus seinem siebenten Jahre. Der Knabe sitzt auf einer umgestürzten antiken Säule, die Hand auf den Kopf eines schönen Neufundländer Hundes gelegt und starrt hinaus ins Weite.

Ein großer Waffenschrank mit Waffen aller Art stand in einer Nische.

Während Erich umblickte, schob Sonnenkamp zwei Thüren zurück, die sich in die Wände einließen, und führte ihn in seine Bibliothek, wie er es nannte. Man sah aber keine Bücher, son= dern große Schachteln, Thon= und Porcellangefäße, wie in einer wohlgeordneten Apotheke. Es waren Sämereien aus allen Län= dern der Erde. Aus diesen Sämereigemächern führte eine be= sondere Treppe in den Garten. Sie war ganz von den Ranken der chinesischen Glycine überwachsen, die eben jetzt in trauben= artigen Büscheln ihre blauen Schmetterlingsblumen trug. Sonnen= kamp geleitete seinen Gast wieder in das große Arbeitszimmer zurück und hier sprach er davon, daß es ehedem sein Wunsch gewesen, Roland solle in den Handel eintreten. Er sprach vom Weltverkehr; für ihn gab es keine vereinzelte Thätigkeit, keine vereinzelte Production, ein Welttheil existirte nur durch den an= dern, die ganze Erde war der große Marktplatz, Eisen, Wolle, Tabake, Getreide betrachtete er in Schweden, Schottland, Ost= indien und in der Havanna zu gleicher Zeit und ließ sie gegen einander aufstauen.

Sonnenkamp schien es heut entgelten zu wollen, daß Erich ihm so viel mitgetheilt. Erich war voll Staunens über die weit= schauende Kraft des Mannes. Dabei bewahrte Sonnenkamp wohl= gemessene Formen und ruhige Sicherheit. Er hatte die weite Welt gesehen mit jener Scharfsichtigkeit der Engländer und Amerikaner, die im Brillenverbrauch die geringste Nummer unter den Völkern haben. Er faßte die wesentlichen Merkmale unbelastet von Neben= sächlichem und von Reflexion; es war eine feste Gegenständlichkeit in der Bezeichnung dessen, was er in fremden Landen gesehen.

Sonnenkamp hatte sein Anwesen gezeigt, Erich sollte wissen, daß er nichts ändern lassen wird.

Ein Diener kam und meldete, Herr von Pranden wünsche sich bei Herrn Sonnenkamp zu verabschieden.

Zwölftes Kapitel.

Prancken ging mit der Reitgerte fuchtelnd im Hofe auf und
ab, sein Reitpferd stand gesattelt. Mit anmuthiger Behendigkeit
eilte er auf Sonnenkamp zu und sagte: daß er sich verabschieden
müsse. Es war ein höflich neckischer Ton zwischen den Beiden.
Als Sonnenkamp sagte, Prancken überrasche ihn mit seiner Ab=
reise, erwiderte dieser, er sei überzeugt, dadurch in Consonanz mit
seinem Freunde Sonnenkamp zu stehen; denn nichts sei wider=
wärtiger und mache das Leben so welt, als das beständige Be=
reden und Durchsprechen; er schieße den Hasen und überlasse die
Herrichtung den gelehrten Kochkünstlern.

Prancken brachte das mit dem gewohnten rasselnden Tone
vor und drehte dabei die Spitzen seines blonden Schnurrbarts.
Von Erich nahm er sehr kühl Abschied und sagte, er hoffe ihn
bei der Rückkehr von einer kleinen Reise noch hier zu treffen.

„Sollten Sie indeß bereits abgereist sein, so haben Sie die
Gewogenheit, mich der gnädigen" — er machte eine Pause und
sagte dann — „der Frau Professorin, Ihrer Mutter, zu empfehlen."

Er hatte den einen Handschuh ausgezogen, als er Sonnen=
kamp Lebewohl sagte, jetzt zog er ihn wieder an und reichte auch
Erich die Hand. Erich war es nicht unlieb, daß sich Prancken
in ein kühleres Verhältniß zu ihm stellte; vielleicht konnten sie
hiebei friedlicher und unabhängiger neben einander gehen.

Prancken rief Sonnenkamp nochmals bei Seite und sagte, er
habe ihm allerdings den jungen Gelehrten empfohlen — er be=
tonte das Wort „jungen Gelehrten" mit eigenthümlich vornehmer
Kälte — er bitte indeß, nicht darauf hin abzuschließen, sondern
selbst genau zu prüfen.

„Herr Baron," erwiderte Sonnenkamp, „ich bin Kaufmann"
— er machte eine lauernde Pause, ehe er fortfuhr — „ich weiß
also, was Referenzen sind ... Ich erkläre Ihnen, Sie sind von
aller Verantwortung frei, und was die Prüfung anbetrifft ...
Herr Baron, ich bin Kaufmann" — wieder die lauernde Pause
„der junge Mann ist der Verkäufer und ein Verkäufer muß sich
immer mehr kennen lassen als der Käufer und nun gar hier,
wo der Verkäufer zugleich die Waare ist."

Prancken lächelte und nannte das die feinste Diplomatie. Er

machte eine wegwerfende Bewegung mit der Hand und sagte, es
wäre am besten, Erich ohne Weiteres wieder fort zu schicken; er
ging nach seinem Pferde, sprang behend in den Sattel. Sonnenkamp rief ihm noch zu, er möge nachsehen, ob die Magnolia im
Klosterhofe gut gediehen sei. Sofort zum Galopp ansprengend
ritt Pranken davon.

Sonnenkamp fragte Erich, ob er nicht glaube, daß nur ein
Mann, der von Jugend an sich der Adelsbevorzugung bewußt
sei, dieses souveräne freie Spiel mit dem Leben gewinnen könne.
Erich erwiderte, daß dem bürgerlichen Manne keine wirkliche Schönheit des Lebens verschlossen sei.

Auch Sonnenkamp ward sein Reitpferd vorgeführt; alsbald
stieg er auf und ritt davon.

Erich suchte Roland auf und fand ihn bei seinen Hunden.
Der Knabe wollte, Erich solle sich sofort einen der jungen Hunde
auswählen.

„Und denke dir," setzte er hinzu, „eine Taglöhnerin berichtet
mir eben, daß das Erdmännchen vom Satan einen Schaden da-
vongetragen habe. Geschieht dem einfältigen Menschen ganz recht;
warum übernimmt er etwas, wenn er zu ungeschickt dazu ist?"

Erich sagte, wie grausam es sei, einen Menschen als Puppe
zu betrachten und sich nicht um ihn zu kümmern, wenn man
damit gespielt hat. Roland warf den Kopf unwillig zurück.

Schweigend stand er neben Erich und bat endlich, auch mit
ihm auszureiten. Sie ritten nach dem Dorfe, Roland aber ließ
sich nicht bewegen, zu dem Erdmännchen zu gehen; Erich ging
allein, er fand das Männchen ächzend auf dem Bette liegen. Als
er in das Haus des Krischers zurück kam, traf er Roland nicht;
er war mit Satan in den Wald auf die Höhe gegangen.

Der Krischer grüßte Erich mit weniger Unterwürfigkeit; er
rückte wol die Mütze, aber nur um sie etwas schief aufzusetzen,
und näherte sich ihm in jener oberrheinisch vertraulichen Weise,
wobei es immer ist, als ob man mit einem Glase anklinge und
sich gütlich thue.

„Herr Hauptmann, haben Sie abgemacht?" fragte er.

„Nein."

„Darf ich Ihnen noch was sagen?"

„Warum nicht?"

„Es kommt drauf an, wie man's ansieht. Der dort drunten"

— er wies mit dem Daumen nach der Villa zurück — „der lauft noch die ganzen Rheinlande. Aber sehen Sie da den Fuchshund —"

„Halt!" fiel Erich ins Wort und erklärte mit Entschiedenheit, daß der Krischer kein Recht habe, so zu ihm und von einem Andern zu sprechen.

Der Krischer rauchte hastiger aus seiner Napoleonspfeife, dann sagte er:

„Ja, ja, Sie sind der, der den da drunten an der Gurgel packen kann, und ich sehe, ich bin nicht gescheidt genug für Sie. Sie wollen mir keinen Dank schulden; ich will keinen und auch keinen Lohn!"

Er murmelte vor sich hin, daß Alles, was den Reichen nahe-komme, sich verderben lasse.

Roland kam aus dem Walde zurück. Erich erwartete, er werde nach dem Erdmännchen fragen. Der Knabe schwieg und schweigsam ritten die Beiden wieder zurück.

Erich ließ sich bei Herrn Sonnenkamp melden und erklärte, daß er nun in ein festes Verhältniß zu Roland eintreten müsse.

„Sie finden also auch, daß Roland ein vortrefflicher Junge ist?"

„Er hat viel Bestimmtheit und — ich weiß wohl, daß ein Vater das nur schwer anhören mag, aber nach Ihren eingehen-den Fragen von gestern darf ich erwarten, daß Sie Freiheit genug besitzen —"

„Gewiß, gewiß; sprechen Sie nur offen."

„Ich finde eine gewisse Hartherzigkeit und eine bei solcher Jugend überraschende Theilnahmlosigkeit für das rein Mensch-liche," fuhr Erich fort und erzählte, wie Roland sich gegen das Erdmännchen benommen hatte.

Ein Lächeln zuckte durch die Mienen Sonnenkamps, der nun fragte:

„Und Sie sind der Zuversicht, ein verdorbenes Gemüth zu veredeln?"

„Bitte, ich habe nicht von einem verdorbenen Gemüth ge-sprochen; ich möchte vielmehr sagen, Roland befindet sich jetzt auch im Mutiren der Geistesstimme und da läßt sich die bleibende Tonlage nicht ermessen, aber Behutsamkeit in der Einwirkung ist um so nöthiger."

„Und was halten Sie von den Talenten Rolands?"

„So weit ich bis jetzt sehen kann, bemerke ich nichts, was

über das gewöhnliche Maß hinausgeht; er hat natürlichen Verstand, leichte Fassungsgabe, aber Festhalten — das ist sehr fraglich. Ich bin über diese Constitution des Geistes noch nicht klar; ist sie nicht zu verbessern, so fürchte ich, wird Roland nicht glücklich, weil er an nichts anhaltende Freude gewinnt und Lust und Pflicht der Fortsetzung empfindet. Doch das sind vielleicht Grübeleien."

„Nein, nein, Sie haben Recht, ich habe kein Vertrauen zum Charakter meines Sohnes; er lebt stets auf kurze Sicht. Eine Sache, für die er etwas thun soll und deren Erfolg erst später erscheint, ist ihm langweilig und überdrüssig."

„Das ist Kinderart."

„Aber solche Kinder werden nie strenge Männer. Darum wollte ich, daß Roland die Pflanzen liebte; da müßte er lernen, daß es etwas giebt, das zu keiner Zeit vernachlässigt und vergessen werden darf."

„Es freut mich," entgegnete Erich, „daß Sie mich hier auf die tiefsten Punkte bringen. Zunächst also, daß ein Reicher und der Sohn eines Reichen ganz ähnlich wie der Fürst und ein fürstliches Kind immer nur dienende Freunde hat. Ich bin wider meinen Willen der Vergnügungskamerad Rolands geworden, da wird nun der nachfolgende Ernst abstoßend wirken."

„Ließen sich denn Vergnügen und Ernst nicht vereinigen?"

„Ich hoffe das. Man muß aber auch den Ernst bekennen."

Erich schwieg und Sonnenkamp fragte:

„Sie haben noch ein Zweites?"

„Allerdings. Das Andere liegt darin, dessen ich auch bereits erwähnt. Roland muß einen festen Punkt gewinnen, eine stetige, heimische Verbindung mit den Dingen der Außenwelt. Wer keine Jugenderinnerungen, keine tiefe Anhänglichkeit an ein Bestehendes hat, dem ist die Quelle der Gemüthsinnigkeit abgesperrt. Was die Seele im Tiefsten speist und tränkt, was man vielleicht die Muttermilch des Geistes nennen dürfte, das sind tiefe, anhängliche Jugenderinnerungen."

Sonnenkamp zuckte bei diesen Worten, und Erich setzte hinzu:

„Die Heimatlosigkeit schädigt die Seele Ihres Sohnes."

„Heimatlosigkeit? Verstand ich recht? Heimatlosigkeit?"

„Ja. Das innere Leben des Kindes bedarf der Angewöhnung. Ein einziges Festes in der Seele macht auch die Seele fest. Wenn

ich sagte, daß der Mensch ein Ziel haben müsse, so muß er auch
einen festen Ausgangspunkt haben, und das ist die Heimat. Sie
sagten mir, daß Roland an nichts rechte Freude habe. Kommt
das nicht davon, weil der Knabe heimatlos, ein Kind der Gast=
höfe, nirgends eine Einwurzelung, noch mehr, keine festen An=
schauungen, keine Bilder hat, in die er sich eingelebt, wohin
seine Phantasie immer wieder zurückkehrt? Er hat, wie er mir
erzählte, im Colosseum zu Rom, im Louvre zu Paris, im Hyde=
park zu London und am Genfersee gespielt und nun überhaupt,
in Europa lebend, doch immer im stolzen Bewußtsein seines
Amerikanerthums, giebt das nicht eine Unruhe in die Seele, die
kein Gedeihen aufkommen läßt."

„Ich sehe," entgegnete Sonnenkamp und lehnte den Kopf
zurück, „Sie gehören doch auch zu den eingeheimsten Deutschen,
die durch die ganze Welt in Wirklichkeit und in Gedanken rennen
und sich dabei immer höchst selbstgefällig streicheln: Ach, ich bin so
gemüthlich, das habt ihr Alle nicht. — Pah! ich sage Ihnen,
wenn ich meinem Kinde etwas Gutes gebe, so glaube ich, ist es
besonders das, daß es die Sentimentalität der sogenannten heimat=
lichen Eingesessenheit nicht hat."

„Eben darum," fiel Erich ein, „mußte ich Sie auch fragen,
ob Roland sich als Deutscher oder Amerikaner fühlen soll."

Sonnenkamp hörte kaum darauf, er fuhr fort:

„Der Pfiff der Locomotive verscheucht all das frühere so ge=
hätschelte Heimweh. Wir sind in der That Weltbürger und gerade
das ist das Große, noch nie Dagewesene des Amerikanismus, daß
keine nationale Beschränkung oder gar ein Pfahlbürgerthum die
Seele beengt. Das Heimatsgefühl ist ein altes Uebel und ein
Vorurtheil. Roland soll ein freier Mensch werden!"

Erich war still. Erst nach geraumer Weile sagte er:

„Es ist vielleicht nicht gut, daß wir uns ins Allgemeine be=
geben. Ich wollte nur sagen, so wenig eine Reise ein inneres
Vergnügen schafft, wenn man kein Ziel hat, das man erreichen,
keinen Zweck, den man unterwegs pflegen will, so wenig kann
ein Leben, das auf kein bestimmtes Thun und Erkennen hinzielt,
die Ruhe des Daseins geben."

„Ich ehre und schätze Ihren großen Ernst," versetzte Sonnen=
kamp und entschuldigte sich, daß er jetzt diese Erörterung ab=
brechen müsse.

Erich verließ die Arbeitsstube Sonnenkamps und ging zu Roland. Er fand den Knaben damit beschäftigt, ein Stück halb rohen Fleisches zu kauen und das Gekaute dem neu abgerichteten Hunde Satan zum Fressen zu geben; das sollte nach der Angabe des Krischers den Hund unzertrennlich von ihm machen. Eine Weile sah Erich zu, dann ersuchte er Roland, den Hund fortzuschicken, denn er habe ihm etwas zu erzählen.

„Kann denn der Hund nicht dabei sein?"

Erich antwortete nicht, er sah, daß er zuerst die Concurrenz mit den Hunden zu beseitigen habe. Als er nun nochmals einen auffordernden Blick auf Roland wendete, sagte dieser: „Komm, Satan, wart' hier vor der Thür!" und sich zurückwendend, sprach er:

„So, nun erzähle."

Erich erfaßte die Hand Rolands und legte ihm dar, daß er gekommen sei, um sein Erzieher zu werden. Roland stemmte sein schönes Haupt auf die leicht geballte linke Hand und starrte den Redenden mit seinen großen unstet brennenden Augen an.

„Das wußte ich," sagte er endlich.

„Und wer hat dir's gesagt?"

„Der Krischer und Joseph."

„Und warum hast du mir nichts davon kundgegeben?"

Roland ließ sich zu keiner Antwort herbei, er wendete nur einmal den Blick, da Erich hinzusetzte, daß er dem Vater nicht habe vorgreifen wollen und daß er selber zuerst habe prüfen müssen, ob er sich für dieses Haus eigne. Noch immer schwieg Roland. Der Hund kratzte an der Thür, Roland schaute nach derselben, aber er wagte nicht, sie zu öffnen. Erich that's. Der Hund sprang herein und schmiegte sich an Roland, dann ging er auch zu Erich und leckte ihm die Hände; es war, als sei er ein geheimer Bote, ein stiller und vielsagender zwischen den Beiden.

„Er hat dich auch gern!" rief Roland in kindischer Lust, sprang auf und warf sich an die Brust des Mannes, und dieser hielt ihn fest umschlungen; der Hund bellte, wie wenn er sprechen müßte.

„Wir wollen treu zusammenhalten," rief Erich, den Knaben von sich loslassend; „ich hatte einen Bruder in deinem Alter, du sollst mein junger Bruder sein."

Roland hielt stumm die rechte Hand Erichs in seinen beiden Händen.

„Nun laß uns gleich frisch und munter unser Leben anfangen."

„Ja," entgegnete Roland, „wir wollen Satan aus dem Wasser apportiren lassen, er kann's prächtig."

„Nein, Roland, wir wollen arbeiten. Laß einmal sehen, was hast du denn eigentlich gelernt?"

Erich hatte wol bemerkt, daß Roland, der in Anderem mangelhaften Wissens war, in der Geographie ziemlich gute Kenntnisse hatte. Er prüfte ihn daher und Roland war glücklich, genaue Antworten geben zu können. Allmälig gingen sie in andere Wissensgegenstände über und da sah es wüst aus, das Latein vor Allem haßte Roland mit einer persönlichen Feindschaft.

„Wir wollen mit Ruhe das Nöthige lernen," tröstete ihn Erich, „dann aber wollen wir reiten, fahren, schießen, fischen und im Kahne rudern."

Diese Aussicht erheiterte den Knaben sehr, und als jetzt die Glocke vom Thurme schlug, sagte er plötzlich:

„In einer Stunde ist Herr von Prancken bei Manna. Ich will auch so gut reiten, fechten und schießen lernen, wie Herr von Prancken. Ich habe Herrn von Prancken einen Brief an Manna mitgegeben."

„In welcher Sprache schreibst du?"

„Englisch" . . .

Dreizehntes Kapitel.

Man war im Garten; Sonnenkamp sagte leichthin zu Erich, daß sich ein neuer Bewerber eingestellt habe, der vom letzten Lehrer Rolands, dem Kandidaten Knopf, warm empfohlen wäre; er befahl Joseph, den Fremden einzuführen.

Ein schlanker, sonnenverbrannter Mann trat ein. Er wurde der Gesellschaft vorgestellt; Erich wurde nur Hauptmann genannt, der Doctor war einstweilen zur Ruhe gesetzt. Der Fremde — er hieß Professor Crutius — war ein Studiengenosse des Kandidaten Knopf, war viel in der Welt umhergeworfen worden und zuletzt mehrere Jahre Lehrer an der Kabettenschule zu West-

Point in der Nähe von Newyork gewesen. Er berichtete das mit großer Leichtigkeit, aber in etwas herber Betonung.

Sonnenkamp wollte die beiden Gelehrten ein Turnier aus=führen lassen, dem er in Behagen zuschaute; aber es wurde ver=eitelt, da Erich dem Fremden nicht nur die Gelegenheit bot, sich in vortheilhafter Weise kund zu geben, sondern auch bescheiden von der reichen Welterfahrung des Mannes sich belehren ließ.

Der Fremde schien schnell zu ahnen, daß Fräulein Perini im Mittelpunkte dieses Hauses stand, und er fand mit ihr gute Anknüpfungspunkte. Crutius hatte eine amerikanische Familie nach Italien begleitet und war von Nizza aus in die neue Welt gekommen. Mit Unbefangenheit und Sachkenntniß schilderte er die Eigenthümlichkeiten eines amerikanischen Knaben aus der obern Schicht und wie man einen solchen behandeln müsse. Diese Darlegung war offenbar für Roland gegeben, der den Fremden staunend ansah.

Er ging zu seinem Vater und sagte leise, aber bestimmt:

„Schick' ihn fort — ich will ihn nicht."

„Warum?"

„Weil ich Herrn Erich habe und weil diesen da Herr Knopf geschickt hat," entgegnete Roland und ging davon.

Der Fremde tastete im Gespräche hin und her, um die Stim=mung zu erkunden, mit der man hier im Hause an Amerika denkt. Als Sonnenkamp mit großer Heftigkeit hinwarf, er wünsche Amerika einen Dictator, der die Zerfahrenheit und Unbotmäßig=keit zu Paaren treibe, sagte Crutius: es gäbe in der neuen Welt sehr Viele — sie wagten nur nicht es zu sagen — die innerlich die Sehnsucht und die Ueberzeugung hegten, daß Amerika der Monarchie entgegengehe.

Sonnenkamp nickte vor sich hin und pfiff wiederum unhörbar.

„Wo sind Sie abgestiegen?" fragte er plötzlich den Fremden.

Crutius nannte einen Gasthof des Städtchens.

„Da sind Sie sehr gut einlogirt."

In den Mienen des Fremden zuckte es; er hatte offenbar er=wartet, daß man sein Gepäck holen lasse und ihn zunächst als Gast im Hause behalte. Sonnenkamp dankte sehr höflich für den Besuch und bat den Fremden, genau seine Adresse anzugeben, damit man ihm schreiben könne. Die Hand des Fremden zitterte,

da er ein sehr verbrauchtes Taschenbuch herausnahm und seine
Karte abgab; er verabschiedete sich mit erzwungener Höflichkeit.

Sonnenkamp ersuchte Erich, seinen Collegen ein Stück Weges
zu begleiten, und händigte ihm mehrere Goldstücke ein, die er
dem bedürftig Erscheinenden in passender Weise übergeben möge.

Ist dies Vertrauen oder Dienst? fragte sich Erich, als er dem
Fremden nachging.

Er holte denselben noch an der Mauer des Parks ein. Als
Erich ihm sagte, daß er ebenfalls Lehrer sei, veränderten sich die
Mienen des Professors.

„Ah,“ rief er aus, „also auch ein Lehrer und wol mein
Concurrent?“

Erich bejahte. Crutius sah ingrimmig drein, er war den
freundlichen Ermunterungen des Hauptmanns, den er für einen
Vertrauten des Hauses hielt, willig gefolgt; nun war das also
auch ein Lehrer! Etwas vom Aerger über diese Täuschung knirschte
er durch die Zähne.

Mit großer Zartheit brachte Erich das Anerbieten des Geld=
geschenkes vor.

„Ha!“ lachte Crutius. „Er kennt mich, er will mich be=
schenken, mich zu Dank verbinden und sich loskaufen!“

Erich sagte, daß er diese Ausrufungen nicht begreife.

„So?“ höhnte Crutius. „Also eine Unschuld mit Haupt=
mannsrang? Und das läßt sich auch kaufen? Die ganze Erde
ist eine Trödelbude. Was thut's? Die Höhle, wo der Tiger
seine Beute verzehrt, ist sehr schön, sehr geschmackvoll; Maurer=
polier und Tapezier können viel zuschmieren! Entschuldigen Sie,
ich habe am Morgen Wein getrunken und bin das nicht gewöhnt.
Gut, geben Sie her! Meinen allerunterthänigsten Gruß nach
Villa Eden! Ein schöner Name!“

Ohne ein Wort der Erklärung faßte Crutius das Geld, griff
an den Hut und entfernte sich mit raschen Schritten.

Erich kehrte nachdenklich zu Sonnenkamp zurück. Mit großer
Zutraulichkeit hieß Sonnenkamp ihn zu sich setzen und fragte:

„Er hat das Geld genommen und sich natürlich kaum be=
dankt?“

Erich bejahte.

Bei all seiner Abgeschlossenheit schien Sonnenkamp doch eine
gewisse Mittheilungslust zu haben und diese gegen einen Mann

wie Erich walten zu lassen. Er erging sich in lustigen Betrach=
tungen, wie viele Existenzen auf eine Beute des Zufalls warten;
man öffne nur einen Honigtopf, plötzlich seien Bienen und Wespen
und Goldfliegen da, von denen man eine Minute vorher nichts
gesehen. Dann fuhr er fort:

„Ich kann Ihnen einen Beitrag zu Ihrer Menschenkenntniß
geben."

„Von Herrn Crutius?"

„Nein, von Ihrem sehr bemitleideten Erdmännchen. Es ist
eine Freude, was für ein geriebener Schelm das ist; ich wußte
es längst, da er mit Geschick schwarze Walderde droben von der
Höhe zu stehlen weiß; nun aber ist der Schaden, den er von
der Hundedressur davon getragen haben will, nichts als Lüge.
Ich habe das Roland bereits mitgetheilt, und es freut mich, daß
er schon früh die Schlechtigkeit und Lügenhaftigkeit der Menschen
kennen lernt."

„Sie werden das Erdmännchen nun nicht mehr in Ihrem
Dienste behalten?" fragte Erich.

„Im Gegentheil! Mich freut's, daß das putzige Männchen
so viel Schelmerei hat. Ich wünschte, ich hätte ein halb Dutzend
Gauner zur Hand, um Roland lehren zu können, wie man mit
dem Gelichter verkehrt."

„Das werde ich ihn nicht lehren können," sagte Erich.

„Das sollen Sie auch nicht, Sie sind zu Anderem da."

Erich sah die Menschenverachtung Sonnenkamps, sie erschien
ihm als Folge des bewegten amerikanischen Erwerbslebens und
um so mehr hoffte er ein Gutes zu wirken, indem er die Leitung
Rolands übernahm.

Ein Diener meldete, daß Roland am Ufer auf Erich warte;
er ging zu ihm und Roland löste den schönen Kahn und ruderte
mit Erich hinaus auf den Strom, der jetzt dunkelgrün war. Die
dichtbelaubten Inseln droben schienen wie aus der grünflüssigen
Fläche des Wassers herauszuwachsen.

Ein frischer Wind trieb Kräuselwellen; Roland spannte das
Segel auf und zeigte sich gewandt, das Element beherrschend;
jede seiner Bewegungen war so voll Anmuth, daß Erich ihn mit
frohem Blicke betrachtete.

Erich war auf dem Wasser ganz fremd, er gönnte Roland
gerne den Triumph, ihn zu unterrichten, wie man das Fahrzeug

nach Luſt und Laune lenkt und wendet. Es war eine Fröhlich=
keit in der Stimme Rolands, die man bisher noch nicht ge=
hört hatte.

Mit aufgeblähtem Segel fuhren ſie dahin und die hoch auf=
ſpritzenden Wellen ſchlugen klatſchend an das Fahrzeug. Roland
erzählte, daß der Kandidat Knopf ihn erſt auf dem Waſſer hei=
miſch gemacht habe. Rudern, Segeln und Steuern und den
Kahn im Kreiſe treiben, das habe Knopf beſſer verſtanden als
der geübteſte Steuermann, ja beſſer als die Steuermännin, eine
große, mächtige Frau, die eben jetzt Roland anrief, indem ſie
einen am Schleppſchiff hängenden großen Kahn lenkte, während
der Mann, eine nicht minder mächtige Geſtalt, am Maſtbaum
lehnte.

Roland ſteuerte auf das Schleppſchiff und hing ſeinen Kahn
an das am Tau hängende Schiff, das die Steuermännin regierte.
Sie plauderte mit ihm, ſah aber beſtändig zurück, denn ſie mußte
Richtung inne halten. Als Roland weit genug hinauf gefahren
war, löste er den Kahn ab und fuhr mit der Strömung zurück.

Erich lenkte das Geſpräch auf den Kandidaten Knopf. Ro=
land wollte nichts weiter von ihm erzählen und auch nicht von
anderen früheren Lehrern; ſie waren ihm offenbar gleichgültig,
wie Kellner im Gaſthofe, die geſtern aufwarteten. Nur aus der
Art, wie Roland einige Worte geſprochen, ließ ſich erkennen,
daß Kandidat Knopf ſeinen Zögling ſehr geliebt haben mußte.

Die Rede kam auch auf das Erdmännchen; Roland nahm
die Schelmenſtreiche deſſelben ſehr gleichgültig auf: er war der
Anſicht, daß alle armen Leute Schelme ſeien.

Der Knabe hatte ſchon früh eine gewiſſe Weltverachtung ge=
wonnen und ſchien Niemand und nichts zu haben, woran er un=
zertrennlich hing und deſſen Gedenken ihn tiefer belebte. Nur
mit ſeiner Schweſter ſchien er inniger zuſammenzuhängen, denn
als er mit Erich nach der Villa ging, ſagte er:

„Jetzt geht Manna mit Herrn von Pranden. Ich glaube,
wenn ſie kommt, wirſt du ſie auch lieb haben.“

———————

Drittes Buch.

Erstes Kapitel.

Die zahlreiche Dienerschaft im Erdgeschosse der Villa führte ihr eigenes Leben. Herr Sonnenkamp hatte ein weises Gesetz, obgleich es Viele hartherzig fanden: seine sämmtlichen Dienstboten mußten unverheirathet sein.

Es war Mittag. Lange bevor oben die herrschaftliche Tafel angerichtet wird, speist man hier. Zwei Reitknechte und ein dritter Kutscher, die die Stallwacht haben, speisen schweigend allein, denn sie müssen die Anderen ablösen.

Oberster Herrscher hier unten ist der 'weißgekleidete Chef — so wird der Oberkoch genannt. Er ist wohlbeleibt, von stattlicher Gestalt, bartlosen Antlitzes, mit großer Habichtsnase; er spielt hier den Marquis. Sein Deutsch ist eine Art Kauderwelsch, aber er regiert die ihm untergeordneten Köchinnen und Küchenmägde mit großer Sicherheit.

Die Wachhabenden haben abgespeist. An einer langen Tafel ist für mehr als ein Dutzend Menschen gedeckt, die allgemach herankommen.

Zuerst kommt — denn man läßt ihm den Vortritt — der Oberkutscher Bertram, eine gewaltige, riesenhafte Erscheinung. Er hat einen großen, in zwei dichte spitze Wellen getheilten röthlichen Bart, trägt eine lange, bis über die Hüften hinabreichende gestickte Weste und darüber eine weiß und blau gestreifte Interimsjacke, nur durch eine kleine Auszeichnung von der der anderen Stallbediensteten unterschieden.

Mit einem Gruß gegen das Küchenpersonal setzt sich Bertram zu oberst an den Tisch, ihm zur Rechten nimmt Joseph, zur

Linken der Obergärtner seinen Platz. Nach diesem setzt sich ein
kleines Männchen mit knolligem Gesicht und sehr beweglichen
Augen; es ist Lutz, der Courier. Nun setzen sich die Anderen,
je nach ihrem Rang, so daß am unteren Ende die Stallburschen
und Gärtnerjungen sitzen.

Die erste Köchin, ein besonderer Günstling der Fräulein Perini, hielt streng darauf, daß, bevor man speiste, gebetet wurde.
Bertram, der riesenhafte Kutscher, ein entschiedener Freigeist,
machte sich während des Gebets immer mit seiner großen gestickten Weste zu thun, die er stolz über die Hüften herabzog.
Joseph faltete die Hände, bewegte aber die Lippen nicht; die
Uebrigen beteten leise mit.

Kaum war die Suppe verspeist und etwas vom Wein ge-
nippt — denn täglich bekamen die Diener ihren Wein — so
begann Bertram:

„Ich warte nur, ob mich der Herr Hauptmann Dournay erkennen wird; ich stand ja bei seiner Batterie."

Damit waren die Zungen gelöst und war das Thema gegeben.

„So?" fiel Joseph ganz glückselig ein. „Er war gewiß recht
beliebt?"

Bertram fand nicht für nöthig, darauf geradezu eine Antwort zu geben. Er sagte nur, er hätte nicht geglaubt, daß der
Herr Dournay auch einmal Dienstbote würde.

„Dienstbote?"

„Ja, Dienstbote wird er wie wir, und weil er etwas in den
Büchern gelernt hat, dafür wird er Hofmeister."

Joseph lächelte wehmüthig und gab sich alle Mühe, der Tischgesellschaft die rechte Meinung beizubringen.

Er pries zuerst den hochberühmten Vater Erichs, der gewiß
zwanzig Orden gehabt habe, und dessen Frau, die von hohem
Adel war. Die Namen aller Wissenschaften — und zwar die
schwer verständlichsten: Anthropologie, Zoologie, Osteologie, Ar-
chäologie und Petrefactologie — deren er nur habhaft werden
konnte, warf er den Genossen an den Kopf und rühmte, daß der
Hauptmann Dournay das Alles verstehe; er allein sei eine ganze
Universität. Es gelang Joseph aber nicht, die Dienerschaft zu
überzeugen, daß Erich etwas Anderes werde als ein Diener.

In hochpreußischem Dialekt sagte der Obergärtner:

„Jedenfalls ist er ein schöner Mann und sitzt gut zu Pferde; von der Gärtnerei versteht er aber nichts."

Latz, der Courier, rühmte, daß Erich recht gut Französisch und Englisch spreche; Russisch, Türkisch und Polnisch verstünden natürlich die Herren Gelehrten nicht; denn Latz, der als Schneidergeselle alle Länder durchreist hatte, verstand alle Sprachen. Er hatte ehedem Fräulein von Pranden, die jetzige Gräfin Wolfsgarten, und zwei Engländerinnen begleitet, nunmehr diente er Herrn Sonnenkamp als Courier auf Reisen, die übrige Zeit war er müßig, wenn man nicht etwa Abholen und Abliefern des Briefbeutels auf der Bahnstation und daneben das Zitherspiel, das er mit Pfeifen begleitete, eine Arbeit nennen will. Es schien ein stillschweigendes Uebereinkommen am Tische, daß man auf eine Rede des Latz nicht erwidere; nur die zweite Köchin, mit welcher er in einem zarten Verhältniß stand, lächelte ihm zu.

Ein Mann mit sarmatischen Mienen, dem Ton seiner Aussprache nach ein Pole, rühmte, daß es doch wieder Herr von Pranden sei, der den Mann ins Haus gebracht habe. Bertram stieß Joseph ein wenig an und lobte dann Herrn von Pranden übermäßig; Joseph zwinkerte mit den Augen, wie wenn er sagen wollte: Recht so, es ist kein Zweifel, daß der Pole im geheimen Dienst des Herrn von Pranden steht.

Man sprach nun davon, ob Herr von Pranden wol auch im Hause wohnen werde, wenn er Manna heirathe, denn daß dies geschehen werde, war ausgemacht.

Ein Gärtner, der etwas stammelte, berichtete, man habe im Dorfwirthshause gesagt, Herr Sonnenkamp sei ein Schneider gewesen. Alle lachten und der stotternde Gärtner, der ohnedies der Gehänselte des Kreises war, wurde nun zu allgemeiner Erlustigung immer mehr zum Reden aufgereizt.

Bertram nahm die Wellen seines langen Bartes in beide Hände und rief:

„Wenn nur mir einmal Einer so etwas sagte, ich wollte dem zeigen, wie ihm seine eigenen Zähne schmecken."

„Lassen Sie doch die Menschen reden," beschwichtigte der Obergärtner. Er lächelte im Voraus über seine Weisheit, indem er hinzufügte: „Sobald es einem Manne gut geht, muß er sich böse Nachrede gefallen lassen."

Ein Stallbursche berichtete von Raufhändeln, die man mit

ben Dienern des sogenannten Weingrafen gehabt habe, da diese
die Bediensteten des Herrn Sonnenkamp verspotteten, weil sie
einem Manne dienten, von bem man nicht wisse, wer und woher er sei; Einer habe sogar gesagt, Frau Sonnenkamp sei eine
gekaufte Sklavin.

Die geheime Geschichte und zwar die nicht sehr erbauliche
vieler Häuser wurde erzählt, bis die dicke Köchin endlich rief:

„Laßt doch das Gerede! Meine Mutter hat immer gesagt:
Sei ein Haus groß oder klein, vor jeder Thüre liegt ein Stein."

Der zweite Gärtner, das Eichhörnchen genannt, ein spindel-
dürrer Mann mit spitzem Gesichte, der sich manchmal zu den
Betstunden der Frommen in der Gegend hielt, begann eine sal-
bungsvolle Predigt über Nachreden. Er war früher Gärtner
gewesen, dann Polizeidiener in einer norddeutschen Hauptstadt,
wo ihn Sonnenkamp kennen lernte und wieder in seinen ursprünglichen Beruf zurück versetzte; er bediente sich seiner zugleich
bei manchen Aufträgen, die eines Mannes von treuherzigem
Benehmen bedurften.

Eine alte Küchenmagd, die abseits saß, den Teller auf dem
Schooße haltend, rief plötzlich:

„Wenn ich so ein junges reiches Fräulein wäre, wie das
unsere, ich weiß, was ich thäte."

„Und was thätest du?"

„Den schönen Herrn, der angekommen ist, den thät ich heirathen; der gefällt mir viel besser."

Alles lachte.

Plötzlich erscholl eine Stimme von der Decke:

„Bertram soll den Glaswagen anspannen, Joseph herauf-
kommen!"

Die Tischgesellschaft löste sich auf; die Stallknechte gingen in
den Stall, wo sie ihre Pfeifen schmauchten, die Gärtner in den
Park und die Treibhäuser. Joseph sagte noch eilig zweien Dienern,
daß sie den Tisch decken sollten, und stille war's unter der Erde.
Nur die Kessel brobelten und zischten, und der Chef schaute mit
vornehmer Miene nach den Fortschritten seiner Arbeit.

Eine Stunde später empfing Lutz die Briefe, die er zur
Station zu befördern hatte, und scheinbar harmlos erzählte er,
daß der neue Erzieher in Bertram, der ehemals in bessen Batterie
gestanden, und in Joseph, der sich ihm von der Universität

her verpflichtet fühle, einen Anhang im Hause habe. Es war nie gesagt, daß Lutz der Spion unter den Dienstboten sein sollte; es verstand sich zwischen ihm und seinem Herrn von selbst.

Zweites Kapitel.

Es war am Sonntag in der Frühe, als Erich Herrn Sonnen= kamp im Garten begegnete und gefragt wurde, ob er mit zur Kirche gehe. Erich erwiderte, er stehe außerhalb der Confession und wolle keinen Act der Heuchelei begehen; als Zeichen der Achtung für eine fremde Confession könne er wol zur Kirche gehen, aber man würde es ihm hier anders deuten.

Sonnenkamp schaute ihn wie prüfend an; aber diese Grad= heit schien doch Wirkung zu üben, denn er sagte:

„Gut; man weiß gleich, wie man mit Ihnen dran ist."

Der Ton war doppelartig, aber Erich deutete ihn in gutem Sinne.

Als Alles zur Kirche gegangen war, saß Erich allein; er schrieb an seine Mutter.

Die Glocken im Dorfe läuteten und Erich schrieb, wie er die hohe Berufung erfasse, ein Menschenkind, das mit der viel wir= kenden Macht des Reichthums ausgerüstet sei, den rechten Weg zu führen. Und unter dem Glockenton kam plötzlich die Erinne= rung an jene Geschichte aus dem Evangelium, wie der reiche Jüngling zu Jesus kommt. Er wußte Anrede und Antwort nicht mehr genau, er suchte in der Bibliothek Rolands nach einer Bibel, fand aber keine; und doch war's ihm, als könne er nicht weiter, bis er jenes Begebniß wieder genau wisse.

Er ging hinab in den Garten; hier traf er den Gärtner, das sogenannte Eichhörnchen, der ihm auf die Frage, ob er eine Bibel habe, eine bejahende Antwort gab. Unter salbungsvollen Worten, daß es ihm heute nicht möglich sei, nach der Stadt in die protestantische Kirche zu gehen, holte er seine Bibel und Erich ging damit auf sein Zimmer.

Er schrieb nicht weiter, er las lange; dann saß er, den Kopf in die linke Hand gestützt und starrte drein, bis Roland aus der Kirche kam und das Gebetbuch aus der Hand legte. Als Erich

jetzt die Hand faßte, die das Gebetbuch weggelegt hatte, zuckte
ihm die Frage durch die Seele: Wirst du dem Jüngling ein
ähnliches Festes und Erhebendes als Ersatz geben können?

Roland sagte:

„Du hast dir eine Bibel geholt?" und daß sich dies durch
den Gärtner bereits im ganzen Hause verbreitet habe.

„Kennst du das hier?" fragte Erich und legte Roland die
Stelle vom reichen Jüngling vor.

Roland las, und als Erich ihn fragte, was er dazu denke,
sah Roland ihn starr an; er hatte offenbar die Schwere des
Räthsels, das sich hier darlegte, nicht erkannt. Erich vermied es,
ihm schon jetzt die Bedeutung desselben zu erklären. Ein Samenkorn liegt in erster Zeit regungslos in der Erde, bis es durch
einwirkende Kräfte erweckt wird. Erich wußte, daß in diesem
Augenblicke ein solches Samenkorn in die Seele des Jünglings
gefallen war. Er wollte ruhig der Zeit harren, bis es keimt
und aufgeht.

Er willfahrte Roland, mit ihm dem Major entgegenzugehen,
der allsonntäglich zu Tische kam. Unter den Nußbäumen an der
Straße wandelten sie eine Strecke dahin, dann ging es bergauf
durch die Weinberge. Bei einem großen Stück Landes, wo lauter
helle Pfähle standen, sahen sie den Major, den wir bereits auf
Wolfsgarten kennen gelernt; er war heute in voller Uniform mit
seinen sämmtlichen Orden.

Während die angesehenen Bewohner der Gegend sich zum
Hause Sonnenkamp mit großer Zurückhaltung benahmen, war der
Major die Fahne der Vornehmheit für dieses Haus; Frau Ceres
war besonders beglückt, daß ein Mann mit so vielen Orden ihr
so freundlich huldigte.

„Haben Sie ihn schon?" rief der Major Erich zu. „Halten
Sie ihn nur fest im Zaum."

Auf den Weinberg deutend, sagte er:

„Uebers Jahr bekommen wir — heißt das Herr Sonnenkamp
— da den ersten Wein. Haben Sie schon einmal Jungfernwein
getrunken?"

Erich verneinte und der Major erklärte, daß man das erste
Erträgniß eines Weinberges so bezeichne.

Der Major schleppte nicht nur das linke Bein nach Art der
Tamboure, sein Gang war auch wie beständiges Stürzen und

Sichaufrechterhalten, er blieb alle paar Schritte stehen und schaute
lächelnd um. Er lächelte Jedem zu, der des Weges kam. Warum
sollten die Menschen immer ein trübes Gesicht sehen und das
Unangenehme davon haben, daß er nur schwer gehen kann?

Er fragte nun Roland, ob die Mutter bereits wieder aufgestanden sei. Denn Frau Ceres brachte jeden Sonntag das nicht
geringe Opfer, schon um neun Uhr aufzustehen, und was nicht
minder viel heißen will, in einer einzigen Stunde ihre Toilette
zu vollenden und dann mit der Familie zur Kirche zu gehen;
dafür holte sie jedesmal den versäumten Schlaf nach, indem sie
sich vor Tische noch einmal vollständig zu Bette begab und dann
erst die eigentliche Sonntags-Toilette machte.

Als man wieder auf der ebenen Landstraße anlangte, begegnete ihnen der Architekt, der ebenfalls zu Tische kam; er gesellte sich zu Erich, während Roland mit dem Major ging. Die
Männer mußten alle noch einmal die Hunde Rolands in Augenschein nehmen, bevor man sich im Balconsaale versammelte. Hier
trafen sie bereits den Doctor und den Pfarrer bei Herrn Sonnenkamp.

Kaum war Erich kurz vorgestellt, als Frau Ceres im Pracht-
gewande erschien. Der Major reichte ihr den Arm, die Diener
schoben die Flügelthüren zurück, man ging durch mehrere Zimmer
in den Speisesaal.

Zur Linken der Frau Ceres erhielt der Major, zu ihrer Rechten
der Pfarrer seinen Platz, neben diesem Fräulein Perini, worauf
der Arzt, Sonnenkamp, der Architekt, Roland und Erich ihre
Plätze einnahmen.

Heute sprach der Pfarrer laut das Tischgebet.

Das Gespräch war anfangs für Erich vollkommen unverständ-
lich, denn es war von Personen und Verhältnissen die Rede, die
er nicht kannte. Das große Weinhandlungshaus, dessen Sohn
mit Prancken die schönen Pferde eingekauft, wurde viel besprochen.
Der Chef hatte in einem seiner stromaufwärts liegenden Keller
eine Weinversteigerung abhalten lassen, bei welcher enorme Preise
erzielt worden. Es hieß, er wolle das Geschäft ganz aufgeben,
um nach der Residenz zu ziehen, denn der gewandte alte Herr
suche sich mit großer Beflissenheit dem Hofe bemerklich und beliebt zu machen.

„Ich traue ihm den Wahnwitz zu, daß er nach dem Adel
strebt," rief der Doctor.

Herr Sonnenkamp, der eben ein Stück fein zubereiteten Fisches nach dem Munde geführt hatte, hustete heftig und wurde so roth im Gesichte, daß alle Tischgenossen um ihn bangten; er beruhigte sie indeß bald und erklärte, er habe nur unvorsichtigerweise eine Gräte verschluckt.

Der Major fand es unpassend, daß der große Weinhändler sich von der Regierung als Candidat für das Abgeordnetenhaus aufstellen ließ, und zwar gegen einen Mann wie Herr Weidmann. Erich ward aufmerksam, da dieser Name jetzt wieder genannt wurde; es war immer wie ein unnennbares Ehrengefolge, wenn dieser Name erschien. Der Doctor fuhr fort: der Weingraf wolle offenbar nur seinen Ehrgeiz und sein Bestreben befriedigen, sich der Regierung beliebt zu machen, und das gelänge ihm, obgleich er wisse, daß er unterliege, denn er erscheine dadurch in der Oeffentlichkeit als eine Stütze der Regierung.

„Nun, Herr Pfarrer," fragte er geradezu, „für welchen Candidaten wird die Geistlichkeit stimmen?"

Der Pfarrer, eine große schlanke Gestalt mit weißen Haaren und wunderbar glänzenden Augen, die unter dichten Brauen scharf und ruhig umschauten, vereinte Würde und Gewandtheit in seinem Benehmen. Er hätte gern geschwiegen, nun aber sagte er — die linke Hand bewegend, an der er Daumen und Zeigefinger zusammenlegte — daß gegen die bürgerliche Tüchtigkeit Weidmanns durchaus nichts einzuwenden sei.

Der Doctor schien sich diese ablehnende Antwort gefallen zu lassen. Der Major aber hob mit großer Bestimmtheit den edlen Charakter Weidmanns hervor, der siegen müsse.

Der Major sprach immer mühsam und wurde purpurroth bis zu den weißen Haaren hinauf, wenn er nicht blos zu seinem Nachbar, sondern zur ganzen Tischgenossenschaft sprechen mußte.

„Sie reden als Bruder Freimaurer," neckte ihn der Arzt.

Der Major sah ihn grimmig an und schüttelte verweisend den Kopf: über solche Dinge scherzt man nicht — aber er schwieg.

Sonnenkamp erklärte, daß er, obgleich steuerzahlender Bürger dieses Landes, doch gar nicht wähle; er sei an große Verhältnisse gewöhnt und betrachte sich und sein Haus in Deutschland überhaupt nur als Gast.

Der Blick Erichs und des Doctors begegneten sich, dann

sahen Beide auf Roland. Was wird aus einem Kinde, dem
man sagt, der Staat, in dem du lebst, geht dich gar nichts an?

Der Arzt hatte einmal angefangen, den Major zum Gegen=
stande der Neckerei zu machen, und ließ nun nicht mehr davon
ab. Der Arzt, als der Joviale bekannt und beliebt, war schon
vom frühen Morgen an aufgeheitert, gleich Einem, der eben von
wohlbesetzter Tafel aufsteht; sein Ton war überaus belebt und
nahm sich seltsam aus gegen das schwerfällige Gebahren des
Majors, der sich die Scherze gern gefallen ließ. Es erschien ihm
als Menschenpflicht, seinen Nebenmenschen auch passiv zu dienen,
und seine Mienen sagten stets: Kinder, seid lustig, meinetwegen
auch über mich!

Der Pfarrer stand dem unterdrückten Major bei, aber es
war schwer zu erkennen, ob er es nicht blos that, um die Necke=
reien in Gang zu halten; denn der Major lächelte verlegener zu
seinem Beistande, als gegen seinen Angreifer. Der Pfarrer sprach
im Beginne immer wie behaglich erzählend, dann aber im Flusse
der Rede sandte er treffende Pfeile nach allen Seiten, dabei be=
wahrte er unverändert seine und verbindliche Manieren und verlor
keinen Augenblick die Würde des geistlichen Ansehens aus den
Augen; besonders hatte er gewisse begütigende Bewegungen mit
seinen schönen feinen Händen. Die Augen von Fräulein Perini
schienen immer größer zu werden und sich am Anblicke zu sättigen,
indem sie den Geistlichen betrachtete und ihm gleichsam mit den
Augen zuhörte. Nur konnte sie ein Mißbehagen nicht unter=
drücken, wenn der Pfarrer nach Art der schnupfenden Clerisei
das blaue leinene Taschentuch in einen Ball zusammenlegte und
im Flusse der Rede hin= und herbewegte. Sie athmete freier
auf, wenn er das entsetzliche blaue Tuch in die Tasche steckte.

Gegenüber dem ungeschlachten und kurz angebundenen Wesen
des Arztes bewahrte Fräulein Perini eine vornehme Duldung;
er seinerseits behandelte Fräulein Perini als eine Art Collegin,
denn sie war nicht ohne medicinische Kenntnisse. Er hatte einen
besonderen Respect vor ihr, da sie ihn noch nie über eine Kränk=
lichkeit zu Rathe gezogen hatte. Sie lebte äußerst mäßig; bei
den großen Gastereien und dem täglichen reichlichen Gastmahle
genoß sie nur sehr wenig, sie schien keinerlei Bedürfnisse zu haben,
sie schien ein Naturell, das nur zum Dienst, zur Gefügigkeit für
Andere da war. Doctor Richard, als vielbewährter und gesuchter

Arzt, hatte das Recht, wenig Umstände zu machen; er war der
ebenso liebenswürdige als verwöhnte Thrann der ganzen Gegend
und des Sonnenkamp'schen Hauses insbesondere. Bei Tische war
er gesprächig, er aß wenig, trank aber desto tüchtiger. Er lobte
die Weine, er kannte sie alle, ihren Entwicklungsgang und ihre
Reife. Er fragte nach einem längst gepflegten, Sonnenkamp ließ
davon bringen; der Arzt fand ihn noch wild, unartig und un=
gezogen. Bei mancher Speise blickte Herr Sonnenkamp zweifel=
haft auf den Doctor, dieser rief ihm aber dann zuvorkommend zu:

„Essen Sie nur, es schadet Ihnen nichts."

„Nicht wahr? Trinken wäre eigentlich das Beste auf der
Welt?" scherzte Sonnenkamp.

„Schade," rief der Doctor, „daß Sie den „kostbaren Borsch"
nicht gekannt haben, der hat einmal das große Wort gesagt:
Das Dümmste auf der Welt ist, daß man das Essen nicht auch
trinken kann." Zu Erich gewendet fuhr er fort:

„Ihr Freund Pranken ist auf unsere Rheinlande nicht gut
zu sprechen, aber diese Verstimmung ist ein Acclimatisirungs=
Katarrh, den Jeder bei uns durchmachen muß. Ich hoffe, daß
Sie ihn schneller verwinden. Sehen Sie, solch eine Flasche Wein
— Alles was Poesie, Schauspiel, bildende Kunst uns vorzaubert,
steckt da drin; der Trinkende empfindet, daß er nicht blos das
gemeine Lastthier ist; nicht Jeder weiß von der Schönheit, die
in solch einer Flasche verkorkt ist, braucht es auch nicht zu wissen,
aber er spürt's; er wird in Wahrheit des Schönen voll."

„Wenn nur die Spiritusfälschung nicht wäre," schaltete der
Architekt ein.

„Ja wol," rief der Doctor laut; „wir hatten früher in
unserer Gegend äußerst selten Fälle von Säuferwahnsinn, die
jetzt so häufig sind; das kommt nicht vom Wein, sondern vom
Spiritus, der darin ist. Verstehen Sie etwas vom Wein?" wendete
er sich wieder zu Erich, wie als natürlicher Präsident ihm das
Wort ertheilend.

„Noch nicht."

„Und Sie haben doch wahrscheinlich auch schon Trinklieder
gedichtet. Da heißt es immer: schenket ein, laßt uns fröhlich
sein, wir wollen fröhlich sein, wir waren fröhlich gewesen, und
nach der ersten Flasche können die Herren nicht mehr auf ihren
gereimten Füßen stehen."

Ein Blick auf Roland schien den Doctor zur Besinnung zu bringen; es war nicht gut, Erich sofort in die Neckerei zu ziehen. Er wendete daher das Gespräch und veranlaßte Erich, indem er ihn mit besonderer Freundlichkeit „Herr Collega" nannte, Allerlei aus dem Universitäts= und Soldatenleben zu erzählen. Der Major athmete auf, er wurde nun in Ruhe gelassen und konnte seine Aufmerksamkeit ungestört den Speisen und Getränken widmen. Unter der Serviette, die er mit zwei Haften an den Schultern befestigt hatte, öffnete er seine Uniform. Es ist gut, daß Fräulein Milch mir eine schöne weiße Weste bereit gelegt hat, die darf sich sehen lassen, dachte er. Er stand im besten Einverständniß mit den Dienern, es bedurfte kaum eines Augenwinkes gegen Joseph, und dieser wußte, wenn der Wein gewechselt wurde, ihm auch immer gleich von seinem Leibburgunder einzuschenken.

Jetzt vergaß der Major das Trinken. Das Gespräch hatte eine glückliche Wendung genommen, indem Erich von der Genfer Convention zum Schutze der im Kriege Verwundeten sprach. Das war für den Pfarrer, für den Arzt und den Soldaten ein guter Sammelpunkt; eine Weile herrschte nur zustimmendes und er= gänzendes Gespräch am Tische.

Mit starker Stimme rief der Major, daß Männer, die sich nicht nennen wollen, die ursprünglichen Gründer dieser wie aller humanen Einrichtungen seien. Leiser als sonst seine Art war, sagte der Arzt zu Erich, wie der Major alles Gute, was in der Welt geschehe, den Freimaurern zuschiebe; wer sich wohl mit ihm verhalten wolle, dürfe nie darüber spotten.

Mit einer Wärme und Begeisterung, die allgemein ansprach, hob Erich hervor, daß wir stolz sein dürfen, solch eine Einrichtung in unserm Jahrhundert auf dem reinen Grunde der Humanität auferbaut zu sehen, und selbst der Pfarrer schien erfreut, als Erich hinzusetzte, die christliche Religion habe in aufopfernder Hin= gebung bei der Krankenpflege eine Hoheit bewährt, wie sie keine Vorzeit und keine andere Weltbetrachtung je so rein und groß bewiesen.

Rolands Augen waren andächtig auf Erich gerichtet, bis er geendet hatte; dann schaute er mit Stolz um und gewahrte die glänzenden Blicke der Tischgenossen; er sammelte sie gleichsam für seinen Lehrer ein.

Man stand wohlgemuth vom Tische auf, es war eine Art

Segnung über die Speisen gekommen. Frau Ceres erhob sich
und ihr folgend die ganze Gesellschaft. Der Pfarrer betete still.
Der Major kam auf Erich zu und drückte ihm die Hand. Mit
gepreßter Stimme sagte er:

„Sie sind es bereits, Sie müssen noch die Zeichen lernen.“

„Sehen Sie,“ rief der Doctor übermüthig, „sehen Sie, die
Haare unseres Majors sind weißer geworden.“

Und in der That schien es so, denn das Angesicht des Majors
war beständig so geröthet, daß sich die Farbe desselben nie zu
erhöhen schien; jetzt stachen die weißen Haare noch schärfer von
dem durch den Wein und die Reden belebten Antlitze ab.

„Die Haare des Majors sind weißer geworden,“ hieß es
allgemein, und das verlegene Lächeln, das stets auf seinen Lippen
war, ging ebenfalls in lautes Lachen über.

Drittes Kapitel.

Alsbald nach Tische wurde dem Doctor gemeldet, daß viele
Hülfesuchende auf ihn warten, denn es war bekannt, daß er am
Sonntag auf der Villa speiste. Rasch ließ er sich von Sonnenkamp eine Cigarre geben und sagte zu Erich, er solle ihn begleiten, denn er habe mit ihm zu sprechen. Er sagte dies in
einer Weise, die des Gehorsams gewiß war.

Als Erich mit ihm um die Ecke bog, reichte er ihm die Hand
und sagte herzlich:

„Ich bin der Schüler Ihres Großvaters und kannte auch
Ihren Vater auf der Universität.“

„Das freut mich; aber warum sagen Sie mir das erst hier?“

Der Doctor betrachtete ihn von oben bis unten, dann legte
er ihm beide Hände auf die Schultern und sagte kopfschüttelnd
in herzlichem Tone:

„Ich habe mich in Ihnen geirrt. Ich glaubte, die Species
der Idealisten sei ausgestorben. Sie sind Doctor der Weltweisheit, aber nicht der Weltklugheit. Lieber Hauptmann Doctor,
wozu brauchen denn die dort zu wissen, wie ich zu Ihnen stehe?
— Also Sie wollen mit Herrn Sonnenkamp leben?“

„Warum nicht?“

„Der Mann könnte nicht weinen, wenn er wollte, und Sie . . .?"

„Und ich?"

„Bei Ihnen füllt sich der Thränenbeutel bei jeder Gemüths=bewegung; wie Sie von Ihrem Vater sprachen, von der großen Krankenpflege . . . Sie haben Talent zur Hypochondrie."

Erich war betroffen. Noch ehe er erwidern konnte, wandte sich der Doctor gegen die harrende Bauerngruppe, die beim Hause des Castellans stand.

„Ich komme gleich!" rief er, und zu Erich gewendet, sagte er: „Warten Sie hier auf mich, ich komme bald wieder." Er ging auf die Gruppe zu, in welcher Alle ehrerbietig grüßten. Er sprach mit dem Einen und dem Andern, zog ein Heft mit fliegenden Blättern heraus und schrieb auf dem Rücken eines breiten Mannes mehrere Recepte, Anderen gab er nur mündlichen Bescheid.

Erich stand in Gedanken versunken.

Der Arzt kam zurück und sagte mit heiterer Miene:

„Nun bin ich frei. Graf Clodwig hat mir von Ihnen er=zählt, aber er hat mir eine falsche Vorstellung von Ihnen gegeben. Immerhin! Jeder sieht, in seinem Horizonte stehend, nur seinen eigenen Regenbogen. Ich wollte nur noch sagen, was man Ihnen thut, ist kaum Zinsenzahlen, denn kein Mensch hat An=deren mehr Gutes gethan, als Ihr Großvater und Ihr Vater. Nun lassen Sie sich einmal ordentlich betrachten. Ich habe Sie vor Jahren gesehen, als Sie mit dem Prinzen zusammengekoppelt waren."

Der Doctor stellte sich einen Schritt entfernter von Erich und fuhr fort:

„Die Kreuzung ist gut. Vater von hugenottischem Stamm . . . Mutter echt germanisch, blond, fein . . . richtige Mischung der Nationalitäten. Kommen Sie hier mit in die Laube. Wollen Sie mir schnell und kurz eine Diagnose gestatten?"

Erich lächelte; diese ganze Art, wie der Arzt ihn gemustert und über ihn verfügt, kam ihm höchst seltsam vor, und doch ver=setzte es ihn in heitere Stimmung und er sagte:

„Stellen Sie Ihre Diagnose." Der Doctor fragte:

„Können Sie mit Jemand tagtäglich umgehen, ohne ihn zu lieben oder mindestens zu achten?"

„Ich habe es bis jetzt nicht versucht, aber ich glaube nicht, daß ich es kann, und solch ein Verkehr schädigt gewiß die Seele."

„Diese Antwort habe ich erwartet. Ich meinerseits bekenne mich zu dem Worte Lessings: Es ist besser, unter bösen Menschen leben, als fern von Menschen leben. Darf ich noch mehr fragen?"

Ohne eine Erwiderung abzuwarten, fuhr er fort:

„Haben Sie schon Undank erfahren?"

„Ich glaube noch nichts gethan zu haben, wofür ich Dank verdiene. Es fragt sich ja überhaupt, ob wir Dank ansprechen dürfen, denn Alles, was wir Andern erzeigen, vollführen wir doch zunächst zu unserm Selbstgenügen."

„Gut, gut ... weiß schon. Nur noch Eins. Glauben Sie an die Gemeinheit, und wenn das, seit wann?"

„Wenn Sie unter Gemeinheit die bewußte Lust verstehen, Andere zu schädigen, so glaube ich nicht an dieselbe; denn ich bin überzeugt, daß alle Uebelthat nur Grenzverschiebung des an sich berechtigten Selbsterhaltungstriebes ist, nur eine durch Sophistik oder Leidenschaft bewirkte Grenzverschiebung. Vielleicht ist der Glaube an die Gemeinheit auch nichts als Leidenschaft."

Der Doctor nickte mehrmals, dann sagte er:

„Nun nur noch Eine Frage. Sind Sie empfindlich? verletzlich?"

„Ich dürfte vielleicht Ihre freundliche Prüfung als Beweis geltend machen, daß ich es nicht bin."

Der Doctor lachte und sagte:

„Entschuldigen Sie, ich habe mich geirrt, meine letzte Frage hat noch eine allerletzte. Also zum Schluß: Ueberrascht es Sie, wenn Sie ein Männlein oder Weiblein von modischer Kleidung und gebildeten Worten ganz einfach dumm finden? Gestatten Sie sich, solche Menschen als dumm anzunehmen, und muthen Sie ihnen nicht Gründe ihrer Handlungsweise und Verständniß für die Gründe Anderer zu?"

Erich merkte wohl, daß der Doctor ihm Verhaltungsregeln geben und in seiner Weise ein Recept verschreiben wollte. Halb scherzhaft sagte er, er habe schon mehrere seltsame Examina hier durchgemacht, aber das jetzige sei doch das überraschendste.

„Sie werden sich mein Examen vielleicht später erklären," sagte der Arzt leise und drückte Erich verstohlen die Hand, denn er sah Fräulein Perini des Weges daherkommen und gesellte sich zu ihr.

Die Tischgesellschaft traf sich wieder beim Springbrunnen, man plauderte noch eine Weile, dann trennte man sich. Der Pfarrer und der Major luden Erich ein, daß er sie besuche; der Arzt fragte Sonnenkamp, ob Erich und Roland mit ihm auf Praxis fahren dürften. Sonnenkamp war überrascht, daß Erich bereits als Erzieher Rolands betrachtet wurde; er ließ das aber nicht merken und bejahte. Erich stieg mit dem Doctor in den offenen Wagen, Roland nahm den Sitz beim Kutscher ein, der ihm die Zügel gab.

Der Tag war frisch und voll Blüthenduft, Glocken klangen und Lerchen sangen.

Man fuhr in ein landeinwärts gelegenes Dorf. Aus einem Garten, wo der Flieder blühte, tönte schöner vierstimmiger Gesang; unter Linden an einem umhegten Platze turnten Jünglinge und Knaben.

„O unser herrliches Deutschland!" konnte sich Erich nicht enthalten auszurufen. „Das ist Leben! Das ist unser Leben! Die Seele im frischen Gesange, den Körper in muthiger Bewegung gestärkt, das giebt ein Volk von Kraft und Schönheit; ihm muß die Ehre und Freiheit werden! Wir besitzen und erlangen alles Herrliche, das der klassischen Welt eigen war."

Der Doctor legte still die Hand auf das Knie Erichs und schaute ihn hellen Auges an, dann sagte er:

„Wenn Sie hier bleiben, dann lassen Sie sich von mir in das Intimere des rheinischen Lebens einführen. Und wenn Sie es vermögen, dem Knaben vor uns Freude zu geben nicht blos an dem, was er hat, sondern auch an dem, was er nicht zu eigen hat, am großen Leben des Volkes und der Gesammtheit, dann haben Sie eine brave Arbeit gethan."

Erich erklärte, daß er jetzt noch nicht endgiltig abschließen wolle; er lehre vorher nochmals heim, er müsse selbst Zeit zur Ueberlegung haben und auch eine solche Herrn Sonnenkamp lassen.

Der Doctor stimmte bei, dann rief er:

„Roland, halte hier an."

Er stieg aus und trat in ein kleines, säuberlich aussehendes Haus; Erich und Roland gingen nach dem Turnplatze und sahen den Turnübungen zu. Der Doctor kam wieder, der Wagen fuhr hinter ihm drein, es läutete von der Kirche, alle Umstehenden falteten die Hände, auch der Doctor that's und sagte:

„Ein Mensch ist gestorben; er hat seine zweiundsiebzig Jahre
gelebt. Noch auf seinem Sterbebett erquickte er sich in der Erinnerung an eine kleine Wohlthat. Im Hungerjahre 1817 wanderte er als Küfergeselle über die Lüneburger Haide — er nannte
sie immer die Hamburger Haide — da war noch keine Straße,
und erst nach Stunden fand er eine elende Hütte; in dieser waren
Kinder, die weinten vor Hunger. Der Küfer hatte getrocknete
Aale in einer Blechbüchse bei sich und auch Brod. Das gab er
den Kindern Alles zu essen und die Kinder betrachteten ihn wie
einen Engel, der vom Himmel gekommen wäre, sie zu speisen.
Sehen Sie, sagte er mir noch gestern, sehen Sie, das thut mir
wohl und freut mich noch jetzt, daß ich die Kinder damals satt
machen konnte, und sie haben's wol auch nicht vergessen, wie
ihnen einmal ein fremder Mann den Hunger stillte."

Der Doctor hielt inne, er bezwang offenbar eine Rührung,
dann fuhr er fort:

„Der Mann hat viel gelitten, der Tod ist eine Erlösung für
ihn. Ja, junger Freund, das ist die Welt! Da draußen blüht
es und die Menschen singen und turnen und scherzen und derweil stirbt ein Mensch . . . Pah!" rief er, sich ermannend, „ich
habe Euch nicht zur Trauer mitgenommen. Roland, fahre durch
das ganze Dorf nach dem letzten Hause. — Wir fahren zur
fröhlichen Armuth," wendete er sich zu Erich, „Ihr sollt nun
auch Lustiges sehen. Der Mann ist ein armer Winzer, hat sieben
Kinder, vier Söhne und drei Töchter. Sie sind in ihrer Armuth
die lustigsten Menschen, die man finden kann, der Lustigste von
Allen aber ist der Alte. Er heißt eigentlich Pfeifer, aber weil
er, so oft er nur kann, mit seinen Kindern singt und sie vortrefflich einübt, heißt er der Siebenpfeifer."

Man fuhr nach dem Hause und schon von fern hörte man
aus der Stube im Erdgeschoß singen.

Der Doctor, Erich und Roland standen auf der Straße und
schauten durch die offenen Fenster, wo die Familie ungestört weiter
sang. Als das Lied geendet war, traten sie ein und wurden
fröhlich bewillkommt. Der Doctor fragte, wie es gehe.

„Ach, Herr Doctor," erwiderte der Siebenpfeifer, „es ist
immer so, mein Jüngstes hat immer die beste Stimme."

Es wurden neue Lieder angestimmt und Erich sang mit. Der
Alte nickte ihm zu und nach Beendigung des Liedes sagte er:

„Herr, Sie können ja meisterlich singen."

Der Doctor hatte in seinem Wagen ein Flaschenfutter, das setzte er nun auf; man trank und der Siebenpfeifer rief: „Das Beste auf der Welt ist doch, wenn man gesund ist und sich selber Musik macht."

Der Arzt verabschiedete sich.

Als es Abend wurde, verließen Roland und Erich mit frohem Herzen das Haus. Die zwei ältesten Söhne des Siebenpfeifers gingen mit ihnen nach dem Ufer, wo sie den Kahn lösten und die Beiden nach der Villa fuhren.

Der Strom war heute wundersam ruhig und klar, das Abendroth durchglühte ihn. Erich saß still, er hatte eine glückliche Stunde, wo man nichts denkt und doch Alles hat. Roland ruderte gleichmäßig mit den Söhnen des Siebenpfeifers, dann ließen sie ohne Ruderschlag den Kahn dahinschwimmen, der geräuschlos in der Strömung fortglitt.

Die Sterne glitzerten am Himmel, als man bei der Villa anlangte.

Viertes Kapitel.

Am Morgen kam der Architekt und holte Roland ab, da er unter seiner Leitung Zeichnungen von der Burgruine machen sollte.

Herr Sonnenkamp erinnerte Erich, daß er den Pfarrer besuchen solle. Noch ehe Erich kundgeben konnte, daß er examinirt sei, gab ihm Sonnenkamp zu verstehen, daß man mit den Geistlichen ein Wohlvernehmen bewahren müsse; man sei aber doch nie sicher, was sie eigentlich denken und welche Ziele sie haben. Es war ein vertraulich Schleichendes in Ton und Wesen Sonnenkamps und vielleicht wollte er, daß Erich den Pfarrer auskundschaften solle. Arglos entgegnete Erich, daß er es für Pflicht halte, mit dem Pfarrer in gutem Einvernehmen zu stehen.

Bald nachdem Fräulein Perini aus der Messe gekommen war, machte sich Erich auf den Weg.

Das Pfarrhaus lag hinter einem Vorgarten, im stillen Dorfe noch still abseits. Hätte nicht die Thürschelle so laut geklungen und zwei weiße Spitzhunde gebellt, man hätte glauben mögen, daß in dieser saubern Ordnung, die sich sofort auf dem Hausflur erkennen ließ, kein Geräusch laut werden könnte. Die Hunde waren zum Schweigen gebracht, die Haushälterin hieß Erich die Treppe hinaufgehen; er schien bereits erwartet zu sein.

Droben fand Erich den geistlichen Herrn in seiner sonnigen, schmucklosen Stube; er saß vor dem Tische, hielt ein Buch in der Linken und die Rechte lag auf einer Weltkugel, die auf einem kleinen Postamente vor ihm stand.

„Sie treffen mich in der weiten Welt," sagte der Geistliche und hieß Erich vertraulich willkommen. Er bat ihn, auf dem Sopha Platz zu nehmen, über welchem ein Farbendruckbild hing, das den heiligen Borromäus darstellte.

Eine anheimelnde Friedsamkeit war in dieser Stube; eine Anspruchslosigkeit und Bescheidenheit, die nichts wollte, als im stillen Denken die Tage und Stunden zu beschließen, schien aus Allem zu sprechen. Zwei Canarienvögel in ihren Käfigen schienen wie drunten die Hunde hier über den Fremden sich lebhaft auslassen zu wollen. Der geistliche Herr hieß sie ruhig sein, und wie durch einen Zauber verstummten sie und schauten nun Erich neugierig an.

Der Pfarrer erzählte, daß er eben die Reise eines Missionärs auf der Weltkugel verfolgt habe; er drehte dabei den Globus mit seiner feinen rechten Hand im Kreise.

„Sie sind wol kein Freund des Missionswesens?" fragte er sofort.

„Ich will nicht auf den religiösen Zweck eingehen," entgegnete.Erich, „ich glaube nur, es giebt kein zweites Buch, das so zur Weltverbreitung geeignet ist, wie die Bibel, und auch sprachlich ergiebt sich da die erste Stufe der Cultur."

„Sprachlich?"

„Es ist ein großes Culturmoment, daß die Missionäre durch das heilig verehrte Buch die Schriftsprache überall hin verbreiten. Die Nationalsprachen der ungebildeten Völker werden dadurch gewissermaßen aus dem Unorganischen zum Organischen erlöst.

Der Geistliche schloß das Buch, das vor ihm aufgeschlagen war, dann sagte er, indem er die Fingerspitzen der beiden Hände an einander legte, er hege eine Vorliebe für Diejenigen, die aus innerem Entschluß ihren Beruf geändert. Allerdings bewege oft Leichtsinn und Unbefriedigung dazu, die sich in keiner

bemeſſenen Thätigkeit wohl fühle; wo dies aber nicht der Fall,
dürfe man einen tiefen Grundzug der Wahrhaftigkeit voraus=
ſetzen. Erich entgegnete:

„Ich habe im Soldatenſtande nicht das Auszeichnende geſucht;
ich ſuche nur das allgemein Menſchliche und dieſes iſt es doch,
was jedem Beruf allein die Würde geben kann.“

„Allerdings,“ erwiderte der Geiſtliche, „meine Familie hatte
mich ebenfalls zu einem andern Berufe beſtimmt, ich aber wählte
den geiſtlichen, weil er nicht Gewinn, nicht Genuß, nicht Ruhm,
ſondern das allein bietet, was Sie das allgemein Menſchliche
nennen, während es doch einfach das Göttliche genannt werden
muß.“

Eine Scheu vor Widerſpruch kam über Erich, da er den
Geiſtlichen reden hörte. Die ganze Umgebung verſetzte ihn in
eine andächtige Stimmung; es war, als dürfe man die heilige
Ruhe nicht ſtören, die hier herrſchte.

Das Geſpräch ging in Perſönliches über, auch der Pfarrer
hatte den Vater Erichs gekannt.

„Und nun laſſen Sie mich geradezu fragen,“ wendete der
Geiſtliche plötzlich. „Was würden Sie Roland als Beſtes und
vor Allem geben?“

Wieder nahm jene heilige Stille Beſitz von dem Raume, in
dem zwei Menſchen athmeten, die Jeder in ſeiner Weiſe dem
Höchſten dienen wollten.

„Wenn ich es kurz zuſammenfaſſe,“ entgegnete Erich, „ſo
möchte ich Roland Freude an der Welt geben. Hat er dieſe,
wird er der Welt Freude bereiten, ich meine, Gutes und Schönes
thun wollen; lehre ich ihn die Welt verachten, das Leben gering=
ſchätzen, ſo kommt er dahin, daß er die Welt und die ihm in
derſelben verliehene Kraft mißbraucht.“

„Sie ſind auf dem Wege zum Heil,“ ſagte der Pfarrer mild,
„aber Sie lenken ab in einen Irrweg. Ich warne Sie, junger
Mann. Ich glaube, Sie wiſſen nicht, wem Sie dienen wollen.
Wiſſen Sie, wie der Herr heißt und wer er iſt?“

„Herr Sonnenkamp.“

„Nein, Reichthum heißt der Herr und Meiſter. Und wiſſen
Sie, was Reichthum iſt?“

Da Erich ſchwieg, fuhr er fort:

„Vielleicht ſehen wir, die wir das Gelübde der Armuth ab=

gelegt, am unbefangensten, was Reichthum ist; er ist die größte
Versuchung unserer Zeit, und doch steht der Reichthum unter
dem Thierischen, denn kein Thier hat mehr Kraft, als es mit
sich herumträgt. Der Mensch allein kann haben, was seine Kinder
und Kindeskinder nicht verzehren können. Da liegt das Elend!
Wer so viel von der Welt gewinnt, erleidet Schaden an seiner
Seele. Glauben Sie, daß dieser bewußt reiche Knabe und das
ganze Haus in anderer Weise eine sittliche Regulirung bekommen
kann als durch die Religion? Auf der Tafel dieser Reichen prangt
täglich ein duftender, farbenprächtiger Blumenstrauß — was hilft
es? Auf dem ärmlichen Tisch des dürftigsten Häuslers stellt sich
ein schönerer, duftreicherer Blumenstrauß aus höherem Reiche
durch die Worte des Gebets und es tritt eine Sättigung in die
Seele, die erst die Sättigung des Körpers zu einer gedeihlichen
macht. Doch das ist nur Eins. Am Oberrhein nennen sie die
bewegliche Habe Fahrniß, und so ist es! Der Reichthum der
heutigen Welt ist nichts als Fahrniß, fahrende Habe, und sie
wird dahin fahren. Glauben Sie mir," rief der Geistliche und
legte seine Hand auf die Hand Erichs ... „glauben Sie mir,
die Staatspapiere sind das Unglück der heutigen Welt."

„Die Staatspapiere? Ich verstehe nicht."

„Ja, es ist auch nicht so leicht zu verstehen. Wem kann
man Millionen borgen? Niemand als dem Staat. Ehedem konnte
ein Mensch nicht so viele Millionen haben, denn wo sollte er sie
anlegen? Jetzt aber sind die Staatspapiere da. In alten Zeiten
hatte der reiche Mann große Liegenschaften, viel Feld und Wald,
da war er erstlich von Gottes lieber Sonne abhängig, und wenn
Alles zeitig und gereift dalag, spendete er der Kirche den Zehnten.
Nun aber steckt der Reichthum in feuerfesten, diebessichern Kasten,
nicht von Sonne, nicht von Wind und Wetter abhängig, hat
sich nicht vor der Welt zu zeigen und keinen Zehnten vom Er-
trag zu geben; die Ernte des Staatspapier-Mannes ist Coupons-
schneiden. Wenn der Herr heut wieder kommt, findet er keinen
Tempel mehr, aus dem er die Wechsler und Händler austreibe;
sie haben sich ihre eigenen Tempel gebaut. Die heutige Burg
Zion, in deren Schutz sich die Reichen wie die Fürsten begeben,
ist die englische Bank! Haben Sie schon einmal darüber nachgedacht, was aus der Menschheit, aus den Staaten werden soll,
wenn diese Vermehrung der Staatsschulden so fortgeht?"

Erich verneinte und der Geistliche fuhr fort:

Die ganze Erde wird eine einzige große Hypothek, und bei wem verpfändet? Bei dem, der lange borgt, aber doch einstmals Zahlung einfordert. Ein Weltbrand wird kommen, gegen den keine feuerfesten Kasten sichern, und eine Sündfluth, die die Millionen und aber Millionen Staatsschulden auslöscht. Ich bin kein Mann der Schadenfreude, aber ich möchte wohl den Bankerott der englischen Bank erleben. Denken Sie sich: die Nachricht kommt an, es ist Alles verloren. Da werden Tausende von Männlein und Weiblein sehen, wie nichtig sie sind, wenn sie so auf einmal all ihrer Herrlichkeiten beraubt auf die nackte Erde sich versetzt sehen."

Erich lächelte. Jeder einsam gestellte Mann ohne entsprechenden gleichberechtigten Umgang kommt zu Absonderlichkeiten; das schoß ihm schnell durch den Sinn, und er sagte, daß allerdings die Erde mit höheren Schulden belastet, als sie an sich werth sei, wenn man sich einen Käufer dafür denken könne. Aber der eigentliche Besitz der Menschen sei größer als der materielle Werth der Erde, denn der größte Besitz sei ein ideales Sein, die Arbeitskraft, und während früher alles Besitzthum in der Scholle bestand, sei es eben die Aufgabe der neuen Welt, den idealen und den beweglichen Besitz zur Geltung zu bringen.

Erich wollte noch hinzusetzen, daß auch bei den Römern, selbst noch zu Zeiten der Republik, der Reichthum Einzelner so unverhältnißmäßig war; der Geistliche schien ihn aber in seiner gewaltsamen Erregung kaum noch zu hören, er ging nach seiner Bücherei, nahm eine große Bibel, schlug eine Stelle auf und reichte das Buch Erich hin.

„Da lesen Sie, das ist die einzige Art, wie Roland erzogen werden kann. Lesen Sie vor."

Erich las:

„Und da er hinausgegangen war auf den Weg, lief Einer vorne vor, kniete vor ihn und fragte ihn: Guter Meister, was soll ich thun, daß ich das ewige Leben ererbe? Aber Jesus sprach zu ihm: Was heißest du mich gut? Niemand ist gut, denn der einige Gott. Du weißt ja diese Gebote wohl: Du sollst nicht ehebrechen. Du sollst nicht tödten. Du sollst nicht stehlen. Du sollst nicht falsch Zeugniß reden. Du sollst Niemand täuschen. Ehre deinen Vater und Mutter. Er antwortete aber und sprach

zu ihm: Meifter, das habe ich Alles gehalten von meiner Jugend
auf. Und Jefus fahe ihn an und liebte ihn und fprach zu ihm:
Eins fehlt dir. Gehe hin, verkaufe Alles, was du haft, und
gieb es den Armen, fo wirft du einen Schatz im Himmel haben,
und komm, folge mir nach und nimm das Kreuz auf dich. Er
aber ward unmuths über der Rede und ging traurig davon, denn
er hatte viele Güter. Und Jefus fahe um fich und fprach zu
feinen Jüngern: Wie fchwerlich werden die Reichen in das Reich
Gottes kommen! Die Jünger aber entfetzten fich über feine Rede.
Aber Jefus antwortete wiederum und fprach zu ihnen: Liebe
Kinder, wie fchwer ift es, daß die, fo ihr Vertrauen auf Reichthum fetzen, ins Reich Gottes kommen. Es ift leichter, daß ein
Kameel durch ein Nabelöhr gehe, denn daß ein Reicher ins Reich
Gottes komme."

„Und nun fagen Sie mir," rief der Pfarrer, „fagen Sie
mir ehrlich, ift das nicht das Einzige?"

„Aufrichtig geftanden: nein! Ich liebe und verehre den, von
dem diefe Gefchichte erzählt, vielleicht mehr als mancher Kirchen-
gläubige, und rührend ift mir befonders und in diefem Augenblicke wunderfam ergreifend der Satz, wo es hier heißt: Und
Jefus fahe ihn an und liebte ihn. Ich fehe den fchönen reichen
Jüngling vor dem erhabenen Meifter, der Jüngling glüht und
ift voll wirklichen Eifers, und der Meifter gewinnt ihn lieb, indem
er in fein Antlitz fchaut. Es ift kein Zug in Homer . . ."

„Das ift nebenfächlich — das ift nebenfächlich," unterbrach
der Geiftliche. „Gehen Sie auf die Sache."

„In der Sache muß ich bekennen," erwiderte Erich, „daß
nach meiner Anficht diefe Lehre zu einer Zeit entftand, in der
man alle reale Macht, die Staatsmacht, den Reichthum und alle
Lebensgüter verachten und verwerfen mußte als Dinge, die der
ewigen Idee gegenüber keine Bedeutung haben. Das mußte in
einer Zeit der Unterdrückung durch Fremdherrfchaft die edeln Gemüther allein aufrecht erhalten und in einer Seele aufleben, die
alle Werthe der Welt verfchwinden fieht und eine Neugeftaltung
auferbauen will, in der nur der reine Gedanke herrfcht. Und
warum ift denn diefe Lehre, daß man nichts befitzen foll, nicht
zum allzeit und für Alle geltenden Kirchengebote geworden?"

„Sie treffen einen richtigen Punkt," entgegnete der Pfarrer.
„Unfere Kirche hat Gebote, die nicht allgemein gelten, fondern

nur für den, der vollkommen sein will, so: das Gebot der Keusch=
heit und das Gebot der Armuth. Nur wer vollkommen sein will,
muß sich dem unterwerfen."

„Wie aber kann die Kirche selbst Reichthümer besitzen?" fragte
Erich.

„Die Kirche besitzt nicht, sie verwaltet nur," antwortete der
Pfarrer scharf.

„Da wir nun nicht erwarten können," lenkte Erich ein, „daß
Herr Sonnenkamp und sein Sohn Roland all ihr Gut hergeben,
so fragt es sich, wie gewinnen wir die rechte Führung?"

Der Geistliche erhob sich, ging mit starken Schritten das
Zimmer auf und ab und sagte:

„Nun sind wir am Punkte. Hören Sie mich getreu an.
Sehen Sie, es hat sich etwas Neues gebildet in der Welt, ein
in der höheren sittlichen Ordnung noch heimatloser Stand, und
das ist die haute finance. Sie sehen mich staunend an."

„Zunächst fragend."

„Und ich kann antworten. Diese haute finance steht zwischen
Adel und Volk, und ich frage, was soll sie? Muß ein reicher
bürgerlicher Jüngling, wie Roland, in den Strudel des Lebens
geworfen, nicht unbedingt zu Grunde gehen?"

„Warum muß er es mehr," fragte Erich, „als die adelige
Jugend in der Militär= oder Civil=Uniform? Glauben Sie denn,
daß die Religion diese vom Untergange rettet?"

„Nein, aber ein Anderes, Positives; die historische Institution
des Adels rettet sie. Der Adel hat das Glück, die Flegeljahre
des Lebens mit dem geringsten Nachtheil durchzumachen. Der
Adelige zieht sich dann auf seine Güter zurück, wird ein braver
Ehemann und füllt seine Stellung mit Anstand aus; selbst in
der Stadt mitten im tollen Getriebe hält ihn die Stellung zur
höheren Gesellschaft und zum Hofe doch in gewisse Schranken.
Was aber hat der reiche bürgerliche Jüngling?"

„So wäre es also," fragte Erich, „vielleicht für Roland das
größte Glück, wenn sein Vater den Adel erwerben könnte?"

„Ich weiß nicht," entgegnete der Pfarrer. „Ich wollte sagen,
der Adel hat die Ehre, die geschichtliche, sich forterbende Ver=
pflichtung, der Adel hat den großen Grundsatz gefunden und hat
ihn zu bewähren: noblesse oblige, Adel verpflichtet. Welchen
großen Grundsatz hat der Reichthum gefunden? Den brutalsten

aller Sätze, den rein thierischen. Und wissen Sie, wie dieser heißt?"

„Ich weiß nicht, wohin Sie zielen."

„Der Satz, den diese Erwerbsucht als ihr Höchstes aufstellt, lautet: Hilf dir selbst! Das thut das Thier, jedes hilft sich selbst. Also der papierne Reichthum ist jener sittlich heimatlose, pflicht= lose Stand. Was wollen diese papiernen Herren der Welt? Geld . . . Was wollen sie mit dem Gelde? Genuß . . . Wer sichert ihnen diesen? Der Staat . . . Was thun sie für den Staat? . . . Da liegt's! So lange sie in der Erwerbshetze sind, haben sie keine Zeit für etwas Anderes, und haben sie ausgespannt, wollen sie nichts als Ruhe — Ruhe im Landhaus oder in einer großen Stadt."

Die Lippen Erichs zitterten und er erwiderte:

„Wenn der Adel sich berechtigt und verpflichtet fühlt, sagen wir zunächst für die Führerschaft im Heere, für den Krieg, so soll die Jugend des Reichthums sich zu Officieren verpflichtet fühlen im Heere des Friedens; sie soll eine unbesoldete und in voller Hingebung sich zu Gebote stellende Thatkraft bewähren für die Gemeinde, für den Kreis, für die Genossenschaft, bis hinauf zur Vertretung des Staatsganzen und zum Opfer in allen Werken der Wohlthätigkeit."

„Halt!" fiel der Geistliche ein, „das Letzte ist unser. Ihr werdet das nie organisiren können ohne die Religion. Eure Welt= weisheit kann die Gleichmäßigkeit nicht erzeugen, die Gemüths= ruhe, die opferbereite Verfassung, da unser Leben nichts ist als ein Opfer. Ihr werdet es nie dahin bringen, daß die Menschen aus ihrer Wohlhäbigkeit, aus ihrem Luxus heraus sich, wie Ihr es nennt, aus rein menschlicher Bewegung in die Hütten der Armen, der Hilflosen, der Kranken, der Verlassenen, zu Sterben= den begeben wie wir."

Als hätte der Geistliche diese seine hohe Pflicht angerufen, so erschien jetzt der Küster und sagte, daß ein alter Weingärtner die letzte Oelung verlange. Der Geistliche war schnell bereit, er wendete sich nochmals kurz und feierlich zu Erich und warnte ihn, in die Stelle einzutreten; er jage einem falschen und darum uner= reichbaren Ideal nach. Erich entfernte sich.

Als er auf die Straße kam, athmete er frei auf in der frischen Luft. Kam er nicht aus der Atmosphäre des Weihrauchs?

Nein, hier war mehr, hier war eine starke Kraft, die sich Angesicht gegen Angesicht dem großen Räthsel des Daseins stellt. In Sinnen versunken wandelte Erich dahin; wol kam ihm nochmals der Gedanke, wie viel leichter es Diejenigen haben, welche fest dogmatische Gesetze, die nicht aus ihnen kommen, die sie vielmehr empfangen, weiter geben können, während er Alles aus sich, aus seiner Erkenntniß schöpfen mußte.

Auf halber Höhe des Berges am Wege, der zum Major führt, blieb er stehen und schaute hinab nach der Villa, die den stolzen Namen Eden trug, und die Geschichte aus der Bibel trat ihm in die Erinnerung: Im Garten Eden sind zwei Bäume, der Baum des Lebens und der Baum der Erkenntniß von Gut und Böse; das Eden hört auf für den, der vom Baume der Erkenntniß genießt. Ist das nicht noch immer so?

Da stand es plötzlich vor ihm wie eine Offenbarung; dreierlei ist dem Menschen auf Erden gegeben: Genuß, Entsagung und Erkenntniß.

Dort Sonnenkamp; was will er für sich und seinen Sohn? Genuß. Die Welt ist eine gedeckte Tafel und man hat nur so viel zu lernen, um die rechten Wege, die rechten Maße des Genusses zu finden. Die Erde ist ein Vergnügungsort und sie läßt wachsen, damit wir uns dessen ergötzen. Wir haben auf der Welt keinen andern Beruf als spazieren zu fahren, zu essen, trinken und zu schlafen und wieder spazieren zu fahren. Und dafür soll die Sonne scheinen?

Was will der Pfarrer? Entsagung. Diese Welt hat nichts zu bieten, ihre Genüsse sind nur verwirrender Schein, zerren dich nur hin und her, drum wende dich ab von ihnen.

Und was willst du? Und was sollen Die wollen, die du dir gleich wünschest? Erkenntniß. Denn das Leben zerfällt nicht in Genuß und Entsagung, die Erkenntniß schließt vielmehr Beide in sich, ist die Einheit Beider, sie ist die Mutter der Pflicht und der schönen That.

Wie in alten Zeiten die Kämpfer aus unerforschlicher Höhe einen Schild erhielten aus Götterhand, der sie sicherte, so geborgen und gedeckt gegen Alles fühlte sich Erich, und er war so selig in sich, daß er nach keinem Menschen, nach nichts mehr verlangte, er war getragen von der Erkenntniß.

Beruhigt und in sich begnügt trat er beim Major im nächsten Dorfe ein. Hier, wußte er, hatte er kein Examen zu bestehen.

Fünftes Kapitel.

Der Major wohnte im schön gelegenen Weinbergshause eines reichen Weinhändlers aus der Festung, oder, wie man eigentlich sagen müßte, eines Bundesbruders, denn der Mittelpunkt vom Leben des Majors ruhte in der Freimaurerei.

Die eine Seite des Hauses, in dessen Nebengebäude der Major wohnte, ging nach der Landstraße, die andere hatte den Ausblick über den Strom und die jenseitigen Berge. Der Major hielt sich streng in sein Häuschen und sein besonders abgegrenztes und mit einer Laube versehenes Gärtchen. Er beaufsichtigte das größere Wohnhaus und den Garten wie ein Schloßaufseher, ließ sich aber auch die vielen Monate, während welcher das große Haus und der große Garten leer standen, nicht einmal vorübergehend darin nieder.

Erich traf den Major in dem kleinen Gärtchen an seinem Hause, er rauchte eine lange Pfeife und las in der Zeitung, vor ihm stand noch eine Tasse mit kaltem Kaffee. Ihm gegenüber saß eine säuberliche alte Dame mit einer großen weißen Haube und stopfte Strümpfe; sie erhob sich sofort, als Erich eintrat. Der Major nahm die Pfeife aus dem Mund und legte die Hand an die Soldatenmütze.

„Fräulein Milch, dies ist mein Kamerad, Herr Doctor Dournay, Hauptmann außer Dienst."

Fräulein Milch verbeugte sich, nahm ihren Korb mit Strümpfen und ging nach dem Hause.

„Sie ist gescheidt und gut, immer zufrieden und heiteren Sinnes, Sie werden sie schon näher kennen lernen," sagte der Major hinter ihr drein. „Und eine Menschenkennerin ist sie, größer hat's noch keine gegeben, sie sieht die Menschen durch und durch ... Setzen Sie sich, Kamerad, Sie kommen zu meiner besten Stunde. Sehen Sie, so lebe ich ... Ich habe doch eigentlich nichts zu thun ... aber ich stehe früh auf ... das verlängert das Leben ... und dann gewinne ich jeden Tag einen Sieg über einen

trägen, weichlichen Gesellen, er muß sich kalt abwaschen und dann
muß er einen Gang machen; er will oft nicht, aber er muß . . .
Und, da komme ich heim und wenn ich so Morgens da sitze . . .
liegt mein weißes Tuch auf dem Tisch, vor mir steht in seinem
Geschirr Kaffee, guter Rahm, Semmel . . . Butter esse ich nicht
. . . ich schenke mir ein, trinke, tunke ein, das knarrt so gut . . .
ich kann noch gut beißen . . . dann steck' ich zur zweiten Tasse
meine Pfeife an und rauche so in die Weltgeschichte hinein, wie
sie mir die Zeitung täglich bringt . . . ich habe noch gute Augen,
ich lese ohne Brille, treffe noch die Scheibe und höre auch noch
Alles deutlich, mein Kreuz ist noch gut, ich gehe noch aufrecht
wie ein Rekrut . . . Und sehen Sie, Kamerad . . . ich bin der
reichste Mann in der Welt . . . und dann habe ich jeden Mittag
meine gute Suppe . . . so gut kocht Niemand in der Welt Suppe
wie sie . . . mein Stück schönen guten Braten, meinen Schoppen
Wein, meinen Kaffee . . . mit vier Bohnen macht sie den Kaffee
besser als eine Andere mit einem Pfund . . . und doch ist mir's
schon tausendmal vorgekommen, daß ich dem Burschen, der da
sitzt, den Marsch gemacht hab': du bist der undankbarste Bursch
von der Welt, daß du manchmal ärgerlich bist und Dir das und
das wünschest, was du nicht hast. Sieh doch einmal her, wie Alles
so fein und nett, das gute Brod, der gute Stuhl, die gute Pfeife
und so viel gute Ruhe; du bist der glücklichste Mensch von der
Welt, daß du das hast . . . Ja, liebster Kamerad! Sie . . . Sie
sollen ja grundgelehrt sein . . . Sehen Sie . . . ich bin nicht studirt, habe nichts gelernt, bin Tambour gewesen . . . werd's Ihnen
schon noch einmal erzählen . . . Ja, Kamerad . . . was hab' ich
sagen wollen? So ist's! . . . Sie wissen tausendmal mehr als ich,
aber Eins können Sie doch von mir lernen. Lassen Sie sich das
Leben besser bekommen! Jetzt ist die Stunde, jetzt seien Sie
froh, jetzt lassen Sie sich's schmecken; diese Stunde kommt nicht
wieder. Nur nicht immer auf morgen denken! . . . nehmen Sie
einmal einen tiefen Athemzug, Kamerad . . . Nun, was ist das
für eine Luft? Giebt's eine bessere? . . . Und dazu haben wir
unsere guten, sauberen Kleider an! . . . Ach, danken Sie doch
dem da oben . . . Ja Kamerad, hätte ich Jemand gehabt, der
mir das in Ihrem Alter gesagt hätte, wie ich Ihnen jetzt . . .
Remdem! . . . Doch ich bin ein alter Plauderer . . . Brav, daß
Sie mich besuchen! . . . Also wie geht's? Wollen Sie wirklich

unfern Jungen im Feuer exerciren? Ich glaube, Sie sind der
Mann dazu, Sie werden ihn formiren ... Sie wissen, Kamerad,
was formiren ist ... Das kann nur ein Soldat. Der Soldat
allein kann den Menschen schulen. Nur strenges Regiment! ...
Ich garantire, der wird gut ... der wird gut ... Fräulein Milch
hat's auch immer gesagt: der wird gut, wenn er nur in die
rechten Hände kommt. Die Schulmeister sind alle nichts nutz;
Herr Knopf war ganz brav, seelengut, aber er hatte die Zügel
nicht fest. Jetzt ist's gewonnen! ... Ich danke Ihnen, daß Sie
zu mir gekommen. Wenn ich Ihnen helfen kann, denken Sie
daran, wir sind Kameraden. Ist besonders gut, daß Sie Soldat
gewesen, habe immer einen gewünscht ... Fräulein Milch kann
mir's bezeugen ... hab's hundertmal gesagt, nur ein Soldat!
... Jetzt machen wir aus Roland einen Soldaten, einen Kern=
soldaten, er hat Courage, fehlt ihm nur der Appell!"

Ich möchte," entgegnete Erich, „wenn ich die Stelle an=
trete ..."

„Wenn? Ist kein Zweifel mehr, das sage Ich ... Nehmen
... Gelte auch was. Aber entschuldigen Sie, will nichts mehr
reden ... Sie wollten was sagen, Kamerad."

„Roland soll vor Allem ein gebildeter, umsichtiger und guter
Mensch werden, was sich dann als sein Beruf herausstellt ..."

„Ganz recht, ganz recht ... rechtschaffen gesprochen ... so
ist's gut ... hat mir viele Sorge gemacht, der Junge! Wie
närrisch sind doch die Menschen, die sich Millionen wünschen, und
wenn sie sie haben — mehr als sich satt essen und acht Stunden
schlafen kann Niemand. Die Hauptsache ist" — und der Major
dämpfte seine Stimme und hob die Hand in die Höhe — „die
Hauptsache ist: der Mensch muß zur Natur zurückkehren; das ist
das Ganze, was der Welt fehlt ... sie muß zur Natur zurück=
kehren."

Erich fragte den Major nicht, was er unter diesem Satze ver=
stehe. Der Major liebte diesen Satz, er wendete ihn immer an
und ließ dann Jeden selbst suchen, was darunter zu verstehen sei.

„Zur Natur zurückkehren, damit ist Alles gesagt," wiederholte er.
Nach einer Weile begann er wieder:

„Ja, was wollt' ich noch fragen? ... Sagen Sie mir, Sie
hatten wol auch viel zu leiden im Soldatenstand, weil sie ein
Bürgerlicher ... nicht von Adel waren?"

Erich wies auf die Artillerie hin und der Major sagte stotternd:

„Freilich, freilich . . . Sie, wissenschaftlich gebildeter Mann, haben das weniger erlebt. Ich habe meinen Abschied gefordert. Ich erzähl' Ihnen das schon noch."

Erich erwähnte, daß er beim Pfarrer gewesen war, und der Major sagte:

„Ist ein Ehrenmann, aber ich lasse nichts bei den Geistlichen arbeiten. Wir sprechen nicht davon, brauche aber kein Hehl daraus zu machen, ich bin Freimaurer."

Erich nickte und der Major fuhr fort:

„Was Gutes an mir ist, hat da seine Heimat; wir werden noch mehr darüber sprechen . . . ich will Sie einführen. O, wie wird sich Herr Weidmann freuen, Sie kennen zu lernen!"

Und wieder war's beim Erwähnen von Weidmanns, als gedenke man einer schönen Aussicht auf dem höchsten Berge der Landschaft. Der Major fuhr fort:

„Nun aber die Geistlichen. Sehen Sie" — und er rückte seinen Stuhl etwas näher — „sehen Sie, meine Trommel, da ist Alles drin . . . Sehen Sie, ich war Tambour . . . ja, lächeln Sie nur . . . sehen Sie, da sagt die ganze Welt, solch eine Trommel macht bloß Lärm, und ich sage Ihnen, es liegt eine Musik drin, so schön . . . ich will Niemand zu nahe treten . . . so schön wie Alles . . . Da sag' ich nun . . . geben Sie wohl Acht . . . ich sage: ich streite nicht mit euch, daß ihr bloß Lärm hört, streitet ihr aber auch nicht mit mir, daß ich etwas Anderes drin höre . . . Ich hab' so darüber nachgedacht: man wird mit Maschinen noch Alles machen, die Menschen sind gar klug, aber Trommel- und Hornsignale wird doch keine Maschine machen können, dazu braucht man menschliche Hand und menschlichen Mund . . . ich bin nämlich Tambour gewesen . . . werd' Ihnen das schon noch erzählen. Sehen Sie . . . am Ton merk' ich's, was Einer für ein Herz hat, wenn er die Trommel schlägt. Wo du, mein Bruder, nichts als Lärm und Unsinn hörst, da höre ich Musik und tiefen Verstand. Drum nur um Gotteswillen keinen Streit um die Religion, eine ist so wenig oder so viel nütze wie die andere, sie geben nur den Marsch an, die Hauptsache ist, wie der Mensch für sich marschirt, wie er sich exercirt hat und was für ein Herz er im Leib hat."

Erich wurde aufgeheitert von der Absonderlichkeit des Mannes,

in dem doch ein tiefer Ernst und eine sittliche Freiheit eigener
Art war.

Seine Pfeife neben sich stellend, fragte der Major:

„Haben Sie einen Menschen auf der Welt, den Sie hassen,
bei dessen Anblick sich Ihnen das Herz im Leibe umdreht?"

Erich verneinte und erzählte, daß sein Vater ihm schon früh
tief eingeprägt habe, nichts schädige die eigene Seele so sehr als
Haß, und schon um seiner selbst willen dürfe man keine solche
Empfindung in sich einwurzeln lassen.

„Das ist mein Mann! das ist mein Mann!" rief der Major.
„Jetzt sind wir fertig mit einander. Wer einen solchen Vater
gehabt hat ... Sie sind auch mein Mann!"

Er erzählte nun, daß im Städtchen ein Mensch sei, den er
hasse; es sei der Steuercontroleur, der die St. Helena-Medaille
trägt, die der neue Napoleon den Veteranen gegeben für die
Heldenthaten, daß sie zur Unterdrückung ihres Vaterlandes mit-
gekämpft.

„Und denken Sie sich," rief der Major, „hat sich der Mann
mit der Helena-Medaille abmalen lassen; in seinem Staatszimmer
hängt das Bild eingerahmt und drunter in einem besonderen
Rahmen das vom französischen Minister unterzeichnete Diplom.
Ich grüße den Mann nicht, danke seinem Gruß nicht, setze mich
nicht an einen Tisch mit ihm; er hat eine andere Ehre als die
meine. Und sagen Sie mir, muß es nicht etwas geben, womit
man schlechte Menschen straft? Ich kann's nur damit thun, daß
ich ihm meine Verachtung zeige ... es wird mir eigentlich schwer,
aber muß ich nicht?"

Groß schaute der alte Mann auf, als Erich ihm vorstellte,
man dürfe auch nachsichtig gegen den Mann sein; Eitelkeit habe
eine große Kraft der Verführung, und überdies hätten ja manche
Regierungen es gerne gesehen, wenn ihre Beamten sich um die
Helena-Medaille bewarben, und so sei der Mann, der im Staats-
dienste stehe, nicht zu verurtheilen.

„Das ist brav! das ist brav!" schrie der Major und nickte
nach seiner Gewohnheit mehrmals mit dem Kopfe. „Sie sind
der rechte Erzieher! Ich bin alt, kenne viele Menschen, und sie
mögen sagen, was sie wollen, ich habe noch keinen schlechten
Menschen kennen gelernt, keinen wirklich schlechten. In der Hitze,
in Dummheit und Hochmuth thun sie manchmal Unrechtes, aber

lieber Gott! da hat man nur dem himmlischen Vater zu danken,
daß man nicht auch so ist; wie vielmal hätt' ich so werden können.
Ich dank' Ihnen . . . ich dank' Ihnen . . . Sie haben mir den
Feind vom Halse . . . ja wohl vom Halse . . . geschafft, da hat er
immer gesessen, schwer und . . . Sehen Sie, da kommt just der
Mann!"

Der Controleur kam am Garten vorüber, der Major ging
mehrmals nickend gegen den Zaun; er hoffte vielleicht, daß der
Mann zuerst grüßen sollte. Als dies aber nicht geschah, rief der
Major plötzlich und mit einer Stimme, als ob ein Geschoß los-
gegangen wäre:

„Guten Morgen, Herr Controleur!"

Der Mann dankte und ging vorüber. Der alte Major aber
war ganz glücklich und strich sich mehrmals mit der Hand übers
Herz, als wäre da eine Last weggenommen.

Fräulein Milch schaute zum Fenster heraus und der Major
bat sie, doch herunterzukommen, er habe ihr etwas sehr Gutes
zu erzählen. Sie kam; sie sah noch säuberlicher aus als vorher,
sie hatte eine hohe weiße Schürze, an der die Knitter des Bügel-
eisens noch zu sehen waren. Der Major verkündete ihr nun,
daß der Controleur nicht so schuldig sei, er habe ja nur aus
Gehorsam gegen die Regierung die Helena-Medaille angenommen.

Er zeigte Erich das Gärtchen und sagte, daß Fräulein Milch
eine große Feindin der Schmetterlinge sei.

„Ja," sagte er, „sie meint mit den fremden Blumen drunten
bei Herrn Sonnenkamp entstehen fremde Schmetterlinge, die man
sonst hier gar nicht gesehen hat. Kann das sein? Es hat mir
noch kein Gelehrter darauf Antwort geben können, und wissen
Sie warum? Ich habe noch keinen gefragt. Ja, lieber Kamerad,
solch einem Gärtchen sieht man nicht an, wie viel Arbeit es
braucht; im Umsehen wächst Unkraut und ist nicht mehr zu bewältigen."

Sie gingen mit einander nach dem Hause und der Major zeigte
seinem Gaste die Zimmer, in denen schmucklose Nettigkeit herrschte;
dann sah er nach dem Barometer und sagte:

„Bleibt gut."

Als er den vor dem Fenster angeschraubten Thermometer betrachtete, wischte er sich die Stirn, als ob er jetzt erst wisse, wie
heiß es sei.

Ein Schuß tönte aus der Ferne. Der Major wies Erich nach der Richtung, woher der Schall kam, und sagte:

„Ich hör' hier die Schießübungen aus ter Festung. Ich finde, daß die gezogenen Kanonen denselben Ton haben wie die glatten. Ach, Kamerad, Sie müssen mich in der neuen Kriegskunst unterrichten, ich verstehe nichts mehr davon, aber wenn ich da drunten schießen hör', da wird der Soldat in mir wach."

Nun bat er Fräulein Milch, eine Flasche Wein zu bringen und zwar vom besten. Fräulein Milch schien das schon vorbereitet zu haben, sie brachte Flasche und Gläser sofort herbei, winkte aber dem Major mit den Augen; er verstand und sagte:

Seien Sie ohne Sorge, ich weiß wohl, daß ich des Morgens nichts trinken darf. Bitte, Herr Hauptmann, geben Sie mir Ihren Korkzieher, ich halte Sie für einen rechten Mann und ein rechter Mann hat einen Korkzieher in der Tasche."

Lächelnd reichte Erich sein Messer hin, das mit einem Korkzieher versehen war.

Während der Major die Flasche anbohrte, sagte er:

„Und ein Zweites kann ein rechter Mann auch: Pfeifen! Kamerad, seien Sie so gut und pfeifen Sie einmal."

Erich konnte vor Lachen den Mund nicht spitzen. Die Flasche war entkorkt und die Beiden stießen auf gute Kameradschaft an. Dann sagte der Major:

„Uns ist's vielleicht hier glücklicher zu Muthe als unserm Freund Sonnenkamp in seiner großen Villa. Aber, Herr Hauptmann, ich sage wieder, ein Elephant ist glücklich und eine Fliege ist auch glücklich; der Elephant hat nur einen größern Rüssel als die Fliege."

Der Major lachte, daß er sich schüttelte, und vom Lachen angesteckt, lachte auch Erich, und so oft sie sich wieder ansahen, fingen sie Beide von Neuem an zu lachen.

„Sie erklären mir das Sprüchwort," rief Erich, „daß man die Mücke für einen Elephanten ansehen kann, und in der That ist's zutreffend: nicht die Größe, nicht das Maß, sondern der Organismus ist das Leben."

„Recht so . . . recht so!" rief der Major. „Fräulein Milch, kommen Sie doch einmal herein."

Fräulein Milch, die hinausgegangen war, trat ein und der Major fuhr fort:

„Bitte, Herr Hauptmann, sagen Sie das noch einmal von dem Organismus. Das ist so eine Sache für Fräulein Milch, denn sehen Sie, die studirt viel mehr, als sie sich's merken läßt. Bitte, Kamerad, nochmals das vom Organismus! Ich kann's nicht so gut geben!"

Erich erklärte nochmals das Gleichniß.

Fräulein Milch empfahl Erich den Schullehrer des Dorfes, der ein ausgezeichneter Schönschreiber sei, zur Beihilfe, und der Major rief lachend:

„Ja, Kamerad, Fräulein Milch ist die lebendige Rangliste; fragen Sie bei ihr an, wenn Sie über Jemand Auskunft haben wollen. Und lassen Sie sich um Gotteswillen von der Gräfin Wolfsgarten keine Medicin geben, Fräulein Milch versteht Alles viel besser . . . und Blutegel setzen kann kein Mensch so gut wie sie."

Erich sah die Verlegenheit der guten Alten, er lobte ihren Garten und die schönen Blumen und Blattpflanzen, die vor dem Fenster standen. Der Major behauptete, sie verstände die Gärtnerei vielleicht besser als Herr Sonnenkamp, und wenn man noch dazu schreiben könnte, mit wie wenig Mitteln sie das gepflanzt und erhalten, bekäme sie den ersten Preis auf der Ausstellung und nicht die Herren mit ihren großen Treibhäusern.

Ablenkend sagte Fräulein Milch zu Erich, es sei hart für Roland, daß er nicht das rechte Vergnügen habe.

„Nicht das rechte Vergnügen?" lachte der Major. „Da hört einmal an!"

„Ja," setzte Fräulein Milch hinzu, und die Bänder und Maschen an ihrer Haube nickten beistimmend mit, „er hat lauter Vergnügen, die Geld kosten, aber das sind nicht die rechten; und wer durch die Welt blos spazieren fährt, wer nichts darin zu thun hat, der sucht das Vergnügen vergebens."

In diesem Augenblicke ward ein geheimer Vertrauensbund geschlossen, ein Verständniß zwischen Erich und Fräulein Milch.

Von Beiden bis zur Hausthüre geleitet, verließ Erich das Haus. Als man die Thür öffnete, sprang ein braun- und weißgefleckter Hühnerhund an den Major herauf.

„So?" rief der Major scheltend und liebkosend dem Hunde zu. „Ei! wo ist sie wieder gewesen, sie Landläuferin? Wer weiß wo? und derweil haben wir einen Gast im Hause . . . Du lernst,

so alt du bist, keinen Anstand und keine Ordnung. Schäm' dich
. . . schäm' dich!"

So sprach der Major zu seinem Hunde, der in der ganzen
Gegend wohlbekannten Laadi; er hielt sich eine Hündin, weil
mit einer Hündin die Hunde in den Dörfern niemals raufen.

Als der Major und Erich den Garten verließen, sagte der
Major:

„Sehen Sie einmal diese zwei Wachposten, die kurz gehaltenen
Eschenbäume an. Seit mehreren Jahren habe ich's beobachtet,
der da links steht, hat immer um zehn bis elf Tage früher
Blätter bekommen, als der da rechts. Nun trat einmal unversehens wieder Frost ein und da welkten die Blätter ab und er
kümmerte den ganzen Sommer nur so hin; seitdem ist er gescheidt,
er läßt den andern zuerst Blätter kriegen und kommt dann nach.
Sollte man nicht glauben, daß so ein Baum auch Verstand hat?
Ja, lieber Kamerad, es ist Alles viel weiser eingerichtet in der
Welt, als wir wissen, und, sehen Sie, ich bin doch pensionirt und
habe nichts zu thun, aber ich habe so viel im Auge zu halten,
daß der Tag oft zu kurz ist. Nun leben Sie wohl und denken
Sie, daß Sie auch bei uns daheim sind."

Als Erich die Abschiedshand reichte, sagte der Major:

„Ich danke Ihnen. Ich hab' jetzt einen Menschen mehr, den
ich lieb haben kann, und das ist doch das Beste; das nährt und
erhält jung und gesund."

Schon war Erich mehrere Schritte fortgegangen, als der
Major ihm nachrief, er möge anhalten. Er kam und sagte:

„Ja, wegen Herrn Sonnenkamp noch . . . Lassen Sie sich
nicht irre machen, Kamerad. Die profanen Menschen machen
aus einem Glücklichen einen Götzen oder zerren an ihm herum.
Herr Sonnenkamp ist ein etwas rauhrindiger Mann, aber im
Kern gut; und was die Vergangenheit angeht, wer kann seine
Vergangenheit loben? welcher Mensch kann das? Ich wenigstens
nicht und ich weiß auch keinen Andern. Ich bin nie schlecht gewesen und habe doch nicht immer so gelebt, wie ich jetzt wünschen
möchte. Aber genug, Sie sind ja gescheidter als ich."

„Ich verstehe das vollkommen," erwiderte Erich; „das ameri-
kanische Leben scheint mir bei allem Kirchengehen ein in höherem
Sinne sonntagsloses Dasein; da ist beständiges Arbeiten und
Trachten nach Geldverdienen, nach sonst nichts. Wenn das nun

Menschen Jahrzehnte lang getrieben, verlieren sie die Fähigkeit, wieder das Höhere in sich zu gewinnen; sie reden sich ein, wenn sie nur genug hätten — ach, wer nach Geld strebt, bekommt nie genug! — sie reden sich ein, dann wollten sie sich dem Edleren widmen. Wenn das nur dann noch möglich wäre! Herr Sonnen= kamp nun hat sich doch noch ein Ruheleben geschaffen . . ."

„Recht so . . . recht so," bestätigte der Major, „er hat sich als Goldsucher viel im Schlamm herumtreiben müssen, bis er zu dem großen Besitzthum gekommen ist . . . Ja, ja, ich bin ruhig . . . Sie sind gescheidter als ich."

Mit heiterem Sinn kehrte Erich auf den Weg nach der Villa zurück. Plötzlich hörte er einen Wagen daherrasseln, Clodwig und Bella riefen ihn an.

Sechstes Kapitel.

Am Tage als Erich Schloß Wolfsgarten verlassen hatte, fand sich ein Gast dort ein; es war der Sohn des vornehmen Wein= händlers, des sogenannten Weingrafen. Er kam jede Woche ein= mal, um mit dem Grafen Schach zu spielen. Es war ein junger Mann verlebten Wesens, der nicht wußte, was er in der Welt anfangen sollte; am Geschäfte des Vaters hatte er keine Freude, Geld hatte er genug, auch hatte er mancherlei gelernt; er musi= cirte, er zeichnete, er hatte verschiedene Talente, aber keines be= herrschte ihn. Alles war ihm überdrüssig, die Neige Lebenslust, die man noch mit Anstand zu genießen hatte, erschien ihm welk und schal. Warum auch in einen bestimmt abgegrenzten Beruf sich begeben? Er war im Verwaltungsrathe mehrerer Eisen= bahnen; eine Zeit lang hatte es ihn vergnügt, da anzuordnen und zu regieren, von den Unterbeamten in strammer Haltung angehört und ehrerbietig begrüßt zu werden; aber auch das ward ihm lästig. Reisen bot auch nichts mehr, man hatte beständig eine Ueberfracht von Langeweile mitzuschleppen. Er sah ver= drossen in die Welt hinein, sie hat nichts für ihn und er hat nichts in ihr zu thun. Ein einziges Talent hatte er ausgebildet und das war das Schachspiel. Da auch Clodwig große Freude daran hatte, so kam er jede Woche einmal nach Wolfsgarten und spielte mit Clodwig; es gab ihm das zugleich ein besonderes Ansehen.

Er hatte auch einen großen Ruf bei allen Menschen der Umgegend, die sich gleich ihm rühmen konnten, Wüstlinge zu sein und vor der Welt als Schönthuer zu erscheinen. Er besaß eine geheime Sammlung von Bildern in allen Formen und von allem Material, und man mußte ihm sehr nahe stehen, wenn man sich rühmen konnte, sie bis auf die letzten gesehen zu haben. Natürlich war der Weincavalier vor der Welt ein höchst anständiger Mann; noch nie hatte ihn Jemand betrunken gesehen. In Gesellschaft der Bürgerlichen benahm er sich als der Herablassende, der noch so edel ist, mit diesen kleinen Leuten in Verkehr zu bleiben; man ist das der alten Kameradschaft schuldig.

Landrichters Lina war nicht so einfältig wie die Mutter immer sagte, denn sie behauptete, der Weincavalier sei jenes verwandelte Männlein aus dem Märchen, das ausgeht, um das Gruseln zu lernen.

Jedes Jahr frischte sich natürlich der Weincavalier in Toilette und Anekdoten und in Allem, was innere und äußere Mode erheischt, wieder durch einen längeren Aufenthalt in Paris auf. Er sprach nicht wie sein Vater von seinem Freunde dem Gesandten **, dem Minister ** und dem Fürsten **, aber er ließ erkennen, daß er mit den berühmtesten Mitgliedern der Jockeyclubs in unzertrennlicher Gemeinschaft lebte.

Der Weincavalier hatte sonst noch einen kleinen Reiz darin gefunden, sich zu schönen Höflichkeiten gegen die tugendsame Frau Bella zusammenzunehmen, heut aber sah sie ihn immer an, wie wenn er gar nicht da wäre, als ob sie nicht entfernt hörte, was er sagte. Auch der Graf war zerstreut und abwesend, er verlor heute überraschend schnell alle Partien, denn er sah den Partner oft verwundert an, da er auf demselben Stuhle saß, den Erich inne gehabt.

Dem Weincavalier erschien eine neue Hülfe, aber auch diese war heute wirkungslos. Ein wohlbeleibter, mit höchster Sorgfalt gekleideter Mann traf auf Wolfsgarten ein; es war ein ehemals berühmter Bassist, der eine reiche Wittwe aus der nahen Handelsstadt geheiratet und sich hier in der schönen Gegend angesiedelt hatte. Sonst war er Bella willkommen, denn er sang mit dem Reste seiner Stimme noch immer sehr wohlgefällig. Als er bemerkte, daß er heute nicht wie sonst begrüßt wurde, sagte er, daß er nur zufällig vorspreche. Das ärgerte Bella um so mehr; sie liebte es nicht, daß man Wolfsgarten als zufälligen Besuchs= punkt ansah. Als der Weincavalier und der Bassist endlich davon gegangen waren, athmeten Bella und Clodwig neu auf.

Mit geschlossener Lippe und unruhigem Auge, das etwas zu suchen schien, ging Clodwig durch Haus und Park. Bella wußte ihn endlich zum Reden zu bringen und Clodwig gestand, daß sich ihm ein Ideal seines Lebens zeige, daß er aber nicht den Muth habe, es zu erfüllen. Er machte eine Pause, denn er hoffte, daß Bella ihm sagen würde, was er wünsche, aber Bella schwieg. Mit einem großen Umwege erklärte er nun, daß er Erich nicht in die abhängige Stellung eintreten lassen dürfe, er solle eine Zeitlang auf Wolfsgarten wohnen und dann eine wissenschaftliche Reise machen.

Die Oberlippe Bellas pulsirte und sie sagte:

„Der Hauptmann . . ." sie wollte sagen: der Hauptmann in Goethes Wahlverwandtschaften, und über diesen Gedanken hinweg= stolpernd fuhr sie fort: „Der Hauptmann . . . . ich meine, der Doctor dürfte sich gewiß glücklich schätzen. Aber — wir können ja offen sprechen. Ich habe das Glück eines unantastbaren Namens, und wir fragen nicht, was die Leute sagen . . . . . Glaubst du aber nicht, daß dieser junge Mann . . . uns manchmal . . . . wie soll ich sagen . . ."

„Geniren würde?" fiel Clodwig ein und widerlegte das Be= denken mit dem Vorhalte, wie es eine Unterjochung der Guten wäre, wenn diese ein Schönes unterlassen müßten, weil die Schlimmen unter trügerischem Scheine eben das Schlimme thun.

Nun redete Bella ihrem Manne zu, daß er sofort einen Boten an Erich schicke, damit er sich nicht binde. Clodwig drückte ihr die Hand und mit einem selten bemerkten elastischen Schritte ging er in sein Arbeitszimmer. Dort schrieb er, aber er kam bald zu Bella und sagte: er könne nicht schreiben, das Einfachste sei, man lasse anspannen und fahre selbst nach Villa Eden.

Clodwig vermied sonst jede unmittelbare Beziehung zu Sonnen= kamp und dessen Haus, soweit es bei der nahen Freundschaft seines Schwagers möglich war, heute aber war davon keine Rede.

Frau Bella ließ während der Fahrt oftmals den Schleier über

ihr Gesicht fallen und hob ihn wieder in die Höhe; sie war sehr
unruhig, denn sie bedachte Vielerlei.

Es ist eine unbegreifliche Laune, ein Spiel .... nicht der
Leidenschaft, ... wie konnte Bella von sich so etwas bekennen?
Es ist das Spiel eines Dämons! Dieser junge Mann mußte eine
verwirrende Zaubermacht haben! Bella haßte ihn, denn er hatte
ihren Mann aus seiner Ruhe gebracht und versuchte es nun auch
mit ihr; er ängstigte sie. Das sollte er büßen! Sie richtete sich
stolz auf; sie war entschlossen, gerade durch ihre Mitreise den
kindischen, überschwänglichen Plan ihres Gatten zu zerstören, und
wenn Erich ihren Widerspruch nicht merkt, offen mit ihm sprechen
und ihn dadurch zur Ablehnung bewegen.

In diesen Gedanken schaute sie wieder fröhlich drein und
Clodwig, der dies bemerkte, sprach davon, wie man die Zimmer
für Erich einrichte, und gab die neue Hausordnung. Er werde
auch die Mutter Erichs zum Besuch einladen. Es war ein Glück,
daß Bella sie von früherher kannte und hoch verehrte. Clodwig
erzählte, daß die Dournays eigentlich von Adel seien, sie hießen
Dournay de Saint Mort und hätten den Adel nur bei Vertreibung
der Hugenotten aus Frankreich abgelegt; er würde, falls Erich
eine standesgemäße Heirat machen wolle, dafür sorgen, daß sein
Adel wieder erneuert werde, ja, er könne vielleicht noch mehr für
ihn thun.

Es überraschte Bella immer wieder, daß ihr Mann die Dinge
so ernst nahm. Sie hatte ihn nicht betrogen, als sie in jenem
Winter vor der Verlobung sich als reife, den tieferen Ernst des
Lebens erkennende Natur dargestellt hatte, als sie eine Theilnahme
zeigte an den Kunstgebilden des classischen Alterthums, an Wissenschaften und allen höheren Anliegen des Lebens; sie hatte ihn
nicht getäuscht, denn sie hatte nie anders gedacht, als daß alle
Menschen diese Dinge als Gegenstände der Conversation, als Nipp-
sachen betrachteten. Und was die Aufmerksamkeit für die Cultur-
geschichte der Vergangenheit und Gegenwart betraf, auch das schien
ihr nach stillschweigendem Uebereinkommen nur ein feiner Zeit-
vertreib.

Mit Schrecken gewahrte sie immer wieder, daß für ihren Mann
die großen Gedanken in der That sein Leben ausmachten, daß
er sich betrübte und erfreute bei allen Vorkommnissen des Welt-
lebens, als wären das Familienereignisse — ja, daß er sogar

religiös war. Er sprach nicht wie sie vom lieben Gott, aber er konnte anbetend und ergriffen vor jedem Zeichen der ewigen göttlichen Ordnung stehen, und wo sich ein Widerspruch, ein Räthsel kundgab, war er bis zu einer gewissen Krankhaftigkeit fieberisch aufgeregt.

Bella gestand sich kaum, daß ihr das Alles entsetzlich pedantisch, predigerhaft und professorenmäßig erschien; sie hatte nicht gewußt, daß sie statt eines Lebemannes einen pedantischen Professor geheiratet. Aber, eingestanden oder nicht, diese ganze Pflege eines sogenannten höheren Interesses war ihr langweilig. Alles spielt doch nur seine Rolle im Leben, wer wird Ernst daraus machen? Das mögen die armen Teufel von Gelehrten und Weltbeglückern thun, aber nicht ein Mann von höherer Stellung. Jetzt zeigte sich also wieder, daß Clodwig ein geordnetes, freilich langweilig, aber still und ehrenhaft dahinfließendes Leben plötzlich durch Hereinziehen eines fremden Menschen stören konnte.

Es war schwarze Verleumbung, wenn man Bella nachsagte, daß sie den Grafen geheiratet habe in der Hoffnung, bald eine reiche, anziehende Wittwe zu sein. Der alte Oberststallmeister hatte nur für eine gute Verschreibung gesorgt und vom Erträgniß des großen Gutes legte man jährlich eine ansehnliche Summe zurück, die den Majoratserben von der Seitenlinie nicht zufiel. Es war, wie gesagt, schwarze Verleumbung, daß Bella mit Wittwenhoffnung vor den Altar getreten sei, aber zu ihrem Schrecken — sie vergrub es in sich, so oft sie dessen inne wurde — sah sie sich vor der Zeit altern an der Seite des Mannes, der den Jahren nach ihr Vater sein konnte.

Und wer weiß, wie viel Geld Clodwig auf diesen abenteuerlichen Tournay verwenden wird, der in keinem Berufe aushält und dazu noch mißliebig am Hofe ist. Das Schlimmste aber ist, daß dieser junge Mann ihr den Gatten noch ganz entziehen wird. Sie werden mit einander studiren, Ausgrabungen machen und derweil wirst du allein sitzen, du, das jugendlich frische Herz, das so edel, so treu, so selbstvergessen sich der Pflege des alten Mannes gewidmet hat!

Bella war tief ingrimmig auf Erich.

Der Wagen rollte weiter. Erich hörte sich anrufen und wurde von den Beiden herzlich begrüßt. Er mußte sich in den Wagen setzen und ein Blick Clodwigs auf seine Frau sagte ihr: Hast du je ein edleres Menschenbild gesehen?

Erich wurde gefragt, ob er bereits die Stelle fest angenommen, und als er verneinte, reichte ihm Clodwig die Hand.

Man konnte nicht weiter sprechen, denn so eben kam Herr Sonnenkamp auf seinem Rappen daher getrabt. Er war hoch erfreut, solche Gäste zu begrüßen; nur war er verwundert, Erich so vertraulich hier zu sehen. Er ritt neben dem Kutschenschlag her und mit großer Ehrerbietung hieß er die Gäste auf der Villa willkommen.

Kaum war man abgestiegen, als noch ein Wagen in den Hof fuhr; der Doctor stieg aus.

Siebentes Kapitel.

Herr Sonnenkamp bot Bella den Arm, sie drehte den Kopf langsam und willfahrte, Clodwig sollte sehen, welch ein Opfer sie bringe; ihre Hand ruhte leicht im Arme Sonnenkamps; auf den ersten Treppenstufen blieb sie stehen, denn an einem im Freiland erzogenen Rosenstocke war bereits eine aufgeblühte Centifolie in voller Pracht.

Herr Sonnenkamp eilte, dieselbe für sie abzubrechen, und indem er sie darbot, sagte er:

„Diese Rose ist nicht Ihre Schwester. Die Herren Dichter machen viel Rosenlügen."

Bella sah ihn fragend an und er erklärte, daß die Centifolie, wenn sie geblüht habe, sich ein Jahr ausruhe, Bella aber —

Sie ließ ihn nicht ausreden und dankte sehr verbindlich, sie that, als ob sie den dargebotenen Arm nicht mehr bemerkte. Man ging sofort nach den Gewächshäusern. Joseph, der immer wie gerufen zu rechter Zeit sich sehen ließ, erhielt von seinem Herrn den Auftrag, Fräulein Perini und Frau Ceres die Ankunft des Besuches zu melden.

Bella ließ sich von Sonnenkamp noch mehr von der Eigensinnigkeit der Centifolie erzählen, die durch keine Kunst im December zum Blühen gebracht werden könne, alle anderen Blumen ließen sich verzögern und treiben, nur die Centifolie widerstrebe der Menschengewalt.

Bella hörte die Mittheilungen Sonnenkamps mit großer Aufmerksamkeit an.

Der Doctor war zu Frau Ceres gerufen worden; aber als
diese vernahm, welche Gäste angekommen seien, erklärte sie sich
sofort wieder gesund; sie war verschlagen genug, dem Doctor zu
betheuern, daß seine bloße Anwesenheit sie gesund mache. Doctor
Richard verstand.

Unterdeß hatte Clodwig zu Erich gesagt:

„Sie bleiben nicht hier. Ich lasse Sie nicht."

Er stieß die Worte kurz und hastig heraus wie ein längst
Vorbereitetes, das man im Augenblick der Kundgebung bedrängt
und tonlos vorbringt.

Roland kam eben mit dem Feldstuhl und Zeichenbrett den
Berg herab, Bella grüßte ihn schon von ferne überaus freundlich.

„Wie schön er ist!" sagte sie zu den Umstehenden. „Wer
dies Bild festhalten könnte, wie der Knabe daher kommt! Verwandelt man Feldstuhl und Mappe in Speer und Schild, so hat
man ein Bild aus der griechischen Welt."

Bella bemerkte den Blick Erichs und sie sagte zu ihm:

„Ja, Herr Doctor, ich habe einem Künstler in der Residenz
einmal den Plan gegeben, eine Scene zu malen, wie ich Roland
sah: er war über den Weg gesprungen und hatte einem auf dem
Steinhaufen sitzenden Straßenbettler eine Gabe in den Hut geworfen, und wie er nun über die Straße zurücksprang, so schlank,
so behend, jede Muskel gespannt und das Gesicht von der Wohlthätigkeit her so glückselig überstrahlt — es war ein unvergeßlicher
Anblick."

Clodwig sah zur Erde; Bella wußte wahrscheinlich nicht mehr,
daß nicht sie, sondern daß er Roland so gesehen und einem Künstler
den Vorschlag gemacht hatte.

Roland trat näher und Bella sagte: „Wenn der Herr Hauptmann bei uns bleibt, müssen Sie uns auch oft besuchen, lieber
Roland."

Sonnenkamp wußte nicht, was das bedeuten sollte, aber Roland schien sofort die Gefahr aufzugehen, daß ihm Erich entzogen
würde. Und jetzt wurde Erich klar, was man mit ihm vorhatte,
jetzt erst verstand er, was durch die Ankunft Sonnenkamps beim
Wagen unterbrochen wurde.

Man warf nur einen kurzen Blick in die Gewächshäuser, denn
Bella sagte, wenn es draußen grüne und blühe, hätten die
Pflanzengefängnisse für sie etwas Beklemmendes.

Fräulein Perini erschien bald mit der Nachricht, daß Frau Ceres die Gäste empfangen wolle.

Bella und Fräulein Perini hatten sich von den Männern getrennt, sie hatten viel mit einander zu sprechen und natürlich war Erich der erste Gegenstand.

„Wie urtheilen Sie über Herrn Dournay?" fragte Bella.

„Ich habe kein Urtheil über ihn."

„Warum?"

„Ich bin nicht unbefangen, er gehört nicht zu unserer Kirche."

„Denken Sie sich ihn von unserer Kirche, wie würden Sie ihn dann betrachten?"

„Er ist gar nicht so zu denken. So könnte kein Mann sein, der sich unter das göttliche Gesetz beugt. Herr Baron von Prancken sagt: der Mann kutschirt auf einem unsichtbaren Katheder in der Welt umher."

Beide Frauen lachten.

Bella wußte genug. Sehr behutsam suchte sie Fräulein Perini darin zu bestärken, ihren Einfluß gegen die Aufnahme eines auf seine Glaubenslosigkeit stolzen Mannes geltend zu machen. Fräulein Perini hielt ihr Kreuz mit der linken Hand und schaute etwas schelmisch nach Bella. Also die Gräfin will ihn nicht hier haben. Macht sie vielleicht eine feine Intrigue gegen ihren Mann, ihn in ihr eigen Haus zu bringen? Nicht ohne Schadenfreude wies sie darauf hin, daß Herr von Prancken, der Alles das veranlaßt habe, auch die entsprechende Lösung geben müsse. Bella gab zu verstehen, daß Erich vielleicht auch nach anderer Seite hin unbequem sei; und hier zum drittenmale wurde das Wort laut, daß Erich ein gefährlicher Mensch sei. Fräulein Perini hatte es ausgesprochen, sie hatte damit sowohl Prancken als Bella im Auge, denn die besondere Aufregung Bellas war ihrem ruhig scharfen Blicke nicht entgangen.

Schnell, und um zu verbergen, daß sie richtig gezielt habe, setzte sie indeß hinzu, daß ein Mann wie Otto von Prancken gewiß Niemand zu fürchten habe. Sie sprach mit theilnahmvollem Eifer über die Reise Pranckens; diese sei vielleicht eine Unvorsichtigkeit, aber man müsse schließlich das stürmisch jugendliche Herz walten lassen und es brächte oft besser als jede Bedachtsamkeit und Besonnenheit die nothwendige Entscheidung. Nur sehr andeutend sprach Fräulein Perini und ebenso andeutend erwiderte

Bella, daß sie ein gegen die Gesellschaftsordnung anstrebendes
Begehren Prancens zwar mißbillige, solches aber, wenn auch mit
Aengstlichkeit, doch gewähren lasse.

Nochmals kehrte das Gespräch auf Erich zurück und Bella war
jetzt überaus wohlwollend. Sie hatte Mitleid mit der alten Mutter
Erichs und behauptete, er kehre einen Stolz heraus, um damit
die dienende Abhängigkeit zu verdecken. Ein Höherziehen der
Augenlider ließ eine leise Verletzung Fräulein Perinis bemerken
und rasch setzte Bella hinzu, daß nur eigentlich fromme Naturen
sich von der Abhängigkeit nicht bedrückt fühlen; denn sie seien an
sich höher gestellt, ja, durch die Frömmigkeit gleichgestellt einem
Jeglichen.

Fräulein Perini lächelte; sie verstand, mit welcher Gunst sie
von Bella behandelt wurde, und es hätte nicht eines freundschaft-
lichen Händedrucks bedurft, um ihr solches zu Gemüthe zu führen.

Ein Diener kam und meldete, daß Frau Ceres die gnädige
Gräfin im Balconsaale erwarte, sie dürfe nach Vorschrift des Arztes
noch nicht wagen, ins Freie zu gehen.

Fräulein Perini geleitete Bella bis an die Freitreppe. Als
sie dort eine sehr höfliche Verbeugung machte, faßte Bella ihre
beiden Hände mit offenbarer Herzlichkeit und sagte, solch eine
Freundin wie Fräulein Perini wünsche sie sich zum täglichen Umgange. Sie bat dringend, ihr recht bald die Ehre eines Besuches
zu geben.

Nachdem Bella rauschend davongegangen, krallte Fräulein
Perini ihre kleinen Hände wie eine Katze, die still gelauert und
etwas erhascht hat; höhnisch erweiterte sich ihr Auge, das sonst
immer so verhüllt war.

„Ihr seid Alle betrogen!" sprach ihr kleiner Mund fast laut ...

Frau Ceres klagte über beständiges Leiden und Bella tröstete,
daß sie ja alles nur zu Wünschende und noch dazu so herrliche
Kinder habe. Sie wußte nicht, was sie mehr rühmen sollte, das
bezaubernde Wesen Rolands oder das Mannas.

Bella kam selten in das Haus Sonnenkamps, aber wenn sie
dahin kam, wurde sie stets von einer Leidenschaft befallen, die
vielleicht vorzugsweise eine Frauenleidenschaft ist. Sie lebte doch
auf Wolfsgarten in einer Fülle, die nichts zu wünschen übrig
ließ, aber sobald sie durch das Gitter von Villa Eden einfuhr,
kam ein Dämon über sie, und der Dämon hieß: Neid — Neid

über diese von Ueberfluß strotzende, nicht mit morschem Trödel sich schleppende, sondern ganz neu geschaffene Existenz. Wenn sie an Frau Ceres dachte, flimmerte es ihr stets stechend vor den Augen, denn sie sah dabei den wunderbaren Brillantschmuck der Frau Ceres, wie solchen selbst die regierende Fürstin nicht besaß.

Jetzt war sie überaus holdselig und herablassend gegen Frau Ceres, und sie gefiel sich in dieser Herablassung. Alles können diese Menschen kaufen, aber einen erhabenen, historisch glänzenden Namen nicht. Gelingt auch das Vorhaben Ottos, es ist doch nur ein Zudecken der Niedrigkeit mit einem neuen Firniß, der immer bittet: berühre mich nicht, sonst löse ich mich ab.

Auch hier war Erich vornehmlich Gegenstand des Gesprächs und Bella drückte die Rose an ihren Mund, um ihr Lachen zu verbergen, da Frau Ceres sagte:

„Ich möchte den Herrn Hauptmann für mich haben."

„Für Sie?"

„Ja. Aber ich glaube, ich kann nichts mehr lernen, ich bin zu alt und zu dumm . . . Er hat mich gar nichts lernen lassen."

Bella bestritt diese Bescheidenheit sehr eifrig. War Frau Ceres nicht schön und jung? Man könnte sie ja für die Schwester Rolands halten. War sie nicht klug und von feiner Haltung? Frau Ceres lächelte, sie schien zu glauben, daß dies Alles wahr sei. Nun aber bat Bella, sich beurlauben zu dürfen, da sie die zarte Organisation der Frau Sonnenkamp schonen wolle.

Frau Ceres sah bei diesen Worten zagend um, sie wußte nicht, ob das ein Lob oder ein Tadel ist. Bella verabschiedete sich und küßte Frau Ceres auf die Stirn.

Herr Sonnenkamp hatte den Grafen und Erich verlassen; er hatte noch vieles im Hause anzuordnen, auch waren Briefe und Depeschen eingetroffen, die sofortige Beantwortung erheischten. Er schickte nach dem Major, daß er ebenfalls zu Tische käme, und gab den Auftrag, wenn er nicht zu Hause sei, möge man ihn auf der Burg aufsuchen.

Clodwig war mit Roland und Erich gegangen, und ohne daß sie es wußten, waren die beiden Männer bald in ein Gespräch gerathen, wobei sie Rolands ganz vergaßen. Dieser saß stumm da und schaute bald den Einen, bald den Andern an; er verstand nicht, was sie sprachen, aber er mochte fühlen, wie wohl es ihnen

dabei war, und als endlich Clodwig sich auf sein Zimmer zurückzog, faßte Roland die Hand Erichs und rief:

„Ich will auch lernen, ich will auch studiren, Alles, was du
willst; ich will auch so sein wie du und Graf Clodwig."

* * *

Achtes Kapitel.

Der Major kam, er war sehr erfreut, Clodwig und Bella hier
zu treffen; jedes freundliche Benehmen der Menschen war ihm ein
Labsal, es bestätigte seine Behauptung, daß alle Menschen unendlich gut seien. Er war Clodwig und Bella dankbar, als ob
sie ihm etwas erzeigt hätten. Erich reichte er die Hand wie einem
Sohne, und jetzt klagte er ihm mit einem Tone, wie ein Kind, das
genascht hat, er habe sich verführen lassen. Er habe einmal genau
erforschen wollen, ob die Arbeiter auf der Burg sich auch gut
nähren, er habe von ihren Speisen versucht und unversehens habe
es ihm so gut geschmeckt, daß er sich ganz satt gegessen.

Erich tröstete, daß die feinen Speisen doch vielleicht noch
Unterkommen fänden.

Der Major nickte; er sagte zu Joseph nur das kurze Wort:
„Allaich!"

Joseph verstand. Auf einem Seitentische schenkte er aus einer
von kleinen Gläschen umkreisten Flasche ein; der Major trank den
Appetit reizenden Trank.

„Das ist ein Quartiermacher," nickte er dann zu Erich. Sein
ganzes Gesicht lachte, als Erich erwiderte:

„Der Geist befiehlt der gemeinen Masse, Platz zu machen."

Frau Ceres kam nicht zu Tische. Kaum hatte man sich gesetzt,
als der Arzt abgerufen wurde: er stand sofort auf.

Die Tafel schien gestört, denn der Arzt, der sicher und frisch
die Unterhaltung geführt, hatte durch seine Entfernung eine Lücke
gemacht. Wie man äußerlich zusammenrücken mußte, um diese
Lücke nicht sichtbar werden zu lassen, so schien man auch innerlich
erst wieder neu zusammenrücken zu müssen.

„Herr Sonnenkamp," begann der Major, und wurde wieder
wie immer blutroth im Gesichte, da er vor vielen Menschen zu
sprechen hatte ... „Herr Sonnenkamp, in der Zeitung steht, daß
Sie bald viel Besuch bekommen."

„Ich? In der Zeitung?"

„Ja. Es ist gerade nicht so gesagt, aber ich meine so. Da heißt es, daß bei dem kostspieligen Leben in Amerika jetzt eine Auswanderung vor sich gehe und viele Familien aus der neuen Welt nach Europa kommen, weil sich's bei uns billiger und schöner lebt."

Der Major trank nach dieser Rede mit großem Behagen ein Glas seines Lieblingsburgunders auf einen Zug.

Leichthin entgegnete Sonnenkamp, daß sich vielleicht dadurch ein ähnliches Vorurtheil gegen die Amerikaner festsetze, wie solches gegen die reisenden Engländer besteht.

In das Antlitz Sonnenkamps trat indeß ein Freudenglanz, da Clodwig sagte, wie er nur billigen könne, daß Herr Sonnenkamp sich hier staatlich heimisch mache; denn Amerika bringe uns eine neue Art verderblicher Weltbürger: da wandern Deutsche nach Amerika aus, erwerben sich Besitzthümer und kommen nach Jahren mit Familie wieder nach Deutschland zurück und sagen sich und ihren Kindern mit einem gewissen selbstgefälligen Stolze: uns geht Gemeinde und Staat hier nichts an.

Bella hatte die Art — und da sie dieselbe hatte, mußte es gute Lebensart sein — sobald sie nicht das Gespräch lenkte, führte sie sogar im kleinen Kreise, wo es doch störend auffiel, ein Zwie-geipräch mit ihrem Nachbar und ließ ihn nicht in den allgemeinen Strom der Unterhaltung entweichen. So hielt sich heute an Fräulein Perini im lebhaften italienischen Zwiegespräch.

Sonnenkamp nahm die Darlegung Clodwigs sehr freundlich auf.

Er machte sich lustig über das Gerede, weßhalb er die Burg wieder aufbaue. Da sage man, er wolle in Bädekers Reisehand-buch stehen, damit die Leute an schönen Sommertagen, wenn sie stromauf und stromab fahren, sich das Schloß zeigen und gelang-weilte Engländer mit dem Finger auf der Zeile ihres Buches offenen Mundes eine Weile dreingaffen; ihm aber bestimme zunächst ein ästhetisches Interesse. Er wolle durch Aufbau der Burg für die Aussicht aus seinem Arbeitszimmer einen harmonischen Ab-schluß gewinnen, sodann aber möchte er etwas zur Schönheit des deutschen Vaterlandes beitragen.

Es hatte immer einen sonderbaren Beigeschmack, wenn Sonnen-kamp die Worte „deutsches Vaterland" aussprach; man hätte etwas wie ingrimmigen Haß darin finden können, und doch klang es

mehr mitleidsvoll und barmherzig. Sonnenkamp wußte, daß
Clodwig vor Allem ein Patriot war, und er schlug gern diese
Saite an. Erich schaute auf Roland, ob dieser wol die Heuchelei
erkenne, denn noch am Sonntag hatte ja Sonnenkamp bei Gelegenheit des Gesprächs über die Wahlen so fremd und verächtlich
gesprochen; aber die Mienen Rolands waren ruhig.

Clodwig bat nochmals, daß man jede Spur römischer Alterthümer ihm melden möge. Sonnenkamp versprach's bereitwillig
und verbreitete sich weiter über eine Seltsamkeit, die man ihm
andichte — und doch hatte sie ihm Niemand angedichtet, vielmehr hatte er selbst in Gemeinschaft mit Pranken die Sage verbreitet — daß er den Namen des Schlosses, dessen Geschlecht
längst ausgestorben, auf sich übertragen lassen wolle. Leichthin
sprach er davon, daß man das Wappen derer von Lichtenburg,
das er gerne über der Pforte des neu erbauten Schlosses wieder
anbringen möchte, nicht genau kenne. Clodwig, der bei all seinem
Freisinn einen gewissen Stolz darein setzte, die Genealogie aller
Fürsten- und Adelsgeschlechter und deren Wappen zu kennen, behauptete, das Wappen der Lichtenburg bestehe in einem Mohren-
kopf auf blauem Grund im linken Felde und einer Wage im
rechten. Das Geschlecht habe in den Kreuzzügen sich hervorgethan
und dann ein höheres Richteramt im Reiche bekleidet.

Sonnenkamp lächelte sehr freundlich, fast grinsend, und bat,
daß der Herr Graf ihm sobald als möglich eine Zeichnung zukommen lasse.

Neuntes Kapitel.

Wie zufällig fügte es sich, daß Erich und Bella mit einander
gingen. Sie machte einen leisen Versuch nach zwei Seiten hin,
indem sie sagte, sie bewundere Erich, wie er ihren guten Mann
so intim verstehe, denn es sei nicht so leicht, als es den Anschein
habe, mit ihm zu leben. Sie sprach sehr überschwänglich von
Clodwig und wie glücklich sie sei, etwas zur Conservirung einer
erhabenen Seele zu thun und dabei gar keinen Anspruch für sich
zu erheben; es sei so schön, sich zu opfern, still, unerkannt und
ungenannt zu dienen. Sie bat Erich, ihr recht beizustehen, Clodwig

seinen Lebensabend vollauf glücklich zu machen; sie hatte dabei
einen Herzton, der nicht zu verkennen war.

Erich sprach sein Bedenken aus, ob es wohlgethan sei, eine
so friedsame Existenz durch Einführung eines Dritten zu stören.

Bella sah ihn durchdringend an, ihr Fächer entfiel ihr, und
als Erich ihn aufhob, reichte sie ihm die Hand zum Dank.

Mit vielem Geschick, ja fast mit Zierlichkeit und doch mit
eigenthümlicher Bewegung, wobei ihre Brust sich hob und senkte,
pries sie das Glück, sich einem edlen Menschen zu widmen und
einen Freund zu haben, von dem man ganz verstanden werde.

Erich schwieg.

Bella war bisher noch unentschieden gewesen, ob sie die Auf=
nahme Erichs in ihr Haus begünstigen oder verhindern sollte.

Jetzt war sie entschieden.

Dieser Mann war in jeder Weise unbequem; huldigte er ihr,
so war das peinlich und beunruhigend, blieb er zurückhaltend,
so war er beständig ein Gegenstand der Reizung.

Es war nicht so leicht zu bestimmen, ob Bella ihren Gatten
liebte, das aber war unbezweifelbar, sie war eifersüchtig auf
Jeden, dem er eine Freundlichkeit zuwendete; er sprach lieber und
ausführlicher mit Anderen, als mit ihr. Daß sie ihn durch Wider=
spruch, durch beständigen Gegensatz in sich zurück gescheucht hatte,
das fiel ihr nicht ein, oder sie läugnete es ab. Alle Menschen,
sogar Herr Sonnenkamp, waren entzückt von ihrer Frische, ihrem
Muthwillen und ihrem Geiste. Warum war es Clodwig nicht
oder doch nicht allzeit?

Zur Strafe und damit er zur Besinnung käme, sollte er
Niemand haben, dem er sich anschließen und aussprechen konnte.

„Da kommt er!" rief Bella plötzlich. „Er hat die Eigenheit,
keinen Stock zu nehmen, und doch bedürfte er dessen; er hat
noch vor Kurzem einen Anfall von Schwindel gehabt."

Sie ging ihrem Manne entgegen. Unter einer schönen Ceder,
wo zierliche Sitze angebracht waren, ließ Clodwig sich nieder;
Erich und Bella standen vor ihm, Bella stützte die eine Hand
an den Stuhl ihres Gatten. Und nun legte Clodwig den ganzen
Plan dar.

Mit bewegter Stimme sprach Erich seinen Dank aus und wie
es ihn freue, daß ihm etwas so Lockendes geboten sei; wie er
sich aber da verpflichtet fühle, wo sein Herz entschieden habe. In

der Erziehung Rolands sei ihm eine große, schwere Aufgabe gestellt, und daß ihm nun ein anderes so lockendes Leben geboten
werde, befestige ihm die Zuversicht, daß er das Rechte gewählt,
das Pflichtmäßige.

Eine Weile senkte Clodwig den Blick, Bella nahm die Hand
vom Stuhl und richtete sich auf. Als Erich seine Freude an
Roland schilderte, den geheimnißvoll beglückenden Zug zu demselben, ja sogar zu seinen Fehlern, da lächelte Clodwig in die
Zweige hinein.

„Dort geht der Doctor," rief er; „wollen Sie einen Dritten
zur Entscheidung nehmen?"

„Die Entscheidung," entgegnete Erich, „so schwer sie mir auch
wird, kann nur ich allein geben."

Mühsam sich erhebend, sagte Clodwig:

„Junger Freund, geben Sie mir Ihren Arm."

Er stand auf und führte sich an Erich, sein Arm ruhte schwer
und zitternd in dem Erichs.

„Ich weiß nicht," sagte er, „ich meine, ich wäre gar nicht
der Mann, der schon so viel erlebt hat; ich mache heut eine bittere
Erfahrung. Ist es das Alter, das mir die Entsagung so schwer
macht? Ich habe es doch gelernt. Ja, ja, man wird kindisch …
ein Kind kann nicht entsagen."

Er lehnte sich fester an Erich, der im Innersten zitterte, da
er den edlen Mann so erschüttert sah.

Hastig die Hand aus Erichs Arm lösend, fuhr Clodwig fort:

„Junger Freund, wenn ich sterbe, dann …"

Kaum hatte er das Wort gesagt, als er umsank; Erich fing
ihn noch mit den Armen auf. Ein Schrei von Bella, ein Herzu-
eilen des Arztes, ein Niederbeugen Erichs, Clodwig aufnehmen
und ihn in den Armen tragen wie ein Kind, das Alles war die
That eines Augenblicks.

Clodwig wurde in den Saal gebracht und dort auf ein Sopha
niedergelegt. Bella jammerte laut, der Arzt beruhigte sie. Er
wendete belebende Mittel an, mit denen er den Kranken schnell
wieder zur Besinnung brachte; er bat Bella und Erich, das Zimmer
zu verlassen, nachdem Clodwig einige Worte gesprochen hatte.

Bella klagte Erich, daß Doctor Richard ihren Mann nicht
verstehe; sie hatte bittere Worte, und es ließ sich nicht entscheiden,

haßte sie nur den Doctor oder die ganze medicinische Wissenschaft,
die sich so geheimnißvoll hielt.

Der Doctor kam bald wieder und erklärte, daß es nur ein
höchst unbedeutender Anfall gewesen; Clodwig bitte, daß Erich
bei ihm eintrete.

Erich ging in den Saal.

Clodwig saß aufrecht, er reichte Erich die Hand und sagte
mit verklärtem Lächeln:

„Ich muß doch meinen Satz vollenden. Ich wollte sagen:
wenn ich sterbe, dann wünsche ich, daß Sie bei mir sein möchten.
Aber beruhigen Sie sich, das hat noch gute Zeit. So, jetzt setzen
Sie sich zu mir. Wo ist meine Frau?"

Erich ging, sie hereinzurufen. Sie kam mit dem Arzte und
Sonnenkamp.

Der Arzt gestattete nicht nur, sondern wünschte ausdrücklich,
daß Bella und Clodwig sofort nach Wolfsgarten zurückkehren.
Sonnenkamp sprach den Wunsch aus, daß die edlen Gäste bei
ihm blieben.

„Erlauben Sie, daß Herr Dournay uns begleite?" fragte
Clodwig.

Sonnenkamp stutzte, aber sich schnell fassend erwiderte er:

„Ich habe dem Herrn Hauptmann nichts zu erlauben, aber
wenn Sie zur Abreise entschlossen sind, möchte ich ihn bitten, Sie
zu begleiten mit dem Versprechen, daß er wieder zu uns zurückkehre."

„Und Sie begleiten uns auch!" bat Clodwig den Arzt. Auch
dieser willigte ein.

So fuhren sie nun durch die linde Frühlingsnacht dahin, es
wurde wenig gesprochen.

Erich und der Arzt übernachteten auf Wolfsgarten. Der Arzt
schickte sich schon am frühen Morgen zur Abreise an, er weckte
Erich, der noch fest schlief, und sagte:

„Herr Doctor, bleiben Sie heute noch hier, aber nicht länger."

Erich sah ihn mit großen Augen an.

„Haben Sie mich verstanden?"

„Ja."

„Nun so leben Sie wohl."

Wieder war Erich einen ganzen Tag auf Wolfsgarten. Clodwig
war so heiter und klar als je, Bella hatte ein scheues, fast furcht-
sames Benehmen gegen Erich.

Am Abend kam Sonnenkamp mit Roland angefahren. Erich kehrte mit ihnen nach Villa Eden zurück und alles Blut stieg ihm ins Antlitz, da Sonnenkamp, ihn scharf fixirend, sagte:

„Gräfin Bella wird eine schöne Wittwe."

Am Abende des nächsten Tages fand sich der Arzt wieder auf Villa Eden ein, er war nochmals auf Wolfsgarten gewesen und brachte guten Bericht. Er nahm Erich beiseite und sagte:

„Sie haben mir vertraut, daß Sie eine Entscheidung bei Herrn Sonnenkamp jetzt persönlich weder erwarten, noch annehmen; ich billige das, Sie werden beiderseits in der Entfernung klar. Und so rathe ich Ihnen, verlassen Sie das Haus; jede Stunde, die Sie länger bleiben, ist ein Verderben für Sie."

„Mein Verderben?"

Der Arzt lächelte und sagte:

„Ja, junger Freund, diese Darstellung Ihres Wesens . . ." Er machte eine Pause und fuhr dann fort: „Kein Mensch erscheint eine Woche lang auf Parade, ohne Schädigung davonzutragen. Sie müssen fort! Sie haben genug geprüft und sind genug geprüft worden. — Kommen Sie mit mir, Sie übernachten bei mir, kehren morgen zu Ihrer Mutter zurück und warten dort ruhig das Weitere ab."

„Aber Roland?" fragte Erich. „Wie lasse ich den Knaben zurück? Sein Herz hat sich mir zugewendet, wie das meine ihm."

„Gut, sehr gut. So soll er warten, sich nach Ihnen sehnen; er soll lernen, daß die Reichen nicht Alles gleich haben können. Er soll um Sie werben, wenn es doch sein muß. Lassen Sie in dieser Stunde mich für Sie handeln."

„Hier meine Hand, ich reise mit Ihnen!" erwiderte Erich.

Im Hause war Alles voll Staunen, da es plötzlich hieß, Erich reise ab, und kaum war eine Stunde vorüber, als er mit dem Arzte in den Wagen stieg.

Erich war froh, daß der Abschied von Roland ein übereilter war. Der Knabe konnte nicht begreifen, was vorging; er konnte vor Bewegung nicht sprechen. Als Erich schon im Wagen des Doctors saß, kam Roland mit einem seiner jungen Hunde und legte ihn auf den Schooß Erichs; der Doctor aber gab den Hund zurück mit dem Bedeuten, er könne ihn jetzt nicht mitnehmen, der Hund sei noch zu jung, man möge ihn bei der Mutter lassen, er wolle später dafür sorgen, daß Erich ihn bekäme.

Roland schaute den Davonfahrenden lange nach.

In der Seele des Knaben wirrte sich Alles durcheinander, was er in den wenigen Tagen seit Erichs Anwesenheit erlebt hatte; im elterlichen Hause verwaist, in der Fremde erschien er sich. Er faßte den jungen Hund an der Genickhaut und wollte ihn von sich schleudern, aber der Hund winselte so erbarmungs= würdig, und plötzlich drückte er ihn an die Brust und sagte:

„Sei ruhig, es geschieht dir nichts. Ich winsle nicht, jetzt winsle du auch nicht. Er hat uns Beide nicht gewollt."

Roland brachte den Hund zurück und die Hündin schien sehr erfreut, ihren Sprößling wiederzusehen.

„Ich gehe auch zu meiner Mutter," sagte Roland. Er mußte sich aber erst anmelden lassen.

Sie ließ ihn vor sich kommen, und als der Knabe seiner Mutter klagte, daß Erich so plötzlich davongegangen, sagte sie:

„Das ist recht; ich habe es ihm gerathen."

„Du? ... Warum?"

„Mit deinem dummen Warum? Man kann dir nicht ewig auf dein Warum antworten."

Roland ward still.

Er wollte zum Vater, aber dieser war mit dem Major nach der Burg gefahren.

Verlassen und einsam stand er im Hofe; endlich ging er wieder in den Stall, saß bei seinen Hunden und sah ihrem possierlichen Treiben zu; dann ging er zu seinem Pferde und stand an dessen Hals gelehnt lange still. Durch die Seele des Knaben zogen, im Wirbel sich bewegend, wunderliche Gedanken: Das Pferd, die Hunde sind dein. Nur was man kauft, was man besitzt, hat man zu eigen . . .

Rasch wie ein Blitz dahinfährt, kaum gesehen auch schon ver= schwunden, erwachte in der Seele des Knaben die Vorstellung, daß es von Mensch zu Mensch keinen andern Besitz giebt, als die Liebe.

Der Knabe ließ sein Pferd satteln und ritt denselben Weg, den Erich und der Doctor gefahren waren.

Zehntes Kapitel.

Still und gedankenvoll saß Erich neben dem Doctor. Wie von Wind und Wellen hin und her getragen, erschien er sich. Er war eingetreten in das Lebensschicksal so vieler Menschen, das konnte in seinem und in ihrem Dasein nicht mehr getilgt werden.

„Sie glauben also an Erziehung?" fragte der Doctor endlich.

„Ich verstehe Sie nicht."

„Ich halte eigentlich nichts auf Erziehung; die Menschen werden das, wozu sie von Natur aus angelegt sind. Wie man den Menschen in die Wiege legt, so legt man ihn in den Sarg. Kenntnisse, Fertigkeiten zum Fortkommen giebt die Bildung, den Ausschlag giebt die Naturanlage.

Da Erich die Achseln zuckte, fügte der Doctor hinzu: „Ich kann nicht wünschen, daß alle Menschen sein mögen wie ich, denn ich habe es aufgegeben, auf Andere wirken zu wollen; Anderen helfen wollen, ist eine Jugendkrankheit, es unterlassen, ist freilich eine Altersschwäche, aber sie ist bequem."

Erich war nicht gewillt, auf diese Erörterungen einzugehen, er war des ständigen Besprechens müde.

Der Doctor fuhr fort:

„Eigentlich gönne ich Sie diesen Leuten nicht; es ärgert mich, daß die Reichen sich auch Duft und Frucht höherer Erkenntniß sollen kaufen können; aber es bleibt wahr: es kommt kein Reicher ins Himmelreich. Die Reichen haben zu viel Ballast geladen; sie haben ein verkünsteltes Leben fern von der Noth des Daseins und entziehen sich selbst der Naturmacht der Jahreszeiten; sie fliegen aus und ein in verschiedene Klimas und haben überall wohnlich eingerichtete Schwalbennester. Es wäre eine Unbarm= herzigkeit des Schicksals gegen uns, wenn die Reichen zum mühe= losen Besitze noch die höheren Freuden haben sollten, die uns allein gehören."

„Es giebt keinen Königsweg in der Geometrie, heißt der Spruch Euklids," schaltete Erich ein; „Wissen und Erkennen er= langt man nur durch Arbeit. Es ist in Ein Wort zusammen= zufassen, was ich mit diesem Knaben will: er soll Selbstthätigkeit gewinnen."

„Recht so," erwiderte der Arzt. „Ja, so ist's! Das, was

wir, die dem Geiste leben, vor dem Reichen voraus haben, besteht darin, daß wir für uns allein sind, der Reiche kennt die
thaubildende Stille der Einsamkeit nicht; er hat immer so viel,
aber nie sich selbst und nie sich allein. Herr Sonnenkamp könnte
hier in der That im Eden leben; aber die große Frage ist immer,
wie diese Ausstattung mit allem nur Wünschbaren noch die Empfäng-
lichkeit zuläßt. Es würde Ihre Hauptaufgabe sein, diese in Roland
zu wecken und auszubilden. Er soll eigentlich doch erst schulmäßig
lernen. In dem, was er von der Welt weiß, ist er ein Kind,
und in dem, was er von der Welt verlangt, ein Mann, man
könnte beinahe sagen, ein Lebemann."

Erich hatte Vieles zu erwidern, aber er lächelte in sich hinein,
denn er dachte, wie leicht es ist, Lehren zu geben. Der Doctor
hatte ihn mit Recht darüber angelassen, daß er sich über so Vieles
ausbreite, jetzt sollte der Doctor auch merken, daß er schweigen
könne. Er schwieg und der Doctor fuhr fort:

„Uebrigens kann ich Ihnen gute Handreichung bieten, wenn
Sie dennoch in die Stelle eintreten. Leider sind Sie kein Mediciner, und nach meiner Ansicht sollte nur ein Mediciner Erzieher
sein. Haben Sie bereits bemerkt, daß der Junge einen Magen
hat, der nicht gut verdaut? Ein Junge in diesen Jahren müßte
Kieselsteine verdauen! Ich bringe es nicht dahin, daß ihm nur
einfache Speisen gegeben werden. Die Vornehmen und Reichen
essen ohne Hunger und trinken ohne Durst. Der Junge kann
Alles bekommen, nur Eins nicht: rechte, grundmäßige Freude.
Es ist ein Kleines, nehmen Sie es nur als Beispiel: er freut
sich über kein neues Gewand. Streichen Sie aus Ihrer Kindheit,
aus Ihrer Jugend diese Freude! Ich muß gestehen, wochenlang
kann ich mich mit einem gutsitzenden Gewand freuen."

Der Doctor schilderte nun den athletischen Bau Sonnenkamps
und wie er beständig mit seinem gewaltigen Naturell zu kämpfen
habe. Seine Milde, der man das Erzwungene und Geflissent-
liche sofort ansähe, neutralisire stets eine gewisse unbändige Kraft
in ihm. Er sei ein verhaltener Faustkämpfer, und habe in der
That, wie er sich einmal rühmte, eine eiserne Faust.

Der Arzt erzählte lachend, als er Sonnenkamp zuerst gesehen,
habe er immer nach der Keule geforscht, die dieser Mann eigentlich
in der Hand tragen müßte. Wenn er sich freundlich geberdet, da sei
es immer, als wollte er sagen: sei unbesorgt, ich thue dir nichts.

Dann schilderte der Doctor das Schlafleben der Frau Ceres, der die scharfzüngige, noch mehr aber neidische Gräfin Wolfs= garten den Beinamen Crocodilia gegeben habe, weil sie etwas von dem Ungeheuer habe, das sich am Ufer in der Sonne aus= reckt. Für Frau Ceres sei jede noch so kleine Bemühung eine Anstrengung, sie lasse sich des Tages dreimal ankleiden, ohne dabei nur eine Nadel festzustecken, gehe stundenlang in ihrem Zimmer umher, betrachte sich von allen Seiten, füttere ihren Papagei, lege Patience und kultivire ihre Nägel. Das arme Wesen solle immer von der schönen Natur leben, und das könnten doch viel bedeutendere Menschen nicht. Sie habe eigentlich eine Gelenkschwäche, sei indeß nicht ohne Tücke und Launen.

Erich gedachte der räthselhaften Art, wie ihn Frau Ceres hatte rufen lassen, er berichtete nicht davon, aber er forschte weiter und der Doctor erzählte:

„Es mag jetzt bald ein Jahr sein, da ist mir etwas vorge= kommen, was ich nicht für möglich gehalten hätte. Ich wurde nach der Villa gerufen; die Tochter des Hauses war in einem Zustande des Starrkrampfes oder einer Art Ekstase, die ich nicht begriff. Fräulein Perini erzählte mir, das Mädchen habe die Hände so heftig in einander gefaltet, daß dieselben nur mit Hülfe zweier Diener auseinander zu bringen waren, obgleich sich das Mädchen nicht wehrte. Noch als ich kam, waren alle Gelenke an der Hand wie geknickt. Ich konnte nie erforschen, welche aufs Aeußerste gesteigerte Seelenaufregung eine solche körperliche Folge hervorbringen konnte; ich erfuhr nur, daß Herr Sonnenkamp seiner Frau irgend etwas verweigert habe, was sie heftig wünschte. Sie strafte ihn damit, daß sie der Tochter, die ihren Vater bisher wie ein höheres Wesen verehrt hatte, etwas mittheilte, das das arme Kind so aufregte. Noch als sie geheilt war, blieb sie schwer= müthig, bis man sie ins Kloster brachte, wo sie nun neu auflebte.“

Erich lenkte die Frage nach dem Grunde, warum Sonnen= kamp so vielen Gehässigkeiten und Verleumbungen ausgesetzt sei. Der Arzt ging leicht darüber hin und erklärte, daß der hungrige Hofadel als natürliche Gegenwehr jeden Makel suche gegen einen Mann von so unermeßlichem Reichthum, der sie mit seinem Auf= wande fast persönlich beleidige. Nur Herr von Pranken sei ihm geneigt und nicht blos, weil er die Tochter mit der reichen Mit= gift heiraten wolle, es sei auch ein natürlicher Zusammenhang zwischen ihnen, denn „Herr Sonnenkamp interessirt sich sehr für sich selbst und Herr von Pranden betrügt seinen Nächsten wie sich selbst."

„Und nun, mein Freund," schloß der Arzt, „nun sehen Sie, wie Sie in diesem Hause zurecht kommen wollen, wenn Sie eintreten."

„Ich habe eine Bitte," sagte Erich. „Lassen Sie mich hören, wie Sie zu einem Freunde über mich sprechen würden, wenn ich abgereist wäre. Wollen Sie das?"

„Gewiß; diese Bitte liegt nach Ihrem Wesen ganz auf der Linie. Sie sind ein Idealist. Ach, was haben die Menschen für schwere Noth mit ihrem Ideal! Ihr Idealisten, die ihr stets für Andere denkt, arbeitet und empfindet, kommt mir vor wie die Wirthe auf hohen Aussichtspunkten, die Alles vorbereiten und stets zu Gott beten müssen: laß gut Wetter werden und Gäste kommen! Sie können das Wetter nicht zwingen und die Gäste nicht. Darum ist der einfache Rath: sei kein Wirth zur Herberge der Idealität. Laß dir's gut schmecken und denke nicht an Andere, sie holen sich ihre Portion selbst oder bringen etwas in ihrem Schnappsack mit, wo nicht, mögen sie hungern und dürsten. Ich habe gefunden, es giebt nur zwei Wege, sich im Leben abzufinden: entweder mit der Welt unzufrieden oder mit sich selbst unzufrieden. Die heutige Jugend, wie ich sie kenne, hat noch einen dritten Weg, sie ist zugleich mit der Welt und mit sich selbst unzufrieden."

„Es ist leider zuweilen bei mir der Fall."

„Und eben darum," fuhr der Doctor fort — er nahm seine großen Handschuhe ab und legte die Hand auf die Schulter Erichs — „eben darum wünschte ich, daß Sie ein anderes Loos hätten ... ich weiß nicht was ... ich suche vergebens."

Eine lange Reihe von Wagen mit geschälten Buchenästen kam die Straße daher. Der Arzt berichtete, daß man diesen Aesten bereits verschiedene chemische Stoffe entzogen und sie nun nach einer Pulverfabrik bringe. Erich erwähnte, daß er das kenne, er habe sich auch längere Zeit nach der Pulverfabrik im Gebirge commandiren lassen und dort gearbeitet.

Eine mit zwei Apfelschimmeln bespannte Kalesche folgte den Wagen; ein junger schöner Mann, der selbst kutschirte, grüßte schon von ferne.

Der Doctor ließ anhalten.

„Willkommen!" rief er dem jungen Manne zu.

Sie reichten sich von Wagen zu Wagen die Hand und der Doctor fragte: „Wie geht's Louisen und den Kindern?"

„Alles wohlauf."

„Waren Sie bei der Mutter?"

„Ja."

„Wie steht's bei Ihren Eltern?"

„Sind auch wohlauf."

Der Doctor stellte den jungen Mann als Herrn Heinrich Weidmann, seinen Schwiegersohn, vor.

„Sind Sie der Sohn des Herrn Weidmann von Mattenheim?"

„Allerdings."

„Wo ist denn Ihr Vater?" fragte der Doctor.

„Da drüben im Dorfe; sie verhandeln dort über die An-legung einer Pulvermühle."

Wie ein Blitz ging es vor dem Doctor auf; er wendete sich zu Erich, sagte aber kein Wort. Der junge Weidmann drückte auch Erich die Hand und sprach die Hoffnung aus, daß sie sich nicht blos so kurz begegnet und an einander vorüber gefahren seien; Erich werde auch bei seinem Vater willkommen sein.

Die beiden Wagen fuhren davon, jeder seinem Ziele zu.

Der Doctor berichtete Erich, daß sein Schwiegersohn prak-tischer Chemiker sei, und vor sich hin murmelte er:

„Trumpf gefordert, Trumpf bekannt."

Erich verstand ihn nicht; er gedachte lächelnd, wie Pranken von den Söhnen Weidmanns mit den impertinent weißen Zähnen gesprochen habe.

Als man dem nächsten Orte zufuhr, kam eben das Dampf-schiff vom Oberrhein daher; der Doctor befahl seinem Kutscher, so rasch als möglich zu fahren, damit man das Dampfschiff noch bei der Landungsbrücke erreiche. In rasendem Galopp fuhren sie dahin. Der Doctor rief:

„Nun hab' ich's! Nun hab' ich's!"

Er faßte dabei den Arm Erichs mit einer Heftigkeit, als ob er auf den Tisch schlage, daß die Gläser klirren. „Wir suchen Herrn Weidmann sofort auf," setzte er hinzu.

Der Wagen kam noch glücklich an, als eben das Brett schallend von der Landungsbrücke auf das Schiff gelegt wurde. Schnell stieg der Doctor aus und sagte dem Kutscher, er möge seiner Frau melden, daß er erst zum Abend heimkäme; dann bestieg er mit Erich das Schiff.

Auf dem Schiffe wurde der Arzt von Bekannten begrüßt, und eine Gesellschaft, die sich eine Maibowle bereitet hatte, bot ihm und seinem Freunde alsbald ein Glas; der Doctor stieß an, trank aber nicht, denn er erklärte, daß er nie gekünstelten Wein trinke. Die Gesellschaft war heiter; ein Krüppel, der auf dem Schiffe war, spielte auf der Ziehharmonika und man sang dazu.

Auf dem Verdecke an einem kleinen Tischchen, darauf eine Champagnerflasche im Eiskühler stand, saß der Weincavalier und ihm gegenüber eine schöne weibliche Gestalt mit sehr viel falschem Haar und sehr viel einnehmender eigener Schönheit. Die Beiden rauchten kleine Cigaretten und plauderten lebhaft Französisch mit einander. Der Weincavalier vermied es, den Blicken des Arztes zu begegnen, und der Arzt nickte vor sich hin, wie wenn er sagen wollte: doch noch ein Rest Schamgefühl.

Als man des Dorfes ansichtig wurde, das der Schwiegersohn genannt, sagte der Doctor zu Erich, Herr Weidmann sei es, der ihm zu helfen verstünde und dessen Rath er sich unbedingt fügen dürfe.

Erich stieg mit dem Doctor in den Kahn, der sie vom Dampfschiff ans Land brachte; die auf dem Schiffe grüßten noch mit den Gläsern in der Hand; schnell war das Schiff verschwunden. Der Ferge kannte den Doctor und grüßte ihn vertraulich, indem er sagte:

„Sie treffen Herrn Weidmann dort im Garten."

Man landete an dem stillen Dorfe. Erich wurde Weidmann vorgestellt. Es war ein Mann mit hagerem, auf den ersten Anblick trocken erscheinendem Wesen; aus seinen Zügen sprach ruhiger Verstand und Gleichmuth, aber im hellen Auge lag warme Begeisterung. Weidmann saß mit mehreren Männern um einen Tisch, auf welchem Papiere lagen, daneben standen Flaschen und Gläser.

Weidmann begrüßte Erich kurz, dann wendete er sich wieder zu den Genossen, mit denen er gesprochen hatte.

Der Doctor ward sofort abgerufen, denn der Vater des Wirthes war krank und man betrachtete es als einen glücklichen Zufall, daß der Arzt gekommen sei. Erich ging allein am Ufer auf und ab; wie in eine fremde Welt verschlagen erschien er sich. Da fahren die Menschen zu Berg und zu Thal und sitzen in den Gärten und denken und berathen, wie man die Natur ausbeute.

Der Ferge kam zu Erich und sagte, Herr Weidmann ließe ihn bitten, in den Garten zu kommen. Weidmann ging ihm mit herzerquickender Freundlichkeit entgegen und sagte, daß er ihn jetzt erst willkommen heiße; er sei vorhin zu sehr beschäftigt gewesen. Auch der Doctor kam bald nach.

Die Drei setzten sich in eine Ecke des Gartens an den Tisch, wo die weite Aussicht sich aufthat, und nachdem Erich erzählt, woher er komme, schilderte Weidmann mit schalkhaftem Tone die Gewaltthätigkeit des Doctors, der immer sage, daß er nicht auf andere Menschen wirken wolle, und doch gern mit drastischen Mitteln drein greife. Es bildete sich ein geschickter Einigungspunkt zwischen Erich und Weidmann, indem sie in neckischer Weise, die doch Ehrerbietung in sich schloß, sich gegen den Doctor vereinigten.

Erich vernahm, daß der Doctor ihn bereits zur Leitung der Pulverfabrik vorgeschlagen habe. Weidmann berichtete, daß der Staat noch allerlei Hindernisse mache, obgleich man den Absatz wesentlich in der neuen Welt suchen wolle; sein Neffe, Doctor Fritz, habe hiezu einen der Männer, mit denen er eben verhandelt, aus Amerika herübergeschickt. Auch wünsche sein Neffe, daß man einen erfahrenen deutschen Artilleristen fände, der nach Amerika übersiedeln und dort einer Fabrik zur Bereitung von Pulver und Zündern vorstehen möge; es ließe sich dabei rasch und sicher ein namhaftes Besitzthum erwerben.

Der Doctor sah auf Erich, dieser aber lächelte und schüttelte verneinend den Kopf.

Weidmann berichtete ferner, daß sich indessen etwas ganz Neues gezeigt habe; man habe ein Braunsteinlager entdeckt und es wolle sich eine Gesellschaft bilden, die dasselbe ausbeute; ein Mann, der Ordnung zu halten verstände, würde sich leicht in das Nöthige einarbeiten.

Er sah ebenfalls fragend auf Erich und stellte ihm dann geradezu das Anerbieten mit der Aussicht eines bedeutenden Gehaltes und eines sich steigernden Gewinnantheils.

So höflich als dankbar lehnte Erich ab, da es ihm durchaus nicht darum zu thun sei, aus dem gelehrten Beruf herauszutreten;

er achte die Freiheit, die der Besitz gebe, sehr hoch, aber er sei nicht zum Erwerbsleben geschaffen.

Weidmann erzählte, daß er einen Brief von seinem Neffen, dem Doctor Fritz, aus Newyork erhalten habe, der in den nächsten Tagen ein Töchterchen schicke, das in Deutschland erzogen werden solle; er habe deßhalb den früheren Lehrer Rolands, den Candidaten Knopf ins Haus genommen. Erich erkundigte sich nach diesem Lehrer und hörte viel Löbliches, Niemand aber wußte, warum er so plötzlich Villa Eden verlassen hatte.

Das letzte Schiff kam stromaufwärts. Der Doctor und Erich nahmen Abschied von Weidmann; dieser drückte Erich herzlich die Hand.

Am Landungsplatze unter neu gepflanzten Linden gingen Männer und Frauen aus dem Städtchen auf und ab, denn es ist immer ein wichtiges Ereigniß des Tages, wenn das Schiff ankommt, das hier übernachtet. Auch die Frau des Doctors war am Ufer und ging mit Erich und ihrem Manne heimwärts. Sie hieß Erich als Gast willkommen und sagte, daß sie ihn auf Wolfsgarten kennen gelernt; Erich erinnerte sich dessen nicht mehr, denn er hatte die bescheidene, schweigsame Frau damals kaum bemerkt.

Im Hause warteten Viele auf den Arzt. Erich wurde in sein Zimmer und dann in die Bibliothek geführt; er sah zu seiner Freude, daß der Mann mit den neuen Forschungen in seiner Wissenschaft fortzuschreiten suchte, und er hoffte, durch ihn manche Lücke in seinem Wissen auszufüllen.

Die Dämmerung war eingebrochen; Erich saß still, da hörte er Pferdegetrappel vor dem Hause. Er stand unwillkürlich auf und schaute hinaus; er glaubte, daß der Reiter, der jetzt eben vorübergeritten, Roland gewesen sei — oder hatte ihn seine Vorstellung und sein beständiges Denken an den Knaben getäuscht?

Es war ein behagliches Sein im Hause des Arztes, wo Alles von gediegenem Wohlstand zeugte; aber noch vom Abendtische weg mußte der Arzt in ein nahgelegenes Dorf. Erich ging mit der Frau des Doctors die schöne Landstraße am Ufer des Stromes entlang, und sie sagte: sie wünsche sehr, daß ihr Mann einen geistig regsamen Freund zu ständigem Umgang haben könnte, er fühle sich hier im Städtchen doch oft allein und müsse sich Alles selbst schaffen.

Elftes Kapitel.

Hier im Städtchen war noch nachbarliche Gemeinschaft von Haus zu Haus. Der Gast, den man beherbergt, gehört auch dem Nachbarn an und wird schnell heimisch und zugehörig. Man rief Befreundete an, die am Fenster und auf dem Balcon standen, oder auf den Straßen wandelten; man schloß sich an, man plauderte und scherzte, und aus den Fenstern tönte hier und dort Clavierklang und Liederschall.

Die Frau Landrichter und ihre Tochter Lina gingen mit Erich und der Frau seines Gastfreundes. Man wunderte sich, daß er wieder abreise, denn es galt als entschieden, daß er im Hause Sonnenkamps bleibe. Erich hörte von Lina, daß in der That Roland durch das Städtchen geritten war; er war mehrmals vor dem Hause des Arztes vorbeigeritten und hatte sein Pferd steigen lassen, so daß es ängstlich anzuschauen war.

Lina hatte das Verlangen, Erich allein zu sprechen; es gelang ihr, da sich eben die Mutter und die Frau Doctor eine Weile bei dem begegnenden Schuldirector und dessen Frau aufhielten und sich erzählen ließen, wie es der jungen Wöchnerin, der Frau des Försters, ergehe, die im selben Hause mit dem Schuldirector wohnte. Lina ging mit Erich voraus und sagte rasch:

„Wissen Sie auch, daß Ihr Schüler Roland eine Schwester hat."

„Gewiß; ich hörte davon."

„Sie hörten davon? Sie haben sie ja gesehen. Es war ja das Mädchen mit dem Stern und den Flügeln, die uns auf der Klostertreppe in der Dämmerung begegnete."

„So? Ja wol."

„So? Ja wol?" spottete Lina nach. „Ach, die Männer sind schrecklich; ich habe geglaubt, daß Sie . . ."

Sie hielt inne und Erich fragte:

„Daß ich . . . Was soll ich?"

„Ach, die Mutter hat Recht, ich bin zu unerfahren, zu täppisch, und sage Alles heraus. Ihnen hätte ich nun geglaubt . . ."

„Das können Sie auch, unwahr zu sein ist eine Sünde und gegen Sie eine doppelte."

„Nun gut," sagte Lina und nahm ihren Hut ab und schüttelte ihre Locken in den Nacken, „nun gut; wenn Sie mir ehrlich bekennen, daß Manna damals auf Sie einen Eindruck gemacht hat, dann sage ich Ihnen auch etwas; aber Sie müssen gerade und ehrlich sein."

„Glauben Sie, ich würde Nein sagen? Da schneiden Sie mir ja den Weg ab, ehrlich zu sein."

„Nun, so sage ich Ihnen . . . aber bitte, nicht wahr, Sie behalten es für sich? . . . Manna hat mich gefragt, wer Sie sind, und das ist sehr viel von ihr. Aber nein, das wollte ich nicht sagen . . . Machen Sie doch, daß Manna nicht Nonne wird."

„Ich soll das hindern?"

„Haben Sie die Trippensandalen der Nonnen gesehen? Entsetzlich! Solche Sandalen soll Manna am Fuße haben, und sie hat den schönsten Fuß."

„Aber warum soll sie nicht Nonne werden, wenn sie will?"

„Ach," klagte Lina, „da habe ich mir gedacht . . . nicht wahr, ich bin ein recht einfältiges Ding? . . . In alten Zeiten trat ein Ritter als Knappe oder so was in ein Schloß . . . und da meinte ich . . ."

Sie konnte ihren Traum nicht vollenden, denn die Mutter trat herzu; sie war besorgt, da das Kind mit dem fremden Manne ging und gewiß eine von ihren entsetzlichen Naivetäten vorbrachte.

„Darf man wissen, was Sie so eifrig besprechen?" fragte die Frau Landrichter.

Lina athmete tief auf und nahm das Gummiband ihres Strohhuts in den Mund; die Mutter hatte ihr das oft verwehrt, aber jetzt that sie es doch, da Erich mit großer Unbefangenheit sagte:

„Ihr Fräulein Tochter erinnerte mich an unsere Begegnung auf der Klosterinsel. Ich muß noch heut um Entschuldigung bitten, und wollen Sie auch Ihrem Herrn Gemahl meine Entschuldigung kund geben. Es giebt so viele unwirsche, sich dadurch vornehm dünkende Menschen, denen man auf der Reise begegnet, daß man oft selbst unfreundlich wird."

Lina hatte schnell der Mutter den Platz neben Erich überlassen, sie ging auf der äußersten Flanke neben der Frau Doctor. Man wandelte lange mit einander und die Doctorin hörte schon aus weiter Ferne das Gerassel vom Wagen ihres Mannes, sie erkannte es, während die Anderen noch nichts vernehmen konnten.

Der Doctor kam. Er erzählte, daß im nächsten Dorfe ein Mann wohnte, dessen Anblick ihm vordem immer einen Stich durchs Herz gegeben, denn der Mann habe ihm durch einen falschen Eid eine Schuld von hundert Gulden abgeleugnet. Mit der Zeit sei ihm das sehr nützlich geworden, denn so oft er ihm begegnete, hätte er wieder an die Niederträchtigkeit der Menschen geglaubt, die man sonst gern vergesse. Jetzt habe der Mann noch vor seinem Tode ihm gebeichtet und das Geld zurückgegeben. Nun stehe er da, sei um hundert Gulden reicher, aber . . ."

„Was thun Sie mit den hundert Gulden?" unterbrach Lina.

„Was thätest du damit?"

„Ich weiß es nicht."

„Was würden Sie thun, Herr Hauptmann?" wendete sich der Arzt zu Erich. Was würden Sie thun, wenn Sie eine Million verschenken könnten?"

„Ich?" fragte Erich; er begriff nicht, woher plötzlich diese Frage.

„Ja, Sie."

„Ich habe schon darüber gedacht, was ich in solcher Lage thun möchte. Ich glaube, ich würde zunächst ausgiebige Stipendien auf allen deutschen Universitäten gründen. Der Reiche sollte darauf sinnen, wie er dem Manne der Wissenschaft die Gedankenarbeit erleichtert."

„Gut," antwortete der Doctor, „Jeder denkt zunächst an seinen eigenen Kreis. Sehen Sie hier meine kleine Freundin Lina, wenn diese eine Million zu verschenken hätte, würde sie lauter blauen Musselin dafür kaufen und die ganze weibliche Welt in blauen Musselin kleiden. Nicht wahr, Musselina?"

Lina schwieg und die Frau Landrichter ermuthigte:

„Gieb doch eine neckische Antwort, Lina, weißt du denn keine?"

Lina schien keine zu wissen, aber es war ein anmuthiger, heiterer Ton zwischen dem Doctor und dem Kinde.

Als man sich verabschiedet hatte, sagte der Doctor zu Erich:

„Sie können hier eine neue Pädagogik sehen. Die Frau Landrichter will mit aller Gewalt aus ihrer Tochter ein pikantes, weitläufiges Plappermäulchen machen, aber das Kind hat glücklicherweise eine einfache, gediegene, unverwüstliche Natur, und wenn man allein mit ihr redet, ist sie voll sprudelnden Lebens."

Man saß behaglich im Hause und der Doctor sagte:

„Sie sind der erste Soldat, mit dem ich durchaus harmlos verkehre. Sonst habe ich im Umgange mit Officieren stets . . .

ich darf es nicht Furchtsamkeit nennen, aber eine gewisse Empfindung des Unbewaffneten neben dem Bewaffneten. Ihr habt
immer was Gerüstetes, auf die Attaque Gefaßtes. Ich nehme
mein Wort zurück. Ein Soldat ist vielleicht doch noch ein besserer
Erzieher als ein Mediciner. Nun, gute Nacht!"

Als Erich allein war, dachte er sich in die Seele des Knaben
hinein, der ihm nachgeritten war, um ihn noch einmal zu sehen.
Er versetzte sich in seine Empfindungsweise und doch konnte er
es nicht ganz; denn Roland war voll Zorn auf Erich, der ihn
verlassen hatte, ihn, der sich so liebevoll und treu hingegeben.
Der Knabe kam sich wie geraubt vor, und so ritt er dahin und
dachte, Erich müsse ihm entgegenkommen oder am Fenster lauschen,
bis er ihn sehe. Vor Zorn weinend war der Knabe wiederum
heimgekehrt.

Zwölftes Kapitel.

Der Doctor stand Sommers und Winters um fünf Uhr auf,
studirte mehrere Stunden unausgesetzt und ließ sich nur in bringend-
sten Fällen Kranke anmelden. Durch dieses Studium blieb er
nicht nur in seiner Wissenschaft, sondern wie er sich leiblich jeden
Morgen in frischem Wasser badete, so war er auch geistig erfrischt; mochte am Tage kommen, was wolle, er hatte sein Stück
wissenschaftliches Leben eingeheimst. Und das war's, warum er
immer so frischauf war, so gespannt und munter. Gegen einen
alten Kameraden bezeichnete er diese Morgenstunden als seine
Kameelstunden, da trinke er sich voll und hole sich einen Trunk
herauf, wenn es in der Wüste dürr geworden. Uebrigens erschien ihm das Leben gar nicht als Wüste, denn er hatte etwas,
was überall gedeiht und Alles besiegt, und das war eine unzer-
störbare Heiterkeit und ein Gleichmuth, den er allerdings auf
seinen gesunden Magen zurückführte.

Als er hörte, daß Erich, der über seinem Studirzimmer
wohnte, aufgestanden war, ließ er ihm sagen, er möge bald
zum Frühstück kommen. Die Frau, welche in der Wirthschaft zu
thun hatte oder eigentlich sich zu thun machte, um ihren Mann
nicht zu nöthigen, ihretwegen das Gespräch auf minder gelehrte
Dinge zu führen, hatte sich bald entfernt und wirthschaftete im

Hausgarten, in welchem viele Ableger und Sämereien aus dem Garten Sonnenkamps gediehen. Der Doctor besprach aber mit Erich gar keine gelehrten Dinge.

In dem Frühstückszimmer hingen die Bildnisse der Eltern und Großeltern des Arztes und dieser nahm hievon Gelegenheit, aus seinem eigenen Leben zu erzählen. Der Großvater und der Vater waren Schiffer gewesen; der Doctor hatte die goldene Hochzeit Beider erlebt und sprach seine Hoffnung aus, daß er auch seine eigene feiern werde. Und nachdem er nun sein eigenes Ringen mit dem Leben geschildert, ging er darauf über, Erich nach seinen ökonomischen Verhältnissen zu fragen.

Erich legte unverhohlen die ganze Lage dar; die Mutter habe auf hohe und reiche Freunde manche Hoffnung gesetzt; er aber glaube, und ehrlich gestanden wünsche er auch nicht eine derartige Hülfe. Der Doctor sagte, daß ihnen Niemand gründlich und schön helfen würde; er entwickelte dabei ganz ketzerische Ansichten über die Wohlthätigkeit, er schalt über die Stiftungsmacherei und die verzettelten milden Gaben. Er behauptete, daß es viel schöner und echter wäre, eines Menschen oder einer Familie ganze Existenz sorglos zu stellen. Er berichtete, wie er oft versucht habe, solches zu bewirken; bei Herrn Sonnenkamp wäre dies nicht möglich, denn der wolle nichts mit den Menschen zu thun haben, denen er eine Gabe in den Bettelhut geworfen.

Da sich nun das Gespräch wieder auf Sonnenkamp gewendet hatte, erbot sich der Doctor — ja, er verpflichtete Erich, es ihm zu überlassen — alle äußeren ökonomischen Verhältnisse mit Sonnenkamp zu ordnen.

Erich sprach seine Freude aus, daß hier in dem kleinen Städtchen so viele schöne Existenzen seien, die eine reiche Fülle der Gemeinschaft bilden könnten. Der Doctor bestritt das, denn der Umstand, daß man auf einander angewiesen, und nicht wie in der großen Stadt eine Auswahl habe, mache kleinlich, herb und klatschhaft.

„Im Ganzen," schloß er, „haben wir nicht mehr von einander, als eine sichere Whistpartie."

Es war Zeit, daß man an die Abreise dachte. Der Doctor fuhr mit Erich bis zur nächsten Bahnstation; er wiederholte den Wunsch, daß sie mit einander leben könnten.

Ein Trupp fröhlicher jüngerer und älterer Männer grüßte

den Doctor und stieg in den Wagen zu Erich. Der Doctor sagte
diesem, daß es Weinprober seien, die zu einer Versteigerung
reisten, welche heut im Keller des Weingrafen abgehalten würde.
Er machte Erich noch besonders auf einen Mann mit weinseligem
Gesichte aufmerksam, es war dies der Nichmeister, die feinste
Weinzunge im Gau.

Die Locomotive pfiff; der Doctor faßte nochmals die Hand
Erichs und sagte:

„Wenn einmal Einer von uns aufhören sollte, der Freund
des Andern zu sein, so verpflichtet er sich hiemit, es ihm acht
Tage vorher wissen zu lassen. Und nun leben Sie wohl.“

Erich fuhr heimwärts.

Er schaute vor sich nieder, aber plötzlich hörte er im Wagen
rufen:

„Da reitet der junge Sonnenkamp!“

Er schaute hinaus, er erblickte Roland, der aber schnell hinter
einer Böschung verschwand.

Erich hörte nichts von dem lebhaften, oft von lautem Lachen
unterbrochenen Gespräche der Weinprober; er hatte viel in sich
hineinzudenken und war froh, als auf der nächsten Station die
Weingesellschaft ausstieg und er allein blieb.

Zu Roland dachte er hin. Der Knabe ist ihm nochmals nachgeritten, und wie ist nun seine Seele bewegt, da er allein heimkehrt?

Es war wol weltklug, nicht sofort auf einen Abschluß zu
bringen, aber giebt das dem Knaben nicht das bittere Gefühl,
daß der ihn verlassen kann, dem er sich so frei und schön angeschlossen?

Als sollte Erich immer und immer wieder an Roland erinnert werden, stiegen von Station zu Station Knaben mit Schul-
ränzchen auf dem Rücken zu ihm in den Wagen.

Er erfuhr auf seine Fragen, daß sie, bei ihren Eltern auf
Landhäusern und in entfernteren Dörfern wohnend, tagtäglich
nach der Festungsstadt zur Schule fuhren und Abends wieder
heimkehrten.

Welch eine ganz andere Jugend wird das werden! Schon
in der Morgenfrühe ins Eisenbahngeräusch versetzt, dann zum
Unterricht sich sammelnd und wieder auf der Eisenbahn heim-
kehrend. Diese Jugend muß lernen, in Unruhe und Geräusch

der neuen Zeit sich ihr Innenleben zu bewahren, das freilich
ein anderes wird als das unsere war. Und schauen wir weiter
hinaus in eine Zukunft, wo die erschreckende Vergrößerung der
Städte verschwindet: die Menschen siedeln sich wiederum draußen
an, wo das Grün des Feldes, das Blau des Himmels und der
rauschende Strom täglich vor Augen und ihnen doch gegeben ist,
alle Bildungselemente sich anzueignen und Alles, was das Zu-
sammenwohnen der Menschen in großen Städten darbietet. Es
bringt wieder Feldluft in die Seele.

Um dieselbe Zeit, als Erich mit dem Doctor abgereist war,
saß die Frau Landrichter mit ihrem Mann und ihrer Tochter bei
dem Morgenkaffee und erzählte vom Abendspaziergange mit Erich.

„Ist gut . . . ist gut!“ sagte der Landrichter. „Der Mann
ist höflich und gewandt, aber es ist doch gut, daß er fort ist;
er ist ein gefährlicher Mensch.“

Viertes Buch.

Erstes Kapitel.

Die Sperlinge auf den Erlen und Weiden am Ufer der Kloster-insel zwitscherten und schetterten lärmend durcheinander; sie mußten sich wunderviel zu sagen haben, was sie heut erlebt, und wer weiß, ob ein Heute für sie nicht ein viel größerer Zeitraum als für uns. Ein von Erfahrung Aufgeblähter — es konnte aber auch ein Weibchen sein, denn er trug bereits das unterschiedslose Alterskleid — saß ruhig in der Ecke eines Astes, bequemlich an den Stamm gelehnt; er berichtete mit nachschmatzendem Behagen, wie herrlich das gewesen drüben im Gasthofsgarten am Ufer unter den kurz gehaltenen schattigen Linden. Da hatten die Kellner lange versäumt, die Reste eines englischen Frühstücks wegzuräumen, und da gab's Kuchen — leider waren die Stücke zu groß — Eier und Honig und Zucker die Menge; es war ein Schmaus ohne Gleichen. Er behauptete, die echte Lebensfreude beginne erst dann, wenn man von allem Andern nichts mehr wissen wolle und nur Freude an Essen und Trinken habe. Das verstünde freilich erst das reifere Alter.

Andere wollten nichts von dem satten Prahlhans wissen, und es gab eine zuchtlose Debatte, ob Salatsamen oder junger Kappis nicht viel besser wären, als alle Menschennahrung. Ein junger Schelm umflatterte eine junge Schelmin und berichtete ihr: hinten am Hause des Fergen hinge ein strotzendes Säckchen voll Hanf-samen am Dachfenster; wenn man nur die Naht ein Bischen auf-zutrennen verstünde, könnte man den Leckerbissen allmälig ver-speisen, aber man müsse es geheim halten, sonst kämen die Anderen auch, und Hanfsamen wäre doch anerkannt das höchste

Gut, was diese Erdkugel zu bieten vermag. Der Schelm behauptete, daß der zierliche Schnabel der Schelmin gerade fein genug sei, um die Naht aufzutrennen; niederträchtig boshaft sei es aber von den Menschen, just die besten Leckerbissen gebunden und verschlossen in die freie Luft zu hängen.

Ein spät Hinzufliegender verkündete, daß die Scheuche, die im Feld stehe, nur ein Stock mit drüber gehängten Kleidern sei.

„Die dummen Menschen meinen, wir seien noch so dumm, an Vogelscheuchen zu glauben;" lachte er und schlug die Flügel auf und nieder vor Staunen und Erbarmen über die Einfalt.

Es war ein toller Lärm auf den Erlen und Weiden und fast ebenso toll war er auf der großen Wiese, wo die Mädchen aus dem Kloster einander haschten, durcheinander plauderten, kicherten, neckten und lachten.

Abseits von den lärmenden Genossinnen und manchmal unter den Erlenbäumen dahinwandelnd, wo es so lustig zuging, schritt ein Mädchen von schlanter Gestalt und von biegsam zierlicher Erscheinung, mit dunklem schwarzem Haar und leuchtenden Augen, neben einer Frau in Ordenstracht, einer hohen herrischen Gestalt, aus deren Mienen ruhige und entschiedene Kraft sprach. Ihre Lippen waren so zusammengepreßt, daß der Mund nur als schmaler rother Streif erschien. Die ganze Stirn war mit einem weißen Tuch bedeckt und so hatte das Gesicht mit den großen Augen, schmalen Brauen, scharfer Nase, dem feinen zusammengepreßten Munde, dazu das scharfe, aber nicht unschöne Kinn etwas Herrschvolles und Unbewegtes.

„Würdige Mutter," begann das Mädchen, „Sie haben den Brief von Fräulein Perini gelesen?"

Die Nonne — es war die Oberin — wendete nur ein wenig das Antlitz; sie schien zu erwarten, daß das Mädchen — es war Hermanna Sonnenkamp — weiter spreche. Da Manna indeß schwieg, sagte die Oberin:

„Herr von Prancken wird also zum Besuch kommen. Er ist ein Mann aus gutem Hause und von guter Sitte, scheint ein Weltling, ist es aber eigentlich nicht. Freilich hat er noch die Ungeduld derer draußen; ich vertraue indeß, daß er jede Werbung unterläßt, so lange du noch hier unser Kind bist, das heißt, das Kind des Herrn."

Sie sprach sehr gemessen und hielt jetzt an.

„Laß uns hier weggehen, der Vogellärm da oben läßt ja kaum das eigene Wort hören."

Sie gingen an dem inmitten der Insel liegenden Kirchhof vorüber nach dem Wäldchen zu einer kleinen Felsenpartie, von den Kindern die Schweiz der Insel genannt; dort setzten sie sich nieder und die Oberin fuhr fort:

„Von dir, mein Kind, bin ich gewiß, daß du in schicklicher Weise jedes nach Liebesbekenntniß oder Werbung zielende Wort des Herrn von Prancken ablenken wirst."

„Sie wissen, würdige Mutter," entgegnete Manna — sie hatte eine herzbewegende Stimme — „Sie wissen, daß ich gelobt habe, den Schleier zu nehmen."

Ich weiß und weiß es auch nicht. Was du jetzt sagst oder bestimmst, ist für uns wie ein in den Sand geschriebenes Wort, das der Wind und die Fußtritte der Menschen verwischen. Du mußt zuerst wieder hinaus in die Welt, du mußt die Welt über= wunden haben, ehe du ihr entsagst. Ja, mein Kind! Die ganze Welt muß dir erscheinen wie deine Puppen, von denen du mir erzählt: vergessen, nichtig, todt ... ein Kinderspiel, kaum denkbar, daß man je so viel Aufmerksamkeit, so viel Liebe daran ver= geuden konnte."

Stille war es geraume Zeit, man hörte nichts als den Sang der Nachtigall im Busche, und auf dem Strome hin flogen in Schaaren die Raben und sangen — die Menschen nennen es krächzen — und schwangen sich ihrer Heimat auf dem Felsen= berge zu.

„Mein Kind," begann die Oberin nach einer Weile, „heut ist der Todestag meiner Mutter, ich habe für ihre Seele, die in der Ewigkeit, gebetet, heut wie damals. Als sie starb, was die Menschen Sterben nennen, was aber nur ein Geborenwerden ist, hat mein Gelübde es mir versagt, an ihrem Todtenbette zu stehen; es kostete mir kaum einen Kampf, denn ob meine Eltern noch draußen in der Welt oder dort oben in der andern, das ist uns gleich. Sieh, die Welle färbt sich jetzt im Abendroth, da stehen nun die Menschen draußen auf Bergen und am Ufer und sprechen voll Entzücken über die Natur, diesem neuen Götzen, den sie sich gemacht, denn sie sind Kinder der Natur; wir aber sollen Gottes Kinder sein, vor dessen Auge die ganze Natur nichtig erscheint, ob so, ob so gefärbt, ob blühend oder im Schnee."

„Ich glaube, ich fasse das," stimmte Manna bei; die Oberin
fuhr fort:

„Es ist ein Großes, die Welt zu überwinden, sie von sich zu
stoßen, ohne je eine Secunde nach ihr zu verlangen, und dafür
die ewige Glückseligkeit zu empfangen noch während wir im Leibe
wandeln. Ja, mein Kind" — sie legte beide Hände auf das
Haupt Manna's — „ich möchte dir die Kraft geben, meine Kraft
. . . nein, nicht die meine, die mir von Gott verliehene . . . du
sollst schwer und redlich mit der Welt gekämpft, du sollst aus=
gerungen haben, bevor du zu uns in den Vorhof des Himmels
eintrittst für dieses zeitliche Leben."

Manna hatte die Augen geschlossen und in ihrem Innern
war der einzige Wunsch, daß eine überirdische Gewalt kommen
und sie hinwegheben möge über Alles. Als sie aufschaute und
die wundersame Pracht des Abendhimmels, den violetten Duft
der Berge und den rothglühenden Strom sah, blinzte ihr Auge,
und ihre Hand machte eine abwehrende Bewegung, wie wenn sie
sagen wollte: ich will dich nicht, du sollst für mich untergesunken
sein; du bist nichts als eine Puppe, eine leblose, an die wir
unsere Liebe verschwenden.

Mit zitternder Stimme bekannte nun Manna, wie sie sich im
Innersten zerrissen und verworfen vorkäme; sie habe vor wenigen
Tagen die Botschaft des verkündenden Engels gesungen und ge=
sprochen, und dabei hätten schwarze Dämone sie innerlich zer=
wühlt. Den ganzen Tag habe sie gebetet, daß sie würdig sein
möge, solche Botschaft zu verkünden; und da sei ihr in der
Dämmerung ein Mann erschienen, und ihr Auge habe mit Wohl=
gefallen auf ihm geruht; es sei der Versucher gewesen, der ihr
nahe gekommen, und die Gestalt habe sie in ihre Träume ver=
folgt. Sie sei mitten in der Nacht aufgestanden und habe ge=
weint und zu Gott gebetet, er möge sie doch nicht in Sünde und
Abfall versinken lassen. Sie verachte die Erscheinung, sie hasse
sie; aber die Erscheinung weiche nicht von ihr. Sie bitte nun,
daß ihr eine Buße auferlegt werde; es möge ihr gestattet sein,
drei Tage zu fasten.

Die Oberin tröstete mild und sagte, sie solle sich nicht solche
Vorwürfe machen, denn diese Selbstpeinigung steigere ihre Phan=
tasie und ihre Empfindung. Zur Zeit, wenn der Flieder blüht
und die Nachtigall singt, werde ein siebzehnjähriges Mädchen

leicht von Träumen heimgesucht; Manna solle über diese Träume nicht weinen, sondern sie nur verspotten.

Manna küßte der Oberin die Hände.

Es war Nacht geworden. Die Sperlinge waren verstummt, die lärmenden Kinder ins Haus zurückgekehrt, nur die Nachtigall sang fort und fort im Gebüsch. Manna kehrte, von der Oberin an der Hand geführt, in das Kloster zurück. Sie ging nach dem großen Schlafsaal, nahm Weihwasser und besprengte sich. In ihrem Bette betete sie noch lange still, und mit gefalteten Händen schlief sie ein.

Der Strom rauschte zu Thal und rauschte an der Villa vorüber, wo Roland mit trotzig aufgeworfener Lippe schlief; er rauschte an dem Städtchen vorüber, wo Erich im Hause des Doctors hin und her gesonnen; er rauschte am Gasthof vorüber, wo Pranken im Fenster liegend nach dem Kloster hinüberschaute.

Der Mond glitzerte auf dem Strom, hüben und drüben sangen die Nachtigallen und in den Häusern schliefen die Tausende von Menschen und vergaßen Leid und Freud, bis der Tag wieder erwacht.

Zweites Kapitel.

Auf der Westseite des Klosters unter hohen, breitästigen und dicht belaubten Kastanienbäumen, Buchen und Linden und weiter hinein unter Tannen mit frischen Schossen standen festgerammte Tische und Bänke. Am Morgen saßen hier blau gekleidete Mädchen, lesend, schreibend, mit Handarbeiten beschäftigt. Manchmal war leises Summen, aber nicht lauter als das Summen der Bienen in den blühenden Kastanienbäumen, manchmal auch ein Hin = und Herhuschen, aber nicht mehr als das Aufflattern eines Vogels droben in den Zweigen.

Unter einer großen Tanne am Tische saß Manna und nicht weit von ihr unter einer schlanken, hochaufgeschossenen Buche, an deren Stamm viele Namen eingeschnitten waren und ein eingerahmtes Madonnenbild hing, auf einem Kniebänkchen ein kleines Kind; es sah manchmal zu Manna auf und sie nickte ihm zu mit dem Bedeuten, es möge fleißiger in seinem Buche lernen, sie müsse auch arbeiten. Das Kind wurde Heimchen genannt, da

es so sehr an Heimweh gelitten hatte, und Heimchen war die
Spielpuppe der ganzen Kinderschaar auf der Klosterinsel geworden.
Manna hatte das Kind geheilt, wenigstens schien es so, denn am
Tage nach Aufführung des heiligen Stückes hatte sie von einer
Laienschwester, die der Gärtnerei vorstand, die Erlaubniß erhalten,
für das Kind ein besonderes Gärtchen herrichten zu dürfen, und
nun schien das Kind mit den Pflanzen, die es begoß und pflegte,
sich in der Fremde einzuwurzeln; von Manna aber war es unzertrennlich.

Manna arbeitete eifrig; sie hatte vor sich auf dem Tische
himmelblaues Tonpapier liegen, auf das sie aus kleinen Muscheln
mit feinem Pinsel Sternbilder in Goldfarbe auftrug. Manna
setzte einen besonderen Stolz darein, die saubersten Schreibhefte
zu haben, jedes Blatt war mit feinen Linien eingerändert und
mit größter Nettigkeit und in gleichmäßiger, nie zu hastiger und
nie zu langsamer Schrift geschrieben. Sie hatte seit wenigen
Tagen die höchste Ehre erhalten, die für einen Zögling zu erlangen ist, sie war einstimmig zum ruban bleu ernannt worden;
die drei Classen der Kinder: enfants Jésus, anges und enfants
de Marie hatten ihr diese Würde zuerkannt. Es war kaum eine
Wahl gewesen, so selbstverständlich erschien es, daß Niemand als
Manna zum blauen Bande bestimmt sein könne. Diese Auszeichnung machte sie gewissermaßen auch zu einer Art Oberin.

Während sie nun zeichnete und manchmal ihr Auge über die
ihrer Aufsicht anheimgegebenen Kinder hingleiten ließ, hatte sie
ein offenes Buch neben sich liegen: es war Thomas a Kempis.
Im Auftragen der Sternbilder, die sie mit jener Zierlichkeit und
Genauigkeit ausführte, wie solche vielleicht nur im Kloster möglich
ist, haschte sie gewissermaßen Worte von Thomas a Kempis, um
doch während dieses spielerischen Thuns einen höheren Gedanken
in die Seele zu nehmen.

Da tönte Ruderschlag vom Ufer drüben; die Mädchen schauten
auf und erblickten einen schönen jungen Mann, der im Kahne
stand, den Hut hob und schwenkte, als grüßte er die Insel.

„Ist dies dein Bruder? dein Vetter?“ lispelten die Mädchen
unter einander.

Sie kannten den Fremden nicht. Manna, die Pranken alsbald erkannt hatte, blieb ruhig sitzen.

Der Kahn landete. Die Mädchen waren voll Neugier, aber

sie durften die Arbeit nicht verlassen, denn Alles hatte seine ge=
messene Zeit. Glücklicherweise hatte ein großes hochblondes Mäd=
chen die grüne Wolle aufgebraucht, sie durfte nach dem Kloster
zurückkehren und winkte einverständlich den Anderen zu, sie werde
schon erkunden, wer da gekommen sei. Aber noch ehe die Hoch=
blonde zurückkam, erschien eine dienende Schwester und meldete
Manna Sonnenkamp, sie möge ins Kloster kommen. Manna
stand auf, Heimchen wollte mit ihr: sie befahl dem Kinde hier
zu bleiben und es setzte sich still wieder auf das Kniebänkchen
unter der Buche mit dem Madonnenbilde. Manna riß einen
kleinen Zweig mit frischen Sommertrieben vom Baume, unter
dem sie gesessen, und legte den Zweig als Zeichen in ihr Buch;
dann übergab sie die blaue Schärpe, die sie über der rechten
Schulter trug, einer Genossin und folgte mit dem Buche in der
Hand der dienenden Schwester.

Unter den Zurückgebliebenen war ein Hin= und Herfragen:
Wer ist das? Ist es ein Vetter? Die Sonnenkamps haben ja
gar keine Verwandten in Europa. Vielleicht ein Vetter aus
Amerika.

Die Kinder hatten keine Ruhe und in ihrer Beschäftigung
schien kein rechter Trieb mehr zu sein. Die Genossin hielt es
für Pflicht, strenge Aufsicht zu halten.

Manna kam nach dem Kloster. Als sie in das Empfangs=
zimmer zur Oberin eintrat, stand Otto von Pranden rasch auf
und verbeugte sich.

„Herr von Pranden," sagte die Oberin, „bringt dir Grüße
von deinen Eltern und Fräulein Perini."

Pranden näherte sich Manna und streckte ihr die Hand ent=
gegen, sie aber hatte das Buch in der rechten Hand und gab
ihm zögernd die Linke. Pranden, der Redefertige, brachte nur
mit Stottern hervor — denn der Anblick Mannas hatte ihn
verwirrt — wie sehr er sich freue, sie so wohl und erwachsen zu
sehen, und wie glücklich die Eltern und Fräulein Perini sein
würden, solches nun auch bald zu sehen. Der stotternde, von
einer gepreßten Innigkeit bewegte Ausdruck Prandens hörte nicht
auf, auch während er länger fortsprach; denn inmitten der un=
willkürlichen Ergriffenheit wurde er sich plötzlich bewußt, daß diese
offenbare Herzbewegung von Manna nicht unbemerkt und bei ihr
nicht ohne Eindruck bleibe. Er sprach im begonnenen Tone fort

und freute sich selbst über seine Kunst, so den Blöden, Verzagten, Betroffenen zu spielen. Er erzählte manches Erfreuliche vom Elternhause und pries die Jungfrau glücklich, die auf einer seligen Insel leben dürfe, bis sie wieder auf den Continent zurückkehre, wo eine schöne Gemeinschaft von Freunden gleichsam auch einen gesellschaftlichen Continent bilde.

Manna sprach lange nicht, endlich sagte sie:

„Roland schreibt mir sehr begeistert von einem Hauptmann Dournay, der sein Hofmeister werden soll. Sie kennen ja den Mann, erzählen Sie mir von ihm."

Ju Prancken zuckte etwas, aber er sagte lächelnd:

„Ich war so glücklich, den armen jungen Mann zu finden, der unserm Roland . . . Sie erlauben mir, ihn so zu nennen, denn ich liebe ihn wie einen Bruder . . . an Stelle des Herrn Knopf Unterricht gebe. Die Prüfung seines Charakters und die Bestimmung seiner Annahme bleibt natürlich Sache Ihres Herrn Vaters, der ein größerer Menschenkenner ist, als ich."

„Roland schrieb mir, daß er Ihr Freund sei."

„Ich werde es nicht bestreiten, wenn Roland dadurch endlich mehr Respect vor einem Lehrer bekommt. Aber Ihnen darf ich's sagen, ich bin mit dem Worte Freund etwas karg."

„Was ist es denn für ein Mann?" drängte Manna.

„Man hat ihm Veranlassung gegeben, den Dienst zu quittiren."

„Doch nicht wegen ehrenrühriger Handlungen?" fiel die Oberin ein.

Prancken suchte sie zu beruhigen und die Oberin fuhr fort:

„Es thäte mir doppelt leid auch um seine Mutter, die eine Jugendgenossin von mir war; sie ist zwar protestantisch, aber doch das, was die Weltkinder gut und edel nennen."

Prancken schien in Verlegenheit; aber mit einer Bewegung der Hand, die etwas mild Zudeckendes hatte, sagte er, zur Erde schauend, man könne Erich gerade nichts Besonderes vorwerfen, er gehöre nur zu jenen sogenannten starken Geistern, die keine Autorität im Himmel und auf Erden anerkennen.

Groß und streng wurde plötzlich das Angesicht Mannas, da sie sagte:

„Aber ich begreife nicht, wie man einen Knaben, meinen Bruder, einem Manne übergiebt, der . . ."

Prancken bat um Entschuldigung, daß er sie unterbreche; er

erzählte, wie er sich von Mitleid mit dem verlassenen Kameraden und von Dankbarkeit für seinen Lehrer habe überraschen lassen, versprach indeß, dafür zu sorgen, daß Erich nicht in das Haus käme. Er zeigte ein so gutes Herz, so viel Menschenliebe, daß Manna ihm jetzt freiwillig die Hand reichte.

Die Oberin stand auf; sie glaubte, daß es Zeit sei, das Gespräch abzubrechen. Eine neue Begegnung mit Pranken hatte stattgefunden; das konnte einstweilen genügen. Die Oberin war in der That nicht so ausschließlich für das Kloster, daß sie dagegen gekämpft hätte, wenn es Pranken gelingen möchte, die Liebe Mannas zu gewinnen. Ein solches Haus und eine solche Familie, mit so ungeheuren Reichthümern ausgestattet, konnte dem Kloster und der Kirche überhaupt genugsam förderlich sein.

„Es war sehr freundlich von Ihnen, daß Sie uns besuchten," sagte sie jetzt. „Bitte, bringen Sie auch Ihrer Schwester, Gräfin Bella, meinen Gruß und sagen Sie ihr, daß ich sie in mein Gebet einschließe."

Pranken sah sich verabschiedet und doch hatte er noch keine Gewähr für die Erfüllung seines Wunsches. Ein Leuchten ging durch sein Gesicht, indem er plötzlich auf das Buch in der Hand Mannas deutend in demuthsvollem Tone sagte:

„Fräulein Manna! Wir irrenden Menschen draußen haben gern ein festes Zeichen in der Hand."

„Was wünschen Sie?" fuhr die Oberin rasch und scharf dazwischen.

„Würdige Mutter," wendete sich Pranken schnell mit bescheidenen Mienen nach der ernsten Frau, „ich wollte Sie bitten, daß Fräulein Sonnenkamp das Buch in meine Hand gebe."

„Wunderbar!" rief Manna, „das wollte ich ja! Ich wollte es Ihnen ja geben, daß Sie es meinem Bruder bringen. Er soll hier einen festen und sichern Führer gewinnen, er soll jeden Tag von hier an, wo der grüne Zweig liegt, ein Capitel weiter lesen und so jeden Tag denselben Gedanken in die Seele nehmen wie ich."

„Wie glücklich mich diese gleiche und im Moment zusammenstimmende Seelenregung macht! Ich wollte das für mich selber bitten," sagte Pranken.

Die Oberin wußte sich nicht zu helfen und Pranken fuhr fort: „Ich bitte, Fräulein Manna, vergeben Sie meine Unbescheidenheit, geben Sie mir dies heilige Buch zu meiner Erbauung, daß auch ich gleichen Schritt mit den Geschwistern halte."

„Aber mein Name steht in dem Buche," sagte Manna erröthend.

„Um so besser," wollte Pranken ausrufen, aber er konnte es glücklicherweise zurückhalten; er wendete sich zur Oberin, legte die Hände zusammen und stand, wie im Gebete sie anflehend. Auch Manna wendete sich, Bescheid erwartend, gegen die Oberin, die endlich sagte:

„Mein Kind, du kannst Herrn von Pranken diese Bitte wohl gewähren; er wird deinem Bruder ein anderes Exemplar geben. Und nun leben Sie wohl."

Pranken empfing das Buch. Er verließ das Kloster. Als er im Kahne saß, sagte der Ferge zu ihm:

„Sie haben wohl eine Braut da drüben?"

Pranken antwortete nicht, aber er gab dem Fergen ein großes Stück Geld. Mit freudetrunkenem Herzen stürmte er das Ufer hinan und gab sofort ein Telegramm an seine Schwester auf.

Der Telegraphist war erstaunt, da der junge Mann mit dem weltmännischen Ansehen und dem bescheidenen Wesen, das aber doch eine vornehm geringschätzige Läßlichkeit gegen Bedienstete nicht verleugnen konnte, ein Telegramm in geheimnißvollen Worten aufgab. Das Telegramm lautete:

Gott gesegnet! Ein grüner Zweig von der Insel der Glückseligkeit. Neuer Stammbaum. Himmelsmanna. Unendlicher Besitz. Ein Geweihter. Neugeboren.

Otto v. Pranken.

Drittes Kapitel.

In den geschmackvoll geordneten Anlagen des Bahnhofes ging Pranken umher, schaute hinaus nach den Bergen, hinab in den Strom, nach der Insel; die ganze Welt war ihm wie neu geschaffen, ein Schleier war weggenommen und entzückend schön war Alles.

Die Luft war voll würzigen Duftes, untermischt von jenem milden Harzgeruch, den die springenden Knospen ausströmten;

an dem Geländer hingen, wie wartend, zahllose Rosenknospen; von der steilen Felswand, die man zum Bau der Eisenbahn los= gesprengt hatte, rief ein Kuduck und viele andere Vögel sangen drein. Die ganze Welt war voll Blüthenduft und Vogelsang, Alles wie erlöst, befreit, gesegnet.

Die Leute auf dem Bahnhofe glaubten, daß der junge Mann, der so unruhig hin und her ging, bald eilend, bald stillstehend, bald ausschauend, bald den Blick zur Erde gesenkt, ein sehnlich Erwartetes mit dem nächsten Zuge begrüßen müsse; aber Pranden erwartete Niemand und nichts. Was konnte denn noch kommen in der Welt? Alles war ja erfüllt. Er begriff nur nicht, wie er noch hier weilen könne und Manna da drüben; keine Minute sollte mehr vergehen, ohne daß sie bei einander, eins, unzer= trennlich.

Jetzt flog ein Fink vom Baume weg, unter dem er stand, er flog über den Strom nach der Insel. Ach, könnte ich auch so hinüberfliegen und vom Baume aus sie sehen und grüßen, und am Abend auf ihr Fenstersims fliegen und hineinschauen, wenn sie schläft, und am Morgen, wenn sie erwacht!

Alles, was je ein jugendliches Herz bewegt, erfaßte für einen Augenblick Pranden, und er erschrak vor sich selber, als jener Dämon der Eitelkeit und Selbstbespiegelung, den er in sich groß gezogen, ihm zuraunte: du bist ein edler schwärmerischer Jüng= ling! ... Er haßte diesen Dämon und fand ein Mittel, ihn zu bannen.

In einer abgelegenen Laube saß er und las in Thomas a Kempis. Er las die Mahnung: Lerne dich selbst beherrschen, dann kannst du die Dinge der Welt beherrschen. Pranden hatte das Leben bisher immer als leichten Scherz angesehen, gar nicht der Mühe werth, daß man sich etwas daraus mache. Er hatte jenen übermüthigen Ton, mit dem man einen Pudel über den Stock springen läßt; er schaute verwundert um, wie nun das werden solle. Kann man diese Tonart auch bei der Kirchlichkeit bewahren? In meines Vaters Haus giebt es viele Wohnungen, vielleicht ist es gerade gut, den Weltkindern einmal zu zeigen, daß das freie Spiel mit der Welt nicht blos ihnen allein gehöre.

Wenn ein Mann, der einmal leichthin von der Sage gehört, da drunten im Strome den großen Nibelungenschatz fände, altes, prächtiges, seltsames, gediegenes Geschmeide ... so müßte ihm

sein, wie es jetzt Pranken zu Muthe war, als er in diesem tief
eindringenden Büchlein die christliche Lehre zum Erstenmal recht
eigentlich entdeckte. Da ist Alles so verständnißreich, sagt dir
deine Bestrebungen vor, sagt sie so mild, erklärt dir ihre Ent=
stehung und giebt dir Weisung, wie du Verkehrtes abzulegen und
das Wahre aufzunehmen hast.

Lange saß Pranken träumend und sinnend; Bahnzüge kamen,
Bahnzüge gingen, Schiffe zogen auf und ab auf dem Strom,
er sah und hörte Alles nur wie im Traume. Erst als die Mittags=
glocke vom Kloster läutete, erwachte er. Er ging nach dem Gasthof.

Hier traf er einen Kameraden, der mit seiner jungen Gattin
auf der Hochzeitsreise war. Pranken wurde hoch willkommen
geheißen, man freute sich dieser Begegnung. Er sollte am Nach=
mittag eine Wasserfahrt und eine Bergpartie mitmachen; er lehnte
ab, er wußte nicht warum; aber mit glänzenden Augen betrachtete
er das junge Paar: so wird es sein ... bald wird es sein, wenn
er mit Manna reist! Es durchschauerte ihn wonnig, daß er sie
allein habe, allein draußen in der weiten Welt! Warum kann er
sie nicht schon jetzt herausholen?

Er gelobte sich, Geduld zu lernen.

Man war heiter am Mittag und Pranken war so aufgeräumt
wie je; der Kamerad sollte nicht auf dem Militär=Casino erzählen,
und der dicke Kannenberg nicht darüber spötteln und zehn Flaschen
Sect wetten, daß die fromme Stimmung nur eine vorübergehende
Laune Prankens sei. Wie alte eingelernte Stücklein brachte er
seine Witzreden vor, und es dünkte ihn ein Jahrhundert, ja es
mußte ein Vorleben gewesen sein, daß man einmal auf Parade
gegangen war.

Man sprach davon, daß morgen mit großem Gepränge eine
Wallfahrt aus der nahen Stadt abgehe. Das junge Paar be=
rieth, ob es nicht auch das Schauspiel am Wallfahrtsorte ansehen
solle; man wollte sich am Abend entscheiden.

Als Pranken das junge Paar nach dem Kahn begleitet hatte,
ging er nach dem Bahnhofe und nahm eine Karte nach der Stadt;
er wollte im Dom der Abendandacht beiwohnen. Er kam nach
der Stadt; willfährige Diener auf der Straße, die sich ihm als
Wegweiser zu Lustbarkeiten anboten, wies er unwillig ab und er
lächelte, da ein Diener in der Kirche den „gnädigen Herrn" fragte,
ob er ihm Alles zeigen solle. Pranken kniete unter den Andächtigen.

Er wandelte durch die Stadt und stand lange vor einem Friseurladen, der angefüllt war mit verschiedenen Odeurs, mit Haartouren für Männer und Frauen, mit Puppenköpfen, deren Glasaugen starr dreinsahen unter den künstlichen Brauen und Wimpern. Ueber der Thüre stand mit goldenen Buchstaben: Hier wird frisirt und rasirt.

Es war ein heroischer Entschluß, daß Pranden sich gelobte, die Wallfahrt mitzumachen, und zwar wollte er ohne irgend einen auszeichnenden Stolz sich den Wallfahrern einreihen, mit ihnen beten und sich kasteien. Um indeß kein Aufsehen zu erregen und ganz allein, in sich verborgen, die Wandlung seines Wesens gewähren zu lassen, schien es ihm angemessen, daß er den trotzigen Schnurr- und Knebelbart zuerst abnehme, und sich damit unkenntlich zu machen. Besonders bangte ihm vor dem jungen Ehepaare, das sich die Wallfahrt wie ein Schauspiel ansehen wollte, von dem man dann bei der Heimkehr erzählen könne.

So trat er endlich in die duftende Bude, setzte sich auf einen Lehnstuhl und betrachtete in einem großen gegenüberhängenden Spiegel zum Letztenmale Schnurr- und Knebelbart. Ein weißer Mantel, ein wahrer Opfermantel für das Opferlamm, wurde ihm übergelegt und ein äußerst gefälliger Jüngling, der keine Ahnung davon hatte, welches Priesteramt ihm beschieden, fragte:

„Belieben . . . rasirt oder frisirt?“

„Frisirt!“ antwortete Pranden mit Blitzesschnelle, denn wie eine Offenbarung ging es ihm auf: frisirt, elegant gekleidet, will er sich unter die Wallfahrer mengen; das ist tiefer und bekenntnißvoller, und es wird nicht ohne Bedeutung sein, wenn man sieht, daß ein vornehmer Mann, ein Militär unverkennbar, seine kirchliche Verehrung darbringt.

Schön frisirt ging Pranden aus der Bude hervor und kehrte in einem Gasthof ein, der vorzugsweise vom hohen Adel besucht wurde. Er hoffte dort einen ebenbürtigen Genossen zu finden, den er bestimmen könne, gemeinsam die Wallfahrt zu begehen. Er fand Niemand. Im großen Speisesaal aber sah er eine berühmte Schauspielerin, die hier Gastrollen gab und die er ehemals gekannt; er that als ob er sie nicht erkenne und zog sich auf sein Zimmer zurück.

Der Morgen kam, die Glocken tönten zur Wallfahrt; da faßte Pranden einen großen Entschluß. Nur nichts Uebereiltes!

sagte er sich. Kein Aufsehen machen, der Welt keinen Anlaß zu
Mißdeutungen geben! Man ist der Welt und der Vergangenheit
auch etwas schuldig, man muß allmälig und stetig den alten
Menschen abthun und den neuen heraus lehren.

Vom Fenster des Gasthofes aus, die Dampfwölkchen seiner
Cigarre in die Luft blasend, sah Pranden die Wallfahrt vorüber-
ziehen. Dann fuhr er nach dem Bahnhofe, um nach Wolfsgarten zurückzukehren.

Viertes Kapitel.

Im Lande, wo der Schoppen regiert, versammeln sich die
Frauen zum Kaffee, und Wein und Kaffee geben sich darin nichts
nach; beide wissen sich in alle Jahreszeiten zu finden. Im Frühling und Sommer trinkt sich's gut auf einer bequem zu ersteigen-
den Anhöhe, in schattiger Laube mit schönem Ausblick in die
Landschaft; im Herbst und Winter in den guten Stuben mit den
zum Ueberfluß vorhandenen Sophakissen von gestickten Papageien
und in Wolle aufgebauschten Hunden.

Die Kaffeegesellschaft hat das Bessere, daß sie reihum geht.
Man kommt zum Schoppen, zu einer Tasse Kaffee zusammen,
aber so wenig der Schoppen buchstäblich wahr ist, sondern sich
füglich vermehrt, ebenso ist der Kaffee nur ein bescheidener Ausdruck für nachfolgende Maiweinbowlen und mit Früchten gespickten
Kuchen. Wer sich aber noch besonders hervorthun will, läßt auf
der Eisenbahn aus der Festungs-Stadt behutsam gehaltenes Eis
kommen.

Die Frau Landrichter begann den Reigen der Frühlingskaffees.
Der kleine Garten am Hause war sehr angenehm und der Flieder
blühte dort in seinem ganzen Uebermuthe; aber man konnte aus
den umliegenden Nachbarhäusern hineinschauen, und so war es
besser, die Festlichkeit im Prunkzimmer oben bei geöffnetem Balcon
abzuhalten.

Die mit rauschendem Zindel überzogenen Sophakissen waren
enthüllt, die Einladungen ergangen, auch an die Gräfin Wolfsgarten. Sie hatte zusagende Antwort geben lassen, aber es war
stehendes Herkommen, daß eine Stunde vor dem Kaffee ein fein

duftendes, zierlich geschriebenes Briefchen eintraf, worin Frau
Bella bedauerte, daß ihre leidige Migräne ihr die längst erwartete Freude versage, die verehrte Frau Landrichter und die ehren-
werthe Gesellschaft zu begrüßen.

Heute war gegen alle Erwartung die Frau Gräfin selbst
gekommen, und was doch gar nicht vornehmen Stiles ist, als die
Erste von der Gesellschaft.

Die Frau Landrichter schickte schnell Lina in das Prunkzimmer,
einen Stuhl mehr hinzustellen, denn man hatte sicher darauf ge-
rechnet, daß die Gräfin Wolfsgarten nicht komme.

„Ich erwarte heute meinen Bruder, der nach dem Niederrhein
gereist ist," erzählte Bella bald.

Sie wollte allerdings ihren Bruder im Städtchen abholen,
um alsbald Näheres über Manna und das räthselvolle Telegramm
zu erfahren. Sie hatte aber noch eine zweite Absicht, und die
Gelegenheit, dieselbe auszuführen, ergab sich von selbst.

Die Frau Landrichter beklagte sich, daß der Hauptmann und
Doctor Dournay ...

„Ach, wie soll man ihn nur nennen?"

„Nennen Sie ihn nur Doctor."

... also Doctor Dournay Besuche gemacht habe beim Pfarrer,
beim Major und beim Doctor ... ja, die Wirthschafterin des
Majors habe dem Amtsdiener viel von ihm erzählt ... aber auf-
fallender Weise habe er den eigentlichen Mittelpunkt des Städtchens, das Landgericht, vernachlässigt. Er habe sich freilich an
dem Abend, als er beim Doctor übernachtete, sehr bescheiden entschuldigt und die Frau Doctor sage, er werde bald wiederkehren,
um bei Sonnenkamp einzutreten. Herr von Prancken habe eine
edle That vollzogen, dem Manne diese Stelle zu verschaffen, der
sich hoffentlich dieser Empfehlung würdig erweise.

Bella lobte die Frau Landrichter, die das Gute, das man
thue, freundlich erkenne, sie werde aber auch die Gefahr sehen;
unzuverlässige Menschen verderbe man durch nichts mehr, als
durch Wohlthaten, man erziehe sich damit nur Feinde, die auf
den Augenblick lauerten: sich als solche zu demaskiren.

Die Frau Landrichter war entzückt über die Art, wie die be-
kannte hochgeistige Frau ihren schlichten Hausmannsverstand schmückte.
Sie behauptete, sobald man in persönlichen Verkehr mit der Frau
Gräfin trete, denke man über Alles schärfer und verstehe Alles

besser. Es gab beiderseitiges glückliches Lächeln, man fand sich
beiderseits passend und geschmackvoll gekleidet, natürlich unter der
stillschweigenden Voraussetzung, daß das Bedeutendere immer der
Gräfin Wolfsgarten zukomme; denn in irgend einer Sache mit
ihr zu wetteifern, wäre Thorheit.

Bella sah in der That heute sehr belebt aus. Sie erzählte
leichthin von dem kleinen Unfalle, den der Graf auf Villa Eden
gehabt, und bemerkte, daß Herr Dournay, der den Grafen sehr
aufgeregt hatte, sich dabei recht wacker benommen.

Die Frau Landrichter erging sich nun im Lobe des Grafen und
pries die zärtliche Sorgfalt, mit der die Gräfin über ihm wache.

Bella lenkte das Gespräch wieder zurück und wußte mit umsichtiger Behutsamkeit anzudeuten, daß Erich den Besuch im Landgericht darum unterlassen, weil er wol eine gewisse Scheu vor
treuen Dienern des regierenden Herrn habe.

Die Frau Landrichter drängte, daß Näheres erzählt werde,
und unter Gelöbniß strengster Verschwiegenheit — nur der Herr
Landrichter müsse natürlich Alles wissen — wurde erzählt, daß
man von politischen Aeußerungen wisse, ja sogar von gedruckten
Kundgebungen in einem ausländischen, das heißt in einem jenseits der grüngelben Grenzpfähle herausgegebenen Blatte, die
den ehemaligen Lieutenant Dournay veranlaßt hätten, seinen Abschied zu nehmen, bevor man ihm solchen gab.

„Warum hat man ihm dann aber in so jungen Jahren den
Hauptmannsrang gegeben?" fragte die Frau Landrichter.

„Sie fragen so klug wie der Herr Landrichter selbst," erwiderte Bella.

Sie schien auf diese Frage nicht gefaßt; sie sagte indeß, sehr
wahrscheinlich habe man das — und dabei wurde die Hand der
Frau Landrichter zwischen beiden Händen gehalten, als sinnbild-
liche Aufforderung, daß man ihr ein tiefes Geheimniß in Ver-
schluß gebe — wol um der Mutter willen gethan, die eine Lieb-
lings-Hofdame der Fürstin-Mutter gewesen sei; man wollte
natürlich jedes Aufsehen vermeiden.

Das Antlitz Bellas wollte freundlich lächeln und kämpfte
doch mit dem Ausdrucke spottenden Hohns, als die Frau Landrichter sagte:

„Da hat doch mein Mann wieder das Richtige getroffen.
Als wir von Ihrer Gesellschaft — ach, es war so heiter und

schön — wegfuhren, sagte er zu mir und meiner Tochter: Kinder,
dieser Herr Dournay ist ein gefährlicher Mensch. Ach, die Männer
sind immer viel klüger, sie kennen einander viel besser, als wir
Frauen sie je erforschen."

Die Frau Landrichter schien sich in allgemeine Menschen=
betrachtungen zu verlieren, sie that das gern und behauptete
immer, wer über einem Erdgeschoß voll Gerichtsacten wohne,
bekomme eine sehr düstere Anschauung von den Menschen.

Bella schien aber heute nicht damit gedient; sie fragte leichthin:

„Hat Ihr Herr Gemahl seine scharfsinnige Beobachtung, daß
der Doctor Dournay ein gefährlicher Mensch sei, auch Herrn
Sonnenkamp mitgetheilt?"

„Das ist wahr," fuhr die Frau Landrichter auf, „da wär'
es am Platze. Wollen Sie nicht, gnädige Frau, meinem Mann
sagen, daß er dort seine Ansicht kundgeben mag? Mir willfahrt
er leider nicht, Ihnen aber in Allem so gern."

„Ich bitte," wendete Bella ab, „Sie begreifen, daß ich mich
nicht in diese Angelegenheit mischen kann. Mein Bruder hat ein
gewisses kameradschaftliches Verhältniß, obgleich sie nicht in dem=
selben Regiment standen, und dazu hat mein Mann eine krank=
hafte . . . ich wollte sagen, schwärmerische Neigung zu dem jungen
Mann gefaßt. Sie haben ganz Recht, Ihr Herr Gemahl wäre
verpflichtet . . ."

Bella arbeitete so sicher, daß sie Gewißheit erhielt, der Land=
richter ist noch vor Abend bei Sonnenkamp und Herr Dournay
kann sein sicheres Benehmen anderswo verwerthen; denn Bella
wollte aus vielfachen Gründen, daß Erich sich nicht in der Nähe
ansiedle, er war ihr störend, fast beleidigend. Während sie ihren
zusammengelegten Fächer in der einen Hand haltend, in raschem
Tacte in die andere Hand auf und nieder schlug, sprach sich ihr
das Wort des Landrichters in der Seele: dieser Dournay ist ein
gefährlicher Mensch.

Die Frau Landrichter war eigentlich eine freisinnige Frau;
war sie ja die Tochter des Gerichtspräsidenten, der zur Zeit, als
Metternich Deutschland regierte, unbeugsamen Widerstand geleistet
hatte. Sie war von Hause aus wohlhabend, und das hilft viel
zur Bewahrung freier Gesinnung. Sie setzte einen gewissen Bürger=
stolz darein, sich dem Adel gegenüber nichts zu vergeben; aber
sie sah in Frau Bella die liebenswürdige, geistig hochstehende

Dame, der sie sich unterordnete, ohne sich zu bekennen, daß sie diese Unterordnung, einer Gräfin gegenüber, bis zur Unterwürfigkeit steigerte. Bella war klug genug, das Alles zu sehen und zu wissen. Sie benahm sich gegen die Frau Landrichter mit jener Zutraulichkeit, wie man sie nur unter Gleichen walten läßt; aber sie hütete sich, besonders liebenswürdig zu sein, denn die Frau Landrichter könnte dann den geheimen Zweck ihres Besuches entdecken.

Lina trat in die Stube; sie sah anmuthig wirthlich aus in dem blauen Kleide mit der hohen weißen Latzschürze. Die Mutter schickte sie alsbald wieder fort, das Kind sollte nicht dabei sein, wenn Gräfin Bella vielleicht noch etwas Besonderes zu sprechen hatte.

„Ihr liebes Kind hat sich vortrefflich entwickelt und spricht sehr gut französisch."

„Ich danke Ihnen," sagte die Frau Landrichter. „Ich weiß nicht, wie die heutige Jugend ist, aber Lina ist noch so schwerfällig, es fehlt ihr alles Pikante, und dabei ist sie von einer erschrecklichen Naivetät."

Sie klagte, daß ihr nicht gelingen wolle, aus Lina ein aufgewecktes Mädchen zu machen.

Bella hätte ihr wol sagen können: du willst das einfache Kind ohne besonderes Talent, ohne besondere Schönheit, aber tüchtig und offen, ändern, du zerrst immer an ihm herum: sei doch lebhaft, sei doch neckisch, sei doch lustig, sing und spring! Du willst aus deinem blonden Kinde mit den hellen blauen Augen ein dunkelhaariges Mädchen mit brennenden braunen Augen machen! Bella hätte ihr das Alles sagen können, aber es war ihr erspart, etwas zu äußern, denn allmälig kamen die geladenen Frauen. Sie waren überaus glücklich, die Gräfin Wolfsgarten zu treffen, und doch ärgerte sich Jede, daß sie heute nach Putz und Ansehen vor ihr zurückstehen mußte.

Ja, solch ein Damenkaffee!

Es giebt Dinge, Institute und Stände, die nun einmal einen schlimmen Namen haben und nicht mehr los werden; dasselbe Schicksal hat auch das schöne Institut des Damenkaffees. Und doch sind die Damenkaffees eine schöne Sache, ausgenommen, wenn Karten gespielt wird. Hier aber in unserm freundlichen Städtchen sind die Spielkarten noch nicht das Buch der Erlösung von allem Uebel der Langeweile; man unterhält sich noch selbstthätig, so gut man eben kann. Und warum soll man nicht von Personen sprechen und bisweilen auch etwas scharf? Was thun denn die Männer in höheren Regionen und beim Schoppen?

Man spricht hier wie dort von Stadtneuigkeiten, und diese Frauen hier, die sich das und jenes erzählen von sogenannten Honoratioren wie von sogenannten minderen Leuten, sind dieselben Frauen, die auch wohlthätige Vereine gegründet haben und aufrecht erhalten. Darum laßt uns behaglich und ohne böse Nebengedanken beim Damenkaffee zu Gaste sein.

Da kommt Frau Weiß. Hinterrücks wird sie Frau Kohle genannt, denn sie ist die Gattin eines Holz= und Kohlenhändlers; sie hat schwarze Locken und eine dunkle Hautfarbe, die immer so aussieht, als ob sie nicht vollkommen rein gewaschen wäre; und da die gute Frau wußte, daß sie Frau Kohle genannt wurde, kleidete sie sich immer in sogenanntes Nachtweiß, was freilich zu ihrer dunklen Haut= und Haarfarbe am hellen Tage gar nicht stimmte, während sie bei Licht eine anziehende Erscheinung war. Leider hat sie den Fehler, daß sie schielt und zwar mit einem so süßen Ausdruck, als wären ihre Augen mitten in einem schmachtenden Liebesblick für immer stehen geblieben.

Da ist die Frau des Cementfabrikanten, groß und stattlich; sie lacht nie, ist immer unsäglich ernst, als trüge sie ein schweres Geheimniß mit sich herum; sie hat aber gar kein Geheimniß zu verrathen, als daß sie nichts zu sagen weiß.

Da sitzt die schöne, nur ein wenig zu wohlbeleibte Frau des Schul=Directors, genannt Frau Kleiderleib, denn sie weiß sich vortrefflich zu kleiden; sie lächelt immer und zeigt sehr schöne Zähne, man könnte fast vermuthen, daß sie auch lächeln wird, wenn sie eine Todesnachricht zu verkünden hat.

Da ist die Frau des Dampfschiffsagenten, von behaglichem Anblick, Mutter von elf Kindern. Die ganze Gesellschaft ist ärgerlich auf die kleine, runde, brave Frau, da sie die Tasse nicht auf dem Tische stehen läßt, sondern in der linken Hand erhoben hält und dabei fortwährend Kuchen eintunkt und Jedem zunickt und Recht giebt, aber sich selten selbst vernehmen läßt oder doch nur aus vollgestopftem Munde, wobei man nichts versteht.

Da sind die beiden Engländerinnen, die im Städtchen wohnen; sie sind einfach bürgerlich und beliebt, sie sind nicht vornehm, aber sie erscheinen so, weil sie immer selbständig und keines

Anschlusses an Andere bedürfen. Sie leben in ihrem Hause, haben keine Besuche nöthig, sind selbst wie die Insel, von der sie stammen. So oft die beiden Frauen in eine Gesellschaft kommen, werden sie neu und frisch begrüßt. Die liebenswürdige unbehülfliche Art, mit der sie Deutsch sprechen und ungewöhnliche Wortfügungen machen, erhöht noch das allgemeine Wohlwollen. Auch Bella war besonders freundlich gegen sie.

Häkel-, Stick- und Näharbeit hatte man natürlich bei sich, aber es sind nur Schauarbeiten, um nicht müßig zu erscheinen.

Die Frauen sprachen durch einander, es war wie das Singen der Vögel im Walde; jeder singt seine Weise, putzt sein Schnäbelchen und kümmert sich nicht um das Andere, hört kaum zu. Nur zwei Aeußerungen wurden allgemein gehört und nochmals erzählt. Frau Weiß hatte die erfreuliche Bemerkung gemacht, man sehe Graf Clodwig seine vielen hohen Orden an, auch wenn er gar keinen trage, und die Frau Landrichter ließ sich's nicht entgehen, das Wort gegen Bella zu wiederholen. Noch ein Zweites erregte allgemeine Aufmerksamkeit. Man kam, man wußte nicht woher, auf das Thema, ob es angenehm oder unangenehm sei, wenn die Männer rauchen. Frau Kleiderleib erzählte, ihr guter Mann wünsche oft, daß er recht leidenschaftlich rauchen möchte, um es ihr zu Liebe sich abzugewöhnen. — Bella hatte das ständige Gefälligkeitslächeln, das so kalt und doch so bezaubernd war.

Nur kurz streifte das Gespräch Herrn Sonnenkamp, es blieb bei Erich haften. Und warum nicht? Da jagen zur Sommerszeit Tausende am Städtchen vorüber, man wohnt am Wege, der zur alten Burg, zu anderen Sehenswürdigkeiten führt, aber wann hat man eine bleibende Erscheinung und noch dazu eine so ungewöhnliche? Nun war Erich ein fremder Vogel, der sich am geheimnißvollen Hause Sonnenkamp annisten wollte; man thut ihm nichts, keine Feder wird ihm ausgerupft, nur will Jedes sagen, von wannen er kommt und wie er erscheint.

Die Frau Landrichter bedauerte, daß der Major nicht da sei, denn er wisse am meisten von dem Hauptmann Doctor zu erzählen.

Man sprach davon, daß die Mutter Erichs eine Dame vom besten Adel, und Jede wollte ihm das angesehen haben, denn so etwas verleugne sich nicht. Bella gab auf diese Bemerkung einen allgemeinen freundlichen Blick zum Besten.

Als nun der Landrichter zur Begrüßung in die Kaffeevisite

kam, bat Bella, daß er sich einen Stuhl neben ihr nehme; sie
sagte, wie froh man in diesem harmlosen Kreise sei und nur
wünschen müsse, daß nie ein störendes Element eintrete, das zer=
setzend auf denselben einwirke.

Der Landrichter schaute sie mit seinen gutmüthigen Augen be=
fremdet an und strich seinen reglementwidrigen Schnurrbart; er
konnte nicht ahnen, daß dies eine Vorbereitung war zu dem, was
ihm dann seine Frau mittheilen sollte. Er entschuldigte sich und
entfernte sich bald wieder. Seine Frau berichtete nun, daß Lina
in den Liederkranz des Städtchens eingetreten sei; man übe jetzt
zu dem großen Musikfeste, das in der nahen großen Stadt ab=
gehalten werden solle, und Lina werde wahrscheinlich eine Solo=
partie übernehmen.

Frau Bella sprach sehr belehrend und wegwerfend zugleich.
Sie haßte die Musikfeste, denn sie war überzeugt, daß nur sie
allein Musik versteht, und nur die Musik, die sie treibt, wirkliche
Musik ist. Nun singen bei solchen Musikfesten Hunderte von Jüng=
lingen und Jungfrauen gewöhnlichen Standes ein Oratorium von
Händel, Haydn, Bach, und das ärgerte Bella; diese Menschen
reden sich dann gewiß ein, sie verstünden auch etwas. Wenn
Bella die Macht gehabt, sie hätte diese Musikfeste polizeilich ver=
boten. Auch haßte sie die Oratorien; sie sagte freilich nur: ich
habe keinen Sinn dafür; aber da sie das sagte, sollte es für
Jeden als volles Zeugniß bestehen, daß an der Sache nichts sei.

Sie ließ die deutschen Oratorienmeister, wie sie sagte, recht
gern gelten, aber empörend blieb ihr, daß da die Frau Land=
richter und die Schuldirectorin und zwei Töchter des pensionirten
Forstmeisters und auch noch Schneider= und Schusterstöchter sich
einbilden dürften, sie betheiligten sich an der höchsten Kunst.

Nun wurde allgemein gewünscht, daß Lina singe. Die Eng=
länderinnen baten besonders dringend um einen deutschen Gesang;
doch Lina, die sich sonst gar nicht zierte, wollte nicht willfahren.
Die Augen der Mutter rollten in Zorn, aber Bella legte ihre
Hand auf den Arm der zürnenden Mutter und sagte, sie gebe
Lina Recht: so unvermittelt zu singen, das wolle sich nicht fügen.
Sie stand auf, ging an den Flügel und präludirte, dann spielte
sie eine Mozart'sche Sonate mit voller Meisterschaft. Alles war
entzückt und das Haus des Landrichters ward hoch erhoben.

Bella erhielt überschwängliches Lob, aber sie lehnte es ab

und ging auf die Sucht über, daß Alles, was lange Kleider
trägt, Clavier spielen wolle, indem sie sagte:

„Da glaubt jedes Mädchen auch einen Tonstrickstrumpf stricken
lernen zu müssen."

Sie wiederholte das Wort Tonstrickstrumpf im Dreivierteltact.
Die Gesellschaft lachte, die Engländerinnen schauten verwundert
drein, Bella erklärte ihnen, was sie unter diesem Worte verstehe,
und setzte hinzu:

„Ja, sie stricken einen Strumpf von Tönen und die Hauptsache ist ihnen, daß sie keine Tonmasche fallen lassen. Ich glaube
gar, die guten Kinder betrachten die vier Theile der Sonate als
die vier Theile des Strumpfes; der Ranst ist das Andante, die
Wade das Adagio, die Ferse das Caprizzio, die Zehenspitze das
Finale. Nur wer wirkliches Talent hat, sollte Musik lernen dürfen."

Nun erzählte Jegliches, wie viel Zeit man in der Jugend
für das Clavier aufgewendet und wie man es nach der Heirat
doch aufgegeben.

Der Landrichter war herbeigerufen worden; Bella lobte Lina,
die nun sang, und bat, daß man Lina auf einige Wochen ihr
zum Besuch gäbe, sie könne sie vielleicht doch noch in Manchem
unterrichten. Der Blick, mit dem die Frau Landrichter umschaute,
drückte den Triumph aus, daß alle Frauen das mit angehört
hatten. Sie kam sich sehr gutmüthig und herablassend vor, daß
sie noch vertraulich mit der Frau Doctor und nun gar mit Frau
Kohle und den Kaufmannsfrauen verkehrte.

Bella rühmte auch den schmackhaften Kuchen, den die Frau
Landrichter so vortrefflich zu bereiten verstünde; sie wünschte die
Bestandtheile desselben zu kennen. Die Frau Landrichter sagte,
daß sie eine bestimmte Dosis bitterer Mandeln hinzufüge. Sie
versprach, das Recept aufzuschreiben.

Man hatte kaum den Maiwein gekostet und gefunden, daß
Niemand ihn so vortrefflich zu bereiten wisse als der Herr Landrichter, da wurde gemeldet, daß Herr von Pranken angekommen
sei. Der Landrichter trat vor das Haus, seine Frau hielt Bella
zurück und Lina schaute zum Fenster hinaus und sah, wie Pranken
ablehnte, einen Augenblick heraufzukommen. Bella verabschiedete
sich rasch und fuhr mit ihrem Bruder davon.

Als Bella fortgegangen, rückte man vertraulicher zusammen;
jetzt erst fühlte man sich heimisch und wohlgemuth.

Die Engländerinnen waren nach Bella die Ersten, die sich verabschiedeten; die Anderen wollten nicht minder vornehm sein als sie, bald war die Gesellschaft aufgelöst.

Als die Frau Landrichter mit ihrem Manne allein war, erzählte sie, daß viel von Herrn Dournay gesprochen worden und daß es Pflicht des Beamten wäre, den Bezirk sauber zu halten.

Der Landrichter war treu im Amte, aber durchaus nicht begeistert für seinen Beruf, er sagte stets: Was gehen mich die Händel fremder Menschen an? Wenn ich Gutsbesitzer wäre, würde ich mein Lebenlang mich nicht in die Streitigkeiten Anderer mischen, sondern still und vergnügt für mich leben. Nun aber, da er einmal in das Amt gesetzt war, vollführte er es pflichtgetreu. Nur sehr widerwillig ließ er sich bestimmen, in die Angelegenheit Erichs einzugreifen; er erklärte sich erst bereit, als seine Frau ihm geradezu sagte, es sei der Wunsch der Gräfin Bella.

──────────

Fünftes Kapitel.

„Warum bist du nicht einen Augenblick zu den ehrenwerthen Leuten heraufgekommen?" fragte Bella ihrem Bruder, als Beide im Wagen saßen.

Wenn sie aus einer Gesellschaft in fremdem Hause kam, in der sie liebenswürdig gewesen, hielt diese Stimmung immer noch etwas vor; sie lächelte dann in die Luft hinein, und so war's auch jetzt; sie war im Ausklingen einer siegreichen Stimmung. Der Bruder aber kam aus einer ganz fremden Welt, er hatte heute noch mit Niemand gesprochen, als — wer hätte das je von ihm gedacht! — mit seiner eigenen Seele oder eigentlich mit der Seele Mannas.

„Ach, laß mich mit der Welt," sagte er, „ich will sie vergessen und sie soll mich auch vergessen. Ich kenne das ja. Alles schal, öde, welt, Puppenspiel. Hast die Puppen dort eine Weile tanzen lassen, kannst sie jetzt wieder in den Schrank der Vergessenheit legen."

„Du siehst etwas erregt aus," sagte Bella, dem Bruder die Hand auf die Schulter legend.

„Erregt? Das ist auch wieder eine gesprächliche Spielmarke.

Erregt! Wie oft habe ich nicht das Wort gehört und selbst ge=
sagt. Was heißt erregt? Nichts. Ich bin zusammengebrochen
und neu aufgebaut. Ach, Schwester, mir ist ein Wunder ge=
schehen und alle Wunder sind mir offenbar. Ach, ich weiß nicht,
aber ich werde mich schon wieder in die Weltworte finden."

„Schön, gratulire, du scheinst in Wahrheit verliebt."

„Verliebt! O Gott, sage das nicht. Ach, daß ich mich noch
schäme vor dir, meiner einzigen Schwester, zu bekennen . . . Ach,
ich hätte nie geglaubt, daß ich solcher Bewegung, solcher Erhe=
bung noch fähig. O, Schwester, welch ein Mädchen!"

„Es ist nicht wahr," sagte Bella und legte den Kopf in das
schwellende Wagenkissen zurück; „es ist eine Fabel, daß wir Frauen
die Räthsel der Welt seien; ihr Männer seid es weit mehr.
Ueber dich, über Otto von Prancken, den Feinschmecker des Bal=
lets, kommt nun solche Romantik. Aber gut, die beste Kraft ist
die Illusionskraft."

Prancken schwieg, und doch tanzten bei diesem Worte luftige,
hochgeschürzte, schelmisch lächelnde Gestalten vor seiner Erinnerung
und die zärtlichste hieß Nelly.

Der Herzschlag in seinem Busen pochte, dort wo das Buch
in der Brusttasche steckte. Er war im Begriff, der Schwester zu
sagen, daß er wie im Fiebertraume durch die Welt gehe, die
nur ein Schattenspiel sei: da rollten Bahnzüge, beschauten sich
Städte und Burgen im Strom, und Alles ist nur Schattenspiel
und wird versinken.

Er konnte der Schwester seine Umwandlung nicht begreiflich
machen, sie konnte es nicht fassen, faßte er selbst es ja kaum.
Er beschloß, noch Alles in sich zu bewahren; und mit großer
Selbstbeherrschung den Ton ändernd, sagte er lächelnd:

„Ja, Bella, die Liebesmacht hat gewissermaßen etwas Heili=
gendes, wenn das Wort erlaubt ist."

Bella neckte ihn, daß er das in einem Tone sage, wie ein
protestantischer Pfarrcandidat, der am Sonntag Nachmittag einem
blonden in Rosa=Kattun gekleideten Pfarrerstöchterlein in der
Laube des Pfarrgartens eine Liebeserklärung macht.

Otto konnte jetzt von Manna erzählen; er that es in so sanftem
Tone und in so ergriffenem Ernst, daß Bella immer mehr staunte.
Sie ließ ihn ruhig erzählen, aber sie klappte dabei die Finger der
rechten und linken Hand ein und sagte leise vor sich hin:

„Siebenmal nußbraune Augen, dreimal Reh-Augen, verklärt
ist ohne Zahl."

Man fuhr durch einen kleinen harzduftigen Tannenwald, und
Pranken sagte drein starrend:

„Seit dem Großonkel, dem Erzbischof Hubert, ist Keiner aus
unserer Familie im Dienste der Kirche gestanden; ich werde..."

„Doch nicht du?"

„Ich werde meinen zweiten Sohn der Kirche weihen."

Bella, die sonst auf Alles eine rasche Erwiderung oder gewandte Fortführung hatte, antwortete nichts, und Otto empfand
die Mißlichkeit, in einen neuen Ton einzulenken. Er, der Lustige,
der Uebermüthige, mußte wie ein Prahler, der in eine Trink-
gesellschaft gerathen war und sich als Genosse dargestellt hatte,
immer weiter trinken, wenn's ihm auch nicht mundete.

„Ich möchte dir einen Rath geben," sagte Bella endlich.

„Ich höre gern."

„Otto, ich glaube, daß in diesem Augenblicke deine Stimmung wahr ist, ich will auch an ihre Dauer glauben; aber um
des Himmels willen laß dir nichts davon merken, denn man wird
es als Heuchelei, als unterwürfige Werbung betrachten, damit
Du diese reiche fromme Erbin gewinnst. Also, um deiner Ehre,
um deiner Stellung willen verschließe derartige Extravaganzen.
Ich spreche nicht aus mir, ich spreche aus dem Munde der Welt,
verschließe derartige Verhimmelungen. Sei wie du vor deiner
Reise warst, wenigstens vor dem Angesichte der Welt. Bist du
mir bös? Deine Mienen verziehen sich so schmerzlich."

„O nein, du bist gescheidt, ich folge dir."

Als wäre ein neues Register gezogen, fragte nun Pranken
sofort:

„Wie sieht's auf der Villa aus? Ist die große Weltseele
noch dort?"

Bella lächelte; der Bruder hatte wieder seinen scharfen Ton.
Pranken selbst wollte ihn noch eine Zeit lang behalten, ja vielleicht immer, er ist eine gute Waffe zur Bekämpfung der Frei-
geisterei.

„Du meinst wol deinen Freund?" konnte sich Bella nicht enthalten, ihren Bruder zu schrauben.

„Meinen Freund? Er war nie mein Freund, und ich habe
ihn so nie genannt. Ich habe mich nur aus Gutmüthigkeit über-

tölpeln laſſen. Es iſt ein tiefer Zug in unſerer Familie, wir können keinen geforderten Beiſtand verſagen, und ich, wenn ich eine Gefälligkeit erweiſe, komme leicht in ein vertraulicheres Ver= hältniß als eigentlich angemeſſen iſt."

Bella übergab ihrem Bruder ein Briefchen, das ſie von Fräu= lein Perini für ihn erhalten hatte. Pranken erbrach es und las; ſein Geſicht erheiterte ſich.

Dürfte ich vielleicht das Briefchen von Fräulein Perini leſen?" ſagte Bella, die Hand ausſtreckend.

Otto übergab es. Es enthielt die Nachricht, daß Erich ohne Entſcheidung abgereiſt ſei.

Pranken athmete tief auf, dann aber machte er mit der Hand eine wegwerfende Bewegung. Bella fuhr fort, ihm zu berichten, wie ſie eben in der Kaffeegeſellſchaft dafür geſorgt, daß die Welt= ſeele — das Wort ſchien ihr für Erich ſehr zu gefallen — ſich eine andere Heimath zu ſuchen habe; der Landrichter werde ihm den Garaus machen. Staunend vernahm ſie, daß Otto mit dieſem Verfahren nicht einverſtanden war. Es ſei für das höhere Leben — er ließ unentſchieden, ob er damit das höhere geſellſchaftliche oder höhere geiſtige meinte — unbedingt unwürdig, ſich einer Intrigue zu bedienen; er werde vielmehr offen zu Werke gehen und Herrn Sonnenkamp geradezu aufklären.

Bella war heiter und gar nicht empfindlich. Sie erklärte, wie lächerlich es ſei, daß man von der Anſtellung eines Hof= meiſters ſo viel Aufhebens mache; eine ſolche Figur, wenn ſie ſich auch noch ſo ſehr aufputze, bleibe immer untergeordnet.

Otto nahm ſich vor, andern Tags Herrn Sonnenkamp zu beſuchen und die Anknüpfungen Dournays zu durchſchneiden. Aber er ließ den nächſten Tag und noch einen zweiten vorübergehen, bevor er nach der Villa fuhr. Wenn fremde Werkzeuge die Sache zu nichte machen, iſt's doch beſſer. Der Landrichter ſollte Zeit haben, ſeinen Vorſatz auszuführen.

Am dritten Tage nach ſeiner Heimkehr fuhr Pranken nach der Villa. Er hielt beim Landrichter an, er wollte wiſſen, was dieſer bereits gethan. Der Landrichter ſagte ſo beſcheiden als klug, er habe es nicht für angemeſſen gehalten, etwas zu thun, bevor er Herrn von Pranken geſprochen; er ſei indeß bereit, ſofort, wenn er ſeine Uniform angezogen, mit Herrn von Pranken nach Villa Eden zu fahren.

Pranken verbeugte sich verbindlich. So mußte er also doch selber in die Sache eintreten. Er lehnte das Anerbieten des Landrichters nicht ab; vielleicht ließ sich das etwas pedantische Männchen ins Vordertreffen stellen, man konnte durch ihn Fühlung gewinnen, wie und wo der Feind steht. Ein tactisches Manöver ist immer erlaubt, ja geboten. Man darf und muß den Feind packen, wie und wo man immer kann. Pranken legte sich die Methode zurecht: er wollte eine Scheinvertheidigung Erichs anwenden, um dem Landrichter besser und nachdrücklicher zum Erfolge zu helfen.

Die Beiden fuhren nach Villa Eden.

Sechstes Kapitel.

Am Morgen nach der Abreise Erichs wurde Roland zu seinem Vater gerufen und dieser stellte ihm einen Mann von wohlgefälligen Manieren vor, der nur französisch und etwas gebrochen deutsch sprach. Der junge Mann nannte sich Chevalier de Canne, war aus der französischen Schweiz und von einem Genfer Banquier warm empfohlen. Der Banquier kannte selbst die letzte Quelle nicht, die ihm diesen Mann zugeführt, denn schließlich war es Fräulein Perini, die ihn hieher gebracht.

Man sah Fräulein Perini nie einen Brief zur Post geben, diese gingen durch die Hand des Pfarrers; aber ihre Verbindungen mit der französischen Geistlichkeit waren derart, daß durch unverfängliche Vermittlung ein Laienzögling, dessen man sicher sein konnte, auf den Posten bei Sonnenkamp berufen ward. Man kannte die Widerspenstigkeit Sonnenkamps gegen eine solche Bezugsquelle, sie war daher sehr geschickt verdeckt.

Der Chevalier wußte durch bescheidenes und haltungsvolles Wesen sämmtliche Hausgenossen, Herrn Sonnenkamp nicht ausgenommen, bald für sich einzunehmen. Im Gegensatze zu Erich hatte er etwas Unpersönliches, er drängte nie einen fremden Gedanken auf, ging auf jede Bemerkung gewandt ein und wußte die Worte eines Jeglichen, ohne zu schmeicheln, so wiederzugeben, daß Jedes vor sich selbst bedeutsam und schön erschien; dazu war er, und das machte ihn Herrn Sonnenkamp besonders willkommen, mit vollendetem Wissen in der Botanik ausgestattet.

Mit Fräulein Perini betete er vor Tisch, aber so bescheiden, so zierlich, daß sein Anblick dabei nur um so schöner war. Alles war entzückt, nur Roland nicht; er konnte nicht sagen warum; aber er verglich den Chevalier stets mit Erich. Jetzt zum erstenmale bat er seinen Vater, ihn in ein Erziehungs-Institut zu bringen, in welches es auch sei; er versprach unbedingte Fügsamkeit. Aber der Vater ging auf diesen Wunsch nicht ein, er äußerte vielmehr, daß er sich freue, solch einen Mann für Roland gefunden zu haben, den man vorläufig probe.

Roland konnte nicht klagen, daß der Chevalier ihm das Lernen irgend erschwerte; dennoch dachte er stets an Erich. Schon zweimal hatte er heimlich an ihn geschrieben; es war wie die Klage eines liebenden Mädchens, das dem Geliebten kund giebt, wie es zu einer lieblosen Ehe gezwungen werden soll, und ihn anruft, herbeizueilen . . .

Es war nun am Morgen; Roland zeichnete auf einem Feldstein sitzend jenseits der Straße, wo man einen schönen Ausblick auf den Park hat, aus dem sich der Thurm des Hauptgebäudes wie herausgewachsen aufsetzt; der Chevalier zeichnete das Gleiche mit Roland; von Zeit zu Zeit verglichen sie ihre Aufnahme. Roland gelang die Arbeit. Manchmal glaubte er, daß er selbst dies gemacht habe, dann aber erschien ihm Alles wieder wie eine Komödie, denn der Lehrer hatte ihm doch das Meiste hineingezeichnet.

Da hörte Roland einen Wagen daher kommen; sein Herz pochte; gewiß kommt Erich. Er eilte nach der Straße, er sah Pranken und neben ihm den Landrichter.

Der Chevalier war Roland gefolgt. Pranken reichte Roland die Hand und dieser stellte den Chevalier vor, der im Tone gemessenen Gehorsams hinzusetzte, in welcher Stellung er sich hier befinde. Pranken nickte sehr freundlich, stieg aus und ging mit Roland, er brachte Grüße von seiner Schwester und sagte, daß er ihm später noch einen besondern Auftrag mittheilen werde. Pranken lobte das Benehmen des Fremden, und daß ein solcher Mann weit besser sei, als ein eingebildeter deutscher Doctor.

„Erich dürfte eingebildet sein, aber er ist es nicht," erwiderte Roland.

Pranken drehte seinen Schnurrbart; er muß ruhiger sein, man darf ja Erich schon gelten lassen, denn er ist beseitigt.

Bei der Villa bat Pranken den Landrichter vorerst allein zu
Herrn Sonnenkamp zu gehen: er selbst ging zu Fräulein Perini.

Es war eine herzliche Begrüßung, sie reichten sich beide Hände.
Mit großer Befriedigung und besonderm Danke lobte Pranken
das Verfahren des Fräulein Perini, die statt des gottlosen Dournay
einen solchen Mann wie den Chevalier ins Haus gebracht. Fräulein Perini lehnte ihr Verdienst ab; überdies sei der Chevalier
noch nicht definitiv angenommen, denn Roland dränge seinen
Vater noch immer, Erich zu berufen.

Pranken sprach die Zuversicht aus, daß durch den Landrichter
jeder Gedanke an Erich vertilgt werde; er erzählte nun vom Besuche bei Manna und nur theilweise gab er kund, welche Wandlung in ihm vorging.

Fräulein Perini hörte aufmerksam zu und hielt dabei ihr perlmutternes Kreuz in der Linken.

— — —

Siebentes Kapitel.

Pranken ging zu Sonnenkamp; er traf denselben in einem
allgemeinen Gespräche mit dem Landrichter; die Begrüßung zwischen
dem Hausherrn und Pranken war sehr vertraulich und Pranken
setzte sich rittlings auf einen Stuhl.

„Ich werde Ihnen, verehrter Freund,“ begann Pranken —
er nannte Herrn Sonnenkamp vor der Welt gern verehrter Freund
— „ich werde Ihnen später von meiner Reise erzählen. Nun
lassen Sie mich Ihnen nur Glück wünschen, daß für unsern Roland ein allem Anschein nach überaus passender Mann gefunden
worden.“

Herr Sonnenkamp erwiderte, daß er den Chevalier schwerlich
behalte; er sei nur auf Probe im Hause; es sei zu besorgen, daß
der höchst gebildete Schweizer das Naturell Rolands vielleicht zu
sehr nach dem Kirchlichen hin lenke; Erich wäre doch eigentlich
der Mann, den er sich wünschen möchte.

Pranken schaute um, wie wenn er sich nochmals überzeugen
müsse, daß der Feind eine andere Stellung einnehme.

„Wir müssen allerdings den Marktwerth dieses Mannes genau
messen,“ sagte er.

Sonnenkamp betrachtete ihn scharf, da Pranken das Wort Marktwerth eigenthümlich raſſelnd betonte. Glaubte der Baron, er müſſe ſich ihm, dem Kaufmann anbequemen? Er konnte nicht wiſſen, daß Pranken ſtolz war auf dieſes Wort, und Sonnenkamp erwiderte:

„Sein Marktwerth iſt nicht gering; doch iſt dieſer Hauptmann= Doctor ein excentriſcher Menſch; excentriſche Menſchen ſind zuweilen angenehm, aber man kann ſich nicht auf ſie verlaſſen.“

Nur behutſam hob Pranken die Freigeiſterei Erichs hervor und wie nothwendig es ſei, daß Roland in die Leitung eines wahr= haft frommen und zugleich weltmänniſch formvollen Mannes käme.

Im Bewußtſein der Ueberlegenheit und im Triumphe mit den Menſchen zu ſpielen, berichtete Sonnenkamp, wie Doctor Richard ihm Erich ſo ſchwärmeriſch geſchildert habe, daß man nicht genug eilen könnte, den Mann mit ſechs Pferden abzuholen.

„Ah, der Doctor!“ rief Pranken und ſchwenkte dabei die rechte Hand hin und her, als hätte er eine unſichtbare Reitpeitſche in der Hand. „Ah, der Doctor! Natürlich! Atheiſten und Com= muniſten halten zuſammen. Hat der Doctor Ihnen auch geſagt, daß er am Sonntag ein geheimes Geſpräch mit Herrn Dournay gehabt hat?“

„Nein. Woher wiſſen Sie denn das?“

„Durch einen Zufall. Man hat eine ärztliche Rathgebung vorgeſchützt, hat ſich heimlich die Hände gerieben und dazu geſagt, Herr Sonnenkamp braucht nicht zu wiſſen, daß man von Alters her verbunden iſt.“

Sonnenkamp dankte für dieſe Mittheilung, aber im Innern beſtätigte ſich ihm der Verdacht, daß Pranken einen ſeiner Diener in Sold hatte. Der Pole, den Pranken immer beſonders freund= lich anrief, der war's, der mußte aus dem Hauſe.

Unhörbar pfiff Sonnenkamp.

Der Landrichter hielt es für Pflicht, den Doctor als fürſt= lichen Kreis=Phyſicus nicht angreifen zu laſſen; das verlangt die Solidarität. Nachdem er den Doctor vor jedem Unglimpf, der wol nicht ernſt gemeint ſei, ſichergeſtellt, wobei Pranken beſtändig ſeinen Schnurr= und Knebelbart ſtreichelte, machte der Landrichter eine Wendung, indem er ſagte:

„Herr von Pranken hat in beſter Abſicht den jungen Mann empfohlen, aber dürfte ich auch meine Meinung ausſprechen?“

Sonnenkamp entgegnete, daß er sehr viel Gewicht auf die Meinung des Landrichters lege. Jetzt war der Moment, wo das tactische Manöver vor sich gehen sollte. Pranden setzte sich fester auf seinen Reitstuhl, er ermuthigte den Landrichter, gradaus ins Feuer und drauf loszugehen und er rief:

„Erklären Sie nur geradezu . . . Ich selber muß mir Vor= würfe machen, daß ich nicht daran gedacht habe . . . eine Ver= bindung mit Herrn Dournay würde bei den allerhöchsten Herr= schaften als eine Ungehörigkeit, ja vielleicht als Feindseligkeit an= gesehen werden."

„Gestatten Sie mir," entgegnete der Landrichter, und es war in Wort und Miene etwas, wie man im Amtszimmer einen An= geklagten in seine Schranken zurückweist, „gestatten Sie mir, daß ich genau die Grenze inne halte, die mir zusteht."

Pranden war außer sich über den Landrichter; dieser so un= ansehnliche Mann bewahrte eine Haltung, die ganz unbegreiflich schien. Er hatte erwartet, der Landrichter würde Herrn Sonnen= kamp die Hölle heiß machen und ihm vor Allem den Haß des Regenten gegen Erich ins Herz brennen — und was kam nun? Ein höchst mildes, vorsichtig abgewogenes, freundschaftliches Be= denken.

Der Landrichter hatte Erich nur als Menschen, als Gesell= schaftsmitglied . . . er sagte, er wisse sich nicht recht auszudrücken . . . einen gefährlichen Menschen genannt; er habe das nur in moralischem Sinne gemeint; sofort aber nahm er das Wort mo= ralisch zurück, denn Erich war bekanntermaßen ein höchst sittlicher Mann. Und als er jetzt auf die Erwägung kam, daß man sich durch eine Verbindung mit Erich die Ungunst des Hofes zuziehe, leuchtete aus dem Gesichte des kleinen Mannes eine freundlich milde Loyalität.

„Die Fürsten unseres Hauses," sagte er, „sind nicht rachgierig, vielmehr höchst mild und versöhnlich; und nun gar unser jetzt regierender Herr! Mein Gott! er hat seine Eigenheiten, aber sie sind höchst unschuldig, und dabei ist er von unerschöpflicher Güte, und nun gar, wie wird er den Sohn seines Lehrers, ja den Jugendgenossen seines Bruders verfolgen wollen? Ich möchte eher behaupten, daß er dem eine Gunst zuwendet, der Herrn Dournay fördert, der es unmöglich gemacht hat, daß er ihn selber fördere."

Pranden war voll Verzweiflung. Er sah auf den Landrichter

wie auf einen Jagdhund, der nicht parirt. Er machte die Hand
auf und zu, die Hand sehnte sich verzweifelt nach einer Peitsche;
er winkte dem Landrichter mit den Augen, es half nichts, und
er lächelte endlich bitter vor sich hin. Er sah dem Manne in den
Mund, er meinte, es müßten ihm wieder Zähne gewachsen sein;
er sprach so geläufig, so bestimmt, wie noch nie. Ja, diese Bureau-
kraten! dachte Prancken, während er seine Stulpenstiefel heraufzog, sie sind unberechenbar!

„Es ist mir angenehm," rief er endlich und lächelte dabei
gewaltsam, „es ist mir höchst erfreulich, daß unser verehrter Herr
Landrichter alle Besorgnisse verscheucht. Ja, die Herren Beamten
wissen die Acten vortrefflich zu ordnen."

Der Landrichter hatte seinen Stich, aber er ging nicht durch
die Uniform.

Sonnenkamp schien es genug zu haben, die Beiden zu schrauben.
Mit triumphirender Miene ging er zu seinem Schreibtisch, wo
mehrere fertige Briefe lagen, riß von einem das Couvert ab,
gab den Inhalt und sagte:

„Lesen Sie, Herr von Prancken, und auch Sie, Herr Landrichter, lesen Sie laut."

Der Landrichter las:

Villa Eden, den * Mai 186*.

Geehrter Herr Hauptmann Doctor Dournay!

Einem vielerfahrenen Manne werden Sie es nicht verargen,
wenn er von seinem einseitig praktischen Standpunkte aus Ihnen
zu bedenken giebt, ob Sie nicht ein Unrecht begehen, indem Sie
Ihren von der Natur reich angelegten und durch Wissenschaft
wohlgerüsteten Geist auf einen einzelnen Knaben statt auf eine
große Gesammtheit verwenden.

Erlauben Sie mir Ihnen zu sagen: ich betrachte Vernunft und
Wissenschaft auch als Capital und Sie legen Ihr Capital zu einem
viel zu geringen Zinsfuße an. Ich ehre Ihren Edelsinn und
Ihre Bescheidenheit, die sich in Ihrem Anerbieten kundgeben; aber
in der Zuversicht, daß Sie in einer Täuschung befangen sind,
wenn Sie in einem so beschränkten Beruf sich genügen zu können
glauben, muß ich nicht minder dankbar als entschieden Ihr
Anerbieten, die Erziehung meines Sohnes zu übernehmen, ablehnen.

Ich wünsche, daß Sie mir Gelegenheit geben möchten, durch eine Bethätigung meinerseits Ihnen zu beweisen, wie sehr ich bin

Ihr Sie hochachtender

Heinrich Sonnenkamp.

So las der Landrichter und Sonnenkamp pfiff leise vor sich hin und schlug dazu den Tact mit dem übergeschlagenen Fuße. Mit einem triumphirenden Blick empfing er den Brief zurück, that ihn in einen neuen Umschlag und adressirte ihn an Erich. Während er die Adresse schrieb, sagte er:

„Ich hätte Lust, den Mann in anderer Weise in mein Haus zu nehmen; er sollte zu nichts weiter verpflichtet sein, als bei Tische gute Unterhaltung zu führen. Warum soll das nicht für Geld zu haben sein? Wenn ich ein Fürst wäre, würde ich Conversationsräthe ernennen. Sind nicht vielleicht die Kammerherren etwas Aehnliches?" fragte er mit leisem Anfluge von Spott Herrn von Prancken.

Prancken war empört. In diesem Manne war oft etwas Anmaßliches, daß er sogar die Hoheit des Hofes nicht schonte; aber Prancken lächelte sehr verbindlich. Lutz wurde durch das Sprachrohr gerufen, der Brief in das Postpacket gethan und Lutz ging davon.

Roland wartete auf Prancken, und dieser nahm ihn nun mit an einen stillen Platz des Parks, erzählte von der Reise, und übergab ihm ein zweites Exemplar des Thomas a Kempis. Er zeigte ihm die Stelle, wo er heute zu lesen beginnen solle und so täglich weiter, aber stets verborgen, ob er nun einen gläubigen oder ungläubigen Erzieher haben werde.

„Kommt Herr Dournay nicht mehr zurück?" fragte Roland.

„Dein Vater hatte bereits, ehe ich kam, eine entschiedene Ablehnung an ihn geschrieben, die nun schon zur Post ist."

Der Knabe saß mit dem aufgeschlagenen Buche in der Hand im Park, las aber nicht.

* * *

Achtes Kapitel.

Sonnenkamp war ungewöhnlich heiter bei Tische; er hatte heute wieder neuen Grund zur Menschenverachtung bekommen und seine Kraft gefühlt, mit den Menschen zu spielen. Wie eine

Befreiung empfand er es daneben, daß dieser Herr Dournay nun abgethan war. Dennoch mußte er sich gestehen, daß er vielleicht keine bessere Wahl für seinen Sohn hätte treffen können.

Pranken ließ den Landrichter, der Eile hatte, in einem Wagen Sonnenkamps nach der Stadt fahren; er selber blieb in vertraulichem Gespräche bei Sonnenkamp, der die Kunst bewunderte, mit welcher ein junger Mann, der um ein reiches Mädchen wirbt, sich dabei eine Schwärmerei einredet.

Als auch Pranken abgereist war, ging Sonnenkamp nach dem Pflanzenhaus; bald stand Roland vor ihm und sagte:

„Vater, ich habe eine Bitte."

„Es freut mich, wenn du eine Bitte vorträgst, die ich erfüllen kann."

„Vater, gieb mir Herrn Dournay wieder. Ich kann nur bei Herrn Dournay lernen und ich werde keinem Andern gehorchen, als nur ihm."

„Nur ihm? Also auch mir nicht?" rief Sonnenkamp. Der Knabe schwieg und der Vater wiederholte:

„Auch mir nicht?"

Seine Stimme war heftig, seine große Faust ballte sich.

„Auch mir nicht?" fragte er zum drittenmale, die Hand erhebend.

Der Knabe wich zurück und rief mit durchdringender Stimme:

„Vater!"

Die Faust Sonnenkamps entballte sich und mit erzwungener Ruhe sagte er:

„Ich habe dich nicht berühren wollen, Roland . . . komm her . . . komm näher."

Der Knabe ging zu ihm, der Vater legte ihm die Hand auf die Stirn; die Stirn des Knaben war heiß, die Hand des Vaters war kalt.

„Ich liebe dich mehr als du verstehen kannst," sagte der Vater. Er beugte sich nieder, aber der Knabe streckte beide Hände aus und rief mit angstvoller Stimme:

„Ach, bitte, Vater! . . . ach, bitte, Vater! Nicht küssen! Laß mich! Laß mich gehen!"

Er stürzte davon. Sonnenkamp erwartete, daß der Knabe wiederkommen und ihn umhalsen werde; aber er kam nicht.

Im Warmhause bei den Palmen stand Sonnenkamp, ihn

fröstelte; aus den Wasserdämpfen rieselte und tröpfelte es so leise
und märchenhaft von den großen Blättern, von dem Glasdache.
Sonnenkamp hielt die Hand ans Auge, sein Auge war trocken.
Ein Deutscher, jener Doctor Fritz, hatte ihm einst in einem offenen
Briefe zugerufen: Du, der du Eltern= und Kindesliebe in deinen
Mitmenschen ausrottest, wie kannst du Liebe von deinen Kindern
hoffen? . . .

Diese Worte gingen ihm jetzt durch den Sinn, eine Erinne=
rung aus einem Kampfe, den er vergessen wollte, der längst ab=
gethan war.

God bless you, massa! tönte es, wie von einer Geister=
stimme. Sonnenkamp erschrak.

Er forschte nach und fand den Papagei seiner Frau, der mit
dem Käfig ins Warmhaus gebracht war. Der herbeigerufene
Gärtner berichtete, daß Frau Ceres befohlen habe, man solle den
Papagei hieher bringen, da es ihm im Wohnhause zu kalt sei.

God bless you, massa! rief der Papagei hinter Sonnen=
kamp drein, als dieser das Palmenhaus verließ.

Unterdeß stand Roland bei dem umgelegten Stuhl unter der
Hänge=Esche; der Park, das Haus, Alles schwamm vor seinen
Blicken. Er überdachte, ob nirgends ein Zufluchtsort sei. Er
ging in das Zimmer Mannas, aber die Bilder an der Wand
und die Blumen im offenen Kamin sahen ihn fremd und fragend
an. Er wollte Manna schreiben, ihr Alles klagen, aber er konnte
nicht schreiben. Er stand am Fenster und starrte hinaus ins
Weite. Die Schiffe zogen auf dem Strom auf und ab. O, wer
dort wäre! Die Vögel flogen in ihr Nest. O, wer auch eine
stille Heimat hätte! . . .

Roland verließ das Haus und ging in den Hof. Der Che=
valier kam; Roland sah ihn mit einem Blicke an, wie wenn er
ihn gar nicht kenne; er gab auf keine Frage eine Antwort. Er
holte seine Armbrust, aber spannte sie nicht. Die Sperlinge und
Tauben flogen hin und her, die schönen Hunde drückten und
schnupperten an ihm herum; er starrte wie verloren drein.

Von Satan, seinem großen Hunde, gefolgt, ging er nach
dem Ufer; dort saß er unter den dichten hohen Weidenbäumen
und legte den Hut neben sich; der Kopf brannte ihm. Er wusch
sich die Stirn mit Wasser, aber die Stirn wurde nicht kühler.
Da hörte er seinen Namen rufen. Unwillkürlich hielt er schnell

dem neben ihm liegenden Hunde die Schnauze zu, er selbst hielt den Athem an, um sein Versteck nicht zu verrathen. Die Stimme zog weiter und verlor sich. Er saß noch immer still und ermahnte leise den Hund, ganz ruhig zu sein; der Hund schien ihn zu verstehen.

Die Nacht brach herein. Unhörbar wie ein Jäger, der ein Wild beschleicht, verließ Roland sein Versteck und wanderte die Straße landeinwärts enge Pfade durch die Weinberge. Er wollte zum Krischer, er wollte zum Major, er wollte zu Menschen, die ihm helfen. Plötzlich hielt er an.

„Nein! zu Niemand ... zu Niemand!" hauchte er leise vor sich hin, als vertraute er es kaum der schweigsamen Nacht. „Zu ihm! Zu ihm!"

Er duckte sich nieder, daß man ihn nicht in den Weinbergen sehe, und doch war's Nacht. Erst als er oben wieder auf einer Landstraße war, richtete er sich auf.

Neuntes Kapitel.

Wie ein Mann, der aus blendend erleuchtetem Gesellschaftssaale in sein Studirzimmer zur einsamen Lampe zurückkehrt, unwillkürlich sein Auge reibt, denn es hat sich an eine größere Masse von Licht gewöhnt, so kehrte Erich nach der Heimat zurück.

Das Gefahrvolle des Reichthums liegt nicht nur darin, daß er den Besitzer, sondern auch darin, daß er den Besitzlosen verderben kann. Die Sprache hat es noch nicht vollkommen deckend ausgedrückt, wenn sie diesen Unmuth und die Unruhe in der Seele Mißgunst, Neid und Scheelsucht nennt; es ist Keins von Alledem, es ist vielmehr die Pein der Frage: warum bist du nicht auch reich? Nein, das verlangst du nicht; aber warum bist du nicht mindestens sorglos gestellt? Die Kämpfe des menschlichen Daseins sind hart genug, warum noch dazu dieses Ringen mit der gemeinen Noth?

Das Härteste, was die Wahrnehmung des Reichthums dem Besitzlosen anthun kann, ist, daß sie ihm Unlust an der Arbeit, Verdrossenheit, Bewußtsein der Knechtschaft einflößt, ja noch mehr, daß sie alles Thun fraglich erscheinen läßt. Was hilft alles

Dichten und Trachten, aller Aufbau von großen Gedanken, so lange es noch Menschen neben dir giebt, die mit dir diese Erde bewohnen und darben müssen!

Die Ameise am Wege ist sicherer bedacht, es giebt keine Nachbar-Ameise, die schwelgt, während die andere hungert. Was ist alles Arbeiten, so lange dieser Unhold der Noth noch unter uns wandelt! Hat eine Weltweisheit, eine Glaubenslehre siegende Macht der Wahrheit, die diesen Unhold nicht zu tilgen vermag?

Erich fuhr heimwärts, er träumte am hellen Tage jenen unruhigen Traum unserer Zeit, der vom Locomotivgeklapper begleitet ist.

Er kam in der Universitätsstadt an; die Hügel ringsum, die ihm ehedem so frei und schön erschienen, und wo er allein und mit dem Vater gewandelt, stellten sich ihm jetzt so klein und gedrückt und der Strom so dürftig war. Sein Auge hatte Größeres, Freieres gesehen, ein anderer Maßstab hatte sich in seiner Betrachtungsweise festgesetzt.

Er sah die alten Gestalten am Bahnhofe. Der Universitätssimpel, den jede kleinere Universität hat, grinste ihn an und hieß den Herrn Doctor willkommen; Studenten mit bunten Mützen vergnügten sich, mit ihren Stöcken Quarten in die Luft zu schlagen und mit ihren Hunden zu spielen. — Alles erschien ihm wie ein vergessener Traum. Und wie? War es nicht ehedem sein höchster Wunsch, hier zu leben und zu lehren?

Er ging durch das Städtchen; nirgends dem Auge ein wohlgefälliger Anblick, Alles eng, winkelig, verhockt. Er kam ins elterliche Haus; die enge hölzerne Treppe erschien ihm so steil. Er trat in die Wohnstube; Niemand war da. Mutter und Tante waren ausgegangen. Er ging in das Bibliothekzimmer des Vaters; da standen die Bücher, die bis jetzt Niemand in ihrer Ordnung zu stören gewagt hatte, größtentheils auf dem Boden, und ein langer hagerer Mann, der über die Brille wegsah, die ihm auf der Nasenspitze saß, betrachtete Erich fragend.

Erich gab sich zu erkennen; der Mann nahm seine Brille in die Hand und nannte sich als einen wohlbekannten Antiquar der Hauptstadt, der gekommen, die Bibliothek zu kaufen.

So war also die Hoffnung der Mutter zu nichte, dachte Erich. Er sagte dem Antiquar, wie werthvoll die Bemerkungen seines Vaters seien, die sich fast auf jeder Seite der Bücher fänden.

Der Antiquar zuckte die Achseln und entgegnete, daß diese Bemerkungen werthlos, ja eher eine Entwerthung seien. Hätte der Vater ein großes Werk geschrieben, das seinen Namen berühmt gemacht, so wären die Anmerkungen von Bedeutung; nun aber sei alles Eingeschriebene, wenn auch an sich von Werth, für den Antiquar entschieden eine Entwerthung.

Erich traten Thränen in die Augen.

Die ganze Lebensarbeit seines Vaters sollte eine verlorene sein! Da war kein Blatt, auf dem nicht das Auge des Entschlafenen geruht, da waren seine Gedanken daheim, seine Empfindungen und sein reiches Wissen, und das nun in alle Welt verschleudert, verachtet und vielleicht doch von einem Fremden ausgebeutet!

Erich schalt sich, daß er nicht sofort und entschieden die Stelle bei Sonnenkamp angenommen; er hätte es erwirken und dann auch eine namhafte Summe aufnehmen können.

Mit Trauer sah er auf einen Stoß geschriebener Hefte und Blätter und eingelegter Druckjachen, die der Vater sein Lebenlang zusammengetragen und ausgearbeitet hatte.

Der Vater Erichs hatte ein Buch schreiben wollen unter dem Titel: „Echte Menschen in der Geschichte," er war gestorben, ehe es zur Ausführung kam. Viele treffliche Notizen, ja einzelne Abschnitte lagen ausgearbeitet, aber es war kaum etwas zu benutzen. Manche Betrachtungen waren bruchstückweise in verschiedener Fassung da. Alle einschlagenden Wissenschaften und die entlegensten Thatsachen der Geschichte waren herbeigezogen, aber der leitende und verbindende Gedanke war verschwunden mit dem Manne, der nun in der Erde ruht.

Der erste, größere Theil sollte jene Züge sammeln, die zerstreut im Laufe der Zeiten das rein Menschliche, wie es in Wirklichkeit erschienen war, darstellen; der zweite Theil sollte eine exacte Lehre geben von den Vorgängen des Seelenlebens, die so genau bestimmt werden sollten, wie die Vorgänge in der äußeren Natur. Von da aus sollte der Punkt bezeichnet werden, wo das Genie, das scheinbare Wunder im Geistesleben, den Grund zu neuen Thatsachen bildet. So wenigstens hatte Erich sich's gedacht, als er die hinterlassenen Papiere zu ordnen suchte.

Er ging nach der Stube zurück; sie erschien ihm mit altem

Hausrath überfüllt und drückend; die neu erkannte Armuth warf einen dunkeln Schleier auf alle Umgebungen.

Jetzt faßte er sich, denn er hörte Mutter und Tante zurückkehren.

Die Mutter umhalste ihn in voller Freude des Wiedersehens. Er erzählte von seiner Reise und erschrak, da sie sagte, sie hätte es ganz in der Ordnung gefunden, wenn er sofort die Stelle bei Sonnenkamp angenommen, denn in der Lage, in der man jetzt sei, erscheine dies als ein doppeltes Glück.

Erich sah, daß die Mutter, die nie hatte gebeugt werden können, jetzt gebeugt und zaghaft war.

Sie hatte der verwittweten Fürstin, deren Lieblingshofdame sie vordem gewesen, eine Darstellung ihrer Verhältnisse gegeben. Sie hatte der hohen Frau ihr ganzes Herz ausgeschüttet und sie, die nie um etwas gebeten, wünschte nur eine entsprechende Summe, um die Bibliothek ihres Mannes, die ein Familienheiligthum und für ihren Sohn von großer Bedeutung sei, nicht verkaufen zu müssen.

Die Fürstin hatte durch ihren Secretär mit einigen wohlstylisirten, theilnehmenden Wendungen antworten lassen. Eine kleine Summe, die nicht entfernt ausreichte, war dem Briefe beigelegt.

Die Mutter wollte das Geld wieder zurückschicken, aber man durfte die hohen Herrschaften nicht beleidigen, ja man mußte noch unterthänigst danken, um eine nutzlose Huld nicht zu verscherzen.

Erich beruhigte sie, daß binnen Kurzem die Bibliothek gesichert sein solle.

Er ging sofort auf sein Zimmer und schrieb einen Brief an den Grafen Wolfsgarten.

Nun erst kam er dazu, ausführlich von der Reise zu erzählen. Die Mutter hörte ihm ruhig zu; nur als von Bella die Rede war, sagte sie:

„Bella Pranken ist eine unberechenbare Frau."

Die alten Pläne wurden neu erörtert. Erich wollte eine Erziehungsanstalt errichten. Mutter und Tante waren sehr geeignet, ihn darin zu unterstützen, sie hatten viele Verbindungen mit den besten Familien des Landes; nur konnte man noch nicht einig werden, ob man ein Mädchen- oder ein Knaben-Institut errichten solle. Erich war für das letztere, die Mutter aber wollte, daß er noch einige Jahre eine wissenschaftliche Reise mache, um dann

durch ein großes Werk einen Ruf zu erlangen und nicht den
kleinen mühseligen Weg zu gehen. Sie und die Tante wollten
indeß in der Hauptstadt so viel erwerben, daß Erich sorglos leben
könnte.

Vorerst kam man überein, nichts zu beschließen, denn ein
Brief des Herrn Sonnenkamp mußte abgewartet werden.

Erich besuchte seinen alten Lehrer und Freund, den Professor
Einsiedel. Er war ein voller Priester der Wissenschaft, ein Mann,
der beständig und ausschließlich im reinen Denken und Erforschen
für Bereicherung der Erkenntnißwelt lebte, ganz allein für sich,
mäßig, geregelt, ohne irgend eine Leidenschaft, überaus bescheiden
in Speise und Trank, aber immer lächelnd, immer heiter, immer
getragen von etwas, was eben neu aufgeschlossen ist, immer
allseitig umherblickend ins weite Reich des Denkens.

Bei jeder wissenschaftlichen Frage, mit der Erich zu Professor
Einsiedel kam, erhielt er sofort Aufschluß, Bezeichnung der Quellen,
ja mit der größten Selbstlosigkeit gab er eigene mühsame Auf-
zeichnungen Jedem hin. Es war ihm gleich, ob er selber mit
seinem Namen das gab, oder ob es von einem Andern mit
fremdem Namen ausging; wenn es nur da war und wirkte.

Professor Einsiedel war mit Erichs Vater nahe befreundet gewesen und bedauerte stets, daß dieser, der das Beste und Vollendete
gewollt, das Gute und nothwendig Abzuschließende nicht geleistet
habe. Wir müssen, war sein Grundsatz, damit fürlieb nehmen,
ein Einzelnes, einen kleinen Beitrag gegeben zu haben; das reiht
sich dann in das große Ganze ein. Wir schaffen nie etwas, das
uns voll befriedigt, zu dem wir nichts mehr nachzutragen hätten.
Nur von Gott heißt es bei der Schöpfungsgeschichte, daß er zu
dem, was er geschaffen, sagen konnte: er sah, daß es gut war.
Daß das Gewordene dem Gedachten, die That der Idee vollkommen entspreche, steht nur dem absoluten Geiste zu; der end-
liche Geist bleibt immer unter der Idee dessen, was er zu können
glaubte und sollte.

Im Zimmer des Professors war ein Bild von Rembrandt,
ein kleiner Kupferstich, der fast wie ein Porträt des Professors
selber war. Da ist dargestellt, wie Faust in der Schlafmütze den
Zauberkreis anstarrt, der sich selbst beleuchtet. Faust ist ein altes
vertrocknetes Männchen, des verjüngenden Zaubertrankes wohl
bedürftig. Professor Einsiedel hatte keinen solchen Zaubertrank,

aber er trank jeden Tag neue Erquickung aus Schriften der classischen Welt.

. Als ihn nun Erich besuchte, um sich von ihm Rath zu holen,
fand er den guten alten Professor in einer ungewöhnlichen Verfassung. Der Professor bedauerte, daß Erich sich nicht gänzlich
der Wissenschaft widme, gestand aber auch zu, daß die Natur
Erichs zu einer praktischen, persönlichen Wirksamkeit geeignet sei.

Erich wollte nicht warten, sondern selbstthätig etwas schaffen;
er reiste am nächsten Tage nach der Hauptstadt, denn er hatte
gehört, daß ein älterer Mann, der ein angesehenes Erziehungs-
Institut für Knaben leitete, von demselben zurücktreten und es
in gute Hände geben wolle.

Er kam nach der Residenz, wo er Jahre lang als Officier wohl-
angesehen gelebt hatte. Manche Kameraden in Uniform schienen ihn
nicht mehr zu kennen, Andere besannen sich, als er vorüber war, und
riefen zurück: „Ah, Sie sind's? Guten Morgen!" und gingen weiter.

Beim Director der Erziehungsanstalt fand er gute Aufnahme
und die Bedingungen waren in der Hauptsache annehmbar. Er
sollte aber alte Einrichtungen und die bisherigen Lehrkräfte annehmen; das machte ihn bedenklich. Ohne zu einem festen Ab-
schlusse gekommen zu sein, verließ er das Institutsgebäude.

Als er wieder über die Straße ging, traf er einen alten
Freund des Vaters, den jetzigen Cultusminister, der ihn anhielt,
sich nach seiner Mutter und nach seinen Verhältnissen erkundigte
und ihm die Stelle als Custos beim Antikencabinet anbot mit
der Zusicherung, daß er in kurzer Zeit zum Director aufsteigen solle.

Eben als Erich vom Minister wegging, kam der Kamerad,
der in seine Stelle als Hauptmann eingerückt war, von der Parade;
er nahm Erich mit auf das Militärcasino. Dort war viel davon
die Rede, daß Otto von Pranken eine Creolin mit vielen Millionen
heiraten würde; Erich fand es nicht nöthig, zu sagen, daß Manna
keine Creolin sei und daß er überhaupt von der Sache etwas wisse.

Zehntes Kapitel.

„Wo ist Roland?"

Sonnenkamp fragt Joseph, Joseph fragt Bertram, Bertram
fragt Lutz, Lutz fragt den Obergärtner, der Obergärtner fragt

das Eichhörnchen, das Eichhörnchen fragt die Bauern, die Bauern
fragen die Kinder, die Kinder fragen die Luft, Fräulein Perini
fragt den Chevalier, der Chevalier fragt die Hunde und Frau
Ceres darf von Allem nichts erfahren.

Sonnenkamp reitet eilig zum Major, der Major fragt Fräulein
Milch, aber diesmal weiß auch die Alles Wissende nichts. Der
Major reitet nach der Burg; in alle Graben und Verließe hinein
wird der Name Roland gerufen, es kommt keine Antwort.

Sonnenkamp schickt den Reitknecht zum Krischer, der Krischer
ist im Felde und nicht zu finden.

Sonnenkamp reitet nach dem Bahnhof und nimmt Puck, das
Pferdchen Rolands, mit, er schaut oft nach dem leeren Sattel.
Auf dem Bahnhof fragt er leichthin, wie wenn er ihn von einer
Reise erwarte, ob Roland noch nicht angekommen wäre. Man
hat nichts von ihm gesehen. Er reitet zurück, an der Villa vorüber und fragt hastig, ob Roland noch nicht da sei, und da
man verneint, reitet er nach der nächsten Bahnstation stromauf.
Auch hier fragt er, jetzt weniger behutsam, auch hier weiß
man nichts.

Er kehrt nach der Villa zurück, der Major ist da, Fräulein
Milch hat ihn geschickt, vielleicht kann er noch etwas beistehen.
Der Major behauptet, Roland sei gewiß zu Manna ins Kloster
gegangen. Der Major und Sonnenkamp fahren nach dem Telegraphenamt und senden eine Frage nach dem Kloster; sie sind
voll Ungeduld, da keine Leitung unmittelbar nach dem Kloster
geht, die Rückantwort kann zwei Stunden dauern. Sonnenkamp
will hier warten, er schickt den Major nach dem Städtchen, um
dort beim Doctor und sonst überall, aber ohne Aufsehen zu erregen, Erkundigungen einzuziehen.

Auf dem Bahnhofe geht er umher und legt die heiße Stirn
an die kalten steinernen Säulen; Alles ist still und leer. Er geht
in den Wartesaal; er findet, daß die Sitze auf dem Bahnhof gar
nicht zum Ausruhen geschaffen sind. In Amerika ist das anders...
oder ist es nicht? Er geht hinaus; er sieht, wie die Packer einen
Lastwagen anfügen, sie thun das so gemächlich; er sieht einem
Steinmetzen zu, der Spitzhammer und Breithammer gebraucht;
er schaut so starr drein, als müßte er selber das Handwerk lernen.
Die Menschen arbeiten alle so geruhig — sie können es, sie haben
keinen Sohn verloren. Er betrachtet die Telegraphendrähte, er

hat Lust, in alle Welt, auch da, wo es nichts nutzte, hinaus=
zurufen:

Wo ist mein Sohn?

Es wird Nacht.

Der Bahnzug rollt daher und Sonnenkamp schreckt zurück, es
ist ihm, als ob die Locomotive gerade auf ihn losstürzen wolle.
Er faßt sich, er sucht umher, er strengt sein Auge an, sieht
nichts von Roland. Die Menschen zerstreuen sich; wiederum ist
Alles still.

Er ging zum Telegraphisten und ließ nochmals anfragen, ob
das Telegramm bereits angekommen sei. Die Antwort lautet:
Ja. Der Aufschlag des Telegraphenhammers durchzitterte ihn,
er fühlte dieselben Schläge in den Adern seiner Schläfe am Kopfe.
Er ersuchte den Telegraphisten, die Nacht dazubleiben, man könne
nicht wissen, ob nicht eine Botschaft von irgend woher einträfe
oder ob man nicht eine abzusenden habe. Aber der Telegraphist
weigerte sich, trotzdem ihm eine große Summe angeboten ward;
es sei ihm nicht gestattet, ohne höhere Ermächtigung die Ordnung
zu ändern. Er befahl dem Telegraphenboten, bei ihm zu bleiben;
er verschloß mit Geräusch die Thür des Telegraphenbureaus und
ging davon. Er fürchtete sich offenbar vor Sonnenkamp.

Sonnenkamp war wieder allein. Da hörte er Ruderschläge
über den Strom daherkommen.

„Sind Sie es, Herr Major?" ruft er in die sternenhelle
Nacht hinein.

„Ja."

„Haben Sie ihn?"

„Nein."

Der Major steigt aus; er hatte im Städtchen keine Spur von
Roland gefunden. Eine Antwort aus dem Kloster kann erst morgen
früh kommen. Jetzt steigt der Gedanke auf, Roland sei vielleicht
beim Grafen Wolfsgarten. Ein Bote wird dahin geschickt; man
kehrt zur Villa zurück.

Als Sonnenkamp dem Major die Hand zum Einsteigen reichte,
sagte dieser:

„Ihre Hand ist heute so kalt."

Wie ein Pfeil schoß es Sonnenkamp durch das Hirn, daß er
den Knaben heute hatte züchtigen wollen. Wenn Roland in den
Tod gegangen, in die Fluthen des Rheins?

Der Ring am Daumen preßte sich ihm ins Fleisch, wie wenn er glühte.

Auf dem Wege nach der Villa kam Joseph den Rückkehrenden entgegen.

„Ist er da?" rief der Major.

„Nein; aber die gnädige Frau hat's erfahren."

Im Dorfe, durch das sie fuhren, standen die Menschen noch in Gruppen beisammen in der linden Frühlingsnacht. Man begegnete dem Geistlichen, der Major bat ihn, mit nach der Villa zu fahren. Sonnenkamp sprach kein Wort.

In der Villa sah man durch die hohen Fenster Lichter hin und her gehen. Jetzt hörte man einen Schrei; Sonnenkamp eilte hinauf. Im großen Saale lag Frau Ceres im Nachtgewande kniend vor einem Stuhle und drückte ihr Gesicht in die Kissen. Fräulein Perini stand neben ihr und schüttete ein Brausepulver in ein Glas. Sonnenkamp eilte auf seine Frau zu, legte seine Hand auf ihre Schulter und sagte:

„Ceres, sei ruhig!"

Die Frau wandte sich um und sah ihn mit glühenden Augen an, dann sprang sie auf, riß ihm das Gewand an der Brust auf und schrie:

„Gieb mir meinen Sohn! Du hast auch Roland in den Tod gejagt, du . . ."

Rasch hielt ihr Sonnenkamp seine breite Hand vor den Mund, sie suchte ihn zu beißen, aber er hielt ihr den Mund fest zu und sie war still.

Sonnenkamp bat den Geistlichen und Fräulein Perini, ihn mit seiner Frau allein zu lassen; Fräulein Perini zögerte, aber ein Wink mit der Hand bedeutete ihr entschieden, daß sie gehen solle. Sie ging mit dem Geistlichen. Jetzt nahm Sonnenkamp seine Frau auf den Arm wie ein Kind, trug sie in ihr Schlafgemach und legte sie auf das Bett. Ihre Füße waren kalt; er umhüllte sie mit einem Tuche und wickelte sie so, daß sie fest waren. Nach einer Weile war's, als ob Frau Ceres schliefe, oder heuchelte sie es nur? Es war genug. Sonnenkamp ging hinaus in das Balconzimmer, wo der Geistliche, der Major und Fräulein Perini beisammen saßen. Er bat den Geistlichen, sehr verbindlich dankend, er möge sich zur Ruhe begeben, das Gleiche

sagte er Fräulein Perini mit einer seltsam höflichen und befehleri=
schen Art; den Major bat er, bei ihm zu bleiben.

Eine Stunde noch saß er mit dem Major an der offenen
Balconthür, er schaute hinauf zu dem Sternenhimmel und horchte
hinaus nach dem Rauschen des Rheinstroms. Nun wünschte er,
daß auch der Major sich zur Ruhe begebe; der Tag werde schon
wieder festes Verfahren bieten. Er selbst legte sich im Vorgemach
zum Schlafzimmer seiner Frau nieder; er ging zuvor nochmals
leise, die Hand vor das Licht haltend, an ihr Bett; sie schlief
ruhig mit glühenden Wangen.

Auf der Villa war Alles still. Sonnenkamp wurde gerufen,
der Bote war von Wolfsgarten zurückgekommen; auch dort wußte
man nichts von Roland.

„Kommt Herr von Pranden?" fragte Sonnenkamp. Der
Bote wußte keine Antwort.

Sonnenkamp war müde und überwacht, aber er konnte keine
Ruhe finden; er stand bald wieder auf dem Balcon und hörte,
wie die Vögel sangen und der Strom rauschte, er sah die Sonne
am Himmel aufgehen, er hörte die Glocken läuten, die ganze
Welt, so schön und frisch, erschien ihm als das Chaos.

Er ging hinab in den Park; die Bäume standen still schauernd
in der ersten Morgenfrühe, durch die Blätter ging ein Säuseln
und Flüstern, als gewänne der erste Morgenstrahl Ton und Be=
wegung. Die Vögel jauchzten, sie hatten ihre Heimat, ihre
Familie, ihnen fehlte kein Kind . . .

Hin und her wandelte Sonnenkamp. Dieser Boden ist sein
eigen, diese Bäume sind sein, Alles grünt und blüht und athmet
frisch. Athmet auch der noch, für den dies Alles Leben hatte,
für den es leben soll, für den es gepflanzt und geordnet ist?

Er kam in den Obstgarten. Da standen die Bäume, deren
Zweigen er die Richtung seines Willens gegeben hatte; sie standen
in Blüthe und jetzt im ersten Morgenstrahle fielen die Blüthen=
blätter wie ein leise rieselnder Regen nieder und bedeckten den
Boden schneeweiß.

Je höher der Morgen stieg, um so mehr war es Sonnenkamp
wie eine Sicherheit, daß Roland todt dort in den Wellen schwimme,
die sich jetzt purpurn färben, ein blutiger Strom. Nichts als Blut
die weiten Wellen! Er stöhnte tief und streckte die Hand aus,
wie wenn er etwas packen und würgen müsse. Er faßte einen

Baum und schüttelte ihn fort und fort, daß auch kein Blüthen=
blatt mehr an ihm war; er stand von Blüthenblättern über und
über bedeckt. Und jetzt lachte er höhnisch auf.

„Ich sollte keine Kinder haben! Allein sein! Allein und stark!"

In diesem Augenblicke sah er eine weiße Gestalt mit seltsamer
Kopfverhüllung durch den Garten schleichen und hinter Bäumen
verschwinden. Was ist das? Er rieb sich die Augen. War das
bloße Einbildung oder Wirklichkeit?

Er ging der Erscheinung nach.

„Halt," rief er, „dort sind Fußangeln."

Eine Frauenstimme schrie ängstlich. Sonnenkamp trat näher,
Fräulein Milch stand vor ihm und sagte:

„Ich wollte zum Herrn Major."

„Er schläft noch."

„Ich kann es auch Ihnen sagen," begann Fräulein Milch sich
fassend, „es läßt mir keine Ruhe."

„Nur heraus . . . keine Einleitung!"

Fräulein Milch erhob sich stolz und sagte:

„Wenn Sie barsch sind, kann ich wieder gehen."

„Entschuldigen Sie, was wünschen Sie denn?" fragte er sanft.

„Ich glaube zu wissen, wo Roland ist."

Sonnenkamp brach in Ungeduld einen Blüthenzweig ab. Fräu=
lein Milch fuhr fort: es sei ihr unbegreiflich, wie man nicht so=
fort daran gedacht habe, daß Roland zum Hauptmann Dournay
gereist sei; man solle sich telegraphisch an ihn wenden.

Sonnenkamp dankte mit heiserer Stimme und sagte, er wolle
den Major wecken und in den Garten schicken; Fräulein Milch
bat, daß man ihm ruhig seinen Schlaf lasse. Sie kehrte nach
Hause zurück und Sonnenkamp machte einen weiteren Gang durch
den Park.

Die Rosen waren aufgeblüht über Nacht, von Stämmen und
Büschen sandten sie den Duft dem Herrn des Gartens, er aber
war nicht erquickt davon.

Da ist der Park, das Haus, da sind die Bäume: das Alles
ist zu erwerben, zu gewinnen. Aber Eines läßt sich nicht durch
Willenskraft gewinnen: ein Leben, ein Kindesleben, ein Kindes=
herz, ein Zusammenhang von Seele zu Seele, ein unzertrennlicher
und unerschöpflicher.

Und wieder kam ihm jetzt jenes scharfe Wort: Ihr habt in

euren Mitmenschen das Gefühl von Vater und Mutter und Kind
getödtet. Nun trifft's euch!

Warum umschwebte ihn heut das Wort jenes Kämpfers in
der neuen Welt, heut wie gestern? Ist vielleicht jener Mann auf
dem Schiffe, das mit der ersten Morgenfrühe jetzt stromaufwärts
steuert?

Er konnte nicht ahnen, daß jetzt das Kind des Doctor Fritz
mit Roland im Walde sprach . . .

Elftes Kapitel.

In der Nacht brachen die Blüthen auf im Garten und in
der Seele des Jünglings.

Zu Erich! sprach Roland, aber kein Ton wurde laut, er sprach
es nur sich. Die Nacht war sternenhell, am Himmel stand der
abnehmende Mond, er leuchtete mild und Roland war von einem
Frohgefühl durchdrungen, daß er oft die Arme ausbreitete, als
müsse er auffliegen können. Er ging eilig, als würde er verfolgt; er hörte Schritte hinter sich, er hielt an; es war sein eigener
Schritt gewesen.

In der Ferne zeigte sich eine Gruppe stillstehender Männer,
die auf ihn zu warten schienen. Er kam näher; es waren Holz-
pfähle, die zur Einhegung eines Weinberges dienten. Er mäßigte
seinen Schritt; er wollte singen, aber er fürchtete, sich durch einen
Laut zu verrathen. Auf einer Anhöhe stand er still; er hörte
weit drunten auf dem Strome einen Schleppdampfer keuchen, sah
die Lichter auf den Mastbäumen der angehängten Schiffe, die
Lichter bewegten sich so wundersam fort; Roland zählte sie, es
waren sieben.

„Die dort wachen auch," sprach er laut vor sich hin, und zum
Erstenmal ging ihm auf, daß Menschen zu ihrem Lebensunterhalt
die Nacht durchwachen und arbeiten müssen, die dort bei der
Maschine im Schleppschiff und die Steuerleute und die Schiffer
auf den angehängten großen Kähnen.

Warum ist das? Was drängt die Menschen?

Unwillig schüttelte er den Kopf. Was ficht das ihn an?

Er wanderte weiter auf der Hochebene und stieg einen Berg
hinter derselben hinan. Er freute sich kindisch, daß sein Schatten

mit ihm ging. Er hielt sich stets in Mitte der Straße, die
Gräben an den Wegen hatten etwas unheimlich Lauerndes; er
sah befremdet nach den Schatten, den die Bäume im Mondes-
schein warfen, er freute sich, wo es wieder hell und licht war.
Nahte er sich einem Dorfe, fühlte er sich geborgen, obgleich Alles
schlief; man ist doch unter Menschen. Man hatte ihm stets gesagt: in der Nacht wandeln auf allen Straßen Diebe und Mörder
und suchen zu rauben und zu tödten. Was hatte er bei sich, das
sie ihm rauben konnten? Seine Uhr an der Kette. Er that sie
heraus, er wollte sie verstecken.

"Schäme dich," sagte er plötzlich laut. Er war inne geworden,
wie er sich im Grunde der Seele fürchte; das wollte er nicht.
Mit herausfordernder Kühnheit dachte er sich vielmehr Gefahren
aus, die er bestehen wolle; er freute sich ihrer und rief:

"Kommt nur! ich bin dabei und der Satan auch! Nicht
wahr, Satan? Sie sollen nur kommen," schmeichelte er dem
Hunde. Der Hund sprang an ihm empor.

Er kam durch ein Dorf, Alles schlief, da und dort bellte ein
Hund, der die Nähe des fremden Hundes witterte. Roland gebot
Satan zu schweigen; der Hund gehorchte. Der Knabe erkannte
das Dorf, hier war er ja am Sonntag mit dem Doctor und
Erich gewesen, hier war das Haus, wo der Mann gestorben, auf
der andern Seite war der Turnplatz, wo er mit Erich geturnt
hatte. Endlich kam er an das Haus des Siebenpfeifers, da schlief
jetzt das ganze Orchester. Eine Weile stand er still, ob er nicht
einen aus dem Hause wecken, mitnehmen oder zu seinem Vater
schicken solle. Er verwarf Beides und ging weiter.

Die Nacht war still, nur bisweilen hörte er noch von Ferne
das Bellen eines Hundes wie aus dem Schlafe. Ein Bach rieselte
am Wege, das tönte so wundersam, der Bach ging eine Weile
wie plaudernd mit, bald aber verlor er sich und wieder war Alles
still. Er kam durch eine Schlucht, wo es von hohen Bäumen
hüben und drüben so dunkel war, daß er den Weg zu seinen
Füßen nicht sah; ruhig sich fassend ging er vorwärts und dachte
sich, wie schön das am hellen Tage sein müsse. Er kam aus der
Schlucht hervor und freute sich wieder des offenen Weges. Ueber
dem Sattel eines Berges erschien ein Stern, so groß, so glänzend,
der Stern stieg immer höher und glänzte so funkelnd. Ob wol
Manna diesen Stern kennt?

Im erſten Hauſe eines Dorfes war Licht; er hielt an. Er
hörte ſprechen. Drinnen klagte und jammerte die Frau, daß
morgen die einzige Kuh verkauft werden ſolle. Schnell entſchloſſen
legte Roland mehrere Goldſtücke auf das Fenſterſims der niedern
Stube, pochte an die Scheiben und rief:

„Ihr Leute, es liegt Geld für die Kuh auf dem Sims."

Athemlos rannte er davon, eine Angſt befiel ihn, als wäre
er ein Dieb; erſt draußen vor dem Dorfe hielt er an, ſich in
einen Graben niederduckend. Er wußte nicht, warum er davon
gerannt war. Wie er nun ſo ſich niederduckte, und aufhorchte,
ob die Beſchenkten ihm nachfolgten, kicherte er in ſich hinein,
wie ein Geiſt thun müßte, der umwandelt, das Leid der Menſchen heilt und ſich dem Dank entzieht. Es kam Niemand. Rüſtig
ſchritt er weiter, und beſeligt im Gedanken deſſen, was er gethan, dachte er ſich aus, wie es wäre, wenn man mit viel Geld
ungeſehen ſo in der Welt umherwandelte und wo man hinkäme,
Alles glücklich machte.

Als er jetzt den Blick wieder auf die Straße heftete, ſah er
auf dem Felde am Wege einen abenteuerlich ausſehenden Mann
ſtehen, der eine Waffe geradezu auf ihn gerichtet hielt. Bebend
ſtand er ſtill und forderte den Mann auf, zu ſagen, was er
wolle; der Mann rührte ſich nicht. Er hetzte den Hund nach
ihm, der Hund kam zurück und ſchüttelte den Kopf. Roland trat
auf die Erſcheinung zu und lachte und zitterte zugleich; die Erſcheinung war nichts als eine Vogelſcheuche.

Ein ſchwer knarrendes Fuhrwerk kam auf der Straße heran,
näher und näher. Es war ein ſeltſames Schettern und Klappern,
wie der Wagen auf den Achſen ſich hin und her bewegte und
die Räder, Steine zermalmend knarrten. Roland glaubte beſtimmt unterſcheiden zu können, daß der Wagen nur zwei Räder
habe und mit Einem Pferde beſpannt ſei. Er hielt an, um das
genau herauszubringen; dann aber hörte er wieder verſchiedenen
Hufſchlag. Er ſtellte ſich hinter einen Baum und wartete das
Herannahen des Wagens ab, er ſah, daß zwei Pferde der Länge
nach vor einen in der That nur zweiräderigen Wagen geſpannt
waren; der Fuhrmann ging pfeifend und mit der Peitſche knal-
lend neben her. Als der Wagen vorüber, wanderte Roland,
eine Strecke ſich entfernt haltend, dem Fuhrwerke nach. Eine
Bangigkeit hatte den jugendlichen Wanderer in der Nacht ergriffen,

jetzt wußte er sich in der Nähe eines wachenden Menschen; wenn eine Gefahr drohte, konnte er ihn anrufen.

Er erschrak, als er plötzlich nichts mehr von dem Fuhrwerk hörte; der Fuhrmann hatte Halt machen müssen, um das Weggeld zu bezahlen. Als es nun wieder knarrte, war Roland wohlgemuther. Am ersten Hause des nächsten Dorfes hielt der Wagen an. Der Hausknecht, der auf den Fuhrmann gewartet zu haben schien, war nicht wenig erstaunt, beim Scheine der Laterne, mit der er herauskam, auch einen schönen Knaben mit funkelnden Augen zu erblicken.

„He! Wer ist denn das?" rief der Hausknecht und brachte vor Staunen und Schreck den Mund nicht mehr zusammen, denn der große Hund umschnüffelte die Beine des Hausknechts, stellte sich dann vor den Erschreckten, zeigte seine gesunden Zähne und blinzelte nach seinem Herrn zurück, nur auf den Anruf wartend: „Faß ihn!"

Roland befahl dem Hunde, zurückzutreten. Seine Stimme mußte etwas·haben, das dem Fuhrmann und dem Hausknecht Respect einflößte.

Sie fragten, ob er auch einen Schoppen trinken wolle; Roland bejahte. Und so saß er nun bei dem einsamen Oellicht mit dem Fuhrmann hinter dem·Tische und stieß mit ihm an. Der Hausknecht war neugierig; schmunzelnd auf Rolands feine Hand deutend, sagte er:

„Das ist ein schöner Fingerring; da ist ja ein Stein drin, der glänzt! Der ist wol viel werth? Thu mir einen Gefallen! Du, schenk mir den Ring."

Der Wirth in der Kammer, der das gehört hatte, kam, gespensterhaft anzuschauen, nur mit Hemd und Unterkleidern angethan, auch herbei. Roland wurde nun gefragt, wer er sei, woher er käme, wohin er wolle. Er gab ausweichenden Bescheid.

Der Fuhrmann machte sich wieder davon, Roland ging neben her und vernahm, daß auf dem Wagen frische irdene Krüge waren, die nach einem nahen Heilbrunnen gebracht wurden, um dann in die weite Welt bis nach Holland hinunter zu gehen. Für den Fuhrmann war Holland das Ende der Welt. Roland staunte, als er erfuhr, wie vielerlei Thätigkeit erforderlich ist, bis das auf seinem elterlichen Tisch gewohnte Mineralwasser getrunken wird.

Roland wurde viel ausgefragt, er antwortete nur befangen. Der Fuhrmann sagte ihm, er sei ein ehrlicher Kerl, Alles, was er auf dem Leibe trage, sei schwer verdient und er möchte eher hungern und betteln, als daß er unrecht Gut besäße. Er ermahnte Roland, wenn er etwas gethan habe, wofür er Strafe befürchte — wenn er vielleicht den Ring gestohlen — möge er lieber zurückkehren und Alles wieder gut machen. Roland beruhigte den Mann.

Der Weg führte durch einen kleinen Wald von schönen Eichen. Man hörte das Schreien der Nachteule, es klang wie neckisches Lachen.

„Gottlob, daß du bei mir bist," sagte der Fuhrmann; „hast du auch das Lachen gehört?"

„Das ist kein Lachen, das ist ein Nachtvogel gewesen."

„Ja, Nachtvogel — der Lachgeist ist's."

„Der Lachgeist? Wer ist denn das?"

„Ja, meine Mutter hat ihn einmal am hellen Tag gehört, wie sie noch ein ganz klein Mädchen gewesen ist. Da sind einmal die Kinder hinaus in den Wald, um zu eicheln. Du weißt wol, man schüttelt die Eicheln und legt ein Tuch unter den Baum und da sammelt man die Eicheln; das ist das beste Schweinefutter. Nun sind die Kinder im Walde an einem schönen Mittag im Herbst, die Buben steigen auf den Baum und schütteln die Eicheln, daß es nur so prasselt. Da hören sie im Dickicht plötzlich lautes Lachen. Was ist das? — O, sagt meine Mutter, das ist ein Geist. — Was? sagt da ein kecker Bub, wenn es ein Geist ist, so will ich auch einmal einen sehen. — Er geht ins Dickicht hinein, und da sitzt ein winzig klein Männchen auf einem Baumstumpf, sein Kopf ist fast größer als der ganze Leib, es ist ganz grau und hat einen langen grauen Bart. Und der Bub fragt: Bist du's, der so gelacht hat? — Freilich, sagt das Männchen und lacht noch einmal, gerade so wie vorher. Ihr habt die Eicheln geschüttelt, aber eine ist unter das Tuch gefallen tief ins Moos hinein, die findet ihr nicht, und aus der Eichel wird ein Baum wachsen und wenn er groß genug ist, wird man ihn umhauen und aus dem einen Theil der Bretter wird man eine Wiege machen und aus dem andern eine Thür, und in die Wiege wird man ein Kind legen, und wenn das Kind zum erstenmal wird die Thür aufmachen können, bin ich erlöst. So lang muß ich

noch umgehen, weil ich ein Waldfrevler gewesen und von unrecht
Gut gelebt habe. — Das Männchen lacht noch einmal und verschwindet im Baumstumpf. Seitdem hört man's noch manchmal,
gesehen hat man's aber nicht mehr. Alle kennen die Eiche im
Walde, aber Niemand rührt sie an."

Roland glaubte nicht an das Mährchen, aber er hörte doch,
wie der Fuhrmann ihm fort und fort erklärte, unrecht Gut sei
schwer abzuwälzen.

Allmälig begann es zu dämmern. Der Fuhrmann setzte sich
auf den Wagen und machte sich ein Lager zurecht, es sei jetzt
Tag und da könne er ein wenig schlafen. Roland reichte dem
Fuhrmann die Hand und sagte Lebewohl.

Auf einem Steinhaufen am Wege saß der Knabe und starrte
vor sich hin und hörte, wie allmälig das Knattern und Knarren
des Fuhrwerks in der Ferne austönte. Er sah wie im Traume
den Fuhrmann an seinem Bestimmungsorte ankommen, er sah
ihn im Schuppen auf dem Heubündel liegen, das er nachher
seinen Pferden vorwarf.

Noch nie war Roland so allein gewesen, ohne Geleit und im
Bewußtsein, daß Niemand ihn anrufe.

Die Sonne war aufgegangen, er ertrug den Glanz nicht; er
schaute nieder.

Er verfolgte den Weg eines kleinen Käfers, der hurtig am
Boden kroch und einen Halm hinaufkletterte.

Unfaßbare Gedanken regten sich in dem jungen Geiste. Welch
eine unendliche Fülle von Sein ist die Welt! In den Hecken der
eben aufgebrochenen wilden Rosen am Wege, an deren Dornen
und Blättern Thautropfen hingen, saßen regungslos Käfer und
Fliegen aller Art und große Hummeln flogen summend von einem
offenen Blumenkelche zum andern. Hier hatten Käfer, Schmetterlinge, Fliegen und Spinnen übernachtet und Schnecken mit ihren
Häusern auf dem Rücken wohnten still an den Zweigen.

Er sah eine Feldmaus in ihrem Loche, sie blieb zuerst am
Rande liegen, lauschend, schauend, die Kiefer bewegend, endlich
schlüpfte sie heraus und verschwand schnell unter den Rasen in
ein ander Loch. Ein bunter Käfer rannte in der Morgenfrühe
eilig über den Feldweg; er fürchtete die offene Straße erst im
Dicht des Getreides fühlte er sich sicher. Ein Hase lief dahin.

Satan sprang ihm nach, Roland griff an die Seite, ob er nicht seine Flinte bei sich habe.

Wie auftauchend aus einem Strome sich überstürzender Eindrücke stand er auf. Den Blick auf den Weg geheftet, ging er weiter; sein Schritt war zögernd, denn in ihm sprach es:

„Kehre zurück zu Vater und Mutter!"

Aber ein Bangen vor dem Vater überfiel ihn, und die Kraft seines Vorsatzes erwachte aufs Neue. Plötzlich rief er laut:

„Erich!"

„Erich!" tönte es wieder in vielfältigem Echo, und wie von den Bergen neu aufgerufen, wandelte Roland weiter. Es war ihm, als wandelte er nicht, sondern als würde er gehoben und getragen. Die durchwachte Nacht, der genossene Wein, Alles, was er erlebt, wogte traumhaft durcheinander und ihm war, als müßte er jetzt etwas finden, was noch Niemand auf der Welt vor ihm gefunden: ein Unnennbares, ein Unfaßbares, ein Wunder. Er schaute um, ob es sich nicht zeige; es muß etwas kommen, was ihm sagt: Auf dich habe ich gewartet; bist du endlich da? Und wie er jetzt umschaute, bemerkte er, daß der Hund ihn verlassen hatte. Dort war der nahe Wald, der Hund war gewiß wieder einem Hasen oder wilden Kaninchen nachgelaufen. Roland pfiff, er wollte laut rufen: „Satan!" aber er brachte jetzt das Wort nicht heraus. Er rief den alten Namen: „Greif!" — Der Hund kam fröhlich daher, die Zunge hing aus dem Maule, er war naß vom Thau des Kornfelds, durch das er gerannt war. Roland hatte Mühe, den Hund abzuwehren, der ganz glücklich schien, daß er seinen alten Namen wieder hatte; er schaute verständnißvoll auf, während er schnell athmete.

„Ja, Greif heißt du!" rief ihm Roland zu. „Jetzt zurück!" Der Hund folgte ihm auf dem Fuße.

Als nun die Straße durch den Wald führte, legte sich Roland im Moose unter einer Tanne nieder; über ihm sangen die Vögel und rief der Kuckuck. Greif saß neben ihm, schaute ihn zufrieden an und schien zu billigen, daß Roland sich Ruhe gönnte. Roland that ihm das Maul auseinander und freute sich der prächtigen Zähne, dann sagte er — der eigene Hunger mochte ihn daran erinnern:

„Im nächsten Orte, wo ein Fleischer ist, bekommst du eine Wurst."

Greif leckte sich mit der Zunge die Lefzen, sprang, wie wenn er die Worte verstanden hätte, im Kreise herum, jagte die Raben auf, die schon so früh ihre Nahrung im Felde suchten, und bellte in die höher steigende Sonne hinein.

Der ermüdete Knabe schlief bald ein; Greif setzte sich neben ihn, aber er kannte seine Pflicht, er legte sich nicht nieder; er blieb sitzen und verscheuchte sich den Schlaf. Nur manchmal blinzelte er, als ob es ihm schwer würde, die müden Augen offen zu halten; dann aber schüttelte er den Kopf und hielt getreulich Wache bei seinem Herrn.

Plötzlich erwachte Roland. Er hörte eine Kindesstimme.

Zwölftes Kapitel.

Roland rieb sich die Augen; vor ihm stand ein Kind, ein Mädchen, schneeweiß angethan, mit einer blauen Schärpe. Ihr Antlitz war rosig, große blaue Augen schauten daraus hervor, und vom Kopfe hingen lange, aufgelöste, dunkelblonde, wellige Haare weit über den Nacken herab. Das Kind hielt mit beiden Händen einen Strauß von Waldblumen.

Greif stand vor dem Kinde und ließ es nicht weiter.

„Greif! Zurück!" rief Roland sich aufrichtend. Der Hund trat hinter den Rücken seines Herrn.

„Der deutsche Wald! der deutsche Wald!" sagte das Kind in fremdländischem Ton und mit einer Stimme, die der Prinzessin aus dem Märchen angehören konnte. „Das ist der deutsche Wald! Ich habe mir nur Blumen geholt. Bist du der Waldprinz?"

„Nein. Wer bist denn du?"

„Ich bin aus Amerika. Der Onkel hat mich vom Schiff geholt und jetzt bleib' ich in Deutschland."

„Lilian, komm! Wo bleibst du so lange?" rief eine Männerstimme vom Rande des Walds her.

Roland sah durch die Bäume hindurch einen offenen Wagen und einen großen stattlichen Mann mit schneeweißen Haaren.

„Ich komme schon," antwortete das Kind, „ich habe schöne, schöne Blumen."

„Hier nimm diese von mir," sagte Roland und pflückte eine voll aufgeblühte Maiblume vom Boden.

Das Kind warf alle Blumen, die es in der Hand hatte, weg, faßte die eine, rief: „Good by!" und rannte schnell nach dem Wagen. Der Mann hob das Kind, das nach dem Walde zurück= deutete, in den Wagen, der davon rollte.

Roland hielt sich die Hand an die Stirn.

War das wirklich geschehen oder hatte er nur geträumt? Aber noch hörte er das Rollen des Wagens, und die abgebrochenen Blumen am Boden zeigten, daß er in der Wirklichkeit lebte. Hatte das Kind in der That gesagt, es sei aus Amerika? Warum bist du ihm denn nicht nachgegangen? Warum hast du nicht mit dem Alten gesprochen? Und Niemand kann dir sagen, wer das Kind war und wohin es geführt wurde.

Eine Weile starrte Roland auf die vor ihm liegenden Blumen, er hob aber keine auf. Greif bellte ihm zu, als wollte er sagen: Ja, und da behauptet man, man erlebe keine Wunder mehr! Er schnüffelte an den abgebrochenen Blumen herum, dann rannte er der Spur des Kindes und dem Wagen nach, als wollte er den Wunsch seines Herrn erfüllen, die Leute anhalten, damit er noch mit ihnen reden könne. Roland pfiff und schrie; Greif kam und Roland schalt:

„Für deine Untreue verdienst du, daß ich dir die Wurst nicht gebe."

Greif legte sich bittend zu seinen Füßen nieder; er konnte ihm ja nicht sagen, wie gut er es gemeint.

„So, nun wollen wir abziehen," sagte Roland. Und weiter ging's des Weges.

Er hörte den Pfiff der Locomotive aus der Ferne, er ging dem Pfiffe nach. Der Wald war bald durchschritten; nun ging's wieder durch Weinberge.

An einem Wege abseits sah Roland, wie mehrere Frauen ab= und zugingen: sie trugen Schiefererde in einen neu ange= legten Weinberg. Am Rain neben einer Hecke brannte ein Feuer, an welchem Töpfe standen. Eine Alte rührte mit einem dürren Zweige in den Töpfen. Roland stand still und die Alte rief ihn an, ob er mithalten wolle. Er ging auf die Gruppe zu und sah, daß hier Kaffee gekocht wurde. Nun kamen auch die anderen Frauen herbei, junge und ältere, es gab viel des Lachens und Scherzens; man stülpte die Körbe um und setzte sich darauf. Ro= land wurde auch solch ein Sitz bereitet, man legte noch einen

Bausch unter und fragte, ob er vielleicht ein Prinz sei. Roland verneinte lachend.

Ein alter Winzer, der die Arbeit leitete, sagte zu Roland, er trinke keinen Kaffee, das sei eine dumme Mode, damit ginge das Geld aus dem Lande nach Amerika und käme gar nicht mehr zurück.

Die Frauen hörten aufmerksam zu, wie Roland berichtete, daß nicht der Kaffee, sondern der Zucker aus Amerika käme.

„Und unser Zucker," sagte die Alte, „ist ganz und gar in Amerika geblieben, denn wir haben keinen."

Die erste Tasse und der Rahm von der Milch wurde Roland gegeben, auch ein Stück Schwarzbrot bekam er. Er hätte gern den Leuten etwas dafür gegeben, aber jetzt merkte er, daß er sein Geldtäschchen nicht mehr habe. Im Wirthshause hatte er's noch gehabt; hatte er es im Walde verloren oder hatte ihn der schelmisch blickende, betastende Hausknecht bestohlen?

Weiter wanderte er und erreichte bald den Bahnhof.

Mit Bedacht hatte er vermieden, auf einer der nächsten Stationen einzusteigen, denn da kannte man ihn und seine Flucht wurde verrathen; er wollte, die Eisenbahn in einem Bogen umgehend, erst auf einer entfernten Station einsteigen.

Auf dem Bahnhofe wurde Roland von einem Manne in zertragenen Kleidern, der einen Stiefel und einen abgetretenen Pantoffel an den Füßen hatte, wie ein alter Bekannter begrüßt.

„Guten Morgen, lieber Baron! Guten Morgen, lieber Baron!" rief ihm der Verwahrloste zu und drängte sich an ihn.

Ein Bahnbeamter bat in höflicher Weise den halb Betrunkenen, halb Wahnwitzigen, er möge den Fremden in Ruhe lassen.

Der Zudringliche ließ sich beseitigen, winkte aber Roland immer von ferne vertraulich zu, wie wenn sie ein tiefes Geheimniß mit einander hätten.

Roland hörte, daß dies der Sprosse einer angesehenen Adelsfamilie sei; seine Verwandten hätten ihm helfen wollen und ihm ein Jahrgehalt ausgesetzt, aber er thue nicht gut. Nun sei er hier in Kost bei einem Packknecht und seine einzige Freude sei der Bahnhof. Man habe alle Rücksicht mit ihm, er sei doch ein Baron und sehr zu bedauern.

Roland fürchtete sich vor dem Manne wie vor einem Gespenst. Die Aufregung der Nacht und Alles, was er erlebt, wirkte nach, und doch ging der Gedanke nebenher, wie wunderbar es ist, daß der Verkommene noch rücksichtsvoll behandelt wird, weil er eben ein Baron ist.

Roland verpfändete seinen Brillantring bei dem Wirth des Bahnhofs. Er aß und gab auch Greif die versprochene Wurst; dann löste er ein Billet nach der Universitätsstadt. Nun saß er endlich im Wagen und konnte sich nicht enthalten, einem Nachbar zu sagen:

„Ach, wie schön, daß wir jetzt fortgezogen werden."

Der Nachbar sah ihn groß an; er konnte ja nicht wissen, wie es den Knaben glücklich machte, daß er, schwerermüdet, nun ohne weitere Selbstbestimmung fortgerollt wurde zu Erich.

„Wohin geht der Weg, Herr Baron?" fragte der Nachbar.

Roland nannte sein Ziel; aber er sah den Mann groß an, daß er ihn Baron nannte. Ist er es denn über Nacht geworden? Bei einer Abzweigung, wo andere Schaffner antraten und der Nachbar ausstieg, sagte dieser zu dem neuen Schaffner:

„Geben Sie auf den jungen Baron Acht, der da drin sitzt."

Roland ließ sich's gefallen, daß er so genannt wurde, und ein eigenthümliches Gefühl kam über ihn, wie schön es doch sein müsse, wenn man ein Baron sei; da habe man in der ganzen Welt einen Titel mit festen Ehren. Der Gedanke streifte ihn nur, verflog aber bald, denn er dachte sich jetzt die Freude, die Erich haben würde; sein Antlitz glühte vor Ungeduld und Sehnsucht.

Plötzlich überfiel ihn ein Schreck. Wo war denn der Hund geblieben? Er hatte ihn verloren oder vergessen. Aber fort rollten die Wagen durch Thäler, Bergeinschnitte und Tunnels, und Roland war's, als sei er schon ein Jahr von daheim fort.

Nicht weit von der Universitätsstadt, wo die Bahn sich wieder abzweigte, stiegen Studenten ein. Sie sangen lustige Lieder und waren sehr freundlich gegen Roland.

Es war Dämmerung eingetreten, als man in der Universitäts-stadt ankam.

Roland fragte nach Doctor Dournay. Einer der Studenten, ein Jüngling mit feinem Antlitz, sagte, er möge mit ihm kommen, er wohne neben der verwittweten Professorin. Roland ging mit ihm. Und jetzt überfiel ihn eine seltsame Angst. Wie ist's, wenn er Erich nicht mehr findet? wenn Erich nichts mehr von ihm will? Wie viel kann geschehen sein in dieser Zeit!

Klopfenden Herzens ging er die steile, dunkle, hölzerne Treppe hinauf. Oben öffnete sich eine Stubenthür und eine Frauenstimme fragte:

„Zu wem wünschen Sie?"

„Zu Herrn Hauptmann Dournay."

„Er ist verreist."

Dreizehntes Kapitel.

Roland bat, daß er hier warten dürfe; er wurde in die Wohnstube geführt; das Dienstmädchen sagte, daß Erich nach der Hauptstadt gereist sei, er käme aber möglicher Weise noch heute zurück; die Mutter sei nach dem Grabe ihres Sohnes gegangen, dessen Todestag heute war. Das Mädchen ging hinaus, um die Lampe herzurichten. Allein und müde saß Roland in der Stube in einer Sophaecke.

Wunderlich! Da stehen so viele Menschenwohnungen auf der Welt, da kann man eintreten und sitzt plötzlich in einem fremden Haus.

Vom Thurme der Stadt tönte nach alter Sitte ein Choral, von Trompeten geblasen. Roland träumte in die Welt hinein, er wußte nicht mehr, wo er war, er erinnerte sich nur, daß er einstmals durch viele Länder und Städte gefahren.

Da trat die Mutter ein. Sie blieb unter der Thüre stehen. Roland richtete sich auf und sagte:

„Guten Abend, Mutter."

Die Hände ausstreckend rief die Mutter:

„Hermann . . ."

„Ich heiße nicht Hermann, ich heiße Roland."

Die Mutter ging zitternd auf ihn zu, die Tante kam eben mit Licht und jetzt klärte sich Alles auf. Roland konnte sagen, daß er Erich nachgereist sei, denn er lasse nicht mehr von ihm. Die Mutter küßte Roland und weinte und schluchzte.

Man hörte Schritte auf der Treppe. Erich trat ein.

Roland hatte nicht die Kraft, sich vom Platze zu erheben, und Erich rief staunend:

„Du hier?"

Roland konnte kaum hervorbringen, was er gethan. Starr und irr schaute er drein, da Erich ihm so fremd gegenüber stand und nicht einmal die Hand reichte. Er berichtete kurz, was vorgefallen, er schien etwas von dem Unrecht zu erkennen, das er begangen; Erich sollte ihm nun helfen, Alles zu ordnen. Dieser erkannte die Aufregung des Knaben und suchte ihn zu beruhigen.

„Bleib jetzt hier bei meiner Mutter," sagte er, „ich muß sofort durch ein Telegramm deine Eltern benachrichtigen. Ich komme bald zurück."

Eben als er gehen wollte, übergab ihm die Mutter noch einen eingetroffenen Brief, es war der ablehnende Brief Sonnenkamps. Erich überflog ihn nur, dann ging er eilig davon.

Die Mutter faßte Roland nochmals in ihre Arme, aber Erich sagte kurz:

„Ich gebe ein Telegramm an Herrn Sonnenkamp auf mit der Anfrage, ob er Roland abholen wolle, oder ob man ihn bringen solle."

Als Erich wieder nach Hause zurückkehrte, fand er Roland auf dem Sopha eingeschlafen; nur mit großer Mühe war er zu erwecken, daß man ihn zu Bette bringen konnte. Lange saß Erich noch bei seiner Mutter und sprach davon, wie wundersam das Schicksal mit ihnen spielte.

Die Mutter berichtete, wie sie auf dem Heimwege vom Kirchhofe von erdrückend schmerzlichen Gedanken überfallen worden. Das Antlitz Hermanns könne sie sich noch vergegenwärtigen und das war ja auch festgehalten in der Photographie, die mit einem Immortellenkranze eingerahmt in der Fensternische gerade über ihrer Nähmaschine hing; aber wie Hermann sich bewegte, wie er dahin schritt, wie er den Kopf mit den dichten braunen Haaren zurückwarf, wie er lachte, scherzte, liebkoste, der Klang seiner Stimme, der Turteltaubenton seines Lachens, das Alles verschwinde ihr — ihr, der Mutter. So sei sie des Weges dahin gegangen, sich gewaltsam das Lebensbild des Verstorbenen zurückrufend. So sei sie heimgekehrt, und da sei ihr eine Gestalt entgegengetreten ganz wie Hermann und habe ihr entgegengerufen: „Guten Abend, Mutter!"

Sie sprach nun mit demselben Entzücken von Roland, das Erich empfunden hatte, als dieser ihn zum erstenmal gesehen.

Erich erzählte dagegen von den Bedingungen bei Uebernahme

des Instituts, dann berichtete er von dem Anerbieten des Mini=
sters. Er sollte in die Stelle eintreten, die dem Vater nicht ge=
worden und die ihm, wer weiß, doch das Leben erhalten hätte.
Dazu belastete ihn, daß er als Erbe und durch Gönnerschaft ohne
persönliches Verdienst die Stelle erhalten solle.

Die Momente waren selten, aber sie kamen doch, in denen
die Mutter aus ihrer alten Gewohnheit heraus in manchen Empfin=
dungen und Betrachtungen des Bürgerthums eine Aufsässigkeit
und Widerspenstigkeit sah, die sie nicht billigen konnte. Bei ihrem
Manne hatte sich das mild und nur selten gezeigt, in Erich aber
war es lebendiger; er hatte jenes trotzig Anstürmende, das nur
sich selber Ansehen und Macht verdanken will. Sie unternahm
es nicht mehr, die Sinnesweise ihres Sohnes ändern zu wollen.

Noch spät in der Nacht kam ein Brief von Clodwig, der die
doppelte Summe, die Erich verlangt hatte, zur Verfügung stellte.

Mitternacht war vorüber, als Mutter und Sohn noch bei=
sammen saßen. Erich bat die Mutter, sich niederzulegen, er
wolle warten, bis eine Antwort von Sonnenkamp käme.

Erich saß lange einsam, Alles überdenkend.

Er ging nochmals, kaum hörbar auftretend, nach dem Zimmer
Rolands, der bei seinem Eintritt stöhnend „Erich!" rief, ohne
aus dem Schlafe zu erwachen . . .

Um dieselbe Stunde war große Bewegung auf Villa Eden;
Greif, der Hund Rolands, war vor der Wohnung des Castellans
angekommen und hatte so heftig gebellt, daß auch die andern
Hunde mit einander zu bellen anfingen und Alles im Hause er=
wachte. Die Diener jammerten, denn Roland mußte verunglückt
sein, da Greif allein heimgekehrt war. Auch Sonnenkamp war
erwacht. Alles stand um den Hund, der wol bellte, als man
in ihn hinein redete, aber Niemand verstand, was er damit
sagen wollte. Glücklicherweise kam bald das Telegramm von
Erich, der bedachtsam dasselbe nach der Stadt gerichtet hatte, wo
eine Nachtstation war.

Sonnenkamp ließ den Major wecken, er mußte sofort mit
ihm abreisen.

Vierzehntes Kapitel.

Der Major saß mit Sonnenkamp in einem Bahnwagen erster
Klasse auf einem Extrazuge.

Zögernd und stotternd, mit einem schwermüthigen Blicke auf
den zu seinen Füßen liegenden Hund Laadi sagte er:

„Ich hab' viel erlebt, aber daß ich das auch noch erleben
muß! Wenn wir's nur mit gesundem Leibe überstehen. Das heißt
ja das Leben übermüthig aufs Spiel setzen ... und man hat
keine Vertheidigungswaffen!"

„In Amerika fahren sie dreimal so schnell mit einem Extrazug," entgegnete Sonnenkamp.

Er schien eine geheime Lust darin zu finden, dem Major zu
zeigen, daß es noch einen Muth gebe, der ganz anders sei, als
der auf dem Schlachtfelde. Er wußte von Wettfahrten zu erzählen, die man in Amerika angestellt. Als man jetzt an einer
Station Wasser einnahm, verabschiedete sich Sonnenkamp beim
Major und sagte, er gehe auf die Locomotive, er müsse wieder
einmal versuchen, wie sich's da fahre.

Der Major saß mit der Laadi allein in dem einzigen Wagen,
der der Locomotive angehängt war, er starrte immer hinaus, wo
Bäume, Berge, Dörfer wie vom Wirbelwind geworfen, vorbei-
flogen, und er dankte Gott, daß Fräulein Milch nichts davon
wisse, wie er sich dazu verstanden habe, mit Herrn Sonnenkamp
solch eine tolle Fahrt in einem Extrazug zu machen.

Und warum eilt der Mann so? Manchmal war er karg auf
den Kreuzer und so bescheiden, wollte kein Aufsehen erregen, man
sollte ihn nicht merken; manchmal war er dagegen verschwende-
risch, warf das Geld hinaus und that Alles, um die Blicke der
Menschen auf sich zu ziehen. Der Major verstand den Mann
nicht. Also auch Locomotivführer ist er gewesen; was mochte der
nicht Alles gewesen sein!

„Ja, Laadi," sprach er zu dem Hunde, „komm, leg' dich
nur neben mich; ja, Laadi, das haben wir nicht denken können,
daß wir das erleben müssen. Wenn wir's auch nur wirklich über-
leben. Ja, Laadi, sie trauert auch um dich, wenn wir todt sind."

Der Hund knurrte in sich hinein, er war gewiß auch ingrimmig
gegen den tollkühnen Sonnenkamp.

Immer wilder wurde die Fahrt; man jagte über Böschungen
dahin nahe dem Strom, jeden Augenblick glaubte der Major,
daß die Locomotive entgleisen und mit dem Wagen zertrümmert
ins Wasser stürzen müsse; es überkam ihn eine solche sichere Erwartung des nahen Todes, daß er die Füße gegen den Rücksitz
stemmte und still in sich hineindachte:

„Nun komm, Tod. Ich habe mit Willen Niemand auf der
Welt Böses gethan und für dich, liebe Rosalie, ist ja auch so
weit gesorgt, daß du nicht Noth leidest. Aber hart ist's . . . sehr
hart . . ."

Thränen beizten ihm die geschlossenen Augen, es kämpfte in
seinen Mienen, er wollte die Thränen unterdrücken; er starb doch
nicht gern und dazu so ohne Noth. Er öffnete die Augen und
ballte die Fäuste in Aerger; diese Extrafahrt ist eigentlich unnöthig; man wußte ja Roland gut aufgehoben. Aber so ist dieser
wilde Mann!

Der Major war sehr ingrimmig auf Sonnenkamp und noch
mehr auf sich, daß er sich zu dem tollen Streiche hatte verleiten
lassen. Jetzt war all sein Heroismus dahin, er war mit der
Sache nicht einverstanden, er hatte sich übertölpeln lassen, das
schickt sich nicht mehr für ihn; Fräulein Milch hat Recht, er ist
schwach, er kann nicht Nein sagen.

So oft er hinausschaute, wirbelte es ihm vor den Augen.
Er fand einen glücklichen Ausweg; er setzte sich auf den Rücksitz.
Da sieht man nur, was vorüber ist und nicht was kommt. Aber
das war noch schrecklicher, da sieht man erst recht die scharfen
Curven, die die Bahn macht, und die Wagen legen sich schräg,
wie um zu stürzen. Und jetzt traten wirklich Thränen aus den
Augen des Majors. Er dachte an die Trauerloge, die für ihn
gehalten wird, er hörte die Klänge der Orgel, die Lieder, und
er sagte vor sich hin:

„Ihr lobt mich mehr als ich verdiene, aber ein guter Bruder
bin ich gewesen. Gott ist mein Zeuge, daß ich's sein wollte!
Und vergeßt mir meine Rosalie nicht. Haltet sie in Ehren, sie
verdient's."

Der Wagen rollte wieder regelrecht dahin und der Major
tröstete sich damit, daß auf dieser Bahn noch kein Unglück geschehen. Aber nein, fuhr er in Gedanken fort, vielleicht fährt
man sicherer auf einer Bahn, wo schon einmal ein Unglück

geschehen; die Leute hier sind zu sorglos und du mußt nun das erste Opfer sein. Was wol Fräulein Milch für gefährlicher hält? Eine Bahn, die schon Unglücksproben bestanden, oder eine solche, die sie erst zu bestehen hat? Ich muß mir's merken, daß ich ihr diese Frage vorlege. Nun hatte er Alles überwunden, er wurde so frei und kühn, daß er seine eigene Aengstlichkeit verspottete, und dachte: der Millionär auf der Locomotive hat ein viel reicher ausgestattetes Leben, er würde es nicht aussetzen, wenn dabei etwas zu gefährden wäre.

Der Hund mußte die Gefahr der schnellen Fahrt verspüren, er zitterte immer und schaute seinen Herrn ängstlich an.

„Bist auch ein Frauenzimmer und fürchtest dich!" schalt ihn der Major. „Fasse Muth! ... Bist doch sonst nicht so feig. Komm! So ... so ... leg dich auf meinen Schooß. Weiß schon ... weiß schon," lächelte er, als der Hund ihm die Hand leckte.

Und mitten aus der Angst heraus freute sich der Major bereits, wie er in wenigen Tagen in seiner ruhigen Laube im Garten Fräulein Milch von der überstandenen Gefahr erzählen wird. Er streichelte die Laadi und erzählte innerlich im Voraus alles Ueberstandene.

Man kam auf der Station an, wo die Bahn sich nach der Universitätsstadt abzweigt. Hier, hieß es, könne kein Extrazug gegeben werden, da nur ein einfaches Geleise und dieses besetzt sei. Man mußte eine Stunde bis zum nächsten regelmäßigen Zuge warten.

Sonnenkamp wetterte und schalt über die verhockten Europäer, die die Eisenbahn noch gar nicht zu gebrauchen wüßten; er hatte ja telegraphisch sich freie Bahn bestellt. Es half nichts. Der Major stand am Bahnhof und dankte Gott, daß Alles noch fest gefugt sei. Er ging landeinwärts, er begrüßte die hohen Aehren= felder, die so still standen und gediehen und sich von keiner Loco= motive aus ihrer ruhigen Ordnung bringen ließen; er freute sich, zum erstenmale in diesem Jahre die Wachtel schlagen zu hören, die in den Weinberg=Gegenden keine Heimat hat, er schaute den Lerchen nach, die singend zum Himmel aufstiegen.

Ein Zug war in den Bahnhof eingefahren und hielt still. Der Major hörte schönen Männergesang; er fragte Umstehende und erfuhr, daß viele aus dem Stationsdorfe, die bereits im Zuge saßen, nach Amerika auswanderten. Er sah Mütter weinen,

Väter still nicken und in die Lippen beißen. Während die still
stehende Locomotive Dampf auszischte, standen viele Burschen auf
der Bahnlände in einem Trupp beisammen und sangen den davonziehenden Kameraden Abschiedslieder nach. Sie sangen mit bewegter Stimme, hielten sich aber im Tacte.

Das wird Fräulein Milch freuen, wenn ich es erzähle, dachte
der Major und gesellte sich zu den Daheimbleibenden, ihnen Trost
zusprechend; er ging zu den Auswanderern und ermahnte sie,
gute Deutsche zu bleiben in Amerika. Unter Weinen rief ein
alter Mann:

„Was wartet ihr denn noch? Macht, daß es fortgeht!"

Die andern schalten über den grausamen Menschen, aber der
Major sagte:

„Nehmt's ihm nicht übel, er kann nicht anders, es thut ihm
zu weh."

Der alte Mann nickte dem Major zu und alle Anderen sahen
ihn staunend an.

Unterdeß war der Localzug angekommen, mit dem man auf
der Zweigbahn abfahren sollte.

„Herr Major! Herr Major!" schrieen Schaffner von verschiedenen Seiten und schrie Sonnenkamp. Mit großer Mühe gelang
es, den Major auf die andere Seite des Zuges zu bringen.

Halb lächelnd, halb scheltend sagte ihm Sonnenkamp:

„Sie sind wie ein Kind, Sie lassen sich von allen Begegnissen
auf dem Wege zerstreuen und vom Ziele ablenken."

„Ja, ja," lachte der Major — er hatte wieder sein volles
Lachen — „Fräulein Milch sagt mir das auch oftmals."

Er erzählte Sonnenkamp von dem rührenden Abschied der
Auswandernden und Zurückbleibenden, aber Sonnenkamp schien
keinen Sinn dafür zu haben. Ja, als der Major sagte, daß
die Freimaurer sich alle Mühe geben, den Seelenverkäufern, die
die Auswanderer betrügen, das Handwerk zu legen, und auch
da noch schwieg Sonnenkamp.

Man kam in der Universitätsstadt an. Niemand war da,
der sie erwartete. Sonnenkamp war sehr unwillig . . .

Im Hause der Professorin saß man beim Frühstück. Roland
trank seinen Kaffee aus der Tasse, worauf der Name Hermann
stand, und Erich sagte, man müsse in einer Stunde am Bahnhofe sein, da Herr Sonnenkamp wol mit dem Courierzuge kommen

würde, denn daß er mit dem Localzug kam, der keinen Anschluß
von Westen her hatte, war nicht vorauszusehen. Eben als Erich
dies sagte, klopfte es an und der Major trat zuerst herein, hinter
ihm Sonnenkamp.

„Da ist ja unser Teufelsjunge," rief der Major. „Da ist ja
der Deserteur!"

Die peinliche Stimmung der ersten Begegnung war damit
gebrochen. Roland saß starr, Erich ging Sonnenkamp entgegen;
jetzt wendete er sich zu dem Knaben und sein Blick ermahnte und
ermuthigte ihn. Roland stand langsam auf, ging zögernd zu
seinem Vater und sagte mit stockender Stimme, er habe nicht
anders gekonnt und bitte, der Vater möge ihm verzeihen.

Sonnenkamp reichte ihm still die Hand und sagte dann zu
den Anderen, wie ihn dieser kecke Streich des Knaben eigentlich
freue, er zeige Muth, Entschlossenheit und Selbstführung. Roland
sah staunend auf seinen Vater, er faßte nochmals seine Hand und
hielt sie fest.

Erich bat den Major und Sonnenkamp, mit ihm in das
Bibliothekzimmer zu gehen, und hier sagte er Herrn Sonnenkamp
offen, daß er sein Verfahren nicht begreife; er habe die Eigenwilligkeit Rolands offen gelobt, das gebe eine schwere Stellung
für die Erziehung. Sonnenkamp lächelte und gab in halben
Worten zu verstehen, daß er absichtlich Roland vom Inhalte des
ablehnenden Briefes unterrichtet habe, um ihn zu einer kecken
That zu veranlassen. Er weidete sich an den erstaunten Blicken
Erichs und am Kopfschütteln des Majors, der ihm sagen wollte,
wie dann die bis zur Raserei gesteigerte Unruhe des Vaters zu
begreifen wäre. Sonnenkamp aber hatte nicht nur seine Lust,
die Menschen zu verwirren und mit ihnen zu spielen, er wollte
auch Erich den Stolz und die Uebermacht benehmen, daß er Roland und durch ihn das ganze Haus beherrsche.

Erich erzählte nun von den Plänen und Aussichten in der
Residenz und daß er jedenfalls Bedenkzeit haben müsse. Er bat,
daß Sonnenkamp ihm Roland in die Hauptstadt gebe, es wäre
das Beste, wenn Roland in Gemeinschaft mit anderen erzogen
würde, und er wolle für gute Gemeinschaft sorgen.

Sonnenkamp preßte die Lippen in die Finger und sagte dann:

„Davon kann nie die Rede sein, mir fehlt der Athem, wenn
ich das Kind nicht um mich weiß. Ich muß deßhalb bitten, kein

Wort mehr hievon. Ich sehe die Schwierigkeit wol," setzte er hinzu, „Roland jemand Anderem zu übergeben als Ihnen; ich habe den Mann, der bei mir eingetreten war, bereits entlassen."

Er brach rasch ab, ließ Erich und den Major allein und ging zu den Frauen.

Fünfzehntes Kapitel.

Roland saß bei der Tante im Erker vor einem großen Buche; es waren Umrißzeichnungen griechischer Sculptur.

Jetzt schaute der Knabe auf und rief:

„Vater, denke dir, Herr Erich muß die ganze schöne Bibliothek seines Vaters verkaufen; da ist kein Blatt, das nicht von seinem Vater beschrieben ist, und das soll nun in fremde Hände kommen."

„Es wäre mir lieb," sagte Sonnenkamp, sich an die Tante wendend, „wenn Sie mit meinem Sohn einen Spaziergang machen wollten; ich habe mit der Frau Professorin zu sprechen."

Roland ging mit der Tante davon.

Sonnenkamp fragte nun die Professorin, ob es wahr sei, was der Knabe gesprochen.

Die Professorin bejahte mit dem Zusatze, daß die Gefahr vorüber sei, denn Graf Wolfsgarten habe das nöthige Geld geschickt.

Als Sonnenkamp den Namen und die Summe hörte, sagte er, er gestatte Niemand das Recht, Erich in Geldsachen auszuhelfen; er beanspruche das für sich, auch wenn Erich sich ihm entziehe.

Er stand vor dem Blumentisch, der wohlgepflegt und geordnet, mit einer künstlichen Vorrichtung schön pyramidalisch aufgebaut war. Er lenkte das Gespräch auf die Botanik, Erich hatte ihm ja erzählt, daß die Mutter davon Kenntniß habe. Nicht ohne Geschick und Theilnahme wußte er dann das Gespräch auf die Vergangenheit der Professorin zu lenken. Er fragte, ob die Professorin nicht Lust hätte, einmal an den Rhein zu kommen.

Sie erwiderte, daß sie dies wohl möchte, besonders wünschte sie, noch einmal eine Jugendfreundin zu sehen, die Oberin im Inselkloster sei und der Erziehungsanstalt vorstehe.

„Sie stehen der Oberin so nahe?" sagte Sonnenkamp, es ging etwas in ihm vor, was er sich noch nicht klar machen konnte, aber er prägte sich diese Beziehung zu späterer Benützung ein.

Die Professorin berichtete nun von ihrem Leben als Hofdame:

„Ich hatte nicht nur das Glück und die Ehre, die vielfachen Wohlthätigkeits-Anstalten, deren Protectorin die Fürstin war, mit ihr und noch öfter in ihrem Namen und Auftrage zu besuchen und zu beaufsichtigen; weit wichtiger, oft sehr traurig, aber mit der größten Herzerquickung gesegnet war mein Beruf, diejenigen zu besuchen, oder Forschungen über sie anzustellen, die sich mit Bitten um Unterstützung, oft in herzzerreißendem Hülferuf an die Fürstin wendeten. Der größte Theil der Briefe war mir zur Berichterstattung und Beantwortung übergeben. Das war ein schweres, aber auch gesegnetes und erhebendes Amt."

Als die Frau so sprach und dabei die zarte feine Hand aufs Herz legte, leuchtete ihr Antlitz.

„Dürfte ich Ihnen, edle Frau, einen Ersatz bieten, wenn Sie sich dazu bestimmen ließen, in unserer Nähe zu leben?"

Die Frau sah ihn groß an und er fuhr fort:

„Ich bin kein Fürst, aber ich bin vielleicht nicht weniger mit Bettelbriefen überfluthet."

Sonnenkamp versetzte die Frau im Geiste sofort in seine schönen Gemächer, wo sie die Honneurs des Hauses machte.

Roland hatte während des Gesprächs an der Hand der Tante das Zimmer verlassen; jetzt trat er mit Erich und dem Major ein, er hielt einen großen Brief mit einem Siegel des Cultusministeriums in der Hand und sagte:

„Bitte, Tante, laß mich reden."

Alle staunten über das Aussehen des Knaben, der, den Brief erhebend, nun zu Erich gewendet, erklärte:

„Die Tante hat mir vertraut, daß hier dein Anstellungsdecret sein kann. Du sollst Director werden zur Erhaltung der schönen Statuen des Alterthums. Erich! Erz und Marmor bedürfen deiner nicht, und wenn du dort sein wirst unter den Figuren, wird's dich frieren und mich wird's frieren immer und ewig, wenn du mich verlässest. Erich, thue es nicht. Bleib bei mir, ich will bei dir bleiben. Verlaß mich nicht ... verlaß mich nicht!"

Erich ging auf Roland zu, reichte ihm die Hand und sagte: „Ich bleibe bei dir, komme was da wolle."

Das Schreiben wurde geöffnet, es enthielt den Ausdruck des Bedauerns, daß die Stelle bereits an einen jungen Mann von Adel vergeben sei.

Sonnenkamp bat, daß man ihm das Schreiben überlasse, er brauche es vielleicht als Document gegen die Feinde Erichs, die ihm die Abneigung des Hofes andichteten. Und nun verlangte er, daß Mutter und Tante sofort mit nach Villa Eden übersiedelten; aber Erich verneinte entschieden. Er für sich habe zugesagt, aber Mutter und Tante dürften nicht vor dem Herbste kommen; er müsse sich zuerst mit Roland allein in die Verhältnisse des Hauses eingefügt haben.

Niemand war glücklicher, daß sich Alles so gut gewendet hatte, als der Major. Man wollte noch heut abreisen. Der Major versprach, daß er und Fräulein Milch der Mutter und Tante in Allem helfen wollten, wenn sie später übersiedelten; es ging nicht anders, Fräulein Milch mußte in Allem erwähnt werden. Nun bat er um eine Stunde Urlaub, er habe hier in der Universitätsstadt Freunde zu besuchen, die er persönlich noch nicht kenne.

Als der Major weggegangen war, sagte Sonnenkamp in wohlwollendem Gönnertone, der Major habe wol Brüder Freimaurer zu besuchen. Auch Erich sagte, daß er gehen müsse, um von einem Manne Abschied zu nehmen.

Er ging zu Professor Einsiedel.

Der Professor war immer gleichmäßig zu freundlicher Ansprache bereit, aber auch stets gleichmäßig ärgerlich, wenn man vergaß, in welcher Stunde er sein Collegium las, und kam man etwa eine halbe Stunde vorher, konnte er sehr zornig sein. Sein Zorn bestand darin, daß er sagte:

„Aber lieber Freund! Wie können Sie das vergessen, Sie wissen ja, daß ich um zwei Uhr lese und jetzt mit Niemand sprechen kann. Nein, ich muß sehr bitten . . . sehr . . . sehr . . . bitte, merken Sie sich doch, wann ich lese."

Und dabei drückte er die Hand mit großer Güte.

Als Erich sagte, daß es nichts nütze, wenn er sich das auch für später merke, denn er reise heute ab, ließ sich Einsiedel die Stunde angeben, wann der Zug abgeht; er käme vielleicht noch zu ihm, er verspreche es nicht gewiß, denn wenn er es versprochen habe, störe es ihn in seinem Vortrag.

Erich ging davon.

Der Professor begleitete ihn bis zur Thür, zog sein schwarzes Käppchen ab und entschuldigte sich, daß er ihm nicht das Geleite die Treppe hinab gebe. Mit den Worten: „Ich bitte sehr... sehr... ich lese um zwei Uhr," kehrte er in seine Stube zurück. Erich wußte sicher, daß der Professor ihn noch besuchen werde.

Als man am Bahnhofe zur Abreise bereit stand, erschien auch Professor Einsiedel; das war sehr viel, denn das schmächtige Männchen hatte seine Tagesordnung unterbrochen.

Erich stellte ihm den Major und Sonnenkamp vor. Sonnen= kamp hatte kein rechtes Wort für ihn und auch der Major konnte trotz seiner Menschenliebe die Wendung nicht finden, wie er sich freundlich gegen diese zarte, gebrechliche Erscheinung benehmen sollte, da ihm Erich den Mann als seinen Lehrer und Meister vorstellte. Roland dagegen faßte in herzlicher Freude die zarte Kinderhand des Männchens und sagte:

„Sie sind mein Großlehrer; Herr Dournay wird ja mein Lehrer und Sie sind sein Lehrer, und wenn Sie einen Hund haben wollen, schicke ich Ihnen einen."

Professor Einsiedel dankte für das Geschenk des Hundes und sagte, er liebe es nicht, im Geräusche Abschied zu nehmen, er sage daher Lebewohl, bevor der Zug ankomme.

Erich schaute dem Männchen nach, wie es davon ging und sich die Kinderhand an dem Rock rieb, die Roland wol etwas zu stark gedrückt hatte.

Der Zug brauste heran. Der Abschied war rasch; Roland küßte Mutter und Tante wiederholt und Sonnenkamp küßte der Mutter die Hand.

Im Wagen neigte sich der Major zu Erich und sagte ihm leise ins Ohr:

„Ich habe auch etwas von Ihrem Vater erfahren."

„Was denn?"

„Es ist gut für Sie und für mich. Ihr in die ewige Heimat eingegangener Vater gehörte auch zu unserem Bruderbunde. Sie haben das Recht und ich habe die Pflicht, Ihnen Beistand zu leisten."

Und nun erzählte der Major die Schrecken der Extrafahrt; das Knattern hätte gar keinen Tact mehr gehabt, es wäre nur einziges Brummen gewesen. Er wußte das sehr deutlich nachzu= ahmen und behauptete, so sei noch Niemand gefahren und so werde

vielleicht Niemand mehr fahren, so lange Europa mit Eisen be=
schlagen sei, denn Herr Sonnenkamp habe amerikanisch geheizt.

Auf der nächsten Station nahm er Erich bei Seite und fragte,
ob er ein Festes in Bezug auf Gehalt und Entschädigung nach
Entlassung und eine Pension nach Vollendung der Erziehung aus=
gemacht habe. Erich behandelte diese Angelegenheit leichthin und
der Major gab ihm zu verstehen, daß er Vollmacht gehabt, ihm
jede Forderung zu bewilligen. Er ermahnte Erich, jetzt, da das
Eisen noch glühend, es zu schmieden. Erich aber schien gar nicht
darauf einzugehen, der Major ließ ab und murmelte lächelnd
vor sich hin:

„Da sagt nun Fräulein Milch immer, ich sei unpraktisch; und
da ist ein Mann, der so viel gelernt hat und sich siebenmal zu
drehen und zu wenden weiß, ehe ich Einmal aufstehe, und der
ist weit weniger praktisch als ich.“

Der Major war fast froh, daß Erich so unpraktisch sei, er
konnte es ja dann Fräulein Milch erzählen.

An der vorletzten Station löste man den Brillantring ein und
Erich sagte zu Roland:

„Laß den Ring deinem Vater, ich wünsche, daß du fortan
keinen Ring mehr trägst.“

Roland gab seinem Vater den Ring und der Major brummte
in sich hinein:

„Der hat ihn! Der hat ihn auf Trense und Cantare!“

Es war Abend geworden, als man an dem rebenumrankten
Häuschen vorüberfuhr. Mit glänzendem Gesicht nickte Roland
Erich zu, ihm das Häuschen zeigend; er sprach kein Wort. Man
fuhr in Villa Eden ein; ein Luftstrom von Rosenduft kam den
Fahrenden entgegen.

„Wir haben ihn!“ rief der Architekt vom Burgbau dem Major,
als er ausstieg, zu.

„Wen denn?“

„Wir haben den Brunnen auf der Burg gefunden.“

„Und wir haben den da auch!“ rief der Major, auf Erich
deutend . . .

Von diesem Tage an begann der Major viele seiner Geschichten
mit den Worten:

„Das war damals, als ich mit Herrn Sonnenkamp im Extra=
zug fuhr.“

Berthold Auerbachs
Schriften.

Zweite Serie.

Romane.

Zehnter Band.

Stuttgart.

Verlag der J. G. Cotta'schen Buchhandlung.

1871.

Berthold Auerbachs

Romane.

Zehnter Band.

Das Landhaus am Rhein.

Zweiter Theil.

Stuttgart.

Verlag der J. G. Cotta'schen Buchhandlung.

1871.

Dritte Auflage.

(25ſtes Tauſend.

Buchdruckerei der J. G. Cotta'ſchen Buchhandlung in Stuttgart.

Das Landhaus am Rhein.

Zweiter Theil.

Fünftes Buch.

Erstes Kapitel.

Die Rosen im Garten waren aufgebrochen in der Frühlings=
nacht und in der Seele des Jünglings Blüthen unnennbarer Art.

Behend eilte Roland durch das Haus zur Mutter, diese aber
war so angegriffen, daß er sie jetzt nicht sehen durfte. Er ver=
gaß, wie Fräulein Perini ihm so fremd geblieben war und ver=
kündete ihr mit Jubel, daß Erich da sei und da bleibe; sie solle
es nur der Mutter sagen.

„Und nach dem Chevalier fragen Sie gar nicht?"

„Nein, er ist fort, ich weiß es."

Einen ersten Stoß erhielt die Freude Rolands, da Fräulein
Perini sagte, es lasse sich noch nicht ermessen, welch ein unüber=
windliches Leid die Mutter von dem Schmerz um die Flucht
Rolands behalten werde.

Der Knabe stand still, aber er war der Zuversicht, daß jetzt
Alles gut wird; die ganze Welt muß gesund und schön sein.

Im Hofe traf er Joseph und theilte ihm in fröhlichen Worten
mit, daß er nun auch seine Heimatstadt kenne; den Bedienten
allen winkte er zu, er grüßte die Pferde, die Bäume, die
Hunde, Alle sollten wissen und sich dessen freuen: Erich ist da.
Staunend sahen die Diener auf Roland, Bertram, der Kutscher,
zog mit beiden Händen seinen langen Bart durch die Finger
und sagte:

„Der junge Herr hat in den zwei Tagen eine Mannesstimme
bekommen."

Lächelnd setzte Joseph hinzu:

„Ja wol, ein Tag auf der Universität hat einen andern
Menschen aus ihm gemacht."

In der That, Roland war ein anderer geworden. Er kam
in die Heimat zurück wie von einer Reise übers Meer, ja wie
aus einer ganz andern Welt; er konnte es noch nicht fassen, Alles
schien verändert, heller beleuchtet.

Erich hatte den Wunsch ausgesprochen, daß er mit Roland
gemeinschaftlich in den Zimmern des Thurmhauses wohne, die
vom Getriebe des Hauses entfernt waren und freien Ausblick
über Strom und Landschaft gewährten. Er fühlte sich hier wohl
und frei, und als nun Roland zu ihm kam, gab er seine Freude
kund über die Schönheit und Ruhe, in der sie hier lebten; Roland aber bat:

„Gieb mir etwas zu thun, etwas recht Schweres; denk' dir
etwas aus."

Erich erkannte die Erregung, die in dem Knaben vorging;
mit großer Ruhe ihn neben sich setzend, faßte er seine Hand und
sagte, daß das Leben nur selten eine einzige That biete, an der
man die ganze Kraft seines Willensmuthes aufbieten könnte; sie
wollten ruhig und stetig arbeiten und einander immer einsichtiger
und besser machen.

Nun richteten sie sich wohnlich ein und Roland half dabei
mit allerlei Handreichung.

Als vorläufige Ordnung hergestellt war, ging Erich mit Roland auf die Plattform des Thurmes. Hier saßen sie und schauten
lange still ringsum.

Ehedem hat man Burgen auf die Höhe gebaut zu Kampf
und Fehde und zum Ausraub der Menschen, die die Straße
ziehen; wir aber arbeiten mit den Naturkräften, suchen Reichthümer zu gewinnen und dann ziehen wir hinaus und stellen
unsere Wohnung auf eine Anhöhe, in ein liebliches Thal, und
wollen nichts als die ewige Schönheit empfinden, die Niemand
etwas raubt. Der große Strom wird zur Straße, daran sich die
Landhäuser arbeitsamer und edel denkender Menschen aufreihen.
Die Geschlechter nach uns werden sagen müssen: damals fing
man an, der Natur zu huldigen wie nie zuvor in der Geschichte
der Menschheit; das ist eine neue Andacht, wenn sie auch noch
keine Form hat und vielleicht keine gewinnen soll.

Erich erzählte: als er, zum ersten Mal auf dem Rigi stehend, die Sonne aufgehen sah, habe er sich ausdenken wollen, ob es nicht ein Etwas gebe, das man zum gemeinsamen Ausdruck der Naturandacht für alle hier aus den verschiedenen Völkern Versammelten machen könne. Er habe einsehen gelernt, daß es nicht möglich und auch vielleicht nicht nöthig sei; die Natur und die Freude an ihr gebe Jedem seine eigene, an keine Gemeinschaft gebundene Empfindung und Andacht. Dann das Glück preisend, im eigenen Hause auf einem selbst errichteten Thurme die Schönheit der Erde in sich aufzunehmen, legte er dar, wie der Reichthum, das Streben nach ihm, der Besitz desselben eine große sittliche Grundlage werden könne. Der Reichthum, erklärte er, ist ein Ergebniß der Freiheit, der ungehinderten Kraftbewegung, und soll wieder zur Freiheit werden.

Roland saß lange still, dann sagte er:

„Wir Zwei wohnen auf einer Insel, und wenn ich einmal auf der Burg wohne, mußt du auch bei mir sein. Weißt du, was ich mir noch wünsche?"

„Nein."

„Manna sollte bei uns sein. Glaubst du nicht, daß auch sie jetzt an uns denkt?"

„An mich wol nicht."

„Doch, doch; ich habe ihr von dir geschrieben und heute Abend schreibe ich wieder und erzähle ihr Alles."

Erich wußte nicht, was er thun sollte. Sollte er den Knaben abhalten, der Schwester von ihm zu schreiben? Er wollte die Unbefangenheit Rolands nicht stören.

Zweites Kapitel.

Roland schrieb auf seinem Zimmer und sagte manchmal die Worte, die er schrieb, vor sich hin. Erich saß still und starrte in die Lampe. Was nützt jetzt aber alles Sinnen? Er sah auf die Bücher, die er ausgepackt hatte; es waren nur wenige. In der letzten Viertelstunde war er noch einmal in das Arbeitszimmer des Vaters gegangen und hatte dessen hinterlassene Papiere verschlossen, und indem er die Bibliothek überschaute, nahm er ein Buch heraus; es war der erste Band der schönen Sparks'schen

Ausgabe von Benjamin Franklins Werken. Dieser Band enthielt die Selbstbiographie und deren Fortsetzung. Einige Blätter waren eingeheftet, von der Hand des Vaters beschrieben.

Jetzt las Erich die Worte des Vaters. Sie lauteten:

„Seht her! hier ist ein echter Mensch, das Genie des gesunden Verstandes und des festen Willens. Elektricität ist stets in der Luft, aber nicht immer sammelt sie sich und wird zum Blitz, der die Atmosphäre läutert. Das Genie ist die in der Luft des Geistes angesammelte und frei gewordene Elektricität.

Kein Philosoph, kein Dichter, kein Staatsmann, kein Hand=werker, kein Gelehrter von Profession und doch Alles das zu=gleich; ein Sohn der Mutter Natur und der Amme Erfahrung, der ohne wissenschaftliche Führung im Walde die Heilkräuter selbst findet.

Wenn ich einen Jüngling zu erziehen hätte, nicht zu einem bestimmten Beruf, sondern nur, daß er ein wahrer Mensch und guter Bürger würde, ich würde zu ihm sprechen: Mein Sohn, hier sieh, wie ein Mensch sich selbst bilden kann; ahme ihm nach, werde du in dir, wie Benjamin Franklin in sich geworden."

Erich stützte das Kinn in die Hand und schaute hinaus in die dunkle Nacht. Er meinte, er müsse die Stimme des Vaters vernehmen, wie er nicht schrieb, sondern sprach.

Er las weiter:

„Wohl ist es gut, daß wir uns bilden an den ersten Menschen der alten Welt, aus der Zeit des zeugungskräftigen, elementa=rischen Daseins; die Gestalten der Bibel und Homers sind nicht Schöpfungen eines einzelnen hochbegabten Geistes, sie sind Ge=bilde urthümlicher gesammter Nationalgeister und gehen weit über die Spanne eines Menschenlebens hinaus.

Verstehe mich wohl. Ich sage, es giebt in der neuen Ge=schichte keinen zweiten Menschen, an dessen Leben und Denken sich ein Mensch unserer Tage so heranbilden ließe, wie an Ben=jamin Franklin.

Warum nicht Washington, der so groß und rein ist?

Washington war Soldat und Staatsmann, aber er hat die Welt nicht in sich entstehen lassen und nicht aus sich gefunden. Er hat durch Beherrschung und Lenkung Anderer gewirkt, Franklin durch Lenkung und Beherrschung seiner selbst.

Wenn die Zeit kommt, wo man von Schlachten sprechen

wird, wie wir heut von Menschenfreſſern; wenn die ehrliche, fleißige, menschenfreundliche Arbeit die Geschichte der Menschheit bildet, dann wird ein Mann wie Franklin neu erstehen.

Moses, Jesus, Muhamed erschien Gott in der Einsamkeit der Wüſte, Spinoza erkannte ihn in der Einsamkeit der Studir=stube, Franklin in der Einsamkeit auf dem Meere und im Ringen mit der Arbeit.

Die Welt würde nicht besonders viel Schönheit haben, wenn alle Menschen wären wie Franklin, seinem Wesen fehlt jeglicher romantische Duft; aber die Welt würde in Rechtschaffenheit, Wahr=haftigkeit, Arbeit und Hülfeleiſtung leben. Jetzt sagen sie Liebe und freuen sich ihrer schönen Gefühle, aber ihr dürft nur von Liebe reden, wenn ihr jene vier bethätigt habt.

In Franklin ist etwas von Sokrates und besonders wohl=thuend wirkt sein Humor; er läßt uns 'auch herzlich lachen.

Franklin ist gute Prosa, verſtändig, durchsichtig, haltbar.

Wir haben in der Welt nicht Genies zu erziehen. Jedes Genie erzieht sich selbst und kann keinen andern Erzieher haben. Wir haben gediegene, thatkräftige Bürger zu bilden. Was du sonſt noch machſt, ob Schuhnägel oder Marmorſtatuen, das ist nicht mein, das ist dein.

Wir werden nie gerecht gegen die Welt, wenn wir nicht an Reinheit glauben, an die edelsten Motive; das innerſte Menschen=thum offenbart sich uns sonſt nie. Es giebt keinen beſſern Halt gegen die Anfechtungen, als der Glaube an das Gute, das Andere thun und das man selbſt zu thun hat; das giebt eine innere Marsch=Melodie, nach der sich's leicht und frei durch den Kampf des Lebens marschirt.

Das ist das Günstige und Auszeichnende im Leben Franklins, daß er der erste selfmade man.

Wollten wir dem Alterthum gleich eine mythische Gestalt bilden für jene Welt, die sich Amerika nennt, von Europa die Götter — ich meine, die geschichtlichen Ideen mitbrachte und doch frei ein eigen Leben aufbaute — wollt ihr eine Menschen=gestalt für diesen Gedanken, da ſteht Benjamin Franklin. Er war voll Wiſſens und Niemand hatte ihn gelehrt, er war voll Religion und hatte keine Kirche, er war ein Menschenfreund und doch ein kluger Kenner ihrer Bosheit.

Er hat den Blitz zu leiten verſtanden, nicht nur den aus den

Wolken, sondern auch den aus den Gewitterleidenschaften des Menschengemüths; er hat jene Klugheitsregeln gefaßt, die gegen Zerfahrenheit sichern und zur Selbstführung reif machen.

Warum ich ihn aber zum Führer in der Erziehung eines Menschen nehmen möchte, ist das: er stellt den einfachen gesunden Menschenverstand dar, den festen und sichern, nicht den genial überraschenden, aber den bürgerlich, politisch, wissenschaftlich und sittlich, ruhig und stetig wohlführenden.

Luther war der Besieger des Mittelalters; Franklin ist der erste moderne, sich selbst aufbauende Mensch.

Franklin hat keine neuen Grundsätze in die Welt gebracht, aber er hat das, was ein ehrlicher Mensch in sich finden kann, rein ausgestaltet.

Was Franklin ist und giebt, hat nichts Besonderes, nichts Aufregendes, Berauschendes, Geheimnißvolles, nichts farbig Glänzendes, Blendendes; es ist das Wasser des Lebens, dessen alle Creatur bedarf. Der Mensch des vergangenen achtzehnten Jahrhunderts hatte keinen Sinn für das Volksthum, konnte ihn nicht haben; das war ein Drängen und Treiben aus dem freien Gedanken heraus bis zur Spitze am Schlusse des Jahrhunderts, bis zur Revolution.

Die in ihr schaffen, stehen dem Historischen, Gewordenen fremd und feindlich gegenüber, mindestens unabhängig.

Franklin ist der Sohn dieses Jahrhunderts, er kennt nur die dem Menschen eingebornen Kräfte, nicht die ererbten."

Mit blasser Tinte, offenbar später, war geschrieben:

„Es ist nicht Zufall, daß dieser erste nicht nur freie — denn das waren viele Philosophen — sondern auch freithätige Mensch ein Schriftsteller und Buchdrucker war.

Im Bücherthum liegt nicht das Heldenthum — ich glaube, daß die Zeit des Heldenthums vorüber ist — sondern das Menschenthum der neuen Zeit.

Weil wir durch Bücher wirken, kann keine große persönlich erlösende Erscheinung mehr kommen."

Am Schlusse mit lateinischen Lettern und mit blauer Tinte war geschrieben:

„Abstracte Regeln bilden keinen Menschen und schaffen kein Kunstwerk. Der lebendige Mensch und das organisirte Kunstwerk enthalten alle Regeln, wie die Sprache alle Grammatik.

Wer die echten Menschen, die vor ihm waren, so kennt, daß
sie neu in ihm aufleben, der tritt ein in ihre Reihen; er betritt
den heiligen Boden, der geweiht ist durch die Vorgänger, die
ihn betraten.

Wer an der Staaten= und Gesellschaftsbildung seiner Zeit
Theil nimmt, ein Amt führt, Gesetze giebt, und wer inmitten der
Wissenschaft seiner Zeit steht, der veraltet im Laufe der Neu=
bildung, die ihm nachfolgt; er ist nicht urbildend Muster für die
Zukunft. Das ist nur der, der die ewigen Gesetze des Menschen=
geistes, die von Uranfang und in aller Zeit sich gleich bleiben,
neu erkennt, aufhellt, bestimmt und faßt; darum ist auch Franklin
nicht Muster, sondern mehr Methode.“

Und nun kamen zuletzt die Worte, die zweimal unterstrichen
waren:

„Mein letzter Satz heißt: Organisches Leben — abstracte
Gesetze! Man kann aus Korn Branntwein, aber aus Brannt=
wein kein Korn machen. Wer das versteht, hat Alles, was ich
zu sagen weiß.“

So hatte Erich gelesen und jetzt lehnte er sich zurück und
dachte sich hinein in die Seele des Vaters und in seine oft nur
halb ausgesprochenen Gedanken, die noch durch Fragezeichen und
Randbemerkungen offenbar zu weiterer Erwägung gestellt waren.

Erich fühlte sich wie auf einer Bergeshöhe. Er öffnete das
Fenster und schaute lange hinaus in die Nacht. Die Luft war
voll Rosenduft, der Himmel voll Sternenglanz; nur noch ein=
zelne Nachtigallen sangen, und in der Ferne, wo ein Stück des
Rheins abgedämmt war, lärmten die Frösche durcheinander.

Jetzt hörte er, wie eine Männerstimme — es ist die Stimme
Prandens drunten auf dem Balkon — laut sagte:

„ . . . zu viel Wichtigkeit! Eigentlich sollte solch ein Haus=
lehrer Livree tragen.“

„Sie sind heute sehr lustig,“ entgegnete Sonnenkamp.

Erich schloß leise das Fenster, es war ihm unwürdig, zu
lauschen.

Draußen sang die Nachtigall im Busch und lärmten die Frösche
im Sumpf.

„Ein Jedes singt seine Weise,“ dachte Erich vor sich hin, da
er an den Zuruf des Vaters und den Ausspruch des jungen Ba=
rons dachte.

Drittes Kapitel.

Am Morgen wünschte Roland, daß man vor Allem ausreite, aber Erich wollte, daß man den Tag damit weihe, ein Gutes in die Seele zu nehmen; er ließ sich daher von Roland die ersten Capitel aus dem Leben Benjamin Franklins vorlesen.

Als sie nun zum Frühstück gerufen wurden, waren sie frisch belebt. Sie konnten sich eines Aehnlichen erfreuen wie Fräulein Perini, die mit Herrn von Pranden aus der Messe kam.

Erich wurde von Pranden mit einer gewissen achtungsvollen Eleganz begrüßt, aber Pranden bekannte offen, er habe bisweilen geglaubt, es wäre besser, wenn Erich nicht in die Stelle eintrete. Mit großer Bestimmtheit und im Tone der Befriedigung fügte er hinzu, daß es geheimnißvolle Vorgänge in der Seele gäbe, die wir in Demuth anerkennen müssen, und so sei die eigen= willige That Rolands das Zeichen einer Bestimmung, die Erich wie ihnen Allen die Pflicht auferlege, sich ihr zu unterwerfen.

Erich sah staunend auf. Er hatte sich in diesem Manne geirrt, Pranden brachte eine Begründung für Thun und Lassen vor, die er ihm nie zugetraut hätte.

Nach dem Frühstück ersuchte Erich Herrn Sonnenkamp, daß er und Roland künftig von dieser Gemeinsamkeit befreit und bis zur Mittagstafel sich allein überlassen blieben.

Sonnenkamp schien betroffen und Erich sagte, daß er dies schon am ersten Tage verlange, damit keinerlei Gewohnheit ein= trete. Es sei durchaus nöthig, Roland unzerstreut und in einer ständigen Stimmung zu erhalten; das sei nur möglich, wenn ihnen mindestens der halbe Tag und die Frische des Morgens verbliebe. Sonnenkamp stimmte achselzuckend ein.

Beim Frühstück war auch leichthin die Rede gewesen, daß Bella und Clodwig erwartet würden.

Erich sah sofort die Hauptschwierigkeit seines Berufs, die darin bestand, die Zerstreuungen nicht zu Unterbrechungen werden zu lassen. Er zog eine Grenzlinie zwischen sich und allen Haus= bewohnern, besonders gegen Sonnenkamp, die nicht überschritten werden konnte. Er arbeitete mit Roland und lernte nun genau kennen, wo der Knabe einen guten Grund des Wissens hatte, wo Lücken und wo vollständige Leere war.

Ein Wagen fuhr in den Hof.

Roland schaute zu Erich auf. Aber dieser beachtete das Räder-gerassel nicht.

„Deine Freunde sind angekommen," sagte Roland.

Er scheute sich zu sagen, daß er für sich voll Ungeduld war, Clodwig und Bella zu begrüßen. Erich beharrte dabei, daß Nichts und Niemand für sie da sei, bis sie ihre Schuldigkeit gethan.

Roland preßte unter dem Tische die Hände in einander und zwang sich zur Ruhe.

Plötzlich, mitten in einem mathematischen Satze, sagte er:

„Entschuldige, man hat Greif an die Kette gelegt, ich hör' es an seinem Bellen; das darf man nicht, das verdirbt ihn."

„Laß Greif und laß Alles, es muß Alles warten," hielt Erich fest.

Bald indeß ging er mit Roland selbst hinab in den Hof. Roland hatte richtig gehört; Greif lag an der Kette. Er löste ihn und der Knabe und der Hund waren gelöst, sie tollten mit einander herum.

Bella war bei Frau Ceres.

Ein Diener meldete Erich, daß Graf Clodwig ihn erwarte. Clodwig kam ihm mit großer Herzlichkeit entgegen und begrüßte ihn als Nachbar.

Von Bella wurde Erich freundlich, aber gemessen begrüßt; sie nannte ihn wiederholt „Herr Nachbar" und war geflissentlich unbefangen. Es mochte ihr als eine lächerliche Pedanterie und Aengstlichkeit erscheinen, daß sie einmal mitzuwirken gesucht, Erich aus der Gegend fern zu halten. Hatte denn der Mann in der That einen Eindruck auf sie gemacht? Es schien ihr wie ein Traum, wie eine Phantasie.

„Werden Sie die Bibliothek Ihres Vaters hierher bringen lassen?" fragte Clodwig.

Erich bejahte und Bella sah ihn starr an. Er wußte nun, warum sie ihn so frei und leichthin behandelte; er hatte Geld von ihrem Manne bekommen, dadurch war er in eine ganz andere Rangstufe eingerückt.

Bella lobte Roland über seine kühne That und hier zeigte sich wieder eine Uebereinstimmung mit Sonnenkamp. Erich sah die Gefahr, die in solchem Lobe für Roland lag, aber er konnte sie nicht abwenden.

Als Erich Frau Ceres zum erstenmale wieder nahte, sagte sie sehr leise: „Ich danke Ihnen," weiter nichts; das Wort war sehr vieldeutig.

Bella sagte, die Reise werde Frau Ceres sehr wohl thun, es sei eine angemessene Probe für die Badereise; man nannte den einen und den andern Tag, wann man die Reise ausführen wolle.

Erich wußte nicht, was das bedeute; Roland sah seinen fragenden Blick und sagte ihm leise:

„Wir reisen Alle mit einander zu Manna, wir holen sie, um mit uns ins Bad zu reisen. Das wird lustig und schön!"

Von Neuem sah Erich, wie die Hauptschwierigkeit eines so reich ausgestatteten pflichtlosen Lebens darin besteht, daß Alles im Hause, und der Knabe vielleicht am meisten, entweder in der Nachwirkung einer Zerstreuung, oder in der Hoffnung auf eine Zerstreuung lebe. Er wollte ruhig abwarten, bis die Frage an ihn kam, um dann seine Entschiedenheit geltend zu machen.

Wie zufällig fügte sich's, daß Bella mit Erich ging. Sie erzählte zuerst, wie glücklich Clodwig sei, daß Erich nun doch in der Nähe bleibe, und dann plötzlich stillstehend und mit einem lauernden Blicke sagte sie:

„Sie werden nun in den nächsten Tagen auch Fräulein Sonnenkamp sehen."

„Ich?"

„Ja. Sie reisen doch mit uns?"

„Es ist noch von Niemand etwas darüber bestimmt."

Bella lächelte und fuhr fort:

„Ich habe genug von der Welt gesehen, um kein Vorurtheil zu haben. Die Tochter des Hauses und mein Bruder Otto . . ."

„Herr Sonnenkamp hatte bereits die Freundlichkeit, mir von der Verlobung zu erzählen."

„Wissen Sie," rief Bella schnell, „wissen Sie, daß ich mir von Ihnen sehr viel Annehmlichkeiten verspreche?"

„Von mir? Was könnte ich leisten?"

„So ist es nicht gemeint, reden wir gradaus. Ich habe viel über Sie gedacht. Sie sind mir doch ein Räthsel und ich hoffe, ich bin es Ihnen auch."

„Ich hatte mir noch nicht erlaubt . . ."

„Ich erlaube, daß Sie es sich erlauben. Also Herr Hauptmann oder Herr Doctor oder Herr Dournay, aber am besten,

Herr Nachbar, wir wollen einen Vertrag schließen. Ich suche mir die Widersprüche und Seltsamkeiten Ihres Wesens zu erklären und spüre ihnen nach, so viel ich kann; dagegen gestatte ich Ihnen, das Gleiche auf mich anzuwenden. Finden Sie das nicht an= ziehend?"

„Anziehend und gefährlich."

Bella richtete sich hoch auf und Erich fuhr fort:

„Gefährlich für mich, denn Sie wissen, wie Freund Hamlet sagt: Wer kann bestehen, wenn man ihn ganz kennt?"

„Es freut mich, daß Sie nicht höflich sind, aber Sie sollten auch nicht bescheiden sein."

Während Bella mit Erich ging, hatte Prancken Roland an die Hand genommen und besichtigte mit ihm die Ställe und die jungen Hunde; dann führte er ihn in den wenig besuchten Theil des Parks, der sich längs der Landstraße hinzog. Wie von selbst kam das Gespräch auf Erich, und Prancken prägte ihm scharf ein, daß er von dem weltlichen Manne wol Vieles lernen könne, was in der Welt nützlich sei, aber es gebe ein Höchstes, das er ihm nicht anvertrauen und worin er ihm in keiner Weise Folge leisten dürfe.

Und nun sprach er von Manna. Es war ein Ausbruck von Andacht in seinen Worten wie in seinem Ton. Er zog das Buch, das er stets auf dem Herzen trug, aus der Tasche und zeigte Roland genau, wo Manna heute lese; durch die Flucht habe Roland zwar einige Tage versäumt, in welchen er das Gleiche hätte lesen sollen, aber er könne mit Muße jetzt nachholen. Vor Allem aber brauche Herr Dournay nichts davon zu wissen, denn es dürfe kein Fremdgläubiger zwischen Roland und seinen Gott treten.

Es war Roland wie eine Befreiung, als jetzt Bella und Erich munter scherzend vorübergingen. Er rief sie an und bald ging er mit ihnen.

Als Roland und Erich davongegangen waren, begann Prancken der Schwester ins Gewissen zu reden, daß sie mit dem jungen Manne so tändle und scherze.

Bella stand still; sie schien nicht zu wissen, ob sie ihren Bruder auslachen oder scharf zurechtweisen solle; sie blieb bei dem Ersteren und höhnte den Neubekehrten.

„Ach," rief sie, „eigentlich fürchtest du doch, daß dieser Herr

Dournay der verklärten Manna gefalle, und da traust du mir ein Gleiches zu. Der Mann hat etwas Bezauberndes für uns Frauen, seien wir nun in einen Ehebund oder in ein Kloster eingeschlossen."

Bella wendete indeß schnell wieder und sagte, sie spiele mit dem jungen Manne, der ein empörendes Selbstvertrauen habe.

„Jetzt aber im Ernst," schloß sie. „Sollen sich die Guten einen freundlich belebenden Umgang versagen, weil die Schlechten allerlei Ungehöriges dabei verdecken? Das wäre verkehrte Welt, das wäre Unterjochung der Guten durch die Schlimmen."

Bella wußte nicht, oder hielt auch nicht nöthig, es zu wissen, daß sie sich hier mit einem Ausspruch ihres Mannes aufputzte. Pranken war in Verlegenheit. War er in der That befangen von seinem neu erwachten Eifer oder war das nur eine aus lauter Tugendschein gewobene Verhüllung? Er wußte auf den schäkernden und tänzelnden Ton, auf ihre schmiegsamen und biegsamen Ausweichungen nicht zu erwidern.

Viertes Kapitel.

Nur schwer gelang es Erich, seinen Zögling, dem die Reise im Sinne lag, beim Unterricht festzuhalten.

Der Tag der Reise ins Kloster war da; es war ein heller Sonnentag.

Erich bat, daß er zurückbleiben dürfe; Sonnenkamp stimmte sofort bei mit der Hinzufügung, es würde auch Erich angenehm sein, einmal einige Tage in Ruhe und allein sein zu können.

Pranken kam mit seiner Schwester vorgefahren und Bella sagte Erich, daß Clodwig ihn ersuchen lasse, er möge ihm in diesen Tagen Gesellschaft leisten. Roland bat nochmals dringend, daß Erich mitreise, er sagte unverhohlen:

„Manna wird sich sehr ärgern, wenn du nicht mitkommst, sie muß dich doch auch sehen."

Sonnenkamp lächelte seltsam bei dieser Zurede und Pranken wendete sich ab, um seine Mienen zu verbergen.

Mit Heftigkeit nahm Roland Abschied von Erich; er versprach indeß, Manna viel von ihm zu erzählen.

In drei Wagen fuhr man nach dem Dampfschiffe; Pranden saß bei Frau Ceres, Sonnenkamp bei Fräulein Perini und Bella, im dritten Wagen Roland mit den Dienern.

Man fuhr eine Strecke stromauf nach dem Schiffe, und als dies an der Villa rasch vorüberschoß, stand Erich auf dem schönen überschatteten Hügel, wo man den Ausblick stromabwärts hat, da, wo die Berge sich in einander schieben, als müßte der Strom sich zum See stauen. Roland grüßte, den Hut schwenkend, vom Schiffe, Erich grüßte vom Ufer in gleicher Weise und sprach vor sich hin: „Fahr' wohl, meine junge Seele."

Das Schiff sauste vorüber, die Wellen plätscherten am Ufer und bewegten den schönen Kahn hin und her, dann war Alles still.

Das Schiff schoß stromab, die Reisegesellschaft war äußerst wohlgemuth. Pranden befleißigte sich einer ausgesuchten Zuvorkommenheit gegen Frau Ceres, die mit schönen Shawls zugedeckt auf dem Verdecke saß.

Roland hatte Greif mitgenommen, Alles auf dem Schiffe staunte über den schönen Knaben mit dem löwengleichen Hunde; Manche sprachen ihre Bewunderung sogar laut aus.

Eine Strecke fuhr der Weingraf und sein Sohn, der Weincavalier, mit. Der alte Herr war ein hochgewachsener, vornehm aussehender Mann, er trug ein rothes Bändchen im Knopfloch. Vater und Sohn waren erfreut, Pranden hier zu treffen, und besonders glücklich, Frau Bella begrüßen zu dürfen. Gegen Sonnenkamp und dessen Familie schienen heut die Altangesessenen ihre Zurückhaltung in eine Annäherung verwandeln zu wollen, Sonnenkamp aber verhielt sich ablehnend. Er wollte nicht, daß sie jetzt, wo sie seine Ehrenstellung sahen, sich ihm näherten. Er war sichtlich erleichtert, als der Weingraf und sein Sohn auf der zweiten Station, wo eine große Wasserheilanstalt war, ausstiegen. Am Landungsplatze stand der Hofmarschall mit seinem kranken Sohne, die Beiden erwartend. Bella wurde von der Excellenz besonders ehrerbietig begrüßt. Im Weiterfahren erzählte sie Herrn Sonnenkamp, wie es so viel als sicher sei, daß die Tochter des reichen Weinhändlers den kranken Sohn des Hofmarschalls heiraten werde.

Der Tag war hell, kaum ein Lüftchen regte sich auf dem schnell dahin fahrenden Schiffe. Roland hörte manchmal, wie einem neu Einsteigenden halblaut zugeflüstert wurde: „Das ist der reiche Amerikaner, der besitzt zehn Millionen Thaler."

Für die Gesellschaft Sonnenkamps war auf dem Verdeck ein besonderer Tisch hergerichtet, den Joseph mit Blumen und schimmernden Weinkühlern schmücken ließ; Diener Sonnenkamps in ihrer kaffeebraunen Livree bedienten die Gesellschaft.

Bei Tische sagte Roland in fragendem Tone:

„Vater, die Leute sagen, du besitzest zehn Millionen."

„Die Menschen haben mein Geld nicht gezählt," erwiderte Sonnenkamp lächelnd, „jedenfalls werden wir immer so viel haben, daß wir uns ein Mittagessen bestellen können wie heute."

Da der Knabe von dieser Antwort nicht befriedigt schien, fügte Sonnenkamp noch hinzu:

„Mein Sohn, man ist stets nur verhältnißmäßig reich."

„Merken Sie sich das Wort, man ist stets nur verhältnißmäßig reich," wiederholte Pranken. „Das ist ein bedeutsames Wort, ein klassisches."

Sonnenkamp hörte es trotz seiner Menschenverachtung doch gern, wenn man einem seiner Aussprüche noch einen besonderen Accent hinzufügte.

„Ach, reisen ist so schön, so lustig, wenn nur auch Erich bei uns wäre!" rief Roland.

Niemand antwortete. Der Knabe schien heute überaus redselig, und als der Champagner knallte und Bella auf das Wohl Mannas anstieß, sagte er zu Pranken:

„Sie sollten Manna heirathen."

Die Frauen sahen die beiden Männer lächelnd an.

Roland wurde immer mehr der Mittelpunkt des Gesprächs und des Scherzes, er wurde immer redseliger, immer toller gemacht; zuletzt willfahrte er Pranken, den Candidaten Knopf nachzuahmen. Er strich sich die Haare zurück, schnupfte aus der linken Hand, die er als Dose hielt, und klopfte immer an die Dose, er hatte plötzlich eine andere Stimme und ein anderes Gesicht, in hölzerner steifer Weise declamirte er die vierte Conjugation und erklärte den pythagoräischen Lehrsatz und noch allerlei Kunterbuntes durcheinander.

„Können Sie auch Herrn Dournay nachahmen?" fragte Pranken.

Roland verstummte; eine Erstarrung trat in sein Gesicht, als ob er ein Ungeheuer erblickt hätte; eine Ernüchterung kam plötzlich über ihn und er sah Pranken mit einem grimmigen Blicke an.

„Ich ahme nie mehr den Candidaten Knopf nach, nie mehr."

Der Knabe, der vom Weine und vom Reden überreizt war, wurde plötzlich still und verschwand bald nachher, so daß die Diener ihn suchen mußten. Man fand ihn auf dem Vorderdeck bei dem Hunde, er hatte große Thränen in den Augen; er ließ sich ruhig zu seinen Angehörigen bringen, aber er war und blieb nun wortkarg.

Das Schiff glitt dahin, die Rebenberge glänzten in der glitzernden Mittagssonne und bald hieß es: nur noch zwei Stationen, dann sind wir beim Kloster.

Roland ging wieder zu seinem Hunde und sagte:

„Greif, jetzt kommen wir zu Manna. Sei lustig!"

Es war noch heller Mittag, als man bei den Hängeweiden am Ufer ans Land stieg und in die erquickliche Kühle des Parks eintrat, der das Kloster umgab. Die Diener waren am jenseitigen Ufer im großen Gasthause verblieben.

Sonnenkamp hatte seine Ankunft voraus angekündigt, es war aber Niemand da, der ihn erwartete.

„Manna nicht da?" fragte er, als er ans Ufer kam, und eine Wildheit, die er sonst wol zu verbergen wußte, zeigte sich auf seinem Gesichte.

Frau Ceres wendete nur ruhig den Kopf nach ihm, er war geschmeidig und sanft.

„Wenn das gute Kind nur nicht krank ist," setzte er mit einer Stimme hinzu, die einem büßenden Einsiedler wol angestanden hätte.

Man ging nach dem Kloster, es war verschlossen, nur die Kirche war offen, und hier lag, während draußen der helle Sonnenschein funkelte, eine Nonne verhüllten Antlitzes im Gebete. Die Ankömmlinge, die auf die Schwelle getreten waren, kehrten still wieder zurück; sie klingelten am Kloster, die Pförtnerin öffnete.

Sonnenkamp sagte, sie wünschten Fräulein Hermanna Sonnenkamp zu sprechen und fragte zugleich, ob sie gesund sei; die Pförtnerin erwiderte, daß Manna sich wohl befinde, und wenn sie die Eltern seien, so lasse die Oberin bitten, ins Sprechzimmer zu kommen. Sonnenkamp bat Bella, Pranken und Fräulein Perini im Garten zu verweilen; er wollte, daß auch Roland bei ihnen bleibe, aber dieser sagte:

„Nein, ich will mit!"

Die Mutter faßte ihn an der Hand und jetzt sprach sie das erste Wort:

„Ja wol, du bleibst bei mir."

Die Eltern und Roland traten zur Oberin ein, die sie mit Freundlichkeit und edler Haltung empfing. Sie bat eine Schwester, die eben bei ihr war, sie nun allein zu lassen, dann forderte sie die Ankömmlinge auf, sich zu setzen. Es war kühl und behaglich in dem großen Zimmer, darin auf Goldgrund gemalte Heiligenbilder hingen.

„Was ist mit unserer Tochter? Wir dachten, sie würde uns erwarten," sagte Sonnenkamp endlich schwer aufathmend.

„Ihr Kind, das wir auch unser Kind nennen dürfen — denn wir lieben sie nicht minder wie Sie — ist wohl und gesund; sie ist auch sonst immer sanft und geduldig, manchmal indeß hat sie einen unbegreiflichen Eigensinn, ja fast Starrsinn."

Ein rascher Blick aus den Augen Sonnenkamps traf seine Frau, sie aber sah ihn an und zuckte nur leise mit der Oberlippe.

Die Oberin fuhr ruhig fort:

„Unsere gute Manna will ihre Eltern erst dann sehen, wenn sie im Voraus versprechen, daß sie noch den Winter bei uns im Kloster bleiben dürfe; sie behauptet, sie fühle sich noch nicht stark genug, um in die Welt einzutreten."

„Und Sie haben ihr diese Bedingung gewährt?" fragte Sonnenkamp und fuhr mit der linken Hand durch seine weiße Halsbinde, sich dieselbe lockernd.

„Wir haben ihr nichts zu gewähren, Sie sind die Eltern, Sie haben unbedingte Macht über Ihr Kind."

„Ja wol," polterte Sonnenkamp, „ja wol, wenn man ihr Gedanken einflößt ... Doch bitte; ich habe Sie unterbrochen."

„Durchaus nicht. Ich bin zu Ende, Sie haben zu entscheiden, ob Sie die Bedingung voraus gewähren, Sie haben die volle elterliche Macht. Ich werde eine Schwester rufen, die Sie nach der Zelle Mannas geleitet; sie ist unverschlossen. Ich habe nur den Wunsch des Kindes kundgegeben, nun handeln Sie nach Ihrem Ermessen."

„Ja, das will ich, und keine Stunde soll sie länger hier bleiben!"

„Wenn auch die Mutter etwas drein reden darf ..." begann Frau Ceres."

Sonnenkamp sah sie an, wie wenn ein stummes Geräthe plötz=
lich zu sprechen anfinge, und Frau Ceres sprach nicht zu ihm,
sondern zur Oberin:

„Ich als Mutter erkläre, daß wir ihr keinen Zwang anthun;
ich gewähre ihr diese Bedingung."

Sonnenkamp stand rasch auf, krampfhaft faßte er die Stuhl=
lehne, es arbeitete heftig in ihm; aber in überaus höflichem
Tone sagte er:

„Roland, geh' nun zu Herrn von Pranden."

Roland mußte das Kloster verlassen, sein Herz bebte. Dort
oben ist seine Schwester — was wird mit ihr geschehen? Warum
darf er nicht zu ihr, sie umarmen, sie küssen und ihr wie ehe=
dem die schwarzen Locken auflösen? Er trat ins Freie, aber er
ging nicht zu Pranden, er ging in die offene Kirche. Dort
kniete er nach der religiösen Gewöhnung nieder, der Wunsch nach
Frieden war der einzige Gedanke, der durch seine Seele ging.

Er sah auf und erblickte das große Bild des Heiligen in der
Kirche — und wunderbar! dieses Bild glich Erich.

Lange starrte der Knabe drein, endlich legte er das Haupt
in die Hände und — glückselige Jugend — er schlief ein.

Fünftes Kapitel.

Die Eltern kamen zu Manna in die Zelle. Manna trat ihnen
ruhig entgegen.

Sie reichte dem Vater die Hand; ihre Hand zuckte, da sie
den Ring am Daumen des Vaters fühlte. Dann warf sie sich
der Mutter an die Brust und küßte sie.

„Verzeiht mir," rief sie, „verzeiht mir! Haltet mich nicht für
unkindlich, aber ich muß — nein, ich will. Ich danke Euch, daß
Ihr mir meine Bitte gewährt."

„Ja wol, wir thun dir keinen Zwang an," sagte die Mutter,
und Sonnenkamp, der noch nicht beigestimmt hatte, mußte will=
fahren.

Das Antlitz Mannas wurde erheitert, sie freute sich über das
gute Aussehen der Eltern und sagte, daß sie täglich für sie bete,
und der Himmel erhöre ihr Gebet. Manna hatte einen Ton der

Stimme, der Sonnenkamp so zu bewegen schien, daß er die Hand
aufs Herz legte.

Als Manna nach Roland fragte, sagte Sonnenkamp mit einer
Miene, wie wenn er zu einem Kranken spräche, der eben erst
genesen, Roland sei im Park, sie solle doch mit hinabkommen
und die Damen und Herrn von Pranden begrüßen.

Als der Vater diesen Namen nannte, ging ein leises Schauern
durch Manna, sie sagte indeß in schneller Fassung:

„Ich will Niemand sehen als Euch und Roland."

Eine dienende Schwester wurde nach Roland geschickt. Unter=
dessen erklärte Manna, daß sie dem Gesetze gemäß noch ein Jahr
in die Welt zurückkehre und dann — sie zögerte eine Weile, bis
sie fortfuhr — wenn ihr jetziger Entschluß noch feststehe, den
Schleier nehme.

„Ich fasse es nicht! Ich ertrage es nicht!" rief Sonnenkamp
laut. „Ceres, betheure ihr nochmals, daß das Wort, das du
über mich ausgesprochen, dir nur vom Zorne eingegeben war."

Frau Ceres schwieg und Manna bat den Vater, ruhiger zu
sein, man spreche hier im Kloster nicht so laut . . .

Roland, nach dem man lange gesucht hatte, schrak auf und
taumelte zurück, als er plötzlich von einer schwarzen Gestalt geweckt
sich in der Kirche fand.

Er wurde zu Manna gebracht. Mit Innigkeit umschlang er
die Schwester. Er konnte vor Heftigkeit nicht reden.

„Nicht so ungestüm," beschwichtigte das Mädchen. „Ei, was
bist du für ein kräftiger Bursch geworden!"

„Und du so groß. Ach! Komm mit heim! Es ist so schön
daheim. Nicht wahr, die Nonnen nennen sich Schwestern? Aber
zu dir kann doch Niemand Schwester sagen als ich. Komm mit
uns heim!"

Durcheinander, manchmal vom heiligen Antonius, manchmal
von Erich erzählte Roland, welch einen trefflichen Mann er zum
Lehrer und Freund habe, und als Manna erklärte, daß sie erst
im Frühling nach Hause käme, schloß Roland:

„Du kannst dir Herrn Dournay ganz gut vorstellen. Wenn
du in die Kirche kommst, sieh dir den heiligen Antonius an, der
dort abgebildet ist, gerade so sieht er aus, gerade so gut. Aber
er kann auch streng sein, er ist Artillerie=Officier gewesen."

Der Vater erklärte und auch die Mutter stimmte bei, Manna

solle ungehindert wieder ins Kloster zurückkehren dürfen, sie solle
nur mit den Eltern in den nächsten Tagen die Badereise machen.

Manna war nicht zu bewegen, auf diesen Vorschlag einzu=
gehen.

Der wundersame zum Herzen bringende Ton ihrer Stimme
hatte etwas Bewältigendes, und als sie jetzt darlegte, wie sie
hoffe, in Allem klar und fest zu werden und dem Leben Stand
zu halten, traten Thränen in die Augen der Mutter. Der Vater
aber starrte sie verwundert an, er sah indeß kaum sein Kind, er
wußte kaum, wo er war.

Auch er hatte seinen Vater einst verlassen.

Er hörte eine Stimme, die er vor vielen, vielen Jahren schon
einmal gehört, und wie er so drein schaute, sah er sein Kind
nicht, die Umgebung nicht, er sah nichts als einen verwahrlosten
Grabhügel auf dem Kirchhofe eines polnischen Dorfes. Er fuhr
sich mit der breiten Hand über das ganze Gesicht, und wie er=
wachend blickte er jetzt auf und hörte noch, wie sein Kind
wiederholte:

„Ich werde dem Leben Stand halten.“

Jetzt erneuerte er seine Bitte, Manna möge doch in den Park
kommen, die Freunde zu begrüßen; sie dürfe dieselben nicht be=
leidigen; aber Manna beharrte dabei, ihre Zelle nicht zu verlassen.

Sie hatte eine dienende Schwester gebeten, daß sie Heimchen
hole; das Kind kam und schaute die Fremden verwundert an.
Manna zeigte dem Kinde die Ihrigen. Das Kind schmiegte sich
an Roland und sagte:

„Ich mag dich, ich mag dich.“

Es war so zutraulich mit Roland, als ob es von je mit ihm
gespielt hätte.

„Willst du auch mein Bruder sein?“ fragte das Kind.

Die Eltern und Roland verließen die Zelle, Manna blieb mit
Heimchen allein.

Auf der Treppe sah Sonnenkamp seitwärts nach seiner Frau
und sein Blick sagte: Das hast du mir gethan! Du hast das
Kind meinem Herzen entwendet.

Frau Ceres zuckte nur mit den Achseln. Roland sah sie starr
an; da ist etwas, was er sich nicht erklären kann.

Die Eltern und der Knabe kamen in den Park. Mit großer
Unbefangenheit berichtete Sonnenkamp, er habe, um keine Unter=

brechung in den Unterricht zu bringen, seiner Tochter gestattet,
noch bis zu Ostern im Kloster zu verbleiben. Prancken warf
einen seltsamen Blick auf Sonnenkamp.

Der Abend brach bereits an; als man in den Kahn stieg,
rief Roland zum Kloster hinauf:

„Gute Nacht, Manna!"

Manna hatte den Ruf gehört, sie hatte den Davonziehenden
nachgeschaut, dann warf sie sich auf die Kniee und betete lange.

Als man am jenseitigen Ufer anlangte, hörte man vom
Kloster her den Chor der Mädchenstimmen singen.

„Das mag dem schön klingen, der kein Kind dabei hat,"
sagte Sonnenkamp vor sich hin.

Im großen Gasthofe war ein Drängen und Treiben, als ob
ein Fürst mit seinem Gefolge angekommen wäre, denn Sonnenkamp liebte es, bisweilen mit seinem Reichthum zu prunken. Der
große Garten war festlich beleuchtet; Manna sah das vom Fenster
aus und sie bedeckte die Augen mit beiden Händen.

Sechstes Kapitel.

Erich war allein auf der Villa. Er sog die Stille, die Ruhe
und Lautlosigkeit mit einem freien Aufathmen ein, als käme er,
nachdem er viele Tage und Nächte auf der dröhnenden Locomotive gestanden, jetzt plötzlich in den stillen Wald, ja als läge er
tief auf dem Stromesgrund und über ihm rauschten leise die
kühlenden Wellen. Er las nicht, er schrieb nicht, er pflegte nur
einer unergründlichen Ruhe.

Erst andern Tags wollte er, der Einladung Clodwigs folgend,
ihn auf Wolfsgarten besuchen. Die Freiheit, einen ganzen Tag
mit geschlossener Lippe leben und allein sein zu dürfen, muthete
ihn an, wie wenn er aus der Gefangenschaft im Dienste jetzt
zum erstenmal frei wieder sich selbst gegeben war. Noch einmal
dachte er, daß Clodwig ihn erwarte, aber fast laut sagte er:

„Ich kann nicht! ... Ich darf nicht!"

Er wollte sich selbst leben, nur einen einzigen Tag kein fremdes Wort hören, zu Niemand sprechen, lautlos, einsam, unabhängig und unanhänglich für sich allein sein.

Einen Augenblick gedachte er, an seine Mutter zu schreiben; auch das unterließ er. Niemand sollte etwas von ihm, er wollte sich allein haben. Wie einen Schmerz, wie eine Krankheit fühlte er sein stetiges Denken für Andere, sein Streben für sie, seine Liebe zu ihnen, und im Tiefsten seiner Seele war ein Ruf nach Einsamkeit. Nur einen einzigen Tag wollte er einmal ein Egoist sein, in unbedingter Ruhe leben, kein Buch, kein Lebensverhält= niß, kein Verlangen, kein Streben sollte ihm etwas von dieser Alleinigkeit rauben.

Im Park unter einer großen Buche lag er und träumte in den Tag hinein. Es giebt ein leises wonniges Rieseln des Seins und Empfindens ohne bestimmtes Denken und Wollen, das gerade der rastlos Denkende und Sorgende am tiefsten inne wird. So lag Erich in sich beseligt, schauend und athmend, der Tritt eines Gärtners auf dem knirschenden Sande weckte ihn wie aus einem Traum. Der Gärtner begann den Weg zu harken und mit einer Walze zu festigen, das kratzte und knirschte so seltsam; Erich hätte ihn gern zur Ruhe verwiesen, aber er unterließ es.

Er schaute in das Gezweige des Baumes, und wie der leise Wind es hin und her bewegte, so ließ er sein Denken sich hin und her bewegen, nichts wollend, nur leben, kein Ziel. Alles war still, in sich beruhigt.

Wie oft vom ersten Aufkeimen an hat solch ein Blatt sich vom Winde bewegen zu lassen, bis es fällt, und dann — ja dann?

Weiter zog ihn der Gedanke. Ja, Einsamkeit, das ist das Ruhen an der Muttererde, das ist die Lösung der Sage von Antäus, der aus der ewigen Kraft der Muttererde, sobald er sie berührte, von neuer Macht durchdrungen ward. Und weiter, immer weiter ging sein Träumen und Denken. Das ist die Be= schwerniß des Reichthums, das ist der Fluch, der ihn vom Him= melreich ausschließt, daß er nicht untertauchen kann in die Ur= kraft des Erdenseins; der Reiche besitzt Alles, nur das Eine nicht, die Ablösung von der Welt, die Einsamkeit in sich. Ballast! Ballast! zu viel Ballast!

In allem Träumen und allem Denken ins Weite kam der Schlaf über ihn, und als er erwachte, war er frisch und neu= belebt.

Es war ein Tag und eine Stunde, in der Alles, was ver= gangen und was ist und was die Menschheit geträumt und in

Arbeit sich errungen, neu durchleuchtet und aus sich selbst leuch=
tend vor dem Auge steht. Alle Räthsel scheinen gelöst, Alles ist
Friede, Ewigkeit und Einigkeit.

Erich ging im Park, im Hause umher und begrüßte Alles
mit frischen Augen; er hatte Alles vergessen, weit weg gesetzt
gehabt, jetzt erschaute er es als neuer, in sich gekräftigter Mensch.

Es ist gut, daß die Welt still hält und immer bereit ist, wenn
wir aus Selbstvergessenheit wieder zu ihr zurückkehren.

Ein ganzer Tag verging, an dem Erich keinen Buchstaben
las und keinen schrieb.

Am andern Morgen ritt er des Weges dahin zu Clodwig.

Kaum aber war er eine Viertelstunde geritten, als ein Knabe
ihn anrief und ihm einen Zettel brachte. Er las, kehrte um und
ritt wohlgemuth dem Dorfe zu.

Siebentes Kapitel.

Fröhlich fahren die Menschen am hellen Sommertage den
Strom auf und ab, Alles schimmert und glitzert im Sonnen=
schein und ist voll Lust. Wer mag da denken, wie viel Jammer,
wie viel Mühsal, Angst und Sorge dort in den Häusern? Seht,
oben im hochgelegenen Dorf, das sich so zierlich ausnimmt vom
Strome aus gesehen und uns auch jetzt Glockenklang zusendet,
dort wandert ein armer Dorfschullehrer aus der Kirche nach dem
Schulhause, seine Mienen sind schwer bedrückt. Heut aber er=
heitert sich sein Antlitz, denn vor dem Schulhause steht ein wohl=
bekannter Genosse und streckt ihm die Hand entgegen.

„Ei, Sie hier, Herr Knopf?" ruft der Schulmeister.

„Die Republik der Vereinigten Staaten schenkt mir heut einen
freien Tag. Sie sehen einen unabhängigen Mann vor Ihnen.
Ach, lieber Faßbender, ich bin doch eigentlich zum Mädchenlehrer
geboren; ich sage Ihnen, vor der Sündfluth des ersten Balles
sind die Mädchen die lieblichsten Blüthen unseres Planeten."

Knopf erzählte seinem Collegen, wie glücklich er sei, ein leb=
haftes, überaus leicht begreifendes amerikanisches Kind zur Schü=
lerin zu haben; sein unschönes Gesicht nahm dabei einen ganz
veränderten Ausdruck an.

Knopf hatte in der That ein unschönes Antlitz. Die Nase, der Mund, die Stirn, ja selbst die Brauen, die über den matt= blauen Augen etwas weit hervorstanden, zumal wenn er, wie jetzt, die Brille abgethan, Alles war knollig. Nun aber, da er von seiner Schülerin sprach, ging ein Leuchten über sein Antlitz, daß es fast schön erscheinen ließ.

Knopf war hieher gekommen, um dem nunmehrigen Erzieher Rolands einige Andeutungen zu geben über den Charakter seines Zöglings und die Art, wie er weiter zu führen sei. Er hatte sich schon früh vor Sonnenaufgang auf die Wanderung gemacht. Jetzt aber fühlte er, daß er nicht nach der Villa gehen dürfe, er wollte daher den neuen Erzieher hieher bescheiden; er bat um einen Knaben, der einen Zettel an den Hauptmann Dournay bringe.

Die Kinder kamen allmälig heran und grüßten Herrn Knopf, den sie aus früherer Zeit kannten. Ein krausköpfiger Knabe war glücklich, statt in der Schule sitzen zu müssen, den Zettel nach Villa Eden zu tragen.

Knopf wußte einen schönen Platz hinter dem Dorfe auf dem Scheitel des Berges unter einer Linde; dorthin wanderte er, legte sich unter den Baum und schaute wonnigen Blickes hinein in die Landschaft.

„In Gras und Blumen lieg' ich gern, wenn eine Flöte tönt von fern," sagte er fast laut vor sich hin. Und da in unserer dampfbrausenden Zeit nur selten noch eine Flöte tönt, wollte er das Wort des Dichters selbstwillig zur Wahrheit machen. Er schraubte seinen Stock zurecht, der eine wohleingerichtete Flöte war und blies die zu dem Uhland'schen Liede gesetzte Melodie Kon= rabin Kreutzers. Er freute sich fast mehr, daß Andere in der Ferne das hörten, als daß er sich selbst damit vergnügte.

Stromab, stromauf zog kein Schiff vorüber, dem er nicht mit einem weißen Tuche zunickte. Mögen es auch Fremde sein, was thut's? Er hat ihnen ein Zeichen gegeben, daß er da oben glücklich ist; sie sollten es unten auf ihrer Fahrt auch sein. Das mag ihnen das Zuwinken sagen.

Knopf verdient, daß wir ihn etwas näher kennen lernen.

Eines armen Schullehrers Sohn, hat er sich mit großer Mühe durch die Universitäts=Studien gearbeitet, er hat sein Examen ge= macht, aber dann kam das große Unglück über ihn. Im Probe= jahr wurde er schon am ersten Tage von den Knaben ausgetrommelt und je mehr er um Stille bat, um so toller wurden die Knaben, und je mehr er in Zorn gerieth, um so übermüthiger verhöhnten sie ihn. Der Director assistirte ihm, doch kaum hatte er die Schulstube verlassen, als das Lärmen und Trommeln von Neuem anging. Es wurde Knopf gestattet, in einer entfernten Stadt sein Probejahr abzuhalten, aber eine unsichtbare Macht mußte sein Mißgeschick verbreitet haben; bald nachdem er den Unterricht begonnen, wurde er auch hier ausgetrommelt. Und nun entsagte er dem öffentlichen Unterrichte ganz.

In der Residenz war Knopf beliebt als Mädchenlehrer. Weil er so unschön war, konnten ihn die Mütter ohne Besorgniß, daß sich die halbwüchsigen Mädchen in ihn verlieben möchten, ganz ohne Aufsicht Unterricht geben lassen. Dabei war er der Nothlehrer für Knaben.. Keinem Andern waren so viele Schüler gestorben als ihm, denn er bekam sie erst zum Unterricht, wenn sie krank waren.

Knopf war viel in Bädern gewesen. Wenn die Eltern die Kinder nicht ins Bad begleiten konnten, namentlich nicht in die allheilenden Soolbäder, so wurde Knopf damit betraut; er war Lehrer und Wartemutter zugleich. Einen Plan hielt er längere Zeit fest: er wollte in einem Soolbade eine Anstalt zur Wartung kranker Kinder gründen, denn Job ist die Losung der scharfblütigen gebildeten, d. h. besitzenden Welt; er hoffte, daß er eine Gefährtin zum heiligen Job fände.

Mit besonderem Eifer lehrte er die Mädchen griechische und römische Mythologie, denn es ist wichtig, daß ein Mädchen gebildeter Stände darin keinen Fehler mache. Sein Lieblings-Gegenstand war indeß die Erklärung der Dichter, vorzugsweise der romantischen. Natürlich war er auch Dichter, indeß nur bescheiden für sich. Es wird wol wenig früh angelegte und später vergessene Mädchenalbums in der Residenz geben, worin nicht ein schön geschriebenes Sonett oder noch häufiger ein Triolett von Emil Knopf für seine liebe Schülerin enthalten war. Ebenso gewandt als beliebt war er im Verfertigen von Polterabend-Spielen, wenn sich eine von seinen Schülerinnen verheiratete. Er verstand nicht nur, die allegorischen Mädchenblumen sprechen zu lassen: ich bin die Rose, ich bin das Veilchen . . . er mußte auch anmuthige Scherze und Neckereien anzubringen. Während auf der Bühne die Gespielen schön geschmückt declamirten und reizende

Gruppen bildeten, saß er im Souffleurkasten und hauchte ihnen die Worte zu. Wie glücklich war er aber auch dann beim Feste und nickte sehr beifällig, wenn dieser oder jener Redner auswendig oder vom Blatte den Toast sprach, den er verfaßt hatte.

Er war auch musikalisch genug, die Privatübungen zu über= wachen, besonders war er im Tacthalten sehr fest, darin war er unbarmherzig. Er konnte auch genug zeichnen, um hierin nach= zuhelfen, zumal im Blumenzeichnen.

Emil Knopf war einer der brauchbarsten Menschen; er war stolz darauf, sich nie in öffentlichen Blättern angekündigt zu haben, er wurde stets von Mund zu Mund und zwar meist von schönem Mund zu schönem Mund empfohlen; eine Mutter pries ihn der andern und die Väter lächelten und sagten: „Ja, Herr Candidat Knopf ist ein sehr gewissenhafter Lehrer."

War er in einem Hause, wo man das Rauchen nicht gerne hatte, kaute er geröstete Kaffeebohnen und das genügte ihm. Knopf schnupfte sehr gern, that es aber nur, wenn er allein war.

Aber das ist doch kein Grund, daß er dazu bestimmt schien, immer nur Aushelfer, immer nur pädagogische Wartefrau auf einige Wochen zu sein. Bis Noth und Krankheit vorüber, wird Knopf ins Haus genommen, dann wird er entlassen, mit sehr höflichen, sehr herzlichen Worten — aber er wird doch entlassen.

Vierzehn Semester — Knopf zählte immer nach Semestern, und wir müssen es ihm darin gleich thun — lebte er in der Residenz, und während dieser Zeit nahm er sich immer vor, eine Sorte Cigarren, die ihm schmecke, in größerer Masse anzuschaffen, aber er kam nie dazu. Vierzehn Semester rauchte er von einer Woche zur andern immer Probe=Cigarren, fragte beständig, was das Tausend kostet, aber nie brachte er es zu Tausend.

Knopf war von Natur ein ungeschickter Mensch, aber er erzog sich und wurde einer der besten Schwimmer und Turner, so daß er auch eine Zeit lang zur Aushülfe Turnlehrer wurde. Zwei Stellen, die er auf dem Lande inne gehabt, wo er so schwer ist, einen Clavierstimmer zu bekommen, hatten ihn dazu veranlaßt, auch das zu lernen. Er übte es aber nur für das jeweilige Haus, in dem er lebte. Manche behaupteten, er könne auch stricken und Weißzeug nähen, doch das war entschieden Verleumdung. Strümpfe stopfen verstand er allerdings meisterhaft, aber noch nie hatte ihn Jemand dabei gesehen; er that es immer heimlich.

Zu Herrn Sonnenkamp war Knopf ebenfalls als Nothlehrer gekommen; hier schien ihm aber ein längeres Verweilen beschieden und eine sorgenfreie Zukunft. Knopf hatte eine schwärmerische Liebe zu Roland, und obgleich der Knabe nichts Rechtes bei ihm lernte, sagte er doch oft zum Lehrer Faßbender, dem er sich angeschlossen hatte:

„Die Götter haben auch nichts gelernt. Wer kann sagen, wer der Musiklehrer Apollo's gewesen, bei welchem Oberkellner Ganymed krebenzen gelernt? Schöne Naturen haben Alles von selbst und brauchen nichts zu lernen. Wir sind nur Krüppel mit allem unserm Lernen, wir lassen uns von der Tyrannei der vier Facultäten einfangen, aber das Leben ist kein Quadrat."

Das also ist unser Freund Knopf, und „unser Freund Knopf" wurde er in den besten Häusern des Landes genannt.

Knopf hatte eben mit dem Flötenspiel aufgehört; jetzt saß er, die Schreibtafel auf dem Knie und schaute bald in die Landschaft, bald schrieb er hastig einige Worte; dann nahm er den Bleistift zwischen die Zähne, er schien an einer Wendung zu kauen.

Weit hinaus konnte man die Straße sehen, die vom Dorfe bei der Villa herauf nach dem Nachbarorte führt. Jetzt sah Knopf einen Reiter daherkommen. Er verwandelte schnell die Flöte in einen Spazierstock und verbarg sein Taschenbuch, dann eilte er über die Weinberge hinab auf die Landstraße.

„Ja, wer so gut zu Pferde sitzt, ist der richtige Lehrer für ihn," sagte Knopf. Er zog schon vor. ferne den Hut ab; der Reiter nickte ihm zu.

Achtes Kapitel.

Der Reiter kam näher, jetzt war er bei Knopf. Dieser sah staunend nach dem Manne, er konnte kein Wort hervorbringen; Erich aber sagte:

„Habe ich die Ehre, meinen Collegen, Herrn Knopf, vor mir zu sehen?"

„Das bin ich."

Rasch schwang sich Erich aus dem Sattel und reichte Knopf die Hand.

„Ich danke Ihnen," sagte er. Und bei jedem Worte, das
er sprach, bei dem Ton seiner Stimme wurde das Antlitz Knopfs
immer glänzender, überall im Gesichte zeigten sich noch mehr Ver-
tiefungen und Erhöhungen, während Erich fortfuhr:

„Es war meine Absicht, Sie bald einmal zu besuchen; ich
wollte es aber nicht eher thun, bis meine Anschauungen allseitig
begründet waren."

„Sehr richtig," erwiderte Knopf, „jedes fremde Urtheil ist
Vorurtheil."

Mit immer mehr Verwunderung sah Knopf auf Erich und
sagte — es klang wie ein Liebesgeständniß:

„Es freut mich, daß Sie ein schöner Mann sind. Ja, lächeln
Sie nur und schütteln Sie den Kopf, das thut sehr viel in diesem
Hause und bei Roland besonders."

Erich legte die Hand auf die Schulter Knopfs, ging mit ihm
dem Dorfe zu und sagte, Knopf hätte ihn wohl auf der Villa
besuchen dürfen, und wenn er die Familie vermeiden wolle, so
hätte er ihn ganz allein getroffen, denn sie sei mit Herrn von
Pranken nach dem Kloster, um Manna abzuholen.

„Ach, das arme Mädchen," klagte Knopf. „Ich darf wohl
sagen, daß ich schon mehr als fünfzig Schülerinnen gehabt, gar
liebe, prächtige Mädchen, und nicht die Hälfte, ja nicht ein Dritt-
theil hat sich so verheiratet, wie man es ihnen wünschen möchte."

Erich stellte sein Pferd in der Dorfschenke ein und Knopf
führte ihn unter die Linde auf dem Bergesscheitel und dort sprachen
sie über Roland; Erich hörte zum erstenmal ein gerechtes Urtheil
über ihn.

„Ich muß Ihnen," unterbrach sich Knopf, „wie ein Kind
meine jüngste Wahrnehmung und meinen jüngsten Schmerz kundgeben. Sie haben doch nicht Eile? Ich muß Ihnen ehrlich gestehen, mich verdrießt nichts so sehr in unserer Zeit, als daß die
Menschen immer Eile haben."

Erich beruhigte ihn und sagte, sie hätten den ganzen Tag
zur Verfügung und schloß:

„Nun erzählen Sie."

Als ich heute über den Berg wanderte, dort oben an der
Waldcapelle, wurde ich tief traurig. Es war thaufrisch, die
Vögel sangen ungestört weiter, unbekümmert um das Läuten der
Frühglocke von der Capelle hier oben und unbekümmert um das

Läuten vom Bahnhofe da drunten. Was kümmert das die in
sich gehaltene Natur in der Zeit der ersten Frühlingsliebe? Doch,
das wollte ich Ihnen ja eigentlich nicht erzählen," unterbrach er
sich, die Hand auf das Taschenbuch legend, worin gewiß ein
Gedicht dieses Inhalts war. — „Also ich ging den Waldpfad
dahin, da hörte ich Kinderstimmen, helle, fröhliche, und eine
sanft begütigende. Den Berg herauf kam ein schönes Mädchen
— entschuldigen Sie, ich hab' erst später gesehen, daß sie schön
war — ich hatte mir eine Bene angethan und im grünen Wald
meine Brille abgenommen, ich setze sie nun auf und sehe zuerst
wunderschöne, volle, weiße Hände. Das Mädchen bemerkte mich,
sie schien zu erschrecken und faßte den ältern Bruder, einen Knaben von etwa dreizehn Jahren, an der Hand, zwei jüngere
gingen neben ihr. Ich ging vorüber und grüßte; das Mädchen
dankte nur leise, die Knaben aber sagten laut: Guten Morgen.
Ich kehrte wieder um zur Capelle. Diese Stille, diese Ordnung
hier oben, wo keine Menschen wohnen, Alles bereit zu ihrer Andacht, diese Gefäße, die Bilder, diese Leuchter und der Geistliche
so würdig ... ich meine, es ist nicht möglich, daß ein Mensch,
der sich so neigt, so kniet, so die Hände erhebt, Alles das nur
heucheln kann. Der niedrigste Verbrecher im Zuchthause wäre ein
Engel gegen einen solchen. Die Predigt selbst war freilich nur eine
Spitalsuppe. Aber sollten Sie es glauben? Ich hatte eigentlich
das Mädchen noch einmal sehen wollen, ich schämte mich jedoch,
daß ich mit solcher Absicht in den Tempel gekommen war, und
schlich leise auf den Zehen davon. Und da kam das große Elend
über mich."

„Welches meinen Sie?"

„Das Elend unserer Freiheit kam über mich. Da geht das
Mädchen mit ihren drei jüngeren Brüdern in der Morgenfrühe
durch den Bergwald und sie wandern nach der Waldcapelle, wo
die Glocke sie ruft. Denken Sie sich, diese vier Menschen hätten
kein Ziel für ihren Morgengang, kein so schönes, sicheres, was
wäre es? Ein Gang ins Freie, weiter nichts! Ins Freie — was
ist denn das? Es ist nichts und nirgends. Aber in einen festen
Tempel eintreten, wo die Orgel braust, heilige Gesänge anzu-
stimmen sind, das muß die jungen Seelen erquicken und sie bringen von ihrem Morgengange durch das Freie eine höhere Labung
in ihrem Gemüthe mit heim. Und da droben ist Gottesdienst,

ob Menschen kommen oder nicht, da ist nichts auf den besonderen
Charakter einer Gemeinde, einer bestimmten Bildungsstufe gerichtet.
Das waltet fort wie die ewige Natur, unbekümmert, ob es
empfangen wird; wer kommt, mag Theil daran nehmen, Nie=
mand fragt, Niemand braucht zu wissen, von wannen er ist.
Wenn ich gläubig sein könnte, ich wäre katholisch oder ein alt=
gläubiger Jude. Was aber ist unser Leben? Ein Gang ins
Freie, ins Ungehinderte, aber auch ins Unbestimmte! Sie ver=
stehen doch, daß mich das traurig machen mußte, denn ich kann
mich nicht zu etwas Anderem, zu etwas Positivem zwingen.
Und wie ich es nicht kann, kann es meine Mitwelt nicht, und
doch müssen wir wieder etwas gewinnen. Unser Leben soll nicht
blos ein Gang ins Freie sein, sondern durch das Freie zu einem
festen, sichern, heimatlichen, die Menschengemüther sammelnden
Ziele. O, wenn ich es nur sagen, nur fassen könnte und die
Millionen lechzender Seelen mit mir! Und da ist Roland! Wohin
können Sie ihn führen? Ins Freie. Aber was soll er dort? Was
findet er? Was bindet, was lockt ihn? Da ist der Punkt, das ist
das schwere Räthsel. Die Religion, die sittliche Burg, wohin wir
den reichen Jüngling führen, hat nicht Mauern, nicht Dach, hat
kein Bild, keinen Gesang, keine Weihesprüche .... da liegt's."

"Ich hoffe, es soll uns beschieden sein," sagte Erich und
faßte die Hand des Mannes, "einem Menschen den Halt in sich
zu geben, ohne Anlehnung an von Außen Gegebenes. Wir Beide
hier, haben wir diesen Halt nicht?"

"Ich glaube, oder auch, ich weiß," rief Knopf begeistert.
"Da sitzen wir hier oben und schauen ins Weite, ob kein Zeichen
kommt, kein das ganze Dasein durchdringendes oder erneuerndes
Wort; es kommt nicht von außen, es ist nur in uns. Und in
Roland ist ein ganzer Mensch, eine gediegene Natur troz aller
Zerfahrenheit, die sie über ihn gebracht haben; er hat störrische
Keckheit und überraschende Weichheit zugleich. Er hat viele gute
Empfindungen. Ist es nicht ein verkehrter Weg, einen Menschen
durch den Anblick von allerlei Elend und Gebresten zum Guten
zu erziehen? Das macht grüblerisch, sentimental, schwächlich. Die
Griechen hatten einen andern Weg, den der Kraft, der Heiterkeit,
des Selbstvertrauens, das macht stark. Ach," fuhr Knopf lächelnd
fort, "der eigentlich schöne Mensch oder der eigentliche Mensch
ist der unexaminirte Mensch, eine Species, die sich in Europa

gar nicht mehr findet. Wir werden Alle zum Examen geboren. Das war das Große an den Griechen, daß sie keine Examinations-Commission hatten; Plato hat nirgends promovirt, und das ist das Große, das Griechenthum Erneuernde in Amerika, da giebt's eigentlich auch kein Examen. Civis romanus sum, das ist genug fürs Allgemeine."

Erich lenkte zurück und fragte:

„Wissen Sie einen Beruf für Roland?"

„Beruf! Beruf! Das beste, was man lernt, steht nicht im Stundenplan und kostet kein Schulgeld. Die Berufseintheilung, auf die wir uns so viel einbilden, ist nur eine philisterhafte Tyrannei, eine Nothtugend. Gemeine Naturen bezahlen mit dem, was sie leisten, edle mit dem, was sie sind. So ist's. Wenn ein schöner, sich frei auslebender Mensch da ist, das ziert die Menschheit, das thut ihr gut. Ich habe versucht, Roland die Naivetät des Reichthums zu bewahren. Wir Menschen sind nicht dazu da, uns zu Spitalbrüdern einzuexerciren. Nicht Jeder hat zu dienen, sich selbst vollenden ist auch ein Beruf. Sie sollten Roland aus dem Hause nehmen."

„Das wäre allerdings das Beste, aber Sie wissen ja, das geht nicht."

Erich forschte leise nach dem Anlasse, wegen dessen Knopf das Haus verlassen: aber auch ihm erzählte dies Knopf nicht; er gab nur zu verstehen, daß Roland von dem französischen Kammerdiener Armand verführt worden sei, und Armand sei ja jetzt aus dem Hause entlassen.

Erich bat Knopf, ihm von seiner Schülerin zu erzählen.

„Ja," berichtete Knopf, „da haben wir's. Die Eltern haben das Kind nach Deutschland geschickt, da zu fürchten war, daß es dort, im Lande der Freiheit, eine unfreie Seele würde, denn Doctor Fritz und seine Frau sind religiös freisinnige Menschen und gelten als Muster von Edelsinn. Nun kam das Kind in eine englische Schule und bald fing es an, die Eltern zur Kirche belehren zu wollen, und sprach immer den Vorsatz aus, Presbyterianerin zu werden. Es weinte und bat und sagte, es fände keine Ruhe, weil die Eltern so gottlos seien. Ist dies nicht eine höchst merkwürdige Erscheinung? Nun schickten die Eltern das Kind nach Deutschland, allerdings in das beste Haus, das sich finden ließ."

Knopf nahm einen Brief aus der Tasche, er war von Doctor

Fritz, der als Vertreter deutscher Humanität in der neuen Welt emsig an der Vertilgung des Schandflecks arbeitete, der durch den Bestand der Sklaverei noch auf der Menschheit ruht. Doctor Fritz gab dem Lehrer eine genaue Charakteristik seiner Tochter, die für einen Vater von der größten Unbefangenheit zeugte. Er bezeichnete auch, wie das Kind geleitet werden solle. In dem Briefe war auch eine Photographie des Doctor Fritz, eine kernhafte Erscheinung mit aufrecht stehendem, gekräuseltem, blondem Haar und vollem Bart; etwas idealisch Schwunghaftes sprach aus den Mienen des kräftigen Männerantlitzes.

Knopf erzählte dann, daß das Kind in der neuen Welt ganz im Zauberkreise der Grimm'schen Märchen gelebt, und es sei wunderbar, er könne nicht ergründen, ob es blos Phantasie, oder ob es Wirklichkeit: dem Kinde sei auf seiner Reise etwas begegnet, das wie ein Märchen klinge.

„Das Kind heißt Lilian," berichtete Knopf, „und Sie wissen, daß man englisch auch die Maienblume the lily of the valley nennt, und nun hat das Kind eine Maienblume bekommen von einer Erscheinung im Walde, die ihren Namen nicht kannte. Ein wunderbares Märchen bildete sich dadurch in dem blonden Köpfchen, denn das Kind behauptet beständig, es habe den Waldprinzen gesehen."

„Sie sind ein heimlicher Dichter," sagte Erich.

Unwillkürlich fuhr Knopf mit der Hand nach seiner Brusttasche, wo seine Schreibtafel verborgen war, als hätte Erich dieselbe herausgenommen.

„Ich erlaube mir, manchmal einen Vers zusammen zu schmieden, aber seien Sie ruhig, ich habe noch kein fremdes Ohr damit geplagt."

Erich gewann diesen so tief schwärmerischen Mann von Herzen lieb, und als es wieder im Dorfe läutete, sagte er:

„Nun kommen Sie und machen Sie mich mit dem Dorflehrer bekannt."

Neuntes Kapitel.

Der Lehrer des Dorfes war eine steife, pedantisch förmliche Erscheinung, er benahm sich sehr demüthig, da der Hauptmann ihn besuchte.

Er war ein Mann im Anfang der sechziger Jahre, sah dabei aber noch sehr rüstig aus. Mit einer Mischung von Stolz und Bitterkeit sagte er, er habe einen Sohn, der, einundzwanzig Jahre alt, in einer Fabrik des jungen Herrn Weidmann bereits das doppelte Gehalt beziehe, das sein Vater nach zweiunddreißigjähriger Dienstzeit genieße. Er habe vier Söhne, aber keiner dürfe Schul= meister werden. Ein zweiter Sohn sei Buchhalter bei einem Ban= quier in der Handelsstadt und der älteste Bau=Unternehmer in Amerika.

„Ja," rief er laut, „es wird bei uns Schullehrern nicht besser, als bis allgemeine Arbeitseinstellung eintritt."

„Würden Sie Schullehrer bleiben," fragte Erich, „wenn Sie ohnedies ein auskömmliches Vermögen hätten?"

„Nein."

„So würden Sie es auch nie geworden sein?"

„Ich glaube nicht."

„Das ist das Elend," rief Knopf, „daß der Reichthum immer sagt, ich darf die Noth nicht abwehren, denn durch dieselbe er= zeugt und bildet sich das Große, die Noth macht ideal; Herr Sonnenkamp sagt immer: Ich darf mich nicht um die Existenzen um mich her kümmern, auch Roland soll es nicht, denn sonst verliert er seine Existenz; er kann nicht mehr spazieren reiten, ohne an das Elend und Ungemach da und dort zu denken. — Wir Lehrer dürfen stolz sein, wir sind die Hüter der Idealität. Sehen Sie hier ringsum die Dörfer, in jedem ist ein sichtbarer Thurm und ein unsichtbarer, und der unsichtbare ist die Idealität des Dorflehrers, der dort bei seinen Kindern sitzt."

Erich that den Ausrufungen Knopfs Einhalt, indem er es dahin brachte, daß der Dorflehrer seine Lebensgeschichte weiter erzählte. Er war ein guter Mathematiker, trat ins Katasterwesen und wurde Zollbeamter, verlor seine Stellung bei Gründung des Zollvereins, trieb sich zwei Jahre fast verkommen herum und ging dann an die Schulmeisterei. Er hatte aber gut, d. h. ver= mögend geheirathet, so daß er seinen Söhnen eine bessere Er= ziehung geben konnte.

Es war Abend geworden.

Erich versprach dem Dorflehrer, ihn wo möglich auch zum Unterrichte Rolands zu verwenden, und ritt nach herzlichem Ab= schiede von Knopf heimwärts.

Als er die Villa sah, dachte er, wie das Leben dort nun werde, wenn die Tochter des Hauses aus dem Kloster heimgekehrt war.

Die Wagen waren schon da und Herr Sonnenkamp drückte sein Befremden aus, daß Erich nicht die Freundlichkeit gehabt, im Hause zu bleiben, oder sich die Stunde der Ankunft zu merken.

Nach dem Vielen, was Erich mit Knopf besprochen, überkam ihn jetzt die Empfindung der Dienstbarkeit wieder neu.

Er kam zu Roland, der ihn mit Inbrunst umarmte und rief: „Ach, bei dir allein ist's gut."

Roland konnte sich nicht zurückhalten, von der Mißstimmung Aller zu erzählen, da Manna nicht mit zurückgekehrt sei.

Erich athmete freier auf.

Roland erzählte durcheinander, wie Bella auf der Rückfahrt bei der Wasserheilanstalt ausgestiegen sei, weil sie eine Depesche von Graf Clodwig erhalten, der sie dort erwartete. Endlich aber sagte er:

„Was geht uns alles Andere an! Du bist auch im Kloster und ich habe es Manna gesagt, Du siehst ganz aus wie der heilige Antonius in der Klosterkirche. Ja, lache nur! Wenn er lachen würde, so wie du müßte er lachen, so wie du mich jetzt ansiehst, so sieht er drein. Manna hat mir die Legende erzählt. Der Heilige hat in Andacht zum Himmel gebetet, und da hat sich ihm in der Einsamkeit das Christkind auf den Arm gelegt und da sieht er's an, so fromm, so lieb."

Das Antlitz Rolands glühte, Alles fieberte an ihm und Erich hatte Mühe, ihn aus einer übersteigerten Stimmung wieder in eine gleichmäßige zu versetzen. Aber was ihm nur schwer gelingen wollte, gelang den Hunden; Roland war wieder der selbstvergessene Knabe, als er bei den Hunden war.

Zehntes Kapitel.

Erich und Roland lebten mit einander auf den Thurmzimmern als wären sie in einen neuen Wohnort eingezogen und ganz allein; dahin drang kein Laut aus der Menschenwelt, nur Vogelsang von den Bäumen und Glockenklang von den Kirchen der Bergdörfer.

Eine regelmäßige Thätigkeit setzte sich fest; bis zum Mittag wußte man nichts vom Getriebe im Hause und Roland lebte fast nur im Denken an Benjamin Franklin.

Immer neue Anknüpfungen boten sich dar, und gerade daß ein amerikanischer Jüngling, und dazu der reiche Jüngling, der nie etwas entbehrt hatte, ein Leben voll Entbehrungen vor sich sah, wurde überraschend ergiebig. Bei Tisch sprach Roland von Benjamin Franklin, als wäre er ein Mann, der eben jetzt erst gekommen ist und überall unsichtbar mitsitzt und mitspricht. Roland wollte sogar nach der Art, wie Franklin sich eine Selbstrechenschaft angelegt hatte, das Gleiche thun, aber Erich hielt ihn davon zurück, denn er wußte, daß dies doch nicht durchgeführt wurde, dazu war Roland zu unstet. Und jene Selbstrechenschaft eignete sich auch nur für den Alleinstehenden oder allein den Weg Suchenden, Roland aber war vom ersten Augenaufschlag bis zum Niederlegen mit Erich. Sie ahmten die physikalischen Entdeckungen Franklins nach, sie durchdachten seine kleinen Erzählungen, ja bei vielen Vorkommnissen fragte Roland:

„Was würde wol Franklin dazu sagen?"

Es war indeß eine große Bewegung auf der Villa, denn der Inhalt des Warmhauses wurde in den Park gebracht. Ein neuer Garten stand in dem Garten. Roland und Erich sahen das erst, als Alles hergerichtet war.

Pranken kam fast täglich auf kurze Zeit, und wenn er zu Tische blieb, sprach er viel von dem Kirchenfürsten; er nannte den Bischof nie anders. Ein zweites Hofleben schien sich ihm aufgethan zu haben und dieser Hof hatte etwas Weihevolles, sich selbst Ordnendes, das keines Hofmarschalls bedurfte. Herr Sonnenkamp fragte stets mit vieler Theilnahme nach allen Verhältnissen am bischöflichen Hofe, Frau Ceres war vollkommen gleichgültig, da sie vernommen hatte, daß es dort keine Hofbälle gebe, überhaupt keine Frauen sichtbar seien, außer etwa höchst ehrwürdige Ordensschwestern.

Die Tage waren still; die südländischen Bäume dufteten und grünten mit den einheimischen, aber die stillen Tage waren gemessen, denn es wurde gerüstet und gepackt im Hause. Lutz war der Regent, große Koffer wurden bereits vorausgeschickt.

Es war an einem regnerischen Morgen, als Erich und Roland beisammen saßen und wiederum das Leben Franklins vor sich

hatten. Erich fand Roland unaufmerksam, denn der Knabe schaute
oft nach der Thür.

Endlich klopfte es an und Sonnenkamp, der bisher die Morgen=
thätigkeit nie gestört hatte, trat ein. Er sprach seine Freude aus,
daß der Unterricht nun so geordnet sei; er hoffe, daß derselbe
durch die Reise nur eine kurze Unterbrechung erleide, denn bei
der Ankunft in Vichy könne damit fortgefahren werden.

Erich fragte, was denn das mit Vichy zu bedeuten habe, und
er hörte, daß die ganze Familie mit männlicher und weiblicher
Dienerschaft, sowie Roland und Erich nach Vichy zur Badekur
reise und von da aus ins Seebad nach Biarritz.

Erich erklärte, daß er nicht ins Bad reisen könne.

„Sie können nicht mitreisen? Warum nicht?“

„Es thut mir leid, die Erörterung vor Roland führen zu
müssen, aber ich glaube, daß er reif genug ist, diese Sache zu
verstehen. Ich bin der festen Ueberzeugung, daß ein ernstliches
Studium nicht in einem eleganten Badeorte aufgenommen und
dann in Biarritz fortgesetzt werden kann.“

Sonnenkamp sah Erich erstaunt und Roland sah ihn bittend
an. Sonnenkamp schien sich nicht Fassung genug zuzutrauen,
jetzt in der erforderlichen Weise dem Hauslehrer entgegenzutreten;
er sagte daher in leichtem Tone, die Sache könne noch am Abend
besprochen werden. In halb spöttischer Weise fügte er eine Ent=
schuldigung hinzu, daß er nicht bereits in der Universitätsstadt
Erich seinen Sommerplan mitgetheilt habe.

So saß nun Erich allein mit Roland; dieser schaute still zu
Boden. Erich ließ ihn geraume Weile gewähren, denn er sagte
sich, jetzt kommt die erste Entscheidung, jetzt wird die Probe
gemacht.

„Verstehst du meine Gründe,“ fragte er endlich, „warum ich
unser Arbeitsleben, dieses unser gemeinsames Leben nicht an
einem Vergnügungsorte fortsetzen kann und will?“

„Ich verstehe es nicht,“ sagte der Knabe trotzig.

„Soll ich's dir erklären?“

„Ist nicht nöthig,“ erwiderte der Knabe unwillig.

Erich antwortete nicht und die Stille ließ Roland inne werden,
wie er sich benommen; aber in der jungen Seele kämpfte etwas,
das sich gegen eine Knechtschaft aufbäumte. Es kam ein Anderes
zu Wort, denn Roland fragte:

„Bin ich nicht fleißig und folgsam gewesen?"

„Wie sich's gebührt."

„Verdien' ich nicht jetzt auch ein Vergnügen?"

„Nein. Die Uebung der Pflicht wird nicht bezahlt, und gewiß nicht durch Vergnügen."

Wieder war lange Stille.

Unbeweglich war das Gesicht Rolands und unbewegt standen Thränen in seinen Augen. Erich fragte:

„Giebt es ein Gutes auf der Welt, das ich dir nicht geben möchte?"

„Ja, aber . . ."

„Nun, was aber? Sprich doch weiter . . ."

„Ach, ich weiß nichts. Ja doch . . . doch . . . thu's mir zu lieb und geh mit; ich könnte nicht vergnügt sein, wenn du nicht bei uns wärst, ich dort und du hier allein."

„Du möchtest also wol ohne mich reisen?"

„Ich will ja nicht, du sollst ja mit!" Der Knabe sprang auf und warf sich Erich an den Hals.

„Ich erkläre dir auf das Entschiedenste, ich reise nicht mit."

Roland ließ die Hände sinken, Erich faßte sie und sagte:

„Sieh, ich könnte es ja umkehren, ich könnte ja auch sagen: Thu du's mir zu lieb und bleib hier; aber ich will es nicht. Komm und schau hell auf und denke dir, wie es wäre, wenn wir Beide hier allein bleiben. Deine Eltern reisen ins Bad, wir erwarten sie hier und lernen etwas Ordentliches und sind heiterer als auf der Promenade unter der Kurmusik, heiterer als am Meeresstrande. Sieh, Roland, ich habe Frankreich, ich habe das Meer noch nie gesehen, ich versage mir's, der Pflicht zu lieb; und weißt du, was deine Pflicht ist?"

„Ach, die Pflicht kann ja auch mitreisen!" rief der Knabe und lachte unter Thränen. Auch Erich mußte lachen, aber er sagte:

„Diese Pflicht kann nicht mitreisen. Du hast dein Lebenlang Zerstreuungen genug gehabt. Komm, sei mein lieber Kamerad. Was du noch nicht einsiehst, vertraue mir, daß ich es einsehe."

„Ja, ich vertraue dir. Aber es ist so schön, du kannst dir's gar nicht denken und ich will dir Alles zeigen."

Ein Wirbelwind schien Roland erfaßt zu haben. Es stürmte auf ihn ein, daß er Erich gezwungen hatte, bei ihm zu bleiben, daß er den Vater gezwungen, ihm Erich zu geben, und jetzt sollte er ihn lassen! Aber dort lockten Freuden, lockte Musik, lockten lustige Fahrten, beschützende Frauen und neckische Mädchen, die mit ihm spielten. Der Knabe stand auf und wußte nicht, was er thun sollte.

Erich ging zum Vater und sagte ihm, daß er es für einen Verderb Rolands halte, wenn man jetzt, wo er sich freiwillig gebunden habe und auf gutem Wege sei, das Alles zerstöre. Er erklärte, daß, so weh es ihm auch thue, er das Haus verlassen müsse, wenn Roland mit ins Bad reise. Er habe das Roland nicht gesagt, da dieser nicht an die Lösbarkeit denken dürfe. Sonnenkamp fand einen Ausweg, er sagte Roland, er habe nur seine Standhaftigkeit prüfen wollen und freue sich, daß er die Prüfung bestanden habe; er habe gehofft, daß Roland den Vorschlag machen würde, mit Erich zurückzubleiben, und er bewillige ihm das.

Schon am andern Tage reisten die Eltern ab.

Erich und Roland fuhren mit bis zur Bahnstation, und als der ankommende Zug bereits signalisirt war, nahm Sonnenkamp seinen Sohn bei Seite und flüsterte:

„Junge, wenn dir's zu schwer wird, spring noch in den Wagen und laß den Doctor allein. Glaube mir, er entläuft dir nicht, es giebt eine goldene Pfeife, mit der lockt man Jeden. Sei muthig, Junge."

„Vater, gehört das noch zur Prüfung, die du mit mir anstellst?"

„Du bist ein tapferer Junge," erwiderte Sonnenkamp betroffen und gerührt.

Der Bahnzug brauste heran. Eine große Zahl schwarzer, mit gelben Nägeln bedeckter Koffer wurde aufgeladen, Joseph und Lutz zeigten sich als gewandte Reisemarschälle. Schachteln, Flaschen, Rollen wurden in die erste Wagenclasse gelegt, wo Sonnenkamp, Frau Ceres und Fräulein Perini einstiegen. Noch einmal wurde Roland geküßt und Sonnenkamp sagte ihm dabei ganz leise etwas ins Ohr. Der Zug rollte davon; Erich und Roland standen allein auf dem Perron.

Lautlos fuhren sie zurück nach der Villa. Roland sah blaß aus, jeder Blutstropfen war aus dem Antlitz gewichen. Sie kamen auf der Villa an; Alles war so still und leer. Roland faßte die Hand Erichs und sagte:

„Nun sind wir Zwei allein auf der Welt."

Elftes Kapitel.

Auf den Rebenbergen ist es still, es sind keine Menschen mehr zwischen den grünen Reihen, „Zeilen" genannt, denn die Reben, die bisher frei wachsen durften, sind angebunden, damit die Blüthe nicht verflattere. Die unscheinbare Blüthe schimmert nicht, nur ein leiser süßer Duft zieht durch die Lüfte. Jetzt bedarf der Weinstock des ruhigen Sonnenscheins am Tage und des milden Hauches in der Nacht; die Blüthe muß zur Frucht sich gestalten, das Feuer aber und die Würze bilden erst die Herbstmonate. Hat nur erst die Blüthe sich geleert, dann mögen Sturm und Gewitter kommen, die Frucht ist stark, ihres künftigen edlen Zieles sicher.

Hand in Hand wandelten Roland und Erich durch die Gelände, ihr Weg hatte kein Ziel zu Menschen und es war so still im Städtchen und öde in den zerstreuten Landhäusern.

Bella, Clodwig und Pranken, der Major, der Landrichter mit Frau und Tochter waren in die Bäder gereist. Nur der Doctor war auf seinem Posten verblieben, er war jetzt allein, denn seine Frau war zu der Tochter und den Enkeln übergesiedelt. Erich hatte sich, noch ehe er von der Badereise und dem Alleinsein gewußt, vorgesetzt, in der ersten Zeit jede Zerstreuung und jede Pflege der Beziehung zu dem erweiterten Kreise abzulehnen; er wollte sich ausschließlich und mit gesammelter Kraft Roland widmen. Und so waren sie nun vom ersten Augenaufschlag bis zum Schlafengehen unzertrennlich beisammen.

Nur wer Tag aus Tag ein mit der Naturumgebung lebt, kennt ihre flüchtigen Lichtreflexe, und nur wer mit einem Menschen ganz lebt, kennt und weiß, wie es plötzlich in ihm aufleuchtet, Alles neu erhellt und scharf hervortreten läßt. Wohl merkte Erich noch manchmal, daß Roland nach der Lustbarkeit und Zerstreuung des Badelebens hinausdachte, es sträubte und bäumte sich noch etwas in ihm, daß er in einem ständigen Pflichtenkreise stehen sollte, aber das war wie die Unbändigkeit eines frei erwachsenen Pferdes, das sich gegen Zügel und Zaum wehrt, bald aber damit stolziren wird.

Elemente ohne Zahl dringen auf ein Wachsthum ein, bewegen, formen und füllen dasselbe; der Mensch lenkt und leitet

das sich selbst Bildende — wie sich aber das Gegebene wandelt,
das steht nicht in seiner Macht.

Weiter lasen sie das Leben Franklins; Roland sollte einen
ganzen Mann sehen. Die staatsmännische Thätigkeit, in die
Franklin allmälig eintrat, war für den Jüngling noch nicht ver-
ständlich; aber er sollte eine Ahnung gewinnen von solch erwei-
terter Thätigkeit, und Niemand kann ermessen, was auch von
Halbverstandenem in einer jungen Seele haftet. Das weiße Haus
zu Washington trat in die Phantasie Rolands wie die Akropolis
zu Athen, wie das Capitol in Rom.

Bei der Gründung des amerikanischen Freistaats, bei Fest-
stellung der Verfassung war es schwer, die Aufmerksamkeit des
Jünglings zu fesseln, aber er mußte Stand halten.

Erich wählte zur eindringlichen Kenntniß Abschnitte aus Ban-
crofts Geschichte von Amerika.

Daneben lasen sie das Leben des Crassus von Plutarch und
den Sang des Hiawatha von Longfellow. Der Eindruck dieses
Gedichtes drängte eine Weile alles Andere zurück. Hier hat die
neue Welt ihre Heroenzeit und ihre Romantik in dem Indianer-
leben festgehalten. Das Gedicht erscheint wie jene großen National-
Epen, die nicht ein einzelner Mensch, sondern ein gesammelter
Volksgeist gedichtet hat. Die Pflanzung des Maises stellt sich
als eine Gestaltung dar, wie sie die mythenbildende Kraft des
classischen Alterthums formte. Hiawatha erfindet das Segel, er
macht den Fluß fahrbar, er vernichtet die Krankheit. Den größten
Eindruck aber auf Roland machte das Fasten Hiawathas und das
in dieser Kasteiung sich bildende, weltvergessene fieberisch erregte
Stimmungsleben.

„Das kann doch nur der Mensch allein!" rief Roland.

„Was denn?" fragte Erich.

„Fasten, sich freiwillig Nahrung versagen."

Aus dieser Traumwelt einer Vergangenheit, die nothwendig
dem lichten Tag der Culturarbeit weichen muß, ging es wieder
zur ersten Gründung des großen amerikanischen Freistaats. Wiederum trat hier Franklin ein, der nun einmal der Mittelpunkt
für Roland zu werden schien, und vor ihm trat sogar Jefferson
zurück, der zuerst die ewigen und unveräußerlichen Menschenrechte
nicht nur verkündete, sondern auch zur Grundlage eines Staatslebens machte. Roland und Erich sahen mit einander, wie diese

Robinsonade im Großen — wie Friedrich Kapp es nennt — zum Kultur-Reiche gemacht wird, aber jene traurige Schwächlichkeit und Rücksichtnahme, die nicht sofort auch die Sklaverei aufhob, bildete einen Knotenpunkt.

„Glaubst du auch, daß die Neger Menschen sind wie wir?" fragte Roland.

„Ohne Zweifel; sie haben Sprache wie wir und können Alles denken wie wir."

„Ich habe einmal gehört, daß sie nicht Mathematik lernen können," warf Roland ein.

Erich ging nicht weiter auf diese Erörterung ein; er wollte keinen Schatten auf den Vater werfen, der große Plantagen besessen hatte, die von Sklaven bebaut wurden; es war genug, daß in dem Jüngling sich Fragen regten.

Nichts Besseres hätte sich für Erich und Roland finden können, als daß sie Beide zusammen etwas lernten. Der Baumeister, ein tüchtiger Mann seines Faches und glücklich, in jungen Jahren eine so schöne Aufgabe ausführen zu dürfen, war mittheilsam und lehrreich. Die Burg war, wie so viele in den Rheinlanden, just hundert Jahre vor der französischen Revolution von den in Deutschland barbarisch hausenden Soldaten Ludwigs XIV. zerstört worden. Ein alter Hauptthurm, der sogenannte Burgfried, hatte noch Ueberreste römischen Mauerwerks, Gußmauern, wie sie der Baumeister nannte.

„Was ist eine Gußmauer?" fragte Roland.

Der Baumeister erklärte, daß sie aus schichtrechtem Bauwerk von Bruchsteinen bestehe, das hüben und drüben aufgeführt wurde, und in die Mitte wurden regellos Steine geworfen und dann wahrscheinlich heißer Mörtel zur Bindung eingelassen.

Nun hatte man in der ganzen Gegend seit langer Zeit die Burg als Steinbruch benutzt und gerade die Ecken waren losgelöst, weil das die besten Steine sind. Alles war mit Gebüsch überwachsen, das Burghaus ganz verschwunden, die Burg wohl selbst ehemals eine römische Arx und im Style des zehnten Jahrhunderts neu aufgebaut. Aus einer Zeichnung, die sich im Staatsarchiv vorgefunden hatte, ließ sich wenig Charakteristisches mehr erkennen, aus einzelnen Steinen und Angeln aber noch Manches von der Structur nachbilden. Der Baumeister zeigte, wie er nun das Alles bilde, und besonders froh war er, den Brunnen

gefunden zu haben, aus dem man, wie sein Ausdruck lautete,
„viel Schutt und Kummer" herausnahm.

Der Einblick in die geschlossene Berufsthätigkeit eines Mannes
wirkte auf den Jüngling tief erwecklich und mit großer Emsigkeit
folgte er dem ganzen Bauwesen. Es war sein Lieblingsgedanke,
einst hier allein auf der Burg zu wohnen, und er wollte mit
daran gebaut haben.

Wenn am Samstag Abend die Maurergesellen und Erdarbeiter
auf der Burg abgelohnt wurden, war Roland immer zugegen.
Eine Stunde früher als sonst wurde Feierabend gemacht, der
Barbier aus dem Städtchen kam und rasirte die Maurer, dann
wuschen sie sich am Brunnen; auch eine Bäckerfrau mit Brod
war aus dem Städtchen heraufgekommen; nach und nach stellten
sich nun die Arbeiter unter den Vorbau eines kleinen Häuschens,
das man zum einstweiligen Schutz auferbaut. Roland stand manch=
mal drinnen in der Stube beim Werkführer und hörte die kurzen
Worte:

„Du bekommst so und so viel."

Er sah die harten Hände, die den Lohn empfingen. Manch=
mal stand er auch draußen bei den Arbeitern selbst oder bei
Seite sie beobachtend; namentlich die Speißbuben, die gleichen
Alters mit ihm waren, faßte er besonders ins Auge und dankte
Allen herzlich, wenn sie ihn grüßten. Die meisten hatten einen
Laib Brod in ein Tuch gewickelt unter dem Arm, wenn sie den
Dörfern zugingen, wo sie wohnten; manchmal hörte man noch
aus der Ferne singen.

Erich wußte, daß dieses Eindringen Rolands in fremdes
Leben gegen die Grundsätze Sonnenkamps war, denn dieser pflegte
zu sagen: „Wer ein Schloß bauen will, darf nicht die Kärrner
und Steinbrecher in den Steingruben draußen kennen."

Dennoch ließ Erich seinen Zögling unbefangen in fremdes
Leben eindringen. Er sah, was in dem großen Auge Rolands
sich aussprach, während er mit ihm auf einem Vorsprung der
Burg saß, wo der Thymian sie umduftete und sie hinausschauten
über Berg und Thal, drüber die Glocken anstimmten und den
morgigen Sonntag einläuteten. Ein Blick, der auf die arbeit=
samen Hände geschaut, ein Sinnen, das den Heimkehrenden
nachging, bildet eine Seelenstimmung, aus der man nimmer der
Mitmenschen vergessen kann.

So festigten sich moralische und intellectuelle Grundlagen in der Seele des Zöglings.

Eines Abends saßen sie wieder auf der Burg, die Sonne war bereits hinabgegangen, nur das Abendroth stand noch auf den Bergen, das Dorf mit seinen blauen Schieferdächern im Abendbufte erschien, als ob es in einem Traum schwebe, da sagte Roland:

„Ich möchte wissen, wie es in Amerika ist. Solche Burgen sind doch nicht da."

Erich sagte Roland die Verse Goethe's vor:

Amerika, du hast es besser
Als unser Continent, das alte,
Hast keine verfallene Schlösser
Und keine Basalte,
Dich stört nicht im Innern
Zu lebendiger Zeit
Unnützes Erinnern
Und vergeblicher Streit.
Benutzt die Gegenwart mit Glück!
Und wenn nun eure Kinder dichten,
Bewahre sie ein gut Geschick
Vor Ritter=, Räuber= und Gespenstergeschichten.

Roland schrieb sich die Verse auf.

Noch auf manchen stillen Gängen sprach Erich ihm Gedichte von Goethe vor, in denen es ist, als ob nicht ein Mensch, sondern die Natur selbst im Worte Ausdruck gefunden hätte.

Zu Benjamin Franklin und seiner nüchtern ruhigen Betrachtung, zu Hiawatha und Crassus gesellte sich nun der durchleuchtende Geist Goethe's. Bei schicklichen Veranlassungen wußte dann Erich auch die classischen Dichter des Alterthums seinem Zögling zuzuführen. So lebten sie im ständigen Verkehr mit dem Besten, was der Menschengeist je gebildet.

Roland hatte Vieles gehört und gelernt, aber Alles in ihm war chaotisch, bruchstückweise. Erich hatte zuerst an sein lebendiges Interesse für Amerika angeknüpft. Mit großem Eifer versenkte er sich selbst in die Geschichte der neuen Welt und dieses Neuerrungene ging mit der ganzen Frische auch auf Roland über; in der Art wie er das Leben der neuen Welt, mit dem der

Griechen und Römer vergleichend, seinem Zögling darstellte, erweckte er seine gespannte Aufmerksamkeit. Roland lernte wunderbar leicht und was er hörte, setzte sich alsbald in eigenthümlicher
Weise in den Bestand seines Charakters um. Da Roland die
Gemeinsamkeit des Unterrichts entbehren mußte, so vermochte
Erich die Vortheile des rein persönlichen Unterrichts dafür einzusetzen; er fand ständig jene Keimpunkte, wo der Wissenstrieb
seines Zöglings am leichtesten zu erregen war, und der Unterricht wurde nicht zur Nöthigung, sondern zu einer Sättigung
für das, was die junge Seele heischte.

Erich hütete sich indeß wohl, das kühne, entschlossene Naturell
Rolands in ein schwärmerisches und grüblerisches zu verwandeln;
er legte zwischen den Unterricht immer gleichmäßig die Körper-
übungen, Fechten, Turnen, Reiten, nach der Scheibe schießen,
Schwimmen und Rudern, und mit Hülfe Faßbenders lehrte er
Roland auch Messungen im Freien machen.

Schwer war es indeß doch noch oft, zumal auf den Gängen
ins Freie, die Aufmerksamkeit Rolands auf ein Bestimmtes zu
lenken. Manna hatte ihrem Bruder ihre beiden Lieblingshunde,
Rose und Distel genannt, zurückgelassen und diese Hunde vor
allem nahm Roland gern mit auf den Gängen ins Freie. Manna
war ehedem nicht nur die kühnste Reiterin, der Vater hatte sie
auch immer mit zur Jagd genommen.

Gingen nun die Hunde mit, so fand Erich keine volle Aufmerksamkeit bei Roland, sein Auge war auf sie gerichtet, die
Hunde blickten ihn an, sie wollten Aufmerksamkeit für ihr Da-
bleiben. Erich befahl es nicht geradezu, auf manche Fragen
erwiderte er, er könne sie nicht beantworten, wenn nebenbei an
die Hunde gedacht und ihre Sprünge ins Auge gefaßt würden.
Roland ließ nun die Hunde zu Hause . . .

Draußen liegt das Feld, dort ist das Rebengelände, da
wächst die Traube und in ihr sammeln und verwandeln sich die
durch die Luft dahin schwebenden und im Erdengrund ruhenden
Elemente, und vor Allem ist es der wallende Strom, der eine
unwägbare Kraft, einen geheimnißvollen Duft in die Frucht
sendet. Sonnenschein und thauige Kühle, Regen und Gewitter,
auch Hagelschauer fallen nieder und die Pflanze lebt fort ihrer
Zeitigung entgegen.

Wer kann sagen, was Alles eine Menschenseele bilde und

gestalte? Wer kann sagen, was Alles von dem, was Erich in
Roland pflegte, aufging und gedieh zu dieser Stunde, an diesem
Tage?

Roland und Erich waren jeden Morgen und jeden Abend
dabei, wenn die Wiesen beriefelt, wenn die Bäume und Blumen
in Kübeln und Töpfen begossen wurden; sie halfen mit und
dieses Fördern eines fremden Wachsthums gab ein Gefühl eigener
Sättigung.   Es war wie eine Empfindung der Wohlthätigkeit.

Der Park und der Garten blühte und gedieh fort, Alles ist
geordnet, Alles wartet still, bis der Herr wiederkommt; in Roland
wurde auch ein Garten gepflanzt und gehegt.

Die Nachtigallen im Park waren verstummt, der schwelgerische
Blüthenduft war verflogen, festes Gedeihen war ringsum.

Und waren die Tage voll geistiger Belebung, so gingen
Roland und Erich die stillen Nächte mit einander die Bergwege
und weideten den Blick an der mondbeglänzten Landschaft, wo
auf der einen Seite die Berge ihre Schatten warfen und scharf
abgeschnitten das Mondlicht auf den Weingeländen ruhte und im
Strome glänzte. Ein Athem stiller Wonne lag auf der Landschaft
und die Wandelnden sogen ihn ein, still dahinschreitend, nur
selten ein Wort sprechend. Es waren Stunden innigster Segnung,
wo die Seele nichts will als athmen, schauen, mit offenen Augen
träumen, der inneren Fülle und des von Außen einströmenden
ruhig gedeihlichen Waltens der Natur inne werden.

Der Weinstock saugt aus der Erde, saugt aus der Luft, und
in solchen Stunden zeitigt in der Seele, was sie von unnennbaren Mächten aus sich entwickelt und was von Außen in sie
einströmt.

Erich fühlte sich so in sich begnügt, gehoben und vom glücklichen Gelingen erfüllt, daß diese hohe Spannung seines Wesens
auch Roland empfand und Alles, was in Erich lebte, ging vor
ihm und vor Roland neu erquickend auf.

Zwölftes Kapitel.

Der Doctor hatte bisweilen vorgesprochen, aber nur auf
Viertelstunden.   Als er einst kam, klagte Erich, daß in Roland

Unwilligkeit und Verdrossenheit sich zeige; er sei nicht geradezu
widerspenstig, thue aber Alles nur äußerlich; es wäre schwer,
ihn dahin zu bringen, daß er einen Tag freudig begrüße, der
nichts Neues bringt, sondern nur die Wiederholung des Gestern.

„Mein lieber junger Freund," tröstete der Doctor, „ich pflege
das die Maienkälte zu nennen. In jedem Verhältniß, wo die
frühere Selbständigkeit aufgegeben wird, bei einer Berufsänderung,
beim Eheschluß, tritt troß allem Glück nach Wochen der Blüthe
plößlich die Maienkälte ein, wie draußen in der Natur. Man
sagt, daß diese von den Alpen, vom Schmelzen der Eisberge
herkäme; vielleicht schmelzen im Innern egoistische Eisberge, jeden=
falls ist es wie nochmaliger Kampf des Winters mit dem Sommer,
Kampf der Einsamkeit mit der Gemeinsamkeit. Seien Sie unver=
zagt! Lassen Sie bei dem Jungen die Tage der kalten Heiligen
vorüber sein und es wird wieder Alles gut."

Der Doctor kam nun öfter; er schlug Erich vor, der Ein=
ladung Weidmanns folgend, mit Roland einen längeren Besuch
auf Mattenheim zu machen; die Anschauung eines nach vielen
Seiten hin erwerbsthätigen Lebens werde Lehrer und Schüler er=
frischen. Erich entgegnete, daß er sich nicht für berechtigt halte,
das ihm anvertraute Haus auf mehrere Tage zu verlassen.

Erich und Roland begleiteten nun den Arzt zuweilen auf
seinen Wegen und drangen dadurch gemeinsam in das Leben der
Rheinlande ein. Der Doctor machte diese Einführung in das
heimische Sein nicht ohne Absicht; er hielt es für einen aus=
reichenden Lebenszweck, wenn ein Mensch bestmöglichen Wein
erziele. Das könne und solle Roland. Der Welt guten Wein
bereiten, sei nicht minder, als ihr schöne Kunstwerke schaffen.
Und wenn man Roland Anhänglichkeit an die Rheinlande ein=
pflanze, so könnte daraus noch viel Edles erfolgen, zumal wenn
man ihn mit dem Weidmannschen Hause in Verbindung bringe.

Der Doctor war der beste Wegweiser; er kannte jedes Haus
und seine Einwohner bis ins Innerste und sprach von allen
Menschen mit gerechter Abwägung, er hob die Schatten=, wie
die Lichtseiten gleichmäßig hervor. Von Haus zu Haus gab es
belebende Einblicke und von Keller zu Keller erfrischende Labe.

„Man spricht immer vom Verfall unsres Volksstammes,"
lehrte der Doctor, „es scheint eine lange Krankheit, jedenfalls
keine gefährliche. Die Leute schlagen sich durch und trinken sich

durch. So ist es gewesen und wird immer sein. Brennt die Sonne heiß, hat man ein Recht, zu trinken; ist das Wetter unheimlich und naß, muß man sich durch einen guten Trunk frisch erhalten."

Sie kehrten bei einem Manne ein, an dessen Hause die Statue der heiligen Mutter mit einer Laterne in der Hand angebracht war.

„Hier oben," sagte der Doctor, „wird noch in der That reiner Wein eingeschenkt, der Mann liefert an die Kirchen den Abendmahlwein, der ganz unverfälscht sein muß. Der Vater dieses Mannes ist ein berühmter Sticker von Kirchengewändern, sein Bruder ein angesehener Heiligenmaler, und wenn die Leute auch Vortheil von ihrer Religion haben, es ist ihnen doch heilig ernst damit. Wir wollen nicht an der Rechtschaffenheit der Gläubigen mäkeln, dafür sollen sie aber auch bei uns Ungläubigen die Rechtschaffenheit gelten lassen."

Weiter kamen sie an ein Haus und der Doctor sagte:

„Da wohnte ein lustiger Schelm, der ein Gespenst ins Haus gesetzt hat. Es war ein alter Kauz, von Handwerk ein Maurer. Er hinterließ lachende Erben, und man weiß, daß er eine kleine Kiste machen ließ beim Tischler und ein Schloß dazu beim Schlosser und bei der Vermauerung des Kellers, wo er allein war, hat er die Kiste eingemauert. Man glaubt nun, daß darin bedeutende Summen verborgen sein müssen, und doch war er Schelm genug, eine leere Kiste einzumauern, um die Nachkommen damit zu necken. Nun wissen die Menschen nicht, sollen sie das Haus einreißen, um die Kiste zu suchen, oder nicht; es ist möglich, man findet eine leere Kiste, und es ist dann umsonst."

Einen Alten mit verschmitztem Gesichte, der vor seinem Hause saß, grüßte ein andermal der Doctor zutraulich und fragte, ob man nicht wieder einen Tropfen von der „schwarzen Katz" kosten könne. Der Arzt wurde fröhlich eingeladen; er ging mit Erich und Roland in den Keller, wo sie feurigen Wein aus einem Fasse tranken, darauf in der That die schwarze Katze saß, freilich nur eine nachgemachte mit Glasaugen. Der Alte war überaus zutraulich und mit Roland anstoßend sagte er:

„Ja, ja, wir sind Alle nur Pfuscher gegen Ihren Herrn Vater."

Mit schmatzendem Behagen lobte er die Durchtriebenheit und Pfiffigkeit Sonnenkamps; Erich sah besorgt auf Roland, der indeß wenig davon berührt schien. Als man davon ging, sagte der Doctor:

„Das ist der wahre Bauer, denn der wahre Bauer ist ein grünlicher Egoist, denkt immer nur an seinen Vortheil, mag darüber die Welt zu Grunde gehen. Das ist der Altbürgermeister, der den kleinen Leuten, so oft sie was brauchten, Geld geliehen hat, und war ein schlechtes Jahr, hat er die Ausstände mit Härte eingetrieben, so daß die Weinberge öffentlich versteigert wurden; und nun ist er im Besitz des größten Weingutes. Ja, er ist ein durchtriebener Schelm."

Erich sah den Doctor von der Seite an, er begriff nicht, wie er doch mit dem Altbürgermeister so freundlich sein konnte; er fragte, ob der Mann überhaupt in Ansehen stehe, es wurde mit Nachdruck bejaht, denn Besitz giebt auf dem Lande Ansehen.

Auch beim Aichmeister, dem eigentlichen lustigen Bruder der ganzen Landschaft, kehrten sie ein; sie wurden durch die Keller geführt und mußten manchen guten Tropfen kosten.

Der Aichmeister trug stets ein Weißbrod in der Tasche, das nannte er sein Schwämmchen. „Mit Stroh," sagte er, „heftet man die Rebe an, und mit diesem Bröbchen, das auf dem Stroh gewachsen ist, bändige ich den Wein. Das Wasser zehrt, hat die Nonne gesagt, da hat sie ihren Schleier gewaschen und einen ganzen Laib Brod dazu gegessen . . ." Man hatte dem Aichmeister nachgerechnet, daß er bereits siebzig Stückfaß Wein getrunken, er aber behauptete: sie haben es gnädig mit mir gemacht, ich habe weit mehr getrunken.

Es war ein lustiges, ein weinseliges Leben, in das Erich und Roland zugleich eindrangen, und wenn sie wieder zu ihrer strengen Arbeit zurückkehrten, stand im Hintergrund der Seele das Bewußtsein, daß man in einer fröhlichen Landschaft lebte, wo das Dasein sich leicht abspielt.

Der hohe Sommer war da; es kamen kalte, windige, trübe Tage, wo man an allem Gedeihen zweifelt, und doch kann der Sommer noch nicht zu Ende sein, es muß wieder heiß werden. Die frischen Johannistriebe an den Laubbäumen zeigten an, daß die Sommerhöhe erstiegen war und es nun abwärts ging. Der Wald hat für das Jahr sein Wachsthum erreicht, der Gesang verstummte in ihm, nur der unermüdliche Plattmönch zwitscherte noch und die Elster schnatterte drein.

Erich, der nicht vor Anderen singen wollte, sang jetzt vor Roland allein. Er nahm das Oratorium vor, das eben von den rheinischen Gesangvereinen eingeübt wurde, erklärte Roland die Kunstform und sang eine Solostimme.

Buntbeflaggte Schiffe, die die Sänger trugen, zogen stromauf und wurden an allen Orten mit Böllerschüssen begrüßt. Roland bat, daß sie auch zu dem Musikfeste gingen.

Sie wanderten nun zu Fuß den Weg, den Roland in der Nacht gewandert war.

Roland erzählte unterwegs, was ihm Alles hier begegnet war. Vor der Rosenhecke, an der die wilden Rosen längst abgeblüht, stand er und sagte träumerisch leise:

„Hier habe ich damals gesehen, warum die Rose Dornen hat. Weißt du auch, warum?"

„Die Natur wirkt nach Gründen, nicht nach Zwecken. Die Rose hat nicht Dornen, damit der Mensch sich daran steche, Schmetterling und Biene verletzen sich nicht an diesen Dornen, nicht an den Stacheln der Disteln; die Natur hat sich nicht auf Muskelbeschaffenheit des Menschen eingerichtet."

„Ach nein, so meine ich es nicht," erklärte Roland. „Damals in der Frühe habe ich mir gedacht: der Rosenstamm hat Dornen, das Rosenblatt hat feine rauhe Spitzen, um den Thau recht lange festhalten und einsaugen zu können."

Erich widersprach nicht.

Sie gingen weiter; sie kamen an den Wald und Roland erzählte, daß er hier eingeschlafen sei und einen wunderbaren Traum gehabt habe. Es sei aber doch kein Traum gewesen, denn das Kind habe englisch gesprochen und abgebrochene Blumen vor ihm liegen lassen.

Am Rande des Waldes rief er in die Bäume hinein:

„Lilian, komm! Lilian, komm!"

Erich begriff nicht, was das war, aber er hielt sich zurück, Roland weiter zu fragen; der Knabe mußte in jener Nacht und an jenem Morgen Wunderbares erlebt haben.

Roland ging in den Wald hinein, plötzlich rief er:

„Da ist mein Geldtäschchen!"

Er erzählte, wie er den Hausknecht in Verdacht gehabt, und Erich sagte:

„Es ist mir lieb, daß wir sehen, der Mann war ehrlich."

„Laß uns nach dem Dorfe gehen, wo der Hausknecht ist," bat Roland, „ich will ihm das ganze Geld schenken."

Sie gingen nach dem Dorfe, der Hausknecht aber war nicht mehr da, er war zum Militär eingezogen.

Roland schrieb sich den Namen in sein Taschenbuch.

Weiter durch die sommerlich grünende Landschaft zogen die Beiden; sie kamen zur Eisenbahn und fuhren nach der Festungs- stadt. Hier war Alles geflaggt, die ganze Stadt schien sich des fröhlichen Festes zu freuen. Auf Kähnen hellsingend, mit den Bahnzügen, von Willkommen begrüßt, kamen Sänger und Sän- gerinnen von allen Orten herbei.

„Sieh, das ist unser," rief Erich aus. „Solche Feste hatten die Griechen und die Römer nicht und hat keine andere Nation, als die deutsche."

Man übernachtete in der Stadt. Am andern Morgen ver- sammelten sich Hunderte von Sängern und Sängerinnen und eine große Masse von Zuhörenden in der buntgeschmückten Fest- halle, wo sonst an Werktagen der Fruchtmarkt abgehalten wurde. Da lief ein düsteres Gerücht durch die Versammlung; die Sänger und Sängerinnen schüttelten die Köpfe und unter den Zuhörern war unruhiges Flüstern und Fragen.

Ein Mann von edler Stimme und erprobter Bereitwilligkeit, der ein Solo zu singen hatte, war plötzlich erkrankt.

„Sieh da," sagte Roland, „dort sitzen Nonnen und dort die Zöglinge, ganz in der Kleidung, wie sie im Kloster Mannas sind. Ach, wenn Manna auch hier wäre!"

Erich sagte zu Roland:

„Bleibe hier, ich will sehen, daß ich helfe; ich verlasse mich darauf, daß du an diesem Platz bleibst."

Er ging zu den Sängern auf die Tribüne; er stand bei dem Kapellmeister und sprach eifrig mit ihm. Männer gingen ab und zu. Plötzlich wandten sich alle Köpfe nach Erich und durch die Versammlung ging ein Flüstern und Murmeln. Meister Ferdi- nand, der Kapellmeister, schlug mit seinem Taktstocke auf, seine Mienen, die Alles wie mit einem Zauber regieren und begeistern, waren lächelnd. Es trat Stille ein und in herzgewinnendem Tone sagte er:

„Unser Bariton ist leider erkrankt, dieser Herr hier erbietet sich in überaus dankenswerther Weise, die Soli für unsern

erkrankten Freund zu übernehmen. Sie werden ihm mit uns dankbar sein und ihm gern die erbetene Nachsicht gewähren."

Ein allgemeiner Applaus erwiderte.

Die Chöre begannen und zogen brausend durch die Seele
Rolands. Jetzt erhob sich Erich. Alle Herzen pochten. Aber
beim ersten Ton, den er anstimmte, schaute jeder der Sänger
und Sängerinnen und jeder Zuhörer zu seinem Nachbar und
nickte. Das war eine Stimme, so voll, so tief, so zum Herzen
dringend, daß Alles mit angehaltenem Athem zuhörte. Als er
geendet, brach ein stürmischer Jubel los, daß die Halle zusammen-
zustürzen schien.

Erich setzte sich, die Chöre, die anderen Soli gingen weiter,
er erhob sich wieder, er sang aber= und abermals und seine
Stimme schien immer mächtiger zu werden, immer tiefer in die
Herzen Aller zu bringen.

Die Chöre brausten heran wie hohe Meereswellen, kühn erhebend. Als Erich sang, war's Roland, als stünde sein Freund
auf hohem Schiffe und leitete und regierte Alles, und diese
Stimme war ihm so nahe befreundet und doch so hoch erhoben.
Den Jüngling umfing jenes wonnig träumerische Glück, das uns
die Musik bringt, und tief ins eigene Leben hinein versetzt und es
uns austräumen läßt, und doch wieder vergessen in jenes wonnig
wehmüthige Sein untertaucht und alles eigene Sein auflöst.

Roland weinte; die Stimme Erichs zog ihn hinauf in eine
unsichtbare Welt. Die Chöre begannen wieder, und ihm war,
wie wenn er in ein himmlisches Dasein versetzt wäre.

Roland hätte gern seinem Nachbar gesagt, wer der Mann
sei, denn er hörte von allen Seiten fragen und räthseln, aber
innerlich dachte er mit einem gewissen Stolze: Niemand kennt
ihn als ich allein.

Da schweifte sein Auge wieder über die blau gekleideten Mädchen unter den Zuhörern und jetzt nickte ihm Eines zu. Ja, sie
ist's! Es ist Manna!

Er bat die Zunächstsitzenden, man möchte ihn durchlassen; er
wollte hin zu seiner Schwester, wollte ihr sagen, wer das ist,
der jetzt solche Wonne in die Herzen Aller bringt. Aber er
wurde mit Ungestüm zurückgewiesen, die Nachbarn schalten über
den kecken Jüngling, der so unruhig war und eine Störung
machen wollte.

Roland hielt sich still; er versäumte darüber die größere Pause, in welcher er füglich zu Manna hätte durchbringen können.

Das Oratorium war zu Ende, aber der Jubel der Versammelten wollte nicht enden. Man rief allgemein, der Fremde solle sich nennen.

„Sein Name! Sein Name!" tönte es von tausend Lippen und dazwischen wurde geklatscht.

Da schlug Meister Ferdinand, dem sich Weigernden freundlich winkend, wieder auf das Pult und Alles rief:

„Namen! Namen!"

Meister Ferdinand sagte:

„Der Sänger hatte gewünscht, seinen Namen nicht zu nennen, aber da Sie ihn mit so liebenswürdigem Ungestüm verlangen, nenne ich ihn; er heißt: Doctor Dournay."

„Tusch! Tusch!" schrie die ganze Versammlung, das Orchester stimmte einen dreimaligen Tusch an und Alles schrie:

„Hoch, Doctor Dournay!"

Erich sah sich umdrängt von Solchen, die ihn jetzt erkannten, und von Anderen, die ihn kennen lernen wollten.

Die Versammlung zerstreute sich.

Erich sah sich nach Roland um und fand ihn nicht. Er ging auf dem Platze vor der Festhalle umher, er kehrte in die Festhalle zurück; da war Alles geräuschvoll und durcheinander, denn es wurden die Tische hergerichtet für das Festmahl. Erich blieb lange, er setzte voraus, daß sich Roland im Getümmel verloren hatte und nun wieder hieher zurückkehren würde.

Endlich kam Roland; seine Wangen glühten und er rief:

„Sie ist es gewesen! Ich habe sie und ihre Genossinnen nach dem Schiff begleitet, sie sind schon abgereist. O Erich, wie schön ist's, daß du ihr zuerst zugesungen hast! Und sie hat gesagt, du müßtest doch nicht so gottlos sein, weil du so fromm singen kannst. Sie hat gesagt, ich soll dir's nicht sagen, aber ich sage dir's doch. O Erich! und Landrichters Lina ist auch unter den Sängerinnen und der Baumeister, sie gehen mit einander Arm in Arm, sie haben dich gleich erkannt, haben dich aber nicht verrathen. O Erich, wie du gesungen hast, da ist mir's gewesen, als könntest du fliegen; ich habe immer gemeint, jetzt thust du deine Flügel auf und fliegst davon."

Der Jüngling war in fieberhafter Aufregung.

Ein Festordner kam und bat Erich und seinen Bruder — als solchen nahm er Roland an — bei dem Festmahle zu bleiben und neben dem Kapellmeister zu sitzen.

Ein Photograph, der ebenfalls ein Solo gesungen, bat Erich, bis es zur Tafel ginge, sich bei ihm photographiren zu lassen, denn die Hunderte von Sängern und Sängerinnen würden sein Bild haben wollen.

Erich dankte für alle Freundlichkeit, und mit dem nächsten Schiffe fuhr er mit Roland nach der Villa.

Roland ging nach der Kajüte und schlief bald ein. Erich saß allein auf dem Verdeck. Er hatte sich gegen seinen Willen so in die Oeffentlichkeit hinausgestellt; aber es giebt Momente, wo unsere Kräfte nicht uns gehören und wo wir uns nicht selbst bestimmen können.

Als man bei der Station anlangte, mußte Roland geweckt werden. Er wurde fast in den Kahn getragen, so taumelnd war er; er schien nicht zu fassen, was Alles mit ihm vorgegangen.

Als sie ans Land stiegen, sagte er:

„Erich, dein Name ist von tausend und aber tausend Menschen genannt, du bist jetzt sehr berühmt."

Roland summte auf dem ganzen Wege eine Melodie des Chors.

Auf der Villa waren Briefe von der Mutter Erichs aus der Universitätsstadt und von Sonnenkamp aus Vichy angekommen. Die Mutter schrieb, Erich solle sich nicht daran kehren, wenn er den Vorwurf vernehme, daß er sein Ideal so leicht und schnell aufgegeben habe; die Menschen seien nur ärgerlich, daß er ohne allen Abschied davon gegangen.

Erich lächelte, er wußte recht gut, wie man am sogenannten schwarzen Tisch auf dem Casino, wo Jahr aus Jahr ein das glänzende Wachstuch über das unsaubere Tischtuch gelegt war, sich in Witzworten über ihn vergnügte.

Einen ganz andern Eindruck machte der Brief Sonnenkamps, denn er ermächtigte Erich, falls er es jetzt für wünschenswerth erachte, mit Roland allein zu reisen und zu ihm nach Biarritz zu kommen.

„Dem Vater wird's auch lieb sein, daß du so viel Ehre bekommen hast; die Nonne, die Manna begleitete, hat freilich gesagt, er würde es nicht gut aufnehmen, daß du so vor die Leute hingetreten bist."

Inmitten seiner hocherregten Empfindung kam das Gefühl der Abhängigkeit über Erich. Aber hatte er denn seine ganze Persönlichkeit in den Dienst gestellt und mußte er bei jedem Thun und Lassen sich die Frage vorlegen, wie es wol von Sonnenkamp aufgenommen würde?

Dreizehntes Kapitel.

Wieder flossen die Tage ruhig dahin in Arbeit und Feierlust. Eines Tages kam der Krischer und bat, Roland solle sein Versprechen halten und ihm einmal die ganze Villa zeigen.

„Warum wollt Ihr das?" fragte Erich.

„Ich möchte auch einmal sehen, was die Reichen Alles haben."

Es war ein schelmischer Blick, der aus den Augen des Krischers hervorschoß. Erich gab Roland die Erlaubniß, ihm Alles zu zeigen. Er wollte anfangs einen Diener mitschicken, aber er ging doch lieber selbst mit, er hatte eine gewisse Furcht vor dem Krischer; er ließ ihn nicht gern allein mit Roland. Er fühlte, daß die Art, wie der Krischer beständig den Unterschied von Reich und Arm hervorhob, Roland die Gedanken verwirren konnte.

Nun wanderten sie durch alle Stockwerke, und der Krischer, der kaum aufzutreten wagte, sagte immer:

„Ja, ja, das kann man Alles für Geld haben! Was man doch nicht Alles aus dem Geld machen kann."

Im großen Musiksaale stand er auf der Tribüne und rief zu Erich und Roland hinab:

„Herr Hauptmann, darf ich etwas fragen?"

„Wenn ich's beantworten kann, warum nicht?"

„Sagen Sie mir ehrlich und aufrichtig: was würden Sie thun, wenn Sie — Sie sind ja ein freisinniger Mann und ein Menschenfreund — was würden Sie thun, wenn Sie im Besitze dieses Hauses und so vieler Millionen wären?"

Die Stimme des Krischers tönte laut und hallte wider in dem großen Saale.

„Was würden Sie thun?" fragte der Krischer noch einmal. „Wissen Sie keine Antwort?"

„Ich habe nicht nöthig, Euch eine zu geben."

„Gut, gut; weiß schon Alles."

Er kam von der Tribüne herab und sagte:

„Ich bin, wie Sie wissen, Feldhüter; da wandere ich nun die Nächte hindurch und es ist, wie wenn mir's ein böser Geist angethan hätte. Ich muß immer denken, was würdest denn du thun, wenn du die vielen Millionen hättest?"

„Was würden Sie thun?" fragte Erich. „Wissen Sie selbst nichts?"

„Wenn ich viel Geld hätte," erwiderte der Krischer schelmisch lächelnd, „prügelte ich zuerst den Domänenrath windelweich und wenn's tausend Gulden kostete; er ist's werth."

„Aber dann?"

„Ja dann . . . dann weiß ich nichts mehr."

Erich sah auf Roland. Die Naivetät des Reichthums, wie es Knopf genannt hatte, schien zerstört, unvorbereitet und zur Unzeit aufgerüttelt; das konnte nicht mehr rückgängig gemacht werden, und doch war Roland noch nicht reif, den Ausweg zu finden.

Erich sagte zu Roland in englischer Sprache, es sei nicht möglich, einem ungebildeten Geiste die entsprechende Antwort zu geben.

„Hat er denn ungebildet gefragt?" entgegnete Roland in derselben Sprache.

Erich erwiderte nichts.

Der Krischer setzte seinen Hut auf und gieng davon.

Es war nicht möglich, an diesem Tage die Aufmerksamkeit Rolands auf irgend etwas zu fesseln.

Spät in der Nacht, als Erich sich bereits zur Ruhe begeben, hörte er Roland im Bibliothekzimmer, er holte etwas.

Erich ließ ihn gewähren; dann ging auch er nach der Bibliothek und sah, daß Roland sich die Bibel geholt hatte. Er las wol jetzt jene Stelle vom reichen Jüngling; der Keim, der bisher geschlummert hatte, ging auf.

Draußen in der Natur wachsen die Knospen still und eine wilde Gewitternacht läßt sie auf Einmal aufbrechen.

Am Morgen in aller Frühe trat Roland bei Erich ein und sagte:

„Ich habe eine Bitte."

„Sprich, wenn ich sie gewähren kann."

„Du kannst. Laß uns heute alle Bücher vergessen, komm mit
auf die Burg."

„Jetzt?"

„Ja. Ich habe mir's vorgesetzt, ich will selbst erleben, wie
es ist. Laß mir's nur einen einzigen Tag."

„Was denn?"

„Ich will arbeiten wie die Maurerlehrlinge droben an der
Burg, ich will nichts essen als was sie essen und will auf und
nieder tragen wie sie."

Erich ging mit Roland nach der Burg, unterwegs aber
sagte er:

„Roland, dein Wille ist gut, aber nun überlege: Du übernimmst nicht die gleiche Arbeit, wie die dort; du übernimmst
weit schwerere, du bist sie nicht gewohnt: dieser eine Tag wird
dir zehnfach mühseliger als ihnen, denn du kommst aus ganz
andern Verhältnissen. Was ihnen Gewohnheit, ist dir neu und
eine doppelte Last, und dazu bist du ihnen nicht gleich, denn du
kommst aus einem Bette, wie die dort es nicht kennen, du hast
zartgepflegte Hände — es ist eine ganz ungleiche Kraft, die du ein-
setzest. So lernst du nicht, wie es den Armen zu Muthe, die nichts
haben als ihre eingeborne Kraft, um damit das Leben zu fristen."

Roland stand still und es klang etwas aus dem, was er in
der Nacht gelesen, denn er fragte mit zitternder Stimme:

„Was soll ich denn thun, daß ich das Leben meiner Mitmenschen in mir gewinne?"

Erich war betroffen von Ton und Fügung dieser Worte; er
konnte Roland nicht sagen, wie glücklich er sich fühlte. Denn er
war in diesem Augenblicke sicher, eine Seele, die das in sich getragen und gehegt, kann nie mehr verloren gehen, kann die Gemeinschaft und Gleichverpflichtung der Menschen nie verlieren. Er
bezwang sich indeß, das kundzugeben, und sagte:

„Lieber Roland — die Welt ist ein großer Zusammenhang
von Arbeit, nicht Jedem ist das Gleiche auferlegt; aber Jedem
ist auferlegt, daß er sich als Bruder seiner Mitmenschen fühle.
Was wir thun können, ist nur, bereit zu sein, uns bereit machen,
daß, so oft der Ruf unserer Mitmenschen an uns ergeht, wir
ihnen handreichend zur Seite stehen. Die Arbeit, die du einst
haben wirst, ist anders als die Jener, die die Steine tragen und
den Mörtel; deine Arbeit ist größer und beseligender."

Am Vorsprunge des Berges, wo man hinausschaut weit in
die Lande, saßen Erich und Roland bei einander; der Thymian
umduftete sie und ein Athem der Wonne zog durch die Lüfte.
Die Natur war so in sich gesättigt, stetig. Und die Menschen!

Roland legte sich zurück und schaute in den Himmel hinein,
Erich saß gedankenvoll, die wilde Frage des Krischers hatte ihn
neu bewegt. Da draußen liegen die Felder, die Weinberge. Wessen
sind sie? Es stehen Marksteine in der Erde als Scheidepunkte von
Mein und Dein, Keiner darf die Grenze des Andern überschreiten,
in sein Bereich einbringen; das sind die zerstreuten, sich vor dem
Geiste zu einem Tempel zusammenfügenden Steine am großen
Tempel der Gesetzes = Ordnung, der die Menschheit schützt. Wo
sind die Marksteine für das bewegliche Leben? . . . Da drunten
fährt der Schiffer, stemmt das Ruder ein, dort wandert der
Winzer und harkt den Boden auf, daß die Wurzeln den Regen
aufsaugen, der Vogel fliegt über den Strom, die Menschen rudern
und graben und hämmern, die Thiere fliegen und schleichen, sich
zu nähren. Da kommt die Versuchung zum Menschen und spricht:
Laß Andere für dich arbeiten, nähre dich von ihrem Schweiße,
ihre Knochen sind dein; sieh nicht hin auf sie, nimm Gold für
ihre Mühe; Gold weint nicht, Gold klagt nicht, es schimmert nur;
wenn du Gold hast, kannst du singen und tanzen, fahren auf
Menschenköpfen, auf zerknickten Armen; sei nicht blöde, die Welt
ist ein Raubfeld, Jeder nimmt, was er erraffen kann. So spricht
die Versuchung. Wer setzt hier die Grenze — wer? wo?

Roland neben Erich mußte ganz andern Gedanken nachgegan=
gen sein, denn er richtete sich auf und sagte:

„Ich möchte wissen, wie es war, als Amerika zuerst entdeckt
wurde."

Erich legte dem Jünglinge dar, welche Umwälzung in den
Gemüthern die großen Cultur = Eröffnungen des sechzehnten Jahr=
hunderts gemacht. Da stand ein Mann auf in einem kleinen
deutschen Städtchen und bewies: die Erde, auf der wir leben, ist
kein fester Punkt, sie dreht sich beständig um ihre Achse und im
Sonnenkreis. Die ganze Betrachtung der Menschheit durch Jahr=
tausende war auf Einmal geändert. Nun wandelt man auf dieser
Kugel, die wir Erde nennen, man meißelt und baut, fährt und
schifft dahin auf einer Kugel, die sich beständig dreht. Wie das
Herz der Menschheit das zuerst erfuhr, mußte ein Schauer es

durchbeben, es gab keinen Himmel mehr; was man so nennt, ist nichts als die fest gefugte zahllose Reihe der Gestirne, die sich bewegen, anziehen und abstoßen. Es gab keinen da oben sitzenden Weltkönig mehr. Und ein anderer Mann kam und sagte: auch auf Erden giebt es keinen Mann, der, auf seinem Throne sitzend, den ewigen Geist in sich faßt, um zu lehren und zu bestimmen, was die Menschen glauben und hoffen sollen. Kirchentrennung trat ein und riß die gebildete Welt auseinander.

Und wieder ein anderer Mann setzte sich mit seinen Genossen auf das Schiff, segelte nach Westen und entdeckte eine neue Welt. Im Hause, das wir bewohnen, ward auf einmal ein großer Raum aufgethan, drin Menschen lebten, zu denen bis jetzt keine Kunde von unserm Thun gelangt war; Pflanzen und Thiere und unermeßliche Wälder und Ströme sind da, von denen die Weisen und Propheten der Vorzeit nichts wußten.

Was Copernicus, was Luther und Columbus gemeinsam in derselben Zeit neu aufschlossen, mußte eine Umwandlung in den Gemüthern hervorbringen, mit dem sich nichts in unserer Zeit vergleichen läßt. „Dächten wir uns," ließ sich Erich verleiten, hinzuzufügen, „könnten wir uns denken, daß heute Jemand im Stande wäre, alles Privateigenthum der Welt aufzuheben, so daß Niemand mehr etwas für sich besitze — die Umwälzung könnte nicht größer sein in den Gemüthern, als sie damals war."

Erich hielt ein. Er fragte sich, ob er dem Jüngling nicht Ideen und Ausblicke gegeben, die er noch nicht fassen konnte.

Das stille Hinausdenken der Beiden ins Ungemessene wurde unterbrochen, denn der Baumeister kam und verkündete, daß man ein Römergrab gefunden. Erich ging mit Roland, und dieses Ausgraben eines lange dahin geschwundenen Menschen machte einen erschütternden Eindruck auf Roland.

Eine künftige Zeit findet das Gerippe eines Menschen und sie fragt nur: Sind Reste des Alterthums, alten Gewerbfleißes dabei? Was ist das Leben!

Erich sprach seine Freude über diesen Fund aus, der Graf Clodwig beglücken wird. Jetzt lenkte auch Roland sein Denken hierauf und alles Grübeln schien vergessen. Die Jugend wird ganz hineingesenkt in einen neu anstürmenden Gedanken, aber es kommt ein anderer, der frühere ist verdeckt und verschwunden.

Roland wollte auch eine Sammlung anlegen und Erich

beſtärkte ihn darin. Er konnte darauf hinweiſen, daß hier ein Beſitzthum iſt, das eigentlich den reinen Gedanken des Beſitzthums darſtellt; ſolche geſchichtliche Funde gehören nicht dem, der ſie ſein Eigen nennt, ſie gehören der Welt, die eine Kenntniß der Vergangenheit draus bildet; Niemand hat ſie für ſich allein. Das iſt der von aller materiellen Schwere erlöste Beſitz; in dieſer Weiſe müßte man alles Eigenthum der Welt anſchauen können . . .

Still kehrten Erich und Roland nach der Villa zurück.

Es giebt oft Zufälle, die wie ein Anruf erſcheinen. Man hatte auf der Burg von Clodwig geſprochen, und als man auf die Villa zurückkam, war eine Nachricht von demſelben da, daß er mit ſeiner Gattin aus dem Bade zurückgekehrt ſei und andern Tages Roland und Erich beſuchen werde.

Vierzehntes Kapitel.

Clodwig war von der Sommerreiſe gebräunt und Bella ſah verjüngt aus, und wie ſie ſtolz aufgerichtet mit dem langen Schleppkleide durch Haus und Park ging, hatte ſie etwas von einem ſchönen Pfau.

Roland erzählte von dem auf der Burg gemachten Funde, Clodwig erſuchte ihn, dieſen Fund als Grundſtock einer Sammlung anzuſehen, welche er für ſich anlegen ſolle; er werde in ſeinem ganzen Leben erfahren, daß er damit Freuden gewinne, denen nicht leicht etwas Anderes gleichkomme. Roland nickte Erich zu, und Clodwig erzählte, daß er auf ſeiner Reiſe werthvolle Erwerbungen gemacht, die bald nachkommen würden. Er hatte im Bade mit einem berühmten Alterthumsforſcher, der auch ein Lehrer Erichs geweſen, täglich Umgang gepflogen.

Erich holte eine Entſchuldigung nach, daß er die Freundlichkeit Clodwigs ſo ſehr vernachläſſigt und ihn nicht vor der Abreiſe beſucht habe; aber wieder zeigte ſich, daß der Umgang mit Clodwig ein bequemer war, denn als Mann von geſichertem Anſehen und ruhigem Selbſtgefühl dachte er an keine Vernachläſſigung und hatte keine Spur von Empfindlichkeit.

Die beiden Gatten erzählten, daß ſie abſichtlich den Umweg gemacht und in der Univerſitätsſtadt übernachtet hatten, um die

Mutter Erichs zu besuchen und einen ganzen Tag bei ihr zu bleiben.
Wechselweise ergänzten sie einander in Kundgebung der Friedsam=
keit, die man empfunden. Zuletzt ließ Clodwig seiner Frau allein
das Wort, denn sie berichtete von dem Leben der edlen Frau.

Sie schilderte die Clavierecke so anheimelnd und wie dort die
Professorin vor ihrem Blumenfenster arbeitend saß. An der
Fensterwand vor ihr hing das Bild ihres verstorbenen Mannes
und ihres Sohnes und darüber unter Glas und Rahmen eine
blonde Locke der Großmutter und rechts und links davon die
kleinen Pastellbilder der Großeltern.

Es wurde von Gängen berichtet durch das liebliche Thal, von
der Ausfahrt nach der berühmten Bergkapelle.

„Und von mir hat sie gar nicht gesprochen?" fragte Roland.

„Von Ihnen fast noch mehr als von Ihrem Sohne," erwi=
derte Bella.

Sie wendete sich aber wieder zu Erich und konnte nicht müde
werden, zu erzählen, wie es so tief anmuthend sei, eine Frau
vor sich zu sehen, die nicht in die Welt hinausstrebe und doch
die ganze Welt in sich habe.

Clodwig lächelte, denn Bella sprach wieder einmal dieselben
Worte, die er gesagt, aber sie setzte aus Eigenem hinzu:

„Ich meine, Sie, Herr Hauptmann, erst ganz zu verstehen,
seitdem ich Ihre Frau Mutter wieder gesehen."

„Wir dürfen aber die Tante nicht vergessen," fügte Clodwig
bei und erzählte, daß er eine alte Bekanntschaft erneuert habe;
er erinnerte sich wohl der strahlenden Schönheit von Fräulein
Dournay und welches Aufsehen es erregt, daß sie, eine Bürger=
liche, bei Hof vorgestellt und in alle Gesellschaften geladen wurde.
Davon, daß man sich erzählte, sie und Prinz Hermann, der in
jungen Jahren gestorben war, hätten einander schwärmerisch ge=
liebt und daß Fräulein Dournay alle Ehe=Anerbietungen abge=
lehnt, schwieg Clodwig.

Als man im Garten spazieren ging, sagte Bella zu Erich:

„Sie haben eine schön erfüllte Jugend gehabt, aber Eines
fehlt Ihnen."

„Und das ist?"

„Eine Schwester."

„Ich möchte glauben, daß sie mir geworden," erwiderte
Erich leise.

Bella schaute eine Weile zur Erde, dann rief sie Roland an, daß er zu ihr komme.

Man fuhr nach der Burg und Clodwig bat im Interesse seines jungen Freundes Roland, daß der Baumeister recht behutsam sein möge, sobald sich die Spur eines weitern Alterthumsfundes zeige.

Die Gesellschaft saß auf einem Vorsprunge der Burg, dort hatte sich der Major einen bequemen Sitz herrichten lassen.

Clodwig ging mit Roland und Bella saß bei Erich. Sie war über Paris gereist und hatte sich die neuesten Moden mitgebracht, aber sie sprach gegen Erich, wie albern wir uns mit so Vielem schleppen.

Ohne sichtbare Veranlassung setzte sie hinzu, wie sehr sie verkannt sei; man glaube, daß sie großen Aufwand liebe, sie möchte aber am liebsten in einem kleinen Fischerhäuschen am Rhein in behaglicher, durchwärmter Stube leben.

„Und wer wird diese Stube heizen?" fragte Erich.

„Sie haben recht, wir dürfen nicht idyllisch sein," erwiderte Bella.

Eine längere Pause trat ein.

„Sie haben meine Mutter wieder kennen gelernt," begann Erich, „hätten Sie meinen Vater gekannt, Sie würden auch Freude an ihm gehabt haben."

„Ich kannte ihn ja. Aber ich danke Ihnen; ich verstehe, wie Sie mir Theil geben wollen an allem Ihrigen." Sie sagte das in herzlichem Tone, trotzdem aber war ihr Blick seltsam forschend auf Erich geheftet und in schalkhafter Weise fuhr sie fort:

„Es ist Ihnen gewiß aufgefallen, wie ich Sie betrachte. Nun denn, ich sehe, daß ich einen Wunsch Clodwigs erfüllen muß, weil ich meine, daß ich's vielleicht kann. Clodwig wünscht, daß ich Sie zeichne. Ich will es versuchen, ich möchte aber unsern jungen Freund Roland mit dazu nehmen. Herr Roland, kommen Sie hieher," rief sie, da dieser sich näherte. „Bitte, lehnen Sie sich an das Knie des Herrn Hauptmanns. So ... recht so ... legen Sie die rechte Hand auf seine Schulter, aber mehr vorwärts. Jetzt noch den Kopf ein wenig nach links. Bitte, sprechen Sie etwas, Herr Hauptmann. Es muß so sein, daß Sie Roland eben etwas mittheilen."

„Ich wüßte nichts zu sagen," entgegnete Erich lächelnd.

„Schon genug, ich sehe die Lippenbewegung; es wird schwer
sein, aber ich hoffe sie doch zu fassen. Wann wollen Sie mir
sitzen?“

Clodwig bat, daß Erich und Roland auf Wolfsgarten zu Gaste
sein möchten, bis die Familie zurückkehre, aber Erich lehnte es
so freundlich als entschieden ab; er wollte die gemessene Ordnung,
die eingesetzt war, nicht zerstören. Clodwig stimmte ihm sofort
bei und versprach, mit Bella wieder nach der Villa zu kommen:
dort sollte die Zeichnung beginnen und ausgeführt werden. Bella
wollte einen Photographen bestellen, um Roland und Erich in
der von ihr gewählten Stellung aufnehmen zu lassen, aber Clodwig
widerrieth dies, da eine Zeichnung, die man mit Nachhülfe der
Photographie mache, immer etwas Steifes behalte; er verwarf
überhaupt die Photographie bei menschlichen Figuren, da sie nur
die Architektur der Erscheinung und noch dazu in falschen Verhältnissen gebe.

Roland wünschte, daß auch Greif mit auf das Bild aufgenommen würde.

Bella ward verdrießlich; sie hatte in belebtem gesellschaftlichem
Treiben gestanden und sollte nun wieder in Einsamkeit leben mit
Alterthümern . . . vielleicht waren auch unausgegrabene damit
gemeint. Der stolze, gelehrte Hauptmann hatte für jedes kleinste
Thun so aufgebauschte Principien und ihr Mann — jetzt zeigte
sich die Baufälligkeit des Alters — sobald der Hauptmann etwas
sagt, hat er keinen andern Gedanken mehr als den des jungen
Mannes.

Ihre Züge hatten plötzlich etwas Verfallenes, sie schienen alle
Spannung zu verlieren. Sie merkte das und nahm sich zusammen.

Als Erich beim Abschied ihr die Hand küßte, fühlte er einen
Druck gegen seine Lippen, vielleicht aber auch war es Täuschung
oder Ungeschicklichkeit. Während er noch hierüber dachte, sagte
Roland:

„Mir ist gar nicht wohl gewesen unter dem Betrachten der
Gräfin. War dir's nicht auch so? Und dich hat sie gar so seltsam angesehen.“

„Das sind Künstlerblicke,“ entgegnete Erich; es preßte ihn in
der Kehle.

Fünfzehntes Kapitel.

Der Major kündigte nicht erst seinen Besuch an, er kam selbst.
Er sah mit seinen kurz geschorenen schneeweißen Haaren, seinem
braunrothen Gesichte ganz neu aus und sagte auch, so oft er sich
in der warmen Quelle bade, käme er sich wie neugeboren vor
und meine immer, daß sich eine unsichtbare Amme über ihn beuge,
ihm Wellen zuspüle und ihm zulächle.

Er lachte die Bäume an, die Mauern, die Dächer, und nun
gar erst die Menschengesichter.

Er freute sich, daß Erich den Burschen aus der Familien-
Colonne herausgenommen und ganz allein exercirt hatte; das sei
zwar hart, aber man käme in einem Tage weiter als sonst in
Wochen.

Er bat Erich, ihn bald zu besuchen, denn der Altmeister sei da.

Mit großer Aengstlichkeit bewahrte der Major die Selbständigkeit seines Lebens, aber er fühlte immer eine gewisse Verpflichtung gegen den Besitzer des Landhauses, dessen Nebengebäude er
bewohnte. Dazu war der Mann der Altmeister, vielgerühmt als
Menschenfreund und Mann von Beredtsamkeit. Der Major wollte
ihm alles Gute bringen und zuführen, was ihm begegnete, und
was hatte er nun Besseres als Erich, den er unausgesetzt pries,
so daß ihm, dem ohnedies das Wort schwer wurde, immer der
Vorrath von Lobsprüchen ausging und zuletzt in das bekannte
Nembem endete.

Am ersten Feierabend besuchte nun Erich den Major.

Fräulein Milch erzählte von dem Ruhme Erichs beim Gesang-
feste und der Major sagte:

„Das ist gut! Bei unsern Festen sind Sänger immer von
großer Bedeutung. Können Sie auch „In diesen heiligen Hallen"
singen?"

Erich bedauerte, daß ihm die prächtige Arie zu tief läge.

„Singen Sie etwas Anderes, singen Sie Fräulein Milch
etwas vor."

Erich hatte Mühe, die freundliche Bitte abzulehnen, und Fräulein Milch wünschte mit ihm, die Kunstleistung auf einen besondern Abend zu verschieben.

So zutraulich und liebreich Fräulein Milch, ebenso unwirsch

war der sogenannte Altmeister. Er hatte etwas auffällig Gön=
nerisches; er schien dermaßen an Lobpreis gewöhnt, daß nur eine
demüthige und dankbare Natur wie der Major so glücklich und
zutraulich mit ihm sein konnte.

Der Major gab sich alle Mühe, die beiden Männer zu Freun=
den zu machen, aber es gelang nicht. Der Altmeister benahm sich
durchaus oberherrlich gegen Erich, den er nie anders als „junger
Mann" nannte; er ertheilte ihm Lehren, gab ihm Mahnungen,
als ob Erich nur auf ihn gewartet hätte. Erich bedurfte seiner
ganzen Haltung, um dem Manne in guter Weise die Unschick=
lichkeit seines Verfahrens kundzugeben, denn der Altmeister war
rücksichtslos genug, selbst im Beisein Rolands beständig von der
Unerfahrenheit des „jungen Mannes" zu reden, der natürlich nur
zu ihm gekommen war, um von ihm einen Orakelspruch zu em=
pfangen, und die ganze Art, wie er sprach, hatte etwas Oraku=
löses, wobei er eine ausspendende Bewegung mit der linken Hand
machte, als ob er Samen auf die Erde streue.

Erich gewann Humor genug, dieses Wesen als eine eigen=
thümliche Erscheinung zu betrachten; er ließ sich geduldig salben.
Als er wegging, sagte der Altmeister zum Major:

„Der junge Mann hat Gedanken."

Als Erich wieder in die Wohnung des Majors zurückkehrte,
kam ein Bote aus der Villa mit der Nachricht, daß andern Tages
Clodwig, Bella und Pranken zum Besuch kommen würden.

Der Major fragte, wie Erich zu Pranken stehe. Erich konnte
nur erklären, daß Pranken sich freundlich und tactvoll gegen ihn
benehme.

Der Major, der als Bürgerlicher vom Tambour aufgestiegen
war, blieb beständig aufsässig gegen den Hochmuth der adeligen
Kameraden: er ermahnte indeß Erich, gegen Pranken, der ein
ganz manierlicher Mann sei, nur sei er eben adelig — über
diese Barriere kam er schwer hinweg — sich erkenntlich zu be=
nehmen, denn Pranken habe doch zu seinem Eintritte gewirkt.

Als Erich mit Roland heimwärts ging, sagte er:

„Nun, Roland, wollen wir zeigen, daß wir uns durch nichts
stören lassen; mag kommen, was da will, wir setzen unsere Stu=
dien ununterbrochen fort, wir lassen von Fremden nur über unsere
freien Stunden verfügen. Sieh, Roland, das ist ein Schweres
im Leben. Aus Fügsamkeit gegen die Welt und aus dem

Beſtreben, nicht unfreundlich und undankbar zu ſein, läßt man ſich
oft ſein eigen Selbſt entwenden.   Dagegen wollen wir uns feſt
halten, Jeder muß für ſich ſein und dann erſt in die Welt hin-
auskommen.   Wer das nicht kann, den hat die Welt, aber er
hat nicht ſich ſelbſt.“

Sechzehntes Kapitel.

Der Beſuch kam.   Pranken ritt neben dem Wagen her, in
welchem Clodwig und Bella ſaßen; auf dem Rückſitze des Wagens
ſtand ein großer mit Papier überzogener Rahmen und ein feiner,
mit eingelegter Arbeit verſehener Kaſten, der die Stifte enthielt.

Erich hatte ein gutes Zimmer nach Norden ausgeſucht und
bald wurde die Zeichnung begonnen.

Clodwig blieb zugegen; das Bild Rolands wurde nur im
Umriſſe angelegt; er wurde entlaſſen und ging mit Pranken nach
den Ställen.

„Sie haben ein ſo ernſtes Geſicht, wie ich Sie noch nie geſehen,“ ſagte Clodwig zu Erich, und in der That waren die
Mienen Erichs ſorgenvoll, da er Pranken jetzt mit Roland allein
wußte.

Was iſt alle Erziehung, alle feſte Leitung, wenn man keinen
Augenblick ſicher iſt, wie Fremde einwirken?   Man muß ſich ge-
tröſten, daß nicht ein einzelner Menſch einen andern erzieht, ſondern die ganze Welt erzieht an einem einzigen Menſchen.

Erich konnte indeß nicht ahnen, was Pranken mit ſeinem
Zöglinge vorhatte.

Pranken benahm ſich im Hauſe als natürlicher Stellvertreter
Sonnenkamps oder auch als Sohn des Hauſes.   Er ließ die Pferde
herausführen, muſterte die Gartenarbeit und lobte die Diener-
ſchaft.

Im Parke fragte er dann Roland, ob er oft an Manna
ſchreibe.   Roland bejahte.

Pranken erzählte nun, daß er ein ſchneeweißes ungariſches
Pferd für Manna zureite, er ſetzte hinzu:

„Sie können das ſchreiben oder auch nicht.“

Er wußte, daß Roland eine freigeſtellte Mittheilung nicht

vergessen würde, und nun gar, wenn von einem schneeweißen
Pferde mit blaßrothen Nüstern die Rede war.

„Hat es schon einen Namen?" fragte Roland.

„Nein, Manna soll ihm den Namen geben."

Pranken lächelte; er merkte, daß diese Mittheilung am meisten
bei Roland haftete.

Roland wurde abgerufen, man bedurfte seiner zur weiteren
Anlegung der Skizze. Als diese in den ersten Umrissen fertig
war, machte man eine Pause.

Pranken ersuchte Erich, ihn auf einem Gange durch den Park
zu begleiten, und in freundschaftlich betonter Weise ging er nun
in eine Erörterung über die Erziehung Rolands ein. Hier zum erſten-
male hörte Erich von der strengkirchlichen Gesinnung Prankens.
Er war überrascht. Geschieht das, um die im Kloſter erzogene
reiche Erbin um so sicherer zu gewinnen?

„Ich halte es für meine Pflicht und Sie werden das würdigen," sagte Pranken, „ich muß Ihnen eine vertrauliche Mittheilung machen."

„Wenn ich etwas thun kann, so fühle ich mich durch Ihr
Vertrauen geehrt; kann ich aber nichts leiſten, so belaſtet mich
eine vertrauliche Mittheilung in unnöthiger Weise."

Pranken fuhr in leichterem Tone fort:

„Sie wissen, daß Herr Sonnenkamp . . ."

„Entschuldigen Sie, daß ich Sie unterbreche. Weiß Herr
Sonnenkamp, daß Sie mir eine vertrauliche Mittheilung machen?"

„Aber Herr!" fuhr Pranken auf. „Doch nein, ich achte diese
Rücksichtnahme auf Ihre Stellung. Ich glaube Ihnen sagen zu
dürfen, daß ich der Sohn dieses Hauses bin. Fräulein Sonnenkamp ist so viel als meine Braut."

„Wenn Fräulein Sonnenkamp dem Bruder gleicht, kann man
Ihnen von Herzen gratuliren. Darf ich fragen, warum Sie mich
mit dieser Mittheilung beehren?"

Innerlich immer empörter und äußerlich immer geschmeidiger
wurde Pranken, er lächelte sehr verbindlich und sagte:

„Ich habe mich in Ihnen nicht getäuscht . . ."

Er antwortete indeß nicht auf die Frage nach dem Grunde
der Mittheilung, und es war auch kaum Zeit, denn Roland rief
Erich, er möge zur Sitzung kommen.

„Man sollte glauben, zwischen der Pause und jetzt wären

zehn Jahre verstrichen, um so viel älter sehen Sie aus," sagte
Bella zu Erich.

Erich fühlte das im Grunde so Unwahre in seinem Verhältniß
zu Prancken; sie waren sich Beide des Gegensatzes bewußt; sie
hätten Feinde sein sollen oder gleichgültig an einander vorübergehen, und doch reizte wieder etwas und ließ Beide sich über-
reden, daß es anders sei.

Hätte man beständig den Muth der Wahrhaftigkeit und ließe
sich nicht trotz innern Widerspruchs in dauernde Beziehungen, in
Verpflichtungen ein, immer mit der geheimen Beschwichtigung: es
wird sich doch gut gestalten, die Sache ist nicht so streng zu
nehmen — Vieles wäre anders auf der Welt, viel Elend nicht da.

Die Strafe eines auf Unwahrheit gegründeten Verhältnisses
ist, daß es fortwährend Unwahrheit verlangt, offen vor sich bekannte oder in Selbsttäuschung verhüllte; schließlich macht sich
dann die Lüge zur Tugend und verwandelt allen Urgrund, löst
den Gegensatz auf, der noch in der ehrlichen Natur war, und
spricht: Du mußt die Treue bewahren, ihr waret Freunde so lange
Zeit, du hast so viel von ihm empfangen oder ihm geleistet —
es wäre Auflösung deines Lebens, du müßtest ein Stück aus
demselben austilgen, wenn ihr einander verließet; nein, jetzt erst
müßt ihr recht zusammenhalten.

Und so wächst die Liebe und vergiftet das Leben.

Wol ist es wahr, es giebt keinen Teufel, ihr könnt ihn nicht
so sehen, daß er unter das Militärmaß zu stellen wäre, aber dicht
neben jener göttlichen Idee, die im letzten Grunde nichts als die
Wahrheit ist, wohnt die Lüge und weiß Gestalt und Sprache des
Nachbarn anzunehmen.

Das Alles wühlte in der Seele Erichs, während er da saß
und seine Figur zeichnen ließ.

Bella erklärte, daß sie bei diesem Gesichtsausdrucke ihn nicht
weiter zeichne; sie brach heute ab.

Am Abende fuhr man im Kahn auf dem Rhein und Roland
verkündete, wie schön Erich singen könne, aber Erich ließ sich nicht
bewegen, einen Gesang laut werden zu lassen. Er wurde viel
geneckt, daß er beim Musikfeste gesungen habe, Prancken that das
in freundschaftlichem Tone, aber doch in bissiger Weise.

Als es Nacht geworden und im duftigen Park die Leuchtkäfer
hin und her schwirrten, ging Erich neben Bella, während Clodwig

im Balconzimmer saß und ein Album mit großen photographischen
Ansichten von Rom durchblätterte, oft über manches Blatt weg
sah und alte Erinnerungen walten ließ.

Roland ging mit Pranken, sie sprachen von Manna; Pranken
wußte ihm geschickt einzuprägen, wie er von ihm schreiben solle.
Manchmal kamen sie auch an Bella und Erich vorüber, und
Pranken sah staunend, daß Erich Bella am Arme führte.

Bella und Erich sprachen leise. Wie die Leuchtkäfer durch die
Luft, so flogen leicht hingeworfene Witzworte in dem Gespräche
hin und her; Manches wurde aber auch tiefer erörtert. Wenn
Pranken und Roland an ihnen vorübergingen, hielten sie zu=
weilen inne.

Bella sprach wieder von ihrem guten Manne — sie nannte
ihn immer ihren guten Mann — und wie Erich nicht nur sich
mit ihm verständige, sondern, wenn man so sagen dürfe, ver=
herzliche.

„Sie schaffen neue Worte," entgegnete Erich, da Bella den
von ihr gefundenen Ausdruck vergnüglich wiederholte, als hätte
sie eine neue Coiffüre erfunden, die ihr zu Gesichte stand.

Erich war pedantisch genug, wieder auf das eigentliche Thema
zurückzulenken. Er sagte mit warmen Worten, welch ein Glück
es sei, Schönheit und Friede nicht blos als Ideale zu kennen,
sondern ihnen im wirklichen Leben zu begegnen, ihnen die Hand
zu reichen und ins ruhig glänzende Auge zu schauen.

„Sie sind ein guter Mensch, Sie haben so ehrliche Augen
und ich glaube, daß Sie in der That ehrlich sind," sagte Bella,
that ihren Handschuh aus und schlug damit leise auf die Hand
Erichs.

„Es ist kein Verdienst, ehrlich zu sein, ich wollte, ich hätte
das Talent, unehrlich ... ich meine nicht positiv unehrlich, son=
dern etwas mehr zurückhaltend sein zu können."

Bella ging in das Glück einer ehrlichen Natur ein; es lag
eine Bewegtheit darin, wie sie erzählte, daß sie schon früh ein
glänzendes Schicksal hätte gewinnen können, wenn sie nur ein
klein wenig Liebe zu heucheln verstanden hätte. Erich wußte nicht,
was er erwidern sollte, und das war eine jener Pausen, die
Pranken, der mit Roland vorüberging, wol bemerkte. Bella
fuhr fort davon zu sprechen, welch ein Glück es sei, etwas zur
Conservirung eines Menschen zu thun; der Eine thue es für einen

Menschen im Aufgang seines Lebens, der Andere für einen Men=
schen im Niedergang seines Lebens, und die Opferung, still und
unerkannt, lohne sich im Bewußtsein, daß man diene.

Bella löste ihren Arm aus dem Erichs und sagte stillstehend:
„Haben Sie nicht auch oft an einem glücklichen Tage, in
einer glücklichen Stunde wie jetzt das Gefühl, daß Sie meinen,
das, was man jetzt lebt, ist doch nicht das wirkliche Leben! Es
ist nur ein Rüsten, ein Vorbereiten, ein Warten, es muß etwas
kommen, etwas ganz andres, wo ... was ... man kann es
nicht fassen ... es muß irgendwo ein Genius sein, dem man
es zu erzählen, zu berichten hat, für den man es nur eigentlich
erlebt. Man weiß, daß dieses Verlangen sich nie erfüllt, und
man hofft es doch immer wieder.“

Erich entgegnete, daß dieses unnennbare Etwas in unserem
Gemüthe die geheime Quelle aller Kunst sei und Bella besonders
müsse ja das in der Musik finden.

Bei einer Biegung des Weges fügte es sich leicht, daß Erich
mit Roland und Pranken mit seiner Schwester ging. Roland
hatte offenbar kein rechtes Wohlgefallen an der Unterhaltung mit
Pranken gefunden, er kehrte jetzt zu Erich zurück, er fühlte sich
nur bei ihm daheim.

Sie wollten Clodwig aufsuchen, und es war Erich fast lieb,
daß Clodwig sich schon zur Ruhe begeben hatte.

Siebzehntes Kapitel.

Als Bella am andern Tage das Bild betrachtete, war sie un=
ruhig und unzufrieden: sie fand Alles, was sie mit Emsigkeit ge=
macht, falsch und schief; sie wollte ganz neu anfangen, aber Clod=
wig redete ihr mit Sanftmuth zu und wußte das Gefertigte so
günstig auszulegen, daß Bella sich wieder beruhigte. Mit einer
gewissen Schärfe sagte sie indeß, Alles, was sie unternehme,
werde anders, als ihr Wille gewesen. Da Clodwig dies als noth=
wendiges Ergebniß jeder schöpferischen Phantasie darstellte, ward
sie unwirsch und stieß die Worte heraus: „Ich bin nicht, was
ich bin.“

Die strenge Ordnung, die Erich hatte innehalten wollen, wurde dennoch unterbrochen. Bella wußte, daß sie stets Alles durchsetzte, was sie sich vorgenommen hatte; ihr Grundsatz war: man muß den Männern nur den Schein lassen, als ob sie selber etwas zu bestimmen hätten.

Roland brachte bald das Gespräch auf das Leben Franklins. Bella wünschte auch wieder kennen zu lernen und Clodwig war bereit, nachdem man Bella von dem Vorhergehenden kurz unterrichtet hatte, weiter zu lesen, wo man eben stehen geblieben. Erich und Roland, die auf einer Erhöhung saßen, hörten aufmerksam zu. Es gab mancherlei lebhaft angeregte Besprechungen, denn Bella besaß ein großes Talent, geläufig und schnell in Alles einzugehen. Sie hob nun bald „eine gewisse trockene Pedanterie, ein eminent karges Naturell" in Franklin hervor, und mit dem Stifte kühn hin und her fahrend, sagte sie:

„Franklin mag ein sehr sittliches Ideal sein, ein schönes ist er nicht. Wie sollte er auch? Er ist alt geworden, ein ehrbarer Großvater, hat neue Sprüchwörter gedrechselt und sich zuletzt noch eine witzig sein sollende Grabschrift gesetzt."

Erich fühlte, wie es Roland durchzuckte.

Es ist nun einmal in unserer Zeit und bei einem Jüngling von der Vergangenheit und den Lebensverhältnissen Rolands nicht möglich, ein unangetastetes Ideal aufrecht zu erhalten. Recht geleitet und an die schickliche Stelle versetzt, kann es vielleicht gut sein, daß Roland sein Ideal sofort angegriffen, ja verzerrt sieht.

Mit der ganzen ihm innewohnenden Ueberzeugungskraft sagte Erich, wie das eben die besonders schwierige Aufgabe des freien Menschen sei, daß er, im Gegensatz zum Kirchenthum, Niemand habe, der ihm auf jedem Lebenswege sagen könnte: folge mir nach. Wir neuen Menschen müssen das Hohe und Reine in den erhabenen Naturen erkennen, auch wenn es mit allerlei von der Zeit und dem Naturell Beschränkten verbunden sei.

Während er sprach, zeichnete Bella mit großer Hast und nickte dabei mehrmals vor sich hin. Als er jetzt geendet hatte, schaute sie ihn voll an, ihre Augen glänzten, ihre Wangen glühten.

„Ich möchte nun," sagte sie hocherröthend, „daß Sie Roland doch die Hand aufs Haupt legten. Bitte, thun Sie es einmal; das ist das Eigentliche, was ich wollte. Folgen Sie mir."

Erich widersprach dieser Fassung.

Bella schüttelte unwillig den Kopf und arbeitete weiter, sie zeichnete gar nichts mehr an der Figur Erichs, sie hielt sich ganz an Roland und einmal sagte sie:

„Jetzt hab' ich's! Das ist's! Ihr Kopf hat eine gewisse Aehnlichkeit mit dem Murillo'schen Antonius."

„Siehst du? das hab' ich auch gefunden," rief Roland, „und Manna hat mich darüber ausgescholten."

Auch Clodwig fand, daß seine Frau Recht habe und sagte:

„Mir ist das auch ein Lieblingsbild, es steht mir deutlich vor Augen: die Gestalt des Antonius, wie er auf den Knien liegt, ein Knotenstock neben ihm, die Landschaft nur angedeutet, ein Baum und das Gesträuch hinter ihm, Engel spielen auf dem Boden und Engel schwingen in den Lüften, ein Engel blättert im Buche des Heiligen, ein Anderer hält eine Lilie, die aus der Erde gewachsen ist, dem schwebenden Engel hin, die Blume bildet gleichsam ein Bindungsmittel zwischen Himmel und Erde, sie ist etwas Himmlisches auf Erden."

Lange wurde kein Wort mehr gesprochen. Bella endete die Sitzung . . .

Die Anwesenheit Clodwigs mit den Seinen auf Villa Eden erregte in der Umgegend großes Aufsehen; der Hauslehrer schien eine ausnahmsvolle Stellung zu gewinnen.

Als unzweifelhafter Sohn des Hauses lud Pranken den aus dem Bade zurückgekehrten Landrichter mit Frau und Tochter ebenfalls nach Villa Eden ein.

Pranken war besonders freundlich gegen Lina, er ging mit ihr im Garten hin und her und ließ sich vom Klosterleben erzählen. Lina that das in heiterer Weise; sie wußte die Schwestern, die Oberin und die Genossinnen von ihrer komischen Seite zu schildern; sie hatte im Kloster eigentlich nichts gewollt, als gut fremde Sprachen lernen. Sie erzählte, wie eine Nonne ihr ein Geheimniß anvertraute und eine andere Nonne ihr das Geheimniß zu entlocken suchte; sie sei aber nicht so dumm gewesen, diese Probe nicht zu durchschauen, sie habe geschwiegen. Von damals an aber habe sie einen Widerwillen gegen das Kloster bekommen.

Pranken wollte nun wissen, welches Geheimniß ihr die Nonne anvertraut hatte. Lina sah ihn groß an und sagte:

„Sie irren sich. Weil ich so viel schwatze, meinen Sie, ich könnte nicht auch schweigen? Ich kann's, wenn ich will."

Das allzeit tänzelnde muntere Wesen Linas sprach den schwergemuthen Pranken immer mehr an und etwas vom alten Pranken in ihm sagte: warum die Gegenwart öde und leer lassen? Hat Bella eine Tändelei mit dem Hauptmann, warum sollte er sie nicht mit Lina haben? Warum sollte man sich nicht in leichten Scherzen vergnügen?

Der alte Pranken, der Pranken vor dem grünen Zweige, faßte seinen geretteten Schnurrbart mit beiden Händen und zwirbelte ihn in die Höhe.

Lina wehrte indeß die Huldigungen Prankens neckisch ab, sie war gegen Erich vertraulich und erzählte viel vom Musikfeste.

Es war fröhliches Schäkern und Lachen auf der Villa und im Parke. Pranken bestimmte sogar seinen Schwager, eine Kahnfahrt mit ihm und Lina zu machen, während Bella zeichnete. Er wollte auch Roland mitnehmen; in einem gewissen Uebermuthe sagte er sich, Bella und Erich sollen einmal ganz allein mit einander sein; aber Roland verließ Erich nicht, er vermied offenbar ein Zusammensein mit Pranken.

Lustig und wohlgemuth war Lina bei der Kahnfahrt und sie sang Liebeslieder so aus voller Seele, wie noch nie.

Bella bat den Landrichter und dessen Frau, den versprochenen Besuch Linas auf Wolfsgarten auszuführen; der Landrichter widerstrebte, aber die Frau stimmte bei und Lina war voll Glückseligkeit, als sie mit Bella und Clodwig davonfuhr.

Pranken ritt nebenher . . .

Nach dem belebten Verkehr der letzten Tage empfanden Erich und Roland die Stille des Alleinseins aufs Neue. Erich war indeß mißgestimmt, abgemattet und verdrossen. Mit einer tiefen Sehnsucht versetzte er sich in den Umgang mit Clodwig, noch mehr aber — er gestand sich's kaum — in den mit Bella. Da war Frisches, Erweckendes, Belebendes, das die Räume erfüllt hatte, und nun erschien Alles so leer. Dennoch gab er erst nach mehreren Tagen dem Drängen Rolands nach, der daran erinnerte, daß man versprochen hatte, Besuch auf Wolfsgarten zu machen.

Erich hatte sich geweigert, das Haus zu verlassen, da es ihm anvertraut war, Pranken übernahm die Verantwortung. Aber es war ein bitterer Ton darin, da er sagte:

„Sie waren ja auch beim Musikfeste und haben das Haus den Dienern überlassen. Uebrigens, wie gesagt, ich übernehme jede Verantwortung."

Achtzehntes Kapitel.

Schön ist's im Thal am Ufer des Stromes, wo die Wellen
so haftig und doch ohne fichtbaren Aufruhr dahin gleiten; zu
fchauen, wie das am Tage glänzt, jeden Farbenwechfel am Him=
mel wiederfpiegelt, die auf und ab eilenden Schiffe dahin trägt,
und am Abend das ftille Murmeln des Stromes zu vernehmen,
den der Mond durchfchimmert. Schön aber auch ist's, von der
Bergeshöhe zu fchauen in die Lande, über die Wälder, die Re=
bengelände, die Dörfer und Städte und den weithin sich dehnen=
den Strom.

Ein neues Aufathmen war auf Wolfsgarten, wo Alles belebt
und erfrifcht war. Das Bild Erichs und Rolands wurde immer
mehr ausgeführt und daneben ordnete Erich die Sammlungen
Clodwigs und leitete seinen Zögling in die Kunde des Alter=
thums ein. Es wurde gefungen, gelacht, fpazieren gefahren und
geritten in den umgebenden Wäldern und manches lebhafte Ge=
fpräch geführt.

Wenn Bella mit Erich im Park und durch den Wald wan=
derte, nahm sie oft ihren Papagei mit, er faß auf ihrer Schulter
und war fehr unwirfch gegen Erich, zankte, fah ihn bedenklich,
vielleicht eiferfüchtig an. Bella ließ den Papagei oft fliegen und
fagte ihm:

„Aber heut Abend, Kolo, kommft du wieder heim," und Kolo
flog auf einen Baum, flog waldaus, waldein, und man konnte
ficher fein, daß er am Abend wiederkehrte.

Nun aber war Kolo feit zwei Tagen ausgeblieben. Clodwig
bot Alles auf, um den Papagei einzufangen, er merkte nicht,
wie ruhig feine Frau über den Verluft war.

Wie von felbft fügte fich's, daß Bella mit Erich ging, wäh=
rend Roland mit Lina fich im Walde umhertummelte; das Mäd=
chen war glücklich, fich wie ein ausgelaffener Junge gehen laffen
zu dürfen.

Roland faß auch oft in der Werkftatt des Töpfers, der die
Thonerde, die aus dem nahen Berge ausgegraben wurde, ver=
arbeitete; er ließ fich die ganze Verarbeitung zeigen und fah,
wie viel Mühe und Sorgfalt ein einziger Topf erheifchte. Zwei
Jünglinge feines Alters traten den Thon mit nackten Füßen, um
ihn gefchmeidig zu machen; Gefellen formten Bauverzierungen,

Kacheln und Fliesen. An einer Drehscheibe saß ein schöner, kräftig gebauter junger Mann, er trat das Drehrad mit nackten Füßen, zog dann mit großer Behutsamkeit den Thon in die Höhe zum Topf, bildete den Rand und die Schnauze, hob fast zärtlich das Vollendete von der Drehscheibe auf ein Brett und stellte es in die Reihe. Nie machte er mit seinen schweren Händen einen Druck, den er nicht beabsichtigt, und immer hatte er gerade so viel Thonerde genommen, als zu dem Topfe nöthig war.

Sinnend sah Roland Allem zu.

Der junge Mann, der die Töpfe formte, war stumm, er schaute Roland manchmal gutmüthig an und arbeitete dann ruhig weiter. Der Meister lobte den Stummen, und Roland wollte ihm gern etwas leisten; er schenkte ihm sein schönes Taschenmesser, das viele Instrumente enthielt.

Der Stumme war ganz glücklich über dieses Geschenk.

Wie hatte Erich sich sonst gefreut, daß Roland nicht gleich- gültig am Dasein der Mitathmenden vorüberging. Jetzt hörte er seine Mittheilungen kaum an, sein eigen Leben schien gefangen von Anderem.

Eine Nachricht, die ein schön lithographirtes Blatt nach Wolfs- garten brachte, gab viel Gesprächsstoff. Die Tochter des Wein- grafen hatte sich mit dem Sohne des Hofmarschalls verlobt und man fand es unerhört, daß der junge Mann, dessen naher Tod gewiß war, sich verlobte; noch unerhörter aber erschien es, daß das Mädchen, eine frische, üppige Erscheinung, sich dazu ent- schlossen hatte. Lina, die die Chronik der Gegend sehr gut kannte, erzählte, daß die Tochter des Weingrafen erklärt habe, sie sei zufrieden, wenn sie eine verwittwete Baronin sei. Eine tief ge- preßte Stimmung, ein Etwas, das sich nicht ganz aussprach, lag in der Art, wie Bella sich über das Verhältniß äußerte, zumal gegen Erich, als müßte er wissen, was sie zum Theil verhüllte.

Die Zeitung brachte die Nachricht, daß der Bruder des Für- sten aus Amerika zurückgekommen sei und einen schönen Mohren, einen freigekauften Sklaven, mitgebracht habe.

Während man noch beisammen saß und den Eindruck besprach, den die Anschauung der amerikanischen Republik auf einen deutschen Prinzen machen mußte, kam Roland vom Walde daher und rief:

„Ich habe ihn!"

Er hatte den Papagei an den Krallen.

„Da bist du ja, mein freigelassener Sklave!" rief Bella. Der Papagei riß sich von Roland los, flog auf die Schulter seiner Herrin und zankte gegen Erich.

Erich gab sich ganz dem Behagen hin, daß eine so schön angelegte und reich ausgestattete Natur in den Kreis seines näheren Umgangs getreten war. Er glaubte, daß der schmetterlingsartige Flattersinn eine berechtigte Eigenthümlichkeit der Frauennatur sei, welche er nur zu derb anfaßte. Er hatte bisher in Mutter und Tante nur die strenge Gewissenhaftigkeit und Betriebsamkeit auch in geistigen Dingen kennen gelernt; hier war eine Natur, die nichts als graziöses Schaumschlürfen wollte. Warum ihr Anderes zumuthen?

Man hatte einen Ausflug nach der Römerschanze verabredet, die Wagen standen bereit vor dem Hause, da zeigte sich ein schweres Gewitter am Himmel. Clodwig sagte, man solle nun die Fahrt unterlassen, Bella aber bestand auf der Ausführung.

„Wer wird sich von einem Gewitter abhalten lassen!" rief sie. „Es ist schön, das draußen zu erleben, und der Abend um so frischer und heller."

Die Gesellschaft mußte ihr willfahren.

Das Gewitter kam schneller, als man vermuthet hatte; Bella lachte und scherzte, während es donnerte und blitzte. In einer Dorfschenke wartete man den Regen ab, dann wurde es wieder hell.

Als man zu Fuß zurückkehrte, bat Roland, daß Graf Clodwig mit ihm gehe, den Stummen zu besuchen, auch Lina ging mit ihnen. Erich und Bella waren vorausgegangen, sie wandelten auf der Hochebene am Bergesrande dahin, in der offenen Halle setzten sie sich nieder und schauten in die Landschaft hinein. Erichs Hand ruhte, ohne daß er es wußte, auf der Hand Bellas, er wagte nicht, sie zurückzuziehen. Bella verhielt sich regungslos. Sie sprachen lange kein Wort, endlich begann Bella, ohne ihre Stellung zu verändern, ohne den Kopf zu wenden, in die Landschaft hinausblickend, von den Peinigungen des Lebens zu sprechen, wie es doch so seltsam sei, daß ein einziger Entschluß alles fernere Dasein bestimme, und daß sie sich nie habe in das Loos der Frauen finden wollen, die alle ihre Anlagen und Empfindungen ins Kleine schicken müssen.

„Ich wollte, ich wäre älter," sagte sie in einer seltsamen Betonung.

Erich konnte nichts erwidern. Nach einer Weile setzte sie fort: „Ich werde älter, aber nicht alt."

Wiederum war geraume Zeit Lautlosigkeit.

Bella lenkte das Gespräch auf das innere Heiligthum der Religion und sagte schwermüthig: ohne Glaube an ein ausgleichendes anderes Leben sei das Dasein ein grausames Räthsel. Erich wollte diesen Gedanken nicht erschüttern und suchte nur zu zeigen, daß man auch Beruhigung im reinen Denken finden könne. Es war ein seltsames Widerspiel in den Beiden; sie hatten das Gefühl, daß sie etwas über alles Leben Hinausgehendes und doch das Leben selbst besprachen, und das in einer Weise und nach einer Richtung, die sie sich selbst nicht bekennen mochten.

„Sie haben mich etwas gelehrt," sagte Bella, als Erich in seinen Darlegungen inne hielt.

„Ich . . . Sie?"

„Sie haben mich gelehrt, wie man bei starkem Selbstgefühl doch sich unterordnen, bis zur Dienstbarkeit sich unterwerfen kann."

„Meine Stellung als Lehrer ist nicht Unterwerfung und nicht Dienstbarkeit."

„Sie verstehen mich nicht."

„Wie soll ich Sie verstehen?"

„Es ist nicht nöthig. Ich habe es anders gemeint. Vergessen Sie es."

Wieder war eine lange Pause. Erich zitterte, der Hut, den er in der linken Hand hielt, fiel zur Erde, Bella bückte sich schnell und hob ihn auf, Erich bückte sich zu gleicher Zeit und ohne daß sie es wollten, streiften sich ihre Wangen.

Eine Schwarzamsel kam vom Walde daher geflogen, hielt an der steinernen Stufe der offenen Halle zu ihren Füßen still und schaute die Beiden an; ein andrer Vogel pfiff vom Baume, dessen Blätter jetzt nach dem Gewitter so golden im Abendschein glänzten. Die Schwarzamsel flog auf zum Genossen auf dem Baume, dann flogen sie miteinander waldeinwärts.

Erich stand auf, auch Bella erhob sich. Sie gingen still. Erich hörte das Rauschen von Bellas Gewändern, er schaute um, als hätte er dergleichen noch nie gehört.

„Ich habe Ihnen, glaube ich, noch gar nicht mitgetheilt, daß ich Ihrer Ansiedelung in der Nachbarschaft entgegengearbeitet habe. Hatte ich Ihnen auch Angst eingeflößt?"

Erich konnte nicht antworten, er hörte seinen Namen wiederholt wie mit einem Hülferufe durch den Wald tönen.

„Gehen Sie voraus, gehen Sie, ich finde allein zurück,"
sagte Bella schnell.

Erich eilte davon. Bella ging langsam hinterdrein.

„Herr Hauptmann, Sie sollen heimkehren!" rief ihm Bertram
vom Pferde herab zu.

„Was ist geschehen?" fragte Erich.

Clodwig kam mit Roland und Lina herbei.

Bertram berichtete, daß auf der Villa im Zimmer des Herrn
Sonnenkamp eingebrochen sei; die Diebe hätten Mancherlei entwendet, aber den feuerfesten Geldschrank hätten sie nicht erbrechen
können.

Bald saßen Erich, Roland und Prancken im Wagen und
fuhren nach der Villa zurück; Prancken war sehr ärgerlich, denn
er hatte die Verantwortlichkeit übernommen.

Erich war von quälenden Gedanken gepeinigt. Jene haben
in der Nacht die Gemächer der Villa erbrochen, was hatte er
gethan? Er hatte eine ihm anvertraute Seele vergessen, mehr
noch, von Freundschaft und Güte eingelassen, hatte er unter der
Verhüllung verständnißreicher Gedanken und edler Empfindung
das höchste anvertraute Gut, die Gattin des Freundes mit
Worten, Gedanken und Blicken angetastet. Er preßte die Hand
aufs Herz, in ihm pochte es, als müßte es zerspringen. Jene
dort, die geprägtes Gold entwendet, trifft die Strafe des Gesetzes,
und dich — was trifft dich? Tief gepeinigt saß er da, und als
er gewahrte, daß der Blick Rolands auf ihm ruhte, schlug er
die Augen nieder.

Neunzehntes Kapitel.

Villa Eden war bisher von einem abschreckenden Zauber
umgeben. Neid und Furcht hatten die Meinung verbreitet, daß
es mit den Menschen darin nicht geheuer sei; mit Herrn Sonnenkamp nicht, der sich viel zeigte, mit Frau Ceres nicht, die sich
selten zeigte. Die Warnungstafeln an den Mauern mit der An-
drohung von Selbstschuß und Fußangeln hatten in den Gedanken
der Menschen eine furchtsame Scheu erweckt; man sagte, Herr

Sonnenkamp habe die Spitzen der Angeln mit einem Gifte bestrichen, gegen das es keine Heilung gebe. Die Diener des Hauses hatten etwas von der Zurückhaltung ihrer Herrschaft, sie ließen sich selten mit Anderen ein und man grüßte sie kaum. Nun aber war es durch den Diebstahl, als ob der geheimnißvolle Drache, der — man wußte nicht wie und wo — über der Villa lauerte, nichts als eine Vogelscheuche war; der Verputz des schönen weißen Hauses war plötzlich wie abgerissen, die blinkenden Scheiben erblindet, alle Schlösser wie abgesprungen.

Die Leute an den Wegen und in den Dörfern, durch die man kam, schauten zu Erich, Roland und Pranken auf, die rasch dahinfuhren, und nickten ihnen zu. Nur wenige lüfteten die Mütze in Verlegenheit, denn Alle wollten eigentlich sagen: Mit eurer Heimlichkeit ist es vorbei, jetzt kommen die Gerichte und sehen einmal nach, was bei euch vorgeht.

Die Drei kamen auf der Villa an; sie fanden hier Alles zerstört und unruhig.

Der Kastellan trat sofort mit der Behauptung hervor, der Einbruch könne nur von Bewohnern des Hauses verübt worden sein, Alles sei gut verschlossen gewesen, auch habe kein Hund gebellt; die Diebe müßten also im Hause genau bekannt und den Hunden vertraut gewesen sein.

Der Landrichter war bereits da.

Das Arbeitszimmer Sonnenkamps war erbrochen, werthvolle Dinge, darunter ein Dolch mit Edelsteinen im Griffe, waren entwendet. Die Diebe hatten sich auch an dem feuerfesten Geldschranke versucht, aber vergebens. Aus dem Speisezimmer waren große silberne und goldene Schalen, die auf dem Büffet gestanden, verschwunden, auch die goldene Uhr Rolands, die er bei der Abreise nach Wolfsgarten auf dem Tische vor seinem Bette hatte liegen lassen. Das Kopfkissen Rolands fand man auf der Mauer, wo aufrecht stehende Glasscherben jedes Uebersteigen hindern sollten; nun aber war damit eine weiche, jede Verletzung abhaltende Unterlage bereitet worden.

Zweierlei Fußspuren zeigten sich im Park und an der Rückseite des Glashauses. Da, wo die Gartenerde bereitet wurde, mußten die Diebe gestrauchelt haben, denn an einem großen Erdhaufen war deutlich der Eindruck eines menschlichen Körpers sichtbar. Hier standen auch ein Paar alte Stiefel des Erdmännchens.

Man nahm sie weg und verglich sie mit den Fußspuren im Garten; sie paßten genau. Das gab ein Anzeichen. Nicolas kam eben des Weges daher, um an seine Arbeit zu gehen; er hörte verwundert, was geschehen. Man ließ ihn ruhig weiter arbeiten.

Der Landrichter und sein Actuar, der Bürgermeister des Dorfes und einige angesehene Männer versammelten sich im Balconzimmer; man rieth hin und her. Roland stand bei Seite und starrte auf das Kopfkissen seines Bettes, das den Dieben zum Uebersteigen der Mauer gedient hatte. Blassen Antlitzes hörte er, wie man überall umhertastete, bei diesem, bei jenem Menschen Verdachtsgründe zu finden.

Das Erdmännchen kam zu den Versammelten und sagte, es seien ihm auch ein Paar Stiefel gestohlen worden. Sofort erwiderte der Landrichter:

„Ja wol, in deinen Stiefeln ist gestohlen worden."

Nicolas schaute blöde drein, als verstünde er nicht, was gemeint sei.

Der Landrichter ließ ihn verhaften. Er jammerte, daß immer unschuldige Menschen in Verdacht kämen, und Roland bat, man solle ihn frei lassen.

„Wer mich anrührt, den erwürge ich!" rief Nicolas; er schien ein ganz anderer Mensch.

Der Richter gab zwei Männern einen Wink, schnell waren dem Erdmännchen die Hände auf den Rücken gebunden.

Erich führte Roland hinweg. Wozu sollte er so in das Nachtgebiet des Menschenlebens hineinschauen?

Glücklicherweise kam jetzt der Major; Erich bat ihn, bei Roland zu bleiben, und der Major sagte:

„Junge, da kannst du was lernen; man kann dir Alles stehlen, aber was du im Kopfe hast und das Herz am rechten Fleck, das kann man dir nicht stehlen."

Der Landrichter ließ die Diener kommen und verhörte sie, wer in der letzten Zeit die Villa besucht habe. Sie bezeichneten Viele, aber der Kastellan sagte:

„Der Herr Hauptmann hat den Krischer herumgeführt, und der Krischer hat, wie er fortgegangen ist, zu mir gesagt: du hütest dem reichen Mann sein Geld und Gut und es wäre besser, man risse die Thüren aus und zerstreute Alles, was da drin ist, in die weite Welt."

Erich konnte nicht bestreiten, daß der Krischer sich Alles genau angesehen und verworrene Reden über Reich und Arm geführt habe; er glaubte sich indeß für die Ehrlichkeit desselben verbürgen zu dürfen.

Der Richter antwortete nicht darauf, sondern schickte zwei Gerichtsdiener nach dem Hause des Krischers, um dort Haussuchung zu halten . . .

Der Krischer lächelte und zuckte die Achseln, als er hörte, was man vorhatte.

Man fand nichts; auffällig war nur, daß in einer Hundehütte ein an die Kette gelegter Hund beständig bellte.

„Thu einmal den Hund von der Kette," sagte ein Gerichtsdiener zum Krischer, der, leise mit den Lippen murmelnd, ihnen durch alle Räume und den Hof gefolgt war.

„Warum?"

„Weil ich's haben will, und thust du's nicht sofort, so schieß ich den Hund nieder!"

Der Krischer löste den Hund von der Kette, das Hundehäuschen wurde untersucht und im Stroh fand sich die Uhr Rolands und der mit Edelsteinen besetzte Dolch. Der Krischer betheuerte seine Unschuld, aber er wurde sofort gefesselt und verhaftet.

Auf dem Wege von seinem Hause bis zur Villa hob er oft die Ketten empor, wie wenn er den Feldern, den Weinbergen und dem Himmel zeigen wollte: seht her, so gehe ich!

Es wurde ein Protokoll über die gestohlenen Sachen aufgenommen, die man bezeichnen konnte. Roland wurde herbeigerufen und mußte zum erstenmal seinen Namen unter einen gerichtlichen Akt setzen. Erich stand dabei und sagte zum Major:

„Es läßt sich nicht ermessen, welch einen Eindruck dies auf den Jüngling machen muß."

„Das schadet ihm nichts," erwiderte der Major. „Fräulein Milch sagte: ein junges Herz und ein junger Magen verdauen schnell."

Fräulein Milch hatte es diesmal doch nicht getroffen, denn als der Krischer geketet davon geführt wurde, schrie Roland jammervoll auf.

Es ergab sich eine weitere Spur. Der Reitknecht, der im Solde Prancens dessen Spion gewesen, war entlassen worden; man hatte ihn aber in den letzten Tagen in der Gegend gesehen

und er hatte beim Krischer übernachtet. Sofort wurden nach allen
Seiten hin Telegramme ausgesendet, um den muthmaßlichen Dieb
zu verhaften. Auch an Sonnenkamp ward ein Telegramm gerichtet.

Der Pfarrer stellte sich ein. Mit Milde beklagte er das Geschehene, und ermahnte Erich, sich die Sache nicht so sehr zu
Herzen gehen zu lassen, da er, aus dem wissenschaftlichen Leben
kommend, die Verdorbenheit der Menschen nicht genug kenne.

Der Pfarrer konnte nicht ahnen, warum Erich so bedrückt war.

Das Gericht und seine Diener hatten die Villa verlassen,
auch Prancken war davon geritten. Roland schaute beständig
furchtsam umher, wie wenn ihm ein Gespenst erschienen wäre.
Ueber die Treppen waren verbrecherische Menschen geschritten, an
diesen Thüren hatten sie ihre Instrumente versucht; es war eine
Entweihung über das Haus und alles Besitzthum gekommen, auch
über das, was nicht zu rauben war.

Roland bat, daß Erich ihn keine Minute verlasse, es sei ihm
so bang.

Es wurde Nacht, Roland lag im Bette und klagte zu Erich,
er könne keine Ruhe mehr finden, wo Diebeshände ihm das
Kopfkissen geraubt hatten. Er richtete sich auf und sagte:

„Ich möchte wissen, was Franklin bei solch einem Diebstahl
gedacht und gethan hätte."

„Ich glaube es zu wissen," entgegnete Erich. „Er hätte die
Diebe der Schärfe des Gesetzes anheimgegeben, aber er hätte fest-
gehalten, daß man sich von der Schlechtigkeit Einzelner seinen
Glauben an die Güte der Menschen nicht stehlen lassen dürfe.
Wem Diebe das anthun könnten, dem hätten sie mehr genommen,
als was sich mit Händen greifen läßt."

Als Roland schlief, stand Erich noch vor seinem Bette und
betrachtete ihn nachdenklich. Er wurde abgerufen, der Landrichter
schickte ein Telegramm, das von Sonnenkamp angekommen war.
Er zeigte kurz an, daß er sofort aus dem Seebade heimreise.

Lange schaute Erich hinaus über den Strom und die reben-
bepflanzten Berge. Er war tief erschüttert. Das Ereigniß konnte
auf Roland nicht so tief wirken, wie auf ihn, denn mit einer
Gewalt, die mächtiger war, als jedes Denken, sah er sich von
einem Abgrunde zurückgerissen. Er schaute ins Weite und in sich
faßte er einen festen Vorsatz.

Sechstes Buch.

Erstes Kapitel.

Wie ein Herrscher, der in sein Schloß zurückkehrt, wo vor Kurzem eine Meuterei ausgebrochen, so kehrte Herr Sonnenkamp nach der Villa zurück. Jeder Tritt in seinem Hause, jeder Blick auf einen Diener sagte: Ich bin wieder da und damit Ordnung und Macht.

Erich gestand, daß er sich eine Fahrlässigkeit habe zu Schulden kommen lassen, und Sonnenkamp schien seine Lust daran zu haben, ihn zu demüthigen. Sonnenkamp herrschte gern über Andere. Er wünschte, daß man ihm unterwürfig sei; wo er sah, daß dies nicht gelinge, ließ es ihm keine Ruhe, bis er den Andern zerbrochen hatte, erst dann richtete er ihn gern wieder auf, denn nun war er seiner Herrschaft gewiß. Dieser selbstsichere Hauptmann-Doctor hatte eine Haltung eingenommen, die ihm nicht zustand; nun war er gebeugt und hatte dankbar zu sein für alle Güte und Freundlichkeit. Sonnenkamp ahnte nicht, wie gern und warum sich Erich demüthige, er fand in dieser Unterwürfigkeit nur einen Sieg seiner Kraft, während Erich sich gestand, daß er, durch den anmuthsvollen Zauber Bellas befangen, die strenge Wachsamkeit verloren hatte, welche seine Pflicht war.

Sonnenkamp übersah bald, daß der Diebstahl nicht von besonderer Bedeutung war. Mit einer gewissen Schadenfreude sagte er:

„Die Schurken haben den Dolch mit den Edelsteinen gestohlen, die Spitze ist vergiftet, wer sich daran ritzt, ist verloren."

Erich konnte kaum vorbringen, daß der Dolch bereits bei

ben Gerichten sei, denn es durchfuhr ihn der Schreck: Warum
hält sich der Mann einen vergifteten Dolch?

Pranken und der Pfarrer stellten sich bald ein, und Sonnen=
kamp erklärte sofort, daß er die goldenen und silbernen Schalen,
wenn man sie wieder erlange, der Kirche stifte. Wie unwillig
setzte er hinzu:

„Ich will sie nicht mehr im Hause haben; Sie, Herr Pfarrer,
werden ihnen eine Weihe geben."

Als Erich von der tiefen Wirkung berichtete, die das Ereigniß
auf Roland gemacht, sagte Sonnenkamp:

„Mein sehr verehrter Herr Hauptmann! Ich gebe mich nicht
mit Sentimentalitäten ab. Gradaus gestanden, es ist mir lieb,
daß Roland schon früh die als gemüthlich gepriesenen niedern
Menschen kennen lernt und einsieht, daß da nichts ist, als ge=
heime Verschwörung gegen die Besitzenden, die nur auf die gün=
stige Gelegenheit wartet, loszubrechen oder vielmehr einzubrechen."

Sonnenkamp war frisch und belebt, es ärgerte ihn nur, daß
in der Umgegend so viel Gerede über die Sache sei und man
bei Gerichtsgängen viel schöne Zeit verlieren müsse. Frau Ceres
sprach kein Wort vom Diebstahl, es schien fast, daß sie nichts
davon wisse; sie freute sich nur, wie Roland in dieser Zeit ge=
wachsen sei. Zu Erich sagte sie, sie hätte im Bade eine Freundin
seiner Mutter gesehen, die eben so vornehm als liebenswürdig sei.

Schon am zweiten Abend nach der Rückkunft Sonnenkamps
und seiner Familie kamen Bella und Clodwig nach der Villa.
Erich war erfreut, den Freund zu begrüßen, aber er war scheu
gegen Bella; sie sagte ihm unter dem vorgehaltenen Fächer leise:

„Wir sind gekommen, Sie gegen diesen wilden Mann zu
decken; er soll sehen, daß Sie zu uns gehören, und jetzt lassen
Sie Alles und kommen Sie zu uns."

Erich konnte nur mit einer stillen Verbeugung danken.

Bella sah, wie Clodwig verzagt bei Sonnenkamp stand, der
feine, zierliche Mann hatte immer eine neue Furchtsamkeit, so=
bald er der herkulischen Erscheinung Sonnenkamps gegenüberstand.
Bella half scherzend aus der Verlegenheit, indem sie sagte:

„Herr Sonnenkamp, Sie haben doch schon viel im Leben ge=
sehen, haben Sie schon einmal Diebe kennen gelernt, die offen
gestehen, daß sie stehlen wollen?"

Sonnenkamp sah auf.

Bella rief lachend:

„Wir sind diese Diebe am hellen Tage."

Zu Clodwig gewendet, fuhr sie fort:

„Sprich nun du, lieber Clodwig."

Clodwig brachte zaghaft vor, daß er wünsche, Erich möge zu ihm kommen. Ein scharfer Blick Sonnenkamps fiel auf Bella, er hatte den Zeigefinger der linken Hand erhoben, er wollte Bella mit lächelndem Drohen sagen: Ich verstehe dich — aber er legte den Finger an den Mund und sagte:

„Es freut mich, daß unser Herr Erich so hoch in Gnade und Gunst steht."

Erich war von der eigenthümlichen Betonung des Wortes „unser" seltsam betroffen; und jetzt streckte ihm Sonnenkamp die Hand entgegen und sagte:

„Nicht wahr, Sie bleiben bei uns?"

Erich bejahte.

Mit großer Beflissenheit erzählte nun Clodwig vom Besuche bei der Mutter Erichs. Er wollte offenbar Herrn Sonnenkamp zeigen, daß ein Mann vom Stande und Range Erichs sich nicht wegen einer Fahrlässigkeit unterjochen lassen dürfe.

Sonnenkamp pfiff unhörbar vor sich hin, es schien ein Plan in ihm zu reifen. Auch Clodwig also hielt die Professorin hoch? Gut, der Mann soll überrascht werden. Die Professorin soll Villa Eden besuchen und was weiter folgt, wird sich zeigen; Clodwig und die Professorin sollen, ohne daß sie es wissen, ihm verhelfen, auf immer in die vornehme Gesellschaft einzutreten.

Ein Plan, den er längst gehegt und mit ruhiger Ausdauer verfolgt, war auf der Sommerreise neu gefördert worden. Die Cabinetsräthin, deren Bekanntschaft man im Bade gemacht, hatte ihn geradezu gefragt, warum er sich nicht in die vornehme Gesellschaft aufnehmen lasse; sie hatte die Adelserhebung als leicht zu erringen dargestellt, zumal wenn man ihren Mann, der der Vertraute des Fürsten war, dazu gewinne. Sonnenkamp wollte nicht um die Standeserhöhung nachsuchen, sondern wünschte, daß sie ihm angeboten würde. Dazu sollte nun die neue Beziehung angewendet werden.

Wieder gelang es Bella, eine Weile mit Erich allein zu sein, und sie sagte, wie sie sich freue, daß ihr auch einmal eine Intrigue gelungen; sie habe gewußt, daß Herr Sonnenkamp Erich nicht entlasse, aber sie habe auch gewußt, daß er ihn wegen der Fahrlässigkeit demüthigen werde, darum habe sie Clodwig veranlaßt, sofort hierher zu kommen.

„Haben Sie einen Blick des Herrn Sonnenkamp bemerkt?" fragte sie leise. „Dieser Mann glaubt, unsere Freundschaft wäre etwas mehr als Freundschaft; Sie mißverstehen mich also nicht, wenn ich Sie manchmal vor den Augen dieses Mannes absichtlich vernachlässige?" —

Es traf die Nachricht ein, daß der Reitknecht, den Sonnenkamp kurz vor seiner Abreise entlassen hatte, weil er ihn für einen Spion Prandens hielt, in der Hauptstadt verhaftet worden sei, als er eben einem Trödler eine große silberne Schale zum Kauf anbot. Roland brachte Erich diese Nachricht, und so mußte man jede Stunde gewärtig sein, von der schwebenden Untersuchung in allem Denken und Sein unterbrochen zu werden.

Was sollte inmitten dieser Gemüthsbelastung aller Unterricht? Was konnte jetzt haften?

Erich dachte daran, mit Roland fleißiger auf die Jagd zu gehen, er sollte sich zerstreuen, neuen Lebensmuth und frischen Blick durch Aufmerksamkeit auf andere Dinge gewinnen. Aber er wendete sich gerade nach der entgegengesetzten Seite; nicht Zerstreuung, sondern Vertiefung sollte Roland helfen. Wie glücklich war er daher, als Roland sagte:

„Wir wollen alles Andere vergessen, wir wollen ruhig fortarbeiten."

Der Jüngling hatte einen Lerntrieb gewonnen, der ihn die besten Freuden im Studium gewinnen ließ, auch in Erich war eine neue Belebung, es war die eines Geretteten, eines sich selbst Rettenden.

Wenn er an die Tage auf Wolfsgarten dachte, an das Spielen und Tändeln mit Allem, was das Menschenherz erfüllt, erschrak er. Er hatte mit seinem ganzen Besitzthum, das er in emsiger Arbeit sich erworben, eine leichtfertige Vergeudung gemacht; er hatte mit Bella, mit der Gattin Clodwigs, eine unter dem Ausspruche großer Gedanken verhüllte Tändelei sich gestattet, er nannte es geradezu Liebelei; er erschien sich selbst wie ein Tempelräuber, und klein, unendlich klein war dagegen, was arme Menschen gethan hatten.

Was er für sich selber nur schwer errungen, vielleicht gar

nicht vermocht hätte, das gelang ihm jetzt aus Pflicht für einen
Andern; er versenkte sich in die Erkenntniß und Alles erschien
durchsichtiger und klarer. Wie ein geübter Schwimmer sich der
heranstürmenden hohen Wellen freut, untertaucht, wieder ans Licht
bringt und mit kräftigem Arme die Fluthen theilt, so versenkte
sich Erich in die Wissenschaft, und freudig hob es ihm das Herz,
wenn die großen Wellen heranbrausten; da verschwindet alles
kleinliche Bangen und Zagen und alles Kämpfen mit sich selbst.

Roland bat Erich, mit ihm in das Haus des Krischers zu
gehen, um zu sehen, wie es der Frau und den Kindern erginge.
Er erzählte, daß er dem Sohne des Krischers begegnet sei, der
als Küfer im Dienste des Weingrafen stand; er habe ihm die
Hand reichen und sagen wollen, daß der Sohn ja nichts dafür
könne, wenn der Vater etwas gethan, und er habe es ja gewiß
nicht gethan. Der Küfer aber habe ihm die Hand verweigert,
ihn nur starr angesehen, seinen Hammer aus dem Schurzfell genommen, habe damit hin und her gespielt und sei endlich davon
gegangen.

Erich ging mit Roland nach dem Hause des Krischers; die
Vögel in den Käfigen sangen, und vor Allem die Schwarzamsel
hörte nicht auf mit ihrem „Freut Euch des Lebens." Die Hunde
sprangen lustig umher. Die Frau war abgehärmt und verwahrlost, sie jammerte und erzählte, sie habe sofort nach der Ver-
haftung ihres Mannes alle Vögel hinausfliegen lassen wollen,
aber ihr Sohn, der Küfer, bestehe darauf, daß Alles bleibe, bis
der Vater wieder käme, denn er würde sicher bald frei; der
Siebenpfeifer habe das Amt des Krischers einstweilen theilweise
übernommen, den Nachtdienst habe oftmals der Küfer, der doch
am Tage so scharf arbeiten müsse. Es solle Alles in Ordnung
bleiben, damit ihr Mann wieder in seinen Dienst treten könne.

Erich wollte der Frau eine Summe einhändigen, aber sie erklärte, sie nehme nichts; ihr Sohn, der Küfer, habe verboten,
daß etwas aus dem Hause Sonnenkamps angenommen werde.

Als man nach der Villa zurückkehrte, sagte Roland:

„Wenn nun der Krischer unschuldig ist, wie ich glaube, so
ist doch entsetzlich, daß ihm für die Qual und die Schande, die
er tragen mußte, Niemand entschädigen kann."

Zweites Kapitel.

Kaum zwei Wochen waren vorüber, als die Stetigkeit des Unterrichts wieder unterbrochen wurde. Frau Ceres, die sonst immer theilnahmlos und still war, erwähnte oft, daß sie der Frau Cabinetsräthin versprochen habe, ihr bald Roland zu bringen.

Es wurde nun eine Ausfahrt nach der Residenz beschlossen. Erich wurde nicht aufgefordert, mitzureisen. Man fuhr in zwei Wagen; in dem einen saßen Frau Ceres, Fräulein Perini und Roland, in dem andern Sonnenkamp und Pranken. Die Reit-pferde waren vorausgeschickt.

Pranken gab zuerst seine Freude kund, daß Sonnenkamp sich der Kirche freundlich erwiesen; er hatte seinerseits bereits vorge-arbeitet, daß die am Hofe viel geltende höhere Geistlichkeit in der Ausführung des Planes mitarbeite. Eine kleine Gewissens-regung fühlte Pranken, daß er seine innere Umwandlung und seinen häufigen Verkehr mit dem Kirchenfürsten als ein Stück Diplomatie ausnützte, aber er war doch weltlich eitel genug, die innere Erleuchtung, deren er sich im Geheimen rühmte, vor der Welt als einen Schmuck der Klugheit gelten zu lassen und zu-nächst vor Sonnenkamp. Er freute sich, daß man auf so leichte Weise mit der Geheimen Cabinetsräthin in Beziehung getreten sei; bei der Frau ließ sich mit äußern Mitteln wirken, mit welchen man bei dem Gatten behutsam, wenn nicht gar unmög-lich ankommen konnte.

Man fuhr an einer schönen Villa vorüber, wo alle Fenster-laden geschlossen waren, und Pranken deutete darauf hin, daß Herr Sonnenkamp diese Villa kaufen müsse, um sie für eine geringfügige Summe an die Cabinetsräthin zu verkaufen, die, wie er wußte, ein lang gehegtes Verlangen nach einem solchen Besitzthum hatte. Sonnenkamp war einverstanden in der Voraus-setzung, daß das Ziel erreicht würde. Pranken fügte hinzu, daß dies einer der Hebel sei, aber freilich noch nicht alle.

Die Beiden waren allein, aber seltsamerweise nannten sie das Vorhaben nicht bei Namen, bis endlich Sonnenkamp sagte, die Cabinetsräthin habe ihm mitgetheilt, daß der Weinhändler geadelt würde; er möchte wünschen, daß diese Erhebung ihm vorher zu Theil würde, er glaube eher ein Recht darauf zu haben, obgleich er seine Tochter nicht einem dem Tode verfallenen, sondern dem frischesten Leben angehörenden Edelmanne zur Gattin geben wolle.

Pranden lächelte sehr geschmeichelt, entgegnete aber, daß der Vorgang mit dem Weinhändler — man könne dies durchaus nicht Vorrang nennen — eher förderlich sei; die Adelserhebung stehe alsdann nicht so vereinzelt da.

„Sie haben es schwerer als der Weinhändler," setzte er hinzu, „denn im Hause des Weinhändlers wohnte der Kirchenfürst bei seiner letzten Rundreise. Der Weinhändler hat die mächtige Kirchenpartei für sich, während Sie, ich wollte sagen Wir, eigentlich keine Partei haben. Um so besser, der Sieg ist unser allein."

Man kam in der Residenz an.

Die Cabinetsräthin war hocherfreut und sagte zu Pranden, den sie beständig als Haupt der Gesellschaft anredete, wie glücklich sie sei, in einer Bade=Bekanntschaft eine neue Freundschaft gewonnen zu haben.

Nicht ohne Geschick wußte Pranden anzubringen, daß Sonnenkamp ein nachbarliches Landhaus ankaufe, um es zu einer mäßigen Summe abzugeben, wenn er damit edle Freunde als Nachbarn ansiedeln könne.

Die Cabinetsräthin kannte das Haus; es hatte ehedem Befreundeten angehört und sie war zuweilen dort zum Besuche gewesen. Sie pries die Menschen glücklich, die in einem solchen Besitzthum sich heimlich ansiedeln und liebe Nachbarn haben; sie erzählte, daß sie ihrem Manne gesagt habe, es sei eine Schande für den Staat, daß ein Mann wie Herr Sonnenkamp noch keinen Orden besitze.

So vorbereitet ging nun Pranden mit seinem Plane heraus und die Cabinetsräthin fügte hinzu, daß es der Gesellschaft nur erwünscht sein könne, einen Mann von solcher Bedeutung wie Herr Sonnenkamp in den höheren Stand aufzunehmen. Sonnenkamp that sehr bescheiden und schüchtern; ein Mädchen, das einen Liebesantrag erhält, den es erwartet hatte, konnte nicht scheuer zu Boden sehen.

Man rückte die Rollstühle näher zusammen, als ob man sich jetzt erst sagen dürfe, daß man im vollsten Vertrauen zu einander stehe; die Cabinetsräthin bat, man möge ihrem Manne zunächst noch nichts mittheilen, sie werde Alles schon entsprechend einleiten; es wäre indeß gut, wenn auch von anderer Seite mitgewirkt würde, besonders wenn Graf Wolfsgarten die Sache bei Hofe anrege, dann sei es ein Leichtes, ihm in die Hand zu arbeiten.

Pranden hob nachdrücklich hervor, wie überaus befreundet Clodwig mit Herrn Sonnenkamp sei, aber man müsse die Sache sehr zart und fein betreiben, und das könne nur eine Frau von der bekannten Umsicht wie die Cabinetsräthin.

Sonnenkamp bestand darauf, daß er nicht um den Adel bitte, er müsse ihm geboten werden; erbitten oder eigentlich erkaufen könnte er den Adel bei einem auswärtigen Fürsten, er lege aber wesentlich Bedeutung darauf, daß der Fürst seines neuen Vaterlandes und die Gesellschaft dieses Landes ihn ehre; die Freunde sollten für ihn das veranlassen. Er freute sich an der Delicatesse, mit der die Cabinetsräthin die Sache behandelte; seine Mienen sagten: das ist doch einmal eine neue Art.

Er streichelte durch die Luft hin, als streichelte er ein zartes Katzenfell.

„Sind auch Weinberge bei dem Landhaus?" fragte plötzlich die Cabinetsräthin.

„Ja, so viel ich weiß, drei Morgen und von der besten Lage," erwiderte Pranden.

Er gab Sonnenkamp zu verstehen, daß man das natürlich dazu kaufe.

Sonnenkamp verlor auf einmal den Charakter der Bescheidenheit und Verschämtheit; jetzt ging's an sein Geld, jetzt war er der Herr. Er wollte der Frau sagen, daß er nur Zug um Zug zu handeln sich einlasse; erst nachdem er das Adelsdiplom erhalten, solle sie das Landhaus erhalten mit den Weinbergen dazu, aber er bezwang sich, vor Pranden das kundzugeben, und es schien auch nicht nöthig, schon jetzt damit hervorzutreten. Die Leute sollten nur einstweilen die Sache betreiben und sich dadurch binden. Wenn es darauf ankommt, ist er Manns genug, sich nicht übertölpeln zu lassen. Es war ein siegessicheres Lächeln in seinen Mienen.

Der Cabinetsrath trat ein. Er begrüßte Sonnenkamp mit formvoller Höflichkeit und dankte für die Aufmerksamkeiten, die man seiner Frau in Vichy erwiesen hatte.

Man ging in den Saal, wo Roland mit einem Sohne des Cabinetsraths, der Cadett war, sich aufhielt, und bald war Roland, dessen Schönheit jedes Auge erglänzen machte, der Mittelpunkt der Gruppe. Der Cabinetsrath sagte, wie es allgemein belobt wurde, daß man einen kenntnißreichen, allerdings etwas excentrischen Mann wie Herrn Dournay, zum Erzieher genommen. Als Roland auf die an ihn gestellte Frage sagte, daß er Officier werden wolle, ermahnte der Cabinetsrath, daß er möglichst bald in die Cadettenschule eintrete.

Leise sagte Pranken zur Cabinetsräthin, er billige durchaus die Maßnahme des Herrn Sonnenkamp, Roland erst als Adeligen eintreten zu lassen; denn es würde sich überaus seltsam machen, wenn der Jüngling in der Cadettenschule ein Adeliger würde; er habe dann viel Neckereien der Kameraden zu ertragen.

Der Cabinetsrath sprach vom Aufbau der Ruine und von der Gartenkunst Sonnenkamps und wie höchsten Orts schon mehrfach in rühmlicher Weise davon die Rede gewesen.

Sonnenkamp bat um die Erlaubniß, zuweilen etwas von seinen Producten an die fürstliche Tafel schicken zu dürfen, besonders schöne Bananen, die gerade jetzt sehr gut gediehen wären; Pranken hob die Geschicklichkeit hervor, wie Herr Sonnenkamp neun Monate des Jahres frische Trauben auf die Tafel bringen könne.

Der Cabinetsrath erwiderte, daß diese Freundlichkeit sicherlich willkommen sei; er selbst aber könne darin nichts bestimmen, der Hofmarschall, der ja ein Vetter des Herrn von Pranken wäre, werde das Anerbieten des Herrn Sonnenkamp gewiß annehmen.

Pranken nahm Herrn Sonnenkamp mit zum Hofmarschall. Roland ritt mit dem Cadetten aus. Frau Ceres blieb bei der Cabinetsräthin und diese that sehr betroffen, da Frau Ceres in sie drang, das Korallenband, das sie trug und das die Cabinets= räthin sehr bewundert hatte, von ihr anzunehmen.

Die Cabinetsräthin mußte willfahren, aber sie bat Frau Ceres, dies als Zeichen geheimer und inniger Freundschaft gelten zu lassen, von dem Niemand etwas erfahre. Sie betheuerte wieder= holt, daß sie ohne Eigennutz für ihre Freunde wirke; sie war über= zeugt, daß Frau Ceres mit im Plane war, sie durch Geschenke zu gewinnen.

Frau Ceres sah sie verwundert an, sie kam sich wieder ent= setzlich einfältig vor; diese Frau sprach von Dingen, die sie gar nicht begriff.

Als die Cabinetsräthin eine Ausfahrt nach einem Vergnügungs= orte vorschlug, stimmte Pranken nachdrücklich bei; denn es war

von Bedeutung, daß Frau Ceres mit der Cabinetsräthin, Son=
nenkamp und Pranken mit dem Cabinetsrath im offenen Wagen
durch die Residenz nach dem Vergnügungsorte fuhren, wo sich
heute die auserlesenste Gesellschaft befand; diese sollte die Verbin=
dung Sonnenkamps mit ihm und dem Cabinetsrath sofort als
Thatsache erkennen.

Auf dieser Fahrt hatte die Cabinetsräthin einen Gedanken, der
so gutmüthig als gescheidt war; sie gewann eine Adjutantin und
half einer armen Frau. Mit erbarmungsvollem Tone sprach sie
von der Mutter Erichs, die in überschwenglicher Weise ihre Stellung
einer sogenannten idealen Liebe geopfert habe. Das Einverständniß
zwischen der Frau Cabinetsräthin und Pranken war bereits so
weit gediehen, daß sie nichts ohne seine Zustimmung that; ein
leises Nicken Prankens bezeigte ihr, daß sie weiter gehen dürfe.
Sie forderte nun Herrn Sonnenkamp auf, etwas für die Mutter
Erichs zu thun, ja sie wo möglich ins Haus zu nehmen. Auch
Tante Claudine wurde im höchsten Grade belobt.

Die Cabinetsräthin war sich klar, daß die nahe Beziehung
zum Hause Sonnenkamps sich viel leichter pflegen ließ, wenn die
Professorin und die Tante da wären; man näherte sich dann ge=
wissermaßen ihnen und nicht diesem Manne, man war sogar ver=
pflichtet, sich den hochangesehenen Frauen nahe zu halten, um
ihnen ihre abhängige Stellung zu erleichtern; das fügte sich dann
Alles so leicht, wenn man das Landhaus — natürlich waren
mehrere Morgen Weinberge dabei — bewohnte.

So mischten sich die Beweggründe, und die Mischung war
gut und belebend.

Sonnenkamp lächelte wohlgefällig, aber innerlich sagte er sich:
diese Adelskette hängt noch fester zusammen, als eine Diebesbande,
und sie sind jetzt auch eine Diebesbande, denn der arme Adel
will sich von mir aufsteifen lassen.

Er stimmte der Cabinetsräthin sehr freundlich bei, innerlich
aber dachte er:

Du hast das Landgut noch nicht.

Man fuhr an dem Landsitze des Prinzen vorüber, der vor
Kurzem aus Amerika zurückgekehrt war. Hier war Alles wohl=
bestellt und geordnet. In dem kleinen Pavillon, der in einem
Gehölz am Wege angebaut war, stand ein gedeckter Tisch; La=
kaien warteten in der Nähe.

Aus einem öffentlichen Garten auf der Anhöhe, wo die Garde-
Officiere ein Sommerfest veranstaltet hatten, tönte Militärmusik,
und kaum hatte das eine Musikchor ein Stück gespielt, als ein
zweites von der andern Seite begann. In der Mitte des Gartens
unter einem großen Zelte saßen die Officiere an einem langen
Tische; daneben an kleinen Tischen unter den Bäumen, an denen
bunte Lampen hingen, die Honoratioren der Residenz mit ihren
Frauen und Töchtern in hellen sommerlichen Kleidern.

Es erregte Aufsehen, als die beiden Wagen Sonnenkamps
mit den schönen Pferden vorfuhren. Pranken ordnete schnell Alles
und seine Gesellschaft nahm an einem der besten Tische Platz;
viele Augengläser richteten sich nach ihnen; Pranken war bald
bei den Kameraden und schüttelte da und dort die Hand, er gesellte
sich aber schnell wieder zu Sonnenkamp und seiner Gesellschaft.

Die Cabinetsräthin hing sich an den Arm Sonnenkamps und
war überaus freundlich: Pranken hatte Frau Ceres am Arm.
Roland war mit dem Cadetten am Scheibenstand, wo man mit
Bolzen schoß; er traf immer ins Schwarze.

Herr Sonnenkamp wurde dem General vorgestellt, der auf
die Einladung Sonnenkamps versprach, ihn bald zu besuchen.
Pranken sagte, er bringe einen Rekruten und zeigte auf Roland.

Der Abend brach herein, die bunten Lampen wurden angezündet. Da knallten Böllerschüsse, Fanfaren tönten, Hoch wurde
gerufen: der Prinz war von seinem Landsitze zum Gastmahle der
Garde-Officiere gekommen. Beide Musikchöre spielten nun „Heil
bir im Siegerkranz" und Alles war voll Leben; am glücklichsten
aber war vielleicht Sonnenkamp, denn er wurde dem Prinzen
vorgestellt, der freilich nur einige nichtssagende Worte an ihn
richtete. Aber alle Welt hatte doch gesehen, daß er mit ihm sprach
und eine sehr freundliche Verbeugung machte.

Höchst befriedigt fuhr man wieder nach der Residenz zurück.
Die bunten Lampen leuchteten und die Musik tönte noch in der
Erinnerung.

Am nächsten Morgen stand in der Zeitung, daß gestern Abend
die Garde-Cürassiere ein Jahresfest auf der Rudolphshöhe feierten.
Se. Hoheit der Prinz Leonhard habe das Fest mit Seiner Gegenwart beehrt; unter den anwesenden Gästen sei Herr Sonnenkamp
von Villa Eden mit seiner Familie besonders bemerkt worden.

Drittes Kapitel.

Während die Familie Sonnenkamp in der Residenz war, ritt Erich nach Wolfsgarten. Er hatte jeden verrätherischen Gedanken in sich niedergekämpft, er dachte einzig daran, daß er verpflichtet sei, die Freundschaft, die Bella ihm zugewendet, dahin zu lenken, daß er ihr die Hoheit ihres Gatten klar mache. Das wollte er.

Frisch und muthig ritt er dahin.

Er traf Clodwig allein. Bella war mit einem fremden Besuch ausgeritten. Clodwig freute sich, mit Erich einmal ganz allein zu sein, der ihn bei früheren Besuchen so oft dem Knaben überlassen hatte und mit Bella gegangen war. Er berichtete, daß der Sohn eines Freundes, der als russischer Gesandter in Neapel gelebt, zu ihm gekommen sei, um ernste Studien in der Landwirthschaft zu machen. Der junge Fürst habe sich, wie Alle seines Gleichen, im Pariser Strudel umhergetrieben, aber es sei ein edler Kern in ihm und eine Willenskraft, die das Beste hoffen lasse. Die große Thatsache, daß der Kaiser von Rußland die Leibeigenschaft aufgehoben, bewirke zugleich eine noch größere moralische und ökonomische; die Herren müßten nun aus Gutsbesitzern einsichtige und selbstthätige Landwirthe werden. Es sei bei den Russen ein Eifer der Aufopferung und Hingebung für das niedere Volk, und das ergreife oft Weltlinge so mächtig, daß es erscheine, wie die Umkehr jener heilig Gesprochenen, die, aus tollen Gelagen kommend, plötzlich ihrer sittlichen Aufgabe inne wurden.

„Es giebt keine so bildungsbegierige Aristokratie, als die russische," sagte Clodwig, „leider aber sind die Männer eifrig und ideell begeistert ein Jahr lang oder zwei, dann werden sie leicht lässig; sie haben viel Nachahmungstalent, sie haben noch zu erproben, wie lange es vorhält und ob sie etwas Neues hervorbringen. Vielleicht ist die Aufhebung der Leibeigenschaft ein großer sittlicher Wendepunkt."

Erich hob hervor, wie es ein glorreiches Zeichen des neuen freien Geistes sei, daß nicht die Kirche, deren Beruf es hätte sein sollen, das bewirkt habe, sondern die reine Humanität, die kein kirchliches Gepräge hat.

Die beiden Männer waren noch in weitgehenden Erörterungen über die Macht des Geistes und Clodwig eben in der Darlegung, wie es ihm oft die Seele peinige', daß die rohe Gewalt mehr über

den Geist vermöge, als man sich gestehen wolle, da trat Bella
ein. Ihr Antlitz glühte, als Erich sie grüßte, und der junge
Mann von eleganter, aber etwas ermüdeter Erscheinung, begrüßte
Erich sehr zuvorkommend; er freute sich, daß Erich so geläufig
französisch spreche, da er im Deutschen sich nur unbehülflich aus=
drücke; er setzte sofort hinzu, daß man Erich die französische Ab=
stammung anmerke, in seiner Aussprache läge etwas, was nur
das französische Organ vermöge.

Nachdem man sich auf kurze Zeit zurückgezogen, versammelte
man sich wieder im Gartensaal.

Clodwig mußte dem Russen dringend ans Herz gelegt haben,
daß er sich Erich anschließe, denn der junge Mann sagte alsbald
zu demselben:

„Ich würde mich sehr freuen, wenn Sie mich etwas von Ihnen
lernen lassen wollten.“

Er sagte das mit einer gewissen kindlichen Unterwürfigkeit und
so vertrauensvoll, daß Erich ihm die Hand darreichte, indem er
erwiderte:

„Ich werde gewiß auch von Ihnen lernen können.“

„Außer Whist, das ich sehr gut spiele, wie man mir allge=
mein sagt, glaube ich nicht, daß etwas von mir zu lernen ist,“
antwortete der Russe lachend.

Als ein Mann, der sich alsbald zur Kenntniß der Landespro=
ducte an die Producenten wendet, fügte er hinzu:

„Wie ich höre, ist die Philosophie in Deutschland aus der Mode
gekommen; können Sie mir vielleicht einen Grund dafür sagen?“

Erich, der es ablehnen mußte, hierüber genaue Auskunft
geben zu können, meinte, daß vielleicht die Philosophie als
Wissenschaft minder hervortrete, daß sie aber Methode aller
Wissenschaften geworden sei.

Bella legte den Kopf zurück und schaute in den blauen Himmel.
Die Männer werden jetzt Dinge verhandeln, die sie eigentlich in
Rücksicht auf die Frau auf eine andere Zeit verschieben sollten,
aber sie will geduldig sein und zuhören.

Der Fürst war in Fragen unermüdlich; er wollte wissen,
welches jetzt die bestimmenden Geister in Deutschland seien, und
da Erich erwiderte, daß sich unsere Epoche an keine einzelnen
Namen knüpft, fragte er weiter, woher es käme, daß es an her=
vorragenden Häuptern fehle. Erich suchte darzuthun, daß in der

Zusammenfassung des Geisteslebens unsere Zeit keiner vergangenen an Größe nachstehe, daß aber das Auszeichnende heute und vielleicht für immer keinem einzelnen Ausgezeichneten zukäme.

Bella hörte noch immer still zu, sie wiegte den zusammengelegten Fächer in der Hand, als wäre es ein Pfeilbündel, sie legte den Fächer aus einander und zupfte an den einzelnen Stäben, als wären es Pfeile, die sie lockern und losschnellen müßte.

Endlich hielt sie es an der Zeit, nicht mehr still zuzuhören.

„Herr Hauptmann," fragte sie, „warum scheeren Sie alle Zeitgenossen über einen Kamm?"

Da nicht geantwortet wurde, fuhr sie fort:

„Ich möchte weiter fragen: Schaffen bevorzugte Naturen nicht neue Gesetze in der moralischen, der intellektuellen, der politischen, wie in der ästhetischen Welt?"

Erich erwiderte sehr ernst:

„Das ist das Elend, das der Jesuitismus in der Kirche wie die Frivolität der Weltlinge gleichmäßig zu verantworten hat. Man erkennt bestimmten Naturen und bestimmte Naturen erkennen sich selbst eine Berechtigung und Ausnahmsstellung zu, bei denen die Menschen=Gesellschaft nicht bestehen könnte. Was man bevorzugte Natur nennt, das giebt mehr Verpflichtungen, aber keine über das Maß des Allgemeinen hinausgehende Berechtigung. Vor Gott und der ewigen Sittlichkeit sind wir Alle gleich, das hat das Christenthum erschöpfend ausgedrückt im Worte, daß wir Alle Kinder Gottes sind. Nun aber hat die Kirche Indulgenzen, hat der Staat Majorate, und möchte eine Sophistik moralische Ausnahmsberechtigungen schaffen."

„Sie sprechen sehr gut," sagte der Fürst zu Erich.

Erich suchte den Blick Bellas, aber sie sah nicht auf, sie hatte die Lippen zusammengepreßt, denn sie dachte: Will er mir die Lehre geben, daß Niemand sich eine Ausnahms=Moral zuerkennen darf? Also darum der weltgeschichtliche Packzug? Sie wollte gleichgültig sein über den Ausspruch Erichs, aber sie vermochte es nicht; sie sah auf, ihr Auge ruhte schmerzlich auf ihm.

Als man im Garten spazieren ging, fragte der Fürst, der seinen Arm in den Erichs gelegt hatte, ob er Herrn Weidmann kenne, in dessen Haus ihn Graf Clodwig senden wolle.

Erich sagte, daß er ihn nur flüchtig gesehen habe, daß aber der Mann allgemein verehrt sei.

„Wenn Sie einen Freund Ihnen gleich wüßten," sagte der
Fürst und drückte den Arm Erichs an sich, „wenn Sie einen
Mann wüßten, der mein Begleiter, mein Lehrer sein wollte, ich
könnte ihm eine Sicherung für sein ganzes Leben verschaffen,
oder ... Sie entschuldigen die Frage ... würden Sie vielleicht
selbst ...?"

Erich dankte, er empfahl indeß nachdrücklich den Candidaten
Knopf, der bereits Lehrer auf Mattenheim war.

Bella trat zu ihnen und Erich ging mit gemischten Empfin=
dungen neben den Beiden. Er hatte so viel darüber nachgesonnen,
wie er mit Bella von jener Grenzlinie der Freundschaft, die alle
Gefahren in sich schloß, zurücklenken konnte; nun war sein Grü=
beln unnöthig, sein Platz war bereits besetzt. Innerlich ereiferte
er sich doch über das zutrauliche Benehmen Bellas gegen den
Russen, und ein seltsames Gewirre von Gefühlen entstand in
seiner Seele. Sollte es ihn freuen, daß er hier nur eine Kokette
vor sich habe, die bald mit diesem, bald mit jenem tänble? Oder
that Bella nur so, damit ihr zutrauliches Benehmen gegen ihn
nicht auffällig erscheine, indem sie das Gleiche auch gegen Andere
aufrecht erhielt?

Der Doctor kam; er brachte immer eine ganz neue Tonart.
Er faßte Bella, Erich und den Russen rasch und scharf ins Auge,
ihm schien Alles klar.

Viertes Kapitel.

Der Doctor bat Erich, sein Reitpferd an den Wagen anzu=
binden und mit ihm bis in die Nähe der Villa zu fahren.

Als die beiden Männer im Wagen saßen, blies der Doctor
vor sich hin und sagte dann:

„Eine schöne Frau die Gräfin Bella und eine geistreiche, sie
liebt den Papagei, der frei in den Wald fliegen darf, ihr dann
aber wieder gehorsam auf die Schulter zurückkehren muß."

„Ich finde," fiel Erich ein, „daß man hier zu Lande und
im engen Lebenskreise viel über Dritte spricht. Erscheint Ihnen
das nicht als eine Beschränkung oder wie man es sonst nennen
mag?"

Der Doctor merkte wohl, daß Erich nicht auf das Thema eingehen wollte, aber er erwiderte:

„Der ergiebigste Stoff ist die Gattung Mensch, und der un= erschöpfliche in dieser Gattung ist die Spielart Weib. Ich rede indeß mehr von mir, ich habe an dieser Frau eine neue Spielart kennen gelernt. Sie kannten Frau Bella früher nicht?"

„Nur flüchtig," ließ sich Erich widerwillig vernehmen.

„Aber ich kannte sie. Sie hatte eine Nothehe geschlossen wie viele Andere, und ich nehme ihr das gar nicht übel. Ich bin auch anderer Meinung als die meisten Menschen. Die Gräfin ist in der That bescheiden auf ihre Talente, denn sie ist stolz auf ihren Heroismus; sie hat, ich weiß das, dem Grafen vor der Verlobung gesagt, sie sei nicht bedeutend genug für ihn, seiner nicht würdig. Intellektuell war das aufrichtige, nur im Ausdruck übertriebene Bescheidenheit. Sie hat Talente, aber keine Seele, sie hat lauter Zuspeise, keine feste Kost. Sittlich war dieses Bekennt= niß volle Wahrheit, für sie ist die Sittlichkeit nur Convenienz."

Erich schaute betroffen auf und der Doctor fuhr fort:

„Ich meine die Sittlichkeit der großen Welt, die nur die äußere Ehre als wesentlich betrachtet und nur diese bei einer Ab= weichung im Auge hat. Dem Grafen Clodwig aber ist alles Un= reine und Unschöne von Natur zuwider, er würde es nicht üben, auch wenn nie ein Mensch davon wüßte."

Der Doctor machte eine Pause; das Herz Erichs erbebte. Will ihm der Mann die Reinheit Clodwigs vor Augen halten, um ihm zu zeigen, wie unwürdig die leiseste Regung wäre, einen solchen Mann zu kränken und zu hintergehen?

Der Doctor fuhr fort:

„Es kann keine schönere Ehre geben, als der Freund Clod= wigs zu sein. Ich liebe die Aristokratie nicht, ja ich hasse sie, aber in Graf Clodwig ist eine edle Weise, die sich vielleicht nur ausbilden kann, wenn sie von Geschlecht zu Geschlecht gehegt wird und nicht wie bei uns Bürgerlichen erobert werden muß. Bei Clodwig ist eine beständige gleichmäßige Art von Luftheizung, nirgends eine lobernde Flamme, aber immer wohlige Wärme. — Sie sehen, ich habe von Ihnen gelernt, Bilder zu machen," warf er scherzend dazwischen und nahm wieder neu auf: „Graf Clodwig und Herr Sonnenkamp betrachten ganz das Gleiche als das höchste Gut."

„Und das ist?"

„Ruhe. Freilich, die Ruhe, die Herr Sonnenkamp will, ist eine ganz andere als die des Grafen. Gräfin Bella aber braucht Unruhe, sie kann ohne sie nicht leben. Sie ist ein wahrer Tugenddrache; sie muß jede Woche oder mindestens jeden Monat einen reinen Ruf verschlingen, oder noch besser ein Schuldbeladenes katzenartig zerreißen; sie beißt wie wohl dressirte Jagdhunde am liebsten nach den Augen eines armen Häsleins, dann ist sie gesättigt und äußerst zuvorkommend und thut Niemand etwas. Sie spricht sehr gut von Diesem und Jenem, so lange es ihnen schlecht geht; wenn die Menschen gedemüthigt sind, begnadigt sie dieselben gern; sobald ein Mensch krank ist, wird sie menschenfreundlich gegen ihn, so lange er aber gesund ist, hat er nur Härte von ihr zu erwarten. Daß sie schönes volles Haar hat, freut sie nicht so sehr, als daß sie sagen kann: diese oder jene hat so und so viel Pfund falsches Haar. Sie ist glücklich, sagen zu können, diese oder jene Frau ist scrophulös, denn die Prancken allein sind gesunde Menschen. Und wenn sie etwas behauptet, so geht sie nie davon ab; es ist ihr lieber, daß ihr Mann, daß die ganze Welt unlogisch ist, als daß sie Unrecht hat; Unrecht darf Bella von Wolfsgarten nie gehabt haben. Sie hat nie ein unpassendes Kleid getragen, nie ein Wort gesagt, das nicht in Stein gegraben werden durfte. Und das nennt sie Charakter! nennt sie Stärke! Mag die Logik der ganzen Welt darüber zum Teufel gehen. Sie kann den gesprächlichen Eiertanz sehr gut ausführen. Haben Sie schon ein zierliches Brieflein von ihr bekommen? Sie versteht auch auf dem Papiere voll biegsamer Anmuth zu tanzen."

Erich fuhr sich mit der Hand über die Stirn, er begriff nicht, daß er das Alles hörte. Der Doctor warf eine halb angerauchte Cigarre weg und fuhr fort:

„Die böse Welt wünscht, und leider könnte es nicht geschehen, ohne Clodwig ins Herz zu treffen, daß dieser Tugenddrache einmal seinen unheiligen Georg finde; aber das müßte ein Mann sein, der, wie man's nennt, Glück bei den Frauen machen will, nicht einer, dem die Worte Liebe, Seelengröße, höheres Streben ernst sind, und der sie nicht zum Deckmantel für andere Zwecke mißbraucht."

Erich wußte nicht, was er sagen sollte; er fühlte, daß er

zitterte. Der Doctor zog an einer Schnur, der Radschuh legte sich unter das Rad am Wagen, man fuhr den Berg herab, der Wagen knirschte und zischte und man schaute hinein in die Tiefe, wo unten über Felsen ein kleiner Bach dahinrauschte. Als man wieder im Thal dahinfuhr, begann der Doctor:

„Wenn ich sage, die böse Welt, so war das nicht blos eine Redensart; ich muß Ihnen nur noch erklären, welches die neue Spielart ist, die ich an Frau Bella kennen gelernt habe. Es gab und giebt viele Frauen, die, in Wahrheit oder eingebildet, höchst unglücklich sind oder sich höchst unglücklich fühlen, weil sie gar so unbedeutende Männer haben — und sie selber sind doch so große, unverstandene, ätherische Seelen — und ihre Gatten lieben die Pferde, die Hunde und was sonst noch. Die neue Spielart aber, die Frau Bella repräsentirt, ist die: sie ist unglücklich, weil ihr Mann so bedeutend ist. Hätte sie eine jener wohlexercirten Gliederpuppen, die dazu da sind, eine Hofuniform auszufüllen, sie könnte unglücklich sein, könnte sich als schönes blüthengeschmück-tes Opfer betrachten, geduldsam entsagen und sich beweinen, aber immer wachsen der höchsten Empfindung zu. Nun aber wird sie neben einem solchen Manne immer gehässiger und geringer; er beleidigt sie, weil er sie in Schatten stellt, ja sogar oft ihr halbes Denken tadelt, wenn auch nur durch Emporziehen der Brauen. Und eigentlich . . . ich glaube, sie gesteht es sich selber nicht . . . haßt sie ihren Mann, denn er macht aus ihrem bloßen Spielen mit dem Geist strengen Ernst; er zwingt sie, Unklarheiten und Albernheiten zu erkennen. Dafür wird er aber auch genugsam gestraft. Mir ist die Sage von den Harpyen klar geworden. Die neuen Harpyen beschmutzen jeden höheren Gedanken, daß er un-genießbar und ekelhaft sei, und so muß nun Clodwig um das einfache tägliche Brod des Geistes kämpfen und ringen. Wissen Sie, was aber nun das Gefährlichste ist bei Frau Bella?"

„Ich weiß gar nichts mehr, ich kann mir nicht denken, welche Steigerung Sie noch vorhaben."

„Eine ganz einfache. In der Kirche nennt man es Teufel, was aber jetzt als ein sehr geschmeidiger, edler und aufopfernder Dämon erscheint; er kommt und sagt: Sieh, du bist der Freund dieser Frau, sie hat so viel Vertrauen, so viel Güte zu dir, be-nütze das nun, ihr die rechte Stimmung zu geben; du mußt sie lehren, ihren Mann gerecht zu würdigen und wie er verdient,

verehrt zu werden. Dieser sophistische Dämon scheint nur so
sein, ist aber in der That der plumpste von allen, denn noch
nie würdigte ein Eheweib ihren Gatten durch fremde Einsprache.
Es giebt eine letzte Lebenskraft und eine letzte Liebeskraft, die nur
aus dem Menschen selbst kommen kann, und wo die nicht ist,
da hilft nichts und redete man mit Engelszungen. Die Alten
haben es als die größte Heldenthat des Theseus gepriesen, daß
er die Medusa besiegte: sie ist die giftige Schönheit. In der
alten Zeit versteinerte sie, in der neuen verweichlicht sie die
Männer. Ich habe einen besondern Haß auf Frau Bella, und
wissen Sie warum? Sie macht mich zum Heuchler, so oft ich
nach Wolfsgarten komme; ich sollte nicht so höflich gegen sie sein
und es entschuldigt mich nicht, daß ich es bin, weil ich Graf
Clodwig liebe. Kein Mensch hat mich so schlecht gemacht als sie,
bei ihr heuchle ich und empfinde solche Zerstörungswuth, wie ich
sie gar nicht geglaubt hätte. Sie ist eine Quacksalberin. Wenn
ich eine Medicin verordne, so hat sie immer voraus gewußt,
was ich verordnen werde; medicinisch hab' ich es ihr nun ziemlich abgewöhnt, aber sie ist es noch mehr geistig. Da hat sie
Hausmittelchen und Redensarten aufgeschnappt, daß man meint,
sie wäre in Alles eingedrungen, aber der Kern ihres Wesens ist
Respektlosigkeit, leckes Dreinreden, denn Alles ist für sie Schwindel,
und sie hat auch keinen Respekt vor sich selbst, denn sie weiß,
sie ist auch Schwindel; sie will an allem Wissen theilnehmen und
ist doch gleichgültig gegen alles Wissen; sie unterhält Andere und
langweilt sich dabei. Ein tiefer Zug in ihrer Seele ist Undank-
barkeit. Mag ihr werden, was da wolle, sie bleibt undankbar.
Wollen Sie den geraden Gegensatz zu Bella, so nenne ich Ihnen
den Major, der ist dankbar für Alles, selbst für die Luft, die
er athmet. Der Major, das alte Kind, glaubt noch nicht an
die Gemeinheit der Menschen; wenn der leibhaftige Teufel zu
ihm käme, er fände das Gute an ihm heraus. Bella ist grund-
los. Ein Mann bösen Gemüthes hat immer noch Kräfte und
Thätigkeiten für die Welt; wenn eine Frau bösen Gemüthes ist,
ist sie ganz bös' und nur bös'. Wissen Sie, wer zu Frau Bella
paßte?"

„Ich weiß gar nichts mehr," rief Erich verzweifelt, es war
ihm, als wäre er gefesselt.

„Der einzige Mensch, der zu ihr paßt, der diese ganze

Menagerie, die sich Bella nennt, demüthigen und beherrschen könnte, das wäre Herr Sonnenkamp, und im Geheimen haben sie auch eine tiefe Sympathie für einander."

Erich fühlte sich erleichtert, da er lachen konnte; aber der Doctor nahm wieder auf:

„Junger Freund, ich bin ein Kezer, ich glaube, so böse als eine Frau kann ein Mann nie sein und auch so heuchlerisch nicht. Für das Letzte sind sie aber nicht verantwortlich, denn es wird ihnen von Kindheit an ja immer gesagt: thut nur so, die Welt will den Schein. Die Hauptsache aber ist, sie haben keine Humanität, sie gehen nicht den Gründen nach, aus denen die Dinge geworden sind, Alles ist für sie fertig gesteckt und genäht wie ein Hut oder eine Mantille bei der Putzmacherin; und andererseits stehen sie noch unter dem Bann des Thierischen, sie kennen die volle Mitfreude nicht und Medisance ist die verfeinerte Mordgier; in der ganzen Thierwelt ist das Weibchen immer das grausamste."

Erich saß still und ließ Alles an sich hinreden, und als man jetzt am Ziele angekommen war, stieg der Doctor aus, er blies wieder vor sich; er glühte im ganzen Gesichte.

„Ich habe mir's einmal leicht gemacht," sagte er, „ich würge schon lange daran. Ich danke Ihnen, daß Sie mich so geduldig angehört. Junger Freund," — und er legte zutraulich die Hand auf die Schulter Erichs — „ich bin auch grimmig auf die Poeten, die uns aus Furcht, den Weibern zu mißfallen, die geistreiche Paradefrau aufgeputzt haben. Wenn ich über Frau Bella zu viel gesagt habe — es ist möglich — bitte, behalten Sie, was ohne Uebertreibung wahr ist und bleibt und was ich zu jeder Stunde vertrete."

Erich nahm sein Pferd am Zügel, aber er stieg nicht auf, er ging still und gedankenvoll dahin; es that ihm weh, daß über Bella so gesprochen wurde und daß er sie nicht besser vertheidigt hatte.

Zu Roland wendete sich seine Seele und in ihm sprach es: Ich war doch auch eitel, ich freute mich, zu glänzen, von einer schönen Frau gelobt zu werden, mit ihrem warmen Handschuh einen leichten Schlag auf die Finger zu bekommen. Das war kein Mann, der sagen durfte, ich will in Reinheit einen Menschen erziehen.

Mit befreiter Seele schritt er des Weges weiter und kam auf der Villa an.

Ein Telegramm war da, daß die Familie heute in der Residenz übernachte.

Erich war allein.

Fünftes Kapitel.

Frau Ceres sagte am Morgen, daß sie nicht gern schon jetzt wieder nach der Villa zurückkehre; das Fest auf Rudolphshöhe lag ihr im Sinn und sie wünschte heute wieder ein solches zu haben und nicht abzureisen. Man konnte ihr nicht willfahren. Sie bat die Cabinetsräthin dringend, doch mit nach der Villa zu reisen und bei ihr zu bleiben. Es wurde abgelehnt, aber ein baldiger Besuch versprochen.

Frau Ceres war verstimmt; um sie aufzuheitern, ließ nun Sonnenkamp Pranken zu ihr in den Wagen sitzen und nahm Roland zu sich. Jetzt, da er seinen Sohn allein hatte, fragte er ihn über mancherlei aus; namentlich scheute er sich nicht, zu erforschen, wie Erich mit der Gräfin Bella gewesen und ob sie oft allein spazieren gegangen.

Unterwegs begegneten ihnen die Reitpferde, die voraus heimwärts geschickt waren. Sonnenkamp ließ einen Augenblick anhalten, die Pferde schauten unter den Decken heraus mit ihren großen Augen gar seltsam auf ihren Herrn. Er gab dem Reitknecht einen strengen Verweis, denn er hatte von ferne bemerkt, daß dieser statt ruhig nebenher zu gehen, auf einem der Pferde gesessen hatte; er drohte kurz, daß bei nächstem Zuwiderhandeln der Reitknecht entlassen würde. Man fuhr weiter und Roland sagte:

„Unsere Pferde sind besser bekleidet als arme Menschen.“

Sonnenkamp antwortete nichts, er sah nur seitwärts und dann auf seinen Sohn.

Plötzlich rief Roland dem Kutscher, er möge anhalten. Er sah am Wege den Fuhrmann, mit dem er in jener Nacht gewandert war. Er stieg aus, reichte dem Manne die Hand und sagte, wenn er den Hausknecht treffe, möge er ihm sagen, daß

er ihn besuchen solle. Roland stieg wieder ein, der Fuhrmann
starrte ihm nach und der Vater fragte nach diesem seltsamen Be=
gegniß.

Roland erzählte Alles; auch die Sage vom Lachgeist erzählte
er, aber der Lachgeist schien auf Sonnenkamp keine Wirkung zu
üben, und wie Roland erkennen ließ, daß er sich gern in das
Leben armer, mit der Noth ringender Menschen versetze, pfiff
Sonnenkamp unhörbar vor sich hin. Je mehr aber Roland sprach,
um so mehr staunte der Vater über die geistige Regsamkeit des=
selben; jenes Gespräch auf der Burg, nachdem der Krischer die
Frage gestellt, kam in seltsamen Verschlingungen und Vermen=
gungen hervor.

Sonnenkamp kämpfte mit sich, was er thun sollte. Erich so=
fort entlassen, das geht nicht wegen Roland; er würde dann diese
verkehrten Anschauungen um so hartnäckiger festhalten. Auch
wegen der Cabinetsräthin durfte man einen Bruch mit Erich nicht
herbeiführen, zumal da dieselbe großen Nachdruck darauf legte,
Erichs Mutter zur Beihülfe zu erlangen; vor Allem aber war
auf Clodwig Rücksicht zu nehmen, denn die Verbindung mit die=
sem hatte nicht Pranken, sondern Erich zu Stande gebracht und
Clodwig war der mächtigste Hebel zur Ausführung des Planes.

Bald nach der ersten Begrüßung fragte Sonnenkamp Erich,
wo er gestern gewesen sei; er fragte das wie ein Herr, der über
die Zeit seines Dieners zu verfügen hat und Rechenschaft ver=
langen kann.

Erich berichtete von seinem Besuche auf Wolfsgarten, er ver=
weilte besonders bei der Schilderung des jungen russischen Fürsten.

Sonnenkamp lächelte; es war ihm lieb, daß diese stolze Idea=
lität ihre Abwege so gut verbergen konnte. —

Roland war jetzt geneigt, die festgesetzte Ordnung willkürlich
zu durchbrechen, und blieb er beim Unterrichte, so sah er ver=
drossen drein; aus der Ferne tönte noch immer die Trompeten=
musik und saßen Officiere frei und heiter beisammen.

Erich erkannte die Umwandlung in seinem Zögling und war
tief traurig; mochte er Roland die ganze gesammelte Kraft wid=
men, dieser nahm Alles nur widerwillig hin.

Ein unscheinbares Ereigniß brachte den Zwiespalt zum Aus=
bruch. Sonnenkamp übergab Erich im Beisein Rolands das erste
fällige Gehalt; er schaute triumphirend auf seinen Sohn, während

er die Goldstücke in eine Rolle that. Erich nahm das Gold in die Hand, trat einen Schritt vor gegen das Fenster, wo Roland stand und sagte:

„Hier, Roland, nimm meinen Lohn und trage ihn auf mein Zimmer. Warte dort auf mich."

Roland empfing das Gold; er sah verwirrten Blickes auf den Vater und Erich.

„Thu mir den kleinen Dienst und trage das Gold auf mein Zimmer," wiederholte Erich.

Roland ging. Er trug das Gold in der Hand, als wäre es eine schwere Fessel; er ging auf das Zimmer Erichs, dort legte er das Gold auf den Tisch. Er wollte weggehen; aber er dachte, daß er es doch bewachen müsse; er wollte das Zimmer schließen, aber er erinnerte sich, daß Erich ihm gesagt, er solle auf ihn warten.

Da kam Pranken, um ihm Lebewohl zu sagen; er beglückwünschte Roland, daß er bald von Erich befreit sein würde. Jetzt erst wurde Roland klar, was geschehen war und noch geschehen sollte. Pranken sagte Roland heiter Lebewohl. Als er weggegangen, fühlte Roland, daß er Pranken nie mehr lieben könne; er empfand das als einen Verlust und still stand er neben dem Tische und schaute immer auf das Gold. In kindischer Weise zählte er dann, wieviel Erich bekommen habe. Aber für welche Zeit hatte er das bekommen? Er brachte es nicht heraus, er wendete sich wie unwillig ab und schaute zum Fenster hinaus. Hinter ihm lag das Gold auf dem Tische, und es war, wie wenn Jemand bei ihm wäre, der ihm zuraunte: vergiß mich nicht!

Unterdeß stand Erich bei Sonnenkamp und schaute ihn still an. Wollte der Mann ihn entlassen oder nur demüthigen?

Er war entschlossen, ihm Beides zu vereiteln.

Da Erich noch immer nicht sprach, sondern ruhig den Blick auf Sonnenkamp geheftet hielt, sagte dieser endlich:

„Ich habe Sie doch nicht verletzt?"

„Ich bin nicht empfindsam, ich achte das Geld, soweit es Achtung verdient, und freue mich meines ehrlichen Lohnes. Ich liebe Ihren Sohn vielleicht mehr als ... doch für die Liebe giebt es kein Maß, sie mißt sich nicht an Anderem. Weil ich Ihren Sohn liebe, will ich, daß eher auf mich als auf seinen Vater ein Makel falle."

„Auf mich?"

„Ja; ich hätte Ihnen wol etwas herauszahlen können, da Sie mich vor den Augen meines Zöglings so ablohnen. Ich kann nicht glauben, daß Sie das ohne Absicht gethan. Ich erkläre Ihnen aber, daß ich mich durch Derartiges nicht gedemüthigt fühle."

Sonnenkamp machte eine abwehrende Bewegung und Erich fuhr fort:

„Ich hätte Ihnen in Gegenwart Rolands sagen können, daß die freie Arbeit — ich spreche nicht von Liebe — wie sie der Mensch dem Menschen leistet, nie bezahlt werden kann. Ich unterdrückte es, weil ich will, daß Ihr Sohn Sie mehr liebe und ehre, als andere Menschen, auch mehr als mich. Ich bin in Ihrem Dienste, dies ist Ihr Haus, Sie können mich in dieser Stunde daraus entfernen."

„Das wollte ich nicht . . . das will ich nicht! Habe ich das gesagt? Ich muß mich Ihnen nur erklären und Sie müssen sich mir erklären. Haben Sie nicht Roland gesagt, daß die Zeit kommen wird oder da ist, wo es keinen Privatbesitz mehr giebt?"

Erich entgegnete, daß ihm das nicht im Entferntesten in den Sinn gekommen sei; er habe nur ein Beispiel von der Umwandlung der Gesinnungen gewählt; er bereue, gerade dieses gewählt zu haben, und werde dafür sorgen, die mißverständliche Auffassung Rolands zu berichtigen. Aber er hätte wohl voraussetzen dürfen, der Vater würde eher einen Mißverstand Rolands, als einen Widersinn des Lehrers annehmen.

Sonnenkamp pfiff wieder leise vor sich hin.

„Setzen wir uns," sagte er endlich; „sprechen wir ruhig als verständige Männer, als Freunde, wenn ich so sagen darf."

Er machte eine Pause; mit ganz veränderter Stimme fuhr er dann fort:

„Ich muß Ihnen bemerken, daß, auch von dem Irrthum abgesehen, Ihre Denkweise mir für meinen Sohn gefährlich scheint. Sie scheinen mir in der That ein Menschenfreund. Ich respectire das. Sie gehören zu den Menschen, die jedem Straßenknecht am Wege den Dank für seine Mühe ausdrücken möchten, auch materiell. Sie sehen, ich glaube an Ihre wirkliche Menschenfreundlichkeit. Aber diese Menschenfreundlichkeit — ich spreche offen — taugt für meinen Sohn nicht. Es wird auch viel Schmuggelhandel mit Gefühlen getrieben; man redet sich ein, daß die niederen Menschen unsere Empfindung haben. Mein Sohn hat dereinst ein fürstliches Einkommen; wenn nun ein Reicher so durch das Leben gehen müßte, immer ausschauen, wo Noth, wo nicht entsprechender Arbeitslohn, er wäre zu größerem Elend verdammt, als ein Bettler am Weggraben. Das Härteste, was meinem Sohn geschehen könnte, wäre, wenn man ihn sentimental, wenn man ihn weinerlich machte. Ich gehöre nicht zu diesen Menschen und möchte, daß auch mein Sohn nicht zu denen gehöre, die eine ewige Sehnsucht nach dem Unnennbaren und, wie ich glaube, Unerreichbaren haben; ich will für mich und meinen Sohn erreichbaren Lebensgenuß."

„Auch ich," erwiderte Erich, „möchte Roland gutherzig erhalten, aber nicht weichherzig machen. Er soll die schöne Gunst seines Lebens erkennen, soll das Schönste und Höchste empfangen und aus sich machen."

Erich setzte das näher auseinander, Sonnenkamp reichte ihm die Hand dar und sagte:

„Sie sind . . . Sie sind . . . ein edler Mensch. Sie haben auch noch an mir zu erziehen. Vergessen Sie, was geschehen; ich vertraue Ihnen unbedingt. Ich vertraue Ihnen, daß Sie mir nicht das Herz meines Sohnes entziehen, daß Sie ihn nicht weichmüthig machen, nicht zu einem Allerweltshelfer."

Sonnenkamp stieß diese Worte heftig hervor, denn innerlich knirschte er, daß der Mann, den er hatte demüthigen wollen, sich so kühn herausgewunden hatte.

Als Erich zu Roland kam, ging ihm dieser entgegen, streckte ihm beide Hände zu und rief:

„Ich bitte dich, verzeih meinem Vater, daß er dich wie einen Knecht abgelohnt."

Erich hatte viel Mühe, Roland das Geschehene zu erklären, ohne seinen natürlichen Sinn zu verwirren oder zu zerstören. Der Sohn sollte Liebe und Verehrung für den Vater haben.

„Wir wollen zum Major gehen," sagte Roland endlich; er wollte offenbar zu einem Menschen, der von all diesem Wirrwarr nichts wußte.

Sie gingen zum Hause des Majors; sie trafen ihn nicht. Sie wanderten mit einander bis in die Nacht hinein und sprachen kaum ein Wort.

Auch Sonnenkamp wanderte in der stillen Nacht durch den Park. Ein Wort, das Erich heut wieder genannt, hatte in ihm einen großen Kampf hervorgerufen. Das Wort hieß: freie Arbeit. Und wieder kehrten seine Gedanken zum nächsten zurück, er begriff nicht, wie er dazu gekommen, Erich zu verletzen, während es doch in seiner Absicht lag, dessen Mutter kommen zu lassen. Wie gütig werden das die Menschen finden. Alles kommt nur darauf hinaus, daß die Welt glaubt. Die Geschminkte weiß auch, daß sie keine rothen Wangen hat, aber sie freut sich, daß die Welt es glaubt, ist fröhlich und thut jung.

Sonnenkamp hatte gewünscht, daß Pranken den Ankauf der benachbarten Villa, die man der Cabinetsräthin überlassen wollte, betreiben sollte. Pranken hatte es ebenso freundlich als mit guten Gründen abgelehnt, denn er fand, daß Herr Sonnenkamp sich den Anschein geben müsse, als wolle er sich nur gute Nach=barschaft sichern. Sonnenkamp wußte nicht, sollte er hoffen oder fürchten, daß Pranken die Sache bereits von langer Hand an=geregt und sich einen Vortheil dabei gesichert habe. Sollte er der Betrogene sein? Aber es war schön, wenn sein künftiger Schwiegersohn so viel Klugheit hatte, sich einen Vortheil zu sichern.

In den nächsten Tagen bekümmerte sich Sonnenkamp wenig um Haus und Garten, um Roland und Erich, er besichtigte das Landhaus, suchte die entsprechenden Weinberge zu erwerben und ward vollkommen überzeugt, daß Pranken noch gar nichts in der Sache gethan.

Der Weingraf hatte auch die Absicht, das Landhaus zu kaufen; es hieß, er wolle es für seinen Eidam, den Sohn des Hofmarschalls, erwerben. Sonnenkamp schloß rasch den Kauf ab.

Sechstes Kapitel.

Wenn der Krischer im Gefängniß gehört hätte, daß Sonnen=kamp noch ein Landhaus gekauft, hätte er sicher wieder aus=gerufen:

„Ja, der kauft noch den ganzen Rheingau!"

Aber er vernahm nichts davon.

Die Untersuchung zog sich in die Länge. Der Landrichter war zwar so freundlich, neue Protokolle, für welche Erich und Roland zu verhören waren, auf der Villa aufzunehmen; immerhin aber unterbrach diese schwebende traurige Angelegenheit mehrmals den Unterricht.

Auch die Gastgebereien blieben nicht aus. Roland verkündete eines Tages:

„Es giebt ein großes Fest bei Graf Wolfsgarten, Vater und Mutter sind ganz glücklich; du und ich, wir sind auch eingeladen."

Sonnenkamp war sehr zufrieden mit Prancken, daß dies erreicht worden war; der Mitwirkung Erichs wurde gar nicht mehr gedacht. Es war mit Prancken ausgemacht, daß Clodwig, das gewichtigste Mitglied der Ordenscommission, für die Sache, die man jetzt allein im Auge hatte, gewonnen werden müsse und zwar zur lebhaftesten Initiative.

Am Tage der Einladung hatte Sonnenkamp einen schweren Kampf mit Frau Ceres; sie wollte ihren gesammten Schmuck zu dieser Mittagstafel anlegen. Fräulein Perini war es nicht gelungen, sie abwendig zu machen, obgleich sie wiederholt als unumstößliches Gesetz aufstellte, man trage im Tageslicht keine Brillanten. Frau Ceres war unwillig wie ein kleines Kind, sie wollte lieber zurückbleiben, wenn man ihr diese Freude nicht gönnte.

Sonnenkamp bat, sie möge doch „aus Mitleid" mit der Gräfin, die man nicht beleidigen dürfe, den Schmuck nicht anlegen, der das Zwanzigfache vom Schmucke der Gräfin betrage; sie möge sich einfach kleiden; dagegen wurde ihr versprochen, sie solle beim nächsten Feste, das man im Hause gebe, Alles anlegen dürfen.

Frau Ceres aber beharrte dabei, daß sie nicht mitgehe, wenn sie nicht ihren Schmuck tragen dürfe.

„Gut," sagte Sonnenkamp, „so schicke ich sofort einen Boten nach Wolfsgarten, daß wir ohne dich kommen."

Er ließ einen Reitknecht ins Zimmer bescheiden und gab ihm den Auftrag, zu satteln, da er unverzüglich nach Wolfsgarten reiten müsse. Als Sonnenkamp sich dann entfernte, sah ihm Frau Ceres mit einem bitterbösen Blicke nach; sie war also das arme Kind, das allein zu Hause bleiben mußte, wenn Alles

zum Feste geht. Nach einer Weile rannte sie durch das Haus
in das Zimmer Sonnenkamps und erklärte, sie gehe mit wie
man wolle.

Sonnenkamp bedauerte, daß er den Boten bereits abgeschickt,
und jetzt bat Frau Ceres dringend, er möge einen zweiten nach=
schicken, der ihre Ankunft melde.

Sonnenkamp behauptete, daß dies nicht mehr möglich sei;
endlich gab er nach. Er ging selbst in das Stallgebäude und
hatte weiter nichts als dem Reitknecht zu sagen: „Sattle wieder
ab!" denn er hatte ihn noch nicht fortgeschickt, er wußte im
Voraus, daß Frau Ceres, das verzogene Kind, ihn bitten werde.

Man fuhr nach Wolfsgarten.

Bella war äußerst erfreut, auch die Cabinetsräthin begrüßen
zu dürfen; sie sah heute schöner aus als je. Sie wußte Jedem
eine Freundlichkeit zu bieten und war besonders gütig gegen Erich.
Sie glaubte bei seinem letzten Besuche eine Mißstimmung an ihm
wahrgenommen zu haben, die sie nun durch eine Bevorzugung
zerstreuen wollte.

Dem Blicke der klugen Frau entging aber nicht, daß Erich
diese Freundlichkeiten zwar dankbar, aber kalt aufnahm.

Sonnenkamp, der ein scharfes Auge hatte, hielt den Athem
an wie ein Jäger, dem ein Wild schußgerecht kommt. Bravo!
Sie wissen gut zu spielen! dachte er. Der Tugendruhm dieses
Hauses hatte etwas Drückendes für ihn gehabt; nun bewegte er
sich hier mit einer gewissen Heimatlichkeit.

Es war ein kleiner Hof, der sich zusammengethan, die Form
war ländlich freier, aber dabei nicht minder wohlbemessen. Viele
schicksalsvolle Existenzen waren hier versammelt, die vielleicht
darum auffälliger erschienen, weil sie sich aus der Zerstreuung
des Landlebens gesammelt hatten. Pensionirte und freiwillig
ausgetretene Militärs bildeten das Hauptkontingent, die Orden
zeigten sich bescheiden als rothe, gelbe, blaue Zünglein im Knopf=
loch; die alten Herren waren sorgfältig frisirt, die Bärte frisch
gewichst; die Damen zeigten, daß man nicht umsonst einige
Wochen des Jahres in Paris zubrachte.

Einer einzigen Französin zu lieb wurde die Conversation
französisch geführt.

Auch ein berühmter Musiker, der sich in der Nähe aufhielt,
war eingeladen. Er erholte sich von seinen Concertreisen im

Landhause eines Collegen, der seine Musikschülerin, eine reiche Erbin, geheiratet und sich in der Gegend ein schönes Anwesen erworben hatte.

Nächst Erich waren Herr Sonnenkamp und der Musiker die einzigen Bürgerlichen in der heutigen Gesellschaft; den Künstler hob sein Genie, den reichen Mann seine Millionen in die neue Atmosphäre. Der Weincavalier konnte bereits als geadelt angesehen werden, denn es war bekannt, daß in den nächsten Tagen die ganze Familie geadelt werde. Das Brautpaar war ebenfalls geladen, aber am Tage des Gastmahls kam ein Brief, der mit höflichem Bedauern anzeigte, daß der Bräutigam, von einem kleinen Unwohlsein betroffen, nicht kommen könne. Auch die Braut war nun zurückgeblieben.

Der Weincavalier brachte einen berühmten Portraitmaler mit; er wohnte seit Wochen im Landhause des Weingrafen, denn er malte die Braut und den Bräutigam in Lebensgröße. Der Maler war sehr in der Mode, Perlen und Spitzen und grauer Atlas gelangen ihm am besten, auch die Gesichter waren ähnlich, nur alle etwas stark blau; er war indeß bei Hofe sehr beliebt und es konnte keine Frage sein, daß er allein die vornehme Braut malen durfte.

Sonnenkamp erhielt den Ehrenplatz neben Bella, zur andern Seite saß der Fürst. Clodwig hatte Frau Ceres neben sich, und der Major war natürlich auch da und hatte, wie er es wünschte, einen Platz am Ende des Tisches, damit er bequem mit Nachbar hüben und drüben sprechen konnte. Clodwig unterhielt sich sehr freundlich mit Frau Ceres, die heut aus Verlegenheit sehr viel aß, ohne daß Sonnenkamp ihr zugeredet hätte.

Sonnenkamp hatte seine alten Waffen der Galanterie hervorgesucht, mit denen er nie fehlte; heute aber schien es ihm nicht zu gelingen, denn Bella hörte nur mit halber Aufmerksamkeit zu, sie horchte stets hinüber nach dem Gespräche Erichs mit dem Russen.

Plötzlich waren alle Zwiegespräche verstummt, denn der Fürst fragte Herrn Sonnenkamp:

„Bezeichnet man die Sklaven in Amerika auch als Seelen?"

„Ich verstehe nicht."

„Wir in Rußland bezeichneten die Leibeigenen als Seelen; man sagte, ein Mann hat so und so viel hundert oder tausend Seelen; nennt man das auch in Amerika so?"

„Nein."

„Man hält es ja noch dort für eine Frage," fiel Clodwig
ein, „ob die Neger wirkliche menschliche Seelen sind. Humboldt
erzählt, die Wilden hätten die Ansicht, die Affen könnten auch
sprechen, sie unterließen es aber geflissentlich, weil sie fürchten,
sie müßten sonst auch arbeiten."

Ein allgemeines Lachen wurde vernehmbar und Clodwig
setzte hinzu:

„Wenn wir das geringste Gefäß aus der Griechen= und
Römerzeit ausgraben, finden wir immer eine Schönheit daran.
So viel ich weiß, haben die Neger nicht eine einzige neue schöne
Form gebildet."

„Sie haben also," fiel der Fürst ein, „wie man sagt, nicht
einmal eine neue Mausefalle erfunden?"

„Es fragt sich," fuhr Clodwig fort, „ob die Neger Erben der
Bildung sein können; da sie nicht Erben der schönen Menschen=
erscheinung sind, wie sie von Aegypten, Griechenland und Rom
auf uns überging, so können sie auch nicht Fortbildner der Kunst
sein, und die Kunst allein ist der Adel der Menschheit; sie können
die Schönheit nicht schaffen nach ihrem Ebenbild. Der Mensch
schafft sich seine Götter nur nach sich, und das ist den Negern
nicht möglich. Sie schaffen vielleicht in Zukunft etwas für sich,
aber nicht für Andere und darum sind sie erblos, sie stehen nicht
im großen, unzerreißbaren Zusammenhang der Menschheit."

Sonnenkamp schaute auf, sein ganzes Angesicht wurde größer.
So spricht ein Mann der unbestreitbarsten Humanität!

„So ist's!" fiel er ein. „Man ist in Amerika nicht senti=
mental. Unsere klaren und festen Anschauungen werden freilich
von der Schullehrerweisheit verletzert und mit dem großen Bann
der Unmenschlichkeit belegt, aber es giebt auch ein Pfaffenthum
der sogenannten Humanität und das hat seine Ketzergerichte so
gut wie andere."

Sonnenkamp sprach mit einer Wegwerfung, die deutlich er=
kennen ließ, wie ungehörig er das in aller guten Form vom
Fürsten aufgeworfene Thema fand. Clodwig glaubte, diesem bei=
stehen zu müssen, er begann mit leiser Stimme, aber im Laufe
der Rede wurde sein Ton immer lebhafter:

„Wer die geschichtlichen Thatsachen kühl und vom ruhigen
Standpunkte aus betrachtet, der sieht, wie die Idee sich stetig

entwickelt, sie arbeitet lange' still, aber unstörbar, und diese
Wirkung zieht sich fort, bis eine ungeahnte Thatsache, die schein=
bar nichts mit der Idee gemein hat, die Ausführung und die
offen am Tage erscheinende Entfaltung bietet. Die Idee ist immer
nur stimmungshaft vorbereitend, die Thatsache ist entscheidend
und dramatisch."

Bella sagte leise etwas zum Fürsten, der zu ihrer Rechten
saß. Clodwig merkte wohl, daß es eine Entschuldigung dieser
etwas schwerfälligen und allgemeinen Betrachtung war; flüchtig
zuckte es in seinem Antlitze, seine feinen Lippen zogen sich etwas
spitz zusammen und er fuhr fort:

„Ich bin der Ueberzeugung, ohne Sebastopol wäre die Bauern=
Emancipation nicht jetzt und nicht in dieser Weise ausgeführt
worden. Der Krimkrieg wurde unternommen, um Rußland zu
demüthigen, und er brachte Rußland dazu, sich einen freien
Bauernstand zu schaffen, sich innerlich zu erhöhen."

Der Fürst fügte einige zustimmende Worte bei und Clodwig
erklärte weiter:

„Mir hat der russische Gesandte erzählt, während des Krim=
krieges verbreitete sich plötzlich die Sage ... Niemand wußte,
woher sie kam, aber sie war auf allen Lippen und lautete:
Jeder, der bei Sebastopol kämpfen muß oder freiwillig dahinzieht,
um den Kaiser von den Alliirten zu befreien, erhält nach dem
Kriege freies Land und wird unabhängiger Bauer. Das steckte
überall in den Köpfen. Woher kam's? Die Idee der Bauern=
Emancipation, die lange in Büchern und Zeitschriften und in
den höheren Gesellschaftskreisen verhandelt wurde, gewann Gestalt
im Volksbewußtsein und wurde zu einer Thatsache, die das kaiser=
liche Decret nur noch zu besiegeln hatte."

Clodwig hielt inne, wie wenn er müde wäre, dann aber
raffte er sich auf und rief:

„Es ist nur das alte schöne Wort: die Schwerter werden zu
Pflugscharen."

Man wußte nicht, warum und auf welchem Wege Clodwig
zu solcher Darlegung kam, nur Erich sah strahlenden Antlitzes
auf ihn, und jetzt berührte eine Hand Erichs Schulter, er schaute
erschreckt um. Roland stand hinter ihm und sagte:

„Ganz Aehnliches hast du auch einmal gesagt."

„Setz' dich und halte dich ruhig," sagte Erich.

Roland ging auf seinen Platz, aber er wartete, bis der Blick Erichs ihn wieder traf, dann trank er ihm zu.

Bella sah wie hülfesuchend um, das war ja gar kein Tisch= gespräch; sie sah auf Erich, wie wenn sie ihn bitte, er möge doch das Gespräch von diesen häßlichen Dingen abwenden.

Eben schenkten die Diener Johannisberger in feine, zierliche Gläser, und Erich, das Glas vor sich hinhaltend, sagte:

„Herr Graf, solchen Wein haben die alten Völker in den Steinkrügen, die wir jetzt aus der Erde graben, doch nie gekostet."

Bella nickte ihm ermunternd zu und da er inne hielt, sagte sie:

„Wissen wir Genaues vom Weinbau der Alten?"

„Höchst wahrscheinlich," erwiderte Erich, „hatten die Alten gar keine Ahnung von dieser Würze, von diesem Feuer des Weines, denn sie tranken nur ungegohrenen."

„Ich bin weit entfernt," fiel Sonnenkamp ein, „mir eine Gelehrsamkeit anmaßen zu wollen, das aber ist doch leicht ersicht= lich, ohne Abkappung der Reben kann man keine ausgezeitigte und in sich concentrirte Traube und ohne Faß keinen entwickel= ten und voll ausgelebten Wein gewinnen."

„Ohne Faß? Warum das Faß?" fragte der Russe. „Hilft vielleicht die Holzfaser den Wein abklären?"

„Ich glaube nicht," entgegnete Sonnenkamp, „aber das Faß läßt Luft eindringen, läßt in den Kellern den Wein ausreifen, läßt ihn abfüllen, überhaupt seine Cultur vollenden. In Thon= gefäßen erstickt der Wein oder hält sich höchsten Falles so wie er ist."

Mit großer Freundlichkeit setzte Bella hinzu:

„Das freut mich, nun sehe ich wieder, daß eine fortschreitende Bildung auch die Naturprodukte zu höherem Genusse macht."

Sonnenkamp fühlte sich sehr gehoben; er erschien in der vor= theilhaftesten Weise. Das Tischgespräch vertheilte sich nun in viele Einzelunterhaltungen.

Man war heiter und wohlgemuth, alles Peinliche schien ver= gessen, die Wangen glühten, die Augen glänzten, als man sich von der Tafel erhob.

Siebentes Kapitel.

Im Garten saßen die Männer beim Kaffee allein, die Frauen hatten sich zurückgezogen.

Der Fürst, der sich freundlich gegen Sonnenkamp erweisen wollte, sprach den Vorsatz aus, Amerika zu bereisen, und Clodwig bestärkte ihn darin. Er bedauerte, daß er seinerseits dies in der Jugend unterlassen, und setzte hinzu:

„Ich glaube, wer nicht in Amerika war, kennt den Menschen nicht, wie er ist, wenn er sich gehen läßt; das Leben dort erweckt ganz neue Energien in der Seele. Mitten im Kampfe um den Besitz der Welt wird Jeder zu einer Art Robinson, der neue Quellen in sich entdecken muß. Amerika hat etwas, wodurch es in Vergleich mit Griechenland tritt. Griechenland sah den körperlich nackten Menschen, Amerika sieht den seelisch nackten, das ist vielfach kein schöner Anblick, aber eine Erneuerung des Menschenthums kann daraus hervorgehen."

Der Musiker, der eben im Begriff stand, eine Kunstreise in Amerika zu machen, versetzte:

„Ich weiß nicht, wie man in einem Lande lebt, in dessen Luft keine Lerche singt."

„Erlauben Sie mir eine Frage, Herr Graf," nahm jetzt Erich das Wort. „Es ist auffällig, daß man in Amerika keine neuen Namen erfinden konnte; man hat nur die von den Ureinwohnern überkommenen für Flüsse, Berge, Städte und Menschen, und dazu nur die aus der alten Welt herübergekommenen Namen. Ich möchte nun fragen: Hat die neue Welt bisher vermocht, zu den bisherigen ethischen Gesetzen ein neues hinzuzufügen oder heraus zu bilden?"

„Gewiß," fiel Sonnenkamp ein, „das beste, das es giebt."

„Das beste? Welches?"

„Es ist: Hilf dir selbst."

Mit Kopfschütteln sagte Clodwig:

„Hilf dir selbst ist streng genommen kein eigentliches Princip, sondern ein thierischer Trieb. Jedes Thier hilft sich selbst aus allen Kräften. Dieses Dogma war nur gerecht und am Orte gegen eine lügnerisch verfeinerte Lebensmoral, gegen eine Verkommenheit, die Alles vom Staate verlangt. Hilf dir selbst! ist ein guter Reisespruch für einen Auswandernden; sobald aber der Auswandernde zum Angesessenen wird, tritt Recht auf Andere und Pflicht gegen Andere ein. Hilf dir selbst, kann äußersten Falles bei Einzelnen gelten, im Gesammten nicht; die Leibeigenen konnten sich nicht selbst helfen und die Sklaven werden sich nicht selbst helfen können, die moralische Solidarität heißt: Hilf deinem Nächsten, wie dein Nächster dir helfe, und wenn du dir hilfst, hilfst du auch einem Andern."

Da stand man wieder in dem bei Tische angeregten und so glücklich abgelenkten Thema; Niemand schien es aufnehmen zu wollen, Clodwig fuhr jedoch fort:

„Es ist, als ob sich jedes Volk im großen Reiche der Geschichte durch eine Idee einbürgern müsse; ich glaube, daß Amerika zu Vollendung einer großen That berufen ist: zur Tilgung der Sklaverei von der Erde. Doch dies ist, wie gesagt, die Bethätigung einer längst vorbereiteten Idee; ja, es fragt sich: Hat Amerika ein neues Moralprincip?"

„Vielleicht ist die Nähmaschine ein neues Moralprincip," warf Prancken mit lecker Laune ein.

Man lachte.

„Es liegt doch auch ein Moralprincip in Hilf dir selbst," schaltete Erich ein. „Bei uns in Europa wird der Mensch zu Etwas gemacht durch ein Erbe oder durch die Gunst eines Fürsten; der Amerikaner will nichts werden durch Andere, sondern nur das, wozu er sich selbst ohne Hilfe eines Andern machen kann. Und gegenüber jenem Glauben, der die Menschen wie ein Speditionsstück durch einen Mittler an den himmlischen Bestimmungsort befördern läßt, ist help your self wichtig. Du, Mensch, bist kein Koffer mit Gesetzen wohl verschnürt und von der geistigen Zollbehörde plombirt und versichert, du bist ein lebendiger Passagier auf dieser Erde und mußt auf dich selbst Acht haben. Help your self! Es spedirt dich Niemand. Wir Deutschen haben schon ein annähernd ähnliches Sprüchwort, das heißt: Jeder muß seine Haut selbst zu Markte tragen."

„Darf ich auch etwas fragen?" ließ sich Roland vernehmen.

„Frage nur," ermunterte Erich.

„Als ich den Herrn Grafen vom Erbe der Bildung sprechen hörte, wollte ich fragen: woher wissen denn wir, daß wir in der Bildung stehen?"

Der Jüngling sprach mit Bangen, Erich ermuthigte ihn und Roland fuhr fort:

„Vielleicht halten die Chinesen oder die Türken uns für Barbaren.“

„Du wünschest also,“ half Erich weiter, „ein untrügliches Zeichen, woran ein Volk, eine Zeit, eine Religion, ein Mensch erkennen kann, ob sie in der Strömung der großen weltgeschichtlichen Bildung sich befinden?“

„Ja, das meine ich.“

„Das ist freilich schwer zu bestimmen. Ich glaube aber, man darf sagen: Wir wissen, daß wir im Mittelpunkt oder vielmehr im Fortsetzungspunkt der Bildung stehen, weil wir Erbe der Vergangenheit, weil wir von Persern, Juden, Aegyptern, Griechen und Römern aufnehmen und weiter führen; Türken und Chinesen, die das nicht thun oder nicht thun können, sind ausgeschieden und sterben in sich ab. Es ist kein Stolz, wenn wir Deutschen uns in die erste Reihe der Bildung stellen, denn es giebt kein Volk, das mehr die Arbeit der Menschheit in sich aufnimmt und weiterführt als das deutsche oder sagen wir das germanische, denn auch dein Geburtsland schließt sich an.“

Das Auge Clodwigs und das Rolands ruhte auf Erich, jetzt sahen sie einander an und Clodwig faßte die Hand Rolands und hielt sie fest.

Eine Zeitlang herrschte Stille.

Die Damen ließen bitten, man möge sich in den Saal begeben. Dort sang ein jovialer österreichischer Officier, der eine Kaufmannstochter aus der nahen Handelsstadt in den Adelsstand erhoben hatte, scherzhafte Lieder; Pranken, der bei einem Taschenspieler viele Kunststücke erlernt hatte, ließ sich erbitten und gab dieselben zum Besten, und endlich spielte auch noch der Musiker auf der alten Geige Clodwigs.

Sonnenkamp erfaßte die günstige Gelegenheit, da er allein mit Clodwig in einer geschützten Ecke des großen Saales saß; er fing zunächst an, von der freundlichen Theilnahme zu reden, die Clodwig für Roland habe. Behutsam ging er weiter, und es lag ein rührend altväterischer Ton in der Art, wie er sagte, daß er für sich selber im Leben nichts mehr zu wünschen habe, es sei nur sein einziger Wunsch, Roland für alle Zeiten in eine sichere Ehrenhaltung zu bringen.

Clodwig zweifelte nicht, daß er im Umgang und im Unterrichte Erichs eine Weltanschauung und Führung gewonnen habe
und noch weiter gewinnen werde, die ihm in sich Haltung gebe
und ihm einst die Gemeinschaft der Edlen sichere.

An dieses Wort „die Gemeinschaft der Edlen“ knüpfte nun
Sonnenkamp an. Er hatte nicht umsonst die Naturgeschichte der
Bestechung studirt, Clodwig mußte damit bestochen werden, daß
man ihn ins Gründungscomité nahm und ihm ideale Dividende
gab. Aber Clodwig that beständig, als ob er nicht verstehe, wohin Sonnenkamp ziele, und dieser wurde dadurch so verwirrt,
daß er statt Clodwig geradezu um Mitwirkung zu bitten, ihn
um Rath fragte. Clodwig rieth ihm entschieden ab, sogar mit
den scharfen Worten, daß es nicht wohlgethan sei, in eine ab-
sterbende Institution einzutreten, in der man doch nie heimisch
werde. Sonnenkamp mußte verbindlich danken. Clodwig ergriff
schickliche Gelegenheit, sich unter die andern Gäste zu mischen.

Man fuhr bei hellem Tage heimwärts, die Gastfreunde gaben
noch ein Stück Weges das Geleite. Sonnenkamp ließ Roland
sich zur Mutter und Fräulein Perini setzen, er wollte den Miß-
muth seiner Frau, die oft auf das große Perlencollier Bellas
gestarrt hatte, nicht noch einmal über sich ergehen lassen; er nahm
Erich zu sich in den Wagen.

„Das also ist die deutsche Gesellschaft! In unserm Herrn
Wirth steckt ein alter Professor,“ sagte Sonnenkamp.

Nach einer Weile lobte er den Takt Erichs, daß er vor Roland, der noch so jung sei, seine Freundschaft zu Clodwig und
dessen schöner Gattin in so zurückhaltender Form erscheinen lasse.
Die Hand auf die Schulter Erichs legend, fügte er hinzu:

„Junger Mann, ich könnte Sie beneiden; ich weiß wohl,
Sie werden Alles verneinen, aber ich gratulire Ihnen. Der alte
Herr hat Recht: Hilf dir selbst ist kein Moralprincip.“

Erich konnte nichts als entschieden ablehnen; er fühlte sich dabei innerlich schwer bestraft für einen flüchtigen, wenn auch nur
im leisesten Gedanken begangenen Fehl.

Sonnenkamp war verdrießlich. Jetzt ist er in das Streben
nach einer Sache gerathen, wo Selbsthilfe nicht ausreicht; er
mußte sich von Andern helfen lassen. Er wollte eine auszeichnende Ehrenstellung. Das ist nicht wie Erringen eines Besitzes,
Erwerben von Geld und Gut; die Ehre geht nur aus einer

Gemeinſamkeit hervor, hier mußten Andere helfen, und der Erſte und Vorzüglichſte, der mitwirken ſollte, war ſpröde und ab=lehnend.

————

Achtes Kapitel.

Und wieder und wieder kamen Zerſtreuungen, die den Unter=richtsgang durchbrachen. Frau Ceres aber war glücklich, denn jetzt kam die Gelegenheit, ihren ganzen Schmuck zu zeigen, und Fräulein Perini ſtrahlte, als ſie die Kiſte öffnen konnte, die von Paris ankam; nur zwei ſolcher Kleider ſollte es auf Erden geben, das eine beſaß die Kaiſerin, das andere Frau Ceres.

Nach dem Gaſtmahle auf Wolfsgarten war Sonnenkamp an=erkannt und nun erging auch an ihn eine Einladung des Wein=grafen zur Hochzeitsfeier ſeiner Tochter mit dem Sohne des Hof=marſchalls.

Erich hatte viele Mühe, ſeinen Zögling vom beſtändigen Re=den über das große Feſt zurückzuhalten, denn Roland wußte von dem Feuerwerk zu erzählen, das auf dem Rhein und auf den waldigen Bergeshöhen abgebrannt werden ſollte. Jeden Morgen ſagte er: „Wenn nur das Wetter ſchön bleibt.“ Oftmals fuhr er auch mit Pranken aus und kam erſt nach mehreren Stunden aufgeregt wieder; er verhehlte offenbar etwas vor Erich, und dieſer vermied es, ihn auszuforſchen.

Am Tage des Feſtes war auch der General eingetroffen, den man beim Beſuch in der Reſidenz kennen gelernt.

Es war noch heller Mittag, als man in drei Wagen nach dem Hauſe des Weingrafen fuhr. In einem Wagen ſaß Frau Ceres mit dem General, ſo aufgebauſcht und umfangreich, daß der General in einem Strom von Kleidern ſchwamm; im zweiten offenen Wagen ſaß Sonnenkamp mit Fräulein Perini und Pranken, der heute in voller Uniform mit zwei Orden ankam, denn er wollte mit der Familie Sonnenkamps als deren Zugehöriger eintreten. Sonnenkamp ſprach nicht davon, aber man ſah ihm an den Au=gen an, wie dankbar er dem jungen Mann war, der nicht nur den General zu ſeinem Gaſte gemacht, ſondern ihn eigentlich auch in die Geſellſchaft einführte. Im dritten Wagen ſaß Roland mit Erich.

Eine große Wagenreihe hielt vor der Villa des Weingrafen, die breit und stattlich an der Landstraße lag, rechts und links waren wohl angelegte schattige Gärten. Der General führte Frau Ceres am Arme. Man wurde von reich gallonirten Bedienten nach dem Garten gewiesen; auf den Gängen waren hüben und drüben schön geordnete wohl duftende Blumenwände. Als man die Stufen zum Garten hinunterstieg, stand der Weingraf da und bat den General, ihm den Arm der Frau Ceres zu überlassen. Im Garten wandelten verschiedene Gruppen oder saßen an schönen Plätzen.

Die Gattin des Weingrafen, eine große wohlbeleibte Frau, hatte nicht umsonst gehört, daß man sie der Kaiserin Maria Theresia ähnlich fand; sie war heut ganz gekleidet wie Maria Theresia und trug ein schönes Diadem von Brillanten.

Sonnenkamp wurde dem Brautpaare vorgestellt; der Bräutigam sah sehr ermüdet aus, die Braut dagegen, mit einem Rosenkranz im Haar, erschien äußerst belebt; man bedauerte, daß Manna nicht auch bei dem Feste war.

Der Hofmarschall-Vater freute sich, Herrn Sonnenkamp hier wieder zu treffen und auch die Bekanntschaft seiner Gattin und seines Sohnes zu machen, von dem er so viel gehört habe. Es war eine Decoration für den ganzen Abend, da der Hofmarschall offenbar absichtlich etwas laut sagte, wie noch gestern an der fürstlichen Tafel sehr ehrenvoll von Herrn Sonnenkamp die Rede gewesen sei. Frau Ceres erhielt den Platz neben dem Hofmarschall; noch trug sie den weißen Mantel über ihrem schmuckreichen Gewande.

Der Weingraf, heute mit mehreren Orden geschmückt, ging hin und her. Er war ein Mann von guten Manieren, der in beständigem Verkehr mit der Aristokratie aller europäischen Länder gestanden hatte. Zur Napoleonischen Zeit, damals als lustiger Weinreisender für das elterliche Haus, war er von dem umsichtigen Metternich zu mancherlei Missionen benutzt worden, die er mit großem Geschick ausführte. Es gab kaum einen französischen Heerführer, den er nicht gekannt, ja mit Napoleon selbst hatte er zweimal Unterredungen gehabt.

Der Weingraf hatte drei Söhne und drei Töchter; die älteste war bereits an einen adeligen Officier verheirathet. Von den drei Söhnen war einer in Amerika verschollen; er hatte dem

Vater viel Geld durchgebracht; ein zweiter war Mitglied des
Theater-Orchesters in einer mitteldeutschen Hauptstadt, und man
sagte, er habe seinem Vater geschrieben, daß er seinerseits den
Adel nicht annehme. Der dritte Sohn, der Weincavalier, hatte
die Adelssache mit großem Eifer betrieben und war glücklich darüber.

Der Weingraf benahm sich heute mit der größten Liebenswürdigkeit, und im ganzen Behaben des schlanken, noch leicht
sich bewegenden Greises mit dem schneeweißen Haare war eine
ungewöhnliche Spannkraft; er ging von Gast zu Gast und hatte
zu Jedem ein schickliches Wort; er empfing überall Glückwünsche
und zwar doppelte, denn am heutigen Tage hatte ihn der Fürst
geadelt. Er dankte bescheiden, er konnte sich sagen, daß er diese
Würde schon vor Jahrzehnten hätte erlangen können, aber damals
war in der Welt ein gewisser patriotischer Schwindel, daß selbst
ein Weinreisender davon ergriffen war. Er erwiderte beständig,
daß ihn die hohe Gnade seines Fürsten überaus glücklich mache.

Sonnenkamp lächelte immer still vor sich hin, er sah es voraus, wie man bald auch ihm so huldigen werde, und er machte
sich bereit, die Huldigungen mit bescheidener Dankbarkeit entgegen-
zunehmen.

Frau Ceres war in peinlicher Verlegenheit, sie saß neben dem
Hofmarschall, der, als er fand, daß kein Gespräch bei ihr haften
wollte, sie still neben sich sitzen ließ.

Auch für sie kam endlich das Glück, denn die Cabinetsräthin
trat ein; sie war überaus erfreut, ihre Freundin hier zu treffen,
und der Hofmarschall überließ ihr den Platz neben Frau Ceres.

Bald kam auch Bella. Selbst in diesem Kreise, wo Viele
ihres Gleichen waren, erschien sie in einer gewissen Bevorzugung.
Sie war sehr huldvoll gegen Frau Ceres und bat sie sogar, ihr
den Arm zu geben und mit ihr nach dem Gartensalon zu gehen,
wo die überaus reiche Ausstattung der Braut ausgestellt war.
Man hörte von den Zurückkehrenden Ausrufe der Bewunderung,
man sah auch Blicke des Neides.

Frau Ceres trug mit großem Ungeschick ihr langes Schleppkleid, während Bella es in beiden Händen zierlich hielt und anmuthig dahinschritt, als ob sie durch leichte Wolkenwellen dahin-
schwebte.

Sonnenkamp wurde von dem russischen Fürsten Valerian zutraulich begrüßt, er reichte ihm die Hand; Sonnenkamp war sehr

erfreut; aber Alles war plötzlich wie mit Asche bestreut, da der russische Fürst sagte:

„Ich habe es vergessen, Sie müssen mir noch Genaueres über die Art der Sklavenbehandlung erzählen; ich fürchte, ich treffe keine mehr, wenn ich mich zu meiner amerikanischen Reise entschließe."

Er wendete sich bald ab, da ihm der General vorgestellt wurde. Sonnenkamp fühlte sich doch etwas neu und verlassen in diesem Kreise; seine Mienen erheiterten sich wieder, als er Bella und Frau Ceres so zutraulich mit einander gehen sah.

„Sie haben ja die Gräfin kaum begrüßt," sagte er zu Erich.

„Ach, ich denke ganz Anderes," erwiderte Erich. „Ich möchte wissen, wie unser neuer Baron hier seinen Dienern sagt: Johann, Peter, Michel, von heut an nennt ihr mich gnädiger Herr oder Herr Baron! Er muß sich doch höchst lächerlich vorkommen."

„Vielleicht ist Doctor ein schönerer Titel. Wird man vielleicht mit ihm geboren?" erwiderte Sonnenkamp scharf.

Er wurde aber plötzlich freundlich, denn Bella kam näher und sagte zu ihm:

„Wissen Sie, Herr Sonnenkamp, wozu wir eigentlich hier sind und was diese ganze Festlichkeit bedeutet? Es ist einfach ein Taufschmaus und es ist ein schöner Scherz von unserm gnädigen Fürsten. Der Weinhändler hat sich so lange um den Adel bemüht und bringt jetzt sogar seine Tochter als Opferlamm dar, so daß der Fürst nicht umhin konnte, ihn zu gewähren. Ist es nicht prächtig, daß er ihm endlich den Namen gab: Herr von Endlich?"

Es war lustig, wie sie ausmalte, daß es schön wäre, wenn so ein alter Täufling plötzlich rufen würde: Ich will nicht diesen Namen, ich will einen andern!

Zu Erich gewendet, schilderte sie ihm die ganze Gesellschaft mit zutreffenden, wenn auch boshaften Kennzeichen. Sie zeigte auf einen älteren Mann mit großem Schnurrbart, und schilderte überaus heiter, daß der Mann, der ein pensionirter protestantischer Pfarrer war, seine Freiheit damit bekunde, daß er sich einen Schnurrbart wachsen ließ und sich nur noch hellfarbig kleide. Am übermüthigsten spottete sie über eine Gruppe junger Mädchen, denen man ansah, daß sie die schwere Frisur auf ihrem Kopfe fühlten; die Friseure aus dem Badeorte und der Festung

waren seit dem frühesten Morgen von Landhaus zu Landhaus
geeilt, um die Köpfe der jungen Mädchen gesellschaftsmäßig auf=
zuzäumen. Bella wußte den Mädchen nachzuahmen, wie Eines
dem Andern zuflüsterte:

„Bitte, habe ich mein Chignon noch? . . ."

Besonders possierlich wies sie auf einen großen langen Eng=
länder, der mit einer dicken Frau und drei schlanken, mit langen
Locken versehenen, überaus bunt gekleideten Töchtern erschienen
war. Er lebte im Winter in der Residenz, im Sommer in einem
Landhause; er verbrachte seine Tage mit Angeln, die Töchter mit
Zeichnen; er galt für sehr reich und sein Reichthum hatte eine
seltsame Quelle. Vor Jahren war ein Bruder der Frau nach
Botany Bay deportirt worden, als geschickter Kaufmann wußte
er von dort aus ein großes Exportgeschäft zu etabliren, und da=
her stammte der große Reichthum der Familie.

Bella war von einer Munterkeit und Frische, die ihren Zauber
nicht verfehlte. Sie zeichnete Erich mit offenbarer Absichtlichkeit
vor der ganzen Gesellschaft aus.

Erich vermochte das Gefühl nicht zu unterdrücken, daß er ein
Unrecht an ihr begangen. Er hatte das scharfrichterliche Urtheil,
den seelischen Sectionsbefund des Doctors über Bella angehört
und es wäre doch seine Pflicht gewesen, entschieden dagegen an=
zukämpfen. Wie wenn er etwas abzubitten hätte, blickte er sie an.

Graf Clodwig, der sich zu dem Kreise gesellte, konnte nicht
umhin, zu bemerken, da er immer wieder staunend sehe, wie
viele abenteuerliche Existenzen sich hier am Ufer des Rheins an=
siedeln. Der Major stand bei Seite und blickte Herrn Sonnen=
kamp an, als wollte er sagen: Ich bitte dich, thu's doch nicht
auch; bleib bei uns. Lieber als die schönsten Bonbons, die ich
mit heim bringe, wär' mir's, wenn ich Fräulein Milch sagen
könnte: Es ist nicht wahr, was man Herrn Sonnenkamp nach=
sagt. Denn wieder hatte Fräulein Milch das streng bewahrte
Geheimniß sofort erfahren.

Erich erbarmte sich des Majors, der heute ungewöhnlich ver=
düstert aussah, und es gelang ihm, den Grund der Verstimmung
zu erfahren, denn der Major sagte:

„Es ist, wie wenn ein Christ ein Türke würde! . . . Ja,
lachen Sie nur, Fräulein Milch hat Recht: Das schöne Geld,
das viele Geld, das mit so viel Mühe erworben wurde, wird

nun dem Adel nachgeworfen, und da lassen sie uns Bürgerliche stehen und wollen nichts mehr von uns wissen."

Erich drückte dem Major still die Hand und dieser fragte: „Aber wo ist denn Roland?"

Ja, wo ist Roland? Roland war bald nach dem Eintritt verschwunden und nirgends zu sehen.

Der Abend brach allmälig herein und im dichten Gebüsch ertönte wundersam schöne Hornmusik; eine Weile waren alle im Garten Versammelten still, dann aber schien es, als ob gerade die Musik um so gesprächsamer machte.

Erich suchte Roland, aber Niemand konnte ihm Auskunft geben, wo er sei.

Die Musik verstummte im Garten; die Nacht brach herein. Auf dem Balkon des Hauses erschien ein mittelalterlich gekleideter Trompeter und schmetterte Signale in die Luft; die Gesellschaft begab sich in das Haus, die Treppen hinan in den großen Saal und in die anstoßenden Gemächer.

Hier waren ganz vorn zwei große Lehnstühle mit Blumen bekränzt, dort mußte sich das Brautpaar niedersetzen; hinter ihm war eine Reihe von Stühlen für die Aeltesten und Vornehmsten aus der Gesellschaft.

Frau Ceres erhielt einen Platz neben Bella; sehr geschickt hatte sich Fräulein Perini zu ihr gedrängt und zupfte sie jetzt am Mantel. Frau Ceres verstand, und alle Blicke, die sich auf das Brautpaar gewendet hatten, kehrten sich nun ihr zu. Solch einen Schmuck — einen Kranz von Kornähren, deren Körner große Diamanten — solch ein Kleid, über und über mit Perlen und Brillanten besetzt, hatte man noch nie gesehen; ein Wispern ging durch die Versammlung, das sich lange nicht beruhigen wollte.

Frau Ceres stand an ihrem Stuhle wie festgezaubert, bis Bella sie bat, sich niederzulassen. Lächelnd sah diese auf den reichen Schmuck der Frau Ceres: mag sein! Das kann die Amerikanerin anlegen, aber einen solchen Hals und einen solchen Nacken, wie sie, kann sie nicht anlegen!

Nun zeigte sich, daß die eine Wand nur ein Vorhang war; er ging in die Höhe, Winzer und Winzerinnen erschienen, verkündeten singend und sprechend das Lob des Hauses und überreichten zuletzt den Myrthenkranz.

Der Vorhang fiel; Alles war voll Entzücken. Man wollte sich erheben, aber eine Stimme hinter dem Vorhange rief: „Bitte noch um einige Geduld!"

Bald ging der Vorhang wieder auf, nur ein feiner Flor blieb und hinter ihm sah man Apollo unter Hirten und Winzern, und Apollo war Roland. Zweimal mußte der niedergelassene Vorhang wieder erhoben werden, denn Alles war in Entzücken über das Bild, besonders über die Erscheinung Rolands.

Bella nickte Erich, der an der Seite stand, frohlockend zu, aber Erich sah sie nicht, denn er fragte sich: wie wird das auf Roland wirken? Es dauerte nicht lange, so kam Roland in seiner gewöhnlichen Kleidung in die Gesellschaft, er wurde allseitig gepriesen und fast auf Händen getragen.

Frau Ceres wurde beglückwünscht, einen solchen Sohn zu haben, der eine wahre Göttererscheinung sei; man bedauerte wiederholt, daß nicht auch ihre Tochter bei dem Feste sei. Frau Ceres nahm Alles sehr freundlich hin und sagte beständig: „Ich danke ergebenst, Sie sind sehr gütig." Das hatte sie Fräulein Perini gelehrt.

Neue Säle öffneten sich, die Tische waren gedeckt, man setzte sich nieder.

Roland suchte Erich.

„Und du allein sagst mir nichts?" fragte er.

„Du hast gut ausgesehen und dich ruhig gehalten."

„Ach," fuhr Roland fort, „es hat mir schwere Mühe gekostet, dir etwas zu verbergen, und noch mehr Anstrengung, in diesen Tagen aufmerksam zu sein; aber ich wollte dich überraschen."

Erich ermahnte Roland nur, sich im Weine mäßig zu halten, und Roland war so voll Glückseligkeit, daß er, dem man einen Platz am Brauttische vorbehalten hatte, es vorzog, neben Erich zu sitzen, um ihm zu zeigen, daß er sich mäßige.

Pranken, der in Gemeinschaft mit dem Portraitmaler die lebenden Bilder angeordnet hatte, war an diesem Abend eigenthümlich bewegt, denn es schwirrte ihm durch den Kopf, daß er die schöne Tochter des Weingrafen hätte heirathen können; hier war zwar auch frischlackirter Adel, aber Alles war hier durchsichtiger: das giebt nun eine anmuthige Wittwe, oder noch besser, eine angenehme, unglückliche Frau. Er verscheuchte indeß den Gedanken und sagte sich, daß er Manna liebe.

Als vormaliger Kamerad des Bräutigams und als Freund des Hauses brachte Pranden den Toast auf das Brautpaar aus, er sprach gut und was das Beste war, in humoristischem Tone.

Ein Böllerschuß verkündete, daß das Feuerwerk beginne. Man begab sich nach der Veranda und in den Garten.

Neuntes Kapitel.

Ohne daß es Erich merkte, stand Bella neben ihm.

„Sie sind heut ungewöhnlich ernst," sagte sie leise.

„Ich bin nicht an rauschende Feste gewöhnt."

„Ich meine immer, Sie hätten mir etwas zu sagen," lispelte sie noch leiser..

Erich schwieg und Bella fuhr fort:

„Geht es Ihnen auch so, daß, wenn Sie Nächstbefreundete in großer Gesellschaft sehen, Sie sich wie in der Fremde vorkommen, ja wie mit einem Strome kämpfend, in den man versunken ist?"

Ein Ausruf allgemeinen Staunens ertönte plötzlich.

Eine Raketengarbe wurde abgebrannt, dazu tönte Musik und vom jenseitigen Berge antwortete eine Trompete im Widerhall. Weit hinaus sah man die Menschen aus den Dörfern und Städten am Ufer stehen und ihre Gesichter erglänzten.

„Ach," rief Bella, als es wieder dunkel geworden, „wir sind doch Alle Sklaven! So sollte man leben können, das wäre Leben, wie eine Feuerrakete in die Luft! Dann komme Nacht und Tod, du bist willkommen!"

Erich zitterte; er wußte nicht, wie es geschehen war, er hielt die Hand Bellas fest.

Jetzt stiegen helle Feuer vom Strome und von den Bergen auf, es war, wie wenn alle Menschen, die weit hinaus am Strome dreinschauten, die Hand Erichs in der Bellas sehen mußten. Erich zuckte zurück. Da trat der Fürst hinzu, Bella gab ihm sofort den Arm. Erich stand allein, er sah Bella am Arme des Fürsten auf der Landstraße vor dem Hause auf- und abwandeln, er besann sich, ob er nicht zu Bella gesagt: ich liebe dich. Es war ihm, als hätte er laut gesprochen, und doch konnte es nicht sein.

Feuerräder, der Namenszug des Brautpaares, Leuchtkugeln stiegen
auf, und zuletzt stieg aus einem Kahn vom Rhein eine große gol=
dene Weinflasche in die Höhe, zerplatzte in der Luft und streute
Leuchtkugeln wie einen Sonnenregen aus. Musik erscholl und vom
Ufer tönte ein Jubel, als ob die Wellen plötzlich Stimme gewonnen.

In Erich wirbelte es, er wußte nicht mehr, wo er war. Da
fühlte er plötzlich einen Arm, der sich in den seinigen legte. Es
war Clodwig. Erich fühlte sich unwürdig, ein Wort zu sprechen,
und nur innerlich gelobte er sich: Eher schieße ich mir eine Kugel
in das Herz, ehe es noch ein einzigmal in solcher Regung er=
beben sollte!

Clodwig sprach von Roland und wie er durchaus nicht bil=
ligen könne, daß man Roland in eine fremde Existenz dränge.
Erich antwortete zerstreut. Clodwig glaubte, daß Erich von dem
Vorhaben wisse, dieser aber deutete es nach dem militärischen
Beruf und dabei war er zerstreut und innerlich bebend.

Erich vermied es, bei Bella sich zu verabschieden.

Es war spät, als man wieder nach der Villa zurückkehrte.
Der Cabinetsrath und dessen Gattin fuhren mit und übernachteten
auf der Villa Eden.

Die Cabinetsräthin saß mit Sonnenkamp und Prancken im
Wagen; es war natürlich von dem glänzenden Fest die Rede und
daß die alte, berühmte Weinfirma nun erlöschen würde, der Wein=
graf wollte seinen gesammten Vorrath versteigern lassen. Die
Cabinetsräthin berichtete, daß Bella ihr vertraut habe, sie lade
in den nächsten Tagen die Mutter Erichs und die Tante zu Gaste;
Prancken that, als ob er dies schon wisse; in der That aber war
er überrascht. Jetzt, da man nun allein war und sich nicht zu
scheuen hatte, betonte die Cabinetsräthin, daß Niemand leichter
und unbefangener die Ertheilung der neuen Würde an Herrn
Sonnenkamp anregen könne als die Professorin. Es wurde nicht
gerade beschlossen, aber es wurde doch Herrn Sonnenkamp das
Vorrecht der Gastfreundschaft zugesprochen; er sollte Mutter und
Tante nach Villa Eden einladen.

Sonnenkamp lächelte in sich hinein, denn er hatte noch einen
weiteren Plan, zu dem er die Professorin verwenden konnte. Der
General hatte wiederholt betont, daß die Mutter Erichs eine ver=
traute Freundin seiner Schwester sei, die als Oberin auf der
Klosterinsel lebte. Es war ein Doppelgriff, der nun zu thun war.

Im dritten Wagen saß Erich wieder bei Roland, sie waren still und der Wagen fuhr langsam. Da rief eine Stimme am Wege: „Guten Abend, Herr Hauptmann!"

Erich ließ anhalten, es war der Küfer, der Sohn des Krischers, der des Weges kam; er brachte Erich einen Gruß von Herrn Knopf aus Mattenheim und erzählte, daß er heute dort gewesen, denn sein Vater habe Knopf als Entlastungszeugen gebeten zu der auf morgen anberaumten Schwurgerichtsverhandlung.

Roland rieb sich die Augen und schaute hin und her, als blickte er in eine fremde Welt. Er bat den Küfer, er solle zu ihnen in den Wagen sitzen; der Küfer dankte und erzählte, wie es ihm gewesen sei, als er, über die Höhe von Mattenheim kommend, aus dem Walde tretend, plötzlich drunten am Rhein die wunderlichen Feuer am Himmel aufsteigen sah und er eben dort stand, wo das Echo von den Böllerschüssen widertönte. Er reichte Erich die Hand, Roland gab er sie nicht.

Als nun die Beiden weiterfuhren, sagte Roland:

„Also der Krischer hat in seinem Gefängniß die Böllerschüsse auch gehört und vielleicht auch das Feuerwerk gesehen? Ach, er hat nicht einmal einen Hund bei sich, mit dem er sprechen kann. Wie oft habe ich ihn früher bedauert, daß er so Tag und Nacht durch die Felder wandern muß. Jetzt wird er sich nach dieser Ermüdung sehnen. Und derweil er im Gefängniß sitzt, wächst Alles fort da draußen und die Diebe, die Hasen und die Füchse merken, daß Niemand ihre Löcher so gut weiß wie der Krischer, und ich glaube doch, er ist unschuldig. Ach, warum muß es denn arme und unglückliche Menschen geben, warum ist nicht die ganze Welt glücklich?"

Zum erstenmale sah sich Erich genöthigt, Roland zu ermahnen, seinem Vater nichts davon mitzutheilen, daß er heute so an den Krischer und an die Armen und Unglücklichen gedacht.

Erich war sicher und beruhigt; die so viel belobte Erscheinung als Apollo hatte dem Gemüthe Rolands nichts geschadet.

Zehntes Kapitel.

„Was wären wir, wenn wir vor Gericht stehen müßten mit unsern innersten Gedanken?"

Das hatte Erich geschrieben in der Beantwortung eines zierlichen Briefes, den ihm Bella geschickt hatte. Und jetzt, als sie vor dem Bilde stand, das sie nun vollenden wollte, war's, als spräche das Bild diese Worte.

In dieser Secunde that sich ihr ganzes Leben vor ihr auf.

Die Tage der Kindheit — es ist kein festes Bild von ihnen da. Die Lehrer lobten sie wegen ihrer schnellen Fassungskraft, eine französische Bonne wurde entlassen, eine strenge Engländerin ins Haus genommen; Bella lernte Sprachen geläufig und gute Manieren schienen ihr angeboren. Schon früh bewunderte man ihre witzigen Einfälle, sie hörte sie oft wiedererzählen; das schmeichelte ihrer Eitelkeit und tödtete ihr frühe schon die Unbefangenheit.

Frauen und Männer, die ins Haus kamen oder denen man da und dort begegnete, lobten vor ihren Augen und Ohren ihre Schönheit. Sie wurde gefirmt, aber die heilige Handlung erschien ihr nur als das Zeugniß, daß sie nun aus der Kinderstube entlassen werde, die kurzen Kleider ablegen und lange tragen dürfe. Als sie zum Altare ging, beherrschte sie vor Allem der Gedanke: du bist die Schönste.

Der Vater gab nach und schon im nächsten Winter, erst vierzehn Jahre alt, wurde Bella in die Gesellschaft eingeführt. Sie war eine glänzende, viel umworbene Erscheinung; Alles rühmte, daß ein Duft der Jugendlichkeit auf ihr liege, der Entzücken verbreite. Aber schon früh zeigte sich eine gewisse Kälte, man nannte sie spöttisch das Meerfräulein, und in ihrem Auge war, wenn man so sagen darf, ein kaltes Feuer.

Selbst der regierende Fürst zeichnete sie aus. Von dem ersten Hofball bewahrte sie noch ein Tanzkärtchen wie ein Heiligthum, auch das Bouquet lag vertrocknet dabei.

Es bildete sich eine ununterbrochene Kette von Huldigungen. Bella, immer mit treffenden Antworten bereit, war eine Belebung der Gesellschaftskreise. Als sie noch Kind war, lobte man ihr ins Antlitz ihre Schönheit, nun, da sie erwachsen war, rühmte man offen oder hinter ihrem Rücken, aber so, daß sie es erfuhr, ihren ungewöhnlichen Geist. Man forderte sie zu scharfen Bemerkungen und Urtheilen heraus, man trug sich ihre Witzworte zu. Dazu kam ihr Ruf, daß sie viel gelernt habe, und ihr frisches, lebhaftes Clavierspiel, vor Allem aber ihre Zeichenkunst machte sie zum Wunder der Gesellschaft. Manchem jungen Mädchen, das nach ihr in die Gesellschaft eingeführt wurde, wurde sie zum Muster vorgestellt.

Noch nicht sechzehn Jahre alt, hatte sie schon manchen Be= werber um ihre Hand abgelehnt. Sie hörte lächelnd von der Verlobung des Einen und des Andern, denn sie konnte sich sagen, Den hättest du besitzen können, wenn du gewollt.

An ihrem siebzehnten Geburtstage, der durch ein Morgen= ständchen von der Gardemusik gefeiert wurde, hätte man den Blick der großen Augen Bellas verändert sehen können; denn als sie von den Tönen der Musik erwachte, erhob sich in ihr ein Ge= danke, der nie mehr wich. Und dieser Gedanke war: ich glaube nicht an Liebe, all das Singen und Sagen von der Macht der Liebe ist eitel Tradition!

Nicht wenig hatte zu dieser Kenntniß die Lehre der Mutter beigetragen, die ihr schon früh die Liebeskraft entwurzelte, indem sie ihr beständig vorhielt: was man Liebe nennt, sei nichts als gemachte Empfindung.

Die Mutter selber spielte noch gern mit den Huldigungen der Männerwelt. Wenn man von einem Balle aus einer großen Gesellschaft heimkam, konnte die Mutter ihrer Tochter während des Auskleidens in eigenthümlich naiver Weise erzählen wie der und jener ihr heute gehuldigt. Das war gewiß höchst lehrreich für das Kind; und Bella hatte in der That nie Jemand geliebt, sie konnte es nur nicht ertragen, daß sich der nicht unterwerfe, dem sie sich zuneigte.

Seltsam stand daneben die Einflüsterung einer Cousine der Mutter, die oft halb bitter, halb ernst Bella zuflüsterte: Die rechte Liebe ist nur die, die sich einem Manne geringen Standes zuwendet. Wenn du den Professor, in dessen Atelier du arbeitest, wenn du deinen Musiklehrer oder deinen Sprachlehrer lieben wür= dest, das wäre wirkliche Liebe. Bella aber erschien eine Zunei= gung zu einem Lehrer, als ob man einen Livreebedienten, ja als ob man ein Wesen anderer Art lieben und zum Gatten wählen sollte.

Bella hatte viele Talente, nur nicht das der Liebe.

An jenem siebzehnten Geburtstage hatte sie zum erstenmale jenen kalten, gläsernen Blick, der über die Menschen hinwegsieht, als wären sie nur Schatten. Seit jenem Tage war's, als ob etwas in ihr erstarrt wäre, was nie mehr zum Leben erwachen sollte.

Noch nicht zwanzig Jahre alt, zog sie sich, nachdem das Trauerjahr um ihre verstorbene Mutter vorüber war, erkältet und abgestumpft von der Gesellschaft zurück; sie ließ sich dazu nur noch bisweilen wie zu einer lästigen Pflicht bestimmen. Sie studirte, zeichnete, musicirte, sie unterhielt sich mit Künstlern, Gelehrten und Staatsmännern, und dabei war etwas Starres in ihren Mienen und ihrem Augenstrahl, wenn sie nicht Witzworte umherschleuderte, die immer einen um so auffälligeren Eindruck machten, da Bella eine mit ihrer Erscheinung in Widerspruch stehende tiefe Männer= stimme hatte.

Es erregte großes Aufsehen, als man vernahm, daß Bella den Widerspruch des Vaters gebrochen hatte, der es nicht zugeben wollte, daß ihre jüngere Schwester vor ihr heirate. Vor dem Altare stand Bella neben ihrer Schwester und durch deren Braut= schleier hindurch sah sie das feurige braune Auge des vor Kurzem verwittweten General=Adjutanten auf sich gerichtet. Sie zuckte mit den Lippen. Du wirbst vergebens um mich, dachte sie und freute sich dieses Stolzes. Zerbrechen, zerstören, Seelen peinigen, an= locken und wegwerfen, das war ihre Lust. Sie hatte zum Vater gesagt: Ich möchte wohl heiraten, wenn man etwas mögen kann, was man doch nicht will. Aber vor den Altar hintreten und auf Leben und Tod Ja sagen . . . Ich erschrak, als ich die Schwester das sagen hörte, ich meinte, ich müßte dagegen rufen: „Nein! nein! nein!" Und ich stehe nicht für mich, daß ich nicht vor dem Altar unwillkürlich Nein sagen würde.

Sie erbot sich selbst zur Begleitung einer kranken Prinzessin, die nach Madeira reisen mußte. Die Prinzessin starb und Bella kehrte zurück. Sie lächelte, als man ihr erzählte, daß der General= Adjutant bereits verheiratet sei. Sie konnte es nur gerecht finden, daß die Bewerbungen um sie allmälig nachließen, aber es ärgerte sie doch.

Wiederum reiste sie frei und selbständig mit zwei Englände= rinnen durch Italien und Griechenland. Lutz, der jetzige Courier Sonnenkamps, war ihr Courier gewesen. Sie verweilte einen ganzen Winter in Konstantinopel. Die bösen Zungen der Resi= denz sagten damals, sie suche einen Mann von Stellung; was er sonst sei, wäre gleichgültig; sie werde einen graubärtigen Pascha heiraten. Bella kehrte zurück und erschien nun in der Gesellschaft meist in Sammetkleidern.

Da trat die Bewerbung Clodwigs ein, und Verlobung und Hochzeit war im Zeitraum von vier Wochen. Bella zog sich mit ihrem Gatten nach Wolfsgarten zurück; sie war durch die Ehe nicht anders geworden, die Vollendung, die die Ehe dem weib= lichen Wesen giebt, war ihr versagt. Clodwig hatte sich eine müde Seele genannt, so nannte sie sich auch.

Hier im hochgelegenen Landhause mit dem Ausblick in die reiche Landschaft wollten sie ausruhen.

In der ersten Zeit fühlte Bella sich demüthig und bescheiden; in sich befriedigt und abgeschlossen war nun das Leben. Gleich= mäßig flossen die Tage dahin. Clodwig war aufmerksam, mit= theilend und voll Huldigung; Ruhe und Beständigkeit waltete in seinem Geiste. Bei jedem persönlichen Begegnen war er überaus rücksichtsvoll und zart, einzelne Heftigkeiten, die oft in leiden= schaftlich gesteigerten Worten sich kundgaben, zeigten sich nur da, wenn er über allgemeine Zustände, besonders über die Führung des Staatslebens sich aussprach. Bella sah darin nur eine ge= rechte Aufregung, denn Clodwig hatte ein ganzes Leben in einer lahmen Zeit und in den kleinlichen Verhältnissen eines Zwerg= staats aufbrauchen müssen, während er doch zu Größerem, Welt= bewegendem geschaffen schien.

Clodwig klagte sich oft an, weil er beständig das Vertrauen aufrecht erhalten habe, daß sich die Idee selbst vollende; nun erst zu spät sehe er ein, wie man rücksichtslos eingreifend wirken müsse. Sobald er aber sich den Menschen näherte und namentlich wenn er in den Hofkreis eintrat, war er wieder mild und vergebend. Clodwig war voll Bewunderung für die Talente seiner Frau, wenn er aber manchmal bescheiden tadelte und ihr einzelne Oberflächlich= keiten und Halbheiten zur Erkenntniß zu bringen suchte, konnte sie sich innerlich empören; sie hatte nie die Wahrheit, sondern immer nur Huldigungen vernommen. Diese pedantischen Zurecht= weisungen, wie sie es nannte, verletzten sie, aber sie unterdrückte das in sich. Die Welt sollte sie nicht eine Sekunde unglücklich sehen; die Spötter sollten den Triumph nicht haben.

Nun war in ihrem Lebenskreis ein Mann getreten, der sie empörte, und sie sprach das auch offen gegen Clodwig aus. Sie hatte mit Eifer gegen seine Ansiedlung in der Nachbarschaft

gewirkt, da nun aber Clodwig beständig mit schwärmerischer Güte
das Wesen dieses Mannes hervorhob, ja gegen ihren Willen ihn
an sich zog, gab sie sich dem Wohlgefühl des belebenden Um-
ganges hin.

Ihr Lebenlang war Bella noch keine Stunde mit sich selbst
unzufrieden gewesen, sie bereute nie, was sie gethan, denn sie
sagte immer: du warst in dem Moment, als du es thatest, gewiß
dazu berechtigt.

Bella erschien gerne glänzend, ein Grundtrieb in der Regsamkeit ihres Geistes war Neugierde, sie wollte in alle Wissensgebiete
eindringen, aber nichts drang ihr umbildend in die Seele; es
ging sie eigentlich nichts an. Man muß nur Alles kennen. So
hatte sie sich auch in eine nähere Beziehung zu Erich eingelassen,
sie wollte nur wissen, was da empfunden wird. Zu ihrem Schrecken
gewahrte sie, daß sie gefangen und festgehalten war . . .

So stand nun Bella vor dem noch immer nicht vollendeten
Bilde; sie war tief ärgerlich auf sich. Sie war fertig mit der
Welt gewesen, und nun noch einmal solch eine unreife und wahn-
witzige Bewegung, denn unreif und wahnwitzig mußte sie die
Regung nennen — und konnte doch nicht davon loskommen.
War's, weil es ihr Selbstgefühl verletzte, daß sie zum erstenmal
die Hand ausstreckte, die nicht empfangen wurde?

Ihr großes Auge funkelte.

Sie verließ rasch das Atelier; sie ging nach ihrem Ankleidezimmer. Dort stand sie vor dem großen Spiegel und löste ihr
reiches Haar auf, sie starrte in den Spiegel und auf ihren gepreßten Lippen lag die Frage: Bist du denn schon so alt? —
Sie öffnete die Lippen wie ein Fieberkrankes, wie ein Ver-
schmachtendes, das trinken will. Ihre Augen strahlten in unheim-
lichem Glanze, und sie sagte sich: du bist schön, du bist frei genug,
dich selbst zu betrachten wie ein Fremdes. Aber was soll diese
unreife, diese wahnwitzige Bewegung?

Sie nahm die langen Strähnen ihres Haares in beide Hände
und hielt sie unter dem Kinn über einander; zum erstenmale
gewahrte sie, daß sie der Büste der Medusa droben im Erkerzimmer
ähnlich sah. Wild frohlockend wendete sie den Kopf hin und her.

„Ja, ich will Medusa sein! Er soll versteinert, zerbrochen,
zermalmt werden! Er soll vor mir knieen und dann will ich ihn
mit Füßen treten!"

Sie erhob den Fuß, aber schnell schlug sie sich beide Hände
vor das Gesicht und Thränen quollen ihr aus den Augen.

Zerknirschung und leidenschaftliche Aufregung, Stolz und De=
muth kämpften in ihr und es war, als ob das, was damals
unter jener Morgenmusik erstarrt war, plötzlich sich auflöste und
entfaltete wie ein lang verschlossener Blumenkelch. Eine Sehn=
sucht erwachte in ihr — eine Sehnsucht nach der Heimat wie in
einem bösen Kinde, das von den Eltern in den Wald entlaufen
ist; sie hatte ein Verlangen nach einem Ort, wo sie still geborgen
und gehegt, nach einer Heimat. Wo ist sie? wo?

Sie verlangte nach einer Seele, vor der sie ihre ganze Seele
ausschütten konnte.

Es schauderte sie, allein zu sein; sie klingelte nach der Kam=
merfrau und ließ sich schön ankleiden.

„Sag' mir, wie alt ich bin. Weißt du's noch?" fragte sie
plötzlich.

Die Kammerfrau erschrak über diese Frage; sie fand nicht
schnell die Antwort, da fuhr Bella fort:

„Ich war nie jung."

„O, gnädige Frau, Sie sind es noch und haben nie besser
ausgesehen als jetzt."

„Glaubst du?" sagte Bella und warf den Kopf zurück.

Sie erschien sich wie gefangen; sie verließ das Haus und ging
durch den Garten. Ohne daß sie es gewollt, stand sie im Erd=
geschoß bei den ausgegrabenen Alterthümern und in ihr sprach's:

Was ist dies Alles? Was sind diese Krüge? Vulkanisirte
Asche! Alles Asche! Was soll diese antiquarische Topfguckerei;
dieses Sammeln vergrabener Alterthümer, dieses beständige Denken
und Reden von Menschheit und Fortschritt? Alles fremd, todt,
eine Unterhaltung auf dem Todtenlager, kein Leben, keine Hoff=
nung, keine Zukunft, nie in den Tag hinein, immer in die Nacht
hinein, in die Nacht der Vergangenheit und in die märchenhafte
Menschheits=Idee! Aber ich bin nicht Vergangenheit, nicht Mensch=
heits=Idee! Ich bin der heutige Tag, ich will der heutige Tag sein!

Sie sah zweien Schmetterlingen zu, die auf den Blumen hin
und her flogen und dann in die Luft hinein, sich neckend, zu
einander fliegend, sich trennend, sich wieder suchend.

Das ist Leben! rief es in ihr. Das ist Leben! Sie graben
keine Alterthümer aus, sie leben nicht mit Alterthümern.

Da kam eine Schwalbe daher gesaust, haschte einen Schmetterling und verschwand.

Was hast du nun, armer Schmetterling, von deinem Leben?

Drunten über dem Rhein verflogen die Rauchwolken der Dampfschiffe und Bella dachte:

Wer auch so verfliegen könnte! Unser Lebensathem ist nichts als eine Flocke Rauch mit den Tausenden von Flocken des Athems, und das nennt man Leben und es verweht wie die Tausende ...

Die Kinder der Arbeiter auf dem Gute kamen aus der Schule, sie grüßten die gnädige Frau.

Bella starrte sie an.

Was wird aus diesen Kindern?

Wie sich vor sich selbst verbergend, begrub sie ihr Antlitz in einem Blüthenbusch. Sie verließ den Garten. Draußen sah sie im Hof den Tauben zu. Die schöne Schwalbentaube war so spröde, fraß so ruhig und achtete nicht auf das verliebte Gegurgel; dann flog sie auf die Dachfirste und putzte sich die Federn. Der Täuberich flog ihr nach, aber sie schüttelte den Kopf und flog davon.

Bella sah, wie ein Knecht Ochsen ins Joch spannte. Er legte zuerst ein Polster auf das Haupt des Thieres und dann das hölzerne Joch darauf.

Das ist die Welt! Das ist die Welt! sprach's in ihr. Ein Polster zwischen Joch und Haupt, ein Polster von sublimen Gedanken, von gemachten Empfindungen!

Der Knecht staunte, da die gnädige Frau so dreinstarrte und ihn jetzt fragte:

„Thut's ihnen nun auch nicht weh?"

Er verstand die Frage nicht, sie mußte sie wiederholen und erhielt die Antwort:

„Dazu ist der Ochs da, und weiß nichts anders. Seitdem der gnädige Herr das Doppeljoch hat abschaffen lassen und jeder sein besonderes Joch hat, sind sie freilich schwerer zu regieren, aber sie ziehen auch leichter als im Doppeljoch."

Bella zuckte.

„Doppeljoch — besonderes Joch," tönte es vor ihr und plötzlich war es ihr, als wäre es Nacht, sie selber nur ein Gespenst, das hier umher wandle. Dieses Haus, dieser Garten, diese Welt, Alles ist Schattenreich ...

Es war beklemmend schwül, Bella glaubte, sie könne kaum athmen. Da zog ein frischer Luftstrom über die Höhe, ein Gewitter stieg unversehens herauf und kaum war Bella im Hause, als es losbrach mit Blitz und Donner und vom Winde gejagtem Regen.

Sie stand am Fenster und sah hinaus ins Weite und dann wieder auf einen hohen Eschenbaum, dem der Wind die Zweige auseinander zerrte und den Stamm hin und her bog. Der Baum neigte sich nach dem Hause, als müsse er hier Hilfe suchen. Bella dachte in sich hinein: Jahre um Jahre wurzelt der Baum hier und gedeiht, kein Sturm kann ihn ausreißen und ihm die Aeste knicken. Weiß er, daß dieser Sturm vorübergehen und ihn nur neu beleben wird?

„Erich!" sagte sie plötzlich laut vor sich hin. Da trat Clodwig ein und sagte:

„Liebe Frau, ich suche dich."

Bella fuhr es tief in die Seele, als sie sich „liebe Frau" nennen hörte. Clodwig zeigte ihr einen Brief an die Professorin, durch den er sie nach dem Wunsche Bellas zu einem mehrwöchentlichen Besuche auf Wolfsgarten einlud.

„Schicke den Brief nicht ab," sagte sie, den Blick Clodwigs vermeidend, „laß uns wieder allein sein; ich wünschte jetzt keine Unruhe durch die Familie Dournay."

Clodwig erklärte, daß eine solche Frau nicht Unruhe, sondern schöne Gemeinsamkeit bringen und daß man auf angenehme Weise oft Erich bei sich sehen werde. Bella schwieg.

Das Wetter hatte nachgelassen; Bella öffnete das Fenster, ein erfrischender Luftstrom zog ein. Sie hielt den Brief in der Hand; das war das Gewitter, Blitz, Sturm, Regen und Donner, die heut durch ihre Seele gezogen und jetzt lauter Erquickung wurden. Sie sagte sich, daß der Umgang mit der edlen Frau ihr wieder das eigene Selbst geben werde, ja einen Augenblick ging es ihr durch die Seele, daß sie der Mutter Alles bekennen und sich von ihr halten lassen wolle. Nebenher aber ging wie eine zweite Melodie der Gedanke, daß das nicht nöthig sei; es würde sich leicht fügen, daß Erich nach Wolfsgarten käme, und der Verkehr mit ihm lenkt sich dann wol in ruhige Bahn zurück.

Hastig schrieb Bella einige Zeilen unter den Brief ihres Gatten. Eben, als man den Brief schließen wollte, kam der Doctor; auf den Wunsch Clodwigs fügte er gleichfalls einige Worte hinzu.

———

Elftes Kapitel.

Noch brauste der Kopf von dem Knattern und Prasseln des Feuerwerks, noch flimmerten die wunderbaren Lichtgarben, tönte Hörnerklang in der Erinnerung, als man am Morgen sich rüsten mußte, um Zeugniß vor Gericht in Sachen des Diebstahls abzulegen.

Pranken blieb mit den Gästen auf der Villa zurück; er hatte den Auftrag übernommen, ihnen das neu angekaufte Landhaus zu zeigen.

Sonnenkamp, Roland und Erich, dazu der Kastellan, der Kutscher Bertram, der Obergärtner, das Eichhörnchen und zwei Gartenknechte machten sich auf nach der Festungsstadt zum Schwurgerichte. Man kam am Hause des Weingrafen vorüber, der nun Baron von Endlich hieß. Hier sah man noch die Pflöcke und da und dort die Hülsen eines abgebrannten Feuerkörpers; das ganze Haus war verschlossen, die Familie schlief zum erstenmale den Schlaf des Adels.

Man kam zeitig in der Festungsstadt an.

Sonnenkamp ging nach dem Telegraphenamt, um von dort aus Depeschen abzusenden, darunter auch eine an die Professorin nach der Universitätsstadt.

Roland und Erich spazierten noch eine Weile vor die Stadt hinaus rheinaufwärts; Alles war voll Frische und bewegten Lebens, aber die Beiden sprachen kein Wort. Sie kehrten in die Stadt zurück, sie kamen an der Fruchthalle vorüber; da war jetzt lebhaftes Marktgewühl und über Rolands Antlitz ging ein schmerzliches Zucken, als er sagte:

„Damals . . . damals war es ganz anders wie heute. Glaubst du nicht, daß unter den Sängern auch Schelme gewesen sind, vielleicht ärger als die dort im Gefängnisse?"

Es schmerzte Erich tief, daß Roland so früh die Bitterniß und den Zwiespalt des Lebens erkennen mußte.

Sie gingen mit einander nach dem Gerichtsgebäude.

Der Präsident und der Richter traten ein, sie setzten sich auf eine Erhöhung, rechts saßen die Geschwornen, links die Vertheidiger und die Angeklagten; die Tribüne war voll Zuhörer, denn man war begierig, den geheimnißvollen Herrn Sonnenkamp öffentlich sprechen zu hören, und wer weiß, was man sonst noch erfährt.

Auf der Bank der Angeklagten saßen das Erdmännchen Nicolas, der Reitknecht und der Krischer. Das Erdmännchen schnupfte sehr eifrig, der Reitknecht schaute keck um, der Krischer hielt sich die Hand vor die Augen.

Nicolas sah wohlgenährt aus, die Gefängnißzeit schien ihm gut gethan zu haben; er schaute im Saale fast vergnüglich um, wie wenn er sich geschmeichelt fühle, daß so viele Menschen sich um ihn bemühen. Der Reitknecht, der sich sehr gut frisirt hatte, betrachtete die Versammlung mit verächtlichem Blicke.

Der Krischer war tief abgehärmt, er rückte von seinen Mitangeklagten weg, und wenn ihm das Erdmännchen etwas zuflüstern wollte, wehrte er unwillig ab. Er schaute hinauf nach dem Zuhörerraum, dort sah er seine Frau, zwei seiner Söhne und seine Töchter, der Küfer war nicht dabei. Die Kinder schienen gewachsen in der Zeit, da er sie nicht gesehen, und sie hatten ihre Sonntagskleider an, um die Schande — nein, gewiß die Ehre ihres Vaters mit anzusehen.

Unruhig rückte der Krischer auf der Bank hin und her und sagte mit den Lippen, ohne einen Laut von sich zu geben, etwas hinauf zu seiner Frau. Er sagte ihr in Gedanken: sei ruhig, es dauert nur noch ein paar Stunden, dann gehen wir mit einander heim.

Auf der Bank der vorgeladenen Zeugen saßen Sonnenkamp, Erich und Roland.

Roland hatte den Platz zwischen dem Vater und Erich und schmiegte sich an diesen wie furchtsam.

Der Anklageact wurde verlesen. Sonnenkamp wurde zuerst vernommen, um die entwendeten Gegenstände als sein Eigenthum zu erkennen.

Roland richtete sich auf, da er seinen Vater so gut und so mild sprechen hörte.

Sonnenkamp bedauerte, daß Menschen ins Unglück kämen, aber Gerechtigkeit müsse walten.

Er wurde entlassen, er verließ den Saal.

Der Obergärtner mußte als Zeuge vortreten, man hörte seine Aussage kaum. Erst als Erich aufgerufen wurde, trat wieder Stille und Aufmerksamkeit ein.

Erich erzählte den Hergang. In seiner Stimme war ein nur von ihm empfundenes Zittern, da er hier vor dem öffentlichen Gerichte seinen Aufenthalt auf Wolfsgarten erwähnte. Er faßte sich und erklärte, daß der Krischer allerdings mit Bitterkeit über den Unterschied von Reich und Arm gesprochen habe; er betheuerte indeß, daß er den Mann keines gemeinen Verbrechens fähig halte.

In der ganzen Versammlung erregte es ein seltsames Flüstern, als Erich erzählte, wie der Krischer ihm die Frage vorgelegt habe: Was würden Sie thun, wenn Sie Millionen besäßen? Die Frage war nun hinausgegeben in alle Welt.

Knopf wurde vorgerufen.

Er legte zuerst ein schriftliches Zeugniß des alten Herrn Weidmann vor; der Krischer hatte mehrere Jahre bei ihm als Knecht gedient und er gab ihm das Zeugniß eines Mannes, der keines Betruges, viel weniger eines Verbrechens fähig sei. Dann setzte Knopf aus Eigenem hinzu, wie der Krischer über manche Dinge grübele, die er nicht bewältigen könne.

Roland wurde vorgerufen; hochaufgerichtet trat er vor die Stufen des Gerichts; der Krischer nickte ihm zu.

Da Roland noch nicht eidesmündig war, durfte er nicht schwören; es machte aber einen guten Eindruck, als er mit freier Stimme sagte, sein Wort gelte ihm wie ein Eid.

Er erkannte die gestohlenen Sachen als die seinen; er glaube, daß die Zimmer des Vaters verschlossen gewesen seien, doch würde er sich nicht erlauben, das zu beschwören, weil er mehrere Tage vor dem Diebstahl nicht in die Nähe jener Räume gekommen sei. Und jetzt, ohne darum gefragt worden zu sein, sprach er seine Ueberzeugung aus, daß der Krischer keinen Theil an dem Verbrechen haben könne.

Der Krischer stand bei diesen Worten auf; der hinter ihm sitzende Landjäger mußte ihm die Hand auf die Schulter legen, daß er sich wieder setze.

Nochmals wurde Erich vorgerufen, um Näheres darüber anzugeben, daß sich der Krischer wenige Tage vor dem Einbruchsdiebstahl das ganze Haus hatte zeigen lassen. Als Erich sich wieder setzte, erhob sich Roland und fragte:

„Herr Präsident, darf ich noch ein Wort sprechen?"

„Sprechen Sie," erwiderte der Präsident aufmunternd, „sprechen Sie ganz wie Sie wollen."

Mit festem Schritt trat Roland vor; er hatte die volle Mannesstimme, da er jetzt ausrief:

„Ja, er hat oft geklagt, daß Ein Mensch darbe und der
andere prasse. Aber noch öfter hat er gesagt: die Hand müsse
verdorren, die unrecht Gut festhält. Kann das ein Mensch und
dann selber nächtlicher Weile in ein fremdes Haus eindringen
und stehlen? Ich bitte, ich beschwöre Sie inständig, sprechen Sie
es aus: dieser Mann ist so unschuldig wie Sie Alle, wie ich!"

Er hielt inne und stand noch wie festgebannt, eine Weile
war es still, athemlos in der ganzen Versammlung.

„Haben Sie noch etwas zu sagen?" fragte der Präsident.

Roland schien jetzt zu erwachen; er erwiderte:

„Nein, weiter nichts. Ich danke."

Er kehrte zu Erich zurück, der ihm still die Hand festhielt;
die Hand Rolands war eiskalt, sie erwärmte in der seinen. Auf
der andern Seite faßte auch Knopf nach der Hand seines ehemaligen Zöglings, aber er konnte sie nicht fassen, denn er mußte
die Brille abthun; die Brille war naß geworden, große Thränen
waren ihm aus den Augen geronnen.

Die Verhandlungen waren kurz. Es ergab sich, daß der
Krischer nichts davon wußte, daß man in der Hundehütte Werth-
gegenstände vergraben hatte. Er hatte dem Kutscher nur aus
Gutmüthigkeit ein Nachtquartier gegeben. Der Kutscher und das
Erdmännchen konnten nicht mehr läugnen, der Eine suchte nur
die Schuld des Einbruchs auf den Andern abzuwälzen.

Die Geschwornen zogen sich in ihr Berathungszimmer zurück;
bald traten sie wieder in den Saal und der Aichmeister, der
unter den Geschwornen war und den man zum Obmann erwählt
hatte, verkündete, die Hand aufs Herz gelegt, den einstimmigen
Wahrspruch:

Unschuldig gegen den Flurschützen Claus, genannt Krischer;
schuldig auf alle Fragen gegen Nicolas und den Reitknecht.

Der Krischer wurde sofort in Freiheit gesetzt.

Draußen vor dem Gerichtssaal, als Frau und Kinder ihn
umringten — jetzt war auch der Küfer da — drängte sich Roland durch, faßte die Hand des Krischers und drückte sie fest.

Der Krischer wehrte Alle ab; er sagte, er müsse zum Sohne
Weidmanns, der unter den Geschwornen gewesen. Dieser kam
gerade; der Krischer rief, der junge Weidmann möge seinem

Vater sagen, daß Alles weggewischt sei, weil die ganze Welt vernommen habe, wie der Herr Weidmann von ihm denke.

Erich bat den jungen Weidmann, den Vater von ihm zu grüßen; er werde bald den versprochenen Besuch auf Matten= heim machen.

Knopf stand unter einer Gruppe Menschen und bat, sie möchten doch Roland nicht loben, das werde ihn verderben. Und vor lauter Abwehren, daß Andere sich nicht zu Roland drängen, kam er nicht dazu, ihm die Hand zu reichen.

Nun erschien auch Sonnenkamp. Er grüßte nach allen Seiten, dann ging er auf den Krischer zu und glückwünschte ihm. Er rief Roland bei Seite und sagte ihm, er möge mit Erich allein zurückfahren; er müsse noch in der Stadt bleiben und auf ein Telegramm warten.

Roland bat und drängte, der Krischer und seine Familie sollten sich in seinen Wagen setzen.

Der Krischer verneinte. Er ging mit Frau und Kindern hinaus vor die Festung, und als er am Rheines=Ufer stand und die weite Landschaft sich wieder vor ihm aufthat, rief er, die Hände erhebend:

„O lieber Gott, wie schön ist dein Himmel, dein Wasser, deine Weinberge und deine Felder! Wenn ich nur wüßte, warum du das verteufelte Geld in die Welt hast kommen lassen."

„Daß man einen guten Schoppen trinken kann," rief der Aichmeister, der hinzugetreten war. „Komm mit in die Schippe."

Aus seiner Rührung heraus ließ sich's der Krischer gern ge= fallen, mit in das Wirthshaus „zur goldenen Schippe" zu gehen.

Man saß behaglich beisammen, als Erich und Roland im Wagen vorüberfuhren; der Krischer hielt ihnen zum Fenster hinaus das Glas entgegen, sie hielten an. Roland bat nochmals, daß der Krischer sich zu ihm in den Wagen setze. Jetzt willfahrte er und stieg mit seiner Frau ein; die Kinder waren voraus heim= wärts gegangen.

Im Triumph führte Roland den Befreiten durch die Stadt, durch die Dörfer. Die Frau schaute immer verschämt vor sich nieder, weil sie so in einer Kutsche fahre; der Krischer aber schaute frei drein und sagte nur manchmal:

„Es ist Alles gut gewachsen ohne mich."

Zwölftes Kapitel.

Dieselbe Sonne, die auf Wolfsgarten schien, wo Bella heftig mit sich kämpfte, dieselbe Sonne, die durch die herabgelassenen grünen Rollvorhänge im Gerichtszimmer auf die Bank der Angeklagten schien, schimmerte auch durch die Jalousien in die stille Wohnstube der Professorin in der Universitätsstadt. In der Clavierecke beim Blumenfenster saß die Mutter Erichs bei stiller Arbeit und dachte ihres Sohnes. Er hatte ihr getreulich Bericht erstattet, dann aber um Entschuldigung gebeten, wenn seine Briefe unregelmäßig und haftig seien; er müsse eine Zeit lang sich selbst vergessen und Alles, was ihm gehöre. Anfangs war mehrmals von Clodwig und Bella die Rede gewesen und wie er sich bei den Freunden so heimisch fühle; dann wurde Bella gar nicht mehr erwähnt.

Seit dem Besuche, den Clodwig und Bella in der Universitätsstadt gemacht, gewannen die Briefe Erichs für die Mutter eine neue Betrachtnahme. Tante Claudine, die nur selten sprach, hatte die Mutter daran erinnert, wie Bella ein Jugendbild Erichs mit ungewöhnlichem Interesse betrachtet habe; die Mutter, die das auch gefunden, hatte darin nur das Interesse der Künstlerin gesehen, da das Bild von einem berühmten Künstler gemalt und Bella als Portraitmalerin von nicht gewöhnlicher Bedeutung bekannt war. Nun aber, wenn Erich von Wolfsgarten schrieb, hatte sie immer seltsame Wendungen gefunden, und wenn er Wolfsgarten gar nicht erwähnte, war ihr dies noch auffälliger.

Die beiden Frauen lebten in den Wohnräumen fast so still und lautlos, wie die Blumen, die unter ihren Augen wohlgediehen; seit dem Besuche von Clodwig und Bella war es, als wäre von der alten Ruhe etwas genommen. Hatte Bella solch einen Einfluß gehabt und etwas von der stillen Ruhe mitgenommen?

Es war am Mittag, da brachte der Briefbote einen Brief von Clodwig. Die Buchstaben waren fein und geordnet, kein Strich mit Hast, aber auch keiner mit besonderer Beflissenheit geführt, Alles floß gleichmäßig und die Zeilen waren so gut auseinander gehalten und doch ohne Raumverschwendung. Schon das Anschauen des Briefes erweckte Wohlgefallen und ebenso bestimmt und ruhig war Inhalt und Form des Ausdrucks. Er sagte, daß die Professorin ihn zu Dank verpflichten würde, wenn sie der Einladung zu einem mehrwöchentlichen Besuche Folge leisten wollte. Er berief sich auf die freundliche Beziehung zu ihrem verewigten Gatten und die schöne Erneuerung derselben in dem Verhältniß zu Erich. Zuletzt wies er auf ihre beiderseitige persönliche Bekanntschaft hin, indem er hinzufügte, er habe in seinem langen Leben noch nie eine herzliche Anmuthung empfunden, die nicht auch erwidert wurde; er bitte daher, ihn nicht noch in seinen alten Tagen zu beschämen.

Darunter hatte Bella mit großen Zügen und in hastiger Schrift die Bitte geschrieben, daß die Professorin und Claudine ihr die Ehre eines Besuches gönnen sollten; sie sagte, sie schreibe nur wenige Worte, in der festen Zuversicht, daß es ihr vergönnt sei, in traulichem Gespräche sich zu ergeben.

Der Doctor erbot seinen ärztlichen Beistand und fügte hinzu, daß es seinem jungen Freunde Erich Wahrung und Richtung sein werde, wieder dem Blicke seiner Mutter zu begegnen.

Dieses Wort gab der Professorin viel zu denken; sie war entschlossen, der Einladung Folge zu leisten. Da klopfte es wieder, die Depesche Sonnenkamps wurde gebracht.

Noch hatte die Professorin sie kaum gelesen, als ein schwerer Schritt die Treppe herauf kam. Der Major trat ein.

Die Professorin erschrak, sie erkannte ihn nicht, sie sah nur den gerötheten Kopf mit dem kurzen schneeweißen Haar und das Ordensband auf seiner Brust. Im ersten Augenblick war's ihr, als ob ein Gerichtsbote käme, der irgend etwas Erich Gefährdendes auszuführen hätte. Der Major machte es auch nicht besonders geschickt, indem er sofort sagte:

„Frau Professorin, ich komme als Execution. Aber ich soll Sie nicht aus dem Paradies treiben, sondern im Garten Eden einsperren."

Er hatte sich das so ausgedacht während der Fahrt und mit stummer Lippe vor sich hingesagt; jetzt kam es so ungeschickt heraus, daß die gute Frau sich vor Zittern kaum aufrichten konnte.

Der Major rief:

„Bleiben Sie nur sitzen, mit mir macht man keine Umstände, das wissen alle Menschen. Ich störe keinen Menschen in seiner

Ruhe; mir ist's am liebsten, man bleibt sitzen, wenn ich komme. Geht's Ihnen nicht auch so? Da hat man die Sicherheit, daß man nicht stört."

„Kommen Sie von meinem Sohn?"

„Ja, auch von ihm. Sehen Sie, ich bin gerade Keiner von den Besten, aber auch Keiner von den Schlechtesten; Eines kann ich mich rühmen, nie in meinem Leben habe ich einen Menschen beneidet, aber wie Sie da gesagt haben: mein Sohn — darum hab' ich Sie beneidet. Und nun gar, wenn ich einen solchen Sohn hätte wie Sie!"

Der Major übergab Briefe von Sonnenkamp und der Cabinets= räthin; er wünschte, daß sie sofort gelesen würden, denn sie er= sparten ihm das Reden.

Die Professorin las, hieß ihn nochmals willkommen und rief die Schwägerin.

Die Jalousien nach der Straße wurden geöffnet, der volle Lichtstrom drang herein und beschien heitere Gesichter.

„Was wollen wir thun?" fragte Tante Claudine.

Da ist von Wille keine Rede mehr; wir folgen der Ein= ladung."

„Zu wem?"

„Natürlich zu Herrn Sonnenkamp."

„Recht so," schmunzelte der Major.

Es war noch Mancherlei vorzubereiten, ehe man abreisen konnte. Der Major versprach, daß Joseph nachkommen und Alles bringen sollte; kein Zwirnsfaden solle vergessen werden. Er zog sich zurück, um in einigen Stunden wiederzukommen, er hatte ja hier Bundesbrüder zu begrüßen.

Am Mittag fuhr der Major mit den beiden Frauen dem Rheine zu, und er war so stolz und glückselig, als hätte er die Kriegskasse des Feindes erobert.

Dreizehntes Kapitel.

Erich und Roland fuhren mit dem Krischer und seiner Frau. Als man an der Gemarkung des Krischers ankam, ließ er an= halten und stieg aus.

„Nein, hier fahre ich nicht," sagte er. Es schien Mancherlei in der Seele des Krischers zu wirken: die Gerichtsverhandlung, die Gemüthserregung beim Anblick der freien Natur nach wochen= langer Gefangenschaft, die Fahrt im Triumph . . .

Still ging er dahin, er nahm eine Scholle von einem frisch= gepflügten Felde, trug sie eine Zeitlang in der Hand, dann warf er sie weg.

„Also ich bin unschuldig," murmelte er vor sich hin. „Wenn ein Armer krank gewesen ist und gesund wird, ist er wieder ein gesunder Armer, weiter nichts . . ."

Auch Erich und Roland waren ausgestiegen und gingen mit den Beiden zu ihrem Hause. Da rief es plötzlich aus dem Wein= berge; der Siebenpfeifer kam daher mit der Hellebarde, die der Krischer als Zeichen seines Feldhüteramtes geführt hatte. Er übergab sie dem Krischer und geleitete die Heimkehrenden.

Die Hunde im Hofe bellten und die Vögel in der Stube sprangen hin und her und zwitscherten durcheinander, da ihr Herr wiedergekommen war. Die Schwarzamsel übertönte Alles, denn sie sang: Freut euch des Lebens — bei der zweiten Zeile aber blieb sie stecken. Der Krischer schaute Alles an, als wenn er eben erst erwache.

Endlich saß die ganze Familie um den Tisch und aß die ersten neuen Kartoffeln, die eine Nachbarin vorsorglich gesotten hatte. Noch nie hatte Roland eine Speise so geschmeckt. Er führte fast allein das Wort; er erzählte, wie er auf seiner Reise zu Erich bei den arbeitenden Frauen am Weinberge Kaffee ge= trunken habe; mit großem Geschick wußte er den Frauen nach= zuahmen und auch dem Winzer, der Amerika kein Geld für Zucker geben wollte.

Roland, der die ihm gestohlene Uhr zurückerhalten hatte, bot sie dem Krischer zum ewigen Angedenken. Dieser aber wollte sie nicht annehmen, selbst nicht, als Erich und der Siebenpfeifer zusprachen.

„Vater, nehmt sie nur," sagte der eintretende Küfer; er kam vom Hause des Siebenpfeifer, wo er der ältesten Tochter desselben, die er liebte, die Freisprechung seines Vaters ver= kündet hatte.

Der Siebenpfeifer hänselte den Krischer, daß er sich zu viel Gedanken mache und beständig daran denke, daß man reich sein

könne; das sei gar nicht nöthig. Der Mensch sei freilich innen
hohl, aber mehr als sich satt essen und seinen Durst löschen,
und mehr als gut schlafen könne der Reiche auch nicht, und es
käme gar nicht aufs Bett an, in dem man schläft, sondern daß
man eben gut schläft, und in der Kutsche fahren, sei reiner
Unsinn, auf seinen gesunden Spazierstöcken umhergehen, sei viel
besser.

Es war auch vom Erdmännchen die Rede, und der Siebenpfeifer sagte:

„Wenn man einmal das Grab des Nicolas besuchen will,
muß man eine Leiter mitnehmen."

„Warum?" fragte Roland.

„Weil er noch gehängt wird."

„Der Krischer hatte es nicht gern, daß man von bösen
Menschen sprach.

Der Siebenpfeifer war wieder die fröhliche Armuth. Er hatte
ein Kind nach seinem Hause geschickt und eben, als einige
Flaschen Wein kamen, die Fräulein Milch sendete, ertönte Gesang
auf dem Hausflur. Die ganze Orgelpfeife kam und bald sangen
der Siebenpfeifer und Erich mit.

Erich drängte, daß man sich auf den Heimweg mache. Als
man vom Dorfe auf die Hauptstraße ablenkte, kam ein Wagen
daher, daraus gewinkt wurde, und die mächtige Stimme des
Majors rief:

„Bataillon halt!"

Sie hielten an; im Wagen saß der Major mit der Mutter
und Tante.

„Das ist das Einzige, was ich mir jetzt hätte wünschen
mögen," rief Roland. „Herr Major, der Krischer ist freigesprochen,
er ist unschuldig!"

Sie stiegen aus, die Mutter umarmte Roland und ihren
Sohn, und Erich ging mit seiner Mutter am Arme, die an der
andern Seite Roland an der Hand führte, nach der Villa,
während die Wagen hinterbrein folgten. Der Major bot der
Tante den Arm, aber sie lehnte ihn ab; sie entschuldigte sich,
es sei eine Eigenheit von ihr, daß sie sich nie führen lasse.

„Ist eigentlich auch besser ... Fräulein Milch hält's auch so.
Sie werden sie kennen lernen ... werden gute Freundinnen
werden, verlassen Sie sich darauf. Unbegreiflich, woher sie Alles

erfährt! Sie hat gewußt, daß Graf Clodwig Sie eingeladen hat. Aber wir haben auch Kriegslist, wir sind ihm zuvor gekommen. Wer das Glück hat, führt die Braut heim, heißt das, man sagt nur so."

Die Mutter konnte nicht sprechen, das Herz war ihr zu voll.

Auf der Villa war freundlicher Willkomm. Die Cabinetsräthin umarmte und küßte die Professorin; Frau Ceres ließ sich entschuldigen. Als es Nacht wurde, kam auch Sonnenkamp.

Der helle Mond schien, als Erich und Roland die Mutter und Tante nach dem rebenumrankten Häuschen geleiteten. Und hier auf dem Balcon faßte die Mutter nochmals still die Hand Erichs und sagte:

"Wenn dein Vater dich sähe, er würde sich mit dir freuen. Du hast noch deinen guten und reinen Blick."

———

Siebentes Buch.

Erstes Kapitel.

Das Beste, womit ein Menschenherz sich erfüllt und erquickt, ist Mutterliebe. Alle Liebe der Menschen muß erworben, erobert und verdient, über Hindernisse hinweg erkämpft und bewahrt werden; die Mutterliebe allein hat man immer, unerworben, unverdient und allzeit bereit.

Warum hat Roland solch eine Mutterliebe nicht vollauf?

Erich stand früh am Bette Rolands; es war nie nöthig, daß er ihn weckte, sobald er ihn mit vollem Blicke betrachtete, wachte Roland auf. Jetzt öffnete er die großen Augen und sein erstes Wort war:

„Deine Mutter ist da!"

Der Tag wurde neu geweiht, denn Erich und Roland gingen zuerst, um die Mutter zu begrüßen. Ihr milder ruhiger Geist hatte etwas Segnendes in jedem Worte, in jeder Handbewegung, in jedem Augenstrahl und sie selbst war es, die die Ordnung und stetig sich fortsetzende Pflicht anrief, indem sie den Beiden sagte, sie würde es als Beweis der Liebe und Herzensfestigkeit betrachten, wenn sie ihre Arbeit fortsetzten heute, wie gestern.

So saßen die Beiden bald wieder bei ihrer Arbeit.

Wie eines neuen Geschenkes wurde man sich am Mittage bewußt, daß die Mutter da war. Man fand sich im Garten zusammen; Frau Ceres war nicht sichtbar, sie ließ sich durch Fräulein Perini entschuldigen. Sonnenkamp lächelte, denn er wußte, daß Frau Ceres nicht daran dachte, sich entschuldigen zu lassen. Fräulein Perini that dies aus eigener Machtvollkommenheit, und sie that wohl daran, denn das störrige Wesen der Frau Ceres wehrte sich gegen die ihr aufgedrungene Gesellschaft. Fräulein Perini bemühte sich offenbar mit großer Beflissenheit, der Frau Professorin sich so angenehm als möglich zu machen.

Die ehrende Auszeichnung, die die Cabinetsräthin der Professorin widmete, gab dieser eine Ehrenstellung, die sie vielleicht allmälig errungen, die ihr nun aber sofort wie durch einen allerhöchsten Erlaß zuerkannt wurde; denn die Cabinetsräthin wiederholte stets, die Professorin sei ihrer Zeit die angesehenste Dame am Hofe gewesen, die man noch heute schmerzlich vermisse. Die Professorin fand sich durch solche stark aufgetragene Hervorhebung etwas beengt, aber sie war der angesehenen Frau dankbar; sie erkannte das Bestreben, ihr die abhängige Stellung und offenbare Armuth in Herrschaft und Huldigung zu verwandeln.

Selbst Fräulein Perini wurde von dem Wesen der Professorin bezwungen, denn diese Frau hatte eine sanfte Würde, einen freundlichen Glanz in ihrem Wesen, daß das Unwürdige und nun gar das Unreine keine Stätte in ihrer Nähe hatte; dabei war sie voll Begeisterung, die, durch das idealistische Leben ihres Mannes genährt, nun im Zusammensein mit dem Sohne neu auflebte.

Noch am Mittag kam ein Brief von Bella. Sie hieß die Professorin willkommen und kündigte für den nächsten Tag einen Besuch an.

Die Professorin gab Sonnenkamp in einfacher Weise zu erkennen, daß sie einen ihr gemeldeten Besuch als dem Hause ihres Gastfreundes geltend annehme.

Durch die Anwesenheit der Mutter und Tante gewann auch Erich eine neue Stellung; es schien ein Gleichgewicht zwischen ihm und seinen Angehörigen und denen Sonnenkamps sich wie von selbst festzusetzen.

Zweites Kapitel.

Sonnenkamp ging nach dem Zimmer seiner Frau; sie ließ ihm durch eine im Vorzimmer wartende Kammerfrau sagen, daß sie Niemand zu sprechen wünsche. Er hörte nicht darauf und ging weiter; er traf Frau Ceres auf dem Sopha liegend, die Fenster waren verhangen. Frau Ceres sah ihn mit den großen

dunklen Augen an, sie sprach kein Wort, sie reichte ihm nur die
seine schmale Hand. Er küßte die Hand, dann begann er zu
erklären, daß man durch den Gast, den man im Hause habe,
dem Plane näher rücke, denn durch ihr Ansehen öffneten sich die
Flügelthüren zu den Gemächern des fürstlichen Schlosses.

Bei der Erwähnung des Schlosses richtete sich Frau Ceres
etwas auf; sie sprach noch immer kein Wort, aber ihr unruhiger
Blick zeigte, wie die Hoffnung sie bewegte. Wie ein schimmern=
des Märchen hatte Sonnenkamp jenseits des Meeres und auf
seinen Zickzackwanderungen es seiner Frau stets als höchstes Ziel
dargestellt, daß sie in die Hofgesellschaften eintreten könne, und
für Frau Ceres war das, als käme sie in einen überirdischen
Kreis, wo immer Alles glitzert und schimmert, und eine götter=
gleiche Existenz sich beständig fortsetzt. Ueberall, wohin sie kam,
hörte sie von diesem Glück und sah, wie Alles nach dem Hof=
kreise strebte, und sie zürnte ihrem Mann, daß er ihr das schon
so lange und so oft versprochen und noch nicht erfüllt hatte.
Sie waren in Europa, sie hatten sich in die Einsamkeit zurück=
gezogen, wo die Menschen sagen, daß es so schön sei; sie aber
wartete beständig, daß sie zu Hofe gerufen werde.

Warum dauert das so lang? Was sind die Menschen so
fremd? Sogar Bella, die Einzige, die sich freundlich bewies, be=
handelte sie wie einen Papagei, wie einen fremden Vogel, an
dessen schillernden Farben man sich ergötzt, mit dem man aber
sonst keine Gemeinschaft hat, als daß man ihm bisweilen ein
Stückchen Zucker, ein Compliment zukommen läßt. Die Erinne=
rung, wie sie Alles beim Feste des Herrn von Endlich überstrahlt
hatte, erschien jetzt Frau Ceres ungenügend und halb.

Bei aller scheinbar äußern Trägheit und Theilnahmlosigkeit
arbeitete Frau Ceres stets an einem Gedanken, und diesen hatte
Sonnenkamp in sie gepflanzt; er war stärker geworden, als er
gewollt, er beherrschte das ganze Wesen seiner Frau.

Nun mußte er mit großem Geschick darzustellen, daß die Pro=
fessorin — der sich selbst die Cabinetsräthin untergeordnet, weil
sie die beliebteste und mächtigste Hofdame, ja die Freundin und
nächste Vertraute der verwittweten Fürstin gewesen — dem ganzen
Hause neuen Glanz gebe und sicher ans Ziel führe.

Sonnenkamp wußte seine Klugheit so sehr hervorzuheben, daß
Frau Ceres sich endlich zu dem Worte verstand:

„Sie sind in der That sehr klug. Ich will die Mutter des Hofmeisters sprechen."

Er gab ihr nun Lehren, wie sie sich verhalten solle, aber wie ein verzogenes Kind schrie Frau Ceres auf, schlug mit den Händen, stampfte mit den Füßen und rief:

„Ich will keine Lehren! Sprechen Sie kein Wort mehr! Bringen Sie mir die Frau!"

Sonnenkamp ging zur Professorin; er wollte ihr Verhaltungsregeln gegen seine Frau geben, aber er fürchtete jeden Hinweis und sagte:

„Meine liebe kleine Frau ist etwas verwöhnt und sehr nervös."

Die Professorin kam zu Frau Ceres, die ruhig auf ihrem Sopha liegen blieb.

Als die Professorin sich mit Zierlichkeit verbeugte, rief Frau Ceres:

„Das müssen Sie mich lehren! So will ich mich auch verbeugen. Nicht wahr, so verbeugt man sich bei Hofe?"

Die Professorin wußte nicht, was sie antworten sollte. Ist das mehr als eine Nervöse? Ist das eine Irrsinnige? Sie gewann indeß bald Fassung genug, um sagen zu können:

„Ich kann mir recht gut vorstellen, daß Ihnen in der freien Republik unsere Formen etwas fremd erscheinen; ich finde auch, daß es besser ist, wenn man sich bei erster Begegnung die Hand reicht."

Sie streckte die Hand aus und Frau Ceres reichte die ihrige; wie sich selbst vergessend richtete sie sich dabei auf.

„Sie sind krank, ich will Sie nicht lange stören," sagte die Professorin.

Frau Ceres fand es besser, wenn sie noch für krank gelte, und sagte:

„Ach, ja, ich bin immer krank. Aber bleiben Sie, ich bitte."

Und wie nun die Mutter sprach, machte der Klang ihrer Stimme, der tiefe Herzton einen solchen Eindruck auf Frau Ceres, daß sie die Augen schloß, und als sie dieselben öffnete, standen große Thränen in ihren langen Wimpern.

Die Professorin bedauerte, sie so sehr aufzuregen, aber Frau Ceres schüttelte heftig mit dem Kopf.

„Nein, nein, ich danke Ihnen. Diese Thränen lagen mir hier . . . hier!" Sie schlug sich heftig auf die Brust. „Ich danke Ihnen!"

Die Mutter wollte sich entfernen, aber Frau Ceres stand rasch auf, warf sich vor ihr auf die Knie, küßte ihre Hand und rief:

„Beschützen Sie mich! Seien Sie meine Mutter! ich habe nie zu Jemand Mutter gesagt."

Die Professorin war in sich zusammengeschrocken, als würde sie von einer Rasenden erfaßt. Sie richtete Frau Ceres auf und sagte:

„Mein Kind, gern wollte ich Ihnen Mutter sein. Ich bin glücklich, wenn ich hier etwas leisten kann, und will es mit Herzlichkeit thun. Nun aber, ich bitte, beruhigen Sie sich."

Sie führte Frau Ceres wieder nach dem Sopha, legte sie behutsam nieder und deckte sie mit einem großen Shawl zu; es war ein seltsames Gewirre von weichen Kissen, in denen Frau Ceres immer eingemummt und wie vergraben lag.

Frau Ceres hielt die Hand der Mutter fest und schluchzte fortwährend.

Die Professorin pries das Glück der Frau Ceres, daß sie einen solchen Sohn wie Roland habe. Als sie erzählte, wie sie Roland getroffen, wendete sich Frau Ceres und küßte ihr die Hand. Mit ruhigem Bedacht fuhr die Professorin fort, daß sie selber eine Frau von vielen Eigenthümlichkeiten sei, mit der sich nicht so leicht leben lasse; sie habe sich zu sehr an Einsamkeit gewöhnt und fürchte, sie sei nicht jung und lebenslustig genug, um Gesellschafterin einer Frau zu sein, die Ansprüche an Glanz und Freude eines rauschenden Lebens habe.

Frau Ceres bat die Professorin, daß sie den Vorhang etwas zurückziehe, und als sie die Fremde deutlicher sah, lächelte sie; dann aber nahm ihr Gesicht mit dem feinen, halb geöffneten Munde wieder den Zug der Verdrossenheit an, der darauf ständig geworden war; sie faßte den Fächer und fächelte sich Kühlung zu.

Endlich sagte sie:

„Sie glauben gar nicht, wie dumm ich bin, und ich wäre doch so gerne gescheidt und hätte viel gelernt; aber er hat's nicht haben wollen und hat mich nichts lernen lassen und hat immer gesagt: so bist du mir am schönsten und liebsten. Ja, kann sein für ihn, aber nicht für mich. Wäre nicht Madame Perini so gut, ich wüßte gar nicht, was ich anfangen sollte. Spielen Sie

auch Whist? Lieben Sie die Natur? Nicht wahr, ich bin sehr
einfältig?"

Frau Ceres hatte vielleicht erwartet, daß die Professorin ihr
widerspreche, aber sie that es nicht; sie sagte vielmehr:

„Ich habe schon ähnliche Frauen kennen gelernt wie Sie, und
ich könnte Ihnen sagen, warum Sie stets unwohl sind."

„Warum? Wissen Sie das?"

„Ja, aber es ist nicht schmeichelhaft."

„Ach, sagen Sie es nur."

„Mein liebes Kind! Sie sind stets unwohl, weil Sie stets
müßig sind. Hat der Mensch nichts zu thun, so giebt ihm sein
Befinden zu thun."

„O, Sie sind klug," rief Frau Ceres, „aber ich bin schwach."

Sie hatte in der That etwas Wehrloses und Hilfsbedürftiges.
Wie Sonnenkamp sie als zerbrechliches Spielzeug betrachtete, so
war sie auch mit sich selber immer ängstlich; dabei war sie vollkommen träge, die geringste Mühe war ihr eine Last. Sie wußte
nicht, ob Hören oder Sehen mehr anstrenge, doch fand sie das
Letztere noch mühsamer, denn beim Lesen muß man das Buch
fassen und eine bestimmte Haltung annehmen. Sie ließ sich daher
von Fräulein Perini immer vorlesen; da kann man, so oft man
will, einschlafen.

So war es auch jetzt.

Während die Professorin noch sprach, ließ Frau Ceres plötzlich die Hand los, sie war eingeschlafen. Die Professorin saß in
dem Gemache, in dem es so reich und glänzend aussah, wie in
ein Märchen versetzt; sie hielt den Athem an und wußte nicht,
was sie beginnen sollte. Hier sind Räthsel die Fülle. Sie wagte
nicht, ihre Stellung zu verändern, denn sie fürchtete, die Schla-
fende zu wecken. Diese wendete sich jetzt und sagte:

„Ach, gehen Sie nun . . . gehen Sie nun, ich komme bald
selbst."

Die Professorin ging.

Sonnenkamp erwartete sie vor der Thüre.

„Wie ist sie gegen Sie?" fragte er.

„Wie ein gutes Kind," erwiderte die Mutter. „Ich hoffe,
daß es mir gelingen wird, die Aufgeregtheit Ihrer Frau Gemalin
zu beruhigen. Aber ich habe eine Bitte: fragen Sie mich nie,
was wir besprochen. Soll ich das Vertrauen Ihrer Frau

Gemalin gewinnen, so muß ich mit vollem Gewissen sagen können: sie spricht nur mit mir allein; was sie mittheilt, kommt nicht über meine Lippen. Wollen Sie mir versprechen, uns Frauen allein gewähren zu lassen?"

„Ja," erwiderte Sonnenkamp.

Es schien ihm schwer zu werden, das zu bewilligen, doch mußte er es thun.

Drittes Kapitel.

Am andern Tage kam Pranken und mit dem ganzen Aufgebote seiner weltmännischen Manieren begrüßte er die Professorin. Sie ließ ihn sofort erkennen, daß sie ihn als Sohn des Hauses betrachte, und that dies mit so viel Zurückhaltung und anmuthvoller Bestimmtheit, daß er überaus beglückt war.

Als sie ihm dankte, daß er Erich solche Stellung vermittelt habe, lehnte er jeden Dank ab; es sei nur eine Abtragung der Dankesschuld gegen den verewigten Professor.

Das war ein Ton, der sofort das Herz der Wittwe gewann; sie wußte recht wohl, was die Höflichkeit übertreibe, aber sie war sich auch bewußt, daß der Kern Wahrheit war. Wer je andauernd in den Umkreis von Stimme und Blick ihres Gatten getreten, mußte, wenn er nicht ganz verwahrlost war, eine edle Regung für das Leben davon bewahren.

Pranken erzählte von seinem Schwager und seiner Schwester und wie geehrt Erich auf Wolfsgarten sei; mit einer geschickten Wendung wußte er dann zu sagen, daß er sich von der Anwesenheit der Professorin viel Begütigung und Beruhigung in dem seit Kurzem wieder stürmisch bewegten Wesen seiner Schwester verspreche. Er deutete das behutsam an und gab nur zu verstehen, wie es eine schwere Aufgabe sei, mit einem, wenn auch hochedlen, doch viel älteren Manne zu leben, und wie unversehens eine scheinbar zur Ruhe gesetzte Bewegung das Gemüth ergreife.

Die Professorin verstand mehr, als Pranken ahnte.

Pranken konnte sich nicht enthalten, etwas von seiner religiösen Wandlung kund zu geben. Er that dies wie einen Act des Vertrauens und mit Verwahr, aber doch mit einem gewissen

Nachdruck. Wie durch eine Vision sah er plötzlich diese Frau neben Manna, die ihre ganze Seele offenbarte; darum sollte sie Manna bestätigen, daß er seine innere Wandlung vor aller Welt bekannte; ja, es fiel ihm jetzt ein, daß die Oberin diese Frau im Beisein Mannas belobt hatte.

Ein Lächeln überflog seine Lippen, denn er dachte, diese Frau könnte am besten dazu verwendet werden, Manna von dem Vorsatze, den Schleier zu nehmen, abzubringen.

Im Auftrage Sonnenkamps bat er dann die Professorin, mit nach dem Landhause zu fahren, das die Cabinetsräthin — er corrigirte sich schnell und sagte, der Cabinetsrath — anlaufen wolle; sie werde gewiß das Ihrige thun, um Herrn Sonnenkamp eine so angenehme Nachbarschaft verschaffen zu helfen. Der Einwand der Professorin, daß sie ja hier kaum zur Ruhe gekommen, wurde schmeichelhaft abgelehnt.

Der Wagen fuhr vor.

Die Cabinetsräthin und Sonnenkamp saßen im Wagen, die Professorin mußte mit nach der Villa fahren. Man war unterwegs äußerst wohlgemuth, aber unversehens überflog die Professorin der Gedanke, daß sie inmitten von Intriguen stehe und man ihre Harmlosigkeit zu etwas benutze; sie wußte nicht, zu was. Sie hatte ein Bangen, da beim Eintritt in das Landhaus Sonnenkamp sagte, es gehöre ihm und er freue sich, es seiner edlen Nachbarin übergeben zu können.

Die Professorin fühlte, sie war Zeuge bei einer Sache, die sie nicht verstand.

Die Cabinetsräthin theilte sofort die Zimmer ein, für sich, für ihren Gatten, für ihre Kinder. Sie hatte zwei Söhne beim Militär, eine Tochter war bereits verheiratet; auch für ihre Enkel wurden Zimmer bestimmt, und als sie sich ihren Lieblingsplatz im Garten aussuchte, versprach Sonnenkamp, neue Anlagen machen zu lassen; sie würde staunen, was sich aus diesem Terrain schaffen ließe.

Sonnenkamp hatte zwar gewünscht, daß er das Landhaus erst als Preis für die errungene Standeserhöhung gebe — denn die Summe, die der Cabinetsrath dafür bezahlte, war ja nur Schein — aber er hatte der Versicherung Prancens nachgeben müssen, daß dies geradezu unthunlich sei; dazu war es auch klüger, mit einem so mächtigen Mann in nachbarlicher Verbindung zu stehen, wodurch sich Alles viel natürlicher fügte.

Die Cabinetsräthin saß im Garten mit der Professorin und ermahnte sie eindringlich, durch ihren großen Einfluß der Familie Sonnenkamp die gebührende Stellung zu verschaffen. Sie ging vorerst noch nicht weiter. Es war ihr entschiedener Plan, daß nicht sie und ihr Mann, sondern die Professorin den Haupthebel ansetzen sollte. Mißlang es, so blieb man gedeckt und konnte die gelehrte Wittwe, die ohnedies als überschwenglich bekannt war, bloßstellen.

Unter lauter Redensarten von erhabenem Wesen und großartigem Geiste verbargen sich Schliche, die nicht leicht zu durchschauen waren.

Pranken kannte einen Notar von geschmeidigen Formen, der noch am Abend erschien.

Es wurde eine lustige Komödie aufgeführt; Sonnenkamp übergab der Cabinetsräthin eine namhafte Summe, die sie ihm eine Viertelstunde später als Kaufpreis für das Landhaus einhändigte. Der Cabinetsrath war der Nachbar des Herrn Sonnenkamp.

Als Sonnenkamp mit Pranken in der milden Nacht lustwandelte, hörte er freundlich zu, wie Pranken darlegte, es sei gut, daß der Cabinetsrath sofort das Landhaus erworben, denn wäre es später geschehen, kurz vor oder nach dem erwünschten Ereignisse, so hätte das üble Nachrede verursacht.

Sonnenkamp gratulirte seinem jungen Freunde zu der diplomatischen Laufbahn, er sei entschieden dazu geeignet; Pranken lehnte nicht ab, daß er künftig, statt auf dem Lande zu leben, in eine solche Stellung eintrete, natürlich nur im Einverständnisse mit seinen Angehörigen und seinem väterlichen Freunde, wie er Sonnenkamp nannte.

„Mein lieber junger Freund," sagte dieser und legte vertraulich die Hand auf die Schulter Prankens, „Sie haben gewiß schon mit Wucherern zu thun gehabt; ich kenne diese sanftherzigen Brüder, sie hängen zusammen wie eine geheime Priesterschaft. Die ergötzlichsten Einblicke in die sogenannte Menschenseele böte eine Geschichte der Bestechung. Ich kenne die verschiedenen Nationen und die verschiedenen Stände, habe es überall versucht und es ist mir fast nie mißlungen."

Pranken erschrak zum erstenmale vor seinem zukünftigen Schwiegervater; er traute ihm viel zu, aber daß er so unbefangen von der allgemeinen Bestechlichkeit sprach, empörte ihn doch etwas, und er fand es höchst peinlich, ihm so nahe sein zu sollen.

Sonnenkamp fuhr fort:

„Sie sind wahrscheinlich auch noch im alten Vorurtheil be=
fangen, daß Bestechung eine schlechte Sache sei, wie man bis vor
Kurzem den Wucher noch für eine solche hielt. Es ist eine Albern=
heit der Regierungen, wenn sie von den Beamten einen Eid ver=
langen, daß sie keine ihrer Handlungen durch Annahme von Geld
bestimmen lassen. Mag es meinetwegen bei den Richtern sein,
und auch da ist es gewöhnlich nur Form, denn wenn es drauf
und dran kommt, weiß ein Reicher sich freizusprechen zu lassen,
falls er es nicht gar zu toll gemacht hat. Merkwürdig ist mir:
bei Romanen und Slaven nehmen die Männer das angebotene
Geld, ja unter irgend einer Form steigern sie es ganz von selbst;
bei der zimperlichen germanischen Nation werden die Frauen dazu
verwendet. Natürlich! Bei keinem Volk der Welt sehen Sie beim
Ackerbau so viel Kühe eingespannt als bei den Deutschen, und
so spannen sie auch da die Kühe ein. Da muß nun die Frau
galant umworben werden, und ich gestehe, ich habe am liebsten
mit den Frauen zu thun, sie halten Wort; denn nichts kommt
häufiger vor, als man giebt Bestechung und der Bestochene hält
nicht Wort, wenn man nicht wenigstens das Doppelte hinzufügt.
Mein Vater —"

Pranken stutzte; zum erstenmale hörte er Sonnenkamp seines
Vaters erwähnen.

„Mein Vater war ein Virtuos in der Bestechungskunst. In
Polen hat er nie anders bestochen, als er gab einen Hundert=
oder Tausendguldenschein, aber er zerriß den Schein in zwei
Stücke, die eine Hälfte behielt er, die andere der Bestochene, und
erst wenn das, was er wollte, geschehen, wurde die andere Hälfte
ausgeliefert. Nicht wahr, Sie glauben, daß es nicht nöthig war,
mit der Frau Cabinetsräthin so den Schein zu theilen?"

Pranken fühlte sich beleidigt, daß er eine Dame von Adel
so bezeichnet und gestellt sah. Er gab Sonnenkamp die bündig=
sten Versicherungen, und dieser erklärte:

„Ich finde Alles ganz in der Ordnung. Sobald ein Volk in
complicirtere Verhältnisse eintritt, ist die Bestechung da, muß da
sein, bald offen, bald verdeckt, und nichts ist formenreicher als
die Bestechung; ich kenne das."

Da Pranken staunend stehen blieb, fuhr Sonnenkamp, immer
zutraulicher werdend, fort:

„Junger Freund, ob ich mir einen Agenten oder eine Stimme zu meiner Wahl als Parlaments- oder Congreßmitglied kaufe oder ob ich mir einen Agenten oder eine Stimme kaufe, um geadelt zu werden, bleibt sich gleich. Wir in Amerika thun das nur offener. Warum soll dieser Cabinetsrath und seine Gattin nicht die Position ausbeuten? Ihre Position ist ja ihr ganzes Hab und Gut. Ganz in der Ordnung. Müßt Ihr in Deutschland ein vornehmes Mäntelchen umlegen . . . mag sein. Wenn Sie, wie ich hoffe, in die diplomatische Carrière eintreten, werde ich Ihnen noch manche nützliche Erfahrung überliefern können."

Pranken erklärte sich bereit, noch recht viel zu lernen, aber innerlich hatte er eine unnennbare Furcht vor dem Manne, und diese Furcht verwandelte sich in Geringschätzung. Er nahm sich schon jetzt vor, wenn er Manna besäße, sich möglichst fern von ihm zu halten.

Sonnenkamp aber war so glücklich, wieder neue Bestätigung seiner Menschenkenntniß gefunden zu haben, daß er diese auch seinem eigenen Sohn zu geben trachtete.

Am Morgen nahm er Roland mit sich in den Park und sagte ihm:

„Sieh, diese vornehmen Leute . . . Alles Betrug! Dieser Cabinetsrath und seine Familie — ich mache sie aus Bettlern zu vermögenden Menschen. Laß sie nichts davon merken, aber wissen sollst du es. Alles ist nur Gesindel, Vornehm wie Gering; Alle warten nur auf den Preis für ihre sogenannte Seele. Alles auf der Welt ist mit Geld zu haben."

Er freute sich, dies ausführlich darzulegen, und hatte keine Ahnung, welch tiefe Umwälzung, ja welche Empörung das in der Seele des Jünglings hervorbrachte.

Roland war stumm und Sonnenkamp überlegte, ob er recht gethan; bald aber beruhigte er seine Zweifel. Religion, Tugend, Alles ist nur Illusion! Die Einen — dieser Herr Dournay gehört auch zu ihnen — glauben noch an ihre Illusionen, die Anderen wissen, daß es Illusionen sind, und machen sich und der Welt nur etwas vor. Es ist besser, beruhigte er sich schließlich, Roland weiß das.

Viertes Kapitel.

Die Profefforin, die im grünen Haufe wohnte, fühlte bald, wie fchwer es Erich werden mußte, für fich und Roland eine fefte Stimmung, eine dauernde Richtung des Denkens zu bewahren, da er beftändig mit einer zerftreuenden Reifeftimmung zu kämpfen habe. In einem Haufe mit weitreichendem Befißthum und vielen Verpflichtungen nach verfchiedenen Seiten unterbricht fich die An= dacht des Geiftes, die zur Durchdringung einer Erkenntniß fo nothwendig; es ift fchwer, in folchen Verhältniffen fich felbft nicht zu verlieren. Ohne fich darüber auszufprechen, war es ihr Vor= faß, Haltung für fich zu bewahren; da man erft, wenn man in fich gefammelt ift, auch Anderen etwas zu leiften vermag.

Wie von felbft bildete fich ein geweihter Bezirk um die Pro= fefforin; wer ihr nahte, nahm unwillkürlich eine edlere Haltung an, ftimmte feine Rede in eine gemäßigte und geordnete Tonart. Sie glich einer Prieſterin, die unausgefeßt die Flamme auf einem Altar zu pflegen hat.

Sauberkeit in der höchften Bedeutung des Wortes war der Eindruck, den ihre Erfcheinung und ihr Wefen machte, fie war eine reinliche Natur in Allem, was fie dachte und empfand; fie war dreizehn Jahre Hofdame gewefen, fie kannte die wirkliche Welt, aber ein Hauch der Idealität war ihr verblieben.

Verglich man die Profefforin äußerlich und oberflächlich mit Bella, fo ftand die ältere Frau im Nachtheil; bei näherem Be= trachten aber fand fich, daß die Profefforin in ihrem Umgange ein Stetiges hatte, das, man könnte fagen, wahrhaft fättigend war, während Bella nur zu flüchtigen Erörterungen wie zu einem Kampffpiel anregte. Die Profefforin war ftolz, Bella war hoch= müthig; jene war ablehnend gegen das, was ihr innerlich wider= fprach, diefe fuchte es niederzudrücken und unter den Fuß zu treten.

Bella verlangte nicht nur Aufmerkfamkeit für ihre Erfcheinung, für ihr Empfinden, fie liebte es auch, fchwierige Fragen zu ftellen; fie wollte immer etwas bewegen. Sie gab auf Alles, was man ihr fagte, äußerft geläufig überrafchende Antwort und wußte das Gehörte gut umzufeßen. Das war anreizend bei der erften Be= kanntfchaft, bei längerem Umgang aber zeigte fich, daß Alles äußere Gefprächfamkeit war.

Die Professorin dagegen heischte nichts, sie nahm dankbar und
willig auf, was man ihr brachte, und zu Allem hatte sie ein
vorbereitetes stilles Denken. Sie war nie das gewesen, was man
eine auffallende Erscheinung nennt; sie war etwas wohlbeleibt,
aschblond und von jener kühlen Sauberkeit, wie man sie in Bil=
dern behäbiger Holländerinnen dargestellt sieht. Sie konnte ruhig
jegliche Mittheilung anhören und blieb aufmerksam, bis sie er=
widerte. Bei Fragen, die sie nicht gern beantwortete, ließ sie sich
nie über eine einzuhaltende Grenzlinie hinausdrängen. Sie sagte
kein Wort, um damit zu glänzen, lächelte nicht, wo nichts zu
lächeln war, gab jedem Ausspruch den natürlichen Ton und
jedem, was sie hörte, die entsprechende Aufmerksamkeit.

Mutter und Tante lebten in friedsamer Eintracht und waren
doch im Charakter sehr verschieden, wie sie auch verschiedene Ge=
biete des Wissens hatten, worin sie ihre Erquickung fanden. Ihre
Liebhabereien waren die beiden schönsten Dinge der Welt.

Tante Claudine war eine Sternkundige; sie brachte manche
stille Abendstunde auf dem Thurm zu, meist mit einem kleinen
Tubus, Beobachtungen anstellend, suchte aber mit großer Beflissen=
heit jeden Schein von Gelehrsamkeit abzuwenden.

Die Professorin war eine Pflanzenkundige und erfreute sich
viele Stunden des Tages in den Treibhäusern und bei den Pflanzen
des Freilandes.

Als Sonnenkamp ihr seine Obstzucht zeigte, sprach sie nicht
Bewunderung und Staunen aus, sie zeigte vielmehr Sachkenntniß
in der neuen französischen Gartenkunst und äußerte, wie eigen=
thümlich es sei, daß die unruhigen Franzosen, wenn sie sich aus
dem Strudel des Lebens zurückgezogen, mit solcher zarten und
anhaltenden Sorgfalt die Obstkultur treiben. Sonnenkamps Antlitz
glänzte, da sie darlegte, es gehöre zu der Obstzucht, wie er sie übe,
eine Art Feldherrntalent, denn er müsse genau zu beurtheilen
wissen, welche Frucht zu großem Gedeihen gelangen könne; dieser zu
lieb müßten die anderen geopfert und unreif abgepflückt werden.

Sehr verbindlich dankte Sonnenkamp, aber innerlich lächelte
er, da er die feine höfische Sitte zu durchschauen glaubte.

Von Frau Ceres ließ sich die Professorin nur auf kurze Zeit
in Anspruch nehmen, und was noch nie geschehen war, ereignete
sich jetzt: Frau Ceres kam in andere Gemächer als die von ihr
bewohnten.

Wenn Frau Ceres immer aufs Neue wissen wollte, wie man da und da bei Hofe gelebt, mußte die Professorin unversehens ein allgemeines Interesse in ihr zu wecken.

Obgleich die Tante sich äußerst zurückhaltend benahm, brachte sie doch eine ungeahnte Belebung ins Haus. Der große Flügel im Musiksaale, der seit langer Zeit stumm dastand, tönte hell und feierlich, und Roland, der die Uebungen in der Musik gänzlich vernachlässigt hatte, gewann neue Lust und wurde der Schüler der Tante. Sonnenkamps Antlitz zeigte einen Ausdruck der Befriedigung, wie man solchen noch nie an ihm bemerkt.

Eines Tages, als Tante Claudine schön gespielt und nach der Liebhaberei Erichs ein Stück zweimal wiederholt hatte, sagte Frau Ceres zur Mutter:

„Ich beneide Sie darum, daß Sie Alles dies so tief verstehen und genießen."

Sie that sich offenbar etwas zu Gute darauf, diese eingelernte Redensart zu wiederholen, aber die Professorin zerriß ihr diesen aufgelegten Putz, denn sie erwiderte:

„Jeder hat seine eigene Freude, sei es an der Natur, sei es an der Kunst, wenn er nur wahr vor sich ist. Man braucht nicht Alles zu verstehen und genau zu wissen, um sich daran zu erfreuen. Ich freue mich an diesen Bergen, ohne zu wissen, wie hoch sie sind und welche Steinschichten sie bilden und was sonst die Gelehrten wissen. So auch können Sie sich an der Musik freuen."

Frau Ceres wußte nicht, aber sie empfand es: man kann durch das, was man allein von der Natur mitbringt, die höheren Freuden empfangen . . .

— ⸱⸱⸱ —

Fünftes Kapitel.

Das ruhige Leben des Hauses wurde wieder plötzlich unterbrochen; ein Wagen fuhr auf dem knirschenden Sande des Hofes vor, ein seidenes Schleppkleid rauschte: Bella war mit ihrem Gatten erschienen.

Ein Stück Heimath in der Fremde ist die Begrüßung von Vertrauten in neuen Verhältnissen. So auch war der Besuch Clodwigs und Bellas eine freundliche Anmuthung für die Pro-

fefforin. Bella umarmte fie etwas ftürmifch, Clodwig dagegen
faßte ihre Hand in feine beiden Hände.

„Wo ift Ihr Neffe?" fragte Bella alsbald und hielt die Hand
der Tante feft; fie fchien etwas faffen zu müffen.

Mit unruhigem Blick, bald auf Clodwig, bald auf Bella
fchauend, erklärte die Mutter, daß der Unterricht auch durch ein
freudiges Hausereigniß, wie folch ein Befuch fei, nicht unterbrochen werden möge. Sie betonte das Wort Hausereigniß.

Bella ftand mit gefenktem Blicke da.

Die Profefforin beobachtete fie fcharf.

Bella fah frifch belebt aus, fie war vollkommen gefellfchafts-
mäßig gekleidet, fie trug ein himmelblaues, feidenes großes Tuch,
unter dem fich, wenn fie die Hand reichte, der nackte Arm in
feiner Fülle heraushob.

Man ging in den Garten, Sonnenkamp verabfchiedete fich,
um feiner Frau den Befuch zu melden. Er wollte Alles aufbieten, daß Frau Ceres heut nicht krank fein follte.

Clodwig ging mit Tante Claudine, Bella mit der Mutter.

Bella fragte viel. Ihre Wangen glühten; fie ließ das Tuch
etwas herabfallen, ein fchöner Nacken, voll und üppig, zeigte fich.

„Schade, daß Clodwig Ihre Schwägerin nicht früher gekannt,"
fagte fie plötzlich.

„Er kannte fie wohl, und fie war, wie Sie wiffen, nicht zu
ihrem Glücke, vordem eine bevorzugte Erfcheinung am Hofe. Das
war allerdings vor Ihrer Zeit."

Bella fchwieg; die Mutter warf einen kurzen forfchenden Blick
auf fie. Was geht mit diefer Frau vor? Was ift diefe Unruhe,
diefes Flattern von einem Gefpräche zum andern?

Erich und Roland kamen. Bella zog fchnell ihr Tuch über
Nacken und Arme; fie reichte Erich kaum die Fingerfpitzen.

Roland war überaus munter, Erich tief ernft; fo oft er Bella
anfah, zog er den Blick rafch zurück. Sie gratulirte ihm zur
Ankunft feiner Mutter und fagte:

„Ich glaube, wenn man Ihnen auf der Reife begegnete,
müßte man Ihnen anfehen, daß Sie noch das Glück haben, eine
Mutter zu befitzen."

Sie fagte das mit Innigkeit und hatte doch dabei ein felt-
fames Lächeln, ihr Blick fchaute um, als wollte fie die Ehre für
diefen Gedanken einfammeln.

Sonnenkamp kam zurück; er streichelte sich behaglich das Kinn, indem er die Damen bat, zu seiner Frau zu kommen, die die Ankunft solcher Gäste ganz gesund gemacht habe. Er schlug vor, daß die Männer nach der Burg fahren sollten, um den Fortschritt des Baues und den Fundort der römischen Alterthümer in Augenschein zu nehmen. Bella hatte nur noch ein kurzes, neckisches Gespräch mit Sonnenkamp, weil er ihr die lieben Gäste weggeraubt habe, dann ging sie mit den Frauen nach dem Gartensaal, wo Frau Ceres sie erwartete; die Männer fuhren nach der Burg.

Frau Ceres war bald bereit, mit in den Musiksaal zu geben, und ohne lange Aufforderung spielte die Tante; Bella saß zwischen der Mutter und Frau Ceres, Fräulein Perini stand am Clavier.

Als die Tante das erste Stück geendet hatte, fragte Bella:

„Fräulein Dournay, begleiten Sie bisweilen Ihren Neffen zum Gesange?"

Die Tante verneinte.

Wieder warf die Professorin einen raschen Blick auf Bella, die beständig an Erich zu denken und es nicht verbergen zu können, ja nicht einmal verbergen zu wollen schien. Während die Tante ein neues Stück spielte, sagte Bella zur Professorin:

„Ich habe eine Bitte an Sie; geben Sie mir Ihre Schwägerin mit nach Wolfsgarten."

„Ich habe kein Verfügungsrecht über meine Schwägerin. Aber bitte, sie ist sonst durchaus anspruchslos, doch, wenn sie spielt, beleidigt sie jedes Wort, das gesprochen wird."

Bella schwieg. Aber während sie einem erquickenden Musikstücke Mozarts zuhörten, gingen die Gedanken der beiden Frauen ganz verschiedene Wege. Was Bella dachte, wäre kaum zu sagen, ihr Wesen zitterte hin und her in Freude und Trauer, in Entsagung und Trotz. Die Professorin aber fand eine Wahrnehmung bestätigt und fühlte sich schon von dieser Wahrnehmung befleckt.

Als das Stück geendet war, sagte Bella:

„Ach, Mozart ist glücklich; so schwer auch sein Leben war, er war doch immer glücklich und macht immer glücklich, so oft man ihn hört; auch seine Trauer und Klage hat gemessene Haltung."

Die Professorin fühlte, daß Bella das nur wie eine Wiederholung aussprach, um ihre augenblickliche Erregtheit zu verbergen.

Man ging nach der Veranda, wo die Papageien auf schönen
Gestellen saßen. Bella erzählte dem einen Papagei eine wunder=
same Geschichte von einem Vetter auf Wolfsgarten, der wohne in
einem wunderschönen Käfig; bisweilen desertire er in den Wald,
aber er sei zu vornehm und habe nicht gelernt, sich im Walde
seine Nahrung zu holen; er kehre wieder zurück in sein goldenes
Gefängniß.

Immer glühender wurden die Wangen Bellas, ihre Lippen
bebten, und plötzlich fiel ihr ein, daß sie jetzt die Sache abmachen
müsse. Sie redete der Tante und der Mutter so heftig und wieder
so kindlich bittend zu, daß sie endlich die Einwilligung erhielt,
Tante Claudine werde in den nächsten Tagen zu ihr auf Besuch
kommen und bei ihr bleiben.

„Sie werden sehen," warf sie halb triumphirend zur Mutter
hin, „Fräulein Dournay wird die beste Freundin Clodwigs, sie
sind ganz für einander geschaffen."

Die Professorin sah sie starr an.

Ist es schon so weit, daß diese Frau ihrem Gatten Ersatz
geben will?

Sechstes Kapitel.

Bevor man zur Tafel ging, zogen sich die Frauen zurück,
um neu Toilette zu machen.

Die Professorin war in ihrem Ankleidezimmer; sie hatte ihre
langen ergrauenden Haare aufgelöst und saß geraume Zeit stumm,
die gefalteten Hände im Schooß. Es war ihr, als hätte sie ein
Schlag auf den Kopf getroffen durch das, was sie in unwider=
leglichen Zeichen beobachtet hatte. Das Herz preßte sich ihr zu=
sammen und in die Augen drangen Thränen, die sich aber nicht
lösen wollten. Dafür also, dafür ein Kind gepflegt, behütet,
mit allem Besten erfüllt, daß es so ende? Nein, nicht ende, an=
fange in einer unabsehbaren Wirrniß und Verwüstung? Dafür
den Geist mit allen Wissenswürdigkeiten ausgestattet, um Spiel,
Maske, Deckmantel der Niedrigkeit daraus zu machen?

„O, mein Gott! mein Gott! klagte sie und bedeckte sich das
Gesicht mit beiden Händen.

Vor ihrem inneren Auge erschien, was Alles verwüstet wird;

vor Allem das reine, freie Wesen ihres Sohnes. Sie konnte keine Freude mehr an dem Blick, an dem Wort, an der Erscheinung dieses Sohnes haben; hatte er ja Alles verbraucht zu Lug und Trug. Wenn das der Vater erlebt hätte! ... Clodwig, der eine Freundschaft ohne Gleichen hegt, sie müssen ihn ansehen, ihn grüßen, ihm zusprechen und wünschen doch seinen Tod.

O, diese unglücklichen Frauen, die sich so nennenden unglücklichen Frauen! Es geht eine große Lüge von der unglücklichen Frau durch unsere Zeit. Die Mädchen wollen Männer von Reichthum und Ansehen und daneben einen Kebsmann von Geist und Jugend haben. Warum heirathen sie keinen armen Mann? Weil er ihnen keine Equipage geben kann. Und diese Männer, die sich zu Kebsmännern hergeben —

Nein, es kann nicht sein. Sie sagte sich, daß sie vielleicht zu weit gehe; sie wollte noch prüfen, abwarten, beobachten.

Da hörte sie Erich, der nach ihr fragte und eben weggehen wollte; sie rief ihm, er möge nur eintreten.

Erich kam zu ihr und blickte staunend. Noch nie hatte er sie so gesehen, mit den aufgelösten langen Haaren, und auch ihr Gesicht schien ergraut.

„Du scheinst sehr aufgeregt; darf ich wissen?" fragte Erich.

„Setz dich," bat sie.

Erich setzte sich.

Die Mutter hielt sich die Hand an die Stirn. Darf sie ihren Sohn gradaus warnen?

„Lieber Sohn," begann sie mit gepreßtem Ton, „halte es mir zu gut, daß ich, aus meiner Einsamkeit und Ruhe aufgestört, mich in dieses rastlose Leben noch nicht finden kann. Was wollte ich dir aber jetzt sagen? Ja, so ist's. Die Gräfin Wolfsgarten, die Frau unseres Freundes ..." sie betonte dies s Wort ruhig und bestimmt und machte eine kurze Pause; dann t hr sie fort: „wünscht, daß Tante Claudine zu ihr ziehe und b i ihr bleibe."

„Das wäre ja sehr schön!"

„So? und warum? Denkst du denn nicht, daß ich dann plö lich allein und in fremdem Hause bin?"

„Ach liebe Mutter, du bist nicht allein, nie ... Und die Tante würde Gräfin Bella eine Begütigung und Schlichtung geben, deren sie vielleicht bedarf."

Das Auge der Mutter wurde ruhiger; wie elektrisch berührt, spannten sich ihre Mienen; lächelnd sagte sie:

„Zuletzt haben wir noch Jeder seine Mission. Darf ich fragen, wie Gräfin Bella, die Frau unseres Freundes, dir erscheint?"

Durch das Herz Erichs ging ein schmerzliches Zucken. Er ahnte, daß er die Seele der Mutter belastet. Und vielleicht hat Bella durch ein leidenschaftliches Wort verrathen, was doch nicht sein soll und darf. Eine Pause trat ein, und die Mutter fragte wieder, ihre Mienen veränderten sich:

„Warum antwortest du mir nicht?"

„Ach, Mutter, ich bin viel unfertiger, als ich mich hielt; ich vertraue meinem Urtheil über Menschen nicht mehr so sicher."

„Du darfst mir auch etwas Unfertiges sagen," entgegnete die Mutter und hielt noch immer den Blick gesenkt.

„Ich meine, in dieser Frau ist noch ein Kampf zwischen Weltsinn und Weltentsagung . . . Es ist mir, als wäre in ihrer Lebensentwicklung etwas unterbrückt, gehemmt, und sie wäre eines Mannes wie Clodwig noch nicht vollkommen . . ."

„Ja, er ist ein edler Mensch, und ihn kränken, wäre Tempelschändung," betonte die Mutter.

Das Wort kam sehr scharf heraus und sie fuhr fort:

„Du hast richtig gerathen, die Prandens sind ein kühnes und unternehmendes Geschlecht. Man hatte geglaubt, daß Bella ihren Musiklehrer heirathen würde, denn sie spielte viel mit ihm; in der That, sie spielte mit ihm. Doch, das ist ein Anderes. Nun hat Bella ein scheinbar Unbedeutendes erfahren, das aber doch eine Verschiebung . . . ich weiß nicht, wie ich es nennen soll . . . eine Verkehrung in ihre Natur brachte. Als sie so viele Jahre hatte, um noch für jung zu gelten, mußte sie erleben, daß ihre jüngere Schwester sich vor ihr verheiratete; sie ließ das mit großer Resignation geschehen, aber ich glaube, von jener Zeit an trat eine Wendung in ihrer Natur ein, die schwer auszugleichen ist; sie war plötzlich alt geworden, älter als sie sich gestehen wollte. Die Schwester starb nach wenigen Jahren, sie hinterließ keine Kinder. Dies ganze Verhältniß gab Bella etwas Verschobenes, sie hatte eigentlich keine Liebe zu dieser Schwester gehabt, ja sich kaum mit ihr vertragen, nun that sie immer, als ob sie vor Sehnsucht nach ihr sich verzehrte. Bella hatte eine Mutter, deren

höchster Triumph es war, wenn man ihr sagte: Ihre Tochter ist
schön, aber so schön, wie Sie als Mädchen waren, ist sie doch
nicht. Und schön sein ist der Hauptstolz derer von Pranden!
Bella ist leider ein Kind jener unglücklichen Gesellschaftsschicht,
in der man nur ins Theater geht, um darüber zu spötteln
und zu wißeln, in der man nur in die Kirche geht, um seine
Reverenz gemacht zu haben vor Gottes Gnaden, in der das weib=
liche Wesen vollkommen unnütz ist, wenn es nicht schön ist und
bei herannahendem Alter zu intriguiren und wol auch zu fröm=
meln versteht. Solch ein Geschöpf kann sich sagen: ich habe mein
Lebenlang achthundert bis tausend Ellen Stramin mit Blumen
oder dergleichen bekleidet zu höchst überflüssigen Sophakissen. Ist
das ein Leben, das des Lebens werth? Nun hat sie keine Kinder,
nächst der gegen ihren Gatten keine natürliche feste Pflicht . . ."

„Urtheilst du nicht zu streng?" fiel Erich ein. „Jedenfalls
würde es gut sein, wenn Tante Claudine der Einladung folgte;
sie könnte eine besänftigende und begütigende Wirkung ausüben;
gerade ihre ruhige Natur, die nie zu entsagen hat, weil sie nie
etwas für sich will, wäre wie dazu erlesen."

„Gut, Claudine wird mit nach Wolfsgarten gehen. Nun
aber ist genug geplaubert, nun geh, ich muß mich zu Tische an=
kleiden."

Sie küßte ihn auf die Stirn; er ging.

Draußen vor der Thür aber stand er still und athmete frei
auf im Gedanken, daß er der Mahnung nicht mehr bedurft hatte.

Wie aber war es Bella?

Siebentes Kapitel.

Es war entschieden, daß Claudine mit nach Wolfsgarten ziehe.
Um ihr Zeit zur Vorbereitung zu lassen, wollte man hier über
Nacht bleiben, damit man sie gleich andern Tages mit heim=
führen könne.

Bella ließ sich von Sonnenkamp einen Papagei schenken und
gerade den wildesten wollte sie haben; sie versprach, ihn zu
zähmen.

Es ward Abend und man mußte Roland willfahren, mit

ihm eine Fahrt auf dem Rhein zu machen. Claudine ging mit
Bella nach dem Kahn, Fräulein Perini zog sich mit Frau Ceres
zurück, die Professorin blieb bei Clodwig, und Sonnenkamp bat
um Entschuldigung, da er noch Briefe zu befördern habe.

Auf dem Kahn lachte und scherzte Bella, manchmal tauchte
sie ihre Hand in die Wellen und spielte dann mit ihrem Trau-
ring am Finger, der sich auf und abschieben ließ; immer wieder
tauchte sie die Hand in den Rhein.

„Mich kränkt dieser Besuch Ihrer Mutter," sagte Bella unversehens leise zu Erich.

„Wie? es kränkt Sie?"

„Ja, es ist beleidigend, daß dieser Mann mit seinem Gelde
... daß man mit Geld solche Umstellungen der Menschen soll
bewirken können."

Erich sah sie groß an, dann faßte er das Ruder und wühlte
hohe Wellen auf.

Bella war von einer Unruhe, die sie nicht bewältigen konnte;
sie stand auf, sie setzte sich, sie wühlte mit der Hand im Wasser,
sie beugte sich vor, als wolle sie sich in den Strom stürzen, dann
den Kopf zurückwerfend, stellte sie sich ans Steuer, ihre Gewän-
der flatterten und knitterten im leichten Luftstrom und sie sah
wild umher, sie setzte sich und leise sagte sie wieder zu Erich:

„Ihre Mutter . . ."

Erich sah sie fragend an und sie fuhr fort:

„O, wie oft hörte ich Ihre Mutter beklagen, bespötteln, be-
mitleiden, weil sie dem Drange ihres Herzens und dem Manne
ihrer Liebe gefolgt. Achthundert Thaler Gehalt und lauter Liebe
dazu, war noch lange das Sprichwort. Und was sind die Anderen? Puppen, Zierpuppen, parlirende, musicirende, tanzende,
medisirende Zierpuppen! Sie rümpfen die Nase über den Mann,
der von Sklavenarbeit so reich, und unsere vornehmen Väter
verkaufen ihre Kinder und die Kinder verkaufen sich selbst um
hohen Gesellschaftsrang, um Pferd und Wagen, um Schmuck
und Landhäuser. Eine Bäurin, die barfuß in den Stoppeln die
Aehren sammelt, ist glücklicher und freier als die Dame, die in
dem Wagen zurückgelehnt, sich Kühlung zufächelnd, die Straße
dahinfährt. O, wer die Kraft hätte, diese hohle lügnerische Welt
zu zertrümmern! Wer hat ein Leben, ein wirkliches Leben?"

Erich sah den gewaltigen Kampf in der Seele dieser Frau.

Wie ungerecht waren die Menschen gegen sie, der Doctor, ja selbst die Mutter mit ihren kleinen Maßstäben. Er bewunderte sie, sein Herz bebte, er glaubte zu fühlen, daß etwas wie Liebe sich in ihm regte . . . Nein, das durfte nicht mehr sein! Die Kühnheit ihres Wesens wollte er anrufen, sie zurückrufen, aber wie sollte er das? . . .

Unterdeß saß die Professorin bei Clodwig, sie sprach ihre Freude aus, daß Erich in den Verkehr mit solchen im Leben erprobten Männern gekommen sei; es möge in früheren Zeiten gewesen sein, daß ein Mann im Umgange mit Frauen seine Bildung vollendete, jetzt könne das nur durch den Umgang mit edlen Männern sich vollziehen.

Die Beiden waren bald in jenen gegenseitigen Kundgebungen, die wie stetes Begrüßen sind, wie Zeichen, daß man dieselben Wege des Geistes gewandelt, fern von einander in ganz anderen Lebensverhältnissen.

Die Professorin hatte die erste Frau Clodwigs gut gekannt und gedachte ihrer in herzlichen Worten; Clodwig schaute um, wie um sicher zu sein, daß Bella nicht in der Nähe, denn vor ihr hatte er noch nie von der Verewigten gesprochen. Es war Verleumdung, daß man ihm nachsagte, er habe Bella gelobt, nie von seiner verstorbenen Frau zu sprechen; so schwach war Clodwig nicht, und so hart ist Bella nicht, aber er unterließ es aus Zartheit.

In sanften Halbtönen ging das Gespräch weiter, Clodwig und die Professorin stimmten überein und sie fanden denselben Grundzug in sich, daß es ein Glück sei, alles Schwere leicht zu vergessen und nur das Beglückende lebendig in der Erinnerung zu halten.

Es war eine Stunde innigen Verständnisses und reiner Geistesverfassung, wie Clodwig und die Mutter beisammen saßen. Sie waren wie zwei Geister im Jenseits, die ruhig und klar das bewegte Dasein überschauten. Es war nichts eigentlich Schmerzliches in der beiderseitigen Aufweckung der Erinnerung, vielmehr ein Innewerden von der unerschöpflichen Fülle des Daseins; Wunsch und Klage waren auf dieser Höhe verklungen, das eigene Leben und das der Angehörigen aufgegangen in das allgemeine Sein. Aber nun wendete sich's, und Clodwig beklagte, daß er früher zu sehr als Zuschauer gelebt, ohne Eingreifen und ohne Einsatz

seiner selbst sich der Zuversicht hingegeben habe, daß die in der
Welt sich bewegende Idee von selbst ihrer Erfüllung entgegen=
reise. Er bekannte seine Freude, daß die Jugend anders sei,
besonnen und tapfer, maßhaltend und thätig ...

Achtes Kapitel.

Es war Abend geworden, als man vom Kahn ausstieg und
nach der Villa ging. Roland ging mit Claudine, Bella mit
Erich hinter ihnen, sie hatte ihren Arm in den seinen gelegt, sie
hielten an.

„Ich möchte Ihnen etwas sein," begann Erich in ruhigem Tone.

Sie starrte ihn an mit jenen Augen, über welchen die Brauen
immer mehr anzuschwellen schienen, ihre Mundwinkel neigten sich
verdrossen; es war etwas fieberhaft Gespanntes in den Lippen;
nichts als das Flügelpaar auf ihrem Haupte und die unter dem
Kinn zusammengebundenen Schlangenköpfe fehlten — es war der
Anblick der Medusa.

Es durchfröstelte Erich, er faßte sich gewaltsam und fuhr fort:

„Sie sind eine freie Seele, ich möchte es auch sein — ich
will es sein. Es gab eine Zeit, wo Sie mir die Nachtruhe, das
Denken raubten, es gab eine Stunde, wo ich Sie hätte umfassen
und küssen und Ihnen zurufen mögen: ich liebe dich! Dann
aber" — er preßte die Hand aufs Herz — „dann nach jener
Stunde hätte ich mir eine Kugel durch das Hirn gejagt. Sehen
Sie den Abgrund, vor dem ich stand?"

Bella sah ihn starr an und er fuhr fort:

„Ich sah, was Alles durch diese Liebe verwüstet wird und
da sagte ich mir: wir sind in die Welt gesetzt, um zu leben,
uns ist Erkenntniß und Bildung geworden, damit wir uns aus
ihnen das Leben geben und nicht den Tod. Wie könnte ich noch
zu einem edlen Manne, zur Sonne am Himmel aufblicken, einen
Menschen erziehen, das Wort Mutter auf die Lippen nehmen ..."

Er hielt inne, er legte die Hand an die Stirn, seine Stimme
stockte.

Ich glaubte, du wärest ein Mann, und nun sehe ich, du
bist ein Mutterkindchen, sprach es in Bella, aber sie ließ es nicht

laut werden. Sie griff nach einem Zweige am Wege, sie riß ihn ab.

Erich fuhr fort:

„Es ist nicht Liebe, es darf nicht Liebe sein; Liebe kann nicht aus Verrath erwachsen. Ich fragte mich: hat das Leben, das Studium, das Denken über Allgemeines mir die Kraft der Liebe geraubt? Nein. Ich weiß nicht ... ich spreche zu Ihnen, als wäre ich Meilen weit entfernt, ein Gestorbener ... Es muß entfernt, gestorben sein, bevor es Gegenwart, bevor es lebte."

Bella knickte den Zweig mehrmals, schleuderte ihn weg; dann fragte sie:

„Warum verweilen wir noch hier?"

„Meine Freundin," nahm Erich tief athmend wieder auf, „nur noch eine Minute. Lassen Sie mich Ihnen sagen, Sie sind glücklich, wenn Sie Ihr Leben verstehen; Sie können, müssen es verstehen, und ich, so zerstückt auch mein Herz, ich werde meine Pflicht thun und mein Glück verstehen lernen. Ich war stolz, ich glaubte, ich hätte die Welt durchdrungen und bezwungen, auch Ihnen ging es so; daß wir uns begegneten, soll uns nicht zum Verderben, es soll zur reinen Lebensweckung werden. Ich sehe voraus, es werden Tage kommen, wo wir uns gelassen die Hand reichen und sagen, oder auch nicht sagen, aber fühlen und wissen, es war eine reine Stunde, eine schwer ausgekämpfte, in der wir uns selbst erhoben, uns nicht erniedrigten, nicht entadelten ... Wir wollen einander hoch halten, uns das Lebensrecht nicht zerstören."

Bella lachte laut auf; sie hätte es gern zurückgehalten, aber sie konnte nicht anders, denn sie dachte in sich: Ich bleibe bei meinem alten Glauben, ich glaube nicht an Liebe.

Erich wurde tief erschreckt, er hielt sich mit aller Kraft fest und sagte:

„Lassen Sie mich Ihnen jetzt Lebewohl sagen. Wenn wir uns wiedersehen ..."

„Nein, bleiben Sie!" rief Bella und faßte ihn am Arm, schnell aber, als wenn sie eine Schlange berührt hätte, ließ sie den Arm wieder los.

Sie stand zwei Schritte vor ihm, warf den Kopf zurück und sagte:

„Ich danke Ihnen, ich glaube Ihnen. Ich könnte sagen, Sie haben sich getäuscht ... ich ... ich will nicht."

Sie schaute wirr umher, bewegte den Kopf nach rechts und links, und als sie sich wieder ruhig hielt, sagte sie:

„Sie haben Recht. Gut. Vorbei. Auch das."

Sie schien etwas zu suchen, was sie Erich geben konnte, sie mochte es nicht gefunden haben, und ein vergangener und verdeckter Gedanke machte sich jetzt wie eine Sorglichkeit kund, indem sie ausrief:

„Lassen Sie sich warnen. Nehmen Sie sich vor meinem Bruder in Acht; er kann entsetzlich sein."

Erich ging davon; er ging ruhig und still. Bei der Hänge-Esche hielt er an und kehrte nach der Villa zurück.

Er sah den Wagen im Hofe stehen; Clodwig stieg ein, er rief Erich heran und erklärte ihm, daß man am andern Tage den Wagen schicken, um Tante Claudine abzuholen. Die Mutter stand bei Bella, die sehr lebhaft sprach; jetzt wendete sie sich, reichte Erich die behandschuhte Rechte und sagte:

„Gute Nacht, Herr Hauptmann."

Erich ging mit seiner Mutter; sie führte ihn an der Hand, sie fühlte das Beben seiner Hand, aber sie sprach kein Wort.

Als sie am grünen Hause angekommen waren, küßte er die Mutter; sie wußte, daß er sie mit reinen Lippen küßte.

Neuntes Kapitel.

Bella saß still im Wagen neben ihrem Gatten, als sie heimwärts fuhren. Clodwig sagte:

„Es ist eine Wonne, eine Frau zu sehen, die bald sechzig Jahre alt und der nie ein Gedanke durch die Seele gezogen, den sie zu bereuen hat."

Hastig schaute Bella um sich. Was ist das? Ahnte er, was mit ihr vorgegangen?

Es kann nicht sein, er hätte sonst das nicht gesagt. Vielleicht aber ist es doch seine Weise, durch Hindeutung auf ein unbeflecktes Leben Richtung zu geben.

„Diese Frau ist sehr glücklich durch ihren Sohn," erwiderte sie.

Jetzt schaute Clodwig um, wie wenn an ihm gerissen worden wäre. Konnte Bella eine Ahnung haben, daß ihm flüchtig ver

Gedanke durch die Seele gezogen: wie wäre es, wenn diese deine Frau . . . und dann Erich dein Sohn.

So fuhren die Beiden still dahin; Jedes hatte schwere Gedanken für sich. Der Wagen klirrte so seltsam, die Räder knirschten und die Kammerfrau und der Kutscher da droben erschienen Bella wie ungeheuerliche Gestalten, die vorüberfliegenden Schatten im Mond, die der Wagen mit seinen Insassen bildete, erschienen wie Traumgebilde.

Zorn, Beschämung, Stolz, Verwerfung, Alles durch einander bestürmte das Herz Bellas. Sie war tief ärgerlich auf sich, sie war fertig mit dem Leben gewesen, nun war noch einmal solche unreife, wahnsinnige Bewegung über sie gekommen; denn unreif und wahnsinnig nannte sie es jetzt wieder. Und war nicht ihr Selbstgefühl verletzt? Sie hatte die Hand ausgestreckt und diese Hand wurde nicht gefaßt.

Es wurde ihr klar, Erich hatte seine Liebe zu ihr übertrieben, um ihr die Beschämung zu erleichtern, ja, sie glaubte jetzt in der Erinnerung, daß in seinem Ton etwas Gezwungenes, gewaltsam Geschraubtes war. Sie faßte sich. Gut, du hast nun auch das kennen gelernt; du, die Starke, hast ein kühnes Spiel getrieben, hast versucht, einen jungen Mann vor dir auf die Kniee zu werfen, und hätte er sich dazu bringen lassen, du hättest ihn von dir gestoßen. Ja, so ist's, so muß es sein, so muß es gewesen sein.

Sie schaute um nach Clodwig. Er lag in der Ecke des Wagens, er schlummerte. Der Mond schien in sein Antlitz, es sah so leichenhaft aus, wie das eines Todten. Wie? Wenn sie mit einer Leiche dahinfuhr . . . Sie hatte ein Gefühl, als müsse sie aus dem Wagen springen, hinaus in die weite Welt, in den Strom.

Clodwig schlug die Augen auf.

Als man den Berg nach Wolfsgarten hinanfuhr, überfiel sie wieder eine Empfindung der Gefangenschaft; sie meinte, ihre Hände wären gefesselt, sie that sie unter dem Mantel hervor. Clodwig glaubte, daß sie seine Hand suche, er faßte die ihre und drückte sie still.

So waren sie schweigend auf Wolfsgarten angekommen.

Es war Bella, als müßte sie vor Clodwig niederknieen, seine Hand fassen, Alles bekennen und um Verzeihung bitten, aber sie blieb still.

Als sie auf ihr Zimmer ging, küßte sie Clodwig auf die
Stirn und sagte:

„Deine Stirn ist heiß."

Ein Jedes ging zur Ruhe . . .

Unterdeß wanderte Erich noch lange in der stillen Nacht umher.

Es giebt ein seelisches Wundfieber, das nicht minder heftig
und schonungsbedürftig ist, wie das des Körpers. Aber wie sich
der Thau auf Baum und Gras legte und auf das Angesicht
Erichs, so legte sich auch ein Thau auf seine Seele. Er fragte
sich nur noch: wie wird es Bella tragen? Hat er ihr seine Liebe
zu heftig geschildert? Es war doch frei schön von ihr, daß sie
nicht sagte: du täuschest dich . . . Genug! Es ist vorbei.

Erst spät kam er heim und in der Nacht im Traume war es
ihm, als kämpfe er mit den Fluthen des Rheins und könne die
Wellen nicht bewältigen. Er schrie, aber ein Schleppdampfer
übertönte sein Schreien und vom Steuer eines Schiffes schaute
die Steuermännin spöttisch auf ihn nieder — und plötzlich war
es nicht die Steuermännin, sondern eine Mädchengestalt mit einem
Flügelpaar und zwei leuchtenden flammenden Augen.

Zehntes Kapitel.

Früh am Morgen kam ein Wagen von Wolfsgarten, um
Claudine abzuholen.

Seit bald dreißig Jahren, seit ihrer Verheirathung mit dem
Professor, hatte die Mutter keinen Tag ohne dessen Schwester gelebt. Es schien Beiden kaum denkbar, daß Eines fern vom Andern lebte, und doch hatte man es beschlossen und es mußte sein.

Sonnenkamp war von großer Zuvorkommenheit; er verpflichtete Claudine, daß sie sein Haus als ihre Heimat betrachten und
nur wenige Tage Gast auf Wolfsgarten bleiben solle.

Er gab dem Kutscher einen Korb voll behutsam eingehüllter
Trauben und Bananen mit; der Käfig mit dem Papagei stand
neben Claudine. Der Papagei schrie und zankte, als man davon
fuhr, und schrie und zankte den ganzen Weg; er schien Villa
Eden nicht gern zu verlassen.

Der Besuch Bellas hatte eine Unruhe im Hause verursacht,

die noch auf Jeglichem lag, und dieser Unruhe wurde man immer aufs Neue inne, da man Claudine vermißte; Bella hatte etwas mitgenommen, was wie nothwendig zum Leben gehörte. Das Haus war wieder tonlos.

Während Erich durch strenge Pflichterfüllung jede Nachwirkung von der heftigen Gemüthserschütterung durch Bella bannen konnte, war die Mutter voll Unruhe. Sie hatte erreicht, was sie ihr Lebenlang sich als Ideal gewünscht: ein tägliches Leben und Walten in einem großen Pflanzengarten; nun, da es ihr geworden, gab es ihr nicht die volle Befriedigung.

Ein Mann wie Sonnenkamp mochte sich in der Ruhe seines Landhauses, in der Pflege der Pflanzen genügen, die Professorin hatte das Verlangen, auf Menschen zu wirken.

Die Einwirkung auf Frau Ceres genügte nicht, denn hier war ein Naturell, so räthselhaft und unfaßlich, daß sie sich ganz hilflos erschien; sie wollte ihrem Sohn nicht bekennen, daß das Haus für sie etwas Beklemmendes habe, weil die Familie ihren Glanz und Stolz im äußeren Besitzthum hatte, und alle aus sich selbst erblühende Kraft zu mangeln schien.

Fräulein Perini sprach von Frau Ceres stets als von der lieben Leidenden. Welches aber war das Leiden der Frau Ceres?

Die Professorin hatte einmal leichthin davon gesprochen, wie sehr Frau Ceres ihre Tochter vermissen möge; da erhob sich Frau Ceres und ihre Augen funkelten wie die einer Schlange, die sich plötzlich aufrichtet; sie schickte Fräulein Perini, die zugegen war, in den Garten und sagte zur Professorin, sich scheu umblickend:

„Sie ist nicht schuld, ich, nur ich. Ich habe ihn strafen wollen, da ich es dem Kinde sagte, aber das habe ich nicht gewollt."

Die Professorin bat um Vertrauen, aber Frau Ceres lachte.

„Nein, nein, ich sag' es nicht noch einmal, und Ihnen gewiß nicht."

Jene Angst, die die Professorin bei der ersten Begegnung mit Frau Ceres empfunden hatte, erneuerte sich; sie glaubte jetzt das Leiden der schwarzäugigen, bald trägen, bald eidechsartig unruhigen Frau zu kennen; sie mußte an einem Gedanken leiden, den sie nicht offenbaren und doch nicht ganz zurückhalten konnte.

Wie man einem Kinde ein Märchen erzählt, ließ sie sich auf Bedrängen der Frau Ceres bisweilen herbei, das Einzige, was diese zu beleben schien, zu berichten, nämlich von Hoffesten. Sie konnte ihr mehrmals dieselben Sachen erzählen und Frau Ceres war erfreut davon.

Die Professorin wußte hervorzuheben, daß eine Fürstin zu jeder Stunde eine bestimmte Pflicht zu erfüllen habe, und was gemessene Haltung in jeder Lebenslage bedeute; sie sprach eindringlich und kam oft darauf zurück, daß eine Frau wie Ceres, die in einer Republik geboren, von alledem keinen Begriff habe, es müsse ihr sein, wie wenn wir uns plötzlich in ein anderes Jahrhundert versetzt sähen.

„Sie und Ihren Sohn verstehe ich," erklärte Frau Ceres. „Die anderen Menschen, den Major ausgenommen, höre ich wol, aber ich weiß nicht, wo ich bin. Denken Sie, ich habe mich anfangs vor Ihnen gefürchtet!"

„Vor mir? Vor mir hat sich nie Jemand gefürchtet."

„Ich werde es Ihnen ein andermal sagen. Ach, ich bin krank, ich bin immer krank."

Es gelang der Mutter nicht, Frau Ceres aus ihrem Leben, das immer nur Schlafen und Aufstehen war, herauszubringen.

Sonnenkamp erwähnte mit großer Bescheidenheit, wie er das Gesetz inne gehalten und nie über das gefragt habe, was seine Frau spreche und wünsche; nur bitte er, das Eine fragen zu dürfen, ob Frau Ceres nie von Manna gesprochen.

„Allerdings, aber nur kurz."

„Und darf ich das Kurze nicht wissen?"

„Ich weiß es selbst nicht, es blieb räthselhaft. Aber bitte, verleiten Sie mich nicht zu einem Vertrauensbruch."

„Vertrauensbruch?" rief Sonnenkamp mit zitternder Lippe.

„Ach, es war nicht das rechte Wort. Ihre Frau Gemahlin hat mir nichts vertraut; aber ich glaube, sie hat eine geheime Furcht, oder einen Zorn, oder einen Aerger über Fräulein Perini. Ich bin weit entfernt, Fräulein Perini dadurch schaden zu wollen, ich bereue fast, daß ich nur das gesagt."

„Sie können darüber ruhig sein; meine Frau möchte Fräulein Perini täglich zehnmal aus dem Hause entfernen und täglich zehnmal zurückrufen. Es giebt keine Person, ich kann Sie selbst nicht ausnehmen, die ihr nöthiger und nützlicher ist, als Fräulein Perini."

Sonnenkamp klagte, daß seine Frau sich nicht dazu eigne,

die Familien der Umgebung zu begrüßen und eine Nachbarlichkeit
zu pflegen. Die Professorin hatte selbst das Verlangen, in das
hierländische Leben einen Einblick zu gewinnen. Zunächst wollte
sie das Haus des Doctors besuchen.

Frau Ceres hatte mitzufahren versprochen; als es aber am
Morgen eines hellen Herbstsonntages zur Ausfahrt ging, erklärte
sie, es sei ihr unmöglich, und jetzt zum erstenmal bemerkte die
Professorin etwas Tückisches an ihr; sie hatte offenbar nur nachgegeben, um das Zureden zu vermeiden; nun machte sie unversehens ihren eigenen Willen geltend und schützte nicht einmal
Unwohlsein vor.

Auch Fräulein Perini blieb zurück.

Man fuhr zuerst zu Herrn von Endlich; die Familie war
verreist.

Vom Hause des Herrn von Endlich kehrte Sonnenkamp nach
der Villa zurück und ließ Roland, Erich und die Mutter nach
dem Städtchen fahren; er rief ihnen nur noch zu, sie möchten
sich in Acht nehmen und nicht überall von dem Wein trinken,
der ihnen aufgetischt würde.

Als die Mutter mit Erich und Roland dahinfuhr, kam ihr
der Gedanke, daß sie diese Besuche nicht für sich mache, aber sie
war bescheiden und willfährig, sich dem Gastfreunde zu Gebote
zu stellen.

Unterwegs begegnete man dem Krischer. Roland ließ anhalten
und stellte ihn der Professorin vor; sie reichte ihm die Hand und
sagte, sie werde ihn auch bald einmal besuchen.

Als man am Städtchen ankam, läutete es eben von der neu
erbauten protestantischen Kirche, die, auf einem Hügel stehend,
hell ins Land hineinschaut.

Die Mutter ließ anhalten; sie wollte in die Kirche gehen.

Roland hatte nie eine protestantische Kirche während des
Gottesdienstes betreten, er sagte das und die Professorin bat,
er möge zurückbleiben und mit Erich einstweilen nach der Stadt
gehen, aber er drang darauf, daß er sie begleiten dürfe.

Sie traten in die einfache und schmucklose Kirche, als eben
der Gesang der Gemeinde austönte. Zu ihrem Schmerz hörte
die Mutter eine in hochgezwängtem Tone vorgetragene Strafpredigt.

Als man wieder draußen den erfrischenden Ausblick in die

schöne Landschaft empfing, nahm die Mutter Roland an die Hand und sagte:

„Wenn du einmal reif genug bist, werde ich dich mit einem Manne aus deiner Heimath bekannt machen, von dem du freiere und höhere Anschauungen gewinnen kannst."

Sie erzählte von dem amerikanischen Geistlichen Theodor Parker, der eine sittliche Erneuerung der Religion anstrebte; sie hatte ihn selbst noch gekannt, denn er war auf seiner europäischen Reise einen Tag in der Universitätsstadt geblieben, wo er sich mit ihrem verstorbenen Gatten schnell und innig befreundete.

Erich und Roland wurden von Vielen begrüßt, die aus der Kirche kamen. Erich stellte seine Mutter dem Schuldirektor, dem Förster und dessen Frau und Schwägerin vor und sie geleiteten die Freunde in die Stadt hinein. Es war ein heiterer Zug in Gemeinschaft mit neuen Menschen in jener in sich begnügten Stimmung, mit der eine Gruppe verschieden gearteter Menschen aus der Kirche heimkehrt.

Die Frau Doctorin war nicht in der Kirche gewesen, sie ging Sonntag Morgens nie in die Kirche, sie blieb zu Hause, tröstete die Leute vom Lande, die namentlich des Sonntags früh kamen, über diese und jene Krankheit, verordnete manchmal lindernde Hausmittel und gab der Reihe nach an, wie die Leute bei dem rückkehrenden Doctor vorgelassen werden sollten. Sie wurde daher scherzweise Frau Petra genannt, denn sie habe gewissermaßen die Stellung des heiligen Petrus, sie müsse die Leute ausforschen, ehe sie ins Himmelreich der Heilung eingelassen werden.

Man trat ins Haus des Doctors. Wohnliche Sauberkeit glänzte auf den Fließen des Flures und auf der Treppe, überall hingen gute Bilder an den Wänden, keines schien blos dem Zufall sein Hiersein zu verdanken, und auf Consolen standen grünende Schlingpflanzen, die ihre Ranken weithin schickten. Im Wohnzimmer war Alles sonntäglich aufgeräumt, auf dem Nähtisch am Fenster, vor dem sich ein Straßenspiegel befand, stand ein blühender Rosenstock. Im Nebenzimmer hörte man die Doctorin laut sagen:

„Ja, Nannchen, das ganze Jahr sprecht Ihr von Religion und von Fügsamkeit in den Willen Gottes und jetzt thut Ihr so verzweifelt und habt keine Geduld und seid nicht tauglich zu nachgiebiger Pflege. Mein Mann kann Medicin geben, aber Liebe

und Geduld müßt Ihr Euch selbst geben. Und Ihr, Anna, ver=
füttert Euer Kind und da soll man allemal wieder nachhelfen;
den Verstand kann man nicht in der Apotheke holen. Und Ihr,
Peter, geht nur heim und macht den Umschlag mit warmem Essig."

Die Thüre öffnete sich und die Doctorin trat ein. Sie be=
grüßte die Professorin herzlich und es ergab sich schnell eine gute
Beziehung, da die Doctorin mit Lustigkeit erzählte, sie habe es
schwer annehmen wollen, aber es sei doch das Beste, wenn man
den Leuten, die immer nur klagen, mit Grobheit begegne.

Man saß wohlgemuth beisammen und die Doctorin gab der
Mutter eine Liste Derer, die sie nothwendig besuchen mußte, dann
fragte sie:

„Verzeihen Sie meine Unbescheidenheit, ist es wahr, daß
Manna aus dem Kloster kommt und Sie deren Erziehung voll=
enden?"

Die Professorin staunte. Was kaum wie ein dämmernder
Gedanke in ihr aufgestiegen war, ging schon in der Gegend um=
her; sie konnte nicht fassen, woher diese Sage kam; die Doctorin
wußte auch nicht mehr, von wem sie es gehört.

Als nun die Professorin Näheres um Manna fragte, erklärte
die Doctorin, daß sie aus dem Hause Sonnenkamps Niemand
als Roland kenne, von der Tochter wisse sie eigentlich nichts, aber
Landrichters Lina sei ihre Freundin gewesen, dort werde man
Näheres erfahren.

Der Arzt kam, blieb aber nicht lange; er hörte nur schnell
den Bericht seiner Frau.

Die Professorin verabschiedete sich, Frau Petra hielt sie nicht
zurück, sondern sagte geradezu, sie müsse noch mit dem und jenem
sprechen, das jetzt davon ginge.

Erfrischt und belebt verließ man das Haus.

Beim Landrichter mußte man längere Zeit warten, da Frau
und Tochter erst Toilette zu machen hatten. Als sie endlich er=
schienen, wurden viele Entschuldigungen vorgebracht, man habe
sich beeilt und es sehe noch Alles so unordentlich aus, während
doch Kleidung und Zimmer äußerst säuberlich und nett waren.

Der Amtsbote wurde nach dem Landrichter geschickt, der seinen
Sonntags=Frühschoppen trank. Als endlich die Professorin den
Platz in der Sophaecke eingenommen hatte, wo man vor lauter
gestickten Kissen kaum sitzen konnte, ergab sich ein anmuthiges

Gespräch. Die Professorin wußte Lina ins Gespräch zu ziehen und ließ sich von ihr das Klosterleben schildern. Lina, hiedurch aufgemuntert, wurde immer mittheilsamer und redegewandter.

Der Landrichter erschien; er hatte offenbar seinen Schoppen zu rasch hinuntergestürzt, denn stehen lassen kann man doch nichts. Er drückte der Professorin etwas stärker und länger als nöthig war die Hand. Mit gutem Humor — dem ernsten Gesichte des Männleins stand der Humor ganz seltsam — versicherte er sie seines obrigkeitlichen Schutzes. Er erzählte, daß der Pole aus dem Zuchthause ausgebrochen sei, man habe zwar einen Steckbrief hinter ihm erlassen, werde aber froh sein, wenn man ihn nicht wieder einfange.

Die Frau Landrichter und Lina holten ihre Hüte herbei und begleiteten die Gäste auf einem Umwege den Rhein entlang nach dem Hause des Schuldirectors.

Von selbst fing Lina an von Manna zu erzählen, wie sie gar so traurig sei und doch ehedem die Uebermüthigste gewesen; sie habe ihren Vater schwärmerisch geliebt, so daß man glauben mußte, sie könne ihn nie auf einen Tag verlassen.

Die Professorin hielt sich behutsam zurück, nach etwas zu forschen, sie hatte nur aus Höflichkeit diese Besuche machen wollen und nun stellte sich ihr dadurch eine neue Pflicht heraus. Hätte sie ahnen können, daß sie selbst nur von Sonnenkamp verwendet wurde, sie hätte noch mehr gestaunt über die verschiedenen Wendungen, die ein einfacher Vorgang nimmt.

Man kehrte nach der Villa zurück.

Der Erste, dem man im Hofe begegnete, war der Major; er sah etwas mißmuthig drein, aber sein ganzes Gesicht erglänzte, als die Professorin sagte, sie habe sich vorgesetzt, ihn und Fräulein Milch heute Mittag zu besuchen, und zwar, da sie leider nicht nach hiesigem Brauch zu jeder Tageszeit Wein trinken könne, zu einer einfachen Tasse Kaffee.

Der Major wußte sich bald zu entfernen, er schickte ein Kind des Kastellans zu Fräulein Milch mit der Botschaft.

Die Professorin war äußerst belebt und Erich sprach seine Freude aus, daß auch sie etwas von der Berauschung empfände, die das Menschenleben und das Naturleben am Rhein über Jeden bringe.

Als Roland zu Tische kam, sagte er der Professorin leise:

„Ich habe im Conversationslexikon nachgeschlagen, heut ist der Geburtstag Theodor Parkers, heut ist ja der vierundzwanzigste August."

Die Professorin erwiderte ihm flüsternd, er möge nur mit ihr davon sprechen.

Elftes Kapitel.

Noch nie war der Major am Sonntagstisch heiterer gewesen als heut, er vergaß sogar, Joseph zuzunicken, daß er ihm von seinem Burgunder nochmals einschenke.

Frau Ceres lächelte verlegen, als die Professorin sagte, wie schön es sei, sich am Ausblick über den Strom und die Berge zu erquicken, viel schöner aber noch, einen Einblick zu haben in gediegene Häuslichkeit. Sie kenne zwar von fremden Ländern nur wenig, aber es gebe wol kein Land, das Deutschland über= treffe an gediegener Fülle des Gemüths und weit verbreiteter Bildung; Städte und Dörfer, die nur ein klingender Name für vorbeisausende Reisende seien, bärgen in sich das Schönste und Beste, was das Menschenthum ziert.

„So weit die Glocken klingen, ist heut keine bessere Predigt gehalten worden," sagte der Major zu Erich. Dann erhob er sich. „Ja, die Mutter... stoßen Sie Alle mit an... ja, die Mutter soll leben und sie lebt nicht nur, sie macht, daß man das Leben schön und rechtschaffen sieht, und der Baumeister aller Welten wird sie dafür segnen. Meine Brüder!... Ich wollte sagen, meine... meine... also die Professorin soll leben!"

Noch nie hatte der Major einen so langen Trinkspruch aus= gebracht und noch nie war er zufriedener wie heute. Er ging bald nach der Tafel heimwärts und unterwegs sagte er sich immer die Worte des Trinkspruchs vor, denn es war sein Hauptstolz, Fräulein Milch seine schöne Rede wörtlich berichten zu können. Aller Ruhm der Welt ist nichts, wenn nicht sie ihn lobt; sie ver= steht doch Alles am besten.

Als er zu Hause ankam und Fräulein Milch klagte, daß heute ihr süßer Rahm sauer geworden sei und man im ganzen Dorfe keinen frischen bekomme, winkte er ihr mit der Hand, sie solle nichts reden, damit er seinen Toast nicht vergesse; er stellte sich frei vor sie hin und sagte:

„So habe ich bei Tisch gesprochen."

Die Laadi schaute ihren Herrn an, als er eine so gewaltige Rede hielt, und da er fertig war, bellte sie zum Zeichen des Verständnisses. Der Major wollte gewiß nicht lügen, aber die Rede war noch schöner, wenigstens länger, als er sie Fräulein Milch vortrug. Nachdem er geendet hatte, sagte sie:

„Ich freue mich nur, daß auch gute Menschen Ihre Worte gehört haben." Denn Fräulein Milch war Herrn und Frau Sonnenkamp, vor Allem aber Fräulein Perini nicht hold.

„Warum haben Sie nicht unser schönes weißes Tischzeug aufgelegt?" fragte der Major, als er den sauber hergerichteten Kaffeetisch im Garten sah.

„Weil das Weiße in der Sonne zu sehr blendet."

„Ist wahr . . . ist gut. Soll ich nicht die Laadi einsperren? Sie ist so zudringlich."

„Nein, lassen Sie den Hund nur frei."

Der Major sann hin und her, ob er nicht auch etwas thun könne, um die Gäste würdig zu empfangen. Er fand es.

Er entlehnte und borgte sonst nie etwas, aber heute durfte man eine Ausnahme machen. Er ersuchte die Köchin des Eichmeisters, ihm ein Töpfchen frischen Rahms zu geben.

Es gelang ihm, den Topf auf den Tisch zu stellen, ohne daß Fräulein Milch es merkte. Er hielt sich die Hand vor den Mund, daß er nicht laut auflache, wie sie staunen würde, wenn plötzlich süßer Rahm auf dem Tisch stehe. Er ging in die Stube und trug seinen großen lederüberzogenen, gepolsterten Lehnsessel in den Garten, da sollte die Professorin sitzen; aber Fräulein Milch, die dazu kam, zeigte zu seinem Schrecken, daß der Lehnstuhl das helle Tageslicht im Freien nicht vertrage; er wurde nun von Beiden wieder zurückgebracht.

Fräulein Milch bat den Major, recht ruhig zu sein, und jetzt nahm sein Antlitz eine Miene an, als ob er weinen müsse. Er legte die Hand auf die Schulter des Fräulein Milch und sagte:

„Es ist hart . . . sehr hart . . . grausam . . . schlimm . . . sehr schlimm . . . sehr grausam, daß ich nicht sagen darf: hier, Frau Professorin, dies ist die Frau Majorin."

Fräulein Milch wendete sich rasch, ihre Mienen hatten plötz=
lich etwas Erstarrendes.

„Um Gottes Willen, was machen Sie?"

Der Hund bellte, wie wenn er sagen wollte: was ist denn
das? was seht ihr euch denn so böse an?

„Bin schon ruhig . . . bin schon ruhig! Sei still, Laadi,"
beschwichtigte der Major, und er war so müde, daß er sich setzen
mußte; er versuchte es, seine lange Pfeife anzuzünden, aber sie
ging ihm wieder aus.

Am Gartenzaun stand der Major und trommelte mit den
Fingern auf eine Latte; er starrte so verloren drein, daß die
Gäste vor ihm standen und er sie nicht hatte kommen sehen.

Die Begrüßung zwischen der Professorin und Fräulein Milch
war keineswegs so zutraulich, wie der Major gehofft hatte.
Beide Frauen musterten einander offenbar streng. Der Major
lachte bald in sich hinein, Fräulein Milch merkte gar nicht, daß
süßer Rahm da sei; sie schenkte ein, als ob das etwas ganz
Gewöhnliches wäre. Bald aber schlug er mit seinem Stumpf=
finger an die Stirn und sagte in sich hinein:

„Sie ist viel gescheidter, sie macht vor Fremden kein Auf=
sehen. O, die ist so klug, die lernt man nicht aus."

Wie gern hätte er das der Professorin gesagt, aber er nahm
sich vor, heute wo möglich gar nichts zu reden; Fräulein Milch
allein sollte reden.

Es schien indeß kein rechtes Gespräch zu Stande zu kommen.

Die Professorin fragte Fräulein Milch, ob sie eine Einge=
borne des Landes sei.

Sie verneinte kurz.

Der Major fand den guten Ausweg. Zwei fremde Pferde
im Stall muß man allein lassen; sie schlagen sich vielleicht ein
wenig, zuletzt aber vertragen sie sich. Er wußte Roland und
Erich viel zu erzählen von dem Weinberge, von dem man heuer
den ersten Wein gewinnen sollte; sie mußten ihn dahin begleiten.

Nun waren die beiden Frauen allein. Die Professorin gab
ihre Freude kund an dem vollen Leben hier und an der Land=
schaft, wie man hier nicht nur verborgene Plätze voll erquicklicher
Schönheit finde, sondern auch Menschennaturen, die einsam für
sich ein feines Verständniß und einen hohen Sinn in sich pflanzen
und pflegen.

Fräulein Milch, die sich mit ihrer Tasse etwas abseits vom Tische gesetzt hatte, rückte näher und sagte, sie traue sich nicht den rechten Blick für das heitere Leben der Menschen zu; sie sähe sie wol an Sonn- und Festtagen scherzend, singend und mit Kränzen auf dem Haupte bergan, bergab ziehen, wer aber nicht mitten in diesem lustigen Treiben stehe, wer das nur vom Fenster aus, oder hinter dem Gartenzaun stehend betrachte, der habe kein gerechtes Urtheil; das ganze Treiben käme Einem manchmal vor, wie wenn man sich die Ohren zuhalte, nichts von der Musik höre und doch die Menschen tanzen sehe.

Die Professorin fragte nach den Armen der Gegend, ob da vielleicht Fräulein Milch nähere Einsicht habe. Lächelnd sagte Fräulein Milch:

„Ja, die Armen! Die Weinbauern kommen mir vor wie die Musikanten; sie mühen sich ab im Musik machen, nach der die Andern tanzen; übrigens sind sie auch selbst lustig dabei."

Die Art, wie Fräulein Milch sich weiter ausdrückte, über- raschte die Professorin; sie hatte eine kleinliche, redselige Wirth- schafterin erwartet und fand ein geläutertes Denken, einen Zart- sinn, die von reifer Bedachtsamkeit stammen mußten. Sie er- wähnte die umfassende Thätigkeit Sonnenkamps; Fräulein Milch ging nicht näher ein, sie sagte nur, Herr Sonnenkamp sei nicht unmilden Herzens, aber er habe keine geordnete Wohlthätigkeit. Sie bedauerte, daß Manna nicht da sei; wenn die Tochter des Hauses die Wohlthätigkeit des Vaters ordnete und in der Hand hielte, so wäre das besser als ein Klosterleben. Ihrer sonstigen Zurückhaltung vergessend, erklärte Fräulein Milch, daß Manna eine unbegreifliche Verletzung erfahren haben müsse, denn aus Uebermuth plötzlich zu solcher Demuth überzuspringen, das sei nicht natürlich.

„Ich will Ihnen nur einen kleinen Zug von Manna erzählen und Sie kennen sie. Eine Stechfliege, eine sogenannte Rhein- schnake, saß auf ihrer Hand und saugte an ihrem Blute; sie ließ sie ruhig saugen und sagte dann nur: die garstige Fliege! Ich habe sie trinken lassen und nicht gestört, und sie hat mich dann doch dafür gestochen ... Gegen mich," setzte Fräulein Milch er- röthend hinzu, „hat das Kind eine Abneigung, die ihm von Fräulein Perini eingeflößt wurde."

Die Professorin erklärte, daß Herr Sonnenkamp es ihr anheimgeben wolle, eine ausgebreitete Milbthätigkeit anzuordnen; sie fragte, ob Fräulein Milch ihr darin beistehen wolle. Diese versprach es; sie kam aber wieder darauf zurück, daß es schicklicher wäre, die Tochter des Hauses in Mitwirkung zu setzen.

In guter Ansprache lernten die beiden Frauen einander kennen. Die Professorin hatte die ererbte und leichte Bildung, sie gab viel, ohne daß es so schien; Fräulein Milch hatte die eroberte Bildung, in der sich die Mühseligkeit erkennen ließ, mit welcher sie sich ein tieferes Denken selbständig angeeignet hatte.

Der Major sah von ferne, wie die beiden Frauen sich die Hände reichten, und er sprach die liebkosenden Worte, die er gern zu Fräulein Milch gesagt hätte, zur Laabi:

„Bist ein prächtiges Geschöpf, gescheibter wie alle Menschen ... klar wie der Tag ... ruhig und solib ... du nicht, Laabi ... was guckst du mich so an?" ...

Er kam glücklich wieder im Garten an, Roland und Erich folgten nach.

Als der Major der Professorin auf dem Heimwege ein Stück Weges das Geleite gegeben hatte, stand er noch lange still und schaute den Weggehenden nach, und zum Himmel aufblickend, sprach er:

„Dank dir, du Baumeister aller Welten ... du weißt schon, was ich sagen will ... Remdem!"

Achtes Buch.

Erstes Kapitel.

Von Biegung zu Biegung ist es, als ob der mächtig dahin=
wallende Rheinstrom sich in einen See verwandle, bis er wieder,
um die sich vorschiebenden Berge strömend, seinen Lauf fortsetzt.

Fast ist es in der Geschichte, die wir zu erzählen haben,
auch so.

Zur Feier von Goethes Geburtstag hatte Clodwig die Nach=
barn von Villa Eden nach Wolfsgarten geladen.

Frau Ceres und Fräulein Perini blieben zurück.

Erich konnte ein Bangen nicht unterdrücken, wie er Bella zum
erstenmal begegnen würde. Sie kam mit Claudine den Besuchenden
im Walde entgegen, sie umarmte die Professorin und dankte ihr
nochmals, daß sie sich die Entbehrung auferlegt, Claudine bei ihr
zu lassen; Erich reichte sie die Hand und sagte mit starrem Blick:

„Sie, Herr Hauptmann, waren heute sein erster Gedanke."

Weiter sagte sie nichts, sie nannte ihren Mann auch nicht
geradezu.

Eben als man auf Wolfsgarten ankam, fing es zu regnen
an, so daß man das Haus nicht verlassen konnte. Pranken war
nicht zugegen; er hielt sich am Niederrhein bei einem kirchlich ge=
sinnten Landwirthe, dem sogenannten Klosterbauer, auf; denn es
giebt heute nichts mehr, dem man nicht eine kirchliche Färbung
und Unterscheidung giebt. Pranken hatte dabei das Glück, in
der Nähe des Klosters zu sein, denn der Landwirth hatte die
Felder der Insel gepachtet, die er bebaute.

Man versammelte sich im großen Saale, dessen drei offene

Balconthüren nach dem von Blumen und Schlingpflanzen bestellten und mit schönen Ruhesitzen versehenen Balcon führten.

Als man ruhig beisammen saß und durch einander plauderte, erhob Clodwig plötzlich die Hand, wie wenn er Stille gebiete; Alle verstanden. Er zog die Uhr heraus und sagte:

„Jetzt ist die Minute, in der Goethe vor mehr als hundert Jahren geboren. Ich bitte," setzte er freundlich winkend hinzu, „Bella und Fräulein Dournay . . ."

Die Beiden verstanden, setzten sich zum Clavier und spielten vierhändig Beethovens Ouverture zu Egmont.

Bella spielte mit weit offenen Augen dreinschauend, Claudine hatte den Blick gesenkt und bewegte während des Spielens den Kopf beständig wie in einer Wogenlinie; Alles war geschwungen; nichts eckig.

Als das Musikstück geendet hatte, erzählte Clodwig von seinem Glücke, Goethe noch persönlich gekannt zu haben.

Die Professorin beklagte, daß es ihr nicht zu Theil geworden, die Stimme des Dichters zu vernehmen und in sein Auge zu schauen, und doch sei sie, als er starb, schon alt genug gewesen, um zu wissen, wer er war, wenn sie ihn auch noch nicht vollauf begriffen. Sie erzählte, wie in ihrem elterlichen Hause, als man sich eben zu Tische setzen wollte, ein Mann kam mit der Nachricht: So eben ist die Kunde vom Tode Goethes eingetroffen. Eine ältere Dame war so ergriffen, daß sie sich nicht mit zu Tische setzen konnte. Damals zum erstenmale habe sie ihren Gatten, der mit an der Tafel saß, im Widerspruch kennen gelernt; denn er habe bei aller Verehrung für Goethe behauptet: der Meister habe es nicht nur als Hauptaufgabe des Mannes gestellt, die beste Frau zu finden, er habe auch die Dichtkunst selbst zu sehr verweiblicht, er habe die Frauen zu sehr in den Mittelpunkt des wirrenden Lebens gestellt und die Welt in dem Glauben gelassen, daß die Poesie und ihre Kenntnißnahme mehr eine Sache der Frauen sei.

Clodwig widersprach dieser Auffassung. Er betonte zuerst, daß unser modernes Leben den sogenannten Cultus des Genius nicht aufkommen lasse, denn der Cultus könne nur da entstehen, wo die Erscheinung des Vollkommenen, des Göttlichen angenommen werde; sobald man Einschränkungen setze, sei er nicht mehr möglich.

Bella, die sich nicht weit von Erich auf den Balcon gesetzt hatte, sagte zu ihm:

„Ich will nichts Vergangenes. Wollte ich Reliquien verehren, hätte ich in meiner Kirche genug. Mit der Verehrung für Vergangenes machen sich die Menschen zu etwas. Es lebe, wer da lebt, ist mein Wahlspruch."

Mit Schrecken sah Erich, daß in dieser Frau ein Widerspruch gegen die ganze Tonart ihres Mannes war, der ihn das ehedem so harmonisch erschienene Zusammensein als ein durchaus peinliches erkennen ließ. Das Auge Sonnenkamps dagegen, der die Worte Bellas gehört hatte, ruhte groß auf Bella; sie wendete sich nun an ihn und bat, ihr bei der neuen Einrichtung ihres Treibhauses Rath zu ertheilen. Sie legte ihren Arm in den Claudinens, Beide gingen mit Sonnenkamp davon.

Clodwig und die Professorin saßen nun allein im Saale, während Erich und Roland auf dem Balcon still hielten und vernahmen, wie Clodwig hinzusetzte, daß die Zukunft, wenn dem thätigen Leben die Weihe des Geistes geworden, vielleicht die Form des Cultus nicht mehr bedürfe.

Mit angehaltenem Athem hörten Erich und Roland zu, wie Clodwig und die Mutter einander bekannten, was ihnen der Meister an Lebenskraft und durchdringender Erkenntniß geleistet, und wie sie jenes nicht genug erkannte Werk: „Goethes Gespräche mit Eckermann", erörterten, das uns den Meister zu lebendigem, persönlichem Umgange erneuert. An dem Verhältniß zu Goethe läßt sich der Bildungsgrad eines Menschen ermessen.

Clodwig meinte, daß die heutige Jugend eine bedingte Verehrung für den Meister habe, da sie vorherrschend die bürgerliche Pflicht fühle und ein eigentlich politisches Wirken Goethe nicht aufgegangen sei und seine Aufgabe nicht war.

Wieder stimmten die Beiden in einen Wechselgesang zum Lobpreise der Bereicherung und Vertiefung des Lebens ein, das ihnen durch Goethe geworden.

Erich und Roland saßen still und hörten zu; nur einmal sagte Erich leise:

„Sieh, Roland, das ist Ruhm, das ist Ehre; das ist das höchste Glück, daß ein Mann so fortwirkt, daß sein Geist stets neu belebt, daß hier oben nach Jahren zwei Menschen einander erbauen in Auferweckung dessen, was ein aus dem Leben Verschwundener festgestellt."

Weiter sprachen die Beiden drinnen im Saal und jetzt hörte

Erich seinen Namen nennen, denn die Mutter sagte: Erich verstünde sehr gut, Goethe'sche Gedichte vorzulesen.

Bella, Claudine und Sonnenkamp wurden herbeigerufen. Erich las, aber heute weniger gut als sonst, denn es kamen viele Anklänge vor, die auf die Bewegtheit seines Herzens und Bellas sich übertragen ließen.

Der Regen hörte immer noch nicht auf. Bella gab verborgene Künste zum Besten. Sie erschien in einer rothsammetnen Draperie, die sie als griechisches Gewand handhabte, und ahmte einer berühmten italienischen Schauspielerin mit bewundernswerther Kunst nach. Sie verschwand wieder und erschien als Pariser Grisette; dann verschwand sie abermals und trat als Tiroler Handschuhverkäuferin auf, immer neu, kaum zu erkennen.

Am meisten Heiterkeit erregte es, als sie rasch nach einander drei Bettlerinnen nachahmte, eine katholische, eine evangelische und eine jüdische Frau. Ohne in Caricatur zu verfallen, verstand sie es, auch Bekannte wiederzugeben, und das Alles mit vollendeter Grazie und Bestimmtheit.

Clodwig mußte an sich halten, eine Bitterkeit nicht merken zu lassen, daß durch solche Dinge sein Goethe=Tag ausgefüllt würde. Er fühlte sich wieder in seinem eigenen Hause heimatlos und fremd zu Bella.

Erich indeß sah diese Schaustellungen, denen er eine Bewunderung nicht versagen konnte, mit getheilter Empfindung an. Welch eine reiche Natur war Bella, und wie schwer mußte es ihr sein, ihre vielfältige Kraft im engen Bezirke eines Pflichtkreises zu halten. Bella aber hatte sich heute gewaltsam zum Aufgebot ihrer Künste gebracht; sie wollte jede Empfindlichkeit, jede Erinnerung vor sich und Erich vernichtet sehen. Sie erzählte Erich, daß der russische Fürst, der zu Weidmann nach Mattenheim gezogen war, oft seiner gedenke; er schreibe aber auch mit großer Anerkennung von dem früheren Lehrer Rolands, dem Magister Knopf.

In der Betonung des Wortes „Lehrer" schien Bella eine verschwundene Grenzscheide zwischen ihr und Erich wieder aufrichten zu wollen.

Gegen Abend hörte endlich der Regen auf und die Sonne ging mit jener unsagbaren Farbenpracht unter, die beim Durchleuchten der Regenluft über den wie durchglühten Bergen sich

darstellt. Man machte sich rasch auf den Heimweg. Roland beklagte, daß seine Schwester Manna nicht einen solchen Tag mit-
erlebt.

Clodwig fragte noch beim Abschied Sonnenkamp, ob er nicht
nunmehr, da die Professorin in seinem Hause, die Tochter heim-
kommen lassen wolle.

Sonnenkamp war sehr dankbar für die Sorgfalt, die Clodwig seinem Hause widmete; er bot der Professorin die Hand dar
und sagte:

„Wenn es Ihnen genehm ist, reisen wir morgen mit einander
zu meiner Tochter."

Die Professorin nickte beistimmend.

Sonnenkamp glaubte an die edlen Motive der Professorin
und eine Weile fühlte er sich angenehm davon berührt.

Bald aber erhob sich wieder das Bewußtsein seiner triumphirenden Kraft; die Welt dient seinen Plänen und es ist eine Lust,
die Menschen zu verwenden, mit ihnen zu spielen, auf ihren
Schultern sich zu wiegen, Clodwig und die Professorin machten
seinen geheimen Wunsch für Manna zu ihrem eigenen, sie mußten
nun dankbar sein, daß er ihren Willen ausführte, und doch
mußten sie ihm dienen, denn gerade durch sie sollte sein Haupt-
plan zur Ausführung kommen, erst dann hatte er das bestätigte
Recht, ein Wesen höherer Gattung sein zu dürfen, das über Andere verfügt und sie mit Freundlichkeit begnadigt.

Noch am Abend der Heimkunft bestimmte Sonnenkamp, daß
der Gärtner die Lieblingsblumen Mannas, und das waren besonders Reseden, am andern Tage überall in ihrem Zimmer an-
bringe.

Zweites Kapitel.

Dienstfertigkeit und Ehrerbietung zeigten sich in der Art, wie
Sonnenkamp der Professorin die Hand reichte, als sie aus dem
Wagen stieg, wie er sie nach dem Dampfschiff führte, ihr einen
vor Zugluft geschützten und freien Ausblick gewährenden Platz
suchte, wie er ihr alles zur Hand legte und nach ihren Wünschen
fragte.

Die Professorin sah zu ihrem Schrecken, daß sie ein Buch

vergessen hatte, das sie mitnehmen wollte. Sie wich den Fragen Sonnenkamps aus, welches Buch es sei, denn sie konnte wohl voraussetzen, daß die Schriften des Mannes, den sie so sehr verehrte, Sonnenkamp nicht genehm seien; sie scherzte über sich selbst, daß sie noch bei einer Rheinfahrt am sonnenhellen Tage gerne ein Buch bei sich habe. Nun mußte sie ganz dem Ausblick und ihren Gedanken leben.

Sonnenkamp setzte sich neben sie und seine Stimme war in der That bewegt, als er sagte, daß er seine Kinder glücklich preise, ja fast beneide, daß eine solche Frau sich in ihren Jugendgeist einlebe.

Je mehr er sprach, je weicher wurde er; es lag ein Glanz in seinen Augen, als ob eine Thräne darin zerflossen wäre. Er wiederholte, er möge nicht von seiner Jugend sprechen, die sei öde und wüst, keine zarte Frauenhand habe je die Mienen seines Antlitzes geglättet. Endlich kam er, sich gewaltsam fassend, auf den Hauptpunkt.

„Man hat meinem Kinde eine Thatsache berichtet, die zu widerlegen ich unter meiner Würde halte. Sollten Sie, geehrte Frau, eine solche erfahren, so seien Sie im Voraus überzeugt, daß es eine von niedrigster Feindseligkeit ausgeheckte Lüge ist."

Er sagte, er könne es nicht nennen, sonst müßte er hier auf dem Schiffe rasend werden. Seine zur Milde geschmeidigten Mienen wurden plötzlich wild, Furcht erregend. Die Professorin sagte nun, daß sie zunächst ihrer Jugendfreundin, der Oberin, einen Besuch mache, und bat, daß Herr Sonnenkamp Alles vermeiden möge, was seiner Tochter eine Beziehung zu ihr aufdrängen könne.

Sonnenkamp verabredete mit ihr, nicht mit auf die Insel zu gehen; er wollte im Gasthof am andern Ufer warten, bis die Professorin ihn rufen lasse . . ,

Während das Schiff den Rhein hinabfuhr, pflügte ein stattlicher Landwirth in kleidsamer Tracht einen Acker auf der Klosterinsel. Die Kinder standen von Ferne und sahen dem Pflügen zu, als ob es ein Wunder wäre; sie wollten näher treten und schauten auf Manna, als ob diese es erlaube, Manna nickte und sie gingen auf dem Kiesweg an der Seite des Ackers dahin. Da grüßte der Pflügende, indem er den Hut abnahm; Manna erschrak. Ist das nicht Herr von Prancken?

Er pflügte ruhig weiter. Als er jetzt den Pflug wendete, schaute er zu ihr hin und lächelte; er war es.

„Das ist ein wunderschöner Bauernknecht," sagte eines der Mädchen.

„Und er sieht so fein aus," rief ein anderes.

„Und er hat einen Siegelring an der Hand," rief ein drittes. „Wer weiß, ob das nicht ein verkleideter Ritter ist."

Manna rief die Kinder, daß sie wieder mit ihr umkehrten. Sie ging in ihre Zelle, von der man den Acker überschauen konnte, vermied aber das Fenster. Es schmeichelte ihr, daß Pranken sich in ihrer Nähe hielt und so bescheiden und rücksichtsvoll war, sie nicht anzusprechen. Sie überlegte, ob sie das nicht der Oberin mittheilen müsse, aber sie fand, daß sie kein Recht habe, das Geheimniß des Herrn von Pranken zu lösen.

Sie ging nach dem Fenster und sah, wie er ruhig seine Arbeit vollführte, er erschien so rein und edel in dieser einfachen Thätigkeit. Ein Rosenstock stand auf ihrem Fenstersims, eine Spätrose war aufgeblüht; jetzt schaute Pranken auf, sie faßte die Rose, wollte sie abbrechen und als Zeichen der Erkennung ihm hinabwerfen, aber eben, als sie den Stiel faßte, trat eine dienende Schwester ein und meldete, daß ein Besuch gekommen sei, der Manna zu sprechen wünsche. Die Rose blieb am Stock.

Manna wendete sich und fühlte, wie verwirrt sie war. Dort ist ja Pranken, dort führt er den Pflug. Wie konnte er sich melden lassen? Oder ist Gräfin Bella angekommen? Schwankenden Schrittes ging sie hinab nach dem Sprechzimmer. Die Oberin stellte ihr eine Dame vor und sagte:

„Dies ist meine Freundin, Professorin Dournay, die Mutter vom Lehrer deines Bruders."

───── ── ── ─────

Drittes Kapitel.

Der erste Blick, mit dem die Professorin und Manna einander ins Auge faßten, war Ueberraschung; Jedes hatte sich vom Andern eine nicht zutreffende Vorstellung gemacht.

Manna erinnerte sich der hohen Gestalt Erichs, seiner Aehnlichkeit mit dem Bilde des heiligen Antonius und nun stand

vor ihr eine kleine ergraute Blondine. Die Mutter dagegen hatte
sich eine schöne Schwester Rolands vorgestellt und sah nun eine
zierlich feine, aber beim ersten Anblick durchaus nicht den Eindruck von Schönheit gebende Erscheinung. Die Farbe des Antlitzes war etwas dunkel, die braunen Augen glänzten in breitem,
ruhigen, jeden Hineinblickenden erwärmenden Feuer.

Manna verbeugte sich sehr förmlich vor der Professorin und
diese reichte ihr mit einer mütterlichen Zutraulichkeit die Hand,
indem sie sagte, daß es ihr eine Freude sei, bei dem Besuche,
den sie ihrer Jugendfreundin, der Oberin, mache, auch die Tochter
ihrer Gastfreunde kennen zu lernen. Sie betonte besonders, daß
sie in einem traulichen Verhältniß zur Mutter Mannas stehe.

„Ist meine Mutter wohl?“ fragte Manna; ihre verschleierte
Stimme tönte warm und anmuthvoll.

Die Professorin gab guten Bericht und konnte hinzufügen,
daß der Doctor sage, Frau Ceres sei noch nie so anhaltend belebt
gewesen wie jetzt.

„Wenn Sie an Manna einen besonderen Auftrag haben,“
sagte die Oberin, „so will ich Sie allein lassen.“

„Ich habe durchaus keinen besonderen Auftrag.“

Manna verabschiedete sich, sie reichte der Professorin die Hand
und ging davon. Sie wußte nicht, wie ihr geschehen war. Wozu hat man sie denn rufen lassen, wenn man ihr kaum etwas
mitzutheilen hat? Daß diese Fremde sie so hin und herschickte —
denn eine Fremde ist doch diese Frau — erschien ihr unwürdig.
Aber während sie über den langen Gang dahinwandelte, sah sie
beständig das treuherzig milde Antlitz der Fremden vor sich und
jetzt lächelte es ihr zu, als wollte es sagen: Bist ein seltsames
Kind!

Nachdenklich kehrte Mann in ihre Zelle zurück; sie sah zum
Fenster hinaus, Pranken stieg mit dem Pferde in einen Kahn
und dann landete er drüben. — Er eilte rasch das Ufer hinan
und verschwand hinter den Weiden.

Manna sehnte sich nach der Zeit, wo die Welt ihr entrückt
sein und keine Unruhe mehr über sie kommen würde, denn jetzt
war sie tief beunruhigt. Da ist Pranken, da ist die Mutter des
Erziehers — was sollte das Alles? Sie nahm ihr Andachtsbuch
vor, aber es gelang ihr nicht, ihre Gedanken von den hier fest-
stehenden fesseln zu lassen.

Indeß saß die Professorin bei der Oberin.

Erscheinung wie Haltung dieser beiden Frauen war ein scharfes Widerspiel.

Die Gestalt der Professorin war behaglich und in ihrem Antlitz eine aufmerksame Belebung, ihre Hände waren rund und voll. Die Oberin war hager, groß, gestreckt, der Ausdruck ihres Gesichts streng und ernst, wie wenn sie eine Sekunde vorher einen gemessenen Befehl ertheilt hätte oder im Begriff wäre, einen solchen zu ertheilen; ihre Hände waren lang und ausgearbeitet. Beide Frauen hatten eine schwer geprüfte Vergangenheit; die Professorin hatte eine milde, ja eine lächelnde Zufriedenheit daraus gewonnen, die Oberin dagegen eine beständige Rüstung, um allen Begegnungen fest gegenüberzustehen.

Bei der ersten Begrüßung der beiden Jugendfreundinnen nach einer bald dreißigjährigen Trennung schien die Oberin es nicht gehört zu haben oder nicht hören zu wollen, daß die Professorin sie Du genannt hatte.

„Ich hätte nicht geglaubt, daß ich Sie diesseits noch einmal sehe," sagte sie alsbald, und als die Professorin Jugenderinnerungen erwecken wollte, entgegnete die Oberin, sie kenne keine Vergangenheit, sie kenne nur eine Zukunft, die einzige, die das Recht habe, daß wir all unser Denken darauf richten.

Die Oberin bemerkte, daß die fremde Anrede die ehemalige Freundin stutzig mache, und sagte mit gleicher Ruhe, daß sie keinerlei Unterschied mit Verwandten und Bekannten aus der früheren Welt mache; es sei ihr Niemand näher und Niemand ferner gestellt; wer nicht so zu handeln vermöchte, der dürfe sich nicht dem geistlichen Berufe widmen.

Die Professorin war gefaßt genug, um zu sagen:

„Sie hatten immer eine Strenge des Geistes, die mich früher manchmal erschreckte, die ich jetzt aber bewundere."

Die Oberin lächelte; aber wie im Zorn, daß sie von dieser Höflichkeit sich geschmeichelt fühlte, setzte sie hinzu:

„Ich bitte, mich nicht zur Eitelkeit verleiten zu wollen. Ich stehe auf meinem Posten und habe strengen Wachtdienst, bis der Herr mich abruft. Damals, ich muß es doch sagen, wußte ich nicht, daß Sie und ich in zwei verschiedenen Welten lebten; in meiner Welt hat man die Pflicht, keine Kraft für sich selbst zu haben."

Bei aller Selbstverleugnung erschien es der Professorin, als

ob die Oberin von der Macht und Größe des Kreises, in dem
sie stand, mit jenem Stolze oder wenigstens mit jenem gehobenen
Selbstgefühle sprach, das Jeden leicht überkommt, der einem ge=
schlossenen, machtvollen Gemeinwesen angehört.

Bald aber fanden die Beiden einen friedlichen Berührungs=
punkt, indem sie über die schwere Aufgabe der Erziehung junger
Seelen sich besprachen.

Die Oberin hatte reiche eigene Erfahrung, während die Pro=
fessorin fast nur auf Lehre und Anschauung ihres Gatten sich
berufen konnte; und jetzt, da sie als Schülerin erschien und dank=
bar zuhörte, wurde sie auch milder betrachtet. Die Oberin fühlte,
daß sie doch etwas zu schroff sich verhalten, und wie man in
solcher Empfindung leicht Dinge mittheilt, die man eigentlich ver=
schließen wollte, so geschah es auch hier.

Sie erzählte, welch ein wundersames Wesen Manna sei; es
seien zwei Naturen in ihr, eine demüthig fügsame, fast willen=
lose, und eine kämpfende, trotzige und eigenwillige. Sie habe
einen ernsten Charakter, vielleicht etwas zu ernst für ein siebzehn=
jähriges Mädchen; nur könne sie in ihren Empfindungen oft nicht
Maß halten, aber wer könnte das in diesem Alter. Auf ihrem
Gemüthe laste ein Schmerz, der unerklärlich sei; es sei zu ver=
muthen, daß er darin seinen Grund habe, daß das Kind den
Zwiespalt der Eltern tief empfinde. Sie fragte die Professorin um
Näheres über die Charakterbesonderheit der Eltern, aber die Pro=
fessorin antwortete ausweichend. Die Oberin erzählte weiter, daß
Manna Anfangs einen schweren Stand im Kloster gehabt, ja ihr Ein=
tritt fast eine Revolution bewirkt habe. Zwei Amerikanerinnen aus
den besten Familien waren ebenfalls hier und wollten nicht mit
der Quadrone — denn für eine solche hielten sie Manna — an
Einem Tische sitzen; sie erzählten den Mitschülerinnen, daß Neger
und Mischlinge in ihrem Vaterlande immer in abgesonderten
Waggons der Eisenbahn sitzen, wie auch in der Kirche besondere
Plätze haben müßten. Durch schnelle Fassungsgabe und großen
Eifer habe Manna es bald dahin gebracht, daß sie sogar das
blaue Band erhielt.

Die Professorin hätte der Oberin gern gesagt, daß es ihre
Pflicht gewesen wäre, den Kindern durch Lehre und That zu zei=
gen, wie es vor Gott keinen Unterschied des Blutes gebe und
diese Ausschließung eine Gottlosigkeit und Barbarei sei.

Sie unterbrückte es. Eine Röthe aber durchzog das Antlitz der Professorin, da die Oberin sagte, sie möge die Güte haben, beim Tischgebet die Hände zu falten. Sie erwiderte:

„An unserm Tisch wurde kein übliches Gebet gesprochen, aber ich glaube, daß an demselben ein reines und gutes Denken herrschte."

„Gut, gut, ich wollte Sie nicht verletzen," sagte die Oberin. „Ich habe mit Theilnahme erfahren, daß Sie den Mann verloren, um dessentwillen Sie sich aufopferten."

„Ich war glücklich mit meinem Mann," erwiderte die Professorin, „unsere Liebe erneuerte sich täglich. Dieses Glück habe ich verloren, aber ich besitze noch eine hohe und schöne Liebe: die zu einem Sohn, der sich gut und tüchtig entwickelt hat."

„Es freut mich, daß Sie so glücklich sind, aber sagen Sie mir aufrichtig: haben Sie nicht auch gefunden, daß unter zehn verheirateten Frauen mindestens neun unglücklich sind?"

Die Professorin schwieg und die Oberin fuhr fort:

„Ihr Schweigen ist Bejahung, und nun sehen Sie den großen Unterschied: unter hundert Nonnen finden Sie kaum eine unglückliche."

Die Professorin schwieg noch immer, sie wollte auf diese kühne Behauptung keine Erörterung weiterführen, sie war Gast, sie wollte hier nicht belehren und verbessern. Die Oberin aber wurde herausfordernd, denn sie fragte:

„Kennen Sie etwas Unglücklicheres als ein Mädchen, das weiß und von dem Andere wissen, daß es in den Besitz von Millionen kommt? Soll es an die Liebe von vergänglichen Menschen glauben? Soll es glauben, daß es um seinetwillen umworben werde? Da bleibt nichts, als sich und seine Habe in die Hand des Ewigen geben. Wir werben nicht um Manna und ihren einstigen großen Besitz, wir bestehen darauf, daß sie in die Welt zurückkehre und erst aus freiem Entschluß wieder zu uns komme. Von unserer Seite geschieht weder Zwang noch Einflüsterung, aber wir haben auch die Pflicht, Diejenigen, die das Unvergängliche dem Vergänglichen vorziehen, wo sie auch sein mögen, zu schützen; und nun reden wir darüber nicht mehr."

Die Oberin ging davon.

Die Professorin wandelte allein auf der Insel und es erschien ihr als ein Wagniß, ja als unberechtigte Kühnheit, das Kind,

das hier in Frieden lebte und in diesem Kreise sein Leben be=
schließen wollte, herauszureißen zu wollen.

Sie stand am Ufer und fast ohne zu wissen warum, ließ sie
sich übersetzen und war nicht wenig erstaunt, unter den schattigen
Linden des Gasthofes Herrn Sonnenkamp und Herrn von Pranken
beim Weine sitzen zu sehen.

Pranken hatte ein seltsames Gewand an, so daß sie glaubte,
sie irre sich; sie wollte umkehren, wurde aber angerufen und trat
zu den beiden Männern in den Garten.

Sonnenkamp war sehr aufgeheitert, er pries den Zufall, der
ihn hier seinen Freund Pranken treffen ließ, er fand es gar
prächtig, daß sich der Baron eine Weile zum Feldbauer machte,
er deutete an, daß er auch einmal so etwas gewesen, und sagte:

„Vor unserm Freunde haben wir kein Hehl. Frau Profes=
sorin, will Manna nun mit Ihnen heimkehren?"

Die Professorin erzählte, daß davon noch kein Wort gesprochen
sei, und man könne es auch kaum wünschen; man solle Manna
ihre Zeit vollenden lassen und überhaupt sich vor jedem gewalt=
samen Eingriff hüten.

Pranken stimmte bei, Sonnenkamp war indeß sehr unwirsch,
er fand es empörend, daß sein Kind hier wie in einer Heerde
leben sollte, während ihm ein freies Dasein bereitet war.

Die Mittagsglocke läutete auf dem Kloster, die Professorin
sagte, daß sie zurückkehren müsse.

Sonnenkamp begleitete sie bis ans Ufer und dort sagte er leise:

„Kümmern Sie sich nicht um Pranken. Wir wollen meinem
Kinde die Freiheit geben in jeder Beziehung."

Die Professorin fuhr wieder nach der Insel; die Kinder saßen
schon bei Tische, als sie in den Speisesaal kam. Als gespeist
und gebetet war, sagte die Oberin zu Manna:

„Nun geh mit der Freundin eures Hauses."

Die Professorin ging mit Manna nach dem schattigen Wäld=
chen am obern Ende der Insel. Auch Heimchen ging mit und
war zutraulich gegen die Mutter; das Kind ließ sich ruhig mit
einem Buche unter einen Baum setzen und wollte hier warten,
bis man es wieder abhole.

„Du darfst aber Manna nicht mit fortnehmen," rief das Kind
noch von seinem niedern Bänkchen nach; die Beiden erschraken,

denn das Kind sprach wie durch einen Naturtrieb aus, was die
Eine besorgte, die Andere hoffte.

Viertes Kapitel.

„Sie scheinen mir zu höherem Leben berufen," sagte die Professorin, „da Sie schon in früher Jugend etwas so Schweres und
den ganzen Zwiespalt der Menschen erfahren mußten."

„Ich? Wie?" fragte Manna. Sie zitterte.

„Sie haben ja unter jenem Entsetzlichen gelitten, das Ihr
großes und schönes Vaterland befleckt."

„Mein Vaterland? Ich? Sprechen Sie deutlicher."

„Es schmerzt mich sehr, wenn ich eine Wunde berühre, aber
diese Wunde ist ein Ehrenschmuck für Sie und Sie sind ja unschuldig in diesen Zwiespalt des Lebens gesetzt."

„Ich? Sagen Sie mir Alles, was wissen Sie?"

„Ich meine, es muß Ihr Empfinden erhöhen, daß Sie gerade
diese Niedrigkeit der Gesinnung an sich selbst erdulden mußten."

„So sagen Sie endlich deutlich, was wissen Sie?"

Es lag ein harter Ton in der Art, wie Manna scharf und
zornig das ausrief, ihr mildes Auge funkelte unheimlich.

„Ich weiß nichts, als daß Sie bei Ihrem Eintritt ins Kloster
Schweres erleiden mußten, da zwei Amerikanerinnen Sie für
Halbblut hielten und nicht mit Ihnen sein wollten."

„Ja, ja, das ist's! Jetzt weiß ich, warum Anna Sotway
oftmals sagte, sie vermöge in den Augen und an den Nägeln zu
erkennen, wer Negerblut in seinen Adern habe. Ich danke dir,
heiliger Gott, daß du mich das erleben ließest. Nun verstehe ich
erst recht, wofür ich das Opfer bin. Ich selbst ... ich selbst
sollte die Schmach erleben, wie ein Sklave ausgeforscht zu sein!
Aber warum duldest du Gott, daß sie dich anbeten, und dich in
deinen Geschöpfen verhöhnen? Also nicht weil ich gottesfürchtig
und gehorsam sein wollte, nein, weil ich von reinem Blute bin,
duldeten sie mich hier?"

Es schien ein fremdes Wesen, das hier sprach, und in den
Wald hinein rief:

„Ihr Bäume, warum seid ihr ein jeder nach seiner Art, und

blüht und grünt und wachset und Eine Sonne erwärmt euch und
die Vögel singen. Wehe! wo bin ich?"

„Auf gutem Wege," sagte die Professorin. Manna starrte
sie an, als wäre sie ein Gespenst, die Professorin aber fuhr fort:
„Ein reiner Geist erneuert sich in dir, mein Kind. Lessing
ahnte nicht, da er das Wort aussprach: Ich will nicht, daß
allen Bäumen Eine Rinde wachse — daß sich sein Geist hier im
Kloster, in einem erwachenden Kinde neu offenbaren würde. Sein
Geist ist jetzt zwischen uns, und ich glaube, er würde dir sagen:
Vergieb ihnen, sie werden lernen, daß Gott allein beharrt und
die Menschengeschlechter nur wandelnde, ewig sich erneuernde Er-
scheinungsformen sind."

Manna schien sie kaum gehört zu haben, denn sie faßte jetzt
die Professorin an und fragte:

„Sagten Sie mir nicht, daß Sie das besondere Vertrauen
meiner Mutter hätten?"

„Ja."

„Und hat sie Ihnen auch das ... das Andere mitgetheilt?"

„Ich verstehe Sie nicht."

„Sprechen Sie offen mit mir. Ich weiß Alles."

„Ihre Mutter hat mir kein Geheimniß mitgetheilt."

Krampfhaft faßte Manna das Kreuz auf ihrer Brust und
starrte lange lautlos vor sich hin.

Mit eindringlicher Herzlichkeit sprach die Professorin, wie sehr
sie bedaure, Manna so erschüttert zu haben.

Diese gab noch immer keine Antwort.

Sie setzte sich auf eine Bank, die unter einer Tanne angebracht war, lehnte sich an die Tanne, schaute in den Himmel
hinein und sagte vor sich hin:

„Warum kommt nicht mehr eine Stimme aus der Luft zu
uns? Ach, ich möchte so gern, ich würde ihr folgen über Berg
und Thal, in Nacht und Tod."

Sie weinte. Die Professorin bat sie, recht ruhig zu sein,
aber Manna erklärte, sie könne nicht, es thäte ihr so weh, daß
man sie hier fortrisse, und fort müsse sie, sie könne hier nicht
mehr wahr sein, denn die Menschen seien nicht wahr gegen sie
gewesen.

Jetzt erst erfuhr die Professorin zu ihrem Schreck, daß Manna
das Vorkommniß nicht gekannt habe. Sie klagte, daß sie es sich

nie verzeihen könne, die junge Seele Mannas so verstört zu haben. Und nun wendete sich Manna und suchte sie zu beruhigen und zu trösten.

„Glauben Sie mir," rief sie und hob die gefalteten Hände zu ihr empor, „ach ich weiß, daß die Wahrheit allein befreit, und das ist ja das Entsetzliche, daß der Park und das Haus und der Glanz gelogen sind ... Nein, das wollte ich nicht. — Nur Eins bitte ich, bedauern Sie nicht, daß Sie mir das gesagt; es schadet nichts, es hilft mir. — Gewiß, es hilft mir. Ich mußte auch das noch kennen und es ist gut."

Die Professorin fühlte, wie schwer sie es dem Mädchen gemacht, und sie erklärte, daß die Oberin wie ein Arzt geheilt habe, ohne dem Kranken sein ganzes Leid zu sagen. Die Professorin berichtete ihr dann, daß der Vater drüben am Ufer auf sie warte und hoffe, sein Kind werde mit ihm heimkehren.

„Kommen Sie mit mir zur Oberin," rief Manna plötzlich.

Sie faßte die Professorin an der Hand und ging mit ihr nach dem Kloster.

Jetzt aber kam Heimchen und rief:

„Nein, Manna, du darfst nicht fort, du darfst mich nicht allein hier lassen."

„Komm mit," entgegnete Manna und nahm das Kind an der Hand.

Sie ging zur Oberin und bat um die Erlaubniß, im Geleite der Professorin zu ihrem Vater zu gehen, der drüben am Ufer auf sie warte.

„So laß ihn doch hieher kommen."

„Nein, ich möchte zu ihm."

Es wurde gestattet. Nur schwer ward es, Heimchen zu beschwichtigen und abzulösen.

Manna kam mit der Professorin in den Garten am Gasthofe; dort im Schatten der Laube saß noch Sonnenkamp mit Pranden.

„Du gehst mit uns heim?" rief Sonnenkamp seiner Tochter entgegen.

Sie duldete seine Umarmung, aber sie erwiderte sie nicht. Pranden war erfreut, Manna zu begrüßen, und als sie ihm die Hand reichte, sagte er lächelnd:

„Ich habe eine harte Hand bekommen, aber mein Herz ist noch weich, vielleicht zu weich."

Manna schlug die Augen nieder. Es gab bald heitern Scherz
über die Art, wie sich Pranken hier in der Nähe angesiedelt hatte.
Er wußte mit Lustigkeit zu erzählen, wie er sich in das neue
Leben finde; es war eine frische Kraft in seiner Erscheinung und
ein heller Ton in seinen Worten; er sah nicht ohne Befriedigung,
welchen Eindruck sein Verhalten auf Manna machte. Diese sagte
endlich: sie glaube offen sprechen zu dürfen, sie habe eigentlich
ein Verlangen, sofort das Kloster zu verlassen, oder noch besser,
gar nicht mehr in dasselbe zurückzukehren; der Vater oder die
Professorin sollten hinüber fahren und an ihrer Statt Lebewohl
sagen und, wenn es möglich sei, Heimchen mitnehmen.

„Ist einem Freunde erlaubt, ein Wort drein zu reden?"
fragte Pranken, als Sonnenkamp seine Freude kundgab.

Manna bat, daß er spreche, und er erklärte nun, wie er als
Freund darauf halten müsse, daß sie correct handle. Was auch
vorgekommen sei, es bleibe die Pflicht Mannas, ein so inniges
und reines Verhältniß, wie sie es zum Kloster und namentlich
zur Oberin gehabt, nicht schroff zu lösen; Härte und Undankbar-
keit, die man gegen Andere übe, lasse eine Schwere und Bitterniß in der Seele zurück. Er glaube daher, daß, wie Manna
aus freiem Entschluß ins Kloster gegangen, sie nun dasselbe eben
so in Güte und Verträglichkeit verlassen müsse. Zurückkehren und
noch einige Zeit verweilen, von den Genossinnen und den frommen Schwestern mit ruhigem Bedacht sich ablösen, das erscheine
ihm angemessen. Er wiederholte, daß auch ihm nichts erwünschter
sein könne, als wenn Manna so bald als möglich und so voll
als möglich ins bewegte Leben zurückkehre, aber es sei die Pflicht
des Freundes, demjenigen, dem man nahe stehe, jede nachfolgende
Reue und innere Unruhe zu ersparen.

Es war mehr als eine vornehme, es war eine edle Haltung
in der Art, wie Pranken das Alles sagte.

„Sie haben Recht," rief Manna, reichte Pranken die Hand
und hielt sie eine Weile fest. „Ich danke Ihnen und folge
Ihnen."

Sonnenkamp war außer sich, daß sein liebster Wunsch wieder
vereitelt wurde; aber auch die Professorin stimmte bei.

Die beiden Frauen gingen, von den Männern begleitet, nach
dem Ufer und fuhren nach der Insel.

Heimchen, das immer geweint hatte, war bereits zu Bette

gebracht und klagte, daß Manna fort sei; sie mußte noch zu dem
Kinde, sie traf es weinend, das Kissen war naß; sie trocknete
ihm die Augen und redete ihm zu, bis es einschlief.

Fünftes Kapitel.

Noch spät am Abend ging Manna zwischen der Oberin und
der Professorin, von Beiden an der Hand geführt, den breiten
Gang auf der Insel auf und ab. Es war, als ob zwei Welt-
mächte sich liebend um sie stritten.

Die beiden Frauen sprachen — es ließ sich kaum mehr zurück-
leiten, wie man dazu gekommen war — über Rechthaberei. Die
Professorin behauptete, daß die Erlösungsfähigkeit in der Bereitwilligkeit bestehe, eine Uebereilung, ein Unrecht, einen Irrthum
frei zu erkennen und zu bekennen.

Die Oberin stimmte dem bei, aber sie behauptete, daß man
zum Irrthum, zu falscher Ansicht in den höchsten Dingen wieder
zurückkehren könne, wenn nicht feste, unerschütterlich geoffenbarte
und durch ein unfehlbares Organ immer neu verkündete Lehre
den Irrthum heile; sonst wisse man ja nie, ob man nicht wieder
im Irrthum sei.

Die Oberin hatte jenes sichere Bewußtsein des Positiven,
während die Professorin für jedes Vorkommniß neue Erkenntniß
und Bestimmung suchen mußte, so daß sie gewissermaßen unstet
und unsicher erschien. Dies Gefühl wurde noch vermehrt, da sie
sich nicht für berechtigt hielt, gegen einen so festen und segens-
reich wirkenden Glauben anzukämpfen. Eine Unruhe, wie ein
Spion sie empfinden muß, der in bester patriotischer Absicht im
Feindeslager sich umschaut, beherrschte das Wesen der Professorin;
sie bedauerte, daß sie einen solchen Auftrag übernommen. Aber
jetzt war sie auf dem Posten, jetzt mußte sie ihre Anschauung
vertheidigen; sie suchte den Punkt, wo sie ganz wahr sein durfte,
indem sie Manna erzählte, daß ihr Vater eine ausgebreitete Wohlthätigkeit organisiren wolle, und welch ein schöner Beruf es sei,
da mitwirken zu dürfen. Die Oberin ließ Manna erwidern, die
nun sagte:

„Frauen können nicht im Großen wirken und die Gaben, die

mein Vater spendet, kommen doch nicht in die rechten Hände; wir können das Besitzthum nur wieder zurückgeben in die Hand dessen, der allein zu bestimmen hat, wohin es wirken soll."

Die Oberin wiederholte, daß sie Manna entschieden abrathe, den Schleier zu nehmen; es sei zu fürchten, daß ihr Naturell sich nicht dazu eigne. Zur Professorin gewendet setzte sie in scharfem Tone hinzu:

„Wir sind gleichgültig gegen den Vorwurf, daß man uns nachsagen könnte, wir hätten nach dem Besitzthum des Kindes gestrebt; wir verschmähen das Besitzthum nicht, wir können Großes damit wirken, aber die Seele des Kindes allein ist es, worauf wir Werth legen, und fragen nichts darnach, ob die Weltlinge uns das glauben oder nicht."

Die Professorin war froh, als sie endlich allein in der Zelle war, wo sie schlafen sollte.

Man war im Kloster sehr früh wach, aber lange bevor das Mettenglöcklein läutete, stand die Professorin angekleidet in ihrer Zelle und schaute hinaus in den anbrechenden Tag, wo die Nebel auf dem Strom mit dem Morgendämmern kämpften.

Sie dachte sich in die Hunderte von jungen Seelen, die jetzt noch im Schlafe liegen, einer fraglichen Zukunft entgegenwachsend; sie dachte sich in die Seelen der Nonnen, die dem Leben entsagt hatten, denen der Tag kein persönliches Ereigniß mehr brachte, nur noch die stetige Pflicht.

Darf man es wagen, in solch ein Leben einzugreifen, es zu stören?

Mag auch viel Ungehöriges hier geschehen, es herrscht ein heiliger Wille über die Gemüther. Man kann einer bestehenden positiven Religion sich nur entgegenstellen durch mehr Religion. In der Welt ist die Idee des Reinen verfolgt, gehetzt, verdunkelt; die Hand muß sicher und höher geweiht sein, die es wagen kann, ein Asyl der Idee anzugreifen.

Das Morgenlicht war Herr geworden über die Nebel und erglänzte über den Bergen und auf dem Strom; die Klosterglocke läutete; es ward lebendig in dem großen Hause.

Die Professorin blieb, bis der Morgengottesdienst zu Ende war, dann ging sie in den Speisesaal, um von Manna und der Oberin Abschied zu nehmen. Sie wurde bis ans Ufer geleitet.

Mit befreiter Seele fuhr sie hinüber.

Als sie mit Sonnenkamp nach der Villa zurückfuhr, entwarf sie auf dem Schiffe den Plan, wie man eine ausgebreitete Wohl= thätigkeit organisire; es müsse etwas Umfassendes geschaffen wer= den, so daß Manna von dem einen Heiligthum in das andere eintrete.

Sonnenkamp hörte still, aber unwillig zu; die ganze Welt hatte sich verschworen, ihn zum Tugendheuchler zu machen.

Ganz Aehnliches hatte Pranken gestern von ihm gefordert; er hatte die religiöse Verpflichtung hervorgehoben.

Sonnenkamp hatte die Achseln gezuckt, da der Mann auch vor ihm sich eine Maske vorhielt. Erst als Pranken hinzufügte, daß der Hof dadurch nicht nur berechtigt, sondern auch verpflichtet sei, ihm die Standeserhöhung zu verleihen, willigte er ein. Nun kam die Professorin mit dem Gleichen, und das war gut, sie meinte es wahrscheinlich ehrlich.

Die Heimfahrt war wenig belebt, denn man kam leer zurück, ja, Sonnenkamp war empört, daß er wieder nur leisten sollte, ohne etwas erreicht zu haben.

Sechstes Kapitel.

Ein fremder Gast war indeß auf Villa Eden erschienen.

Am Morgen nach der Abreise der Professorin war Roland nach dem Nebenhäuschen gegangen, um für Erich ein Buch aus der Bibliothek zu holen. Als müßte er sehen, wie es ohne die Mutter ist, trat er in das offene Zimmer derselben; da lag auf dem Tische ein aufgeschlagenes Buch und auf dem weißen Blatte stand in englischer Sprache: Meinem Freunde Dournah — Theo= dor Parker.

Roland erschrak. Das ist der Mann, von dem die Mutter vor wenigen Tagen gesprochen. Er nahm das Buch, brachte es Erich und bat, daß er es lesen dürfe. Erich war betroffen; aber nach einigem Besinnen überließ er Roland das Buch.

Unter den hohen Weiden am Ufer saß Roland und las und las, schaute bisweilen in den Strom und las weiter.

Da ist ein Kämpfer, ein begeisterter, Gott verehrender Kämpfer für die freie Sittlichkeit und gegen die Sklaverei. Er prophezeite

einen großen Kampf und die Worte: „Alle großen Urkunden der
Menschheit sind mit Blut geschrieben," fielen in die Seele des
Jünglings wie ein Feuerfunke. Weiter und weiter las er, bis
er merkte, daß das Licht sich verdunkelte und es Nacht wurde.
Seine Wangen glühten, als er zu Erich kam und ihm das Buch
zurückgab.

Roland hatte eine verbotene Frucht vom Baume der Erkennt=
niß genossen und Erich war ergriffen, wie tief Alles in die Seele
des Jünglings gedrungen war. Eine neue schwere Aufgabe stellte
sich ihm: der Jüngling mußte zurückgehalten werden von jeder
Mittheilung an seinen Vater.

Bis tief in die Nacht saß Erich bei Roland; er mußte den
geraden Sinn desselben ablenken und das war fast das Härteste,
was er in dieser Stellung auf sich genommen. Der Jüngling
sollte erkennen, daß es eine Betrachtungsweise giebt, die die Skla=
verei als berechtigt und nothwendig aufrecht erhält; er sollte nie
seinem Vater Kunde davon geben, daß er im Gegensatze stehe und
durch die Professorin mit einem Geiste bekannt geworden, der in
diesem Hause nicht angerufen werden durfte.

Erich gedachte der Mutter, die ihn ermahnt, in den Lehrgang
Rolands das zu bringen, was nothwendig sei, und nicht was
der Jüngling beliebig wünsche; jetzt war etwas gekommen, wo
er der Fährte nachgehen mußte, die der suchende Geist des Jüng=
lings eingeschlagen hatte. Freuen mußte man sich, daß er selber
den Weg fand, das war ja, was alle Erziehung wollte, und
nun sollte Erich ihn von diesem Wege ablenken und die feste
Grundsätzlichkeit: du sollst und du sollst nicht, auflösen und zer=
splittern?

„Mich hat ein großer Neger auf dem Arm gehabt," erzählte
der Jüngling, „dessen erinnere ich mich ganz deutlich; ich erinnere
mich auch seines wolligen Haares, in dem ich ihn zauste; er hatte
ein ganz glattes Gesicht, gar keinen Bart."

Wie träumerisch fuhr er fort:

„Ich bin von Negern getragen worden . . . von Negern."

Leiser und leiser wiederholte er das Wort, dann schwieg er.
Plötzlich fuhr er sich mit der Hand über die Stirn und fragte:

„Haben Menschen, die Sklaven sind, wol auch ihre Kinder
lieb? Weißt du keinen Gesang, den sie singen?"

Erich wußte nicht viel zu antworten; Roland wollte wissen

wie die vergangenen Völker die Sklaverei betrachteten. Erich mußte nur Oberflächliches darüber.

Bis tief in die Nacht hinein schrieb Erich einen Brief an Professor Einsiedel; er legte dem väterlichen Freunde dar, wie es ihm neu aufgegangen, daß zwei Gewalten in der Menschheit ringen, wie Herrschen und Dienen zu einem geschichtlichen und zu einem Naturgesetze gemacht werden sollte; er sprach seinen Vorsatz aus, in wissenschaftlicher Weise eine Geschichte der Sklaverei durch alle Zeiten hindurch aufzustellen, und bat seinen Lehrer um Angabe betreffender Schriften.

Als Erich von Roland geleitet am andern Tage den Brief an Professor Einsiedel nach dem Bahnhof trug, sahen sie das Schiff herankommen, auf welchem Sonnenkamp und die Professorin zu Berg fuhren; sie winkten und gingen nach der Anlände.

Sonnenkamp ging mit Erich voraus, er schien mißgestimmt. Roland hielt die Professorin zurück, so daß eine große Strecke zwischen ihnen und den Vorausgehenden war, dann fragte er:

„Hat Ihnen Manna auch gesagt, daß sie Iphigenie sei?"

„Nein."

Die Professorin preßte die Lippen zusammen, sie ahnte etwas, sie verstand nun die Klage Mannas, daß sie an sich selbst das Entsetzliche habe erfahren müssen.

Roland erzählte, daß er das Buch gelesen, das sie vergessen hatte.

Die Professorin erschrak, wurde aber wieder ruhiger, da Roland erklärte, wie Erich ihm Alles zurechtgelegt habe und wie er das Geheimniß bewahren wolle.

Dennoch war ihr tief bange, als sie in die Villa zurückkehrte; sie hatte einen Geist hierher gebracht, der nicht hier hausen sollte. Was sie verborgen gehalten, war in eine Wirkung ausgebrochen, über die sie nicht mehr Herr war und die plötzlich Schrecken und Verwirrung bringen konnte.

Frau Ceres war wieder krank, Fräulein Perini durfte nicht von ihrer Seite. Als die Professorin und Sonnenkamp sie besuchen wollten, ließ sie danken.

Wie ein Kind, das heiter in sich, nur dem nächsten Augenblick lebend, von keinem Wirrwarr, keiner Grübelei weiß, erschien der Major und Jegliches freute sich an seiner naturfesten Gleichmäßigkeit. Er fand es besser, daß Manna jetzt nicht käme, sie

solle erst kommen, wenn die Burg fertig sei. Er freute sich auf die Zeit, wo wieder Alle beisammen seien, er konnte das Reisen und Auseinanderfahren nicht leiden; man habe es ja nirgends besser und schöner als hier zu Lande und mehr als Himmel und Wasser und Berge und Bäume gebe es doch nirgends.

Die Professorin begleitete den Major nach seinem Hause. Bis spät in die Nacht hinein saß sie bei Fräulein Milch und diese wurde zur ersten Gehülfin in der Organisation der Wohlthätigkeit bestimmt. Sie kannte alle Menschen und Verhältnisse, verlangte vor Allem, daß man ein Dutzend Nähmaschinen in die umliegenden Dörfer schenke, sie selbst wolle die Frauen und Mädchen in deren Handhabung unterrichten.

Vom Major und Fräulein Milch geleitet, kehrte die Professorin in die Villa zurück. Sie war ruhig, und als ob er gesungen wäre, tönte ein Spruch Goethes ihr in der Seele: Nicht durch Nachdenken erkennst du, was du bist, sondern indem du versuchst, deine Pflicht zu thun.

Siebentes Kapitel.

Die Professorin fuhr mehrere Tage mit dem Doctor auf die Landpraxis, sie gewann dadurch selbständige Einsicht in das ländliche Leben.

Dann legte sie den in Gemeinschaft mit Fräulein Milch entworfenen Plan Herrn Sonnenkamp vor; er genehmigte ihn mit Bereitwilligkeit und an der Anschaffung der Nähmaschinen hatte er sein besonderes Wohlgefallen. Das ist nicht nur etwas Amerikanisches, es bringt auch Gerede in die Welt. Er reiste selbst nach der Residenz und kaufte die Maschinen.

Die Zeitungen brachten ruhmreiche Kunde, wie Herr Sonnenkamp den Wohlstand des Volkes fördere. Die Cabinetsräthin kam und glückwünschte zu dem schönen Erfolge, indem sie hinzufügte, daß nach einer Nachricht ihres Mannes diese Thätigkeit des Herrn Sonnenkamp höchsten Ortes wol vermerkt sei.

Nun war in Sonnenkamp ein großer Eifer, er wollte die öffentliche Stimme nicht ruhen lassen, sie sollte jeden Tag von ihm reden; aber Pranken, der zu Besuch gekommen war, sagte,

daß es besser sei, etwas inne zu halten, um dann wieder aufs
Neue zu überraschen.

Ein Weg am Ufer entlang wurde durch schöne Wiesen von
der Villa aus nach dem rebenumrankten Häuschen angelegt, und
eines Tages bat Sonnenkamp die Professorin, mit ihm nach dem
Garten zu gehen, und die Hausbewohner mußten mitgehen.

In die Mauer, die den Park umgab, war eine neue Thür
eingebrochen. Sonnenkamp sagte, die Professorin solle die Erste
sein, die diesen Eingang betrete. Er überreichte ihr den Schlüssel;
sie öffnete und ging durch das Thor den Weg entlang, die ganze
Familie, auch Pranken folgte ihr. Man ging nach dem rebenumrankten Häuschen und die Professorin war erstaunt, hier ihren
ganzen Hausrath und die Bibliothek ihres Mannes wohlgeordnet
aufgestellt zu finden. Auch Tante Claudine war wieder da.

Mit einem gewissen Stolze stellte Sonnenkamp seinen Kammerdiener Joseph vor, der Alles so schön geordnet hatte.

Erich erhielt ein großes Paket Bücher, dabei einen Brief des
Professor Einsiedel und einen Bogen Notizen. Er lobte Erich,
daß er eine Abhandlung über Begriff und Wesen der Sklaverei
schreiben wolle, es sei ein ergiebiges Thema.

Erich verschloß die Bücher, denn es war ihm lieb, daß Roland vorerst weder an Sklaverei noch an freie Arbeit dachte, er
strebte jetzt nach ganz Anderem.

Der Sohn der Cabinetsräthin, der Cadett, befand sich auf
Urlaub in dem neu erworbenen Landhause und eiferte Roland
an, er solle bald eintreten. Roland war nun nur darauf bedacht, so bald als möglich in die oberste Klasse eintreten zu können; er sprach davon mit dem Vater und Pranken. Der Vater
aber nahm ihn einst bei Seite und sagte:

„Mein Kind! Es ist gut und es freut mich, daß du dich so
eifrig vorbereitest, aber du sollst erst eintreten ... ich ehre dich,
indem ich dir das mittheile. Ich halte dich für reif genug.

Er hielt inne und Roland fragte:

„Wann soll ich denn eintreten?"

„Du sollst erst eintreten, wenn du ablig bist."

„Ich ablig? du auch?"

„Ja, wir alle; um deinetwillen muß ich den Adel erwerben, du wirst das später einsehen. Freust du dich, ablig zu
werden?"

„Weißt du, Vater, wann ich vor dem Adel Respect bekom=
men habe?"

Sonnenkamp sah ihn fragend an und Roland fuhr fort:

„Auf dem Bahnhofe, wo ich einen wahnsinnigen Betrunkenen
sah; Alles hatte Respect vor ihm, weil es ein Baron war. Es
ist doch eine große Sache, ein Abliger zu sein."

Er erzählte die Begegnung am Morgen seiner Flucht, und
Sonnenkamp war erstaunt über die Wirkung auf Roland und
was Alles in ihm lebte. Dann sagte er:

„Nun gieb mir die Hand, daß du Herrn Erich nichts davon
mittheilst, bis ich es ihm selbst sage."

Zögernd gab Roland die Hand.

Der Vater erklärte ihm weiter, wie mißlich es wäre, wenn
er, mit bürgerlichem Namen eingetreten, erst im Cadettenhause
den Adel erhielte.

Roland fragte, warum er Erich nichts davon mittheilen solle.

Der Vater verweigerte den Grund und verlangte unbedingten
Gehorsam.

So hatte Roland ein doppeltes Geheimniß zu bewahren, eines
vor dem Vater und eines vor Erich; das beschwerte die Seele
des Jünglings, und es kam zu seltsamem Ausdruck, als er Erich
einst fragte:

„Haben die Neger in ihrer Heimat auch Ablige?"

„Es giebt an sich keine Ablige," erwiderte Erich, „einzelne
Menschen sind nur von Adel, wenn und so lange Andere sie
dafür halten."

Erich hatte geglaubt, daß das ausschließliche Hinstreben Ro=
lands nach dem Cadettenhause alles frühere Grübeln und Denken
zugedeckt habe, jetzt sah er, daß es dennoch lebte und eine seltsame
Gedankenverbindung angenommen hatte, die er nicht zu deuten
wußte.

Während des Urlaubs war der Sohn der Cabinetsräthin sehr
eifrig beim Unterricht zugegen; in Uebereinstimmung mit der
Cabinetsräthin trat Sonnenkamp mit dem Vorschlage heraus, daß
der junge Cadett auf einige Zeit austreten solle, um in Gemein=
schaft mit Roland unterrichtet zu werden.

Roland war beglückt über diesen Plan, aber Erich wider=
strebte; und als Sonnenkamp ihm entgegenhielt, daß er ja vordem
gewünscht habe, Roland mit einem Kameraden zu unterrichten,

ward es Erich schwer, ihm zu erklären, daß dies nunmehr un=
thunlich sei. Der Lehrgang, den er mit Roland eingehalten, sei
ein durchaus persönlicher, so daß jetzt eine Kamerabschaft und
ein Rücksichtnehmen auf fremdes Wissen nur störend sei.

Erich entfremdete sich damit nicht nur Sonnenkamp und die
Cabinetsräthin, sondern auch auf geraume Zeit seinen Zögling
selbst, der unwillig und widerspenstig war, als der Cadett in die
Residenz zurückkehrte.

Achtes Kapitel.

Seitdem man zur Erzielung eines starken Weines die Traube
am Stock „edelfaul" werden läßt, giebt es keine Herbstlust mehr.

Sonnenkamp war stolz darauf, die besten Trauben gezogen
zu haben, aber mit dem Herbstjubel war es trotzdem nichts. Die
Nebel standen am Morgen lange über dem Thale und verhüllten
früh am Abend die ganze Landschaft; die Blätter waren von den
Bäumen gefallen, der Reif glitzerte auf den kahlen Zweigen, als
man endlich die Trauben einsammelte und kelterte. Der Major
ließ es sich nicht nehmen, Freudenschüsse loszuknallen, und hatte
großes Vergnügen an seinen beiden Kameraden, Erich und Ro=
land, die vortrefflich mit ihm auf Commando schossen, so daß
der dreifache Schuß nur ein einfacher Knall war; das war aber
auch Alles.

Auf der Villa wurde bereits geheizt, und die Einrichtung
Sonnenkamps, daß jeder Ofen sein besonderes Kamin hatte, be=
währte sich. Ein Fest aber war es, als bei der Professorin zum
erstenmale ein Stubenfeuer brannte; Erich und Roland, auch
Fräulein Milch waren gekommen und so saß man beisammen
um den offenen Kamin; es ließ sich nicht eigentlich sagen, was
Alle erquickte, sie waren im Innersten heimisch und befriedigt.

Die Mutter ermunterte Erich, wieder einmal am behaglichen
Winterabend eine ihrer Lieblingsdichtungen vorzulesen. Erich er=
klärte sich bereit, weil er fühlte, daß er die Verfremdung, welche
durch seine Weigerung, den Sohn der Cabinetsräthin mit zu
unterrichten, eingetreten war, auf jede Weise zu beseitigen suchen
mußte.

Sonnenkamp, der ein großes Jagdrevier hatte, ließ schöne Karten drucken, mit denen er die bessere Gesellschaft zu seinen Jagden einlud. Es kamen Gegeneinladungen der Nachbarn und auch Erich fand sich mit Roland wenigstens einmal wöchentlich bei einer großen Jagd ein.

Roland war stolz auf die Jagdkunst seines Vaters, der von Allen als der Erste angesehen wurde; die Gesellschaft hörte ihm immer gern zu, wenn er von großen Jagden erzählte. Auf einem kurzen Ausfluge in Algier hatte er sogar einen Löwen geschossen, dessen Fell noch unter seinem Schreibtisch lag.

Das heiterste Jagdessen wurde auf der Burg abgehalten, wo vorläufig ein großes Zimmer dazu eingerichtet war. Hier war der Major der eigentliche Burgherr, er erzählte auch von den belebten Abenden, die Erich durch Vorlesen antiker und moderner Dramen auf Villa Eden bereite; er habe nicht gewußt, daß es so viel Schönes gebe und daß ein einzelner Mensch mit seiner Stimme Alles so deutlich machen könne.

In fast ununterbrochener Regelmäßigkeit hatte Erich wöchentlich einen Abend vorgelesen. Das Verhalten der Zuhörer war ein verschiedenes. Der Major saß immer andächtig und hatte die Hände gefaltet, Frau Ceres lag in ihrem Stuhl und schlug nur manchmal die Augen auf, um kund zu geben, daß sie nicht schlafe. Fräulein Perini hatte eine Handarbeit, die sie, ohne irgend eine Erschütterung zu zeigen, regelmäßig fortführte. Die Professorin und Claudine saßen ruhig da. Sonnenkamp bat ein- für allemal um Entschuldigung, daß man ihm seine Unart verzeihe.

Und so saß er und schnitzelte an einem Holzpflock. Nur manchmal schaute er auf, hielt das Schnitzelmesser in der Rechten und das Holz in der Linken und starrte drein; schnell aber kehrte er wieder zu seiner Arbeit zurück.

Roland setzte sich Erich immer so gegenüber, daß dieser ihm in die Augen lesen mußte, und bis tief in die Nacht hinein sprach er oft von dem, was er gehört.

Erich hatte Macbeth gelesen und war erfreut, da Roland ihm sagte:

„Lady Macbeth kann einmal in solch eine Hexe verwandelt werden, wie sie da gleich am Anfang auftreten."

Ein andermal, als Erich den Hamlet vorgelesen, war er nicht wenig erstaunt, da Roland ihm vor dem Schlafengehen sagte:

„Wunderlich! Hamlet spricht in seinem Monolog davon, daß noch Niemand aus der andern Welt wieder erschienen sei, und kurz vorher war ja der Geist seines Vaters da und kommt nachher wieder."

Wieder ein andermal, als Erich die Goethe'sche Iphigenia gelesen hatte, sagte Roland:

„Ich verstehe noch immer nicht, warum Manna mir damals gesagt hat, sie sei Iphigenie; dann wäre ich ja Orest. Ich, Orest? Warum? Was nur Manna damit gemeint hat?"

Eines Abends, als der Pfarrer und der Arzt zugegen sein konnten, bat dieser, daß Erich den Othello von Shakespeare vorlese. Sonnenkamp sah den Arzt betroffen an, aber schnell lächelte er gezwungen und stimmte bei. Erich sah auf Roland. Wird nicht dadurch das eingeschlummerte Grübeln Rolands über die Neger eine neue Erweckung erhalten? Er wußte nicht abzulehnen und auch keinen Grund vorzubringen, um Roland zu entfernen.

Erich las. Die Fülle und Biegsamkeit seiner Stimme brachte jeden Charakter zur vollen Geltung, er hielt die Grenzlinie inne, die das Vorlesen fern von allem Theatralischen hält; es war nicht Nachahmung des Lebens, vielmehr eine Plastik, die nicht die Farbe hervorhebt, sondern die reine Form erscheinen läßt.

Der Doctor nickte der Professorin zu, die Vortragsweise Erichs schien ihm zuzusagen.

Zum erstenmal hörte Frau Ceres mit gespannter Aufmerksamkeit zu, sie lehnte sich den ganzen Abend nicht zurück, sie hielt sich vorgebeugt und ihr Antlitz hatte einen neuen, ungekannten Ausdruck.

Erich las in Einem Zuge fort, und als er am Schluße jenes weinende Schuldbekenntniß Othellos in einer mit Thränen kämpfenden Stimme vortrug, rannen große Thränen über das feine blasse Antlitz der Frau Ceres.

Das Stück war zu Ende.

Frau Ceres erhob sich rasch und bat die Professorin, sie in ihr Zimmer zu geleiten. Fräulein Perini und Claudine entfernten sich mit ihnen.

Die Männer waren aufgestanden, nur Roland blieb wie gebannt auf seinem Stuhle sitzen.

Sonnenkamp betrachtete sein Schnitzwerk und legte die abgeschnitzten Stücke in ein Häufchen zusammen, wie wenn es lauter Goldsplitter wären, ja er bückte sich, um einige auf den Boden gefallene aufzuheben. Jetzt richtete er sich auf und fragte Erich:

„Was denken Sie von der Schuld der Desdemona?"

„Schuld und Unschuld," erwiderte Erich, „sind keine Natur=
begriffe, sie sind menschliche, sociale Moralgesetze; die Natur kennt
nur das freie Spiel der Kräfte und eine solche zweite Natur sind
die Dichtungen Shakespeares, sie stellen das freie Spiel der Natur=
kräfte im Menschen dar."

„So ist's," schaltete der Pfarrer ein: „In diesem Werke ist
nie von Religion die Rede, die Religion müßte die wilden, nur
wie Naturkräfte sich geberdenden Menschen mildern, schmeidigen
und zur Beherrschung bringen oder vielmehr zur Unterwerfung
unter die geoffenbarten höheren Gesetze."

„Schön, sehr schön," sagte Sonnenkamp, der blaß geworden
war, „aber erlauben Sie, daß ich den Herrn Hauptmann noch
um Beantwortung meiner Frage bitte."

„Ich kann Ihre Frage," ergänzte Erich, „nur mit den Worten
unseres größten Aesthetikers beantworten, der einmal scherzweise
gegenüber den moralisirenden Auslegungen sagte: Der Dichter
wollte einen Löwen charakterisiren, und um einen Löwen zu
charakterisiren, mußte dargestellt werden, wie er ein Lamm zer=
reißt. Von der Schuld des Lammes ist keine Rede, der Löwe
muß seiner Natur gemäß handeln. Ich glaube aber, daß die tiefste
Tragik dieses Dramas unausgesprochen und verhüllt bleibt."

„Und was wäre das?"

„Nur die mutterlose, geschwisterlose, unter Männern erwachsene
Desdemona konnte einen Helden lieben, dessen elegisches, kind=
liches, Liebe bedürftiges und anschmiegendes Naturell sich wie ein
gezähmter Löwe zu ihren Füßen niederkauert. Der Tact des Dich=
ters ist ein wunderbar prophetischer. Es ist wider die Natur!
ruft Desdemonas Vater und das ist die Lösung des Problems.
In diesem Worte lebt sich Alles gut aus und stimmt in sich über=
ein wie ein Naturprodukt."

„Also gerade Sie, der Idealist, fassen den hier aufgestellten
Conflict durchaus physiologisch?" warf der Doctor ein und Erich
erwiderte:

„Die Rassen sind verschieden, aber sie sind ethisch gleich. Läge
der Accent auf einer Rassenverschiedenheit, die auch eine mora=
lische Verschiedenheit wäre, so wäre es keine Tragödie; denn nur
zwischen moralisch Gleichen giebt es eine Tragik, nicht zwischen
Wesen höherer und niederer Gattung. Die fügsame, ihre Wild=

heit nicht verleugnende, aber wie erlöste Kraft bildet die Quelle
einer Liebe, die Alles vergessen macht, sogar die Rassenverschiedenheit überwindet und die schwarze Farbe tilgt. Als Othello sie
zum erstenmal küßte, hielt Desdemona wol die Augen geschlossen;
diese Geschlossenheit des Auges ist nicht nur ein Moment, sie hält
lange an. Aber ein Entsetzen ohne Gleichen, eine wahnsinnige
Verwirrung müßte aus diesem Augenschließen werden, wenn Desdemona ein Kind in den Armen halten sollte, das ihr seiner
ganzen äußeren Bildung nach fremd und abstoßend erscheinen
mußte. Aufschreien müßte sie aus zerwühltem Herzen. Ein Kind
an ihrer Brust, das ihr so fremd! Der erste Blick einer Mutter
auf ihr Kind, den ein Philosoph als den höchsten bezeichnet, dieser
Mutterblick müßte Desdemona tödten oder wahnsinnig machen."

Sonnenkamp, der mit rasch sich bewegenden Fingern an den
Splittern gespielt hatte, warf jetzt das Angesammelte auf den
Boden, ging auf Erich zu, streckte ihm beide Hände entgegen
und rief:

„Sie sind ein freier Mann, ein frei Denkender, von keinem
Hokuspokus betäubt. Sie sind der Einzige, der mir die Unzu-
träglichkeit aus dem Grund erklärt. Ja, so ist's. Es ist wider
die Natur! Das Connubium ... das Connubium! Die Römer
wußten, was darin liegt. Wo das Connubium im Widerspruch
mit der Natur ist, da kann von Menschenrecht, von Rechtsgleich-
heit keine Rede sein. Affen ihrer eigenen Vernunft, selbst zum
Affen heruntergesunken sind die Humanitätsfaseler, die fern von
den Dingen, allgemeine Vorstellungen und Anforderungen bilden
und die nie zu vermenschlichenden, ewig tückischen, nur mit Sprache
begabten Thiere nicht kennen. Hoho! Du edler Menschenfreund!"
rief er und ging in der Stube auf und ab. „Gieb deine Tochter
einem Neger, thu' das! thu' das! Fürchte jede Stunde, daß er
dein Kind zerfleische! herze einen schwarzen Enkel! thu' das! edler
Menschenfreund! Dann komme wieder und sprich von Gleichheit
der weißen und der schwarzen Rasse!"

Noch nie hatten die Männer Sonnenkamp so sprechen hören.
Er hatte die Fäuste geballt, als hielte er einen Gegner, den er
würge. Jetzt wiederholte er mit gezwungenem Lächeln nur nochmals, daß Erich den Kernpunkt getroffen. Ein weißes Mädchen
könne nicht das Weib eines Negers werden; das sei nicht Vorurtheil, sondern Naturgesetz.

Die Männer sahen einander staunend an und mit einer Schüchternheit, die sonst gar nicht sein eigen war, sagte der Doctor: vom physiologischen Standpunkte aus könne er Manchem nur beistimmen, denn es sei bekannt, daß die Mischlinge schon in der dritten Generation aussterben. Und an den Pfarrer gerichtet, setzte er hinzu: eine Selbständigkeit der Rassen schließe die Menschenrechte nicht aus, da sie auch nicht die Menschenpflichten ausschließe, wie auch die Religion gleiche auferlege. Freilich, die Religion sollte Freiheit sein und sie wurde — zur Kirche.

Der Pfarrer fand sich genöthigt zu erklären, daß die Neger alle religiöse Ueberzeugung und Bekenntnisse verstehen, und das gäbe ihnen die vollen Menschenrechte.

„So?" rief Sonnenkamp, „in der That? Warum hat denn die Kirche nicht die Aufhebung der Sklaverei verordnet?"

„Weil die Kirche," erwiderte der Pfarrer ruhig, „nichts Derartiges zu verordnen hat. Die Kirche wendet sich an die ewige Seele und lehrt sie, sich zum Himmelreich bereiten. In welcher socialen Stellung die Hülle dieser Seele ist, können wir nicht ordnen und nicht bestimmen; weder die Knechtschaft noch die Freiheit ist Hinderniß zum gottseligen Leben. Unser Herr und Meister rief die Seelen der Juden auf zum Himmelreich, derweil sie unter römischer Knechtschaft waren. Er rief die Völker alle durch seine Apostel und hatte nicht zu fragen, welches ihre politische Verfassung und sociale Stellung. Das mögen Andere ordnen. Unser Reich ist das Reich der Seelen, die gleich sind, ob sie in schwarzen oder weißen Leibern, in der Republik oder in der Tyrannei leben. Wir können es mit Freuden begrüßen, wenn auch der Leib frei ist, aber das zu schaffen, ist nicht unseres Amtes."

„Theodor Parker hat das anders aufgefaßt," erhob sich Roland plötzlich.

Als wäre ein Schuß an seinem Kopfe vorbeigefahren, rief Sonnenkamp:

„Woher kennst du den Mann? Wer hat dir von ihm gesagt?"

Roland erbebte sichtlich, da sein Vater ihn an beiden Schultern faßte.

„Vater!" rief er mit männlichem Tone, „auch ich habe eine freie Seele! Ich bin dein Sohn, aber meine Seele ist frei!"

Sonnenkamp athmete mit hochbewegter Brust, aber plötzlich sagte er:

„Es freut mich, mein Sohn; das ist schön, das ist gut; du bist ein echter amerikanischer Junge. Recht so! Gut . . ."

Dieses plötzliche Auf= und Ab=, dieses Hin= und Herwenden Sonnenkamps benahm allen Anwesenden die Fassung. Aber Sonnenkamp fuhr in mildem Tone fort:

„Es freut mich, daß du dich nicht erschrecken ließest, du hast Muth . . . Nun sag', wie bist du mit den Schriften Parkers bekannt geworden?"

Roland erzählte getreulich, wie es ihm ergangen, nur daß die Professorin beim Besuche im Städtchen den Namen Parkers genannt hatte, verschwieg er.

„Warum hast du mir nie davon erzählt?" fragte der Vater.

„Ich kann auch etwas in mir bewahren," erwiderte Roland; „du hast mir ja deßhalb etwas vertraut."

„Recht so, mein Sohn, du rechtfertigst mein Vertrauen."

„Es ist schon spät, wir müssen heim," erlöste endlich der Major die ganze Gesellschaft.

Auf keinem gefährlichen Vorposten, in keiner Schlacht hatte der Major solch Herzpochen gefühlt, wie während der Vorlesung, noch mehr aber, als das Gespräch eine so gefährliche Wendung nahm. Er schüttelte immer den schweren Kopf und streckte oft wie hülfesuchend und abwehrend die Hände in die Luft, als wollte er Allen sagen: So laßt doch nur um Gottes Willen von diesem Gespräch ab! Das ist nicht gut, das führt zu Bösem! Dann betrachtete er wieder Sonnenkamp und zog die Achseln weit herauf. Was hat denn nur der Mann, daß er uns herausfordert? Wir legen ihm ja nichts in den Weg, an diese Dinge hätte er nicht rühren sollen! O wie sehr hatte Fräulein Milch recht, die ihn gebeten hatte, heute zu Hause zu bleiben. Wie gut wär's im Lehnstuhl, in dem jetzt die Laadi liegt; man hätte schon ein paar Stunden geschlafen, und nun wird es Mitternacht, ehe man heim kommt, und die gute Fräulein Milch wartet immer, bis er heim kommt. Es war ihm wie eine Erlösung, als er die Uhr herausnahm und zeigen konnte, wie spät es sei.

Die Professorin trat eben wieder ein und sagte Roland, er solle zu seiner Mutter kommen.

Die Männer machten sich auf den Heimweg und Erich geleitete seine Mutter und Tante durch die schneeige Nacht nach Hause.

Neuntes Kapitel.

Erich ging still dahin; die Mutter nahm zuerst das Wort, indem sie sagte:

„Ein Wort deines Vaters bietet mir wieder Halt. Nichts ist verwerflicher und ermattender als Reue, sagte er oft; die Erkenntniß, daß man einen Fehler gemacht, muß schnell und scharf sein, dann aber muß man sich mit den Thatsachen zurechtfinden. Ich habe es bereut, mich diesem Hause so verbunden zu haben, daß Rückkehr und Ablösung äußerst schwierig ist. Nun, da es geschehen, müssen wir danach trachten, daß Alles sich zum Besten lenke."

Claudine, die sonst selten sprach, fügte hinzu, wie martervoll es sei, daß Menschen, auf deren Schicksal eine dunkle That ruhe, wie verbannt seien aus dem Reiche des Geistes und überall verletzende Beziehungen fänden.

Wieder ging man geraume Weile still dahin. Hoch oben vom Bergeskamm hörte man den Verkünder großer Kälte; der Uhu wimmerte in jenen schauerlichen Tönen, die aufsteigend und niederfallend etwas Klagendes und wiederum schadenfroh Triumphirendes haben. Die Drei standen still.

Erich sagte, daß Sonnenkamp sich viele Mühe gegeben, die Eulen aus der Umgegend zu vertilgen; es sei ihm aber nicht gelungen.

In erregter Stimmung wird Alles zum Zeichen und Bild. Kaum die Worte hinhauchend, sagte die Mutter, daß ihr die Aufregung der Frau Ceres unfaßlich sei; sie habe sich an ihren Hals geworfen und geschluchzt und geweint.

Die Drei fühlten, daß im Leben auf Villa Eden ein Wendepunkt eingetreten war.

Erich kehrte nach der Villa zurück. Der Uhu war vom Bergeskamm herabgeflogen; er saß in einem Baumgipfel des Parks und sendete von hier aus keck sein Geschrei in die Luft.

Das hörte Erich und das hörte Sonnenkamp, der im Vorgemach zum Schlafzimmer seiner Frau wartete, bis sein Sohn herauskam. Es war ihm versagt, dabei zu sein, während seine Frau mit Roland sprach.

Endlich kam Roland, und der Vater fragte, was die Mutter gesprochen; er hatte das noch nie gethan, jetzt mußte es sein.

Roland erwiderte, daß die Mutter ihn nur immer geküßt und dann gebeten habe, ihre Hand zu halten, bis sie eingeschlafen sei; sie schlafe jetzt ruhig.

Sonnenkamp verlangte, daß Roland ihm das Buch von Parker zurückgebe, Roland sagte, es sei nicht mehr in seiner Hand und die Professorin habe es ihm sehr verwiesen, daß er es eigenmächtig an sich genommen.

Roland ging in das Zimmer Erichs; dieser war noch nicht da.

Die Eule wimmerte noch immer auf dem Baumwipfel im Park. Roland löschte das Licht und öffnete das Fenster; er nahm die Büchse von der Wand, ein Schuß knallte, der Uhu stürzte vom Baum. Schnell eilte Roland hinab, er traf auf Erich und sagte ihm, daß er den Vogel getroffen; er eilte nach dem Park und holte das Thier herbei.

Das ganze Haus kam in Allarm, Frau Ceres war erwacht und ihr erster Ruf war:

„Hat er sich ermordet?"

Sonnenkamp und Roland mußten nochmals ins Zimmer, um sich ihr zu zeigen. Roland nahm die todte Eule mit, aber die Mutter wollte sie nicht sehen und jammerte nur, daß man ihr den Schlaf geraubt habe.

Vater und Sohn gingen wieder davon und Sonnenkamp belobte Roland, daß er so frisch und keck das Thier erlegt habe.

Erich ging nochmals zu seiner Mutter, die ebenfalls vom Schuß erweckt sein mußte; er fand sie noch wach, auch sie hatte gefürchtet, daß der Schuß der eines Selbstmörders gewesen sei.

Die Aufregung, die im ganzen Hause herrschte, beruhigte sich erst allmälig.

Im Stolze, die Eule erlegt zu haben, vergaß Roland Alles; er ging glückselig zu Bett und schlief bald ein.

Droben aber auf dem Thurmzimmer, drunten im Arbeitszimmer Sonnenkamps brannte noch lange ein Licht, und Erich starrte in die Flamme und wunderbare Gedankengebilde bewegten sich durcheinander. In die Dichtung Shakespeares, in die Menschen alle, die zugehört hatten, und vor Allem in die Seele Rolands dachte er sich und es erschien ihm gut, daß die Jagdlust alles Grübeln und alles Schwere des Nachdenkens in dem Jüngling verscheucht. Eine That, eine That allein befreit. Wo ist sie, die große, Alles lösende? Sie läßt sich nicht ergründen.

Es giebt ein von allem Willen und von aller Ueberlegung unabhängiges großes Walten der Geschichte und des in ihr wirkenden Gottes. Die That ist nicht unser, aber gerüstet sein, das ist unser.

Endlich fand Erich Ruhe.

Wie ein Gefangener ging Sonnenkamp in seinem großen Gemache auf und ab. Das Löwenfell, dessen Kopf ausgestopft mit glühenden Augen auf dem Boden lag, starrte ihn an; er schob das untere Ende des Felles über den Kopf. Hin und her dachte er, was er thun sollte. Erich erzieht ihm in seinem Sohn einen Widersacher, und die Mutter, die immer, wie Pranken sagt, den umwandelnden Geist ihres Mannes, den verstorbenen Professor Hamlet citirt — nein, sie ist eine edle Frau.

Aber warum hat er diese gelehrte, mit ihren Ideen aufgebauschte Bettlerfamilie sich auf den Hals geladen? Ohne Aufsehen zu erregen, kann er sie nicht mehr abschütteln. Nein, er will sie ausnützen und dann von sich werfen.

Ein glücklicher Entschluß beruhigte ihn endlich. Wir müssen in andere Verhältnisse, in Zerstreuungen und gradaus jetzt zum Ziel. Uebermorgen ist der Neujahrstag, wir ziehen alle nach der Residenz.

Mit diesem Gedanken fand auch Sonnenkamp endlich Ruhe.

Zehntes Kapitel.

Der Krischer verstand auch, Vögel auszustopfen. Roland wollte ihm sofort am Morgen den erlegten Uhu bringen, der vor dem Fenster lag und gefroren war.

Alle Eindrücke des vergangenen Tages schienen spurlos verschwunden vor der Freude des glücklichen Schusses.

Während er die Flügel des Uhus auseinanderzerrte, sagte er: „Jetzt fällt mir das Wort ein, das mir im Traum ein Mann sagte; er sah wie Benjamin Franklin aus, war aber hagerer. Mir träumte, ich zog in die Schlacht, die Musik machte einen Lärm, grausenhaftes Geschrei ertönte, und dazwischen sagte der Mann: „Menschenpflichten . . . Menschenehre" — da tauchten auf einmal Tausende von schwarzen Köpfen auf, nichts als schwarze

Köpfe, ein Meer von schwarzen Köpfen und alle fletschten die
Zähne, da fiel der Uhu mir aufs Gesicht, ich erwachte in entsetz-
licher Angst."

Roland wurde gerufen, da seine Mutter nach ihm verlangte.
Er ging und Erich schaute ihm gedankenvoll nach. Er lauschte
nach der Thür, denn er erwartete, daß Sonnenkamp ihn rufen
lasse. Dieser Mann hat gestern so Verschiedenartiges kundgegeben,
daß heut eine Zurechtsetzung nothwendig war. Er hörte Schritte
seinem Zimmer nahen, es waren Doppelschritte; Roland kam an
der Hand seines Vaters und sagte, daß beschlossen worden sei,
man gehe mit einander nach der Residenz und bleibe den Winter
dort. Sonnenkamp fügte hinzu, daß Erich nun sich der Gemeinschaft der Familie nicht entziehen werde, und er hatte einen
lauernden Blick, als er leichthin bemerkte, man werde in der Residenz auch den Grafen Clodwig und seine liebenswürdige Frau
treffen.

Erich antwortete nur kurz, daß er sich nunmehr für verpflichtet halte, Roland und seine Angehörigen zu begleiten. Als
Sonnenkamp indeß die Erwartung aussprach, daß auch die Professorin mit nach der Residenz ziehe', erwiderte Erich, wie er nicht
glaube, daß sich seine Mutter zu einer Uebersiedelung bestimmen lasse.

Sonnenkamp benahm sich überaus höflich, denn er war innerlich glücklich, wenn er heucheln konnte; so oft er die Welt zum
Narren hielt, fühlte er eine hebende und tragende Lust. Er war
so guter Laune, daß er zu Erich sagte:

„Ich hoffe, Sie auch zu belehren. Sie werden einsehen lernen, daß man am besten in der Welt lebt, wenn man sich als
Fremder in ihr aufhält und sich um die Einrichtung der Staaten
nicht kümmert."

„Gewissermaßen," entgegnete Erich in scherzendem Tone,
„stimmte damit Aristoteles überein; er lebte meist in Athen, wo
er sozusagen auf Aufenthaltskarte lebte, nicht Ortsbürger war,
vom aktiven und passiven Wahlrecht ledig, nur seinen Ideen
leben konnte."

„Das freut mich. Man hört von den alten Philosophen doch
immer Neues und Gescheidtes. Also Aristoteles war auch ein
Reisender? Schön!"

Sonnenkamp machte ein sehr heiteres Gesicht. Die Herren

Gelehrten sind doch unendlich bequem, sie wissen für das, was man egoistisch oder gedankenlos thut, große historische Begründungen zu finden. Er lächelte freundlich, und sein Lächeln blieb, obgleich Erich erklärte, daß das, was einem Philosophen wie Aristoteles zustand, nicht Jeder auf sich anwenden dürfe, denn wenn Jeder so lebte, könnte die Welt nicht bestehen; wer würde Gemeinde= oder Staatsämter übernehmen?

Ist doch ein seltsamer Kauz, der deutsche Schulmeister — dachte Sonnenkamp vor sich hin — noch in der Ueberraschung einer Reise ist er zu Gelehrsamkeit bereit.

Er ersuchte Erich und Roland, sich zur Reise bereit zu machen, und als ein Diener die Meldung brachte, daß die gnädige Frau den Herrn sprechen wolle, verließ er das Zimmer.

Er trat bei Frau Ceres ein, die ihn müden Blickes anschaute; er sprach seine Freude aus, daß sie wieder wohl sei und andern Tages die Reise nach der Residenz antreten könne. Mit lockenden Farben breitete er vor ihr das schöne Leben in der Residenz aus, wo man glückliche Beziehungen habe an der Familie der Cabinetsräthin, an Graf Wolfsgarten und seiner Frau und auch an der Familie des Herrn von Endlich.

Mit ermunternder Zuversicht fügte er hinzu:

„Seien Sie stark und liebenswürdig, schöne Frau Ceres; als Baronin kehren Sie in diese Gemächer wieder zurück."

Frau Ceres richtete sich auf und bedauerte nur, daß die in Paris bestellten Kleider noch nicht angekommen seien. Sonnenkamp versprach, sofort zu telegraphiren, er versprach auch, daß die Professorin sie begleite und man unter ihrer Anleitung dort auftrete.

„Du darfst mir einen Kuß geben," sagte Frau Ceres und fügte hinzu: „Ich glaube, daß wir noch Alle sehr glücklich werden. Ach, wenn ich dir nur meinen Traum erzählen dürfte, aber du willst ja nie einen Traum wissen. Ist auch besser, ich erzähle ihn nicht. Aber es war ein Vogel mit großen Flügeln, unendlich groß, und auf dem Vogel saß ich und wurde in die Luft getragen und ich schämte mich, denn ich war gar nicht angekleidet und alle Menschen brunten schauten mir nach und schrien und jubelten und lachten, und da wendete der Vogel seinen Kopf und da war es die Professorin, die sagte: Du bist ja wunderschön angezogen, und da hatte ich allen meinen Schmuck an und mein spitzenbesetztes Atlaskleid . . . Aber ich weiß ja, du willst keinen Traum hören."

Sonnenkamp ging fröhlich davon. Der Tag war hell, ein frisch kalter leuchtender Wintertag, an dem sich die Landschaft, jeder Fels, jeder Baum am Berge scharf abhob von dem blauen Himmel; das Eis auf dem Rhein hatte sich gestellt und eine wunderfame Stille wie ein angehaltener Athem lag auf der ganzen Landschaft.

Sonnenkamp war glücklich, daß der helle Tag alle Gespenster der Nacht verscheucht hatte und man nun ein frisches Leben gewann. Er gab sofort Befehle nach dem Stall, daß ein Doppelgespann und ein zweiter Wagen nach der Residenz gebracht werde. Als er eine Stunde darauf mit Roland und Erich nach dem grünen Hause ging, sahen sie schon die Pferde in warme Decken eingehüllt, auf dem Wege nach der Residenz.

Roland bat, daß man auch seinen Pony mitnehme, es wurde ihm willfahrt. Er fragte, welche Hunde er mitnehmen dürfe, es wurde ihm nur einer gewährt; er konnte sich noch nicht entschließen, welchen er auswählen sollte. . .

In der großen Stube der Professorin sah es aus wie auf einem Jahrmarkt; auf Tischen und Stühlen lagen große Pakete gestrickter und gewobener wollener Bekleidungsstücke für Männer und Frauen; Fräulein Milch las einen großen Zettel ab, worauf die Namen der Bedürftigen standen mit der Bezeichnung dessen, was sie erhielten. Die Mutter und Tante verglichen die wohlgeordneten Pakete. Als dies gethan war, rief Fräulein Milch den Krischer, seine Frau und Tochter und den Siebenpfeifer mit seinen sämmtlichen Kindern herein. Sie wurden angewiesen, die betreffenden Pakete an die darauf Bezeichneten abzuliefern.

„Recht so, daß Sie kein Geld schenken," sagte der Krischer, „aber es fehlt noch etwas."

„Was denn?"

Er konnte nicht antworten, denn Sonnenkamp und Roland traten ein.

Sonnenkamp freute sich über die bedachtsame Art, mit der das Geld verwendet wurde, er sprach auch einige freundliche Worte zu Fräulein Milch. Seit jenem Morgen, an dem Roland entflohen, hatte er sie nicht wieder gesehen.

Er fragte nach dem Major und hörte mit Bedauern, daß

dieser in der Nacht unwohl gewesen, erst gegen Morgen einge=
schlafen sei und wahrscheinlich noch schlafe; er habe eine glückliche
Natur, die sich immer durch Schlaf helfe.

Die Professorin bat um Entschuldigung, sie wollte zuerst die
Sachen abfertigen und sich dann dem frühen Besuche widmen;
sie fragte daher den Krischer, was er damit meine, daß eine
Hauptsache fehle.

„Ja," sagte der Krischer, „da wäre Herr Sonnenkamp der
rechte Mann dazu."

„Wozu?"

„Ich meine, es ist schön und gut, daß man den Menschen
gut einwickelt und gegen Kälte schützt, aber Lustigkeit und Freude
fehlt noch, und da meine ich, man sollte etwas dazu thun, was
von innen wärmt, und es wäre nicht uneben, wenn man Jedem
eine Flasche Wein dazu schickte. Die Leute sehen das ganze Jahr
die Weinberge vor sich und arbeiten drin und die meisten kom=
men nicht dazu, selber auch einen Tropfen Wein zu trinken."

„Gut, gut," sagte Sonnenkamp, „gehen Sie zum Kellermeister,
er soll je auf ein Paket eine Flasche guten Wein geben vom vori=
gen Jahre."

Sonnenkamp war heute in verschwenderischer Geberlaune, denn
er legte noch zu jedem Paket ein Geldstück. Fast aber hätte er
das Ganze zerstört, da er sagte:

„Da seht, welch ein Vertrauen ich zu Euch habe. Ich zweifle
nicht, daß Ihr Alles richtig abliefert."

Weggewischt schien alle frohe Laune des Krischers, aber er
unterdrückte seinen Zorn und preßte die Lippen zusammen.

Roland half die Pakete auf einen Karren tragen, der vor
dem Hause stand; Sonnenkamp wollte ihn davon abhalten, aber
die Professorin winkte, ihn gewähren zu lassen. Mit dem letzten
Pakete verschwand auch Fräulein Milch.

In der nun ausgeleerten Stube theilte Sonnenkamp der Pro=
fessorin den Plan der Uebersiedlung nach der Residenz mit und
bat, daß auch sie die Familie begleite.

Eben so dankbar als entschieden lehnte die Professorin ab und
Sonnenkamp hatte Mühe, seine Mißlaune zu beherrschen, da
keinerlei Vorstellung ihren Entschluß wankend machen konnte.
Höflich, aber verstimmt, verließ er das Haus und Roland ver=
sprach, der Professorin den Greif als Wächter hier zu lassen.

Die Professorin fühlte, wie der Jüngling ihr gern etwas in in der Ferne leisten und ein Liebes zum Opfer bringen wollte.

„Dir wird es gut gehen im Leben," sagte sie, indem sie ihn an der Hand erfaßte.

Die Professorin hatte versprochen, heut Abend nach der Villa zu kommen, wo man die Mitternachtsstunde des Sylvester ge= meinsam erwarten wollte.

Als sie kam, traf sie auf dem Flur große schwarze Kisten; im Empfangszimmer der Frau Ceres lagen Kleider auf allen Stühlen und Frau Ceres, glücklich wie ein Kind, ordnete Alles mit einer Behendigkeit, die man sonst gar nicht an ihr bemerkte. Als man sich endlich in den Speisesaal begab, wo man sich zum Thee setzte, fühlten Alle, daß ein großer Abschnitt gekommen war. Während sonst das Gespräch leicht und flüssig sich bewegte und man nicht der Stunde gedachte, schien man heute nur mit An= strengung Mitternacht heranwachen zu können. Die Professorin fühlte die Spannung; man war schon jetzt eigentlich nicht mehr hier, nicht mehr beisammen, sie sprach daher mehr als sie eigent= lich gewollt und erzählte von ihrem Eintritt in die große Welt.

Als es zwölf Uhr schlug, rief Roland:

„Vater, jetzt wird von Allen, denen du Wein geschickt, auf dein Wohl getrunken."

Sonnenkamp küßte seinen Sohn, Frau Ceres küßte die Pro= fessorin, dann neigte sie das Haupt und erwartete ruhig einen Kuß auf die Stirn von ihrem Gatten. Draußen läuteten die Glocken, krachten Schüsse.

„Wohlauf zum neuen Jahr! zu frischem Leben!" rief Erich und faßte die Hand seines Zöglings.

Auch in der Nähe der Villa wurde geschossen und gelärmt und Sonnenkamp war höchst ärgerlich, daß die gute deutsche Polizei das dulde; es sei nichts als niedrige Rohheit.

Erich dagegen sagte:

„Man kann, psychologisch genommen, einen Ausdruck der Freude in diesem an sich allerdings unschönen Schießen finden. Ohne daß er es weiß, hat der unscheinbare Mensch, der ein Pistol abknallt, die Freude der Ueberraschung, daß er etwas weithin Wirkendes bewirken kann, daß viele Menschen sein Thun bemerken müssen. So erklärt sich diese rohe Sitte; es ist eine Verstärkung des Menschentones, des Aufjauchzens."

Sonnenkamp lächelte und sagte Erich und Roland heiter gute
Nacht. In Pelze gehüllt, von zwei Dienern begleitet, kehrten
die Professorin und Claudine nach dem grünen Hause zurück.
Bald war Alles still und träumte dem neuen Jahr entgegen.

Elftes Kapitel.

Am Morgen, als Erich und Roland im grünen Häuschen
Abschied nahmen, kam eine Botschaft von Fräulein Milch, die
sich und den Major zu Gaste bei der Professorin einlud.

Die Professorin rühmte gegen Claudine den feinen Tact dieser
Wirthschafterin, die es wol fühlen mußte, wie einsam es ihnen
heute zu Muthe sei.

Es schneite unaufhörlich und hinter den Scheiben grüßte die
Mutter ihren Sohn und Roland, die im ersten Wagen vorüberfuhren, und dann auch Herrn Sonnenkamp und Fräulein Perini,
die zum Wagen herausnickten; Frau Ceres lag tief eingehüllt in
einer Ecke, sie bewegte sich nicht.

Bald kam der Major und mit ihm Fräulein Milch. Der
Major hielt sich stets streng militärisch und ließ sich von keinem
Leiden seine stramme Haltung nehmen; er war heut nur etwas
heiser und konnte daher noch weniger sprechen als sonst; er gratulirte indeß der Professorin und der Tante so förmlich als
herzlich.

„In diesem Jahre," sagte er, „werden es fünfzig Jahre,
daß wir uns kennen."

Er deutete auf Fräulein Milch und seine Miene sagte: ein
besseres Menschenkind als sie ist, trägt die Erde nicht.

Man war wohlgemuth bei Tische und Fräulein Milch erzählte, welche Freude die Geschenke in allen Häusern gemacht.

Der Major zwang sich, seiner Unpäßlichkeit Herr zu werden,
er wollte die drei Frauen gehörig unterhalten, er rühmte die
Professorin, daß sie nicht nur gelehrt sei, sondern auch so vortreffliche Suppe kochen könne.

„Ja, ja," lächelte er, „ich habe Herrn Sonnenkamp eigentlich zwingen müssen, daß man Suppe an seinem Tische bekommt.
Sehen Sie, wenn ich einen Tag ohne Suppe leben muß, ist

mir's, wie wenn ich ohne Strümpfe mit nackten Füßen in den
Stiefeln gehen müßte; die Grundlage im Magen ist kalt."

Man lachte über diesen Vergleich und der Major, hierdurch
angeregt, fuhr fort:

„Ja, Frau Professorin, der heutige Tag ist ein Tag wie
gestern und weil er Neujahrstag heißt, meint man immer, es
wäre etwas Besonderes. Mir ist, als hätte ich an diesem Tage
weiße Wäsche für ein ganzes Jahr angezogen."

Wieder entstand beifälliges Lachen und der Major schluckte
zufrieden; er hatte heute das Seinige geleistet, er konnte nun
die Anderen gewähren lassen.

Nach Tisch that es die Professorin nicht anders, der Major
mußte sein Schläfchen halten; sie hatte zu diesem Zweck das Bib=
liothekzimmer heizen lassen und der Major war nicht wenig stolz,
daß er im Lehnstuhl des Professors schlafen sollte.

„Ja," sagte er, „schlafen kann ich so gut wie der beste Pro=
fessor. Aber die vielen Bücher — die vielen Bücher! Es ist
doch schrecklich, daß ein Mensch so viele Bücher lesen muß! Ich
weiß nicht, wie man das kann."

Der Major schlief den Schlaf der Gerechten; er hätte keine
Ruhe gefunden, wenn er eine Ahnung davon gehabt, was jetzt
unter den Frauen vorging.

Fräulein Milch saß am Fenster bei der Professorin und diese
staunte, als die einfache Wirthschafterin äußerte, wie unbegreiflich
es sei, daß Erich das markerschütternde Drama Othello vorgelesen,
da doch darin so viele Punkte seien, die man in diesem Hause
nicht berühren sollte."

„Kennen Sie das Stück?" fragte die Professorin.

„O doch," erwiderte Fräulein Milch und ihr ganzes Gesicht
erröthete bis zur Einrandung ihrer Haube hin.

„Sie glauben also, daß es unpassend war, das Stück zu
lesen, weil Herr Sonnenkamp Sklavenhalter war?"

„Bitte, ich wollte nichts weiter sagen," lenkte Fräulein Milch
ab, „ich spreche nicht gern über Herrn Sonnenkamp, es freut
mich . . . nein, das ist nicht das richtige Wort, es beruhigt mich,
daß er mich kaum beachtet und sich geringschätzig gegen mich be=
nimmt. Ich bin ihm darüber nicht bös, eher dankbar, denn ich
habe nicht nöthig, Freundlichkeit gegen ihn zu heucheln."

„Nein, Sie weichen mir nicht aus. Können Sie mir nicht

sagen, warum Sie es unpassend fanden? Mein Sohn und ich
wir sollten doch wissen, in welche Verhältnisse wir gestellt sind."

„Ich kann nicht," entgegnete Fräulein Milch mit klagendem
Tone.

Claudine, die zu bemerken schien, daß Fräulein Milch etwas
mittheilen wollte, was sie vielleicht nicht hören sollte, schlich leise
davon.

„Jetzt," sagte die Professorin, „sind wir ganz allein, Sie
können mir Alles sagen. Soll ich Ihnen eine Betheuerung geben,
daß ich verschwiegen bin?"

„Ach, ich kann mich nur anklagen, daß ich so weit ging,"
stotterte Fräulein Milch und zog ihre Haubenbänder durch beide
Hände. „Seit der Major und ich beisammen sind, ist es das
erstemal, daß ich einen Besuch mache und an einem fremden
Tisch esse; ich hätte es nicht thun sollen." Ihr Angesicht zuckte
und ihr braunes Auge glühte.

„Ich glaubte, daß Sie mich als Freundin betrachten," sagte
die Professorin und streckte ihr die Hand entgegen.

„Ja, das sind Sie," rief Fräulein Milch und faßte die dar-
gereichte Hand in beide Hände und hielt sie mit Inbrunst fest.
„Sie können nicht wissen, wie ich Gott danke, daß er mir das
noch vor meinem Tode beschieden. Seit ich mich ihm widmete,
habe ich allen Menschen entsagt, Sie sind die Erste, mit der ich
leben möchte. Ach, ich meine, Sie müßten Alles wissen, man
hat Ihnen nichts zu sagen."

„Ich weiß nicht Alles. Was wissen Sie von Herrn Sonnenkamp?"

Traurig senkte Fräulein Milch den Kopf, dann schlug sie
beide Hände vors Gesicht und rief:

„Warum muß ich es denn sagen?"

Sie rückte näher und leise, kaum hörbar, theilte sie der Professorin einige Thatsachen aus dem Leben Sonnenkamps mit.
Die Professorin hielt sich mit beiden Händen an der Nähmaschine,
die vor ihr stand. Es wurde kein Wort gesprochen. Draußen
war es so still und nur der Schrei von einem Flug Raben, die
über den zugefrornen Rhein schwebten, war vernehmbar.

„Ich glaube," sagte die Professorin endlich, „Sie würden so
etwas nicht auf bloßes Gerede mittheilen. Gehen Sie weiter,
sagen Sie offen, woher wissen Sie das?"

Scheu blickte Fräulein Milch um und sagte:

„Ich habe es von dem glaubwürdigsten Mann, dessen Neffe ein Kind hier im Lande zur Erziehung hat; er kennt den Namen, den Herr Sonnenkamp früher trug, er kennt seine ganze Vergangenheit. Aber liebe, edle Frau, warum soll ein Mensch, was er auch gethan, nicht ein anderes Leben, ein neues Dasein beginnen können?"

„Davon ein andermal," drängte die Professorin. „Nennen Sie mir den Namen des Mannes, der Ihnen das mitgetheilt hat."

„So sei es denn. Es ist Herr Weidmann."

Die Professorin bedeckte sich mit beiden Händen das Gesicht.

„Was haben Sie von Herrn Weidmann?" sagte der plötzlich eintretende Major. „Ich sage Ihnen, liebe Frau Professorin, wer den Mann nicht kennt, kennt das Echteste auf der Welt nicht. Der ist ein Meisterstück Gottes, an dem muß Gott selber seinen Gefallen haben; tagtäglich, wenn er vom Himmel heruntersieht, muß er sich sagen: die Welt ist doch nicht so übel, dort drunten habe ich meinen Weidmann, das ist ein Mensch, ein ... wirklicher Mensch. Damit ist Alles gesagt, da geht nichts drüber."

Die beiden Frauen waren wie erlöst durch den Hinzutritt des Majors. Der Major machte sich nun mit Fräulein Milch auf den Heimweg. Als sie schon einige Schritte gegangen waren, rief die Professorin Fräulein Milch noch einmal zurück und fragte leise:

„Weiß der Herr Major auch ...?"

„O nein, er könnte das nicht ertragen. Ach bitte, verzeihen Sie mir, daß ich Sie so belastet habe. Glauben Sie mir, es ist mir nicht leichter dadurch; nein, nur noch schwerer."

Die Gäste gingen davon. Bald darauf brachte der Briefbote einen Brief aus der Universitätsstadt. Professor Einsiedel, der seit bald drei Jahrzehnten der Professorin seinen Glückwunsch dargebracht hatte, wollte auch heute nicht fehlen; es waren herzliche und bedeutsame Worte, die er schrieb, sie kamen wie aus einer ganz fremden Welt. Zweimal las sie die Nachschrift, denn da war ein Gruß an Erich mit der Nachricht, daß der Professor bald eine angekündigte, vor Kurzem erschienene Schrift über die Sklaverei schicken werde; er fügte die Mahnung hinzu, Erich solle im neuen Jahre sein Werk vollenden.

Die Professorin sah nachdenklich drein. Was ist denn das?

Erich hatte ihr nie von solcher Arbeit gesagt. Sie fuhr mit der Hand durch die Luft an der Stirn vorüber. Eine Erinnerung tauchte auf. Noch heute in der Morgenfrühe hatte sie zu Claubine den Gram kund gegeben, daß sie keine Wohlthätigkeit aus dem Eigenen mehr üben könne. Was sie leistete, erschien ihr als nichtig, nur die Gabe als bedeutend. Fast unwillkürlich öffnete sie die Kasse, in der das ihr von Sonnenkamp anvertraute Geld lag. Wie soll sie künftig den Beschenkten sagen: Wendet eure Dankbarkeit Herrn Sonnenkamp zu?

Sie raffte sich auf und ging nach dem Bibliothekzimmer, dort stand sie und schaute hinaus. Es war als nagte etwas körperlich in ihr. Trotz innern Widerspruchs hatte sie sich in dies Verhältniß eingelassen und ihr klarer verständiger Blick schien eine Weile verdunkelt.

Stromabwärts ertönte ein Dröhnen und Brausen, Zischen und Krachen, wie wenn eine neue Welt sich aufthun müßte; die Eisdecke hatte sich gebrochen. Auf dem Strome schwammen große Eisschollen dahin, stießen einander an, überstürzten sich, knirschten, zerschellten, bildeten neue und schwammen weiter. Jede große und jede kleine Scholle war mit einem Kranze umgeben, das waren die bei der Auflösung zerriebenen und in die Höhe geschobenen Eissplitter; die Schollen rannten schnell den Strom hinab, jetzt erst sah man, wie rasch und stark die Strömung allzeit ist.

Die Sonne sank glühend hinab über dem Rhein und halblaut sagte die Professorin vor sich hin:

„Dieser erste Tag des Jahres hat mir Entsetzliches gebracht. Es muß getragen und zum Guten geführt werden.“